Thomas Franke
Unsterblich

Über den Autor

Thomas Franke ist Sozialpädagoge und bei einem Träger für Menschen mit Behinderung tätig. Als leidenschaftlicher Geschichtenschreiber ist er nebenberuflich Autor von Büchern. Er lebt mit seiner Familie in Berlin.

Mehr über den Autor: www.thomasfranke.net

Thomas Franke

Un sterblich

Thriller

GerthMedien

Für Anne.
Es ist ein unverdientes Glück, dass du dieses Leben mit mir teilst.
Ich liebe dich.

Kapitel 1

Berlin, Februar 2016

Omega schnupperte nervös. Die sterile Luft ermöglichte ihr keine Orientierung. Seine dunklen Knopfaugen glänzten im Licht der Halogenleuchten, die Schnurrhaare zitterten.

Konzentriert beobachtete Dr. Philip Morgenthau abwechselnd die Bewegungen des Tieres und die Monitore, die über der komplexen Versuchsanordnung aus Plexiglas angebracht waren. Die Grafik zeigte rege Aktivität im Hippocampus an. Die feuernden Synapsen bildeten ein komplexes orangefarbenes Muster. Nach kurzem Zögern wandte sich Omega nach links. Die blassrosa Pfoten glitten den abschüssigen Gang hinab. Der Pulsschlag erhöhte sich. Das Tier überwand seine instinktive Abneigung gegen die glatte, stark geneigte Oberfläche. Das war gut!

Das Tier fixierte das zweite Symbol von links, ein gleichschenkliges Dreieck. Die empfindsame Schnauze drückte gegen die Klappe. Omega musste 85 Prozent der ihm zur Verfügung stehenden Kraft nutzen, um den Mechanismus zu betätigen. Dann öffnete sich die Klappe, und das Tier huschte weiter. Die Elektroden auf seiner Schädeldecke klackten leise gegen Kunststoffwände.

Dr. Philip Morgenthau setzte sich auf. So weit waren bislang nur drei Tiere gekommen.

Das Smartphone in seiner Brusttasche klingelte. Er ignorierte es.

Omega hatte nun eine rautenförmige Plattform erreicht, von der aus sechs schmale Tunnel abgingen, die sich lediglich durch die Stärke des jeweiligen Luftzugs voneinander unterschieden. Ohne zu zögern, wählte das Tier den Gang, dessen Luft ihm mit Windstärke 5 entgegenblies. Bis zu dieser Stelle war bislang nur 22β vorgedrungen, und sie hatte annähernd eine Minute gebraucht, um sich zu entscheiden. Einige Punkte im orangefarbenen Flimmern des Hippocampus leuchteten jetzt in dunklem Rot.

Dr. Morgenthau machte hastig eine digitale Kopie des Scans und legte sie im Rechner über die Originalaufnahme. Der Sitz der Ortszellen war zu 92 Prozent identisch.

Erneut meldete sich sein Handy. Er schaltete den Ton ab.

Die weiße Ratte folgte dem bogenförmigen Gang. Das Muster der roten Punkte veränderte sich.

Sie weiß es!, schoss es Morgenthau durch den Kopf. Seine Hände zitterten, als er sie an seiner Hose abwischte.

Nun gabelte sich der Plexiglastunnel innerhalb von kurzen Abständen sechsmal. Omega zögerte lediglich beim zweiten Abzweig etwa drei Sekunden lang. Es war fantastisch! Charly hatte einen ganzen Monat benötigt, um den richtigen Weg zu erlernen!

Dr. Morgenthaus Handy gab ein kurzes Brummen von sich, als es eine Kurznachricht empfing.

Das Tier erreichte eine Plattform, auf der ein kleines Schälchen mit Roggenkörnern stand. Die Schnurrhaare der Ratte zitterten. Dem überwältigend köstlichen Geruch war ein hauchfeiner Duft von etwas Fremdartigem beigemischt. Normalerweise hätte sich das Tier davon nicht abhalten lassen, doch Omega rührte das Schälchen nicht an. Sie wäre an dem vergifteten Futter zwar nicht gestorben, aber es wäre eine sehr schmerzvolle Erfahrung für sie geworden.

Dr. Morgenthau zog das Handy aus der Tasche. „Ruf mich an!", stand auf dem Display. Die Augen des Wissenschaftlers richteten sich wieder auf die weiße Ratte.

Die Krallen des Tieres kratzten über den glatten Boden, als es eilig um eine Kurve bog und sich für die mittlere der drei Klappen entschied, die nun vor ihr auftauchten.

Dr. Morgenthau seufzte tief, als der kleine Nager sein Ziel erreichte.

Mit scharfen Zähnen zerriss Omega die Plastikfolie und machte sich dann über eine Mischung frischer Körner her.

Mit der linken Hand betätigte der Wissenschaftler die Rückruftaste seines Handys, während er mit der rechten die Klappe öffnete und die weiße Ratte sanft emporhob.

„Willkommen zurück", flüsterte er.

Das Freizeichen ertönte zweimal. Dann nahm der Angerufene ab.

„Wo steckst du denn, Philip?"

„Wir haben einen Erfolg, Michael!", unterbrach ihn Dr. Morgenthau. „Und zwar einen grandiosen Erfolg! Die Verhaltensübereinstimmung liegt bei 100 Prozent!"

„Philip –"

„100 Prozent beim ersten Versuch! Ist dir klar, was das bedeutet?!"

„Philip", wiederholte Dr. Michael Krüger leise. „Die Klinik hat sich gemeldet. Erika …", er räusperte sich, „… sie hatte in der Nacht eine Lungenembolie."

„Und warum melden die sich erst jetzt?!" Unwillkürlich presste Dr. Morgenthau die Finger der rechten Hand fester zusammen. Die Ratte fiepte leise. „Ich fahre sofort in die Klinik und werde mir die Kollegen zur Brust nehmen!"

„Philip, die Kollegen haben sehr schnell reagiert, als die Geräte Alarm gaben. Sie haben auch versucht, dich zu erreichen, aber –"

„Schon gut. Ich war im UG3, dort ist der Empfang zuweilen miserabel. Wie geht es Erika? Auf welchem Zimmer liegt sie?"

„Es tut mir so leid, Philip. Sie hat es nicht geschafft!"

„Was?"

„Erika ist tot, Philip. Sie ist vor zehn Minuten im Operationssaal verstorben."

Dr. Morgenthau schwieg.

„Philip?"

Ein leises, kaum hörbares Knacken erklang, als das Genick der weißen Ratte brach.

Kapitel 2

Berlin, Mai 2024

Es ist nicht deine Schuld! Tausendmal hatte er diese Worte schon gehört. Sie plätscherten über seine Seele wie Wasser über Felsen.

„Es ist nicht deine Schuld", sagte seine Mutter leise und schaute mit leeren Augen an ihm vorbei.

„Nicht schuldig", sagte der Richter und fügte hinzu: „Aus Mangel an Beweisen."

„Du hättest nichts tun können", sagten seine Freunde, aber sie wichen seinem Blick aus.

„Sie dürfen sich nicht die Schuld daran geben", sagte sein Therapeut und verschrieb ihm weitere Medikamente.

Du bist nicht schuld!, sagte er sich selbst. Aber er glaubte sich nicht.

Wenn er sich doch nur erinnern könnte.

Die alte Villa prahlte mit ihrer stuckverzierten Fassade, die in der grellen Mittagssonne glänzte. Aber im Garten wuchs Unkraut zwischen den Rosen, und niemand kümmerte sich um den verblühten Rhododendron. Raven drückte den Messingknopf neben dem Klingelschild.

Es dauerte lange, bis eine heisere Stimme fragte: „Ja?"

„Ich bin's … Raven."

Schnaufendes Atmen war zu hören. „Wer?"

„Raven Adam, der Pflegehelfer."

„Kenn ich nicht."

„Natürlich kennen Sie mich. Wir haben gestern zusammen Dame gespielt, und Sie haben mich haushoch geschlagen."

Schweigen.

„Frau Schubert?", fragte Raven.

„Kenn ich nicht."

„Ich spreche von Ihnen." Schmunzelnd schüttelte Raven den Kopf. „Sie sind Frau Schubert!" Wer hätte gedacht, dass ausgerechnet dieser Job ihm sein Lächeln zurückgeben würde?

Einige Atemzüge waren zu vernehmen, dann erklang ein ärgerliches „Was wollen Sie?!".

Raven hatte einen Schlüssel, aber wenn irgend möglich vermied er es, ihn zu benutzen. Als er damit das erste Mal Frau Schuberts Wohnung betreten hatte, hatte sie beinahe einen Kreislaufzusammenbruch erlitten. Das zweite Mal hatte sie versucht, ihm mit einem eisernen Schürhaken den Schädel zu spalten.

„Frau Schubert, ich bin's, Raven. Der junge Mann, der Ihre Blumen gießt."

„Und warum kommen Sie erst jetzt?" Das Summen des Türöffners erklang, und Raven trat ein. Der alte Sisalläufer knarzte unter seinen Füßen. Er beeilte sich, denn es war durchaus vorgekommen, dass sie ihn schon wieder vergessen hatte, wenn er bei ihrer Wohnungstür anlangte. Doch dieses Mal hätte er sich keine Sorgen zu machen brauchen. Die Tür stand offen, und ein faltiges Lächeln begrüßte ihn.

„Wollen Sie Kaffee?"

„Gern", sagte Raven, denn er wusste, dass er ihr damit eine Freude machte.

„Ich habe echten Bohnenkaffee im Haus", verkündete die alte Dame in verschwörerischem Tonfall. Dann schlurfte sie in die Küche. Mit ihren über 90 Jahren war sie körperlich noch beeindruckend rüstig. Nur ihr Geist hatte sich im Labyrinth ihrer Erinnerungen hoffnungslos verirrt. Sie ignorierte den chromglänzenden Kaffeeautomaten, der sicherlich mehr gekostet hatte, als Raven in einem Monat verdiente, und stellte einen verbeulten Teekessel auf den Herd. Dann starrte sie nachdenklich an ihm vorbei.

„Sie wollten sicherlich den Kaffee holen", sprang er ihr bei.

Frau Schubert nickte und wandte sich ab.

Rasch füllte Raven den Wasserkocher und schaltete ihn an. Der Herd war schon vor einiger Zeit abgestellt worden. Es war einfach zu gefährlich. Manchmal kam Raven sich schäbig vor, dass er die Illusion der Selbstständigkeit aufrechterhielt, obwohl die alte Dame in Wahrheit in allen alltäglichen Dingen auf Hilfe angewiesen war. Aber dann sah er sie lächeln, und sein schlechtes Gewissen verging wieder.

Frau Schubert stellte eine Blechbüchse mit Kaffee und zwei Tassen auf den Tisch. „Aus irgendeinem Grund habe ich keine Filter mehr im Haus. Dann müssen wir ihn eben türkisch trinken." Sie füllte mit zitternden Händen Kaffee in die Becher. „Das schmeckt ohnehin besser." Sie setzte sich. „Nehmen Sie Platz." Sie betrachtete ihn unter hochgezogenen Brauen. „Wo ist eigentlich Ihre Uniform?"

„Ich bin der Pflegehelfer, Frau Schubert. Ihre Freundin Eleonore von Hovhede hat mich angestellt –"

„Schade, Sie sahen so schnieke aus in Ihrer Portiersuniform."

Raven lächelte. Wer wusste schon, mit wem sie ihn gerade verwechselte.

Als das Wasser kochte, goss Raven den Kaffee auf. Unauffällig öffnete er den Kühlschrank und ergänzte in Gedanken seine Einkaufsliste.

Frau Schubert hatte Glück: Sie war wohlhabend, hatte keine Erben und eine gute Freundin, die alles dafür tat, dass sie ihren Lebensabend in der vertrauten Umgebung verbringen konnte. Die Pflegerin von der Sozialstation kam dreimal am Tag für Körperpflege und Medikamente vorbei. Raven war das Bonusprogramm. Er nahm ein angebissenes Stück Brot aus der Spüle und warf es in den Mülleimer. Als er sich umdrehte, hatte die alte Frau die Tasse Kaffee in der Hand.

„Nicht, Frau Schubert, der ist noch viel zu heiß!"

Sie trank einen Schluck und lächelte ihn kokett an. „Ach, Anton, du bist ein Spielverderber." Schwarze Krümel saßen in ihren Zahnlücken. Es war ein grotesker Anblick. Und dennoch wurde Raven in diesem Moment wieder bewusst, dass Frau Schubert früher einmal sehr hübsch gewesen war. Er hatte alte Fotos gesehen. Sie selbst fühlte sich in diesem Moment wieder jung und flirtete mit dem jungen Portier Anton, den sie in ihrer Jugend offenbar sehr attraktiv gefunden hatte.

Raven setzte sich wieder und schob ihre Tasse mit dem heißen Kaffee ein Stück zur Seite. „Was möchten Sie denn zum Frühstück essen, Frau Schubert?"

„Weißt du, dass deine Augen ein ganz besonders dunkles Blau haben?"

„Ich mache Ihnen ein Honigbrot, Frau Schubert, und diesmal essen Sie wenigstens die Hälfte, in Ordnung?"

„Honig ...", wiederholte die alte Frau, und es klang, als teste sie den Geschmack dieses Wortes.

Das Frühstück nahm über eine Dreiviertelstunde in Anspruch. Immer wieder vergaß die alte Dame sogar das Kauen und starrte mit leerem Blick an die Küchenwand. Schließlich murmelte sie: „Der Anton ist tot. *Er ist gefallen,* sagen sie. Aber ich glaube, er ist erfroren, im russischen Winter. Er fror doch so leicht." Sie schob den Teller beiseite.

„Kommen Sie, wir gehen ein bisschen auf den Balkon. Dann können Sie mich beaufsichtigen, während ich mich um Ihre Blumen kümmere."

Erst reagierte sie nicht, dann schrie sie ihn an. Er solle sie in Ruhe lassen. Schließlich bot sie ihm mit gezierter Bewegung ihren Arm. Ihre Finger waren kalt und ihre Haut so dünn wie Pergament. Raven öffnete die Balkontür und führte die alte Dame zu einem gepolsterten Liegestuhl. Frau Schubert setzte sich.

„Blühen die Petunien nicht herrlich?"

„Ganz wunderbar", erwiderte Raven. Er hatte keine Ahnung von Blumen.

Nachdem er die Gießkanne mit Wasser gefüllt hatte, goss er die Balkonkästen. Dabei starrte er auf die terrakottafarbenen Plastikbehälter und versuchte, so viel Abstand wie möglich zum Geländer zu halten. Diesen Teil seines Jobs hasste er. Aber die alte Dame liebte nun einmal ihren Balkon, und sie war stets entspannter, wenn sie hier saß.

„Sie müssen die verwelkten Blätter entfernen", wies sie ihn an.

Raven schluckte. *Sie wird es gleich wieder vergessen,* dachte er. Die Erkenntnis seiner eigenen Feigheit versetzte ihm einen Stich. *Du bist so erbärmlich! Soll diese Angst dein gesamtes Leben bestimmen? Willst du immer auf der Flucht sein wie ein verängstigtes Kaninchen?!*

Er machte einen Schritt auf die Balkonbrüstung zu, dann noch einen. Unwillkürlich huschte sein Blick zur nahe gelegenen Dachterrasse des Nachbarhauses. Eigentlich wäre es ganz einfach: per Cat Balance über das Geländer, Tic-Tac an der Mauerseite und dann oben von der Mauerkrone ein Two Foot Precision über den Hof auf den Balkon der alten Dame, den Schwung mit einer einfachen Rolle auffangen und weiter. Ganz einfach ...

Eine vertrocknete Blüte hing über die rostige Brüstung. Raven beugte sich vor. Der Hof lag direkt unter ihm, Pflastersteine ... Helles Grau und Anthrazit bildeten ein wellenförmiges Muster. Sein Herz begann, schneller zu schlagen. *Es sind doch nur sechs oder sieben Meter.* Er versuchte, gegen die aufkeimende Panik anzukämpfen. *Du hast schon in zehnfacher, ja, hundertfacher Höhe gestanden.* Sein Atem ging hektisch und flach. Das Muster der Granitsteine im Hof begann, sich zu bewegen. Es verschwamm zu einem Strudel, der sich immer schneller zu drehen begann.

Erinnerungsfetzen schossen ihm durch den Kopf:

Sie standen auf dem obersten Parkdeck, es war windig, doch für Ende September war die Luft noch ganz warm. Raven hielt die Kamera. „Du wirst berühmt werden!", hörte er seine eigene Stimme.

Julian grinste. Es war das typische jungenhafte Grinsen seines Bruders – die Frauen liebten ihn dafür. Doch diesmal lag in seinen Augen ein Schatten. Irgendetwas stimmte nicht ... Julian stand auf der Parkdeckumrandung ...

Und dann kam das Nichts: ein heller Blitz ... weißes Rauschen und das Trommeln seines eigenen Herzschlags.

Weit unter ihm lag Julians Gestalt. Das Pflaster färbte sich rot.

Etwas Hartes drückte gegen Ravens Nacken. Ein Schrei gellte in seinem Inneren wider. Er wusste nicht, ob er geschrien hatte oder Julian – oder war da noch jemand anderes gewesen?

Dann ein Plätschern. Vor seinem inneren Auge sah er Ströme von Blut auf helles Pflaster rinnen. Er schüttelte den Kopf, um die ungebetenen Gedanken zu vertreiben, und fand sich auf dem Boden des Balkons wieder. Es war die Halterung eines Balkonkastens, die schmerzhaft gegen seinen Nacken drückte.

Frau Schubert hockte auf ihrem Stuhl. Ihr Blick war leer. Auf dem Boden breitete sich eine Urinlache aus.

„Warten Sie", sagte Raven. „Ich helfe Ihnen."

Die alte Dame ließ sich widerstandslos hineinführen. Erst im Wohnzimmer riss sie sich wütend von ihm los. „Lass mich! Was fällt dir ein?"

„Frau Schubert, ich bin's", sagte Raven beschwichtigend.

„Verlassen Sie mein Haus oder ich rufe die Polizei!"

„In Ordnung, ich gehe. Aber erst ziehen wir Ihnen saubere Sachen an, und dann müssen Sie mir noch sagen, was ich für Sie einkaufen soll."

Frau Schubert starrte ihn an.

„Ein Pfund Butter und das Schwarzwälder Graubrot vom Bäcker habe ich bereits aufgeschrieben –" Die Klänge von *When September Ends* ließen ihn innehalten. Hastig zog Raven sein Smartphone aus der Hosentasche.

Frau Schuberts Augen verengten sich.

„Hallo, Mama, jetzt ist wirklich ein ganz schlechter Zeitpunkt –"

„Vor einigen Tagen ist ein Paket gekommen", unterbrach ihn die tonlose Stimme seiner Mutter.

Frau Schubert drehte sich abrupt um und eilte aus dem Zimmer.

„Mama –"

„Es kommt von der Staatsanwaltschaft. Sie schicken uns die freigegebenen Gegenstände aus der Asservatenkammer. Ich ... will das hier nicht ..."

Julians Sachen!, fuhr es Raven durch den Kopf. *Das Video!*

Aus dem Flur erklang ein Klirren.

Raven trat rasch durch die Tür. Der lang gezogene Gang erstreckte sich düster vor ihm.

„Ich hol die Sachen später ab", sagte er. „In zwei Stunden bin ich da."

Wortlos legte seine Mutter auf.

Raven betrat den dunklen Flur. Die alte Frau stand reglos vor einem umgestürzten Tischchen. Die Vase, die darauf gestanden hatte, war zerbrochen. Blumen lagen auf dem Boden, und Wasser tränkte den alten Perserteppich.

Sanft legte Raven eine Hand auf die Schulter der alten Dame.

„Der Mann ...", flüsterte sie leise.

„Kommen Sie, Frau Schubert."

Die alte Dame stand stocksteif da. Plötzlich schoss ihre Hand vor und umklammerte seinen Arm. Ihre Finger waren eiskalt. „Er ist immer in der Nähe!"

„Frau Schubert, hier ist niemand außer uns. Kommen Sie!"

Raven wollte sie zurück ins Wohnzimmer führen, doch die alte Frau widersetzte sich seinem sanften Druck. „Der Mann mit dem Bart, er sieht uns!"

Etwas an ihrer Stimme ließ Raven frösteln. Obwohl die Demenz bei ihr weit fortgeschritten war, gab es immer wieder Momente, in denen der Nebel sich verflüchtigte und sie sich voll und ganz in der Gegenwart befand. Oft blitzte dann etwas von ihrer Klugheit und ihrem hintergründigen Humor auf, und jedes Mal spürte Raven, dass er der alten Dame nun ganz unverfälscht begegnete. Erschreckenderweise hatte er auch jetzt dieses Gefühl.

„Frau Schubert?" Er suchte ihren Blick, doch sie starrte an ihm vorbei auf die Wohnungstür.

Raven fuhr herum. Bildete er sich das nur ein, oder hatte da eben noch ein Schatten auf dem Türspion gelegen?

„Warten Sie hier, Frau Schubert." Er ging zur Tür und sah durch den Spion. „Niemand zu sehen."

„Er ist da draußen!", sagte die alte Frau in einem Tonfall, der Raven einen Schauer über den Rücken jagte.

Rasch öffnete er die Tür. Nichts. Da drang ein leises Geräusch an seine Ohren: das Klacken einer sich schließenden Tür. Raven schloss die Wohnungstür und ging rasch zum Fenster. Im verwilderten Vorgarten war niemand zu sehen. Wer immer das Haus verlassen hatte, er musste sich sehr beeilt haben.

Raven versuchte zu erkennen, ob sich irgendjemand hinter der wuchernden Hecke verbarg. Dann vernahm er gedämpft das Starten eines Motors. Ein weißer Lieferwagen fuhr vorbei. Saß ein bärtiger Mann am Steuer? Er war sich nicht sicher. Der Wagen bog ab.

Raven starrte ihm hinterher. Sein Herzschlag hämmerte in seinen Ohren. Seit dem Unfall war Normalität für ihn ein Fremdwort Die Angst überfiel ihn an den seltsamsten Orten und machte jeden klaren Gedanken unmöglich. Er schloss die Augen und atmete tief ein und aus, bis sein Herzschlag sich beruhigte. *Was ist nur los mit dir? Eine alte, demenzkranke Frau hat einen bärtigen Mann gesehen, und ein Lieferwagen fährt vorbei. Das ist alles.* Er seufzte, zog die Gardinen wieder vor das Fenster und ging zurück in den Flur.

„Frau Schubert, Sie brauchen sich keine Sorgen zu machen. Niemand hat Sie beobachtet. Das war nur irgendein Lieferant."

Die alte Frau warf ihm einen seltsamen Blick zu. „Er beobachtet nicht mich …", murmelte sie leise.

Raven lächelte und wollte etwas Beruhigendes hinzufügen, aber die alte Frau fuhr fort: „… er beobachtet Sie!"

Er spürte, wie ihm erneut ein Schauer über den Rücken lief. „Was meinen Sie damit?"

Die alte Frau schwieg. Dann senkte sie den Blick. „Die schöne Vase ist kaputt. Und der Teppich ist auch ganz nass."

Raven benötigte einen Moment, um sein Lächeln wiederzufinden. „Ich bringe das in Ordnung."

Kapitel 3

Brasilien, Bundesstaat Pará, Mai 2023

Als sich die Tür der kleinen Cessna öffnete, schlug Mirja schwülwarme Luft entgegen. Der exotische Duft des Dschungels stieg ihr in die Nase. Regen prasselte herab, und Dampf stieg von der geteerten Landebahn auf. Seltsame Laute drangen von der wogenden grünen Masse des Urwaldes zu ihr herüber. Ein Kribbeln überlief ihre Haut. Sie schulterte ihren Rucksack und ließ den Blick über das Krankenhausgelände schweifen. Neben einer alten Villa, deren Baustil an die portugiesische Kolonialzeit erinnerte, gab es einige von einer Steinmauer umgebene Baracken. Den Blickfang bildete aber ein eleganter Klinikneubau mit einem kuppelförmigen Glasdach, an den sich ein modernes Wohngebäude anschloss. Auf der Webseite der Stiftung hatte die Klinik beeindruckend ausgesehen. Hier, wo sie die wilde Natur um sich herum hören und den heißen Atem des Dschungels spüren konnte, wirkte sie geradezu surreal. Ein ganzes Semester würde sie hier verbringen. Die Vorfreude zauberte ihr ein Lächeln aufs Gesicht.

Sie sprang hinunter auf den nassen Asphalt. Wasser spritzte bis zum Saum ihrer kurzen Shorts, und der herunterprasselnde Regen durchnässte ihr dünnes Baumwollhemd. Mehrere junge Leute in Klinikkleidung eilten über das Rollfeld, um Medikamente, Lebensmittel und medizinisches Material auszuladen.

„Hallo, du musst Mirja Roth sein." Eine junge Frau mit kurzen roten Haaren und unzähligen Sommersprossen im Gesicht hielt einen Regenschirm über sie.

„Ja." Mirja war nicht undankbar, dass auf dem Gelände grundsätzlich

Englisch gesprochen wurde, da die Mitglieder des Teams aus aller Herren Länder kamen. Ihr Portugiesisch reichte gerade mal für die brasilianische Version von Tom und Jerry.

Die junge Frau hakte sich bei ihr unter. Sie verließen das Rollfeld und betraten einen gepflasterten Weg. „Mein Name ist Jennifer McDowell. Wir teilen uns ein Zimmer."

„Dein Name klingt schottisch, aber dein Akzent nicht."

„Ich komme aus Chicago, aber mein Urgroßvater wurde in Glasgow geboren. Und woher kommst du?"

„Zurzeit studiere ich an der Ohio State University in Columbus. Aber eigentlich komme ich aus Deutschland."

An dieser Stelle ließen es sich viele Amerikaner gewöhnlich nicht nehmen, Mirja mit den Themen „deutsche Autobahn", „Oktoberfest" und „Adolf Hitler" zu konfrontieren, aber Jennifer nickte nur freundlich und eilte weiter durch den Regen.

Kurz darauf erreichten sie das große Hauptgebäude.

„Willst du erst deine Sachen wegpacken oder gleich die Klinik sehen?"

„Zuerst die Klinik!", erwiderte Mirja.

Als sich die gläsernen Türen des Krankenhausgebäudes hinter ihnen schlossen, empfing sie eine angenehme Kühle.

„Wow!", entfuhr es Mirja. „Ist hier alles klimatisiert?"

„Die Stiftung legt großen Wert darauf, dass die medizinische Versorgung sich an modernsten Standards orientiert", erwiderte Jennifer. „Komm, ich zeig dir alles."

Im Erdgeschoss lagen die Geburtshilfe- und die Kinderabteilung. Die meisten Patienten dort waren indigener Abstammung, aber es gab auch Afrobrasilianer und einige Kinder mit europäischen oder asiatischen Zügen. Ausnahmslos allen war die Armut anzusehen. Die meisten Familien der Gegend verdienten ihren Lebensunterhalt mehr schlecht als recht als Holzarbeiter oder Kleinbauern. Nur noch wenige pflegten den traditionellen Lebensstil der Ureinwohner. Einigen der kleinen Patienten schien es schon besser zu gehen. Sie tollten ausgelassen in einem eigens eingerichteten Spielzimmer. Ein kleines Mädchen starrte sie mit großen, dunklen Augen an und trat vorwitzig näher. Als Mirja niederkniete, ließ die Kleine ihre Hand vorsichtig durch die blonden Locken der jungen Frau gleiten.

Jennifer lachte. „Du solltest über eine neue Frisur nachdenken. Hier können so lange Haare irgendwann sehr lästig werden."

Mirja warf einen knappen Blick auf die ihrer Ansicht nach äußerst kurze Kurzhaarfrisur der jungen Frau und verzog das Gesicht.

Jennifer grinste. „Warten wir ab, was du nach vier Wochen Regenwald sagen wirst."

Mirja folgte ihr durch die weiteren Abteilungen. Die medizinische Ausstattung der Klinik war beeindruckend.

„Ich bin ehrlich begeistert von diesem Projekt. Aber es erstaunt mich, dass die ‚Dr. Philip Morgenthau Stiftung' diese Klinik mitten in den Dschungel gesetzt hat. Allein die Logistik muss Millionen von Euro jährlich verschlingen."

„Dr. Morgenthau hat eine besondere Verbindung zu Brasilien. Er hat viele Jahre hier gelebt."

„Oh, das wusste ich nicht." Dr. Philip Morgenthau war eine weltweit anerkannte Koryphäe auf dem Gebiet der Neurologie und Neurochirurgie. Seine bahnbrechenden Entwicklungen hatten unzählige Epileptiker von ihren Leiden befreit, und auch für Parkinsonkranke gab es neue Hoffnung. Seine Patente hatten ihn zu einem sehr reichen Mann gemacht, aber ein Großteil seines Vermögens floss in die Dr. Philip Morgenthau Stiftung, die sich ganz der humanitären Hilfe und der medizinischen Forschung widmete. Das Dschungelkrankenhaus war nur eines von Dutzenden Projekten. Zudem wurden weltweit Stipendien an begabte Studierende aus allen medizinischen Bereichen vergeben, um Entwicklung und Forschung voranzutreiben. Dabei zählten nicht nur gute Noten, sondern auch andere Kriterien, wie zum Beispiel das humanitäre Engagement. Diesem Umstand, so mutmaßte Mirja, hatte sie auch ihr Stipendium zu verdanken.

Sie trat an ein großes Panoramafenster, von dem aus man einen Teil des Geländes überblicken und weit auf den Dschungel hinausschauen konnte.

„Außerdem ist, wie bei allen Projekten der Stiftung, die medizinische Hilfe nur ein Teil des Konzepts", fuhr Jennifer fort. „Ein weiteres Standbein ist die pharmakologische Forschung. Der Regenwald birgt noch immer eine Unmenge an bislang unbekannten Substanzen, die für die Entwicklung neuer Medikamente äußerst spannend sein könnten."

Mirja grinste. „Du klingst wie ein wandelnder Werbeprospekt."

„Sorry." Jennifer lächelte verlegen. „Bei diesem Teil des Projekts bekomme ich immer glänzende Augen. Das liegt wahrscheinlich daran, dass ich als zweites Hauptfach Biochemie studiere."

„Wow, ganz schön anspruchsvoll."

Jennifer winkte ab. „Reine Neugier." Sie führte Mirja weiter durch das hochmoderne Gebäude. Zu den Laboratorien hatten sie allerdings keinen Zutritt.

„Wir haben hier ausschließlich S3- bis S5-Labore", erklärte Jennifer. „Laien dürfen nicht einmal in die Nähe der Sicherheitsschleusen", fügte sie hinzu.

Überrascht hob Mirja die Brauen. „S" stand für „Sicherheitsstufe", so viel wusste sie. „Stufe fünf? Ich dachte, es gibt nur vier Sicherheitsstufen?"

Jennifer grinste und zuckte mit den Achseln. Offenbar wusste sie auch nicht mehr darüber zu erzählen. Stattdessen führte sie die junge Studentin in die Ambulanz.

„War Dr. Morgenthau eigentlich schon mal hier?", erkundigte Mirja sich nach einer Weile.

„Soweit ich weiß nur zur Eröffnung des Projekts. Ich glaube auch nicht, dass er noch mal auftauchen wird. Die Reise hierher ist ja ganz schön beschwerlich."

Mirja nickte. Dr. Morgenthau war schon ein alter Mann, inzwischen musste er weit über 80 sein. Neulich hatte sie in der Zeitung gelesen, dass er sich zur Ruhe setzen und seinem Sohn die Stiftung überlassen wollte. Das brachte die Gerüchteküche zum Brodeln, denn über diesen Sohn war bislang so gut wie nichts bekannt. Viele mutmaßten, dass er ein Karrieremacher sei, der seinem Vater nicht das Wasser reichen konnte. Es war schwer einzuschätzen, ob an diesen Gerüchten etwas dran war. Aber zumindest vom Namen her brauchte sich niemand umzustellen, denn der Sohn hieß Dr. Philip Morgenthau junior. Ein Umstand, durch den der alte Mann zumindest in Mirjas Augen einige Sympathien eingebüßt hatte. Wenn jemand seinem Kind nicht einmal einen eigenen Namen zugestand, war die Gefahr recht groß, dass er auch Schwierigkeiten hatte, ihm ein selbstständiges Leben zu gestatten.

Während Mirja gedankenversunken ihren Blick über das herrliche Panorama schweifen ließ, bemerkte sie eine Gruppe von Menschen, die sich bei einem der älteren barackenähnlichen Gebäude hinter der Villa versammelt hatten. Die Leute trugen blaue Uniformen und schienen aufgeregt miteinander zu diskutieren.

„Was ist denn da hinten los?"

Jennifer trat neben sie. „Wo?"

„Dort drüben bei den Baracken."

Jennifer warf nur einen flüchtigen Blick in die gewiesene Richtung. „Die Gebäude gehören zum ältesten Teil der Anlage. Sie werden demnächst renoviert."

„Die Leute sehen aber nicht wie Bauarbeiter aus!"

„Noch wird nicht gebaut. Die meisten Baracken stehen leer, einige werden als Lager genutzt und einige wenige auch als notdürftige Quarantänestationen. Die Männer dort unten gehören zum Personal. Vielleicht hat sich wieder ein Tier in die Kanalisation geschlichen." Sie kicherte. „Vor einigen Wochen hatte sich eine Anakonda in den Abwasserrohren versteckt. Es hat drei Tage gedauert, bis die das Biest endlich gefunden hatten. Die meisten Praktikanten fanden das allerdings gar nicht witzig. Einige meiner Kommilitoninnen hatten schon Verstopfung."

Mirja runzelte die Stirn. „Warum befinden sich die Quarantänestationen bei den alten Baracken?"

„In der Klinik werden nur die akuten Fälle versorgt", sagte Jennifer. „Für die chronischen Verläufe ist dort nicht genug Platz. Im Gegensatz zu den ärmlichen Hütten, in denen unsere Patienten üblicherweise hausen, sind die Baracken reinste Luxusappartements. Komm", sie legte Mirja die Hand auf die Schulter, „ich zeige dir unsere Unterkünfte."

Es nieselte nur noch ein wenig, als sie zu einigen Nebengebäuden gingen und diese betraten. Reggaeklänge hallten durch das Treppenhaus. Jennifer führte sie in den ersten Stock. Als sie die Tür zur ersten Wohnung öffnete, drang Mirja der Geruch von gebratenen Zwiebeln in die Nase.

„Hier ist unser Zuhause. Es gibt drei Zimmer mit jeweils zwei Bewohnern, ein Bad, eine Gemeinschaftsküche und ein Wohnzimmer."

„Hey, das klingt ja richtig familiär!"

„Warte mal, bis du Spüldienst hattest! Wir teilen uns die Bude mit zwei Mädchen, die ich noch nie gesehen habe, weil sie sich auf einer monatelangen Projektreise befinden", sie wies auf eine verschlossene Zimmertür, „und zwei Jungs, die ständig Hunger haben." Jennifer deutete auf die offene Küchentür. Am Herd stand ein dunkelhaariger junger Mann mit kurzen Shorts und nacktem Oberkörper. Er briet irgendetwas in einer riesigen Pfanne. Unter seiner braunen Haut zeichneten sich klar definierte Muskeln ab.

„Hi Manuel", sagte Jennifer. „Das ist Mirja."

„Hi!", rief der junge Mann ihnen über die Schulter zu. „Appetit auf Mucequa de Peixe?" Er hielt ihnen die riesige Pfanne entgegen.

Mirja konnte jede Menge Reis, Zwiebeln und ölige Garnelen ausmachen. „Danke. Später vielleicht."

Sie gingen an einem weiteren Zimmer vorbei. Es stand halb offen. „Der Typ am Laptop ist Pit", erklärte Jennifer. „Sag ‚guten Tag', Pit!"

Mirja konnte hinter dem aufgeklappten Laptop eine hohe rötliche Stirn und dünne blonde Haare ausmachen.

„Hi, ich bin Mirja." Sie erntete jedoch nur Schweigen.

„Mach dir nichts draus." Jennifer grinste. „Sobald er am Computer sitzt, ist er nicht mehr von dieser Welt. Komm, unser Zimmer liegt am Ende des Flurs."

„Nicht schlecht!", kommentierte Mirja, als sie die Tür öffnete. Das Zimmer musste fast 20 Quadratmeter groß sein. Jeder hatte ein Bett, einen Schreibtisch und einen großen Schrank.

„Du hast kabellose Verbindung zum Hausnetzwerk. Internet gibt es über Satellit."

„Unglaublich."

„Tja, du hast Glück. Das ist das coolste Studentenwohnheim der südlichen Hemisphäre."

„Sieht ganz danach aus." Mirja zog sich rasch trockene Kleidung an und begann, ihre Sachen einzuräumen.

Jennifer ließ sich aufs Sofa fallen. „Hast du eigentlich einen Freund?"

Mirja warf einen Blick über die Schulter und runzelte die Stirn. „Du bist ganz schön neugierig."

„Hey, ich studiere Biochemie. Neugier gehört bei uns zum Job dazu", erwiderte Jennifer und lächelte unschuldig. „Also?"

Mirja wandte sich ab und blickte aus dem Fenster hinaus zum tropischen Regenwald. „Vielleicht …", erwiderte sie schließlich.

„,Vielleicht'? Das klingt interessant."

Mirja reagierte nicht auf die unausgesprochene Aufforderung.

„Hey, schon gut. Ich habe verstanden", reagierte Jennifer, ohne im mindesten beleidigt zu klingen. „Wie auch immer." Die junge Frau stand auf. „Nimm dich vor Manuel in Acht."

„Was meinst du damit?", fragte Mirja.

„Männern, die ständig Hunger haben, kann man nicht trauen."

„Wieso? Ist er etwa Kannibale?"

„Wer weiß?!", erwiderte Jennifer grinsend. „Ich muss jetzt zum Dienst. Genieße den Abend. Morgen früh gibt es dann die Einführungsveranstaltung für alle Neuen."

Mirja ließ sich aufs Bett sinken. Sie war müde und gleichzeitig viel zu aufgekratzt, um an Schlafen auch nur zu denken. Noch vor einem halben Jahr war sie fest davon ausgegangen, dass sie ihr Studium an der Humboldt-Universität in Berlin beenden würde. Doch dann war sie am Salatbüfett in der Mensa irgendwie mit einer Kommilitonin ins Gespräch gekommen, die ihr von den Stipendien der Dr. Philip Morgenthau Stiftung erzählt hatte. Mirja hatte sich beworben und ein paar Gespräche geführt. Und dann war alles plötzlich ganz schnell gegangen. Innerhalb weniger Wochen hatte sie eine Zusage erhalten.

Hast du eigentlich einen Freund? Mirja starrte an die Decke. Fast zeitgleich zu ihrer Bewerbung um ein Stipendium hatte sie Julian kennengelernt – und Raven. Julian war ein toller Typ, charmant, sportlich, gut aussehend. Sie hatten sich geküsst. Aber sein Bruder Raven war etwas ganz Besonderes. Sie hatte das Gefühl, ihm vorbehaltlos vertrauen zu können. Seltsamerweise hatte genau das sie auch verunsichert ... Hatte sie einen Freund?

Ein durchdringender Signalton riss sie aus ihren Gedanken. Er schwoll langsam ab und wieder an. Dann erklang aus einem unsichtbaren Lautsprecher eine Computerdurchsage: „Feueralarm, bitte verlassen Sie umgehend das Gebäude!" Sie sprang auf und eilte aus dem Zimmer. Der Geruch von verbranntem Essen stieg ihr in die Nase. Eine dichte Qualmwolke drang aus der Küche.

„Pass doch auf!", brüllte jemand.

Durch den dichten Rauch hindurch sah Mirja ihre beiden neuen Mitbewohner. Während Manuel hustend ein Kissen auf eine qualmende Pfanne drückte, machte sich Pit hektisch am Fenster zu schaffen. Er zerrte am Griff und brüllte dem verhinderten Koch über die Schulter hinweg zu: „Nun unternimm endlich was gegen diesen verdammten Qualm!"

„Was glaubst du, was ich hier mache?!", schrie Manuel zurück.

„Feueralarm, bitte verlassen Sie umgehend das Gebäude", erklang es erneut aus den Lautsprechern.

Der beißende Rauch brannte in Mirjas Augen. Sie eilte an dem hustenden Manuel vorbei und stieß Pit beiseite. „Lass mich mal!" Sie packte den Fensterhebel, drehte ihn in die andere Richtung und riss das Fenster auf. Schwülheiße Luft drang herein. Mirja wirbelte herum, riss dem verdutzten Manuel die Pfanne aus den Händen und warf sie kurzerhand nach draußen. Die qualmenden Reste landeten auf dem Rasen. Unten sammelten sich bereits die anderen Bewohner des Hauses. Alle starrten zu ihnen herauf. Männer eilten aus dem Krankenhaus. Ein Löschfahrzeug kam angebraust.

Mirja spürte eine Hand auf ihrer Schulter. Durch den langsam abziehenden Qualm erkannte sie Manuels Gesicht. Er bedachte sie mit einem seltsamen Blick. Dann blinzelte er mehrfach und krächzte: „Komm, wir verschwinden besser."

Hustend zogen sich die drei aus der Küche zurück.

„Wie hast du das angestellt?", fragte Mirja, als sie die Küchentür geschlossen hatten und durch den Flur eilten. „Wolltest du die Garnelen flambieren?"

„Ich ... äh, hatte einen wichtigen Anruf ... und da – "

„Wichtiger Anruf!", unterbrach Pit ihn in ätzendem Tonfall. „Wahrscheinlich hat dir deine Cheerleaderfreundin wieder ihre neueste Unterwäsche gezeigt!"

„Halt die Klappe!", entgegnete Manuel.

Sie eilten die Treppen hinunter. Die Männer der Institutsfeuerwehr kamen ihnen entgegen. „Befindet sich der Brandherd im ersten Stock?", rief der erste.

„Äh ..." Pit warf Manuel einen raschen Blick zu. Doch der reagierte nicht.

Der Feuerwehrmann winkte ungeduldig ab. „Treten Sie zur Seite."

„Tut uns leid, es ist nur ein Fehlalarm", mischte sich Mirja ein. „Uns ist das Essen angebrannt."

Der Feuerwehrmann sah sie stirnrunzelnd an. Dann sagte er: „Gut, wir überprüfen das. Sie melden sich unten beim Einsatzleiter."

„Warum habt ihr nichts gesagt?", zischte Mirja den beiden zu, als die Feuerwehrleute an ihnen vorbeigeeilt waren.

Manuel zuckte die Achseln. „Ist doch irgendwie ein bisschen peinlich, oder?"

Sie traten ins Freie. Um sie herum herrschte Chaos. Aufgeregte Studenten liefen durcheinander. Es waren mittlerweile bereits zwei Löschfahrzeuge und mehrere weitere Wagen vor Ort. Dutzende von Angestellten in blauen Anzügen eilten umher.

Manuel räusperte sich und spuckte auf den Boden. „Ich hätte nie gedacht, dass mein Mucequa de Peixe so wirkungsvoll sein kann." Er grinste schief. „Am besten, ich rede mal mit dem Einsatzleiter." Der junge Mann wandte sich rasch ab und ging auf eines der Löschfahrzeuge zu.

Mirja wollte ihm folgen, aber Pit legte ihr die Hand auf die Schulter. „Lass nur, er macht das schon."

Verwundert blickte Mirja ihn an. Sein Zorn auf Manuel schien mit einem Mal verraucht zu sein. Der blasse junge Mann wirkte angespannt.

„Was ist los?", fragte sie ihn. „Habe ich irgendetwas verpasst?"

„Nichts außer einem zu fetten Abendessen", erwiderte Pit. Aber sein Grinsen wollte nicht so recht zu seinen weit aufgerissenen Augen passen. „Komm, wir mischen uns unter die Leute."

Unschlüssig blickte Mirja zu den Einsatzwagen hinüber. Manuel sprach mit einem der Feuerwehrleute. Es sah nicht so aus, als würde es Ärger geben. Als sie sich wieder umdrehte, war Pit verschwunden. Unschlüssig blieb sie einen Moment stehen, dann wandte sie sich von der aufgeregten Menge ab und schlenderte langsam über das Gelände.

Die Wege waren ordentlich geharkt, der Rasen gestutzt. Ihr Blick wanderte über das gläserne Kuppeldach der Klinik. Der moderne Bau und das parkähnliche Grundstück standen in krassem Gegensatz zur wuchernden Wildnis des Regenwaldes. Vielleicht steckte auch eine gewisse Symbolik dahinter? Die Dr. Philip Morgenthau Stiftung stand für den medizinischen Fortschritt. Einstmals tödliche Krankheiten waren nun kein unentrinnbares Schicksal mehr. Alles war machbar.

Mirja runzelte die Stirn. Unwillkürlich lenkte sie ihre Schritte zu den älteren Teilen der Anlage. Alles war machbar, aber schon ein kleiner Brand konnte den perfekten Ablauf durcheinanderbringen. Mirja schmunzelte. Der Mensch würde niemals alles unter Kontrolle haben. Erstaunlicherweise hatte dieser Gedanke etwas Tröstliches.

Sie ging an der Mauer entlang, die den Barackenkomplex umgab. Die Steine waren zum Teil verwittert und moosbewachsen. In die Mauerkrone hatte man Stahlpfeiler eingesetzt, zwischen die Stacheldraht gespannt war. Alles wirkte neu. Als sie weiterging, entfernte sich der Pfad von der Mauer, und sie fand sich in dichtem Dornengestrüpp wieder.

Mirja blieb stehen. Das Buschwerk schien nicht zu der gepflegten Ordnung der restlichen Grünanlage zu passen. Es war, als hätte das dunkle Herz des Dschungels seine Finger ausgestreckt, um das ihm abgerungene Gebiet zurückzuerobern.

Ein plötzliches Geräusch ließ sie zusammenzucken. Eine Glasscheibe klirrte. Hastige Schritte erklangen. Mirja warf einen Blick über die Schulter. Niemand war in der Nähe. Das Wohngebäude verdeckte die Menschenmenge.

Vorsichtig ging sie auf die Dornenhecke zu und versuchte zu erkennen, was hinter der Mauer vor sich ging. Erneut ein Geräusch, ein dumpfer Laut, gefolgt von einem halb erstickten Gurgeln. Versuchte dort jemand, um Hilfe zu schreien?

„Hallo?", rief Mirja halblaut.

Keine Antwort, nur so etwas wie ein leises Stöhnen.

Mirja zögerte einen Moment, dann folgte sie dem Geräusch und hielt Ausschau nach einer Lücke in der dichten Hecke. Schließlich fand sie einen niedrigen Durchgang. Sie zwängte sich gebückt hindurch. Dornen zerrten an ihren Haaren und hinterließen Schrammen auf ihrer Haut. Dann war sie endlich durch. Mirja richtete sich auf – und erstarrte.

Auf der anderen Seite des Drahtzauns befand sich eine alte Baracke, deren Tür offen stand. Davor lag ein Mann in blauer Uniform reglos auf dem Boden. Einer seiner Arme war ausgestreckt, der andere verdeckte sein Gesicht.

„Hallo?", krächzte Mirja.

Im Halbdunkel der Türöffnung bewegte sich etwas.

„Hallo, ist da jemand? Hier liegt ein Mann. Er braucht Hilfe!", rief Mirja nun etwas lauter.

Eine Gestalt trat aus dem Dämmerlicht der Baracke.

Mirja riss erschrocken die Augen auf.

Der barfüßige Mann trug eine weite Cordhose und ein Armeehemd. Sein Bart war ungepflegt und lange Haare hingen ihm bis auf die Schultern. In seinem Blick lag etwas Wildes, etwas, das ihr Angst machte. Seine Hände waren zu Fäusten geballt.

Unwillkürlich wich Mirja einen Schritt zurück.

Zwei Atemzüge lang starrte er sie hasserfüllt an. Dann stieß er ein schrilles, abgehaktes Lachen aus.

Mirja war wie gelähmt.

Plötzlich ging ein Ruck durch den Körper des Mannes, seine angespannte Haltung erschlaffte. Ein seltsamer Ausdruck glitt über seine Züge, als würde er aus dem Schlaf erwachen.

„Wer sind Sie?", fragte er auf Deutsch.

Mirja schluckte. Ihr Mund fühlte sich trocken an. „Ich … bin … Mein Name ist Mirja Roth … ich bin Praktikantin hier im Institut. Sie müssen einen Arzt holen. Der Mann braucht Hilfe."

Der Angesprochene schien durch sie hindurchzusehen. Dann senkte er den Blick. Erst jetzt schien er den Bewusstlosen zu bemerken. Wie in Trance kniete er nieder und kontrollierte den Puls des Mannes.

„Bleiben Sie ganz ruhig", sagte er tonlos. „Ich … bin Arzt."

Dornen kratzten ihr über ihre Wange, als Mirja durch die Hecke zurückkroch. Sie glaubte ihren wummernden Herzschlag zu hören, als sie über die gepflegten Pfade zurück zum Wohnheim eilte, um Hilfe zu holen.

Kapitel 4

Berlin, Mai 2024

Ein sanfter Wind fuhr durch die hohen Alleebäume und ließ die Schatten auf dem gepflasterten Gehweg tanzen. Raven hielt den Blick gesenkt. *Er beobachtet Sie*, hallte die Stimme der alten Frau in ihm wider, und er sah ihre Augen vor sich, wach und klar, wie es nur in seltenen Augenblicken vorkam.

Zorn stieg in ihm auf. Er hatte schon mit seinen eigenen Ängsten zu kämpfen. Wenn er sich jetzt noch von den Fantasien einer demenzkranken Frau aus der Fassung bringen ließ, würde er bald wieder in der Klinik landen.

Vor einem zweistöckigen Einfamilienhaus blieb Raven stehen. Er verdrängte alle Gedanken an die alte Dame.

„Rita, Julian und Raven Adam" stand auf dem Klingelschild. Es war aus Sperrholz ausgesägt und bunt bemalt, der Lack an einigen Stellen abgeplatzt. Früher hatte auch „Jochen" auf dem Schild gestanden. Aber Ma hatte Papas Namen schon vor zehn Jahren mit einer gelben Sonnenblume übermalt, kurz nachdem er ausgezogen war. Sonne und Regen hatten die Farben schon lange ausgebleicht. Vor mehr als zwei Monaten war Raven das letzte Mal hier gewesen. Es kam ihm so vor, als würde der Kragen seines Hemdes langsam enger werden. Er öffnete zwei Knöpfe, dann klingelte er und trat in den Vorgarten. In den Beeten blühten rote und weiße Blumen. Es war beinahe wie früher – nur das Leben hatte sich davongeschlichen.

Die Tür wurde langsam geöffnet. „Hallo, Ma."

„Hallo." Ihr Gesicht war gebräunt, die Haare rot gefärbt. Sie verzog die Lippen zu einem schmalen Lächeln, doch sie sah ihn nicht an. „Das Paket steht in Julians Zimmer."

„Okay." Raven wandte den Blick ab und stieg die Treppe hinauf. Julians Zimmer. Obwohl Julian der Ältere und nach Aussage aller, die er kannte, auch Reifere von beiden gewesen war, hatte er immer noch zu Hause gewohnt. Raven hingegen hatte sich schon während des Abiturs auf seinen Umzug ins Studentenwohnheim gefreut. Er hatte zunächst Jura studiert wie sein Vater, doch schon nach einem Semester war er auf Soziologie umgestiegen.

Zögerlich betrat er im ersten Stock das Zimmer seines verstorbenen Bruders. Licht fiel durch die Dachfenster. Ravens Blick huschte über die Klettergriffe an den Dachbalken und das Laufband neben dem Bett. Julian war gut gewesen, besser als Raven, vielleicht der beste Freerunner der Stadt. Seine Videos hatten in der Szene Kultstatus gehabt. So war auch die Agentur auf ihn aufmerksam geworden, die für ein groß angelegtes deutsch-amerikanisches Filmprojekt Stuntleute gesucht hatte, die in der Lage waren, atemberaubende Actionszenen zu liefern. Man wollte so weit wie möglich auf Computeranimation verzichten. Und Julian hatte zu den wenigen Auserwählten gehört, denen man diesen Job zutraute. Ein letztes spektakuläres Bewerbungsvideo sollte dafür sorgen, dass man sich für ihn entschied. Anfangs schien Julian begeistert gewesen zu sein, doch dann hatte sich etwas verändert. Er war nicht mehr bei der Sache gewesen. Raven seufzte. Wenn er sich doch nur erinnern könnte, was damals vorgefallen war!

Das Paket lag auf dem Boden. Jemand hatte es hastig neben dem Schreibtisch und der mit Fotos übersäten Wand abgestellt. Raven holte das Taschenmesser aus Julians Schublade. Er kannte sich in diesem Zimmer genauso gut aus wie in seiner eigenen Wohnung. Sie hatten fast alles miteinander geteilt – doch ihre intimsten Gedanken hatten sie einander offenbar nicht verraten. Julian hatte nie darüber gesprochen, was ihn bedrückte, und Raven? Raven hatte nie verraten, dass sie in dieselbe Frau verliebt gewesen waren.

Er öffnete das Paket und nahm das zerknüllte Papier heraus, mit dem es ausgepolstert war. Behutsam legte er die Videokamera und die alte Taschenuhr beiseite und fischte Julians Smartphone heraus. Das Display hatte einen Sprung, und die Rückwand war zum Teil zersplittert. Jemand hatte Tesafilm darum gewickelt. Als Raven ihn löste, fiel die Rückwand samt Akku zu Boden. Julian hatte sein Smartphone geliebt, die Kamera machte hervorragende Bilder, und etliche der kleinen Videos im Internet waren mit diesem Gerät aufgenommen worden.

Das Gehäuse knirschte leise. Erst jetzt fiel Raven auf, wie fest er es umklammert hielt. Er löste seinen Griff – und stutzte. Irgendetwas stimmte nicht. Zuerst kam er nicht drauf. Natürlich war das Gerät defekt, aber das war es nicht, was ihn irritierte. Auch die SIM-Karte steckte noch an Ort und Stelle, aber die Speicherkarte fehlte. Julian hatte das Gerät erst wenige Wochen vor dem Unfall aufgerüstet. War sie beim Sturz verloren gegangen? Durchaus denkbar, aber unwahrscheinlich. Julian hatte das Smartphone in der Hosentasche getragen.

Raven nahm die Liste zur Hand, die dem Paket beigefügt war. Seltsam, eine Speicherkarte war darauf nicht erwähnt. Hatte man sie übersehen? Oder hatte Julian sie zuvor selbst entfernt?

Raven nahm die Videokamera zur Hand und klappte das Display auf. Er war nicht dabei gewesen, als der Film im Gerichtssaal abgespielt worden war. Behutsam berührte sein Finger den Startknopf.

Julian grinste in die Kamera und ließ die Arme kreisen. Im Hintergrund spiegelte sich die Sonne auf der Glaskuppel des Fernsehturms. Das Licht bildete ein Kreuz.

„Bist du bereit?", hörte Raven sich sagen.

„Immer bereit!", alberte Julian und hob die Hand zum Pioniergruß.

„Ladies and Gentlemen, hier kommt er: der unglaubliche Ulk, Dr. Jekyll und Mr Hype, der Spiderman von Berlin!"

Julian verdrehte die Augen.

„An diesem unglaublichen Mittwoch, dem 27. September –"

"Halt endlich die Klappe!", unterbrach Julian ihn. *Er blinzelte in das Licht der tief stehenden Sonne. "Außerdem ist heute der 26. September."*

Raven hielt die Aufnahme an. Das Datum! Irgendetwas daran war wichtig! Aber was? Er presste die Finger gegen seine Schläfen. Wenn doch nur diese verdammte Leere in seinem Kopf nicht wäre! Nach kurzem Zögern drückte er erneut den Startknopf und ließ den Film weiterlaufen. Sein eigenes Lachen drang ihm aus den Lautsprechern entgegen.

"Nervös?"

Julian schüttelte stumm den Kopf und kletterte auf die Mauer, die das Parkdeck umgab. Der Sprung auf das Nachbargebäude war nicht weit, zumindest nicht für jemanden mit Julians Fähigkeiten.

"Okay, Spiderman, noch 'nen Spruch für die Leute an den Bildschirmen?"

Julian setzte zum Sprung an. Im letzten Moment wandte er sich noch einmal der Kamera zu. Es sah aus, als wolle er etwas erwidern.

Erneut drückte Raven die Pausentaste. Sein Herz hämmerte gegen seine Brust. Tausende Male hatte Raven versucht, sich in Erinnerung zu rufen, was in den wenigen Sekunden danach geschehen war. Aber er sah nur einen hellen Blitz und weißes Rauschen. Ein weiteres Mal drückte er die Playtaste.

Julian blickte ihn an, sein Gesichtsausdruck veränderte sich, dann verschwand er aus dem Bild. Die Kamera verlor den Fokus. Ein Schrei erklang: "JULIAN!" Die Betonmauer huschte vorbei, dann schlug die Kamera auf dem kiesbedeckten Boden des Parkhausdaches auf. Der Bildschirm wurde schwarz.

Sie war immer da. Sie lauerte wie ein Dämon in seinem eigenen Schatten, und jedes Mal, wenn er versuchte, sich den schrecklichsten Sekunden seines Lebens zu nähern, sprang sie ihn an, vergiftete seine Seele und blockierte sein Denken. Ravens Herz trommelte. Er zwang sich, die Augen zu schließen und sich auf seinen Atem zu konzentrieren. Tief einatmen, langsam ausatmen. Er stellte sich vor, die Luft wäre wie ein blauer Strom perlenden Wassers, das sich sanft über ihn ergoss. Ganz langsam löste sich die Panik.

Raven schlug die Augen wieder auf und legte die Kamera beiseite. Im selben Moment kam ihm ein Gedanke. Der 27. September 2023 – Julian hatte ein paar Wochen vor dem schrecklichen Unfall von diesem Termin gesprochen. Er hatte ein Flugticket für diesen Tag gebucht.

Abrupt wandte Raven sich der Fotowand zu. Auf etlichen Bildern war Raven selbst zu sehen, Arm in Arm mit seinem Bruder und Freunden aus der Freerunner-Szene. Die lächelnden Gesichter von damals waren heute nur schwer zu ertragen.

Er wusste, dass dort noch ein anderes Bild gehangen hatte. Es zeigte ein paar übernächtigte Studenten, die auf der Betonplattform des Kletterfelsens auf dem Teufelsberg saßen und den Sonnenaufgang über dem Grunewald in Berlin betrachteten. Es konnte nicht fort sein.

Raven krabbelte suchend über das unter der Pinnwand stehende Bett, zog die Decke beiseite. Schließlich hob er die Matratze an. Zwischen den Lücken des Lattenrostes sah er auf dem staubbedeckten Teppich etwas Weißes schimmern. Er hob den Sprungrahmen an und fischte ein zerknittertes Foto vom Boden. Ein paar junge Menschen lächelten müde in die Kamera. Unter ihnen ein Mädchen mit zerzausten blonden Haaren, das am eisernen Gipfelkreuz lehnte – Mirja. Vorsichtig wischte Raven den Staub von der Aufnahme. Sie hatten sich mit ein paar Freunden zum Klettern verabredet. Es war spät geworden. Aus einer Laune heraus hatten sie beschlossen, die Nacht durchzumachen. Zwei Decken und ein paar Flaschen Rotwein hatten ihnen geholfen, sich bis zum Morgen warm zu halten. Sie hatten geredet, stundenlang. In jener Nacht hatte Raven sich verliebt, und er hatte das Gefühl gehabt, als wäre es ihr ähnlich ergangen. Doch dann war alles ganz anders gekommen. Gegen Julians Charme hatte er einfach keine Chance gehabt. Er sah es heute noch vor sich, als wäre es erst gestern gewesen: Auf dem Flughafen, vor ihrer Abreise nach Amerika, hatte Julian die Arme um Mirjas Nacken geschlungen und sie geküsst.

Raven steckte das Foto in die Hosentasche.

Das Studium in Amerika hatte Mirja sehr in Anspruch genommen. Und irgendwann hatte sie sich nicht mehr gemeldet. Auch Julian hatte nur noch selten von ihr gesprochen. Es wäre nicht die erste Fernbeziehung gewesen, die kläglich scheiterte. Dann hatte Julian jedoch im August kurz erwähnt, dass er Flugtickets besorgt hatte, um Mirja zu besuchen.

Raven war über diese Entscheidung völlig verwundert gewesen. Doch Julian hatte seine Fragen nur einsilbig beantwortet. Kurz darauf war jedoch die Anfrage der Agentur erfolgt und hatte alles andere verdrängt.

Eigentlich hätte noch mindestens ein weiteres Foto von Mirja an der Wand hängen müssen. Raven suchte unter dem Bett danach, konnte es aber nicht finden. Hatte Julian es abgenommen?

Vielleicht hatte es Streit gegeben? Oder hatte Julian den Flug wegen des Filmprojekts storniert? Das wäre durchaus möglich. Doch warum konnte Raven das Gefühl nicht abschütteln, dass es ganz anders gewesen war?

Er öffnete die Schreibtischschublade und nahm den Tablet-PC seines Bruders heraus. Der Akku war leer. Er steckte das Ladekabel ein, wartete einen Augenblick und startete dann den Computer. Zuerst sah er die E-Mails und die Facebook-Kontakte seines Bruders aus dem August und September des letzten Jahres durch. Mirjas Name tauchte dabei nicht auf. Raven ging noch einige Wochen weiter zurück und fand lediglich drei E-Mails von miri97@ohio.edu. In der ersten berichtete Mirja überschwänglich und fröhlich von ihrer Ankunft in Ohio. Ihre nächste E-Mail war einen Monat später eingetroffen. Sie schrieb darin, dass sie sich um Praktikumsplätze bemühen wollte. Etwa sechs Wochen später berichtete sie, dass sie einen anderen kennengelernt hatte und den Kontakt zu Julian abbrechen würde.

Seltsam, Julian hatte das Flugticket erst mehrere Wochen darauf gebucht. Aber warum? Er war nicht der Typ gewesen, der einer Frau hinterherrannte, wenn sie nichts mehr von ihm wissen wollte. Irgendwie passte das alles nicht zusammen.

„Ma?" Raven lief die Treppe hinunter. Seine Mutter stand in der Küche, einen Lappen in der Hand, und starrte aus dem Fenster.

„Ma!"

„Der Rasen müsste mal gemäht werden."

„Ich kann das machen", bot Raven rasch an.

„Früher musste ich nie etwas sagen." Sie seufzte. „Er hat immer von selbst an solche Dinge gedacht."

Raven spürte, wie seine Kehle sich zuschnürte. Er trat auf seine Mutter zu. *Ich sollte sie trösten, irgendwie.* Er hob die Hand, um sie auf die Schulter seiner Mutter zu legen, dann ließ er sie wieder sinken.

„Hat Julian dir eigentlich erzählt, warum er Mirja besuchen wollte?"

„Mirja?", murmelte sie verständnislos.

„Seine Freundin. Die beiden haben sich ein Dreivierteljahr vor seinem ... Unfall kennengelernt. Er wollte sie in Amerika besuchen ..."

Abrupt wandte sie sich um. „Warum erzählst du solche Sachen?" Sie blickte ihm forschend ins Gesicht. „Nimmst du regelmäßig deine Medikamente?"

Was sollte denn diese Frage? Raven verzog das Gesicht. „Natürlich", erwiderte er. „In Julians Zimmer hingen Fotos von Mirja, und für den 27. September hatte er sich ein Flugticket besorgt –"

„Julian hätte mir erzählt, wenn er eine neue Freundin gehabt hätte!", unterbrach ihn seine Mutter barsch. „Und er wollte nicht nach Amerika. Er wollte an diesem Filmprojekt teilnehmen. Das weißt du doch besser als ich. Schließlich hast du ihn dazu überredet."

Raven starrte seine Mutter an. *Ich habe ihn nicht überredet*, wollte er erwidern. Aber er wusste, dass das nichts ändern würde.

„Ich mähe gleich den Rasen", sagte er. Dann wandte er sich um und lief hinauf in Julians Zimmer. Sein Bruder hatte zu Hause nichts von Mirja erzählt – das erschien Raven nicht ungewöhnlich. Aber warum hatte er den geplanten Flug verschwiegen?

Julian hatte eine externe Festplatte besessen, auf der er alle wichtigen Daten gespeichert hatte. Raven fischte den Schlüssel aus dem Becher neben der Leselampe, um den Schreibtischcontainer aufzuschließen. Doch das war gar nicht nötig. Der kleine Schrank war offen. Etwas irritiert holte Raven die Festplatte heraus und schloss sie an. Es dauerte einen Augenblick, bis das Tablet das Gerät erkannt hatte. Schließlich meldete es, dass das Speichermedium keine Dateien enthalte, und bot an, es zu formatieren.

Verwirrt runzelte Raven die Stirn. Das konnte nicht sein. Julian hatte auf dieser Festplatte alle seine Filme und die wichtigen Daten gesichert. Er hatte sich extra ein Gerät mit Doppel-Backup besorgt, das sämtliche Daten auf einer zweiten Festplatte spiegelte, sodass selbst für den Fall, dass eine der Festplatten beschädigt wurde, nichts verloren ging. Hatte Julian die Daten selbst gelöscht? Nein, das war absurd. Selbst wenn er irgendetwas zu verbergen gehabt hätte: Auf der Festplatte hatten sich unzählige Filme befunden, die Julians Entwicklung zum besten Freerunner der Stadt dokumentierten – warum hätte Julian diese ebenfalls löschen sollen? Als Raven die Festplatte in die Schublade zurücklegen wollte, fiel ihm etwas auf: An der Stelle, an der der Riegel des einfachen Schlosses einrastete, war der Lack zerkratzt. Hatte jemand das Schränkchen mit Gewalt geöffnet?

Langsam stieg er die Stufen hinab ins Erdgeschoss. „Ma?"

„Der Rasenmäher steht im Schuppen."

„Als die Polizei hier war … hat sie da auch Julians Schreibtischschrank geöffnet?"

„Raven, ich wäre dir sehr dankbar, wenn du diese Ereignisse jetzt ruhen lassen könntest."

„Bitte."

Sie seufzte. „Die Polizei hat einen Blick in seinen Computer geworfen und ein paar Daten kopiert. Am Schreibtischschrank waren sie nicht."

„Bist du sicher?"

„Ich war die ganze Zeit dabei." Sie sah ihn stirnrunzelnd an. „Warum willst du das wissen?"

Raven wich ihrem Blick aus. „Ich geh dann mal den Rasen mähen."

Der Schlüssel zum Schuppen lag wie üblich auf dem Regal neben der Terrassentür. Der Geruch nach frisch gemähtem Gras stieg Raven in die Nase, als er kurz darauf seine Bahnen zog. Seit einem Dreivierteljahr versuchte er, sich einzureden, dass alles ein Unfall gewesen war, unglückliche Umstände, für die niemand etwas konnte.

Doch wenn er ehrlich war, hatte er das nie geglaubt.

Was hatte Julian dort auf dem Dach so sehr aus dem Konzept gebracht, dass er abgestürzt war?

Das Verschwinden der Speicherkarte und die gelöschte Festplatte verstärkten das Gefühl, dass Julian ein Geheimnis gehabt hatte. Möglicherweise ein Geheimnis, das ihn das Leben gekostet hatte?

Raven schaltete den Motor aus und leerte den vollen Auffangkorb des Rasenmähers. Es gab nur einen Menschen, der ihm hier weiterhelfen konnte. Es war ein alter Klassenkamerad von Julian, ein ziemlich schräger Typ. Aber vermutlich war das nicht anders zu erwarten bei jemandem, der den ganzen Tag allein vor dem Computer verbrachte.

Der Abend dämmerte bereits, als Raven die Treppe der U-Bahnstation Rathaus Neukölln nach oben stieg. Der Geruch nach Dieselabgasen und Fischbrötchen stieg ihm in die Nase, als er die Karl-Marx-Straße Richtung Rollberg-Viertel entlanglief. Noch vor gar nicht allzu langer Zeit war diese Gegend für ihre kriminellen Familienclans berühmt-berüchtigt gewesen. Inzwischen hatte sich die Gegend unweit der Karl-Marx-Straße jedoch zu einem der unzähligen hippen Szenekieze Berlins entwickelt, und die stetig steigenden Mieten verdrängten viele der ursprünglichen Anwohner. Alles wurde teurer und – zumindest dem Anschein nach – friedlicher.

Michel Hainke, der im Netz nur unter dem Namen Captain Kraut bekannt war, hatte Julians Website programmiert und dafür gesorgt, dass dessen Filme im Netz kursierten. Wenn jemand mehr über die seltsamen Ereignisse vor dem Unfall wusste, dann er. Bislang hatte er allerdings auf keine von Ravens Messages geantwortet. Vielleicht hatte er Angst?

Es gab nur eine Möglichkeit, das herauszufinden: Raven musste ihm im Real Life einen Besuch abstatten.

Der schmucke Altbau war frisch saniert, und die Fassade glänzte in blendendem Weiß. Raven studierte die Namen auf den Klingelschildern. Der alte Hacker wohnte im zweiten Hinterhaus. Niemand reagierte auf sein Klingeln. Achselzuckend läutete Raven in einem der oberen Stockwerke im Vorderhaus.

„Ja, wer ist da?", quäkte es aus dem Lautsprecher.

„Hermes-Versand!", nuschelte Raven, und der Summer ertönte. Als er durch das Tor in den zweiten Hinterhof ging, schien er gleichzeitig in eine andere Welt zu treten. Das Pflaster im Hof stammte wahrscheinlich noch aus Kaisers Zeiten. Die Fassade des zweiten Hinterhauses war eine Katastrophe. An weiten Stellen fehlte der Putz vollständig. Hier und da entdeckte Raven Löcher im Mauerwerk, die verdächtig nach Einschusslöchern aussahen und dem Zustand des Gebäudes nach noch aus dem Zweiten Weltkrieg stammen mussten. Ein Teil des Hauses war eingerüstet. Aber den zerrissenen Plastikplanen und dem Taubendreck nach zu urteilen, schien auch dieses Gerüst schon eine ganze Weile dort zu stehen.

Raven ging zur Eingangstür. Sie war verschlossen.

„Da wernse keen Glück haben", erklang eine heisere Stimme hinter ihm.

Er fuhr herum. Im ersten Stock lehnte eine alte Frau am Küchenfenster und betrachtete ihn interessiert. „Da is immer abjeschlossen. Wat suchen Se denn?"

„Ich möchte einen alten Freund besuchen."

„Wenn Ihr Freund nicht gerade Rudi die Ratte ist, kommen Se zu spät." Die Alte grinste und zeigte dabei übergroße dritte Zähne. „Da wohnt keena mehr."

„Sind Sie sich sicher?"

„Na ja, wenn Se jenau hinkieken, sehn Se dit selber. Dit sollte hier allet grundsaniert werden. Die meisten Mieter sind vor 'nem Jahr ausjezogen, die letzten 'n paar Monate später. Aber seitdem ist nischt passiert. Nu gammelt die Bude vor sich hin, und die Ratten tummeln sich bei uns." Sie winkte ab.

„Mein Freund heißt Michel Hainke ..."

„Ach, so 'n Dicker mit 'ner verfilzten Haarmatte?", unterbrach die Alte ihn.

„Ja. Hat er mal mit Ihnen gesprochen? Wissen Sie, wo er hingezogen ist?"

„Keene Ahnung, wo der hin is. War wohl einer der Letzten, der weg is."

Vielleicht vor einem Dreivierteljahr?, ging es Raven durch den Kopf. „Im September?", hakte er nach.

Die Frau kniff die Augen zusammen und nickte. „Könnte hinkomm."

Raven wusste, dass all das wahrscheinlich bloß Zufall war, und dennoch ... „Haben Sie denn gesehen, wie er umgezogen ist?"

„Nee." Die Alte schüttelte den Kopf. „Aber so wie der immer rumjelaufen is, kann er nich viel jehabt ham. Zwee T-Shirts und 'ne Hose – hat wahrscheinlich allet in eenen Karton jepasst." Sie grinste.

„Vielleicht", murmelte Raven. „Wo hat er denn gewohnt?"

„Viertet OG links. Aber wat spielt dit jetz noch für 'ne Geige?"

Gute Frage, dachte Raven. Er zuckte die Achseln. „Wie es aussieht, habe ich Pech gehabt." Dann nickte er ihr zu und wandte sich zum Gehen. „Tschüss und vielen Dank."

„Keen Problem", erwiderte die Alte.

Im vorderen Hof nahm Raven einen Kiesel aus einem der Blumenkübel. Er passte genau ins Schließblech der Eingangstür. Als diese ins Schloss fiel, klackte es zwar, aber die Türfalle konnte nicht einrasten.

Raven nickte zufrieden und schlenderte gemächlich zurück in Richtung U-Bahnhof. Auch wenn seine Zeit als Freerunner inzwischen zu einem anderen Leben zu gehören schien, ein paar Tricks hatte er doch noch drauf.

Kapitel 5

Brasilien, Bundesstaat Pará, Mai 2023

„Setzen Sie sich." Die Frau wies auf eine Sitzecke neben dem Schreibtisch. „Möchten Sie etwas trinken?"

Mirja nickte. „Ein Wasser, bitte."

Die Frau in dem dunkelblauen Businesskostüm goss etwas Mineralwasser in ein Glas. Dann setzte sie sich Mirja gegenüber und schlug die schlanken Beine übereinander. Ihre dunklen Haare hatte sie zu einem strengen Knoten gebunden. Auf ihrem kleinen Namensschild mit dem Logo der Dr. Philip Morgenthau Stiftung stand *E. Stone – Chief Security Officer*.

„Wie geht es Ihnen, Miss Roth?" Die Leiterin des Sicherheitsdienstes sprach reinstes Oxford-Englisch, und ihr Teint war trotz der dunklen Haare eher blass. Sie hätte auch in die Chefetage eines Londoner Bankhauses gepasst.

Mirja nahm einen Schluck Wasser. „Ehrlich gesagt, ich weiß es nicht, Mrs Stone."

Die Frau lächelte. „Ich bin nicht verheiratet." Sie war sehr gut aussehend.

Ihr Alter war schwer zu schätzen, sie konnte genauso gut Anfang wie auch Ende dreißig sein. „Es ist Ihr erster Tag, nicht wahr?"

Mirja nickte.

„Und am ersten Tag erleben Sie gleich einen Feueralarm und einen Unfall auf der Quarantänestation – wen würde das nicht verunsichern? Wie kommt es überhaupt, dass Sie den bewusstlosen Mitarbeiter entdeckt haben?"

„Ich ging in der Nähe spazieren und hörte dann Hilferufe. Da habe ich natürlich nachgesehen."

„Sie sind durch die Dornenhecke gekrochen?"

„Ja."

„Wäre es nicht einfacher gewesen, gleich Hilfe zu holen?"

„Zu diesem Zeitpunkt wusste ich doch gar nicht, was vorgefallen war. Außerdem waren alle mit dem Feueralarm beschäftigt."

„Ja, der Feueralarm …" Die Frau machte sich eine Notiz. „Alle waren in heller Aufregung, und Sie gingen währenddessen spazieren?"

Mirja fühlte sich unbehaglich. So wie Miss Stone es formulierte, klang ihr Verhalten auf einmal verdächtig – was auch immer das in diesem Zusammenhang bedeuten mochte.

„Ich … mag große Menschenmengen nicht besonders", erwiderte Mirja nach kurzem Zögern. „Außerdem wusste ich ja, dass der Alarm nur durch ein paar verkohlte Garnelen ausgelöst worden war."

Die Sicherheitschefin nickte. „Richtig. Das war in Ihrer Küche passiert, nicht wahr?"

Mirja schluckte. „Einer meiner Mitbewohner hatte seine Pfanne wohl zu lange unbeaufsichtigt gelassen."

Miss Stone sah sie schweigend an. Mirja erwiderte ihren Blick, aber irgendwann spürte sie, wie die Röte ihr ins Gesicht stieg. Dabei hatte sie doch gar nichts falsch gemacht.

Schließlich lehnte sich die Frau in ihrem Stuhl zurück. Ihr Gesichtsausdruck hatte jetzt jede Strenge verloren. „Bitte entschuldigen Sie, Miss Roth. Ich habe mich noch gar nicht bei Ihnen bedankt. Der Mitarbeiter, den Sie gefunden haben, hatte einen anaphylaktischen Schock. Durch Ihr rasches Eingreifen haben Sie ihm wahrscheinlich das Leben gerettet. Wir konnten seinen Zustand stabilisieren, und er ist wieder bei Bewusstsein."

„Einen anaphylaktischen Schock?"

„Vermutlich Avicularia purpurea", erwiderte Miss Stone. „Er hatte eine Bisswunde am Unterarm." Als sie Mirjas fragenden Blick sah,

erklärte sie: „Eine Vogelspinnenart. Die Bisse sind für den Menschen zwar schmerzhaft, aber eigentlich nicht gefährlich, es sei denn, es kommt wie bei unserem Mitarbeiter zu einer allergischen Reaktion. Das Tier hatte sich im Lager versteckt, und als der Kollege dort einen Wasserkasten holen wollte, erwischte es ihn. Er schaffte es noch bis vor die Tür, dann brach er zusammen. Hätten Sie ihn dort nicht gefunden ..."
Sie ließ den Satz unbeendet.

„Da war noch ein anderer Mann ...", sagte Mirja. „Er behauptete, er sei Arzt ..."

Miss Stone lächelte. „Ich fürchte, wir sind Ihnen da noch eine Erklärung schuldig. Der Mann, den Sie gesehen haben, ist tatsächlich Arzt. Oder zumindest war er Arzt, bis er sich aufgrund einer schweren Virusinfektion eine Meningoenzephalitis zuzog. Er arbeitete weit draußen in einer kleinen Buschstation. Als man ihn zu uns brachte, hatte er über vierzig Grad Fieber und litt unter schweren Halluzinationen. Wir konnten zwar sein Leben retten, aber er leidet immer noch unter den Spätfolgen dieser Infektion und zeigt Symptome einer paranoiden Schizophrenie."

„Infolge einer Hirnschädigung?"

„Ja." Sie kniff die Lippen zusammen und nickte ernst. „Ein furchtbares Schicksal. Wir behandeln in den Quarantäne-Baracken nicht nur Patienten mit hochinfektiösen chronischen Erkrankungen, sondern auch solche, die unter den Spätfolgen einer Infektion leiden. Mauer und Zaun dienen ihrem eigenen Schutz." Sie sah Mirja durchdringend an. „Und auch dem aller anderen."

Mirja schluckte. „Dieser Arzt – ist er gefährlich?"

„Nicht unbedingt ... Es kommt ganz darauf an, wie er eine Situation interpretiert." Miss Stone warf ihr einen eindringlichen Blick zu.

„Ich verstehe."

Ihr Gegenüber lächelte knapp. „Normalerweise lassen wir unseren Studenten etwas mehr Zeit, um hier anzukommen. Aber es gibt da noch etwas, das Sie wissen sollten."

„Ja?"

„Nicht jeder in dieser Gegend ist erfreut über unsere Arbeit." Die Sicherheitschefin erhob sich und ging zu einer riesigen Satellitenaufnahme des Regenwaldes. „Dieses gesamte Gebiet ist geschützt. Hier leben einige der letzten ‚lost tribes' Südamerikas, und es gibt einen schier unglaublichen Artenreichtum an Flora und Fauna. Aber", sie deutete auf mehrere winzige rote Flecken, die das tiefe Grün durchbrachen, „es gibt hier auch noch andere Reichtümer: Holz und vor allem Öl. In diesem scheinbar unberührten Naturparadies tobt längst ein Krieg. Illegale Holzfäller und die Ölmafia hinterlassen ihre Spuren. Menschen sterben oder verschwinden, ohne dass die Regierung etwas davon weiß, zumindest offiziell. Diese Klinik stellt eine Gefahr für das jahrelange Stillschweigen dar. Mit jedem Kind, das mit Schussverletzungen bei uns eingeliefert wird, mit jedem Patienten, der mit Vergiftungserscheinungen zu uns kommt, weil sich das Wasser neben seinem Haus in eine stinkende Brühe verwandelt hat, wird es der Regierung schwerer gemacht wegzuschauen." Sie lächelte schmallippig. „In der Bauphase unserer neuen Klinik gab es durch plötzliche Lieferengpässe und unerklärliche Pannen mehr als drei Jahre Verzögerung. Und in den folgenden zwei Jahren verzeichneten wir über fünfzig Diebstähle und Sabotageakte."

„Und danach?", fragte Mirja.

„War man der Meinung, dass diese Klinik einen besonderen Sicherheitsdienst benötigt", erwiderte die dunkelhaarige Frau lächelnd. „Bitte entschuldigen Sie daher meine möglicherweise etwas unangenehmen Fragen. Aber dieses Projekt ist mir ein Herzensanliegen. Ich werde nicht zulassen, dass es zerstört wird."

Mirja schwieg. Diese schlanke Frau in dem dunkelblauen Businesskostüm hatte etwas an sich, das sie beunruhigte.

„Ich kann mir gut vorstellen, dass diese Informationen Ihnen Angst machen. Selbstverständlich steht es Ihnen jederzeit frei, Ihr Praktikum zu beenden."

„Nein", entfuhr es Mirja. „Ich möchte auf jeden Fall bleiben! Ich bin nicht hergekommen, um Urlaub zu machen. Ich möchte etwas lernen und den Menschen helfen."

Miss Stone lächelte. „Gut. Sie können jetzt gehen. In einer Stunde beginnt Ihr Einführungsseminar."

Kapitel 6

Berlin, Mai 2024

Raven stopfte den letzten Rest seines Burgers in den Mund und spülte ihn mit einem Schluck Wasser hinunter. Es ging auf drei Uhr morgens zu. Nun war es selbst für Neuköllner Verhältnisse spät genug.

Langsam ging er die Karl-Marx-Straße entlang. Alles war menschenleer. Die Leuchtreklame von Döner 44 flackerte. Aus einer Eckkneipe drang Musik. Hin und wieder fuhr ein Auto vorbei. Raven sah sich um, niemand war zu sehen. Die Tür des Hauses ließ sich problemlos öffnen. Ein Teil von ihm bedauerte, dass der simple Trick mit dem Kieselstein funktioniert hatte.

Im zweiten Innenhof war alles dunkel. Zu blöd, dass die Fenster im Souterrain vergittert waren. Er holte die Stirnlampe aus seinem Rucksack und setzte sie auf, ohne sie jedoch einzuschalten. Seine Finger legten sich um einen der Eisenträger des Baugerüsts.

Vor zehn Monaten hätte er innerhalb von zwei Sekunden die erste Plattform erreicht, und in weniger als einer halben Minute wäre er auf dem Dach gewesen – ein Spaziergang.

Er legte den Kopf gegen das kühle Metall und atmete tief ein und aus. *Es sind nur zwei Meter! Sei nicht so eine feige Memme!*

Er hatte in der Therapie gelernt, der irrationalen Angst mit Entspannungstechniken und rationalen Fakten zu begegnen. Letztere waren jedoch ein zweischneidiges Schwert, denn sofort sprang seine Furcht auf diesen Zug auf und konfrontierte ihn mit ganz anderen Gedanken: *Michel ist seit einem Dreivierteljahr fort! Was zum Henker erwarte ich hier zu finden?*

Raven biss die Zähne zusammen. Er wusste, dass Michel schon einmal für ein halbes Jahr illegal in einem leer stehenden Haus gelebt hatte. Dank seiner beachtlichen Fähigkeiten als Hacker hatte er sogar fließend Wasser und Strom gehabt. Als dann allerdings der Winter angebrochen und das Heizöl zur Neige gegangen war, hatte er sich eine neue, legale Bleibe suchen müssen. Natürlich war Raven sich bewusst, dass seine Chance, Michel tatsächlich anzutreffen oder zumindest einen brauchbaren Hinweis auf dessen Verbleib zu finden, verschwindend gering war. Aber andererseits konnte er endlich einmal etwas tun! Seit einem Dreivierteljahr versuchte er, einfach nur zu ertragen, was geschehen war. Jetzt hatte er die Möglichkeit zu handeln! Er musste dort hoch!

Sein Bein zitterte, als er einen Fuß auf die niedrigste Querstrebe setzte. Mit jeder Stufe, die er höher stieg, wurde das Gefühl zu fallen stärker.

Seine Muskeln verkrampften sich, und sein Atem ging keuchend. Schließlich gelang es ihm, sein Knie auf die Plattform zu quetschen und sich hochzudrücken. Der Boden unter seinen Füßen schien zu schwanken.

„Das sind nur zwei Meter", flüsterte Raven. „Dir kann nichts passieren!" Schritt für Schritt arbeitete er sich vor, bis er ein Fenster fand, das kleiner war und höher lag als die anderen. In alten Berliner Mietwohnungen hatten sich die Toiletten ursprünglich im Treppenhaus zwischen den Etagen befunden. Erst später hatte man in den Wohnungen kleine Bäder eingebaut, indem man von der Küche einen Teil abzweigte. Licht und Luft drangen dann durch einen Schacht über der Speisekammer in den Raum. Das schmale Fenster konnte nur mithilfe einer langen Eisenstange geöffnet werden. Manchmal wurde diese Stange dann in einen Eisenring gehakt, der sich am unteren Rand des Fensters befand, um es so zu verschließen – aber oft verzichtete man darauf.

Das war seine Chance. Raven ging vorsichtig ein paar Schritte zur

Seite. Die Eichenbohlen des Gerüsts knarrten leise. Er ignorierte die leise Stimme, die ihn ermahnte, die Sache zu beenden, und versuchte, sich nur auf die Bewegungsabläufe zu konzentrieren, die ihm früher so leicht von der Hand gegangen waren. Er umklammerte einen Geländerpfosten des Gerüstes und setzte den Fuß auf das Rückengeländer. Dann packte er das Eisenrohr, das die Plattform über ihm trug, und drehte sich zur Mauer. Er spürte, wie ihm das Herz bis zum Halse schlug. Mit den Füßen drückte er gegen das schmale Fenster. Zuerst leistete es Widerstand, dann gab es plötzlich nach. Die Eisenstange klirrte leise. Mit den Füßen voran krabbelte Raven nun in den Schacht. Er drehte sich auf den Bauch und rutschte, sich an der Eisenstange festhaltend, langsam tiefer. Schließlich fiel die Wand senkrecht ab. Seine tastenden Füße fanden einen Halt und Raven ließ sich aus dem Schacht gleiten. Plötzlich erklang ein lautes Knacken. Er verlor den Halt und stürzte, einen erstickten Schrei ausstoßend, zu Boden. Etwas schlug hart gegen seinen Hinterkopf, und ein Schwall abgestandenes Wasser ergoss sich über ihn.

Einige Atemzüge lang blieb Raven benommen liegen, dann rappelte er sich auf und griff nach der Stirnlampe, die ihm vom Kopf gerutscht war. Er blickte sich verwirrt um. Offenbar war er vom Schacht auf den Spülkasten des WCs gestiegen, woraufhin das morsche Teil aus der Verankerung gerissen war. Glücklicherweise war irgendwann das Wasser abgestellt worden, sodass das Bad jetzt nicht geflutet wurde.

Raven fluchte leise und ging über den knarrenden Dielenboden hinaus in den Flur. Die Wohnung war leer, die Tür nicht abgeschlossen. Er schlüpfte ins Treppenhaus. Langsam stieg er die Stufen empor in den vierten Stock.

Michels Wohnungstür war geschlossen. Eine vergilbte Piratenflagge klebte auf dem Türschild. Raven klopfte. „Michel! Michel, bist du zu Hause? Ich bin's, Raven. Mach auf!"

Doch in der Wohnung blieb es still. Raven seufzte. Dann nahm er den Rucksack von der Schulter, zog das Brecheisen heraus und drückte das obere Ende der Stange in den Türspalt. *Du bist echt verrückt,* schoss ihm durch den Kopf.

Das Holz knackte ... und noch ein anderer Laut erklang.

Raven hielt inne. Lauschend legte er sein Ohr an das Türblatt – nichts.

Er drückte das Brecheisen tiefer in den Zwischenraum und stemmte sich mit aller Kraft dagegen. Es krachte, der Gegendruck ließ abrupt nach. Die Tür stand offen, und ein übler Geruch wehte ihm entgegen. Der Schein seiner Stirnlampe fiel auf einen umgestürzten Zeitschriftenstapel sowie Haufen von Pappkartons, auf denen das Logo eines Lieferservices prangte.

„Michel?", rief er.

Als niemand antwortete, trat er einen Schritt vor. Im Flur raschelte es, und er sah, wie der Schwanz einer Ratte hinter einer vollen Plastiktüte verschwand.

Raven zog sich sein T-Shirt über die Nase und trat ein. Die Wohnung war nicht leer. Ganz im Gegenteil. Jeder Quadratzentimeter Boden schien mit irgendetwas bedeckt zu sein. Der gute alte Captain Kraut war ein Messie. Der Flur quoll über von alten Zeitungen und vollgestopften Plastiksäcken. Nachdem Raven einen Blick in die Küche geworfen hatte, zog er die Tür rasch wieder zu. Scharen von Insekten tummelten sich dort auf schmutzigem Geschirr. Selbst wenn Captain Kraut seinem realen Umfeld deutlich weniger Aufmerksamkeit schenkte als der virtuellen Welt, konnte Raven sich nicht vorstellen, dass der dicke Hacker in letzter Zeit hier gewesen war. Wahrscheinlich hatte er die Gelegenheit beim Schopf ergriffen und eine Menge Ballast zurückgelassen, als er ausgezogen war.

Raven schlich weiter durch die Wohnung. Die Tür zum letzten Zimmer ließ sich nur halb öffnen. Sie gab den Blick frei auf ein Ikea-Regal, das mit elektronischem Zeug wie alten Festplatten, Kabeln und Computergehäusen vollgestopft war. Der unangenehme Gestank schien hier besonders intensiv zu sein.

Raven zwängte sich durch die Tür. Etwas fiel mit einem dumpfen

Geräusch zu Boden. Er zuckte erschrocken zusammen, entdeckte dann aber eine Teppichrolle neben der Tür. Raven schnaufte. Dann blickte er auf. Ein ersticktes Keuchen entrang sich seiner Kehle.

Auf der anderen Seite des Raums, neben einem zerwühlten Bett, stand ein Schreibtisch mit einem riesigen Computerbildschirm. Und auf dem Schreibtisch lag etwas. Im ersten Moment schien es eine unförmige dunkle Masse zu sein, die vom Schreibtisch über den Stuhl und danach zu Boden geflossen war, um anschließend zu einem seltsamen Gebilde zu erstarren.

Raven machte vorsichtig einen Schritt darauf zu … und hielt dann abrupt inne. Erst nach und nach drang das, was er sah, in sein Bewusstsein vor. Die Masse war gar nicht erstarrt, sie bewegte sich. Ein unstetes, wirres Auf und Ab war zu erkennen. Es waren Fliegen, Hunderte von Fliegen. Er trat näher und sah genauer hin. Unter dem Gewirr auf dem Schreibtisch erkannte er dunkle, verworrene Fäden – ein Fell?

Nein! Kein Fell – Haare. Raven spürte, wie Magensäure in seine Speiseröhre schoss. Er presste die Hand vor den Mund. Dort lag ein Toter! Mühsam unterdrückte er den Würgereiz.

Michel! Das war Michel! Unter dem Gewirr der Insekten blitzten bleiches Fleisch und blanker Knochen hervor. Aber die langen, verfilzten Haare waren unverkennbar zu Dreadlocks geflochten. Der Tote lag mit dem Oberkörper auf dem Schreibtisch. Er war am Computer sitzend gestorben.

Warum liegt er noch da? Man kann doch einen Menschen nicht einfach so vergessen! Das war sein erster Gedanke. Sein zweiter war: *Hau ab hier! Rühr nichts an und verschwinde so schnell wie möglich. Du hast nichts mit dieser ganzen Sache zu tun.*

Merkwürdigerweise reagierte sein Körper nicht auf diesen Befehl. Es war, als wären Ravens Füße auf den alten Dielen festgenagelt. Er konnte den Blick einfach nicht von Michels sterblichen Überresten abwenden, die von Ungeziefer nur so wimmelten. Raven wusste, dass er diesen entsetzlichen Anblick und den Gestank nie mehr vergessen würde.

Es ist falsch!, schoss ihm in den Sinn. Es war kein bewusster Gedanke, eher eine tief verwurzelte Empfindung. *Es kann nicht sein, dass dies hier alles ist, was von einem Menschen übrig bleibt – ein Haufen erbärmlich stinkendes Fliegenfutter.*

Der Arm des Toten war ausgestreckt. Fetzen von Gewebe umgaben die bleichen Knochen. Einige Fingerknochen fehlten ganz. Raven dachte an die Ratte, die er eben gesehen hatte, und erschauerte.

Hatte Michel bis zum Schluss am Computer gesessen? Nein, die Tastatur lag gut dreißig Zentimeter von ihm entfernt, und überhaupt: Wo war der Rechner? Raven konnte zwar ein geöffnetes Computergehäuse sehen, aber an der Stelle, an der die Festplatten befestigt sein sollten, baumelten nur ein paar lose Datenkabel. Und externe SSDs konnte er auch nicht entdecken. Plötzlich fiel ihm etwas ins Auge: Auf der schmierigen Schreibtischunterlage lag ein Zettel.

Glassplitter knirschten unter Ravens Füßen, als er näher trat. Es waren die Reste eines Wasserglases.

Raven beugte sich vor und hielt die Luft an. Nur wenige Buchstaben standen in unordentlicher, hastig hingekritzelter Schrift auf einem DIN-A4-Blatt.

Bin offline
C. K.

Raven wich zurück. Was sollte das sein? Ein Abschiedsbrief? Ein letzter Ausdruck schwarzen Humors?

Er wollte nach dem Zettel greifen, wich aber im letzten Moment zurück. Was tat er hier eigentlich? Hier war ein Mensch gestorben, vielleicht hatte er einen Herzinfarkt erlitten, vielleicht hatte er Suizid begangen oder vielleicht war auch Schlimmeres geschehen.

In jedem Fall musste er die Polizei rufen. Er zog sein Smartphone aus der Tasche.

Ein plötzliches Geräusch ließ ihn zusammenfahren. Es war eine Art

Quieken gewesen. Er blickte sich um und erwartete, eine Ratte durch den Raum huschen zu sehen. Doch da war nichts.

Raven hob sein Handy, um die Nummer der Polizei einzugeben, und stellte verblüfft fest, dass das Display schwarz war. Er drückte den Powerknopf, doch nichts geschah. War der Akku etwa schon leer? Nein, das konnte nicht sein. Er hatte ihn erst vor zwei Stunden geladen.

Erneut ertönte das Geräusch, und er zuckte erschrocken zusammen. Das war nicht das Quieken einer Ratte. Das Geräusch kam von draußen. Es war das leise Quietschen von Metall.

Er fuhr herum und blickte zum Fenster. Einen Atemzug lang stand er einfach nur da und starrte reglos auf das bärtige Gesicht, das ihm durch das geschlossene Fenster entgegenblickte. Der Mann hielt etwas dunkles, metallisch Glänzendes in der Hand.

Reflexartig fuhr Raven herum und hastete aus dem Zimmer. Er rechnete jeden Moment damit, den Knall einer Pistole zu hören und einen stechenden Schmerz im Rücken zu spüren. Adrenalin schoss durch seine Adern. Im Flur stieß sein Schienbein gegen etwas Hartes. Er stolperte und prallte mit der Schulter gegen den Türrahmen. Im Nu hatte er sich wieder aufgerappelt und schlitterte über den mit Papier übersäten Boden zur Wohnungstür. Immer zwei Stufen auf einmal nehmend, rannte er die Treppe hinunter. In seinem Kopf gab es nur noch diesen einen Gedanken: *Er will dich töten!* Im Hochparterre angekommen, rannte er durch die leere Wohnung, riss ein Fenster auf und sprang hinaus auf das Baugerüst. Halb rechnete er damit, eine dunkle Gestalt auf sich zuspringen zu sehen. Aber nichts geschah. Er sprang das Gerüst hinunter, eilte über die Hinterhöfe bis ins Vorderhaus. Erst hier wagte er, sich noch einmal umzudrehen. Niemand war zu sehen. Er konnte auch keine Schritte vernehmen. Stattdessen hörte er etwas ganz anderes. Das leise Atmen eines Menschen – direkt hinter sich.

Ein Licht, flimmernd und verwaschen wie ein Scheinwerfer, der nur schwach durch dichten Nebel dringt. Ein pochender Schmerz in seinen

Schläfen. Etwas Hartes und zugleich unangenehm Schleimiges drückte gegen seine linke Wange, und ein unregelmäßiges Rauschen drang an seine Ohren.

Ein säuerlicher Gestank drang in seine Nase. Seine Sinneseindrücke sickerten nur zögernd in sein Bewusstsein, es war, als müssten sie sich durch zähen Schlamm kämpfen. Er versuchte, das harte Etwas an seiner Wange wegzudrücken, und stellte fest, dass er seinen linken Arm nicht bewegen konnte. Was war los mit ihm?

Es kostete ihn Mühe, seine Augenlider zu heben. Zuerst verschwommen, dann immer deutlicher erkannte er, dass er auf dem Boden lag, in einer Lache von Erbrochenem. Eine Armlänge entfernt lag eine leere Flasche Wodka dicht neben einem Hundehaufen. Das grelle Licht kam von einer Straßenlaterne und das Rauschen von den Autos, die in unregelmäßigen Abständen vorbeifuhren.

Stöhnend richtete Raven sich auf. Jeder Muskel schmerzte, und das Pochen in seinen Schläfen verwandelte sich in einen wütenden Trommelwirbel. Er atmete einige Male tief durch, presste die Augen zusammen und öffnete sie wieder. Allmählich klärte sich sein Blick. Er erkannte die Gegend. Das war die Karl-Marx-Straße, unweit der Werbellinstraße. Wieso war er hier? Er war doch eben noch in diesem Hausflur gewesen! Blitzlichtartig kamen die Erinnerungen zurück: die vermüllte Wohnung! Michel Hainke tot an seinem Schreibtisch! Das bärtige Gesicht am Fenster! Und dann im Vorderhaus die Atemgeräusche direkt hinter sich!

Mühsam stemmte Raven sich auf die Beine. Er musste zur Polizei.

Früher war er in dieser Gegend ein paarmal unterwegs gewesen, daher wusste er, dass sich die nächste Polizeidienststelle ein paar Hundert Meter entfernt in der Rollbergstraße befand.

An den Hauswänden Halt suchend, torkelte er vorwärts. Dabei stellte er fest, dass er eine Wunde an seinem Handrücken hatte. Doch sie war bereits weitgehend verschorft. Warum fiel ihm das Gehen nur so schwer? Es war, als würde der Boden sich in Wellen auf ihn zubewegen.

Ein Pärchen schlenderte in seine Richtung. Der Mann warf ihm aggressive Blicke zu, die Frau machte ein angewidertes Gesicht.

Die Straße stieg leicht an, und Raven war völlig außer Atem, als er endlich sein Ziel erreichte. Kaltes Neonlicht empfing ihn, als er den schmucklosen Eingangsbereich betrat. Plötzlich war ein kräftiger Polizist bei ihm und packte ihn am Arm. Mit barscher Stimme stellte er ihm eine Frage.

„Ich habe einen Toten gefunden!", sagte Raven. Zumindest versuchte er, diese Worte über die Lippen zu bringen. Aber seine Zunge wollte ihm einfach nicht gehorchen. Sie fühlte sich irgendwie taub an. „Man hat mich mit einer Waffe bedroht!", fügte er hinzu. Aber wieder kam nur unverständliches Nuscheln über seine Lippen.

„Was haben Sie gesagt?" Eine Polizistin mittleren Alters trat in Ravens Gesichtsfeld. Sie sah müde aus.

„Vergiss es, Kerstin", knurrte der kräftige Polizist. „Der Typ ist hackedicht."

„Ich habe irgendetwas von einem Toten verstanden", erwiderte die Frau.

Raven nickte heftig. „Sein Name ist Michel Hainke." Es klang, als würde er mit einem Korken im Mund sprechen.

Die beiden Beamten warfen sich einen Blick zu. Dann meinte die Frau: „Okay, ich rede mit ihm. Aber nicht in diesem Zustand. Sorg du dafür, dass er wieder einigermaßen präsentabel ist. Ich nehme anschließend seine Aussage auf." Offenbar hatte sie eine übergeordnete Position.

Der Mann seufzte. Dann knurrte er: „Komm!" und zog Raven hinter sich her in einen Waschraum. Der Polizist schob ihn an ein Waschbecken und drehte den Wasserhahn auf. „Hier, halt deinen Kopf darunter!"

Als er sich im Spiegel sah, zuckte Raven zusammen. Im ersten Augenblick erkannte er sich nicht wieder. Es war, als würde ihn ein Fremder anstarren. Das Gesicht starrte vor Schmutz. Die Wange war zerkratzt und fleckig von Dreck und getrocknetem Blut. Seine Haare, sein Gesicht und sein T-Shirt waren mit Erbrochenem beschmiert.

„Nun mach schon!", knurrte der Polizist. „Oder soll ich nachhelfen?"

Raven senkte den Kopf unter den Wasserstrahl. Mit beiden Händen wusch er sich das Gesicht. Eine dunkelbraune Brühe floss in den Ausguss. Die Wunden brannten.

Das kalte Wasser half. Raven fühlte sich etwas klarer, und seine Stimme klang nun auch in seinen eigenen Ohren nicht mehr ganz so verwaschen. „Sie müssen eine Wohnung durchsuchen. Dringend!"

„Komm mit."

Der Polizist ließ ihn erst in ein Alkoholmessgerät pusten, dann gab er ihm ein Glas Wasser zu trinken. Wenig später saß Raven vor einem Schreibtisch und starrte in das skeptische Gesicht der Polizistin.

„Also, ich fasse noch einmal zusammen: Sie sind in die verlassene Wohnung eines Herrn Michel Hainke eingedrungen, weil Sie …" Sie hielt inne. „Was war noch mal der Grund?"

„Er war ein Freund meines Bruders. Ich wollte herausfinden, wo er jetzt wohnt."

„Nun gut. In jedem Fall brachen Sie dort ein und fanden dann seine halb verweste Leiche."

„Ja."

„Woher wissen Sie, dass es seine Leiche war?"

„Ich habe ihn an den Haaren erkannt."

„Dann wollten Sie einen Notruf absetzen, aber Ihr Handy war defekt, und als Sie aufblickten, bedrohte Sie ein bärtiger Mann mit einer Waffe?"

„Ja."

„Wie konnte er unbemerkt in die Wohnung gelangen?"

„Er war nicht in der Wohnung. Ich habe ihn durchs Fenster gesehen."

„Im vierten Stock?"

„Ich sagte doch, da gab es ein Baugerüst."

„Hat der Mann irgendetwas gesagt?"

„Nein."

„Aber er hat eine Pistole auf Sie gerichtet?"

„Nicht direkt ... Er hatte sie in der Hand."

„Und wie genau sah die Waffe aus?"

„Ich weiß nicht ... Ich habe sie nur kurz aufblitzen sehen. Dann bin ich geflohen."

„Sie können also nicht genau sagen, ob es eine Waffe war?"

Raven presste die Lippen zusammen. „Ich ... ich bin mir ziemlich sicher, dass es eine Pistole war."

Die Frau blickte auf ihr Protokoll. „Sie flohen aus dem Haus, und als Sie sich unten umsahen, konnten Sie niemanden entdecken."

„Das stimmt." Raven zögerte, dann fügte er hinzu: „Ich glaube, er hat draußen auf mich gewartet. Ich habe ihn gehört."

„Was haben Sie gehört?"

„Seinen Atem."

„Seinen Atem", wiederholte die Polizistin. „Und was ist dann passiert?"

Raven seufzte. „Ich weiß es nicht. Als ich wieder zu mir kam, lag ich ein paar Hundert Meter die Karl-Marx-Straße hinauf auf dem Bürgersteig."

„Sie können sich also nicht daran erinnern, wann und wo Sie sich betrunken haben?"

„Ich habe nicht getrunken."

„Herr Adam, Sie haben noch immer 1,4 Promille."

Raven schüttelte den Kopf, sagte aber nichts. Es war nur allzu klar, was die Frau von der ganzen Sache hielt. „Bitte! Selbst wenn Sie mir nicht glauben, dass mich dieser Bärtige verfolgt hat, da ist immer noch –"

„Ach ja", unterbrach sie ihn, „Sie hatten den Mann ja schon einmal gesehen."

„Nein, nicht ich. Eine Dame, die ich betreue."

Die Polizistin blickte auf ihr Protokoll. „Eine alte Frau, die an Demenz leidet?"

„Sie meinen, ich habe mir das Ganze nur eingebildet?"

Die Frau zuckte die Achseln und sah ihn an.

„Ich habe einen Toten gesehen", sagte Raven leise. „Müssen Sie dieser Sache nicht nachgehen?"

Die Frau sah ihn an. Unter ihren Augen waren dunkle Ringe zu sehen. Sie sah müde aus, aber nicht unfreundlich. „Ich habe bereits eine Streife losgeschickt."

„Danke!" Raven lächelte. „Also glauben Sie mir doch?!"

Die Frau erwiderte sein Lächeln nicht. „Ist Ihre Aussage nun vollständig, oder möchten Sie noch etwas hinzufügen?"

„Ich habe Ihnen alles gesagt."

Die Polizistin nickte und druckte das Protokoll aus. „Lesen Sie sich alles durch und unterschreiben Sie. Ich bin gleich wieder da."

Sie ging hinaus, und Raven nahm das Protokoll zur Hand. Es war in gestelztem Beamtendeutsch verfasst. Raven griff nach dem Kugelschreiber, dann stutzte er. Auf dem Blatt stand „Montag, der 06.05.2024". Aber das stimmte nicht. Es war erst Samstag! Er warf einen raschen Blick auf den Kalender an der Wand – Montag! Raven sprang auf und lief um den Schreibtisch herum. Die Frau hatte den Bildschirm nicht gesperrt. Das Datum in der Fußzeile lautete 06.05.2024. Es war 8:17 Uhr morgens.

Zwei Tage! Raven schluckte. Ihm fehlten zwei Tage.

„He, was machen Sie da?!"

Die barsche Stimme der Polizistin ließ Raven herumfahren. „Nichts." Er hob die Hände. „Ich habe nichts angefasst."

„Zurück! Das ist meine Seite des Schreibtischs."

Raven gehorchte.

Die Polizistin öffnete eine Schublade und zog eine Karte heraus. „Gehen Sie nach Hause, Herr Adam, und schlafen Sie sich aus."

„Was wird passieren, wenn Sie … den Toten finden? Muss ich ihn identifizieren?"

Die Polizistin seufzte leise. „Meine Kollegen waren vor Ort. Sie haben haufenweise Müll gefunden und eine tote Katze auf dem Schreibtisch. Sie war halb verwest."

Raven starrte sie an.

„Es gibt keine Leiche, Herr Adam." Sie zeigte ein müdes Lächeln, dann drückte sie ihm die Karte in die Hand. „Hier."
Wortlos nahm Raven sie entgegen.

Confamilia
Beratung für Menschen mit Alkohol-, Medikamenten- und Drogenproblemen

„Holen Sie sich Hilfe, Herr Adam."

Kapitel 7

Brasilien, Bundesstaat Pará, Ressort Brilho Do Sol, Mai 2023

Der klimatisierte Kleinbus hielt auf dem Parkplatz. Als Erstes sprang ein kräftiger Terrier aus dem Wagen. Er schnüffelte verwundert. Eine Vielzahl unbekannter exotischer Gerüche stieg ihm in die Nase. Neugierig folgte er der Spur eines Geckos, der sich hastig in das üppig grünende Gebüsch verzogen hatte. Als Nächstes stieg eine schlanke Frau von Ende fünfzig aus. Ihre Kleidung war stilvoll, aber nicht teuer. Ihren rot gefärbten Haaren hatte sie einen schicken Kurzhaarschnitt verpasst. Routiniert klappte sie einen einfachen Rollator auseinander und reichte dann ihrem Mann die Hand, um ihm aus dem Bus zu helfen. Er war ein paar Jahre älter als sie und so schlank, dass man ihn auch als dürr bezeichnen konnte. Obwohl er sich Mühe gab, es nicht zu zeigen, war unverkennbar, dass er unter Schmerzen litt. Seine Hände zitterten leicht, als er nach dem Rollator griff, und er bewegte sich in winzigen trippelnden Schritten vorwärts.

„Schön hier, nicht wahr?", sagte er mit leiser Stimme.

Seine Frau lächelte.

Während der Fahrer das Gepäck auslud, kam ein groß gewachsener Mann auf die beiden zu, der an seiner Kleidung unschwer als Krankenpfleger zu erkennen war.

„Herr und Frau Hildebrandt?", fragte er auf Deutsch mit osteuropäischem Akzent.

Die beiden nickten.

„Herzlich willkommen. Am besten, ich zeige Ihnen zuerst Ihr Apartment. Anschließend wird Dr. Johansen Sie aufsuchen und alles Weitere mit Ihnen besprechen."

„Vielen Dank!"

Er nahm das Gepäck und führte die beiden zu einer modernen, inmitten einer gepflegten Grünanlage gelegenen Anlage. Auf einen Pfiff hin folgte ihnen der Hund fröhlich schwanzwedelnd.

Im Foyer des Hauses plätscherte ein Springbrunnen, und winzige Kolibris flogen zwischen blühenden Orchideen umher.

„Das ist hier ja wie im Luxushotel", flüsterte die Frau.

Mit einem Aufzug fuhren sie in die erste Etage. Der Pfleger schloss eine Tür auf und stellte die Koffer in einem großen, geschmackvoll eingerichteten Raum ab. Ein riesiges Panoramafenster gab den Blick auf das drei Hektar große Parkgelände frei.

„Hier ist das Bad", erklärte der Pfleger, „das natürlich wie die gesamte Anlage barrierefrei ist. Dort befindet sich das Schlafzimmer. Mit Fernseher und Computerarbeitsplatz. Sie haben im gesamten Gebäude kostenloses Highspeed-WLAN. Das Notebook wird Ihnen für die Dauer Ihres Aufenthalts zur Verfügung gestellt."

„Das ist besser als jedes Luxushotel", flüsterte der Mann seiner Frau zu.

Obwohl seine Worte kaum hörbar waren, zeichneten die geschickt in die Dekoration des Raumes integrierten Mikrofone alles genau auf. Gleichzeitig zoomte eine der als Halogendeckenlampen getarnten Kameras seine Lippen.

„Sobald Sie die Intensivstation verlassen haben, werden Sie hier in Ihrem Apartment medizinisch weiterversorgt", erklärte der Krankenpfleger.

„Sie können sich gar nicht vorstellen, wie dankbar wir Ihnen sind!" Frau Hildebrandts Augen schimmerten feucht, als sie dem jungen Pfleger die Hand drückte.

„Danken Sie nicht mir. Danken Sie Ihrer Tochter." Er verließ den Raum.

Frau Hildebrandt verstaute die Habseligkeiten der beiden und gab dem Hund zu trinken, während ihr Mann sich in einem der Sessel niederließ und die Aussicht bestaunte.

„Komm, wir rufen sie an", sagte seine Frau. Sie nahm einen Zettel aus der Hosentasche und tippte eine Nummer in das bereitgestellte Telefon.

„Meinst du nicht, dass wir bis heute Abend warten sollten?"

Es tutete. „Zu spät." Die Frau lächelte und stellte das Gerät auf Lautsprecher.

Nach dem fünften Tuten wurde abgenommen. „Ja?", meldete sich die Stimme einer jungen Frau.

„Hallo, Schatz, ich bin's."

„Hallo, Mama. Seid ihr gut gelandet?"

„Es ist alles wunderbar gelaufen. Wir sind jetzt in unserem Apartment. Nachher muss ich dir unbedingt ein paar Fotos schicken. Es ist einfach unglaublich! Papa meint, besser als in jedem Luxushotel."

„Das ist toll", erwiderte die Tochter.

„Und all das haben wir nur dir und deinem neuen Arbeitgeber zu verdanken. Du kannst dir gar nicht vorstellen, wie stolz wir auf dich sind. Selbst hier wissen sie von dir."

„Tatsächlich?"

„Ja. Der Pfleger, der uns willkommen hieß, meinte, wir sollten uns bei unserer Tochter bedanken."

„Das hat er gesagt?"

„Ist alles in Ordnung, Schatz? Du wirkst so nachdenklich."

„Ja, alles okay. Wie geht es Papa?"

„Gut, sehr gut sogar. Er sitzt am Fenster, genießt den fantastischen Ausblick und belauscht unser Gespräch."

Ihr Mann schmunzelte und drohte ihr spielerisch mit dem Zeigefinger.

„Hallo, Papa …" Die junge Frau zögerte leicht, dann sagte sie: „Es wird alles gut!"

„Ja, Schatz. Die Schmerzen sind erträglich, und noch heute werde ich mit dem Arzt sprechen."

„Das ist toll."

„Okay, Schatz, du klingst müde. Wir wollen dich nicht länger stören. Schließlich hast du morgen einen anstrengenden Job zu erledigen. Bei dir muss es mitten in der Nacht sein."

„Mach dir keine Gedanken, Papa. Mir ist nur wichtig, dass es euch gut geht."

„Uns geht es fantastisch", sagte Frau Hildebrandt. „Fühle dich gedrückt und schlaf gut."

„Ich habe euch lieb."

„Wir dich auch."

Frau Hildebrandt legte auf, und die Aufzeichnung des Gesprächs wurde auf dem externen Server des Ressorts in São Paulo abgelegt.

Kapitel 8

Brasilien, Bundesstaat Pará, Juni 2023

Mirja band sich die Haare zu einem Zopf. Anschließend inspizierte sie die Toilettenschüssel auf der Suche nach tropischen Parasiten und anderen unerwünschten Urwaldbewohnern. Alles war ungezieferfrei. Sie schnappte sich ihre Lektüre und setzte sich. Manchmal war das Klo der einzige Ort, an dem sie Ruhe hatte. Bestimmte WG-Probleme waren offenbar auf der ganzen Welt verbreitet.

Seit ihrer Ankunft war nun fast ein Monat vergangen. Der Klinikalltag war mitunter hart, und den Praktikanten wurde einiges abverlangt. Schon am dritten Tag musste sich Mirja um einen alten Mann mit hämorrhagischem Denguefieber kümmern. Durch die erhöhte Durchlässigkeit der Blutgefäße war es zu unkontrollierten Blutungen gekommen. Der hagere alte Mann, ein Mestize, der sein gesamtes Leben im Dschungel verbracht hatte, war völlig verwirrt. Mirja versuchte, ihn in gebrochenem Portugiesisch zu beruhigen, während er von Fieberkrämpfen geschüttelt wurde. Wieder und wieder hustete er Blut, und bald war er zu schwach, um auf die Toilette zu gehen. Nachdem sie ihren Patienten im Laufe eines Nachmittags siebenmal gewaschen und umgezogen hatte, war sie vor Erschöpfung in Tränen ausgebrochen. Sie hätte nicht geglaubt, dass er es schaffen würde, aber er hatte überlebt. Nach drei Tagen hatte er sie mit blutunterlaufenen Augen, aber wachem Blick angesehen und mit heiserer Stimme „Valeu!" gemurmelt – „Danke!".

Dieser Moment war einer der glücklichsten ihres Lebens gewesen.

In der dritten Praktikumswoche war ein Generator defekt, und im Wohnheim war der Strom ausgefallen. Abgeschnitten von der digitalen

Welt, hatte Pit sich als ein ganz anderer Mensch erwiesen – ein wenig unsicher, dafür aber beinahe umgänglich. Manuel hatte in den vergangenen Wochen hemmungslos geflirtet, aber niemals die Grenze überschritten, ab der es unangenehm wurde. Und auch mit Jennifer verstand sie sich sehr gut. Bei tropischer Hitze und Kerzenschein hatten sie bis spät in die Nacht Karten gespielt.

Es klopfte an der Badezimmertür. „In zwanzig Minuten startet der Bus!", rief Jennifer.

„Bin gleich so weit!"

An diesem Tag stand der Besuch eines ehemaligen Buschkrankenhauses auf dem Programm. Dr. Philip Morgenthau hatte dort einen Großteil seiner Zeit verbracht, als er sich in Brasilien aufgehalten hatte. Das kleine Krankenhaus São José war schon im 19. Jahrhundert errichtet worden. Finanziert hatte die Einrichtung ein millionenschwerer exzentrischer Großgrundbesitzer. Seine Motive waren dabei wohl nicht ganz uneigennützig gewesen. Augenscheinlich war es ihm eher darum gegangen, die Ureinwohner an die Zivilisation zu gewöhnen und für sich einzunehmen. Der Mann hatte mit nicht ganz legalen Mitteln ein gewaltiges Gebiet mitten im Dschungel erworben, das er wirtschaftlich nutzen wollte. Sein Vorhaben wurde jedoch durch eine Mücke der Gattung Aedes und das Gelbfiebervirus zunichtegemacht. Er verstarb kurz nach dem Bau eines prachtvollen Herrensitzes sowie der dazugehörigen Arbeiterbaracken. Das Land fiel schließlich an den Staat zurück. Vor einigen Jahren hatte dann die Dr. Philip Morgenthau Stiftung die Buschklinik übernommen; den Herrensitz und die Baracken hatte man ebenfalls erworben. Nachdem diese Gebäude renoviert und umgebaut worden waren, zog die Klinik um, und das alte Buschkrankenhaus wurde aufgegeben.

„Dauert das noch lange?!" Jennifers Stimme drang durch die geschlossene Badezimmertür.

Mirja zuckte zusammen und legte das Buch über tropische Parasiten beiseite. „Ich bin gleich so weit!" Sie betätigte die Spülung und öffnete die Tür. Jennifer hatte die Arme vor der Brust verschränkt. Ihr Blick fiel auf das dicke Buch, das sich Mirja unter den Arm geklemmt hatte.

„Das ist jetzt nicht dein Ernst?! Ich bekomme hier fast einen Darmverschluss, und du vertreibst dir die Zeit auf dem Klo mit Lesen?!"

Mirja zeigte ihr die Großaufnahme eines halb verwesten Harnröhrenwelses, der sich mit seinem Kiefernhaken in der Harnröhre eines Mannes verhakt hatte.

Jennifer verzog das Gesicht. „Ich gebe zu, bei einer solchen Lektüre kann die Nähe zum Klo hilfreich sein. Und jetzt lass mich mal rein."

In diesem Augenblick kam auch Manuel vorbei und warf ungefragt einen Blick in das Buch. „Ah, Vandellia cirrhosa – die Strafe für alle Ins-Wasser-Pinkler", kommentierte er ungerührt. „Wusstest du, dass die Viecher von Urin angelockt werden?"

„Ja, und ich weiß auch, dass alle bislang bekannten menschlichen Opfer Männer waren."

Manuel hob die Brauen. „Kommen dir in stillen, besinnlichen Momenten deine unmotivierten feministischen Anfälle nicht auch ein wenig anachronistisch vor?"

„Boah, wie lange hast du diesen Satz denn geübt?", erwiderte Mirja.

Manuel grinste und wechselte das Thema. „Du hast noch fünf Minuten Zeit, ein reumütig heimgekehrtes Mitglied unserer harmonischen kleinen WG kennenzulernen. Linda ist von ihrem Projekt zurück."

Linda und Carla hatten ein Semester lang am sogenannten „Hebammenprojekt" teilgenommen. Die Teilnehmer besuchten dabei Frauen in abgelegenen Siedlungen und vermittelten ihnen Erkenntnisse der modernen Geburtshilfe und Säuglingspflege.

Linda war eine gertenschlanke Schwedin mit glatten blonden Haaren. Sie saß in der Küche und unterhielt sich gerade mit Pit, als Mirja eintrat.

„Hallo, schön, dich kennenzulernen", begrüßte Mirja sie und reichte ihr die Hand.

Die junge Frau blickte auf. Sie öffnete den Mund, doch kein Wort kam über ihre Lippen. Mirja blieb irritiert stehen. Die junge Schwedin starrte sie mit weit geöffneten Augen an, als sähe sie ein Gespenst. Einen Wimpernschlag später veränderte sich ihr Gesichtsausdruck, und sie lächelte freundlich. Die Veränderung vollzog sich so rasch und unmittelbar, dass Mirja sich fragte, ob sie sich nicht getäuscht hatte.

„Hi, ich bin Linda", sagte die junge Frau in nahezu akzentfreiem Englisch. Sie erwiderte den Händedruck. Ihre schlanken Finger waren kalt und feucht.

„Schön, dich kennenzulernen", wiederholte Mirja. „Wie lief dein Projekt?"

„Gut." Linda nickte. „Es ist harte Arbeit, aber es lohnt sich."

Ein unangenehmes Schweigen entstand. Pit und Manuel warfen sich einen Blick zu, den Mirja nicht zu deuten wusste.

„Äh ... wo ist eigentlich Carla?", unterbrach Mirja die Stille. „Wart ihr nicht zu zweit unterwegs?"

„Carla hat plötzlich hohes Fieber bekommen. Malaria! Sie wird gerade auf Station drei behandelt. Ich hoffe, es geht ihr bald wieder besser", erwiderte Linda mit seltsam emotionsloser Stimme, als hätte sie die Worte schon tausendmal gesagt.

„Okay, Leute", erklang plötzlich Jennifers Stimme hinter den dreien. „Wir müssen los!"

Mirja schulterte ihren Rucksack. „Dann erhol dich gut, Linda, und genieße die Ruhe, während wir weg sind."

Die junge Frau lächelte, aber in Gedanken schien sie woanders zu sein.

Als sie im Bus saßen und die gewundene Straße entlangrumpelten, die sie tief in den Dschungel hineinführte, beugte sich Mirja zu Jennifer. „Findest du nicht auch, dass unsere Mitbewohnerin sich ein wenig merkwürdig benommen hat?"

Jennifer zuckte die Achseln. „Carla ist ihre Freundin. Sie macht sich bestimmt Sorgen. Außerdem ist sie total erschöpft. Es hinterlässt seine Spuren, wenn man monatelang im Dschungel unterwegs ist."

Nachdem sie sechs Stunden ohne Unterbrechung in einem nervtötenden Schneckentempo durch den Dschungel gerumpelt waren, verstand Mirja, was ihre Freundin meinte. Jeder Fetzen Stoff an ihrem Körper war schweißdurchtränkt, und ihre Haare klebten ihr wie ein nasser Wischmopp auf der Schädeldecke.

„Okay, Leute, zwanzig Minuten Pause. Dann treffen wir uns in der alten Kapelle."

Jennifer hatte ihre Kamera hervorgeholt und schoss Fotos. Mirja stieß ihr in die Seite. „Wo sind denn hier die sanitären Anlagen?"

„Dort drüben."

Die „sanitären Anlagen" entpuppten sich als ein winziger Bretterverschlag. Es gab nur ein einziges Klo, und das war besetzt. Dem Geruch nach zu urteilen, handelte es sich auch nicht um ein Wasserklosett. Drinnen stöhnte jemand leise, und kurz darauf gab es eine Reihe von Geräuschen, die auf eine explosionsartige Darmentleerung schließen ließen.

Spontan beschloss Mirja, sich einen anderen Ort zu suchen, um sich zu erleichtern. So schlug sie sich in die Büsche. Hier am Rande der Lichtung war das Grün auch in Bodennähe sehr üppig. Inzwischen hatte Mirja das Gefühl, ihre Blase würde gleich platzen. Hastig zog sie ihre schweißnasse Hose herunter und hockte sich in eine Mulde zwischen den hohen Brettwurzeln eines Baumes. Mirja seufzte erleichtert.

Doch schon im nächsten Augenblick wurde das leise Plätschern von einem kaum wahrnehmbaren Geräusch übertönt. Es klang beinahe wie das Brummen eines Teddybären. Mirja blickte zur Seite. Das Wesen, das diese Laute ausstieß, war winzig, ein kaum drei Zentimeter großer Frosch. Seine Beine waren blau-schwarz gemustert, auf dem Rücken waren gelbe Linien zu sehen. Mirja unterdrückte ein Schaudern und wagte nicht, sich zu rühren. Hektisch versuchte sie, sich an alles zu erinnern, was sie in ihrem Einführungsseminar über Pfeilgiftfrösche gehört hatte. Einige Arten zählten zu den giftigsten Tieren der Welt. Der sogenannte Schreckliche Pfeilgiftfrosch hatte genug Gift auf seiner Haut, um damit zehn Erwachsene zu töten. Aber hatte dieses Tier nicht eine gelb-grüne Färbung gehabt? Und waren die gefährlichsten Exemplare nicht eher in Kolumbien heimisch? So ein Mist! Sie hatte sich diese Details nicht gemerkt. Genau genommen konnte sie sich nur noch an eine unmissverständliche Warnung erinnern: *Wenn ihr einen bunt gemusterten Frosch seht, haltet euch fern!* Doch das Tier hockte nur wenige Zentimeter neben der bloßen Haut ihres linken Oberschenkels auf der Baumwurzel, und es schien nicht so, als habe es die Absicht, sich von dort fortzubewegen.

Mirja wagte kaum zu atmen. Das Brummen einer Stechmücke drang an ihr Ohr. Kurz darauf kam eine zweite hinzu. Offenbar hatten die Biester entdeckt, dass es hier ein wehrloses Opfer gab. Sie spürte einen Stich in der Wange und gleich darauf einen weiteren in ihrer Wade.

Etwas entfernt raschelte es im Unterholz, nicht laut, aber laut genug, um ihre Aufmerksamkeit auf sich zu ziehen. Die Geräusche kamen langsam näher. Waren das Schritte? Scham und Hoffnung hielten sich die Waage. Sie wünschte sich nichts sehnlicher, als dass jemand sie von diesem bunt gemusterten Mistvieh befreien würde, und gleichzeitig war die Situation an Peinlichkeit kaum zu überbieten.

Farne bewegten sich. Durch das grüne Dickicht hindurch sah sie eine groß gewachsene Gestalt. Es war Manuel! Kaum acht Meter von ihr entfernt blieb er stehen. Sie konnte nur einen Teil seines Gesichts erkennen. Es wirkte angespannt. Immer wieder blickte er sich zum Lager um. Sollte sie rufen? Mirja schielte nach unten. Täuschte sie sich, oder war der Frosch noch dichter an sie herangerückt? Allmählich verkrampften sich ihre Beinmuskeln.

Sie blickte wieder auf. Manuel war offenbar weitergegangen, denn sie konnte ihn nicht länger sehen. Stattdessen hörte sie nun etwas anderes: leise flüsternde Stimmen. Zu leise, um irgendetwas verstehen zu können.

Endlich, der Frosch bewegte sich von ihr fort. Er kroch mit provozierend langsamen Bewegungen weiter. Als er die andere Seite der Wurzel erreicht hatte, wagte Mirja endlich, sich zu rühren. Sie richtete sich auf und zog die Hose wieder hoch. Erleichtert atmete sie tief aus. Nun fiel ihr auf, dass das Flüstern inzwischen verstummt war.

Vorsichtig lugte sie um den Baumstamm herum und zuckte gleich darauf erschrocken zusammen. Keine zehn Meter entfernt stand ein Mann, der bis auf eine dünne Schnur, die er um die Hüften gewunden hatte, nackt war. Das Gesicht mit den indigenen Zügen zeigte keinerlei Regung.

„Was machst du hier?", erklang eine barsche Stimme hinter Mirja.

Sie fuhr herum. „Ach, du bist es!" Erleichtert atmete sie aus. „Hast du gesehen ...", sie wandte sich wieder um, doch der Indio war verschwunden. „Dort war –"

„– niemand!", unterbrach Manuel sie.

„Aber ..." Sie verstummte, als sie seinen Gesichtsausdruck sah.

Manuels Augen blitzten vor Zorn. „Du hast niemanden gesehen!"

Mirja wich einen Schritt zurück und stieß mit dem Rücken gegen den Baumstamm. „Du hast mit ihm gesprochen!", entfuhr es ihr.

Manuels Blick machte ihr Angst. Erst jetzt sah Mirja, dass er eine Hand hinter dem Rücken versteckt hielt.

„Was ... hast du da?"

Der junge Mann verharrte mehrere Sekunden lang reglos. Dann seufzte er und nahm die Hand hinter dem Rücken hervor. „Nichts!"

„Was geht hier vor?", verlangte Mirja zu wissen.

„Verrate mir erst, was du hier zu suchen hast!"

„Ich war pinkeln", erwiderte Mirja unwillig. „Und dann war da ein Pfeilgiftfrosch ..."

Manuel hob die Brauen.

„Ja, so ein blau-schwarz-gelbes Vieh. Es muss noch da sein. Sieh nach, wenn du mir nicht glaubst."

Manuels Blick huschte zum Baum und der Zorn verschwand aus seinem Gesicht. „Ein Färberfrosch", brummte er, „nur schwach giftig."

„Wie beruhigend", erwiderte Mirja. „Und was hattest du hier zu besprechen?"

Manuel trat dichter an Mirja heran. Er wirkte weiterhin angespannt, aber jetzt schien eher Furcht als Zorn in seinen Augen zu glimmen. „Nicht jetzt!", flüsterte er. „Wir reden später!"

„Beantworte mir erst –!"

„Psst", unterbrach Manuel sie. Er starrte zur Lichtung hinüber. Es knackte im Unterholz. „Sie suchen uns!"

„Aber –"

Manuel legte ihr die Hand auf den Mund. „Versprich mir, dass du mit niemandem über das sprichst, was du gesehen hast, weder mit den Securityleuten noch mit den Ärzten!" Sie konnte seinen Schweiß riechen. Er roch nach Angst.

„Mirja, bist du hier?" Es war Jennifer, die nach ihr rief.

Manuel zuckte zusammen. „Sag nichts! Auch nicht zu ihr." Seine Lippen waren nun so dicht, dass sie an ihrem Ohr kitzelten. „Besonders nicht zu ihr!"

„Aber warum?", wisperte Mirja zurück.

Die Schritte im Unterholz kamen näher.

„Weil sonst Menschen sterben werden", flüsterte Manuel.

„Mirja, wo steckst du denn?"

Manuel bückte sich. Aus den Augenwinkeln sah sie, wie ein kleiner Beutel im Schaft seiner Treckingstiefel verschwand.

Das dichte Blätterwerk teilte sich, und eine ungeduldige Jennifer wurde sichtbar. „Wo bleibst du denn? Ich habe dich überall gesucht!"

„'tschuldigung", erwiderte Mirja. „Ich war pinkeln." Sie drehte sich nach Manuel um ... der verschwunden war.

Eine Hand legte sich auf ihre Schulter. „Alles in Ordnung?", fragte Jennifer.

„Äh ja, alles bestens."

Jennifer hakte sich bei ihr ein. „Ist wirklich alles in Ordnung mit dir?" Die Stimme ihrer Mitbewohnerin war freundlich, aber der Blick, den sie ihr zuwarf, war so durchdringend – es war, als wolle sie ihr auf den Grund ihrer Seele schauen.

„Mir geht es gut", erwiderte Mirja. „Allerdings hatte ich eben eine unheimliche Begegnung mit ... einem Pfeilgiftfrosch."

Kapitel 9

Berlin, Mai 2024

Langsam und gleichmäßig stieg Eleonore von Hovhede die marmorne Treppe hinauf. Ihre linke Hüfte protestierte bei jeder zweiten Stufe und erinnerte sie schmerzhaft an die Hüftgelenksluxation, die sie sich im vergangenen Jahr zugezogen hatte. Damals hatte sie versucht, den Papierdrachen des Nachbarjungen aus den Fängen des Apfelbaums zu befreien. Und vor zwei Monaten hatte ihr Orthopäde mit sorgenvoller Miene verkündet: „Sie sollten ernsthaft über eine Hüft-Totalendoprothese nachdenken!"

„Einverstanden", hatte Eleonore geantwortet.

„Sie stimmen der Maßnahme zu?", hatte er, verblüfft über ihre rasche Antwort, gefragt.

„Ich stimme Ihnen zu, dass ernsthaftes Nachdenken noch nie geschadet hat", hatte Eleonore geantwortet. Dann hatte sie eine halbe Stunde ernsthaft nachgedacht und war zu dem Schluss gelangt, dass sie kein Eisengelenk brauchte, solange sie noch die Treppen hochkam. Roman hatte es sich in liebevoller Fürsorge trotzdem nicht nehmen lassen, einen Aufzug einzubauen. Aber Eleonore hatte beschlossen, den Fahrstuhl zu ignorieren, so lange es ging.

Am oberen Treppenabsatz hielt sie kurz inne und wartete, bis der Schmerz abgeklungen war. Durch die hohen Fenster fiel warmes Licht auf die mit Schnitzereien versehene dunkle Holztäfelung. Roman hatte sie auf ihren Besitzungen in Brasilien anfertigen lassen. Damals hatte man sich noch sehr wenig Gedanken um den Erhalt des Regenwaldes gemacht. Der Reichtum der Natur war scheinbar unerschöpflich gewesen.

Sie ging vorsichtig ein paar Schritte weiter und ließ ihre Finger über das dunkle Palisanderholz gleiten. Es fühlte sich glatt und weich an. In letzter Zeit sprach Roman sehr häufig von Brasilien. Dort hatten sie sich kennengelernt: er, der aus einem alten Adelsgeschlecht stammte und Sohn eines reichen Reedereibesitzers war, und sie, die junge Missionarstochter. Damals hatte niemand ihrer jungen Liebe eine Chance gegeben. Nun waren sie seit 60 Jahren verheiratet, meist glücklich. Eleonore hatte lange gebraucht, um zu verwinden, dass sie keine Kinder bekommen konnte. Als sie mit ihren Eltern unter den Waiwai gelebt hatte, war sie von Kindern umgeben gewesen. Zahnlos grinsende Babygesichter, das Trommeln nackter Füßchen auf hölzernen Stegen und das glucksende Kichern braun gebrannter Jungen und Mädchen, die im Wasser herumtollten – all das waren Bilder gewesen, aus denen sie sich ihre eigenen Zukunftsvisionen gebastelt hatte. Doch nichts davon war in Erfüllung gegangen.

„Frau von Hovhede?" Die Stimme der Haushälterin riss sie aus ihren Gedanken.

Eleonore sah auf. „Ja?" Sie hatte sich noch nicht an die junge Frau gewöhnt. Erst in der vergangenen Woche war Rita in Rente gegangen, und Roman hatte eine Mitarbeiterin aus seiner Reederei eingestellt. „Entschuldigung, wie heißen Sie noch mal?"

„Johanna." Die junge Frau lächelte. Sie schien Eleonore ihre Vergesslichkeit nicht übel zu nehmen. „Telefon für Sie! Die Sozialstation. Eine Frau Döringer will Sie sprechen."

Eleonore nahm das Telefon entgegen. „Guten Tag, Frau Döringer."

„Frau von Hovhede, es tut mir leid, dass ich Sie stören muss", meldete sich die resolute Leiterin der Sozialstation, allerdings klang es nicht so, als täte ihr irgendetwas leid. „Wir haben uns ja bereits vor einiger Zeit über diesen ... jungen Mann unterhalten."

„Wir haben uns über junge Männer unterhalten?", unterbrach Eleonore sie und tat überrascht. Der herablassende Tonfall der anderen Frau ärgerte sie.

„Sie wissen schon – der junge Mann, den Sie dafür bezahlen, dass er Ihrer Betreuten, Frau Hilde Schubert, Gesellschaft leistet."

„Sie meinen Raven Adam", entgegnete Eleonore. „Was ist mit ihm?"

„Es tut mir leid, Ihnen das sagen zu müssen, aber er erweist sich als ausgesprochen unzuverlässig."

„Inwiefern?"

„Am Montag ist er einfach nicht erschienen. Er hat sich weder, wie abgesprochen, krankgemeldet noch einen freien Tag beantragt. Dieser junge Mann hält sich an keine Absprachen. Und ich habe große Zweifel, dass er Frau Schubert guttut. Als er die Dame das letzte Mal aufgesucht hat, war anschließend diese wunderbare alte Vase von der Kommode in der Diele verschwunden, und meine Mitarbeiterinnen fanden die Scherben im Müll. Darüber hinaus war Frau Schubert umgezogen und trug ein viel zu dünnes Sommerkleid."

„Ein rotes Kleid mit Blumenmuster?", unterbrach Eleonore sie. Es war das Lieblingskleid ihrer Freundin. Und wenn sie sich erst einmal etwas in den Kopf gesetzt hatte, war sie kaum davon abzubringen. Das war schon früher so gewesen.

„Das ist mir nicht bekannt", fuhr Frau Döringer fort. „Ich weiß nur, dieser Raven Adam hat Ihre Betreute umgekleidet, obwohl dies eindeutig nicht in seinen Aufgabenbereich fällt."

„Haben Sie eine Idee, warum er das getan haben könnte?"

„Ich stelle mir an dieser Stelle vor allem die Frage, ob der junge Mann in der Lage ist, seiner Verantwortung gerecht zu werden. Eine Demenzerkrankung in diesem Stadium erfordert professionelle Hilfe."

„Frau Döringer –", setzte Eleonore an, wurde jedoch sofort von ihrer Gesprächspartnerin unterbrochen: „An der Balkonbrüstung klebten Blutflecken."

Eleonore stieß erschrocken die Luft aus. „Ist Hilde verletzt?"

„Wir haben keine Wunde gefunden", erwiderte die Leiterin nach kurzem Zögern. „Wir hielten es lediglich für unsere Pflicht, Sie über unsere Beobachtungen zu informieren."

„Und Sie beobachten ja offensichtlich sehr genau", kommentierte Eleonore. „Was war mit der Kleidung, die ausgewechselt wurde?"

„Das entzieht sich meiner Kenntnis."

„Vielleicht war sie ja beschmutzt?"

„Möglicherweise. Aber das ermächtigt den jungen Mann dennoch nicht, seine Kompetenzen zu überschreiten."

„Vielen Dank für die Information! Ich werde mit ihm sprechen", sagte Eleonore.

„Frau von Hovhede –"

„Sollte ich weiteren Gesprächsbedarf sehen, melde ich mich bei Ihnen. Auf Wiederhören." Eleonore legte auf. Die besserwisserische Frau Döringer zerrte an ihren Nerven. Dennoch machte sie sich Sorgen. Sollte sie sich in Raven getäuscht haben? Vielleicht hatte sie die Empfehlung von Dr. Krüger überbewertet? Plötzlich verspürte sie einen pochenden Schmerz an der Schläfe. Diese spontan auftretenden Kopfschmerzen waren ausgesprochen lästig.

„Ist alles in Ordnung, Frau von Hovhede?", erkundigte sich die Haushälterin, als Eleonore ihr das Telefon zurückgab.

Sie lächelte und winkte ab. „Machen Sie sich keine Sorgen um mich. Wo finde ich meinen Mann?"

„Er ist in seinem Arbeitszimmer."

„Danke." Eleonore begab sich in ihr Schlafzimmer und nahm etwas früher als vorgesehen eine halbe Tablette des Schmerzmittels, das Philip ihr verschrieben hatte. Dann ging sie den langen Flur entlang, durch das kleine Vorzimmer in den riesigen kuppelförmigen Wintergarten, den Roman sein Arbeitszimmer nannte. Eleonore hatte immer gewitzelt, dass es eher an ein riesiges Spielzimmer erinnerte. Der Eingangsbereich wurde von zahllosen Schiffsmodellen beherrscht, deren Originale einst für die Reederei Hovhede die Weltmeere befahren hatten. Das größte von ihnen war ein fünf Meter langes Modell einer Brigg aus der ersten Hälfte des 19. Jahrhunderts. Es hing von mehreren Stahlseilen gehalten von der Decke.

Roman saß mit dem Rücken zu ihr am Schreibtisch. Vor ihm stand ein großer Holzkasten. Er drehte sich nicht um, als sie näher kam, obwohl jeder ihrer Schritte auf dem Holzboden zu hören war. Roman hasste es, sein Hörgerät zu tragen.

Über seine breiten Schultern hinweg konnte sie sehen, womit er sich beschäftigte. Der Kasten war voller Fotos, fast alle schwarz-weiß und zum Teil vergilbt. Eines der Bilder hielt er in der Hand. Es zeigte eine nackte junge Frau. Wassertropfen perlten über ihre Haut. Ihre Lippen waren zu einem schalkhaften, wenn auch etwas scheuen Lächeln verzogen.

Eleonore beugte sich vor, legte eine Hand sanft auf seine Schulter und sagte nicht gerade leise: „Sehr interessant, womit du dich so beschäftigst."

Roman zuckte so heftig zusammen, dass ihm das Foto aus seiner Hand fiel.

Eleonore kicherte.

Ihr Mann warf ihr einen entrüsteten Blick zu. „Wie kannst du mich so erschrecken?!"

Eleonore lehnte sich an den Schreibtisch und entlastete ihre schmerzende Hüfte. „Schämst du dich nicht?"

„Warum sollte ich?", erwiderte Roman trotzig. „Ein wunderschönes Mädchen, findest du nicht?"

„Viel zu jung. Außerdem hat sie eine hässliche Stupsnase."

„Wunderschön", murmelte Roman und legte das Bild in den Kasten, bevor er diesen auf einige Unterlagen stellte, die auf seinem Schreibtisch ausgebreitet waren.

„Ich wusste gar nicht, dass du so ein Foto von mir hast."

„Es stammt aus unseren Flitterwochen."

„Gibt es irgendeinen Grund, warum du jetzt auf einmal diese alten Bilder hervorholst?"

Roman lehnte sich zurück. „Sehnst du dich nicht auch manchmal zurück?"

„Ich bin mir nicht sicher, ob das Klima am Rio Japurá meinem Kreislauf guttun würde."

„Ich meine nicht nur den Ort", erwiderte Roman leise. Seine Augen schienen durch sie hindurchzublicken.

„Du hast getrunken!", stellte Eleonore fest.

Er zuckte die Achseln und senkte den Blick. „Es ist nicht leicht, den eigenen Träumen beim Sterben zuzusehen."

Eleonore spürte, wie sich ein harter Klumpen in ihrem Magen bildete. „Roman ..."

„Sag nichts!" Er winkte ab. „Es tut mir leid. Das war albern!" Er schnaubte. „Das Leben ist, wie es ist."

„Roman, bist du wirklich –"

„Ja", unterbrach er sie. „Ich habe getrunken. Nimm es nicht so ernst, Schatz." Er strich ihr über die Wange.

Die vertraute Geste schmerzte. „Es geht nicht ums Trinken –"

Das Klingeln des Telefons unterbrach ihr Gespräch.

Roman griff rasch nach dem Hörer. Seine Augen leuchteten auf, als er auf das Display blickte. „Entschuldige. Wir reden später weiter, ja?" Er nahm den Anruf entgegen und ging in Richtung Terrasse. „Ich grüße dich, Philip. Du hast meine Nachricht bekommen? ... Ja, wir können reden ..."

Eleonore blickte ihrem Mann hinterher, als er hinaus auf die Terrasse trat und die Tür hinter sich schloss. *Bist du wirklich so unglücklich?*, vollendete sie ihren Satz in Gedanken. *Warum redest du von sterbenden Träumen? Ist es denn so schlimm, dass wir alt geworden sind? Ist nicht viel wichtiger, dass wir noch immer uns haben?*

Sie beobachtete ihren Mann, der langsam, ein Bein etwas nachziehend, die Stufen zum Garten hinabstieg. Dass er hin und wieder trank, machte ihr nicht so viele Sorgen. Es war die Bitterkeit, die ihn mehr und mehr zu erfassen schien und sich wie ein unsichtbarer Keil zwischen sie schob. Manchmal erkannte sie den Mann, den sie liebte, kaum noch wieder.

Unsere Träume sind nicht gestorben. Ich habe gedacht, wir würden sie leben und niemals damit aufhören.

Als Tochter einer Missionarsfamilie war Eleonore mit dem Glauben groß geworden, dass diese sichtbare Welt nur einen sehr kleinen Teil der Wirklichkeit ausmachte. Sie hatte stets gespürt, dass dieses Leben, so vielfältig und reich es auch sein mochte, ihre Sehnsucht nur weckte, aber niemals stillte.

Seltsamerweise war es gerade dieser Umstand gewesen, der sie ermutigt hatte, die Welt nicht einfach sich selbst zu überlassen. Für Roman, der durch und durch materialistisch erzogen worden war, war dies eher eine skurrile Idee gewesen, über die er hin und wieder in romantischen Nächten am Lagerfeuer diskutiert hatte, die aber für sein Leben keine Bedeutung hatte.

Eleonores Glaube hatte Krisen durchmachen müssen, harte Krisen. Aber er hatte sie nicht verlassen. Roman hatte sich zwar hin und wieder überreden lassen, die Kirche zu besuchen, aber im Grunde hatte es ihn nie wirklich berührt. Zumal es ausreichend kleingeistige Kirchgänger gab, die sich redlich Mühe gaben, alle seine Vorurteile zu bestätigen.

Eleonore hatte gedacht, dass er schon irgendwann verstehen würde, was ihr wichtig war, aber vielleicht wollte er es ja gar nicht verstehen?

Sie griff nach dem hölzernen Kasten und holte einige Fotos heraus. Brasilien 1959. Eleonore war sich ziemlich verrucht vorgekommen, als sie und Roman nackt in die warmen Fluten des Rio Japurá gesprungen waren und sich dort im Wasser geliebt hatten. Dabei waren sie zu diesem Zeitpunkt schon verheiratet gewesen. Wenig später war ihr dieses Verhalten weniger verrucht als ausgesprochen dämlich vorgekommen, als dicht neben ihnen plötzlich ein riesiger Kaiman im Wasser aufgetaucht war. Roman hatte dem Biest auf die Schnauze geschlagen und es so weit verwirrt, dass sie aus dem Wasser fliehen konnten.

Es war eine aufregende und schöne Zeit gewesen, aber ihre Träume waren in diesen gemeinsamen Jahren nicht gestorben. Sie seufzte leise und legte die Fotos zurück. Als sie den Kasten hoch nahm, um ihn zurück ins Regal zu stellen, fiel ihr Blick auf einen darunterliegenden Brief. Roman hatte den Kasten daraufgestellt, als sie hinter ihn getreten war. Erst jetzt wurde ihr bewusst, dass dieses Beiseitestellen des Kastens eigentlich gar keinen Sinn ergeben hatte.

K & M-Institut of Regenerative Medicine stand auf dem hastig aufgerissenen Briefumschlag. Als Absender war ein ihr unbekannter Ort in Brasilien angegeben. Zögernd stellte Eleonore den Kasten wieder ab. Unschlüssig nagte sie an der Unterlippe. Sie hatten keine Geheimnisse voreinander, oder doch?

Das schlechte Gewissen meldete sich in Form eines unangenehmen Kribbelns in der Magengegend, als sie den zusammengefalteten Briefbogen aus dem Umschlag zog. Sie fischte ihre Lesebrille aus der Rocktasche und setzte sie auf. Das Schreiben war auf Englisch verfasst.

Sehr geehrter Herr von Hovhede,

wir freuen uns, Ihnen mitteilen zu können, dass das Präparationsverfahren so weit vorangeschritten ist, dass eine Transumption mit hervorragenden Aussichten auf Erfolg durchgeführt werden kann. Zur Klärung der ausstehenden Rechtsfragen und zum Abschluss der vertraglichen Vereinbarungen setzen Sie sich bitte mit RA Dr. Hermann Wrömer über die Ihnen bekannten Kontaktdaten in Verbindung.

Mit freundlichen Grüßen
Prof. Dr. Michael Smith

Was hatte das zu bedeuten? Keiner der Namen sagte ihr irgendetwas. Augenscheinlich befand sich Roman schon länger in Kontakt mit einem medizinischen Institut in Brasilien und stand kurz vor einem Vertragsabschluss. Vielleicht ging es um irgendwelche geschäftlichen Angelegenheiten? Auch nach seinem Rücktritt als Geschäftsführer konnte

Roman es nicht lassen, seine kaufmännische Leidenschaft hier und da in verschiedenen Projekten auszuleben. Eleonore hatte ihm mehrmals signalisiert, dass sie diese Geschäfte nicht sonderlich interessierten. Insofern war möglicherweise alles ganz harmlos. Vielleicht hatte Roman gar nichts zu verbergen und den Kasten nur zufällig auf den Brief gestellt?

Das Knarren des Holzbodens riss sie aus ihren Gedanken. „Lörchen?" Roman kam zurück.

Hastig steckte Eleonore den Brief zurück in den Umschlag. Dann nahm sie den Kasten mit den Fotos zur Hand.

Ihr Mann trat hinter einem Regal hervor. Er hielt das Telefon in der einen Hand und bedeckte mit der anderen die Sprechmuschel. „Was machst du denn da?", fragte er stirnrunzelnd.

„Ich räume auf", erwiderte Eleonore.

Einen Augenblick lang sah er ihr stumm in die Augen, dann reichte er ihr das Telefon. „Ein junger Mann will dich sprechen. Sadam oder so ähnlich."

„Adam?", fragte sie. „Raven Adam?"

„Könnte sein. Er wirkt ein bisschen durcheinander."

Eleonore nahm den Hörer entgegen. Aus den Augenwinkeln sah sie, wie Roman den Brief in die Schublade des Schreibtisches legte und abschloss, ehe er den Kasten mit den Fotos zurück ins Regal stellte.

Kapitel 10

Berlin, Mai 2024

„Raven, wie geht es Ihnen?", meldete sich die Stimme der alten Dame. Sie klang ein wenig angespannt. Wusste sie schon Bescheid?

Er räusperte sich. „Es tut mir leid. Ich war krank. Ich weiß, ich hätte mich eher melden müssen ..." Er verstummte.

„Sie klingen ja furchtbar! Ist es etwas Ernstes?", erkundigte sich Eleonore von Hovhede. Sie klang besorgt, aber vielleicht war sie lediglich neugierig. Raven hielt sich nicht für einen besonders guten Menschenkenner.

„Es geht schon. Morgen kann ich wieder arbeiten."

„Sind Sie sicher?"

„Ja. Soll ich Ihnen eine Krankschreibung zukommen lassen?"

„Das ist nicht nötig."

„Danke für Ihr Verständnis. Ach, äh, eine Frage hätte ich noch."

„Ja?"

„Frau Schubert erzählte mir, dass sie sich von einem bärtigen Mann beobachtet fühlt. Können Sie damit etwas anfangen?"

„Ein bärtiger Mann? Hm ... nein. Hat sie noch etwas dazu gesagt?"

„Leider nein."

„Hat dieser Mann ihr Angst gemacht?"

„Sie wirkte beunruhigt."

Die alte Frau schwieg eine Weile. Dann fragte sie: „Herr Adam, denken Sie, dass Frau Schubert wirklich noch in der Lage ist, allein in ihrem Haus zu leben?"

„Ich bin kein Fachmann ..."

„Ich weiß. Mich interessiert Ihre Meinung aber trotzdem."

Raven hatte eigentlich damit gerechnet, wegen seiner unentschuldigten Fehlzeiten mächtig Ärger zu bekommen. Dass ihn die alte Dame nun um Rat fragte, brachte ihn aus dem Konzept.

„Äh … diese Wohnung ist voller Erinnerungen, und wenn Frau Schubert sich erinnert, dann geht es ihr gut. Das ist alles, was ich dazu sagen kann."

„Danke, Herr Adam. Sie haben mir sehr geholfen."

„Also, darf ich weiterhin für Sie arbeiten?"

„Selbstverständlich."

„Danke."

Raven verabschiedete sich und legte auf. Mit steifen Bewegungen ließ er sich in den abgewetzten Ledersessel fallen, den er von seinem Vormieter geerbt hatte. Noch immer schmerzte ihn jeder Muskel, als hätte er einen Marathonlauf hinter sich. *Wenn Frau Schubert sich erinnert, dann geht es ihr gut* – er wusste mittlerweile aus eigener Erfahrung, dass dies so war. Selbst beängstigende Erinnerungen waren besser als gar keine. Was war in den vergangenen zwei Tagen geschehen? Immer wieder hatte er sich auf dem Nachhauseweg diese Frage gestellt. So viel wusste er noch: Er war in der Wohnung von Captain Kraut gewesen. Und er hatte dort die verweste Leiche des Hackers entdeckt. Das war keine tote Katze gewesen – so verrückt war er doch nicht.

Raven nahm die Karte aus der Hosentasche, die ihm die Polizistin in die Hand gedrückt hatte. Sie hatte ihn mit diesem mitleidigen und zugleich resignierten Ausdruck angesehen, der gewöhnlich für Menschen reserviert war, die ihr Leben völlig in den Sand gesetzt hatten. *Du bist kaputt, Raven, sieh es ein! Du bist ein kranker, kaputter Mensch!*

Raven erhob sich wieder und tappte in die Küche seiner winzigen Einzimmerwohnung. Als er zu Hause angekommen war, hatte er als Allererstes die Medikamente genommen, die Dr. Hain ihm verschrieben hatte. Erst dann hatte er seine mit Erbrochenem beschmutzte Kleidung ausgezogen und in die Waschmaschine gestopft. Wenn er darüber nachdachte, was für ihn Priorität gehabt hatte – sagte das nicht alles?

Raven öffnete den Kühlschrank. Bis auf einen Becher Margarine und eine halbe Tube Tomatenmark war er leer. In der Speisekammer fand er noch etwas Knäckebrot.

Wahrscheinlich bist du wirklich krank, ging ihm durch den Kopf, während er die traurigen Reste zu einer halbwegs brauchbaren Mahlzeit verarbeitete. *Aber du hast kein Alkoholproblem!* Wenn er früher Stress hatte, war er einfach rausgegangen. Er war gelaufen, Wände emporgeklettert und hatte sich mit waghalsigen Sprüngen die Sorgen aus dem Gehirn gepustet. Aber er hatte nicht gesoffen. Seit dem schrecklichen Erlebnis mit seinem Bruder nahm er Medikamente. Doch selbst jetzt hatte er mit Alkohol kein Problem und hatte in all der Zeit auch nie den Drang verspürt, sich ins Koma zu saufen. Warum also war er mit 1,4 Promille und vollgekotzten Klamotten auf der Straße aufgewacht? Veränderte sich jetzt auch seine Persönlichkeit? Wurde er nun auch noch zum Säufer? Verlor er jetzt völlig den Bezug zur Realität?

Das Knäckebrot schmeckte alt und ranzig, aber mit dem Kauen wuchs sein Hunger, und er schlang hastig mehrere Scheiben hinunter. Dann griff er zum Handy und wählte eine unter Favoriten eingespeicherte Nummer.

Es tutete dreimal, dann meldete sich eine sonore Stimme. „Praxis Dr. Hain, guten Tag."

„Ich bin es."

„Raven, wie geht es Ihnen?"

„Ich muss mit Ihnen sprechen."

„Wir haben doch morgen um 16 Uhr einen Termin."

„Ich weiß, aber es ist dringend."

„Verstehe. Einen Augenblick bitte."

Raven hörte das Klappern einer Tastatur. Dann meldete sich die Stimme seines Therapeuten wieder. „Passt es jetzt gleich, um 13:30 Uhr? Wir haben aber nur eine Dreiviertelstunde."

„Großartig! Ich bin schon unterwegs."

Dr. Martin Hain war ein groß gewachsener, hagerer Mann mit stark gelichtetem Haupthaar. Seine randlose runde Brille war schon vor vielen Jahren aus der Mode gekommen, und seine Hemden waren stets ein wenig zerknittert. Er ging stets etwas gebeugt, als wäre ihm seine eigene Körpergröße lästig.

Im Augenblick saß er in einem Sessel und hatte die Beine übereinandergeschlagen. Aufmerksam war er Ravens Schilderungen gefolgt. „Ich danke Ihnen für Ihr Vertrauen, Raven."

„Und, was denken Sie?"

Der hagere Mann lächelte. „Zunächst würde mich interessieren, was Sie selber denken."

„Ich saufe nicht." Der Arzt schwieg und Raven seufzte. „Also gut, ich war alkoholisiert, also muss ich augenscheinlich zu viel getrunken haben. Aber das passt nicht zu mir. Verstehen Sie?" Raven fuhr sich mit der Hand durch die zerzausten Haare. „Mir fehlen zwei ganze Tage! Wie viel muss man saufen, um einen solchen Filmriss zu haben?"

„Sie glauben also nicht, dass Sie einen alkoholbedingten Blackout hatten. Was könnte Ihrer Meinung nach diesen Gedächtnisverlust sonst ausgelöst haben?"

„Ehrlich gesagt, ich weiß es nicht." Raven beugte sich vor. „Sagen Sie es mir!"

Dr. Hain setzte zu einer Antwort an, doch Raven unterbrach ihn. „Ich weiß, als Therapeut müssen Sie Neutralität wahren. Sie stellen die Fragen, ich finde die Antworten und so weiter." Er sah den hageren Arzt eindringlich an. „Bitte, vergessen Sie nur dieses eine Mal den Therapeuten und sagen Sie mir einfach: Drehe ich gerade durch? Gibt mein Gehirn den Geist auf?"

Dr. Hain zögerte. Dann seufzte er und lehnte sich zurück. „Es gibt keine einfachen Antworten", sagte er leise.

Raven verzog das Gesicht.

„Wir gehen bei Ihnen von einer dissoziativen Amnesie aus", fuhr der Therapeut fort. „Das heißt, Ihre fehlende Erinnerung an den Unfall

Ihres Bruders ist eine Reaktion Ihrer Psyche auf dieses traumatische Ereignis. Eine solche Amnesie zieht aber nicht zwangsläufig weitere Formen des Gedächtnisverlustes nach sich. Eine Alkoholvergiftung hingegen könnte eine schlüssige Erklärung sein."

„Selbst falls ich doch getrunken haben sollte", sagte Raven, „war das noch nicht alles. Ich war in dieser Wohnung, und da lag ein Toter! Ich habe mir das nicht eingebildet! Das war die Leiche von Michel Hainke."

Dr. Hain nickte wieder. „Captain Kraut, der Computerspezialist, der auch die Homepage Ihres Bruders betreute, richtig?"

„Ja." Raven warf seinem Therapeuten einen skeptischen Blick zu. „Warum betonen Sie das so merkwürdig?"

„Weil es da einen Zusammenhang gibt."

„Und welchen?"

Dr. Hain ließ sich Zeit mit seiner Antwort. „Manche Menschen kommen erstaunlich gut damit klar, wenn sie einen Teil ihrer Vergangenheit verlieren. Diese Menschen können sich nicht erinnern, aber das ist in Ordnung, denn sie wollen sich auch nicht erinnern. Stattdessen richten sie ihr ganzes Denken und all ihre Empfindungen auf die Zukunft. Aber für Sie ist das keine Option, Raven. Sie suchen die Wahrheit, und zwar mit aller Macht. Andererseits hat unsere Psyche gute Gründe, bestimmte Erfahrungen vor unserem Bewusstsein zu verbergen. Wenn Sie also zu brachial vorgehen, muss Ihre Seele sich vor sich selbst schützen."

„Das hört sich ganz schön schizophren an, wissen Sie das?"

Dr. Hain lächelte. „Sie haben die verlassene Wohnung dieses Hackers aufgesucht, um mehr über Ihren Bruder zu erfahren. Und plötzlich stoßen Sie in Ihren Erinnerungen erneut auf eine Barriere."

„Aber Julians Unfall war doch etwas ganz anderes."

„Warten Sie." Dr. Hain hob beschwichtigend die Hände. „Versuchen Sie für einen Moment, die unterschiedlichen Begleitumstände beiseitezulassen, und betrachten Sie nur die Parallelen. Bei beiden Ereignissen geht es um Ihren Bruder. Und beide Male hindert irgendetwas Sie daran, weiter in die Vergangenheit vorzustoßen."

„Irgendetwas", Raven dachte an das bärtige Gesicht im Fenster, „oder irgendjemand!"

Dr. Hain nickte. „Lassen wir einmal beide Optionen nebeneinander stehen. Wenn Sie mit Gewalt versuchen, sich zu erinnern, wird Sie das nicht weiterbringen. Ihre Psyche wird die Tore zu Ihrer Vergangenheit nur noch stärker verrammeln. Suchen Sie stattdessen nach versteckten Hinweisen. Vielleicht will Ihnen Ihre Psyche eine Botschaft mitteilen?"

„Sie glauben, dass ich mir diese Leiche nur eingebildet habe und dass mein Unterbewusstsein mir mit dieser Vision irgendetwas mitteilen will? Das hört sich total krank an, wissen Sie das?"

Dr. Hain blickte ihn eindringlich an. „Sie suchen die Wahrheit? Dann finden Sie die Botschaft!"

Raven schluckte. Der Blick, der ihn durch diese randlose Brille traf, schien sich tief in ihn hineinzubrennen. *Finden Sie die Botschaft!*

Der hagere Therapeut warf einen Blick auf die Uhr. „Es tut mir sehr leid, Raven, aber unsere Zeit ist um."

„Schon okay."

„Wenn Sie Hilfe brauchen oder das Gefühl haben, auf irgendetwas Wichtiges gestoßen zu sein: Zögern Sie nicht, mich anzurufen."

„Danke, Dr. Hain."

Als Raven hinaus auf die Straße trat, hatte sich der Himmel zugezogen, und es begann zu nieseln. Offenbar passte sich das Wetter seiner Stimmung an. Konzentriere dich auf die Botschaft, hatte Dr. Hain gesagt. Welche Botschaft hatte er in der Wohnung gefunden? Räum dein Zimmer auf? Hüte dich vor bärtigen Männern?

Dann fiel es ihm ein. Er schlug sich mit der Hand an die Stirn. Eine Passantin warf ihm einen befremdeten Blick zu. Es hatte eine Botschaft gegeben. Sogar eine Botschaft im klassischen Sinne: diesen seltsamen Abschiedsbrief von Captain Kraut. In verschmierter Handschrift hatte dort auf einem DIN-A4-Blatt gestanden:

Bin offline
C. K.

Raven murmelte die Worte vor sich hin. Wenn das mehr war als schwarzer Humor – was sollte es bedeuten?

„Es geht um die Botschaft", flüsterte Raven, „nur um die Botschaft." Er hatte den Hacker aufsuchen wollen, weil in Julians digitaler Vergangenheit wichtige Teile zu fehlen schienen. Jeder, der Julian auch nur ein wenig kannte, würde auf den Gedanken kommen, Captain Kraut um Hilfe zu bitten. Es war kein Geheimnis, dass er die Homepage von Julian betreut hatte. Julians Daten waren gelöscht, die Festplatten des Hackers verschwunden. *Suche die Botschaft!*

Bin offline.

Vielleicht, schoss Raven durch den Kopf, *bezog sich dieser vermeintliche Abschiedssatz gar nicht auf den Hacker selbst, sondern auf seine Botschaft. Bei jemandem wie Captain Kraut würde man die fehlenden Daten natürlich irgendwo im Netz vermuten, daher wäre es cleverer, die Speichermedien außerhalb des World Wide Web zu verstecken.* Raven spürte, wie sein Puls schneller zu schlagen begann.

Die Botschaft, die er suchte, fand sich also nicht im Internet. Aber wo sollte er dann anfangen zu suchen? In der vermüllten Wohnung? Er würde Wochen brauchen, um alles zu durchwühlen. Abgesehen davon, dass er nun, wo die Polizei dort aufgetaucht war, nicht mehr ohne Weiteres in die Wohnung eindringen konnte.

Er rief sich den Zettel noch einmal in Erinnerung. Da war noch etwas Ungewöhnliches gewesen. Aber was? Den ganzen Heimweg über zerbrach er sich den Kopf. Aber er kam nicht darauf.

Zu Hause angelangt, schaltete er seinen Laptop ein und rief die Website seines Bruders auf. Eine Homepage gespickt mit witzigen Bildern, coolen Sprüchen und akrobatischen Trailern. Niemand hatte sich seit Julians Tod darum gekümmert. Raven schluckte. Rasch scrollte er zur Fußzeile und klickte „Impressum" an. Ganz unten stand dort:

Design & Programmierung
ck-design
www.captainkraut.com

Nachdenklich starrte Raven auf die wenigen Zeilen. Er wollte schon die Homepage des Hackers öffnen, hielt dann aber inne. Er spürte, dass sich die Antwort direkt vor ihm befand.

Eine halbe Stunde starrte er auf die Zeilen, ohne weiterzukommen. Schließlich nahm er einen DIN-A4-Bogen aus dem Druckerfach und schrieb die letzten Worte des Hackers auf, so wie er sie in Erinnerung hatte:

Bin offline.
C. K.

Und plötzlich war alles ganz einfach: C. K.!

Captain Kraut hatte seine Initialen niemals großgeschrieben, und er hatte auch keine Punkte hinter die Buchstaben gesetzt. C. K. stand für etwas anderes – eine Abkürzung.

Nach weiteren fünf Minuten hatte Raven eine Spur. Abgesehen vom Aldi-Markt um die Ecke gab es wahrscheinlich nur einen Ort außerhalb seiner Wohnung, den der Hacker regelmäßig aufgesucht hatte. Raven blickte auf die Uhr. Es war zwanzig nach fünf. Um diese Zeit würde dort schon jemand sein. Rasch schlüpfte er in seine Turnschuhe und verließ die Wohnung.

Kapitel 11

Brasilien, Bundesstaat Pará, Juni 2023

Vorsichtig ließ Mirja sich neben Jennifer auf der Hängematte nieder. Ihr Magen schien ein Eigenleben zu führen, und mit ihrer Wahrnehmung stimmte etwas nicht. Mirja kam es so vor, als wäre das alte Krankenzimmer der Buschklinik lebendig. Die Wände bewegten sich, fast so, als würden sie atmen.

„Erstaunlich", hörte Mirja sich murmeln.

„Es ist, als würde man in eine andere Zeit eintauchen, nicht wahr?", merkte Jennifer an.

Mirja betrachtete den alten Schrank, in dem früher Verbandsmaterial gelagert hatte. „Ja", erwiderte sie. Vor ihren Augen flimmerte es. Aber es war nicht unangenehm, eher lustig. Sie wischte sich den Schweiß von der Stirn.

Jennifer warf ihr einen Blick zu. „Alles in Ordnung mit dir?" Grübchen erschienen in den Wangen der jungen Frau, wenn sie lächelte. Ihre Stimme war tief, ein samtiger Alt. Mirja mochte sie. Das überraschte sie etwas. Es fiel ihr eigentlich nicht leicht, Freundschaften zu schließen. Aber bei Jennifer war es anders. Irgendwie hatte sie das Gefühl, die Frau mögen zu müssen, einfach, weil es richtig war.

„Verdammt heiß hier", nuschelte Mirja. Es überraschte sie selbst, wie verwaschen ihre Stimme klang. *Du bist betrunken!*, erkannte sie.

Jennifer nickte. „Wie haben die das nur ohne Klimaanlage ausgehalten?" Sie wedelte sich mit einem bunt bemalten Fächer Luft zu.

Mirja hob ihre schweißverklebten Haare. Der schwache Lufthauch im Nacken war angenehm. Seit ihrer skurrilen Begegnung mit dem brasilianischen Ureinwohner und Manuels seltsamer Warnung waren mehrere Stunden vergangen. Inzwischen kamen ihr diese Erlebnisse sehr fern und unwirklich vor. Vielleicht lag es daran, dass sie satt und müde war. Vor allem aber war der Rest des Tages so normal verlaufen, dass sie Manuels seltsame Warnung nur noch als Scherz auffassen konnte, zumal er ihr im Lager mit seinem üblichen Grinsen ganz zwanglos entgegentrat. Auch Jennifer war so freundlich wie immer.

Während ein Arzt einen einstündigen Vortrag über die Geschichte des kleinen Buschkrankenhauses gehalten hatte, war der Fahrer des Busses schon dazu übergegangen, den Grill anzuwerfen. Das Fleisch hatte ausgezeichnet geschmeckt – bis Jennifer sie grinsend darauf hingewiesen hatte, dass sie gerade Schlange verzehrte. Daraufhin hatte Mirja sich lieber an den Reissalat gehalten … und an das Bier. Das war wohl ein Fehler gewesen.

Nun blieben ihnen noch zwei Stunden, um sich ein wenig umzusehen. Man hatte das kleine Krankenhaus so belassen, wie es früher gewesen war, und eine Art Museum daraus gemacht. Studenten und neues medizinisches Personal wurden oft für Besichtigungen hergefahren, damit sie die enormen medizinischen Entwicklungen der vergangenen Jahrzehnte besser nachvollziehen konnten.

„Hey!" Jennifer sprang auf. „Warte mal. Ich habe eine Idee."

Mirja hörte das schabende Geräusch einer Schublade. Dann kamen Schritte näher. Ein metallisches Schnappen erklang.

Träge wandte sie sich um. Jennifer hielt eine große altmodisch aussehende Schere in der Hand. „Damit wird es gehen. Die ist noch immer superscharf!", meinte sie.

„Was wird damit gehen?", fragte Mirja. Das Gesicht ihrer Mitbewohnerin verschwamm abwechselnd vor ihren Augen und wurde wieder klar.

„Na, dein neuer Kurzhaarschnitt", sagte Jennifer lächelnd. „Ich hatte dir doch prophezeit, dass du ihn noch herbeisehnen würdest. Komm, setz dich mal auf den Stuhl hier."

Mirja starrte fasziniert auf das sommersprossige Gesicht der jungen Frau. Es schien sich stetig ein wenig zu verändern, es war, als würden Wellen darüber hinweggleiten. Nur die Augen blieben unverändert. Sie waren groß und dunkel und tief.

Jennifer ließ die Schere spielerisch zuschnappen. „Vertraust du mir?"

„Klar", sagte Mirja. Zu ihrer Verblüffung saß sie bereits auf dem Stuhl. Sie hatte gar nicht bemerkt, dass sie sich umgesetzt hatte. *Du bist echt besoffen,* kommentierte die kleine Stimme in ihrem Inneren. Sie kicherte. Aber es fühlte sich gut an, der jungen Frau zu vertrauen.

„Du wirst sehen, mit kürzeren Haaren ist es viel angenehmer." Als die blonden Locken zu Boden fielen, hatte Mirja den Eindruck, dass sie genau das Richtige tat – auch wenn sie gleichzeitig tief in sich so etwas wie Bedauern spürte.

Plötzlich hörte sie ein Geräusch. Die Türklinke wurde heruntergedrückt. „He, was macht ihr denn hier?", vernahm sie Manuels Stimme.

„Draußen bleiben!", rief Jennifer und kicherte. „Das ist Frauensache."

Er machte ein merkwürdiges Gesicht, und Mirja prustete los. „Zisch ab, Manuel", gluckste sie.

Wortlos schloss er die Tür wieder. Die beiden jungen Frauen sahen sich an und kicherten.

Weitere Locken segelten zu Boden, und zehn Minuten später stand Mirja vor dem Spiegel. Die Verwandlung war verblüffend. Mit ihren nun schulterlangen Haaren sah sie ganz anders aus. Wenn sie jetzt noch ein Kleid aus den Fünfzigern tragen würde, hätte sie glatt eine der Schwestern sein können, die hier arbeiteten.

„Ich finde, das steht dir supergut", sagte Jennifer.

Mirja nickte. Plötzlich bemerkte sie, dass Jennifer Fotos von ihr schoss.

„Hey, was soll das?", fragte sie.

„Du siehst toll aus. Wenn wir das an eine Agentur schicken, bekommst du umgehend einen Modelvertrag."

Mirja erwiderte nichts. Ihr war schlecht.

Auf der Rückfahrt versuchte Mirja vergeblich, ein wenig zu schlafen. Als sie bei einem tiefen Schlagloch hochschreckte, bemerkte sie, dass Manuel sie beobachtete. Er saß zwei Reihen vor ihr und wirkte angespannt. Dann wandte er sich ab, und wenig später hörte sie ihn lachen. Nun, vielleicht hatte sie sich doch getäuscht.

Eine mondlose Dunkelheit hatte sich über das Klinikgelände gelegt, als sie endlich das Wohnheim erreichten. Der Dunst, der von den feuchten Wäldern aufstieg, legte sich wie eine Decke über die schwarzen Wipfel und schluckte das fahle Licht der Gestirne. Mirja verzichtete auf das Abendbrot und legte sich gleich ins Bett. Sie rollte sich zusammen und hoffte, dass sie am nächsten Morgen wieder einigermaßen klar wäre.

Irgendwann musste sie eingeschlafen sein, denn als sie schweißnass mit einem erstickten Keuchen hochschreckte, war sie nicht länger allein im Zimmer. Flüchtige Traumbilder zuckten zurück in den Nebel ihres Unterbewusstseins, und sie spürte den Nachhall eines stechenden Schmerzes in ihrem Oberarm.

Eine Hand lag auf ihrem Mund. „Psst!", wisperte eine Stimme. Das schwache Leuchten ihres digitalen Weckers beschien mit kaltem Blau ein Gesicht, das sich dicht über sie beugte. Die Augen waren weit geöffnet, der Mund zu einem schmalen Strich zusammengepresst – Manuel! Er beugte sich tiefer herab. Seine Lippen berührten ihr Ohr, als er flüsterte: „Kein Laut! Komm mit. Du musst ... etwas sehen." Er ließ sie los.

Mirja tastete nach ihrem Oberarm. Der stechende Schmerz war verschwunden. Jennifer hatte sie vor Manuel gewarnt, und nun war er hier, mitten in der Nacht. Warum?

Manuel wich weiter zurück. Ein schwacher Schemen im dunklen Zimmer. Es war dieser Schritt zurück, der Mirja davon abhielt zu schreien. Sie konnte Jennifers tiefes Atmen vernehmen, die nur wenige Meter entfernt in ihrem Bett schlief. Nur ein lautes Wort von Mirja, und der heimliche Eindringling hätte ein Problem. Das wusste auch Manuel. Er hatte sich bewusst verletzlich gemacht.

Einige Sekunden lang verharrte sie reglos und versuchte, ihre Gedanken zu sortieren. Manuels Verhalten war seltsam. Aber Mirja war sich sicher, dass diese Klinik ein Geheimnis barg, etwas, das nicht in den Hochglanzprospekten und auf den animierten Webseiten der Dr. Philip Morgenthau Stiftung stand. Und Manuel wusste etwas. Wenn sie mehr erfahren wollte, musste sie ihm wohl oder übel vertrauen.

Als Mirja vorsichtig die dünne Decke beiseiteschlug und sich aufrichtete, stellte sie fest, dass das seltsame Schwindelgefühl nachgelassen hatte. Auch ihrem Magen ging es besser. Nur ein wenig benommen fühlte sie sich noch, aber das mochte daran liegen, dass es mitten in der Nacht war. Sie schnappte sich eine dünne Stoffhose und ihre Flipflops und schlich hinter Manuel aus dem Zimmer.

Im Flur schlüpfte Mirja in die Hose, die Schuhe behielt sie in der Hand. Manuel beobachtete angespannt die anderen Zimmer.

„Was ist los?", wisperte Mirja.

„Komm mit!" Wortlos schlichen sie durch das Treppenhaus nach unten. Als sie vor die Haustür traten, war es stockdunkel. Normalerweise hätte ein durch einen Bewegungsmelder gesteuertes Licht angehen müssen – doch nichts geschah.

Manuel griff Mirjas Hand. „Komm!"

„Verrätst du mir endlich, was los ist?"

„Gleich!", sagte Manuel.

Seine Hand war feucht von Schweiß. Sie konnte seine Anspannung spüren. Er führte sie weg vom Wohnheim und folgte dem von dichtem Buschwerk gesäumten Spazierweg, der zum nördlichen Ende des Geländes führte.

Mirja spürte, wie sich ein harter Klumpen in ihrem Magen bildete. Vielleicht war es ein Fehler, ihm zu vertrauen? Sie versuchte, ihre Hand zu lösen, doch er hielt sie mit eisernem Griff umklammert. Und als sie ihre Schritte verlangsamen wollte, zog er sie einfach mit sich, sodass sie fast ins Stolpern geriet.

„Aua, du tust mir weh!"

Er fuhr herum. „Psst!" Seine freie Hand presste sich auf ihre Lippen.

„Sei still!" Seine Stimme klang heiser. Er wartete, bis Mirja ihm durch ein Nicken zu verstehen gab, dass sie ihn verstanden hatte. Erst dann zog er langsam seine Hand zurück.

Sie gingen ein paar Schritte. Dann blieb er so abrupt stehen, dass Mirja gegen ihn prallte. Aus der Tiefe des Dschungels drang das unheimliche Kreischen eines Affen zu ihnen herüber.

Plötzlich ging alles sehr schnell. Manuel packte sie und zerrte sie in das dichte Gebüsch am Wegrand. Zweige schlugen ihr ins Gesicht. Im nächsten Moment drückte Manuel sie auf den Boden. Seine Hand presste sich auf ihren Mund. Sie konnte seinen Schweiß riechen und seinen säuerlichen Atem. Aus den Augenwinkeln erhaschte sie einen Blick auf den Schemen seines Gesichts. Seine Augen waren unnatürlich weit geöffnet.

Jennifers Worte kamen ihr in den Sinn: *Nimm dich vor Manuel in Acht!* Sie versuchte, sich unter ihm hervorzuwinden. Doch er presste sich mit seinem ganzen Gewicht auf sie.

„Lieg still", wisperte er so leise, dass seine Stimme kaum mehr als ein Atemhauch war, „oder diese Nacht wird für dich zu einem Albtraum, der niemals enden wird!"

Kapitel 12

Berlin, September 2018

Das leise Surren der Hochleistungsrechner war das einzige Geräusch im Raum. Bewegungslos saß Dr. Philip Morgenthau in seinem Sessel. Auf den drei riesigen Computerbildschirmen waren alle 0,45 Sekunden sich stetig verändernde bizarre Muster zu sehen. Für den Laien waren das lediglich sinnlose Farbspritzer, als hätte ein Einjähriger mit dem Tuschkasten seiner großen Schwester gespielt. Doch für Philip waren diese Muster alles. Für sich genommen ergab jedes einzelne Bild keinen Sinn, aneinandergefügt, als dreidimensionales Gebilde, waren sie das genialste, aber zugleich rätselhafteste Konstrukt auf diesem Planeten. Die einzelnen Bilder bestanden aus hauchdünnen Scheiben eines etwa salzkorngroßen Stückes Gewebe. Schicht für Schicht waren sie mit einem Ultramikrotom abgetrennt worden. Ein solches Gerät war in der Lage, ein menschliches Haar der Länge nach in über 2 000 Scheiben zu zerlegen. Die eingefärbten Objekte stellten Schnitte durch Gliazellen, Axone, Dendriten, Blutgefäße und Synapsen dar. Zu einem dreidimensionalen Bild zusammengefügt, ergaben sie ein komplexes Geflecht – Myriaden von Verbindungen, in denen das Leben steckte ... und die Erinnerungen.

Philip berührte den Bildschirm. 85 Milliarden Nervenzellen, und jede einzelne stand mit 1 000 anderen Zellen in Kontakt. Unmengen von Daten, und bislang hatten sie nur einen Bruchteil erfasst. Aber selbst wenn es ihnen gelänge – die Erfassung der Daten bildete noch das kleinste Problem. Ein Abbild des Lebens zu schaffen war nicht das Gleiche wie das Leben selbst. Ein Gemälde von Rembrandt war in seiner künstlerischen Perfektion einzigartig. Man spürte die Persönlichkeit des abgebildeten Menschen. In seinen Augen sah man stilles Lachen, Verzweiflung oder Stolz. Aber der auf der Leinwand festgehaltene Mensch selbst existierte nicht mehr. Auch ein noch so großartiges Bild, selbst wenn es ein unvergleichliches Kunstwerk war, blieb immer nur ein Bild – der Betrachter konnte mit seiner Hilfe lediglich das Leben erahnen. Der Mensch war ein Mund ohne Atem, ein Herz, das stumm blieb, Augen, die nicht sahen.

Philip wusste, dass er es eigentlich nicht tun sollte, dennoch konnte er nicht anders: Er drückte ein paar Tasten, und die Bilder auf den Bildschirmen veränderten sich. Auf dem linken Bildschirm erschienen Fotos, schwarz-weiß und in Farbe, Aufzeichnungen eines ganzen Lebens. Ein Mann war zu sehen, jung und lachend, mit einer Kette aus Blumen um den Hals. Der Bildschirm daneben zeigte die mittels eines hochauflösenden Magnetresonanztomografen aufgenommene Hirnaktivität als farbiges Muster.

Philip starrte auf die wechselnden Fotos. Irgendwann erhob er sich und trat ans Fenster. Draußen ging gerade die Sonne unter. Sein Spiegelbild schimmerte farblos auf dem riesigen Panoramafenster: eine hohe Stirn, Augen, unter denen dunkle Ringe lagen, und Lippen, zu einem schmalen Strich zusammengepresst. Er rieb sich die schmerzenden Schläfen.

„Ich werde nicht aufgeben", flüsterte er. „Das schwöre ich. Dum spiro, spero.*"

Er wandte sich ab und verließ das Büro. Die hübsche junge Frau im Vorzimmer zuckte erschrocken zusammen, als er plötzlich hinter ihr stand. Sie war erst seit zwei Wochen für ihn tätig, nachdem seine alte Sekretärin in Rente gegangen war. Hastig drückte sie eine Taste auf ihrem Computer und das Logo von eBay verschwand. „Äh ... Dr. Morgenthau, ich habe nur –"

---

* Solange ich atme, hoffe ich. Cicero

„Rufen Sie Krüger an, und stellen Sie das Gespräch in mein Büro durch", unterbrach er sie.

„Um diese Zeit?" Sie hob den Blick und errötete. „Selbstverständlich, Dr. Morgenthau. Ich kümmere mich darum."

Philip kehrte wortlos in sein Büro zurück. Er hatte einen seiner Assistenten mit der Neueinstellung beauftragt. In Gedanken machte er sich eine Notiz, beide Stellen erneut ausschreiben zu lassen. Er brauchte intelligente Menschen um sich. Leute, die ihn weiterbrachten.

Er setzte sich wieder an den Schreibtisch, stoppte das laufende Programm und rief seine E-Mails ab. Die Lieferung mit Primaten war eingetroffen. Damit konnte er die neue Versuchsreihe starten. Danach widmete er sich der Korrespondenz, die seine Mitarbeit bei dem von der EU finanzierten *Human Brain Project* betraf. Dieses Engagement war zwar ein enormer Zeitfresser, brachte aber auch einige Synergieeffekte mit sich, die seinen eigenen Zielen sehr zugutekamen. Das Projekt verfolgte das ehrgeizige Ziel, bis zum Jahr 2023 mittels computerbasierter Modelle und Simulationen eine digitale Nachbildung des menschlichen Gehirns zu erschaffen. Hierzu wären nach aktuellen Hochrechnungen Speicherkapazitäten von 10 hoch 18 Bytes und eine Rechengeschwindigkeit im Exaflop-Bereich* notwendig – eine Riesenherausforderung.

Das Telefon klingelte. „Dr. Krüger für Sie in der Leitung", meldete sich die Stimme der jungen Vorzimmerdame.

„Gut, verbinden Sie mich." Es klickte. „Und, warst du erfolgreich?", platzte es aus ihm heraus.

„Philip, weißt du, wie spät es hier ist?", meldete sich die verkatert klingende Stimme von Dr. Michael Krüger.

„Michael! Du weißt, worum es geht!"

„Schon gut." Ein Räuspern erklang am anderen Ende der Leitung. „Ich habe unseren Mann gefunden!"

---

* Flop ist die Einheit für die Geschwindigkeit von Großrechnern und steht für Floating Point Operations per Second. Die angestrebte Rechenleistung beträgt also eine Trillion Fließkommaoperationen pro Sekunde.

„Tatsächlich?"

„Ja, allerdings müssen wir eine siebenstellige Ablöse an seinen Arbeitgeber zahlen, und auch das Jahresgehalt wird kein Schnäppchen."

„Kein seriöses Forschungsinstitut verlangt solche Summen!", kommentierte Philip.

„Er arbeitet für ein Subunternehmen von ‚Standard & Poor's'."

„Diese Ratingagentur? Soll das ein Scherz sein? Es geht hier nicht um Börsenspekulationen!"

„Mark Walker hat eine geniale Software zur Berechnung komplexer Systeme entwickelt. Sie analysiert die Wechselwirkungen kleiner aktiver Einheiten in einem gigantischen Netzwerk. Für die Software spielt es dabei keine Rolle, ob es sich bei diesen kleinen Einheiten um einzelne Wertpapierhändler oder um Neuronen handelt. Es gibt nämlich eine bemerkenswerte Parallele zwischen dem Netzwerk des Aktienmarkts und dem menschlichen Gehirn: Beide handeln gleichermaßen irrational." Er kicherte, wurde aber gleich darauf wieder ernst. „Vertrau mir, Philip, dieser Mann ist der Spezialist, den wir gesucht haben."

„Gut. Angenommen, der Mann wäre tatsächlich in der Lage, die Software zu entwickeln, die wir brauchen: Wie wollen wir ihn bezahlen?"

„Das ist der Grund, warum mir bei jedem deiner Worte der Schädel dröhnt. Ich hatte gestern ein Gespräch mit Fjodor Tassarow. Der Mann ist nicht in der Lage, einen Satz zu Ende zu sprechen, ohne zwischendurch mit Wodka anzustoßen."

„Und wer ist dieser Kerl?"

„Er ist ein 59 Jahre alter, übergewichtiger und lebensfroher Russe, der sich mit Unmengen von Alkohol Leber und Bauchspeicheldrüse ruiniert hat. Außerdem ist er der Geschäftsführer des Rüstungskonzerns Wolgawagonzawod und steht auf der inoffiziellen Liste der reichsten und korruptesten Männer der Welt an dritter Stelle."

Philip schluckte. „Was hast du ihm versprochen?"

Michael räusperte sich. „Das ist ein wenig diffizil …"

Kapitel 13

Brasilien, Bundesstaat Pará, Juni 2023

Mirja spürte Panik in sich aufsteigen. Manuels kaltschweißige Hand presste nicht nur ihren Mund zu, sie verdeckte auch ihre Nase, sodass sie nur mit Mühe Luft bekam. Sein Gewicht drückte sie zu Boden, und eine Wurzel bohrte sich schmerzhaft in ihre Rippen. Manuels Brustkorb bewegte sich im Rhythmus seines Atems immer schneller.

Mirja spürte Übelkeit in sich aufsteigen. Sie stemmte sich gegen das Gewicht, das auf ihr lag. Aber ihre Kraft reichte nicht. Manuel hielt sie fest umklammert.

Plötzlich sah sie aus den Augenwinkeln eine Bewegung. Durch das dunkle Blätterdach des Gestrüpps tanzte ein schwacher Lichtreflex. Manuels hektisches Atmen ließ nach. Aber es wirkte nicht so, als würde er ruhiger. Ganz im Gegenteil, sein Körper schien sich nur noch mehr zu verkrampfen.

Das gedämpfte Murmeln halblauter Stimmen drang an Mirjas Ohr. Da kam jemand! Sie hörte die Schritte und das leise Klirren einer Schlüsselkette. Das mussten Männer vom Sicherheitspersonal sein.

Mirja nahm all ihre Kraft zusammen, bäumte sich auf und versuchte, Manuel mit dem Hinterkopf ins Gesicht zu schlagen. Doch er klammerte sich an sie wie eine stählerne Klette. Plötzlich spürte sie einen Stich an ihrem Hals. Sie erstarrte.

„Zwing mich nicht, das zu tun!", wisperte Manuel so leise, dass sie ihn kaum verstehen konnte. Das Stechen an ihrer Halsschlagader jedoch war beredt genug. Mirja unterdrückte ein Schluchzen.

Die Männer waren nun so nah, dass sie die beiden leise miteinander plaudern hören konnte. Sie sprachen Portugiesisch. Ohnmächtig lauschte sie in die Nacht, sah, wie das Licht ein letztes Mal über das Gebüsch huschte, hörte die sich langsam entfernenden Schritte. Schließlich senkte sich die Schwärze wieder auf sie herab, und das einzige Geräusch, das sie vernahm, war das Atmen von Manuel dicht an ihrem Ohr. Es war furchtbar, sich so wehrlos zu fühlen. Schreckliche Erinnerungen wurden in ihr wach.

Aus dem Wald drang das wütende Kreischen eines Affen zu ihr herüber. Ungezähmte Instinkte und zügellose Gewalt schwangen darin mit.

„Ich habe hier eine Spritze mit einem hochwirksamen Muskelrelaxans", sagte Manuel leise. „Die Nadel steckt in deiner Halsvene. Eine falsche Bewegung, ein falsches Wort, und ich spritze dir das Medikament. Es wird dich nicht töten, aber du wirst innerhalb weniger Sekunden vollkommen bewegungsunfähig sein. Hast du das verstanden?"

Mirja nickte. Sie blinzelte. Erst jetzt merkte sie, dass ihr Tränen übers Gesicht rannen.

Manuel bewegte sich. Langsam wich das Gewicht von ihrem Rücken.

„Ich nehme jetzt meine Hand von deinem Mund. Wehe, du schreist!"

Wieder nickte Mirja.

Seine Finger lösten sich, und sie konnte wieder frei atmen. Der Duft von Erde und feuchten Blättern drang in ihre Nase und mischte sich mit dem Geruch von Manuels Schweiß. Sie wartete.

Eine halbe Ewigkeit lang geschah nichts. Dann richtete sich Manuel auf und sagte leise: „Es tut mir leid. Ich ... wollte dich nicht erschrecken, aber ich sah keine andere Möglichkeit."

Was redete der da? Mirja war verwirrt. Sie wagte noch immer nicht, sich zu bewegen. Die Spritze steckte weiterhin in ihrem Hals.

„Uns bleibt vermutlich nur diese eine Nacht." Manuel sprach ruhig. Nicht so, wie man es von einem Gewalttäter erwarten würde. Aber vielleicht blieb man in solchen Situationen auch deshalb ganz ruhig, weil man ein psychopathischer Irrer war.

„Was …", flüsterte Mirja, „was meinst du?"

„Du bist eine Probandin. Sie machen das Gleiche mit dir wie mit den anderen."

„Ich verstehe kein Wort. Wovon redest du?"

„Ich verstehe es selbst nicht so ganz." Manuels Stimme klang unsicher. „Noch nicht. Aber … ich bin dicht dran."

Mirja beäugte ihn skeptisch. Seine Worte klangen wirr, und dennoch schien er in diesem Moment zum ersten Mal an diesem Abend ganz er selbst zu sein.

„Was willst du von mir?", flüsterte sie.

„Ich will dir helfen."

Mirja schnaubte. „Dir ist schon klar, wie glaubhaft diese Worte klingen, während du mir eine Nadel in die Halsschlagader bohrst?"

„Es tut mir leid. Ich darf nicht riskieren, dass sie uns erwischen."

Mirja atmete tief durch und versuchte, ihre Gedanken zu ordnen. Er wirkte weder aggressiv noch hatte sie das Gefühl, dass er über sie herfallen wollte.

„Du musst dich schon entscheiden", sagte sie leise. „Entweder bedrohst du mich oder du vertraust mir."

Manuel schwieg. Sie konnte seinen Atem hören. Dann seufzte er leise. „Die Spritze ist leer." Er zog die Nadel aus ihrem Hals. „Ich habe kein Muskelrelaxans. Aber die Posten waren so nah, und ich wusste mir einfach nicht anders zu –"

Mirjas Faust traf ihn mit voller Wucht im Gesicht.

Manuel keuchte auf und stolperte rückwärts. „Mirja …", flüsterte er entsetzt.

„Du Arschloch!" Mirja rieb sich die Knöchel. Ihre Stimme bebte vor Zorn. „Wage es ja nicht, mich noch einmal anzurühren!"

Manuel blickte auf sie hinab. In der Düsternis konnte sie sein Gesicht nicht erkennen. Dann nickte er. „Du hast deinen Standpunkt unmissverständlich deutlich gemacht. Mirja, ich will nichts von dir. Ich musste nur sicherstellen, dass uns die Posten nicht entdecken … Es tut mir leid, wenn ich dir Angst eingejagt habe." Er schniefte leise. „Hast du mal ein Taschentuch?"

„Wozu das?"

„Meine Nase blutet."

„Geschieht dir recht." Mirja strich über die Stelle, an der er sie mit der Nadel gestochen hatte. Dann hielt sie sich ihre Finger vors Gesicht und sah, dass ein wenig Blut daran hing. Am liebsten hätte sie noch einmal zugeschlagen.

„Vermutlich", erwiderte Manuel. Seine Stimme klang nasal.

Ein klagender Ruf drang aus dem Dschungel zu ihnen herüber.

„Komm", sagte Manuel. „Es ist Zeit."

„Hör verdammt noch mal auf, in Rätseln zu sprechen, und sag mir endlich, was hier los ist."

„Wir haben nur fünf Minuten, um hineinzukommen. Dann sind die Wachen zurück."

„Wo hineinzukommen?"

„In das verbotene Areal."

„Warum sollte ich dort hineingehen? Ich habe keine Lust, mich anzustecken!"

„Zu spät!", erwiderte Manuel. „Du bist bereits infiziert, wenn auch anders, als du denkst."

Ehe Mirja sich darüber beklagen konnte, dass er weiterhin nur kryptische Aussagen von sich gab, fügte er hinzu: „Wenn du Antworten willst, komm mit. Wir müssen drin sein, bevor die Wachen zurückkommen."

Mirja schluckte trocken. „Also gut."

„Leise!", zischte Manuel. „Gib mir deine Hand!"

Nach kurzem Zögern gehorchte Mirja.

Manuel wandte sich um und führte sie auf einem schmalen, gewundenen Pfad durch das Dickicht. Hin und wieder mussten sie sich bücken. Ranken zerrten an Mirjas dünnem Hemd, und Wurzeln bildeten Stolperfallen. Schließlich erreichten sie einen Zaun, und Manuel ließ ihre Hand los. Es raschelte, als der junge Mann im Gebüsch nach etwas suchte. Das Licht seiner Taschenlampe blitzte kurz auf und beschien einen Bolzenschneider.

Eine halbe Minute später krochen sie durch ein schmales Loch. Geduckt huschten sie auf eine dunkle Baracke zu.

Als sie sich gegen die verwitterten Balken lehnten, flüsterte Manuel ihr ins Ohr: „Du glaubst also, dass hier chronisch Kranke behandelt werden?"

„Bislang hatte ich keinen Grund, daran zu zweifeln."

„Also gut …" Er führte Mirja um die Baracke herum. „Machen wir eine kleine Sightseeingtour." Sie gingen weiter bis zu einem kleinen Schuppen.

„Was gibt es da drin zu sehen?", fragte Mirja.

„Nichts. Wir müssen einen Augenblick warten, bis die Kamera wieder in die andere Richtung zeigt." Er wies auf einen dunklen Kasten mit einem kleinen roten Punkt, der an einem der Gebäude befestigt war und sich langsam von links nach rechts bewegte.

„Jetzt!", sagte er plötzlich. Sie eilten über einen beleuchteten Hof in den Schatten einer größeren Baracke. „Komm!" Er legte sich auf den Boden. Vorsichtig löste er ein Brett. Dahinter kam eine vergitterte Glasscheibe zum Vorschein. „Leuchte in den Keller hinab!"

Das schwache Licht wurde durch die dicke Glasscheibe gebrochen, und Mirja konnte den dahinter liegenden Raum nur undeutlich erkennen. Was sie sah, war eine Art Pritsche mit stabilen Fixiergurten. Den halben Raum nahm jedoch ein riesiges elektronisches Gerät ein, von dem ein roboterähnlicher Arm abging. Dieser wiederum endete in einer Art Röhre, an der sich mehrere Dutzend Metallstifte befanden. Diese zeigten genau auf den Kopfteil der Pritsche.

„Was ist das?"

Manuel schnaufte. „Wenn wir den offiziellen Stellen glauben dürfen, dann muss das wohl eine Laserkanone sein, mit deren Hilfe man den Leuten die Viren aus dem Hirn schießt."

„Das ist nicht witzig."

„Da hast du recht", erwiderte Manuel trocken.

Er brachte das Brett vorsichtig in seine ursprüngliche Position zurück. Dann schlichen sie zur hinteren Seite der Baracke. Dort verharrte Manuel.

„Wenn hier angeblich alles so streng bewacht wird –"

„Psst!", unterbrach Manuel sie.

„Warum gibt es hier drinnen keine Wachen?", wisperte Mirja in sein Ohr.

„Sie sind beschäftigt", erwiderte er.

Die Geräusche des Dschungels erfüllten die Nacht. Plötzlich zuckte Manuel zusammen. „Jetzt!", flüsterte er. Er packte Mirja an der Hand und huschte mit ihr zum gegenüberliegenden Gebäude. An der Rückseite hielt er inne und tastete mit seinen Händen über die Bretter des Verschlags. Schließlich hatte er gefunden, was er suchte. Er presste den Bolzenschneider in eine kleine Lücke und drückte die Bohlen einen Spalt auseinander.

Mirja kniete sich auf den Boden und leuchtete hinein. Verwundert stellte sie fest, dass sich in dem Raum ein riesiger Holzkasten befand. Um diesen Kasten herum waren mehrere elektrische Geräte zu erkennen. Sie meinte auch eine Kamera zu sehen sowie einen Bildschirm, der mit der Rückseite zu ihnen hing. Kopfschüttelnd schaltete sie das Licht wieder aus.

„Glaubst du immer noch, dass hier Menschen behandelt werden, die sich einen Virus eingefangen haben?"

Mirja zuckte die Achseln. „Es gibt bestimmt eine logische Erklärung für all das."

„Ganz sicher!", erwiderte Manuel. Er erhob sich. „Komm, ich möchte dir jemanden vorstellen."

„Wen?"

Manuel schnaubte. „Wenn das so einfach zu beantworten wäre."

„Du scheinst dir als Sphinx ausnehmend gut zu gefallen."

„Das täuscht", erwiderte er. „Komm jetzt."

Mirja verschränkte die Arme vor der Brust. „Ich will endlich ein paar vernünftige Antworten", zischte sie leise. „Also, zu wem gehen wir?"

Manuel seufzte. „Allmählich bereue ich, dass ich dir das Gegenmittel gespritzt habe."

„Was?!" Mirja kniff die Augen zusammen. „Du hast was getan?"

„Ich habe dir ein Gegenmittel gespritzt. Davon bist du aufgewacht."

Unwillkürlich betastete Mirja ihren Oberarm. „Bist du irre?! Du kannst mir doch nicht irgendwelches Zeug spritzen!"

Manuel bedeutete ihr, leiser zu sprechen. Dann schwieg er einige Atemzüge lang. Schließlich trat er einen Schritt auf sie zu. „Ich sehe, du hast eine neue Frisur." Er strich ihr eine Haarsträhne aus der Stirn.

Sie schlug seine Hand beiseite. „Finger weg!"

„Du magst es wohl nicht, wenn man dir an die Haare geht?"

„Allerdings nicht."

„Warum hast du dich dann wie ein Püppchen neu frisieren lassen?"

„Was geht dich das an?", knurrte Mirja. Seine Frage traf einen wunden Punkt. „Ich war gestern ein bisschen neben der Spur, wahrscheinlich hatte ich ein Bier zu viel."

„Ach?", ätzte Manuel. „Du lässt dir also jedes Mal die Haare schneiden, wenn du einen über den Durst trinkst?"

„Quatsch …"

„Dann hör auf, dir die Dinge schönzulügen", fuhr er sie an. „Sie haben dir Drogen gegeben, und nun fangen sie an, dich zu manipulieren. Hast du nicht gemerkt, dass du gar nicht Nein sagen konntest? Wenn sie von dir verlangt hätten, dich nackt auszuziehen und einmal quer über das Gelände zu tanzen, hättest du das auch getan. Und anschließend hättest du dir irgendeine rationale Theorie zurechtgelegt, wie es dazu gekommen war. Vermutlich hättest du dir später eingeredet, sturzbetrunken gewesen zu sein."

„Das ist doch absurd!"

„Meinst du? Die Wirkung der Droge hält gewöhnlich zwei bis drei Tage an. Achte doch einmal darauf, wie diese Leute reagieren, wenn du dich in der nächsten Zeit irgendeiner ihrer Forderungen verweigerst, und du wirst sehen, was ich meine." Manuel hielt inne und lauschte in die Nacht. Dann zischte er: „Und wenn du weitere Antworten willst, komm mit. Oder du lässt das Ganze bleiben, und ich bringe dich zurück."

„Schon gut, ich komme mit." Mirja starrte ihn zornig an. „Sag mir wenigstens, zu wem du mich führst."

„Ich kenne seinen wahren Namen nicht. Er ist einer der Probanden." Manuel drehte sich um.

Mirja fluchte innerlich, als sie ihm folgte. „Und wer sind diese Probanden?"

„Das wirst du schon sehen." Sie waren mehrere Minuten unterwegs. Manuel verharrte von Zeit zu Zeit still und lauschte in die Nacht. Allmählich gewann Mirja den Eindruck, dass er sich von den Stimmen des Dschungels leiten ließ, aber vermutlich war das lediglich auf ihre eigene Paranoia zurückzuführen, die sie aufgrund dieses ganzen Irrsinns entwickelte.

Schließlich erreichten sie eine lang gestreckte Baracke, die von einigen Scheinwerfern angestrahlt wurde. Die Fenster waren mit altmodischen Holzläden gesichert, die von außen verriegelt waren. Da ein Scheinwerfer defekt war, lag jedoch eines davon im Schatten. Und genau dorthin führte Manuel sie.

„Sind hier Menschen eingesperrt?", fragte Mirja.

„Ja. Aber die meisten empfinden es wohl nicht so", erwiderte Manuel. „Nicht mehr."

Vorsichtig löste Mirja den Riegel und schob den Laden zur Seite. Ein schwacher Lichtstrahl durchschnitt die Dunkelheit des dahinter liegenden Raumes. Mirja hatte erwartet, ein spartanisch eingerichtetes Krankenzimmer vorzufinden. Stattdessen war der Raum wohnlich eingerichtet – mit Bücherwand, Schreibtisch, Sofa, sogar einen Fernseher gab es. Allerdings alles im altmodischen Stil des vergangenen Jahrhunderts. Selbst die Stehlampe schien noch aus Großmutters Zeiten zu stammen.

„Da ist niemand", flüsterte sie.

Manuel lauschte in die Nacht. „Dann ist er schon unterwegs."

Während er die Läden wieder verschloss, ging Mirja zum nächsten Fenster und schob den Riegel beiseite. „Was machst du da?", zischte Manuel.

Mirja schob den schweren Holzflügel beiseite. Der Lichtstrahl ihrer Taschenlampe huschte durch den Raum. Sie sah einen altmodischen Kleiderschrank und eine Frisierkommode. Ohne Manuels Einwänden Beachtung zu schenken, ließ sie das Licht weiterwandern. Es fiel auf das Fußende eines Bettes, wanderte höher, über eine dünne Bettdecke, unter der sich ein schlanker Körper abzeichnete. Schmale Hände, die vor der Brust gefaltet waren, ein Nachthemd … Das Licht wanderte weiter. Mirja stieß einen erstickten Schrei aus.

Im Nu war Manuel bei ihr, hielt ihr den Mund zu und riss ihr die Taschenlampe aus der Hand. „Was soll der Scheiß?"

Mirja starrte mit weit aufgerissenen Augen auf die Fensterscheibe, die nun wie ein dunkler Spiegel schattenhaft ihr eigenes Gesicht widerspiegelte. Genau das gleiche Gesicht, das sie eben noch in diesem Raum erblickt hatte. Das Grauen schnürte Mirja die Kehle zu. In dem Bett hatte eine junge Frau gelegen. Sie hatte sich aufgerichtet, die Augen waren offen gewesen, und ihr Gesicht … war Mirjas Gesicht gewesen. Die gleiche Nase, die gleichen Züge, das gleiche schulterlange Haar.

„Beruhige dich!", zischte Manuel ihr zu. „Atme tief ein. Langsam. Und jetzt wieder ausatmen. Gut so! Ich nehme jetzt meine Hand von deinem Mund. Du wirst nicht schreien, okay?"

Mirja nickte. Er löste seine Hand.

„Da … in diesem Raum … dort drin … war ich!", wisperte Mirja.

„Was erzählst du denn da?"

„Da in diesem Bett habe ich gelegen. Ich habe mir selbst in die Augen gestarrt."

„Quatsch!", sagte Manuel.

„Sieh selbst!"

„Auf gar keinen Fall. Wenn die Frau da drin wirklich wach ist, wird sie sich erschrecken. Und wenn sie schreit, haben wir ein paar Sekunden später die Wachen am Hals."

„Sieh nach!"

Manuel schüttelte den Kopf, trat aber dennoch dichter an das Fenster heran. Das Licht der Taschenlampe zitterte leicht, als er sie anhob. Mirja konnte sehen, dass sein Kehlkopf sich auf und ab bewegte. Er hob die Taschenlampe ein weiteres Stück und ließ sie gleich darauf mit einem erstickten Aufschrei zu Boden fallen.

Mirja stand wie erstarrt. Das Gesicht ... ihr Gesicht war dort am Fenster gewesen, ganz dicht vor ihnen!

„Verdammt!" Manuel bückte sich nach der Taschenlampe. „Im ersten Moment dachte ich, da war jemand. Aber das muss dein Spiegelbild gewesen sein."

Mirja schüttelte den Kopf. Eine Bewegung, die Manuel in der Dunkelheit nicht wahrnehmen konnte. Er hob die Taschenlampe auf und ließ den Strahl nach kurzem Zögern erneut in den Raum fallen. Das Gesicht war verschwunden ... das Schlafzimmer leer. In der Scheibe spiegelten sich schwach ihre beiden Gesichter.

Manuel warf Mirja einen grimmigen Blick zu. „Schließ die Fensterläden. Es wird Zeit!"

Während die junge Frau den schweren Holzflügel zuklappte, fuhr ihr ein Schauer über den Rücken. Sie war sich hundertprozentig sicher, dass sie nicht ihr Spiegelbild gesehen hatte. Die Gestalt hatte zuerst im Bett gelegen und war dann in einem geblümten, altmodischen Nachtgewand ans Fenster getreten. Eine fremde Frau mit Mirjas Gesicht. Welcher Wahnsinn lauerte noch in diesen Baracken?

Sie folgte Manuel zum Eingang der Baracke. Die Tür stand offen, drinnen war es dunkel.

Eine Minute lang verharrte der junge Mann. Dann flüsterte er: „Warum ist er nicht hier?"

Plötzlich hörte Mirja das Knacken eines Zweiges. Grelles Licht fiel auf Manuels Gesicht. Dahinter konnte sie eine schemenhafte Gestalt ausmachen.

„Endlich", hörte sie Manuel flüstern. Im nächsten Moment spürte sie einen stechenden Schmerz in ihrem Arm. Das grelle Licht und der Schemen dahinter lösten sich in grauen Nebel auf. Sie konnte noch vernehmen, dass Manuel etwas rief. Dann legte sich Dunkelheit um sie.

Kapitel 14

Berlin, Mai 2024

Raven überquerte den Parkplatz vor der ehemaligen Kindl-Brauerei und hielt auf die angrenzenden Backsteingebäude zu. Im Keller eines der Gebäude hatte sich der Neuköllner Computerklub eingemietet – eine Vereinigung skurriler Computerbesessener, denen der Chaos Computer Club zu „mainstreammäßig" war. Für die Insider war er einfach nur der Computerklub, Michel war eines der Gründungsmitglieder gewesen.

Raven stieg die Stufen zum Keller hinunter. Es roch nach Urin und Schimmel. Wer genau hinsah, konnte erkennen, dass jemand mit roter Farbe die Buchstaben C. K. auf die Tür gemalt hatte. Nach einigem Suchen fand Raven die Klingel oberhalb des Türrahmens und drückte darauf.

Wenig später wurde die Tür einen Spalt geöffnet, und Raven bot sich ein Anblick, mit dem er ganz und gar nicht gerechnet hatte. Eine junge Frau linste zu ihm heraus. Sie war hübsch, hatte einen zierlichen Körperbau und dunkle Haut. Raven vermutete, dass sie aus Indien oder Bangladesch stammte. Ihre Aussprache war allerdings akzentfrei.

„Was willst du hier?", fragte sie misstrauisch.

„Hi, ich bin ein Freund von Captain Kraut", sagte Raven. „Darf ich kurz reinkommen?"

Sie rührte sich nicht.

„Michel Hainke alias Captain Kraut ist Mitglied in diesem Club", fuhr Raven fort. „Er hat hier Daten von meinem Bruder aufbewahrt."

„Du bist ein Freund von Michel?" Sie kniff die Augen zusammen.

„Mein Bruder war mit ihm befreundet. Michel hat seine Webseite betreut und Daten von ihm aufbewahrt. Er meinte, die Sachen wären offline, und ich solle sie im C. K. suchen."

Sie hob die Brauen. „Das hat er gesagt?"

„Er hat es geschrieben … in etwas knapperer Form."

Das Misstrauen schwand, einen kurzen Moment lang glitt ein anderer, schwer zu deutender Ausdruck über ihr Gesicht. Dann öffnete sie die Tür. „Okay, komm rein."

Raven trat ein.

„Michel wirst du hier nicht treffen", sagte die junge Frau. „Den habe ich schon eine Ewigkeit nicht mehr gesehen."

Raven zögerte, er wollte den Tod des dicken Hackers an dieser Stelle lieber nicht erwähnen. „Bei mir ist es auch schon ein paar Monate her, dass ich ihn gesprochen habe", erwidert er.

Die junge Frau ging einen niedrigen Flur entlang, und Raven folgte ihr. „Hm, ehrlich gesagt mache ich mir ein bisschen Sorgen", meinte sie. „Ich vermute, dass er untergetaucht ist." Die Art und Weise, wie sie das sagte, deutete an, dass so etwas nicht ungewöhnlich war. „Aber dass er sich nicht einmal online meldet, ist schon sehr ungewöhnlich."

Raven schwieg und ignorierte die Proteste seines schlechten Gewissens.

Die junge Frau gab einen Code in eine Sicherheitstür ein und trat in einen weiteren Flur. Dort steuerte sie auf einen Raum zu, in dem sich eine Unmenge an technischen Geräten befand. Überall blinkten Dioden, und das Surren von Ventilatoren erfüllte die Luft. Kreuz und quer standen Computerarbeitsplätze im Raum.

Plötzlich stellte sich ihnen ein hagerer, kahl rasierter Mann in den Weg. Er hatte sich ein Einschussloch auf den Kehlkopf tätowieren lassen. „Halt! Der hat hier keinen Zutritt."

„Er ist ein Freund von Michel", erklärte die junge Frau.

„Na und?!", entgegnete der Hagere. „Das ändert nichts an unseren

Regeln. Nichtmitglieder haben hier keinen Zutritt." Finster starrte er auf Raven herab.

„Michel hat die Website meines Bruders Julian gepflegt und seine Filme ins Netz gestellt ...", sagte Raven rasch.

Die Augen des Hageren verengten sich. „War das dieser ... Spidermanspinner?"

„Genau der." Raven lächelte schmallippig. „Dieser Spidermanspinner, der vor einem Dreivierteljahr tödlich verunglückte, als ich bei ihm war."

„Und was willst du hier?"

Raven brachte erneut sein Anliegen vor.

„Und warum kommst du erst jetzt? Dein Bruder ist doch schon vor Monaten gestorben."

Raven spürte, wie Zorn in ihm aufstieg. „Warst du schon mal Zeuge, wie dein Bruder nach einem Sturz aus dreißig Metern Höhe auf dem Asphalt zerschmettert ist?"

„Nein." Der Hagere blickte abwesend vor sich hin. „Aber ich denke, ich hätte es genossen. Ich konnte meinen Bruder, dieses fette Schwein, noch nie leiden."

„Nun, ich habe es jedenfalls nicht genossen", sagte Raven kalt. „Ich bin durchgedreht und war mehrere Monate in der Psychiatrie. Und jetzt will ich einfach verstehen, was in den letzten Wochen vor Julians Tod in ihm vorgegangen ist. Die Daten von Michel könnten mir vielleicht dabei helfen. Verstehst du das?"

Der Hagere zuckte die Achseln. Dann hielt er Raven sein Smartphone unter die Nase. „Drück deinen Daumen da drauf."

Raven gehorchte.

Der Mann wandte sich um und knurrte: „Ich checke, ob du gelistet bist. Und wenn nicht, bekommst du eine Menge Ärger. Das schwöre ich dir." Ravens Herz sank. „Warte hier!", befahl der Tätowierte. Er verschwand in einer Art Büro.

Raven schluckte und wandte sich dem Raum zu, in dem die junge

Frau inzwischen verschwunden war. Außer ihr saß dort nur noch ein pickliger junger Mann an einem der Computerarbeitsplätze. Als sie bemerkte, dass er ihr gefolgt war, ging sie auf Raven zu.

„Ich habe mich noch gar nicht vorgestellt. Mein Name ist Leela." Sie lächelte.

Unwillkürlich lächelte er zurück. „Ich bin Raven."

„Es tut mir sehr leid, was mit deinem Bruder passiert ist."

„Danke."

„Bitte sei nicht böse auf Jarl. Er ist ein echter Crack, was digitale Algorithmen angeht, aber in zwischenmenschlichen Dingen bewegt er sich auf dem Niveau einer Amöbe."

Raven verzog die Lippen zu einem schiefen Grinsen. „Verstehe. Wird er mir helfen?"

Das Lächeln auf dem Gesicht der jungen Frau verschwand. „Mit bestimmten Regeln nimmt er's sehr genau. Bist du gelistet?"

„Keine Ahnung."

„Dann bist du es nicht. Uns bleibt nicht viel Zeit." Sie führte Raven ein paar Schritte weiter. „Ich mache mir Sorgen um Michel", sagte sie leise. „Er war so seltsam, als ich ihn die letzten Male gesehen habe, und dann war er plötzlich wie vom Erdboden verschluckt." Sie zwirbelte eine Haarsträhne zwischen zwei Fingern, wodurch sie irgendwie jünger und verletzlicher wirkte. „Aber ich habe noch nie erlebt, dass er auch online jeglichen Kontakt abbricht. Da stimmt etwas nicht."

„Ja." Der Impuls, ihr die Wahrheit zu sagen, war sehr stark, doch irgendetwas hielt Raven zurück. „Vielleicht … hast du recht."

Leela warf ihm einen raschen Blick zu. Dann tippte sie an einen Spind, der mit unleserlichen Graffitis beschmiert war. „Das ist Michels Schrank."

Raven zog an der Tür. Sie war verschlossen. „Du hast nicht zufällig einen Schlüssel?"

Sie zog einen Schraubenzieher aus einer Schublade. „Hier."

Raven warf einen raschen Blick über die Schulter. Der picklige Junge saß mit dem Rücken zu ihnen und schien nur auf seinen Bildschirm fixiert zu sein.

„Mach dir keine Sorgen wegen Anton. Er ist voll und ganz auf die Barracuda-Firewall konzentriert ... und außerdem ist er gehörlos."

Raven drückte den Schraubenzieher in den Türspalt des Spinds. „Wirst du keinen Ärger kriegen?"

„Mach dir um mich keine Sorgen."

„Wie du meinst." Raven rammte den Schraubenzieher tiefer hinein und verbog mit einem kräftigen Ruck den blechernen Riegel. Die Tür sprang auf, und eine Lawine von Zeitschriften, Computerausdrucken, leeren Tonerkartuschen und Chipstüten sowie allerlei anderer Müll ergossen sich auf den Boden.

„Oh, shit", entfuhr es Leela.

„Definitiv der richtige Schrank." Raven seufzte.

Er hockte sich hin, und auch die junge Frau kniete sich nieder. Ein Hauch ihres Parfüms drang in seine Nase. Sie roch gut.

„Wonach suchst du?", fragte sie.

„Wenn ich das wüsste! Es scheint so, als würden Teile aus dem Leben meines Bruders fehlen ..."

Stirnrunzelnd blickte sie ihn an. „Und das heißt?"

Er zuckte die Achseln. „Ich weiß es auch nicht ... Dateien, Filme, Korrespondenz ... Ich suche irgendein Lebenszeichen aus der Zeit zwischen Mai und Juni 2023."

„Das ist nicht gerade präzise", bemerkte Leela. Mit angeekeltem Gesicht schob sie ein halb leeres Glas mit verschimmelten Würstchen zur Seite.

Raven zuckte die Achseln. „Mehr habe ich nicht." Er blätterte durch einen Stapel zusammengetackerter Computerausdrucke.

Leela sortierte Zeitschriften auf einen Stapel. Plötzlich hielt sie inne und kniff die Augen zusammen. „Verflixte Axt, ganz schön pfiffig."

„Was ist?", fragte Raven.

Die junge Frau lächelte ihn an. Dann fiel ihr Blick hinter ihn, und sie wurde ernst. „Shit!" Leela sprang auf. Dann hastete sie zur Tür. Es sah aus, als lausche sie.

Raven folgte ihr. „Was ist los?"

„Du musst verschwinden!", zischte sie ihm zu.

„Aber –"

„Jarl hat die Security geholt!"

„Woher weißt du –?"

„Stiller Alarm." Sie deutete auf eine kleine rote Lampe an der Wand.

„Nun ja, mehr als rausschmeißen werden die mich wohl nicht, oder?"

Sie presste die Lippen zusammen. „Da wäre ich mir nicht so sicher. Hier!" Sie drückte ihm eine Zeitschrift in die Hand. „Leg sie ein. Am besten, wenn du offline bist, und dann warte ..." Sie zog einen Stift aus der Hosentasche und kritzelte Raven etwas auf die Hand. „Halte mich auf dem Laufenden!"

„Aber –?"

„Bist du schwer von Begriff?!", fauchte sie. „Hau ab!"

Raven zögerte noch immer, doch sie riss einfach die Tür auf und schob ihn hinaus. Er konnte schwere Tritte auf dem Gang vernehmen.

„Links ist der Notausgang", zischte Leela. „Folge einfach den Schildern!"

Ehe Raven etwas erwidern konnte, hatte sie die Tür hinter sich zugezogen.

„He!"

Raven fuhr herum und sah den hageren Jarl auf sich zukommen. Zwei Männer folgten ihm. Sie waren zwei Köpfe größer als er und fast doppelt so breit. Ihre Uniform war ungewöhnlich. Sie bestand aus schwarzen Lederwesten, langen Haaren und breitflächigen Tattoos.

Raven ging langsam rückwärts.

„Was hast du da?!", rief Jarl.

Raven stopfte die Zeitschrift in seinen Hosenbund und wandte sich um. Ein grün fluoreszierendes Schild an der roten Backsteinmauer wies auf den Notausgang hin.

„Bleib stehen!"

Raven begann zu rennen. Die Schritte hinter ihm beschleunigten sich. Er warf hastig einen Blick über die Schulter. Trotz ihrer Masse waren die beiden Langhaarigen erstaunlich wendig. Raven sprintete zum Ausgang. Seine schweißnassen Finger packten den Türgriff. Er zog. *Oh nein!* Die Tür ließ sich nicht öffnen. Er blickte sich um. Der erste Muskelmann war nur noch zehn Meter entfernt.

Raven war einen Augenblick lang wie gelähmt. Dann erblickte er den Drehknauf unter dem Türgriff. Mit zitternden Fingern riss er die Tür auf. Der vordere Koloss sprang gerade auf ihn zu, als Raven durch den Türspalt schlüpfte. Es krachte, als der Mann gegen die Tür prallte. Auch Raven war noch nicht ganz draußen, und so traf die zufallende Eisentür seinen Fußknöchel. Er stolperte und prallte mit der Stirn gegen die Ziegelmauer des Treppenschachts. Dort fiel er auf die Knie. Augenblicke später wurde die Tür aufgerissen. Ein Schatten beugte sich über ihn. Raven hob den Kopf, um den Nebel zu lichten, der sich darin breitzumachen drohte. Jemand packte sein T-Shirt, das mit einem lauten Ratsch zerriss, als sich Raven zurückwarf. Er kämpfte sich wieder auf die Beine und hastete die Stufen hinauf. Als er an dem Gebäude entlangsprintete, war einer der Langhaarigen ihm dicht auf den Fersen.

Das Blut rauschte durch Ravens Adern. Vor einem Jahr wäre es ihm ein Leichtes gewesen, diesen Typen zu entkommen. Doch nun war er seit Monaten nicht mehr im Training. Er lief auf den großen Parkplatz zu. Eine Frau räumte gerade ihren Einkauf in ihren Wagen, während ein älterer Mann seinen auf einem Rollator vor sich herschob. Es war unwahrscheinlich, dass ihm einer der beiden zu Hilfe kommen würde.

Ein Motor startete, Reifen quietschten. Raven wandte sich um. Ein weißer Lieferwagen hatte seinen Parkplatz verlassen und kam geradewegs auf ihn zu. Das Auto beschleunigte. Hinter der Windschutzscheibe konnte Raven einen bärtigen Mann erkennen.

Sein Herzschlag hämmerte mittlerweile wie das Trommeln von Hufen in seiner Brust. Er schlug einen Haken, sprang schlitternd über das Heck eines parkenden Autos hinweg und rannte auf den für Fahrzeuge gesperrten Zugang zur Rollbergstraße zu.

Hinter sich hörte er den Motor des Wagens aufheulen. Kurz darauf gab es einen Knall, und irgendjemand schrie voller Zorn. Doch Raven wandte sich nicht um. Stattdessen hetzte er an dem Zaun vorbei, der den Zugang versperrte, und spürte das Kopfsteinpflaster der Rollbergstraße unter seinen Sohlen. Erst jetzt wagte er einen Blick über die Schulter. Der Wagen hielt mit quietschenden Reifen direkt vor dem Zaun, und der Bärtige riss die Tür auf.

Raven hetzte weiter, sah rechts einen Hofeingang, dessen vergittertes Eisentor offen stand. Er hetzte hinein, schlug das Tor hinter sich zu und durchquerte den Hof. Durch den zweiten Ausgang rannte er direkt auf die viel befahrene Werbellinstraße. Autos hupten und bremsten ab. Ein Wagen kam nur wenige Zentimeter vor ihm zum Stehen. Er sah das kalkweiße Gesicht einer Frau hinter der Windschutzscheibe. Raven stieß sich an der Motorhaube ab und hetzte weiter. Auf der anderen Seite angelangt, wagte er erneut einen Blick über die Schulter. Von seinen Verfolgern war nichts zu sehen. Dennoch rannte er weiter und suchte Zuflucht in den Betonschluchten des Rollbergviertels. In einem Hauseingang blieb er schließlich stehen. Er drückte wahllos irgendwelche Klingelknöpfe, bis ein Summer ertönte. Dann stolperte er in das dunkle Treppenhaus und sank nach Atem ringend zu Boden.

Dort zog er das Heft aus seinem Hosenbund. Es war eine Computerzeitschrift vom Oktober des vergangenen Jahres. Er blätterte sie durch. Nichts! War er etwa für diesen Mist um sein Leben gerannt? Dann fiel ihm ein, was Leela gesagt hatte: *Leg sie ein. Am besten, wenn du offline bist …* Rasch blätterte er bis zu jener Seite, auf der eine Software-DVD eingeklebt war. Zunächst fiel ihm auch hier nichts Besonderes auf, bis er sich die Liste mit den Gratis-Programmen näher ansah. Dort stand unter einer Reihe von Spielen und Tuning-Software *M. 2023*. Mai 2023?

Raven faltete die Zeitschrift sorgfältig zusammen und steckte sie zurück in den Hosenbund. Also hatte er sich das Ganze nicht nur eingebildet. Mai 2023 war jener Monat, ab dem Julians digitales Leben gelöscht worden war.

Seine Beine zitterten, als er zur Haustür ging und hinauslugte. Niemand war zu sehen. Es wurde Zeit, dass er von hier verschwand.

Kapitel 15

Berlin, Mai 2024

„Roman?" Eleonores zitternde Hand strich über das Bett, ertastete aber nur weiche Laken und ein leeres Kissen. Der Schmerz hatte sie ohne Vorwarnung aus dem Schlaf gerissen. Sie versuchte, sich aufzurichten, aber schon die erste kleine Bewegung ließ sie aufstöhnen. Ihr Schädel fühlte sich an, als hätte ihr jemand glühende Nadeln an die Schläfen gesetzt. Das Licht stach grell und schmerzhaft durch ihre halb geöffneten Lider. Schon seit einiger Zeit plagten sie immer wieder Kopfschmerzen. Aber so schlimm war es noch nie gewesen.

„Roman!" Ihre Stimme klang in ihren eigenen Ohren dünn und heiser.

Alles blieb still. Er war schon immer mit weniger Schlaf ausgekommen als sie. Wahrscheinlich war er schon vor ein oder zwei Stunden aufgestanden.

Eleonore atmete ein, stieß die Luft aus und drehte sich auf die Seite. Es kam ihr so vor, als würde ihr Schädel explodieren. Der Schmerz raste ihren Nacken hinab und strahlte bis in die Nierengegend aus. „Lieber Gott, gib mir Kraft!", flüsterte sie. Tränen ließen ihre Sicht verschwimmen. Unendlich langsam rutschte sie weiter und ließ die Beine über die Bettkante gleiten. Mit zitternder Hand tastete sie nach dem Nachttisch. Etwas Kühles berührte ihre Finger, und gleich darauf klirrte es. Wasser und Glassplitter trafen ihre nackten Füße. Eleonore stöhnte auf.

„Frau von Hovhede!", erklang plötzlich eine junge Frauenstimme. „Was ist passiert?"

Verschwommen konnte Eleonore eine Gestalt ausmachen – die Haushälterin, deren Namen sie ständig vergaß. In diesem Moment kam sie ihr vor wie ein Engel.

„Meine Tabletten", presste Eleonore zwischen zusammengebissenen Zähnen hervor.

„Warten Sie, ich hole ein neues Glas Wasser."

„Nein, sofort ... bitte!"

Die Frau zögerte einen Moment. Dann fragte sie: „Wie viele bekommen Sie?"

„Zwei!", keuchte Eleonore. Eigentlich war das die Dosis für den ganzen Tag. Aber wenn sie jetzt vor Schmerzen zugrunde ging, würde es ihr auch nichts nützen, dass sie sich drei halbe Tabletten aufgespart hatte. Es schien eine Ewigkeit zu dauern, bis die Frau die Tabletten aus dem Blister gedrückt hatte. Dann endlich spürte sie die kantigen Pillen auf ihrer Handfläche. Sie schluckte beide auf einmal. Kratzend rutschten sie ihre Speiseröhre hinunter.

„Ich hole Ihnen etwas zu trinken!"

Eleonore stützte sich mit beiden Händen auf die Matratze und versuchte, ihren hektischen Atem zu beruhigen. *Gleich werden die Pillen wirken! Gleich wird es besser!*

Ganz langsam gewöhnten sich ihre Augen an die Helligkeit.

Die junge Frau kam zurück. „Ihr Wasser!" Sie reichte Eleonore ein Glas.

„Danke!" Eleonore trank ein paar Schlucke.

„Soll ich nicht besser den Notarzt rufen?"

„Lassen Sie mich einfach ... einen Moment ruhen." Eleonore versuchte zu lächeln. „Es tut mir leid, ich habe schon wieder Ihren Namen vergessen."

„Johanna."

„Vielen Dank, Johanna. Können Sie mir sagen, wo mein Mann ist?"

Die junge Haushälterin hatte eine Kehrschaufel dabei und begann, den Boden von den Scherben des zerbrochenen Wasserglases zu befreien. „Er hat das Haus schon früh am Morgen verlassen, aber ich kann gern versuchen, ihn zu erreichen."

„Nein, nicht nötig. Ich rufe ihn später an."

Die Haushälterin nickte. Dann reichte sie Eleonore ein etwa feuerzeuggroßes Gerät mit einem Knopf. „Hier, Frau von Hovhede. Drücken Sie einfach die Ruftaste, wenn Sie mich brauchen. Ich bin dann sofort bei Ihnen."

Eleonore blickte ihr nach, bis sie die Treppe ins Erdgeschoss hinab verschwunden war. Erst dann gestattete sie sich, leise zu stöhnen und langsam in die Kissen zurückzusinken. Sie lag still da, atmete und wartete, bis das Medikament seine Wirkung tat. Ganz allmählich ließ das glühende Stechen in ihrem Schädel nach, und ihre Gedanken verließen die Zentrifuge des Schmerzes.

Wo war Roman? Sie konnte sich nicht erinnern, dass er heute einen Termin hatte. Und er war nicht der Typ, der einfach nur spazieren ging. Mit allem, was er tat, verfolgte er ein Ziel. Das hatte sie schon immer an ihm bewundert – zumindest in den Augenblicken, in denen sie sich nicht darüber ärgerte, zum Beispiel, wenn sie herausfand, dass ein spontanes romantisches Dinner ebenfalls dazu diente, den perfekten Ort für ein wichtiges Geschäftsessen zu erkunden.

Aber vielleicht hatte er ihr ja bereits gestern gesagt, was er vorhatte? In letzter Zeit kam es immer wieder vor, dass sie Dinge vergaß. Sie hatte es schon mehrmals versäumt, ihre Medikamente einzunehmen. Zweimal hintereinander hatte sie nun schon den Geburtstag der Nachbarin vergessen. Und neulich am 1. Mai hatte sie verwirrt vor der verschlossenen Apotheke gestanden, ehe ihr einfiel, dass Feiertag war und alle Geschäfte zuhatten. Sie glaubte sich zu erinnern, dass Roman ihr erzählt hatte, warum er Johanna als neue Haushälterin eingestellt hatte, aber die genauen Gründe verbargen sich in den grauen Nebeln ihrer verschwommenen Erinnerung.

Eleonore seufzte. Etwas an dieser jungen Frau irritierte sie. Sie war freundlich, kompetent und hatte schnell in ihre Aufgaben hineingefunden. Vielleicht ein wenig zu schnell? Eleonore schüttelte den Kopf. Sie ärgerte sich über sich selbst. Seit wann warf sie Menschen vor, dass sie ihre Arbeit zu gut machten?

Ganz allmählich entfalteten die Medikamente ihre Wirkung, und das unerträgliche Pressen in ihrem Kopf sank zu einem lästigen Pochen herab. Sie biss die Zähne zusammen, kroch aus dem Bett und schlurfte ins Badezimmer.

Das Wasser prasselte warm auf sie herab und löste den Schmerz aus ihren verkrampften Schultern. Sie brauchte fast eine Stunde, bis sie sich geduscht und angekleidet hatte. Der Schmerz in ihrer Hüfte war nicht mehr als ein leises Zwicken, dafür fühlte sich ihr Gehirn an, als wäre es in Watte gepackt, und die Treppenstufen verschwammen vor ihren Augen, als sie hinunterging.

„Ich habe Ihnen das Frühstück auf die Terrasse gestellt, ist Ihnen das recht so?", begrüßte die Haushälterin sie.

„Vielen Dank!" Eleonore liebte es, draußen zu essen. Aber sie erinnerte sich nicht, es der jungen Frau gegenüber erwähnt zu haben.

Johanna führte sie am Arm, und angesichts der Schwindelgefühle, die sich bei Eleonore einstellten, ließ sie es geschehen.

„Ist alles zu Ihrer Zufriedenheit?"

Eleonores Blick glitt über den kleinen Terrassentisch, während sie sich langsam auf dem Stuhl niederließ. Brötchen, Butter, ein gekochtes Ei und Pflaumenmus, dazu ein Kännchen Kaffee – wieder einmal geradezu perfekt.

„Ganz hervorragend", erwiderte sie. „Vielen Dank!"

„Soll ich Ihnen das Telefon bringen?"

„Ja, bitte." Die Haushälterin wandte sich um, doch ehe sie verschwand, fügte Eleonore hinzu: „Ach, Johanna?"

„Ja?"

„Haben Sie eine medizinische Ausbildung?"

Die junge Frau hob irritiert die Brauen. „Nein. Warum fragen Sie?"

„Ich habe Bluthochdruck, Arthritis und eine Fettleber. Auf meinem

Nachttisch liegen sechs verschiedene Medikamente. Woher wussten Sie eigentlich, welches ich brauchte?"

Johannas Augen weiteten sich ein wenig. Dann legte sich ein unsicheres Lächeln auf ihre Lippen. Fühlte sie sich bei irgendetwas ertappt?

„Aber, Frau von Hovhede", sagte die junge Frau leise.

„Ja?"

„Sie selbst haben mir doch alles erklärt."

„Oh." Eleonore spürte einen Kloß im Hals. „Ich ... aber wann?"

Die junge Frau sah ihr in die Augen. „Gleich an meinem ersten Arbeitstag gaben Sie mir eine Einweisung." In ihrer Stimme schwang so etwas wie Mitleid mit.

Eleonore senkte den Blick. Sie zwang ihre Gedanken zurück in die Vergangenheit. Johannas erster Arbeitstag. Sie versuchte, sich zu erinnern – doch sie sah nur den Nebel.

Die junge Frau räusperte sich. „Soll ich Ihnen jetzt das Telefon bringen?"

„Ja, bitte."

Johanna brachte ihr das Telefon und ließ sie allein. Eleonore spürte sein Gewicht in ihrer Hand. Es hatte große Tasten und sehr übersichtliche Funktionen – ein Seniorentelefon. Eleonore starrte auf die Zahlen und spürte Furcht in sich aufsteigen. Hastig gab sie vier Zahlen ein und brach ab ... *334 oder 343?* Das konnte doch nicht sein. Romans Nummer! Sie hatte doch Romans Nummer nicht vergessen! Leise flüsterte sie die Zahlen, spürte ihrem Klang nach und ihrem besonderen Rhythmus. Dann tippte sie mit zitternden Fingern die restlichen Zahlen ein.

Sie hielt das Telefon an ihr Ohr. Es tutete siebenmal, ehe abgenommen wurde. „Guten Morgen, Liebling ..."

Roman! Vor Erleichterung schluchzte Eleonore auf.

Ihr Mann schien es nicht gehört zu haben, denn im Plauderton fuhr er fort: „Ich hoffe, du hast gut geschlafen –"

„Wo bist du?!", unterbrach sie ihn.

„Oh, ich bin jetzt ... einen Augenblick." Sie hörte ein Rascheln und leises Tuscheln. Dann fuhr Roman fort: „Westlich der kanarischen Inseln, ungefähr 9140 Kilometer über dem Atlantik …"

Im Flugzeug!, fuhr es Johanna durch den Kopf. Warum um Himmels willen befand er sich in einem Flugzeug?

„Wenn ich aus dem Fenster schaue, meine ich sogar die Schaumkronen auf den Wellen sehen zu können", plauderte Roman. „Aber in Wahrheit sind es natürlich nur Wolken. Hast du schon gefrühstückt?"

„Was machst du da?", unterbrach Eleonore ihn erneut. „Wohin fliegst du?"

„Zum Guarulhos International Airport, wie abgemacht."

São Paulo!, durchzuckte es Eleonore.

„Keine Bange, ich lasse es langsam angehen und bleibe erst einmal einen Tag dort, bevor ich weiterreise. Wenn alles gut geht, treffe ich sogar einen alten Bekannten."

„Roman …", flüsterte Eleonore.

Von der anderen Seite erklang nur Schweigen, dann: „Was ist Liebling? Geht es dir nicht gut?"

„Warum fliegst du nach Brasilien?"

„Aber wir haben doch – " Er verstummte. Sie konnte hören, dass er tief durchatmete. „Hast du wieder diese schlimmen Kopfschmerzen?"

„Es geht mir schon besser", sagte Eleonore nach kurzem Zögern.

„Nein!", widersprach Roman. „Es geht dir nicht besser. Von Woche zu Woche, von Tag zu Tag wird es schlimmer. Du musst zum Arzt. Sofort!"

„Ach, Roman, jetzt übertreibst du aber."

Stille. Eleonore konnte seinen Atem hören. Dann, nach einigen langen Sekunden, sagte er leise: „Nein, Liebling, ich übertreibe nicht." Eleonore schluckte. „Ich mache mir Sorgen."

„Roman – ", setzte sie an, aber er fuhr fort: „Das Ganze macht mir Angst."

Eleonore schwieg betroffen. So hatte er noch nie mit ihr gesprochen. Er war einer dieser altmodischen Männer, die jede Emotion jenseits von erotischer Leidenschaft und kaltem Zorn für Schwäche hielten. Natürlich hatte Eleonore trotzdem gespürt, was ihn bewegte. Aber dass er sich nun so verletzlich zeigte, verunsicherte sie.

„Ich rufe gleich bei Philip an und lass dir für heute noch einen Termin geben. Und sobald ich gelandet bin, werde ich die nächste Maschine zurück nehmen."

„Nein!", widersprach Eleonore. Sie spürte, dass er sich Sorgen machten und gleichzeitig merkte sie, wie wichtig ihm diese Reise war. Warum war er auf dem Weg nach Südamerika? Hatte sie wirklich alles vergessen? „Roman, du kannst nicht ohne Pause quer über den Atlantik und zurück fliegen. Du bist keine dreißig mehr. Ich will nicht, dass du dir eine Thrombose holst oder dein Kreislauf zusammenbricht."

„Mein Kreislauf ist mir egal."

„Aber mir nicht!", unterbrach Eleonore ihn. „Ich verspreche dir, dass ich zu Philip gehen und dich über alles informieren werde, aber nur wegen ein paar Kopfschmerzen brichst du deine Reise nicht ab!"

Wieder schwig Roman. Die Worte blieben unausgesprochen, aber Eleonore konnte sie durch die Stille hindurch vernehmen: *Du weißt, dass es nicht nur Kopfschmerzen sind.*

„Also gut", sagte Roman schließlich. „Sie haben hier wirklich fantastische Fortschritte gemacht. Ich muss mir unbedingt selbst ein Bild machen. Auch für uns. Aber versprich mir, dass du mich anrufst, nachdem du bei Philip warst!"

„Ich verspreche es", sagte Eleonore und schluckte ihre Fragen hinunter. Wer waren *die*? Welche Fortschritte meinte Roman? Dunkel erinnerte sie sich an diesen seltsamen Brief aus Brasilien. *K & M-Institut of Regenerative Medicine* hatte darauf gestanden. Es war um irgendwelche ihr unbekannten medizinischen Verfahren gegangen. War Roman dorthin unterwegs? Hatten sie darüber gesprochen? Sie wagte nicht, auch nur eine dieser Fragen zu stellen. Das würde nur das schreckliche Empfinden verstärken, dass ihr die Welt entglitt.

„Gut", sagte Roman leise. „Ich liebe dich!"

„Ich dich auch", flüsterte Eleonore und legte auf.

Kapitel 16

Brasilien, Bundesstaat Pará, Juni 2023

Zuerst nahm sie nur ein unangenehmes rhythmisches Piepen wahr. Dann spürte sie den Schmerz. Jede Stelle ihres Körpers tat weh. Mirja öffnete die Augen einen Spalt breit. Alles um sie herum war grellweiß. Sie spürte weiche Kissen und eine Matratze. Warum lag sie in einem Bett? Ihre Erinnerungen waren verschwommen. Da waren Baracken gewesen, die meisten leer, das Kreischen von fremdartigen Stimmen in ihren Ohren, ein Gewicht, das schwer und beängstigend auf ihr lag, und ihr eigenes Gesicht, das sich blass in einer Fensterscheibe spiegelte. Sie schauderte.

Jetzt erklang ein hydraulisches Zischen. Als sie den Kopf zur Seite drehte, glaubte sie die Umrisse eines Menschen zu erkennen. Gummisohlen quietschten auf glattem Boden.

„Wo bin ich?", wollte sie fragen. Aber ihre Zunge brachte nur unverständliches Gebrabbel zustande.

Jemand sagte etwas. Sie wusste, dass die Worte irgendeine Bedeutung hatten, aber in ihren Ohren waren sie nur das gurgelnde Säuseln eines Baches.

Sie spürte einen Stich in ihrem linken Arm. Eine Frauenstimme summte ein Lied. Es war eine einfache Kindermelodie, ein Schlaflied. Dann versank die Stimme leise im Nichts, und Mirja sank zurück in eine Welt wirrer Träume.

Als sie das nächste Mal erwachte, fühlte sie sich noch immer wie zerschlagen. Aber das markanteste Gefühl war ein schrecklicher Durst. Ihre Augenlider waren verklebt und ließen sich kaum öffnen. Durch eine Lidspalte konnte sie etwas von ihrer Umgebung erkennen. Sie lag in einem Krankenhausbett. Das Zimmer war klein und hatte zwei Türen. Eine Klimaanlage surrte leise, und um sie herum standen diverse medizinische Geräte. In ihrem linken Arm steckte eine Nadel, die über eine Kanüle mit einem Tropf verbunden war.

Mühsam richtete sie sich auf. Neben ihrem Bett gab es einen Schwesternnotruf. Sie drückte darauf und wartete. Durch die halb geschlossenen Jalousien konnte sie den graublauen Himmel erkennen.

Kurz darauf vernahm sie Schritte. Eine beleibte Brasilianerin in Schwesterntracht trat ein. Ein breites Lächeln zeigte sich auf ihrem Gesicht, als sie Mirja erblickte. In ihren Augen lag Mitleid.

„Bom dia. Como está?"*

„Sede – Durst!", krächzte Mirja.

Die Frau nickte. „Einen Augenblick", sagte sie mit einem fremdartigen Akzent. Dann verließ sie das Zimmer und schloss die Tür hinter sich.

Mirja betrachtete den kleinen Raum. Er war vollgestopft mit modernster Medizintechnik, ansonsten aber karg und kalt. Befand sie sich auf der Intensivstation? Aber warum? Sie versuchte, sich zu erinnern. Die Bilder, die ihr durch den Kopf schwirrten, waren seltsam, als hätten sie sich mit ihren Träumen vermischt.

Mirjas Zunge fühlte sich auf ihrem Gaumen wie Schmirgelpapier an. Warum brauchte die Frau so lange? Es konnte doch nicht schwer sein, ein Glas Wasser zu holen. Das Atmen durch die Nase fiel ihr schwer. Es fühlte sich an, als wären ihre Nasenlöcher verstopft. Als sie danach tastete, spürte sie eine klebrig-feuchte Tamponade. Sie zog die Hand zurück – an ihren Fingerspitzen klebte Blut. Hatte sie sich die Nase gebrochen?

Schließlich hörte sie erneut Schritte. Sie klangen anders, es näherte sich mehr als nur eine Person. Gleich darauf vernahm sie hastig getuschelte Worte.

---

* „Guten Morgen. Wie geht es Ihnen?"

Die Tür wurde geöffnet, und ein bekanntes Gesicht erschien im Türrahmen.

„Jennifer!", krächzte Mirja.

Ein zögerliches Lächeln breitete sich auf den Zügen ihrer Mitbewohnerin aus. „Scheiße, Mirja!" Sie biss sich auf die Lippen. „Wie geht es dir?" Sie setzte sich auf den Bettrand und reichte ihr einen Wasserbecher.

Mirja leerte ihn in einem Zug.

„Nicht so hastig, sonst kommt es wieder raus!"

In Mirjas Magen blubberte und gurgelte es, aber es tat gut, das Wasser durch ihre ausgedörrte Kehle rinnen zu lassen. Erst jetzt antwortete sie auf die Frage ihrer Mitbewohnerin.

„Es ging mir schon mal besser." Die Worte kratzten in ihrer Kehle, aber das Sprechen fiel ihr etwas leichter. „Warum bin ich hier?"

„Woran kannst du dich erinnern?"

Mirja zuckte die Achseln. „Ich weiß nicht." Sie betrachtete Jennifers Gesicht. Ihre Mitbewohnerin war offenbar erleichtert, Mirja zu sehen, doch irgendetwas an ihr schien … unpassend. Mirja konnte das unbestimmte Gefühl nicht in Worte fassen. So antwortete sie nur zögernd. „Manuel kam zu mir."

Jennifer hob die Brauen. „Mitten in der Nacht?"

Mirja nickte.

„Und das kam dir nicht seltsam vor?" Jennifers besorgter Blick wurde immer stechender.

Mirja zuckte die Achseln.

„Was wollte er von dir?"

Erinnerungen durchzuckten Mirjas Geist. Sie spürte das Gewicht seines Körpers auf sich, roch seinen sauren Atem. Das grelle Licht einer Taschenlampe huschte über sie hinweg. Durch eine dicke Fensterscheibe warf sie einen Blick auf ein seltsames medizinisches Gerät … Da war ein Zimmer gewesen, mit altmodischen Möbeln wie die von ihren Großeltern und dann … ein Gesicht. *Ihr Gesicht*! Mirja keuchte auf.

„He, alles okay?" Jennifers Hand legte sich auf ihre Schulter.

„Ja."

„Was wollte Manuel von dir?", bohrte ihre Mitbewohnerin nach.

Ich will dir etwas zeigen, wisperten Manuels Lippen. Ganz plötzlich schoss ihr diese Erinnerung in den Sinn.

Jennifers Blick schien sich in sie hineinbohren zu wollen.

Zorn stieg in Mirja empor. Verärgert schüttelte sie die Hand der jungen Frau ab. „Ich weiß es nicht mehr genau. Was geht dich das überhaupt an?"

Jennifers Blick veränderte sich. Mirja hätte erwartet, dass ihre Mitbewohnerin verärgert reagieren würde, stattdessen zeigte sich Verblüffung auf ihrem Gesicht. Genau genommen schien sie völlig verdattert, als hätte Mirja soeben etwas vollkommen Absurdes getan. Aber was um Himmels willen war an ihrer Reaktion so absonderlich gewesen?

Jennifer warf einen Blick auf ihre Uhr. Als sie wieder aufblickte, lächelte sie. „Weißt du, was mir gerade auffällt?"

Mirja schüttelte verwirrt den Kopf.

„Du hast gar keine Ohrlöcher. Das musst du unbedingt ändern. Ich habe da ein paar Ohrringe, die ganz hervorragend zu dir passen würden."

Mirja starrte ihre Mitbewohnerin an. Was sollte das?! „Tut mir leid, Jennifer, aber es gibt nichts, was mich momentan weniger interessiert als meine nicht vorhandenen Ohrlöcher."

Jennifer bedachte sie mit einem sehr seltsamen Lächeln und nickte langsam. Mirja konnte den Eindruck nicht abschütteln, als hätte sie eine wichtige Frage in einer Quizshow beantwortet, ohne allerdings die leiseste Ahnung zu haben, um welche Sendung es sich dabei handelte.

„Ich muss jetzt gehen." Ihre Mitbewohnerin stand auf und drückte Mirja kurz. „Beantworte ihre Fragen", flüsterte sie Mirja ins Ohr. „Auch wenn es schmerzhaft ist. Es wird dir helfen!"

Verdattert starrte Mirja ihr hinterher. „Von wem redest du?", fragte sie. Aber da hatte Jennifer die Tür schon hinter sich geschlossen. Was für ein bizarres Erwachen!

Mirja blieb wenige Minuten mit ihrer Verwirrung allein, dann klopfte es an der Tür.

„Ja?", sagte Mirja.

Zuerst sah Mirja ein schwarzbestrumpftes Frauenbein, ein dunkles Businesskostüm folgte. Gleich darauf blickte das blasse, schöne Gesicht von Miss Stone auf sie herab.

„Ich freue mich, Sie wohlauf und bei klarem Bewusstsein zu sehen." Sie setzte sich auf die Bettkante.

Mirja versuchte zu lächeln. Was wollte die Frau von ihr? Warum schickte man keinen Arzt?

„Es tut mir leid, dass ich Sie gleich kurz nach Ihrem Erwachen mit einigen Fragen belästigen muss, aber es lässt sich nicht vermeiden." Sie lächelte knapp. „Mirja, können Sie sich daran erinnern, dass Sie auf dem Quarantänegelände waren?"

Es hatte kaum Zweck, dies zu leugnen. Wahrscheinlich hatten sie Mirja dort gefunden. Sie nickte.

„Warum?"

Mirja zuckte die Achseln. „Ich weiß nicht genau."

Die Sicherheitschefin ergriff Mirjas Hand. „Versuchen Sie, sich zu erinnern!"

„Es ist alles so verschwommen."

Die Sicherheitschefin lächelte. „Ich verstehe, dass es für Sie unangenehm sein muss, darüber zu sprechen. Das tut mir leid, aber", sie blickte Mirja nun aus kalten Augen an, „versuchen Sie nicht, mich zum Narren zu halten!"

Mirja schluckte.

„Das Quarantänegelände ist umzäunt und gesichert. Sie sind durch ein Loch im Zaun auf das Gelände gekrochen. So etwas passiert nicht, wenn man sich beim Spazierengehen verläuft. Also, warum waren Sie auf dem Gelände?"

Mirja wich ihrem Blick aus. „Manuel kam zu mir. Er … wollte mir etwas zeigen."

„Was wollte er Ihnen zeigen?"

Wieder zuckte Mirja die Achseln. „Die Gebäude, medizinische Geräte …"

„Und warum?"

Um mir zu beweisen, dass hier sehr seltsame Dinge vor sich gehen, dachte Mirja. Laut sagte sie: „Ich weiß es nicht, er war … sehr angespannt."

„Sie haben sich in große Gefahr begeben, wissen Sie das?" Die Stimme der Sicherheitschefin klang so eindringlich, dass Mirja erschauerte.

Sie schluckte. „Er behauptete, dass dieser Ort gar keine Quarantänestation sei."

Miss Stone nickte. Dann fragte sie mit überraschend sanfter Stimme: „Wissen Sie, was mit Ihnen geschehen ist?"

„Geschehen?" Mirja blickte auf.

„Was ist das Letzte, woran Sie sich erinnern können?"

„Ich …" Mirja schluckte. Dass sich das Verhalten der Frau so abrupt änderte, verunsicherte sie. „Da war ein Licht und … ein Schmerz."

„Was hat Manuel getan?"

„Manuel?"

„Ja."

„Er …" Mirja sah wieder das grelle Licht vor sich und die schemenhafte Gestalt. Manuel war dicht hinter ihr gewesen. „Er hat etwas gesagt …"

„Was?"

„Er sagte: ‚Endlich.'"

„Ich verstehe."

„Ja?" Mirja versuchte, in den blassen Zügen der Frau zu lesen. „Dann erklären Sie es mir bitte."

Miss Stone nickte. „Ich glaube, Sie sollten es besser selbst sehen. Kommen Sie mit!"

Mirja setzte sich auf und ließ die Beine über die Bettkannte gleiten. Erst jetzt bemerkte sie, dass sie eines dieser furchtbaren Krankenhausnachthemden trug. Der Boden unter ihren nackten Füßen war kalt. Einen Augenblick lang überfielen sie Schwindelgefühle. Aber es gelang ihr, sich aufzurichten und ohne fremde Hilfe zu stehen.

Die Sicherheitschefin rollte das Gestell mit dem Tropf neben sie. „Und nun ziehen Sie das Nachthemd aus!", sagte Miss Stone.

Mirja starrte sie an. „Warum?"

Einen kurzen Moment lang wirkte Miss Stone verblüfft, ein äußerst ungewöhnlicher Ausdruck auf dem Gesicht dieser Frau. Doch im nächsten Moment hatte sie sich schon wieder gefasst. „Ich will Ihnen helfen."

„Sie sind keine Ärztin, oder?!"

Miss Stone lächelte schmallippig. Dann nickte sie. „Sie sollten einen Blick in den Spiegel werfen."

Mirja war versucht, sich zu weigern. Andererseits wollte sie selbst wissen, was mit ihr los war. Irgendetwas war mit ihrer Nase passiert. Sie nickte zögernd.

„Kommen Sie. Ich begleite Sie ins Bad." Sie wies mit dem Kopf auf die zweite Tür.

Mirja ignorierte den Arm, den sie ihr bot. Sie griff nach dem Gestell des Tropfs und stützte sich darauf. Als sie auf schwachen Beinen durch den Raum tappte, kam sie sich vor wie eine uralte Frau.

Neonröhren flackerten auf, als die Sicherheitschefin das Licht im Bad einschaltete. „Gehen Sie zum Spiegel. Ich warte hier draußen auf Sie. Wenn Sie Hilfe brauchen, rufen Sie mich." Sie schloss die Tür.

Mirja sah zum Spiegel. Von der Tür aus konnte sie nur das Abbild der weißen Fliesen darin erkennen. Zögernd machte sie einen Schritt darauf zu. Als sie sich am Waschbeckenrand festhielt, fielen ihr die verschorften Kratzer auf ihrem Handrücken auf. *Du bist nachts durch eine Dornenhecke gekrochen, was hast du erwartet?*, beruhigte sie sich selbst. Doch ihre Beklemmung wuchs. Mirja atmete tief ein und machte den letzten Schritt.

Ein ersticktes Keuchen entrang sich ihrer Kehle. Ein fremdes, grotesk entstelltes Gesicht starrte ihr aus dem Spiegel entgegen. Ihre Augen waren blutunterlaufen und halb zugeschwollen. Alles war blau verfärbt. Ihre Nase war geschwollen und blutverkrustet. Tamponade ragte aus den Nasenlöchern. Sie sah aus, als wäre sie mit voller Wucht gegen einen Betonpfeiler gekracht. Ein Kratzer zog sich ihren Hals hinab, und auf dem Schlüsselbein war ebenfalls ein Hämatom zu sehen. Was war mit ihr geschehen?

Mirjas Hand zitterte, als ihre Finger die Schleife des Krankenhaushemdes in ihrem Nacken löste. Sie zog das hinten offene Hemd über ihre Schultern, und es glitt zu Boden. Entsetzt stöhnte sie auf. Ihr Körper war brutal misshandelt worden. Hämatome und Kratzwunden zogen sich vom Hals bis zu den Hüften hinab. Auch die Innenseiten ihrer Oberschenkel waren blau. Ihre Brüste sahen verändert aus, beinahe wie angeschwollen, und auf der linken Brust konnte sie einen sonderbaren Abdruck erkennen. Er sah aus wie eine Bisswunde! Sie schluchzte auf.

„Es tut mir sehr leid", erklang die Stimme der Sicherheitschefin hinter ihr.

Mirja starrte in den Spiegel. Tränen rannen ihr über die Wangen.

„Wir haben das ganze Gelände nach den Vergewaltigern abgesucht", sagte Miss Stone. „Aber sie sind in den Dschungel geflohen."

„Die ... Vergewaltiger?", stammelte Mirja.

„Es waren zwei. Wir haben entsprechende Spuren von DNA gefunden."

Ein Stöhnen entrang sich Mirjas Kehle. Ihr ganzer Körper begann zu zittern.

Mit raschen Schritten war Miss Stone bei ihr und zog ihr sanft das Nachthemd wieder über. „Seit jener Nacht ist Ihr Mitbewohner Manuel Blasco verschwunden. Es tut mir sehr leid, aber es gibt keinen Zweifel, dass er zu den Tätern gehört. Der zweite Mann kam möglicherweise von außerhalb." Sie bedachte Mirja mit einem grimmigen Lächeln. „Ich werde alles daran setzen, diese Schweine –"

Der Rest ihrer Worte ging in einem Rauschen unter. Die Welt verschwamm vor Mirjas Augen, sie spürte noch, wie ihre Beine unter ihr nachgaben. Dann wurde sie von der Dunkelheit verschluckt.

Kapitel 17

Berlin, Mai 2024

Leise surrend fuhr der Aufzug in die sechste Etage. Philip blinzelte, seine Augen brannten. Er hatte die halbe Nacht auf den Computerbildschirm gestarrt.

Der Aufzug bremste ab und mit einem leisen Zischen öffneten sich die Türen.

„Guten Morgen, Herr Dr. Morgenthau", begrüßte ihn die Sekretärin. Sie war nicht mehr ganz jung und etwas korpulent, dafür aber ausgesprochen kompetent und diskret. Michael hatte sie empfohlen, nachdem Philip mehrere ungeeignete Personen kurz nacheinander entlassen hatte.

„Herr Walker wartet im Büro auf Sie. Soll ich ihm ausrichten, dass es noch einen Augenblick dauert?" Sie stellte eine Tasse Kaffee auf den Empfangstresen, tintenschwarz, ohne Milch und Zucker. Das war ihre sehr diskrete Art zu sagen: *Sie sehen müde aus, Dr. Morgenthau, schonen Sie sich ein bisschen.*

„Nein, nein, ich spreche gleich mit ihm." Er schob die Brille hoch und massierte sich die Nasenwurzel. „Gibt es sonst noch etwas Wichtiges?"

„Roman von Hovhede hat angerufen, es geht um seine Frau –"

„Rufen Sie in der Praxis an, und lassen Sie ihr einen Termin für morgen Vormittag geben", unterbrach er sie.

Sie nickte.

Er griff nach der Tasse und nahm vorsichtig einen Schluck. Der Kaffee war kochend heiß – so wie er es mochte. „In der nächsten halben Stunde möchte ich nicht gestört werden."

Philip nahm die Tasse und öffnete die Tür zu seinem Büro. Es war ein riesiger Raum mit einer großen Glasfront, einem mächtigen Schreibtisch und einer teuren Sitzgruppe in einer Ecke. So wie man sich das Büro eines einflussreichen Mannes vorstellte. Doch Philip war nur selten hier. Die wirkliche Macht war ganz woanders zu Hause, in den Kühlräumen der Pathologie und dem gigantischen elektronischen Geflecht des Großrechners, der dort Tag und Nacht auf Hochtouren lief.

Als Philip den Raum betrat, stand ein hochgewachsener Mann in einem grauen Anzug am Schreibtisch. Er hatte Philip den Rücken zugewandt und betrachtete ein gerahmtes Bild, das er vom Schreibtisch genommen hatte.

„Hübsch", sagte er, ohne sich umzudrehen. „Ein Urlaubsfoto?"

Philip ging zur Sitzgruppe und stellte die Tasse auf dem Marmortisch ab. „Sie sind nicht Mark Walker."

Der Mann drehte sich um und lächelte. „Nein." Sein Gesicht war blass und unauffällig. Er hatte nur oberflächlich Ähnlichkeit mit dem jungen IT-Spezialisten, den Philip eigentlich erwartet hatte. „Sie sollten Ihre Vorzimmerdame sorgfältiger instruieren. Sie wollte nicht einmal meinen Ausweis sehen."

„Stellen Sie das Bild zurück", sagte Philip.

„‚Erika' hieß Ihre Frau, ja? Wirklich sehr hübsch." In den Augen des Mannes stand ein kalter Glanz. Er kam Philip unangenehm nahe.

Philip seufzte. „Wo ist Mark Walker?"

„Interessiert Sie denn gar nicht, wer ich bin?", fragte der Mann.

„Das weiß ich bereits. Sie sind der Lakai eines mächtigen Mannes. Und weil Sie irgendwann einmal gelernt haben, anderen Menschen kunstvoll die Finger zu brechen, halten Sie sich ebenfalls für mächtig."

„Interessant", entgegnete der Mann. Er kam nun so nah, dass er Philip fast berührte. „Fingerbrechen – eine drollige Vorstellung. Vielleicht möchten Sie ja mehr über meine Kunstfertigkeit erfahren."

„Seien Sie nicht albern. Wenn Sie mir auch nur ein Haar krümmen, landen Sie morgen mit einbetonierten Füßen auf dem Grund der Spree."

„Ich behaupte ja nicht, dass ich meine Kunst an Ihnen demonstrieren würde." Er verzog die Lippen. „Liegt Ihnen eigentlich viel an Ihrer Sekretärin?"

„Was will Ihr Boss?"

„Resultate!"

„Die wird er nicht bekommen, wenn er meine Mitarbeiter von ihrer Arbeit abhält."

„Sie meinen Mark Walker? Nun, da mein Chef ihn ohnehin bezahlt, kann unser Computerfreund seine Tätigkeit genauso gut auch von dort aus weiterführen, wo wir ihn im Blick haben. Er kommt übrigens hervorragend voran. In einer Woche ist die Software einsatzbereit."

Philip hob die Brauen. „Das würde ich gern von ihm persönlich erfahren."

„Er wird Sie in knapp einer halben Stunde anrufen."

„Gut. Dann lassen Sie mich meine Arbeit machen. Ich werde Ihren Boss über jeden Entwicklungsschritt auf dem Laufenden halten."

Der Mann schüttelte bedauernd den Kopf. „Das reicht nicht." Der Mann war nun so nah, dass Philip dessen Atem auf seinem Gesicht spürte. „Er will einen Beweis …"

„Was für einen Beweis?"

„Einen Prototypen, wenn Sie so wollen, und zwar innerhalb der nächsten vier Wochen."

„Unmöglich."

„Keineswegs. Es sei denn, Ihre bisherigen Berichte entsprachen nicht der Wahrheit."

„Ich glaube, Sie verstehen nicht. So einfach ist das nicht. Wir betreten hier wissenschaftliches Neuland –"

„Nein, *Sie* verstehen nicht!", unterbrach ihn der Mann. „Mein Boss hat sehr viel Geduld gezeigt, aber irgendwann ist auch seine Großmut erschöpft. Glauben Sie mir, Sie möchten nicht erleben, was dann geschieht."

Philip lächelte kalt. „Sie können mir nicht drohen …"

„Richtig, ich erinnere mich: Sie sind ja unantastbar …" Er trat einen Schritt zur Seite. Mit einer raschen Bewegung zerschlug er den Bilderrahmen an der Tischkante. Glas splitterte.

„Was soll das?", knurrte Philip.

Der Mann zog das Foto aus dem zerstörten Rahmen. „Wirklich ein schönes Bild. Da sieht man Palmen im Hintergrund. Vielleicht die Karibik? Ach nein", er entblößte die Zähne, „das da im Hintergrund ist ja gar nicht das Meer. Das sieht ja aus wie ein Fluss. Vielleicht ist es ja der Praia Ponta Negra? Ein Strand mitten im Dschungel, verblüffend, nicht wahr?" Er wedelte mit dem Bild. „Genauso verblüffend wie das Alter dieses Fotos. Es sieht aus, als wäre es Jahrzehnte alt. Aber wir beide wissen, dass das nicht stimmt."

„Es reicht!", sagte Philip. Ein Schauder lief ihm über den Rücken. Erika war ihm schon einmal genommen worden, ein zweites Mal würde er nicht ertragen. „Ich habe verstanden."

„Tatsächlich?" Der Mann spitzte seine Lippen.

„Sagen Sie Ihrem Boss, dass ich ihm einen Beweis liefern werde, der jeglichen Zweifel ausräumt."

Der Mann lächelte. „Gut." Er ließ das Foto los, das daraufhin zu Boden segelte, und verließ den Raum.

Philip seufzte leise und bückte sich, um das Bild aufzuheben. Eine junge Frau war darauf zu sehen, die am Strand lag und ein Buch las. Mit der linken Hand strich sie sich eine blonde Strähne hinters Ohr.

Im nächsten Augenblick drang ein Rumpeln gedämpft durch die Tür und riss Philip aus seinen Gedanken. Er hastete zur Tür. Seine Handflächen waren schweißnass, als er die Türklinke ergriff. Im Vorraum fand er seine Sekretärin auf dem Boden liegend. Eine Blutlache breitete sich neben ihrem leblosen Körper aus.

Philip spürte, wie sich sein Magen zusammenzog. Er wandte den Blick ab und atmete ein paarmal tief durch. Als der Schwindel nachließ, betrachtete er die Tote. Ein Blatt Papier ragte unter dem Bund ihres

Rocks hervor. Philip trat näher, wobei er sich bemühte, der sich ausbreitenden Blutlache auszuweichen. Er zog den Zettel heraus.

Betrachten Sie dies als gebrochenen Finger.
Sie haben vier Wochen, Dr. Morgenthau.

Kapitel 18

Berlin, Mai 2024

Der Blick der Krankenschwester wirkte besorgt.

Eleonore versuchte zu lächeln. Ihr Schädel fühlte sich an, als hätte ihn jemand in einen Schraubstock eingespannt.

„Ist Ihnen nicht gut?", fragte die Schwester. Eleonore nickte. „Wahrscheinlich vertragen Sie das Kontrastmittel nicht so gut. Wollen Sie sich hinlegen?"

„Ja, danke."

Die Schwester stützte sie. Eleonore hielt sich fest, wandte rasch den Kopf zur Seite und unterdrückte ihren Würgereiz. Es wäre nicht sehr freundlich, der Schwester als Dank für ihre Hilfe einen Schwung Mageninhalt zu präsentieren. Allzu viel dürfte es zwar nicht sein, aber selbst ein paar Bröckchen würde sie als unhöflich empfinden.

Die Schwester öffnete eine Tür. Eine zornige Männerstimme erklang.

„Oh, Entschuldigung", murmelte die Schwester. Rasch schloss sie die Tür wieder. Dann führte sie Eleonore in einen halbdunklen Nachbarraum und zog einen Vorhang beiseite. „Hier können Sie sich einen Moment hinlegen. Ich mach gleich ein wenig mehr Licht."

„Wenn es Ihnen nichts ausmacht – mir wäre es lieber, wenn es ausbleiben könnte."

„Natürlich. Haben Sie einen Augenblick Geduld. Es wird sicher nicht lange dauern."

„Vielen Dank! Sie sind wirklich sehr freundlich."

Die Frau lächelte und schloss die Tür.

Eleonore lag im Dämmerlicht und murmelte ein kurzes Gebet. Ihre

Eltern hatten ihr beigebracht, nicht nur mit ihren Bitten zu Gott zu kommen, sondern stets auch an die Dinge zu denken, für die sie dankbar sein konnte. Ihre Schmerzen hatten sie zum Arzt gebracht. Insofern lag darin auch etwas Gutes. Sie hatte bislang niemals eine schwere Erkrankung durchmachen müssen. Ihre Sorgen waren klein im Gegensatz zu dem, was die meisten Menschen auf dieser Welt tagtäglich bewältigen und ertragen mussten. Und selbst jetzt, wo sie Schmerzen hatte, bekam sie innerhalb eines Tages einen Termin bei Dr. Philip Morgenthau. Andere mussten für eine Konsultation Wartezeiten von einem Dreivierteljahr in Kauf nehmen.

Eleonores Gedanken verstummten, als eine zornige Stimme durch die geschlossene Tür drang. „Nein ... ich denke nicht, dass wir warten sollten!"

Verwundert registrierte sie, dass es die Stimme von Philip war, die sie vernahm. Sie kannte den Mediziner als einen ruhigen und besonnenen Mann. Was hatte ihn so aufgebracht?

„... Risiko? Verdammt noch mal, natürlich besteht ein Risiko. Aber das wussten wir doch von Anfang an." Eleonore räusperte sich laut. Gewiss würde Philip sich zügeln, wenn er erkannte, dass man ihn im Nebenzimmer hören konnte. Seine Stimme wurde in der Tat leiser, allerdings konnte Eleonore ihn weiterhin verstehen. „Ich bin bereit ... Ja, niemand weiß das besser als ich. Wie ist sein Zustand?" Seine Stimme wurde wieder lauter: „Was soll das heißen? Ich bin der Leiter dieses Instituts, Michael. Ich hoffe, du hast das nicht vergessen!"

Eleonore hustete vernehmlich.

„Darüber reden wir noch", fuhr Philip Morgenthau mit leiserer Stimme fort. Er schien sehr aufgeregt zu sein. „Wann kann die Transumption stattfinden? ... Hervorragend ..."

Transumption? Eleonore horchte auf. Dieses Wort hatte sie schon einmal gehört beziehungsweise gelesen – in diesem seltsamen Brief, den Roman erhalten hatte. Oder bildete sie sich das nur ein?

„Wie lange kannst du dafür sorgen, dass das Involucrum aufnahmebereit ist? … Verstehe … Gut. Der Scan wird mindestens eine Woche in Anspruch nehmen … Eine Obduktion sollten wir unter diesen Umständen vermeiden! Dir wird schon etwas einfallen … Ja, zum Beispiel. Aber es sollte wie ein Unfall aussehen!"

Eleonore sog scharf die Luft ein. Was meinte er damit? Was für ein Unfall? Und was hatte es mit dem Involucrum auf sich? Sie kannte diesen Begriff aus der Botanik. Bezeichnete man nicht irgendeinen Teil einer Blüte als Involucrum? Soweit sie sich erinnerte, betrieb die Dr. Philip Morgenthau Stiftung eine Forschungseinrichtung im Amazonasgebiet. Vielleicht ging es um ein neues Medikament, das aus bestimmten Blumen gewonnen wurde? Das würde Sinn ergeben. Aber warum sollte dann eine Obduktion vermieden werden? Und warum sollte es wie ein Unfall aussehen? Eleonore schwirrte der Kopf, und gleichzeitig verspürte sie ein schlechtes Gewissen.

Das alles geht dich überhaupt nichts an!, schimpfte sie mit sich selbst.

Das Licht flackerte auf. „Ah, hier bist du."

Eleonore kniff die Augen zusammen.

Der groß gewachsene, schlanke Mann setzte sich auf einen Hocker neben sie. Er trug eine Mappe bei sich und legte sie auf seinen Schoß. „Es tut mir leid, dass du warten musstest. Selbst unsere Hochleistungsrechner benötigen einen Moment, bis sie die Ergebnisse ausspucken. Und ich hatte noch einen dringenden Anruf." Seine Augen schienen durch sie hindurchzublicken. Das war irritierend, denn sonst konzentrierte sich Philip immer ganz auf sein Gegenüber.

„Ach, schlechte Neuigkeiten?", fragte Eleonore und kam sich dabei schäbig vor.

Philip betrachtete sie nachdenklich. Dann lächelte er und winkte ab. „Wir haben einen Maulwurf in einer unserer Forschungseinrichtungen. Nun müssen wir herausfinden, um wen es sich dabei handelt, und sicherstellen, dass er bestimmte Daten nicht zu Gesicht bekommt."

Oh, das ist also die Erklärung für das seltsame Gespräch, dachte Eleonore, *aber seit wann spricht man bei Computern auch von Obduktionen?*

„Ein Maulwurf?", fragte sie. „Und was wollt ihr jetzt tun?"

„Wir werden so tun, als wären bestimmte Daten versehentlich zerstört worden. Sobald jemand dann versucht, sich Zugriff auf die vermeintliche Sicherheitskopie zu verschaffen, die vor Ort in einem Tresor lagert, haben wir ihn." Das Lächeln, mit dem er sie bedachte, erreichte seine Augen nicht. „Um alles Weitere wird sich dann mein Sohn kümmern, sobald er sich eingearbeitet hat."

„Dein Sohn … Ich habe schon aus der Presse davon gehört", sagte Eleonore. „Wir kennen uns schon so lange, aber von deinem Sohn hast du nie erzählt."

„Es ist auch keine besonders rühmliche Geschichte. Vor Erika hatte ich eine kurze Affäre. Wir passten nicht zueinander, aber wie das so ist: Manchmal spielen die Hormone verrückt." Er seufzte. „Ich beendete die Beziehung nach wenigen Monaten. Erst ein Jahr später, da war ich schon mit Erika zusammen, erfuhr ich, dass ich einen Sohn hatte. Sie wollte keinen Kontakt, nur Geld. Ich ging darauf ein, was ich heute bereue. So kam es, dass ich meinen Sohn erst kennenlernte, als er ein junger Mann war und Medizin studierte." Ein Lächeln huschte über seine Züge. „Er ist mir wie aus dem Gesicht geschnitten und ein hervorragender Chirurg. Ich denke, er wird es einmal weiterbringen als ich."

Eleonore lächelte verhalten. Man konnte den Stolz in Philips Worten hören. Und doch war etwas merkwürdig. Etwas, das nicht zu einem stolzen Vater passte.

„Doch nun genug davon. Es gibt Wichtigeres." Er öffnete die Mappe auf seinem Schoß und entnahm ihr einige Ausdrucke. „Dies sind deine Ergebnisse. Unterbrich mich ruhig, wenn du irgendeine Frage hast."

Seine Worte ließen sie ahnen, dass irgendetwas nicht stimmte. Sie nickte. „In Ordnung."

Er hielt einen Ausdruck hoch. „Das ist dein Gehirn. Hierbei", er deutete auf mehrere Stellen am Rande, „handelt es sich um Eiweißablagerungen. Allerdings in einem für dein Alter, entschuldige, wenn ich so direkt bin, völlig unauffälligen Umfang. Das bedeutet, dass deine Symptome mit allergrößter Wahrscheinlichkeit nicht auf eine beginnende Alzheimer-Erkrankung hindeuten."

„Oh", unterbrach Eleonore ihn. „Das sind doch gute Nachrichten."

„Ja." Philip räusperte sich. „Allerdings haben wir diese Stelle hier entdeckt."

Eleonore bemerkte einen grauen, unregelmäßig geformten Fleck mit heller Umrandung. „Was ist das?"

„Das können wir derzeit noch nicht genau sagen –"

„Philip", unterbrach Eleonore ihn, „du bist einer der weltbesten Neurochirurgen. Du weißt, was das ist."

„So einfach, wie du dir das vorstellst, ist es nicht –"

„Spuck's aus, Philip."

Der Arzt lächelte schmallippig. „Nach meiner Einschätzung handelt es sich um einen etwa hühnereigroßen Tumor. Der weiße Rand ist ein ausgeprägtes Ödem, das einen starken Druck auf dein Gehirn ausübt und die Symptome bei dir auslöst."

Eleonore blickte Philip in die Augen. „Ist der Krebs bösartig?"

Ein seltsamer Ausdruck huschte über das Gesicht des Arztes. „Das können wir zum jetzigen Zeitpunkt noch nicht sagen. Dazu ist eine Biopsie erforderlich."

„Ich …" Eleonore schluckte. „Ich würde gern mit Roman darüber sprechen."

„Natürlich." Philip erhob sich. „Sprich mit ihm. Ich halte dir für morgen Abend um 19 Uhr einen Termin frei."

„Morgen Abend schon?" Eleonore spürte, wie sich in ihrem Magen ein harter Knoten bildete. „So rasch?"

Philips Lächeln wirkte professionell, eingeübt in Hunderten von Patientengesprächen, in denen er versucht hatte, schlechte Nachrichten behutsam zu übermitteln. „Je eher wir Gewissheit haben, desto besser. Außerdem ist es gut möglich, dass ich kurzfristig für ein paar Tage verreisen muss. Und ich würde die Diagnose gern selbst stellen."

Eleonore richtete sich auf. „In Ordnung", sagte sie. „Ich melde mich dann bei dir. Danke für deine Hilfe!"

„Keine Ursache", erwiderte Philip. Als er ihr die Hand gab, hatte Eleonore das Gefühl, dass er in Gedanken schon wieder ganz woanders war.

Kapitel 19

Brasilien, Bundesstaat Pará, August 2023

Ihre Zehen bewegten sich vor und zurück. Sie gruben kleine Löcher in die rotbraune Erde. Die Sonne stand hoch am Himmel, aber das dichte Grün des Waldes ließ nur wenige helle Sprenkel auf ihren braungebrannten, dünnen Beinen tanzen. Ein leichter Wind rauschte in den Kronen der Baumriesen, doch hier unten brachte er keine Kühlung. Hier herrschte ewige Dämmerung und drückende Hitze. Sie warf einen sehnsüchtigen Blick zum Wasser. Der Fluss wälzte sich träge an den wurzeldurchfurchten Ufern vorbei. Zu gern wäre sie hineingesprungen, so wie die braungebrannten Jungen, die sie gestern beobachtet hatte. Aber Vater hatte es verboten: „Zu gefährlich!", hatte er gemahnt. „Wir wissen nicht, ob es dort Alligatoren, Schlangen oder Piranhas gibt."

„Aber die anderen Kinder waren doch auch baden."

„Sie sind hier aufgewachsen und kennen die Gefahren. Hab Geduld, mein Schatz." Vater hatte sie in den Arm genommen und ihr die Haare verwuschelt. Sie musste grinsen, als sie an Mamas Gesichtsausdruck dachte. Sie hatte die Hände in die Hüften gestemmt und geschimpft, wie jedes Mal, wenn er ihre sorgfältig gekämmten Haare durcheinanderbrachte.

Es raschelte leise im Unterholz. Zwischen den kantigen Brettwurzeln hockte ein Junge. Er beobachtete sie. Ein Schmunzeln huschte über ihre Züge. Glaubte er etwa, dass sie ihn noch nicht bemerkt hatte?

Kurzentschlossen stand sie auf, strich ihr kurzes Kleidchen glatt und marschierte geradewegs auf den Jungen zu. „Bom dia!" Sie streckte ihm die Hand hin.

Der Junge sog scharf die Luft ein und sprang hastig auf. Er machte keinerlei Anstalten, ihre Hand zu ergreifen. Stattdessen starrte er sie mit großen Augen halb misstrauisch, halb neugierig an. Er war bis auf ein dünnes Stück Stoff um die Hüften und einen Penisschutz vollkommen nackt. Seine Wangen waren mit ockerfarbenen Mustern bemalt. Um den Hals trug er eine Schnur, auf die mehrere elfenbeinfarbene, spitze Zähne aufgefädelt waren.

Sie ließ ihre Hand sinken. „Du brauchst keine Angst zu haben."

Der Junge sagte etwas in einer seltsamen Sprache. Vorsichtig streckte er die Hand aus und berührte einen ihrer blonden Zöpfe. Dann nickte er anerkennend.

Sie musste kichern. „Mama würde sich freuen. Endlich mal jemand, der meine Zöpfe mag." Sie griff nach seiner Halskette. „Was sind das für Zähne? Alligator?"

Der Junge zuckte zusammen, als sie seinen Hals berührte, ließ es dann aber geschehen.

Die Zähne waren groß und spitz. Das waren ganz bestimmt die Zähne eines Raubtieres.

„Oder sind die von einem Jaguar?", fragte sie.

„Jaguarrá?" Der Junge grinste und schüttelte den Kopf.

„Karapiru!" Fremdartig und bedrohlich hallte der Ruf zu ihr herüber. Sie zuckte zusammen. Auch der Junge erschrak und fuhr herum. Die Kette mit den aufgefädelten Raubtierzähnen zerriss. Ein Mann stand im Schatten eines der Urwaldriesen. Sehnige Muskeln bewegten sich unter seiner braunen Haut, auf der bläuliche Muster zu erkennen waren. Es schien ihr, als würden seine dunklen Augen vor Zorn glühen. In seiner Hand hielt er einen langen Stab. Vielleicht war es ein Speer, vielleicht auch ein Blasrohr. Sie nahm sich nicht die Zeit, die Waffe genauer zu begutachten. Kreischend wandte sie sich um und rannte, so schnell ihre kleinen Füße sie trugen, den Hügel hinauf. Als sie die Lichtung mit dem niedrigen Buschwerk erreichte, schlugen ihr Zweige ins Gesicht.

„Papa! Papa!"

Endlich sah sie seine hochgewachsene Gestalt zwischen dem dichten Blätterwerk stehen. Er hielt ein Beil in der Hand, mit dessen stumpfer Seite er gerade einen Pfosten in den Boden rammte. Verwundert blickte er sich um. Sein rotblonder Bart schimmerte in der Sonne.

„Elly!", rief er überrascht.

Sie hetzte über die kleine Lichtung und warf sich in seine Arme.

„Was ist denn los, meine Kleine?"

„Der Mann ...", stammelte sie und presste sich an ihn. Sein Bart kratzte an ihrer Wange, und sein Baumwollhemd roch nach Schweiß – Vertrautheit, Geborgenheit!

„Was für ein Mann?"

„Unten am Fluss!"

Er wuschelte über ihr Haar. „Ich bin ja da. Hab keine Furcht. Du weißt doch –"

Der Rest seiner Worte ging im lauten Kreischen der Papageien unter – ein misstönendes Geräusch. Es wirkte kalt und mechanisch. Auch die Sonne verlor ihren warmen Glanz, und Vaters Arme schienen immer durchscheinender zu werden ...

Mirja blinzelte. Neonlicht stach ihr in die Augen. Irgendetwas piepte laut. Verschwommen konnte sie einen Arm erkennen. Er wirkte blass und schwächlich. Wie leblos lag er auf dem weißen Laken. Eine Nadel steckte in ihrer Armbeuge, die wiederum mit einer durchsichtigen Kanüle verbunden war.

Ein Traum? Mirja öffnete die Augen ein klein wenig weiter. Ihre Pupillen fühlten sich trocken an, ihre Lider kratzten über die Augäpfel. Sie versuchte, den Kopf zu heben. Das laute Piepen kam von einem der unzähligen Geräte, die ihr Bett wie eine Horde blecherner Wächter umstanden, rotäugig blinkend, mit digitalen Displays, die wie kantige Mäuler wirkten.

„Nur ein Traum", wisperte sie. Aber es hatte sich nicht wie ein Traum angefühlt. Ganz im Gegenteil. Die warme Sonne, der Geruch des Dschungels. Die trägen Wogen des Flusses. All das schien viel wirklicher zu sein als dieser sterile, kalte Ort, an dem sie sich nun befand.

Sie sah wieder das braune Gesicht des Jungen vor sich. Es war kein verschwommenes Traumgesicht, sondern wie eine lebendige Erinnerung. Karapiru – das war sein Name! Sie wusste es mit der gleichen Gewissheit, mit der sie wusste, dass jener bedrohlich wirkende Indio der Vater des Jungen gewesen war. Er hatte sie nicht bedrohen wollen. Er hatte Angst um seinen Jungen gehabt. Er liebte sein Kind genauso, wie Papa sie liebte. Sie konnte beinahe das schweißnasse Baumwollhemd ihres Vaters auf ihrem Gesicht spüren … Nein! Energisch schüttelte sie den Kopf, das war nicht ihr Vater! Wie konnte ein Traum nur so real sein?

Mirja versuchte, sich aufzurichten. Ihre Arme zitterten, selbst diese kleine Anstrengung brachte sie an ihre Grenzen.

Die Tür öffnete sich. Eine beleibte Frau in Schwesterntracht kam herein. Sie wirkte überrascht zu sehen, dass Mirja bei Bewusstsein war. Ihre Augen huschten prüfend zu den medizinischen Geräten. Dann lächelte sie.

„Alles in Ordnung, Mädchen", sagte sie in schwer verständlichem Portugiesisch. Mit flinken Fingern legte sie einen Plastikbeutel mit durchsichtiger Flüssigkeit in eines der Geräte ein. „Ruh dich noch ein wenig aus." Sie tätschelte Mirjas Arm. „Schon bald wird es dir besser gehen."

„Ich will mich nicht ausruhen!", erwiderte Mirja. Aber die Worte kamen so schwerfällig über ihre Lippen, dass sie selbst in ihren eigenen Ohren ein mehr oder weniger unverständliches Gebrabbel waren.

Die Krankenschwester verschloss die Klappe des Geräts. Das Piepen hörte auf.

„Entspann dich." Die Frau drückte sie mit sanfter Gewalt zurück auf die Kissen.

Mirja spürte, wie eine Welle der Müdigkeit sie überrollte. Warum war sie so schwach? Warum fiel ihr das Denken so schwer? Ihr Blick richtete sich auf die Nadel in ihrem Arm. Was machen die hier mit mir? Sie versuchte, sich aufzurichten, aber sie war so unglaublich müde.

„Ganz ruhig", sagte die Frau begütigend. „Du bist in Sicherheit!"

Ihre Augenlider schlossen sich.

„Alles wird gut, Elly. Niemand wird dir etwas tun …"

Zorn flackerte in ihr auf und kämpfte gegen die Müdigkeit an. *Ich bin nicht –*, stammelte eine tonlose Stimme in ihr. Doch dann wurde sie von einer anderen Wirklichkeit überrollt, und aller Zorn erlosch.

Die Erde schwankte sanft hin und her. Gedämpftes, warmes Licht umgab sie, und eine angenehme Trägheit steckte in ihren Gliedern.

Plötzlich war ein leises, rhythmisches Knarren zu vernehmen. Sie kannte das Geräusch, und auch der Geruch, der nun in ihre Nase stieg, war ihr vertraut. Seife und ein Hauch von Pfefferminz streiften sie. Etwas strich über ihre Wange.

„Aufwachen, Schatz!", sagte eine Frauenstimme.

„Nochnicht", murmelte sie.

„Nun gut, ich gebe dir noch drei Sekunden", sagte die Stimme. Vorhänge wurden zur Seite gezogen, und es wurde schlagartig heller.

Sie öffnete die Augen einen Spalt breit. Durch das Netz ihrer Hängematte hindurch konnte sie einen kleinen Raum erkennen. Die Wände bestanden aus dunklem Tropenholz und wurden durch riesige, glaslose Fenster unterbrochen. Ein Gecko flitzte an der Wand empor zur Zimmerdecke.

„Die drei Sekunden sind um." Eine schlanke Frau mit kurzen blonden Haaren, in denen sich das erste Grau zeigte, beugte sich zu ihr herunter. „Zeit, aufzustehen!"

Sie kannte das schmale sommersprossige Gesicht mit der kleinen Narbe über der Oberlippe und den tiefblauen Augen. „Mama?", murmelte sie.

Die Frau lachte. „Wen hast du erwartet? Paul McCartney?"

Bilder eines kalten Raums voller seltsamer Geräte kamen ihr in den Sinn, ein blasser Arm, in dem eine Nadel steckte, ein durchsichtiger Schlauch … Die Bilder waren undeutlich, und je mehr sie versuchte, sich darauf zu konzentrieren, desto mehr verschwammen sie. Was geschah hier?

Das Frauengesicht beugte sich über sie. Die schmalen Brauen hoben sich. „Alles in Ordnung, Schatz?"

Träumte sie? Aber wie konnte ein Traum so real sein? Sie spürte den Druck der Hängematte, hörte die Geräusche des Urwalds, roch die Seife, mit der Mama sich heute früh gewaschen hatte. Mama? War diese Frau wirklich ihre Mutter?

„Nun steh schon auf, Mädchen."

Mädchen? Sie blickte an sich hinab, sah die flache Brust und die langen, knochigen Beine einer Zwölfjährigen.

„Karapiru wartet draußen auf dich. Erst liegst du uns wochenlang in den Ohren, und nun, wo dein verrückter Vater dir erlaubt hat, mit auf die Jagd zu gehen, kommst du nicht aus den Federn."

Die Jagd! Natürlich. Wie hatte sie das vergessen können? Karapiru war ihr Freund, ihr bester Freund. Und heute würde er ihr zeigen, wie die Waiwai jagen! Sie sprang aus dem Bett!

Mama lachte. „Vergiss nicht, dich zu waschen. Und sei pünktlich zum Nachmittagsunterricht wieder da."

Sie verzog das Gesicht. Rasch schlüpfte sie in Shorts und T-Shirt. Hinter dem Haus spritzte sie sich etwas Wasser aus der Regentonne ins Gesicht. Das Gefühl der Fremdartigkeit, das sie beim Erwachen verspürt hatte, wurde zusehends schwächer.

Karapiru begrüßte sie mit einem Lachen.

Er war groß geworden, und an seinen Armen zeigten sich zähe Muskeln. Schon bald würde er ein Mann sein. Doch wenn er lachte, strahlten seine Augen wie die eines kleinen Jungen.

„Du schnarchst wie ein Tapir", begrüßte er sie.

„Und du plapperst wie ein Papagei", erwiderte sie. „Was wollen wir jagen?"

„Nicht wir", er schüttelte ernst den Kopf, „ich jage, du lernst."

„Du meinst, es läuft so wie bei Mamas Unterricht: Ich lese und du schaust staunend zu?"

„So ist es." Er nickte würdevoll. „Ich bin Jäger. Du bist Leser."

Sie kicherte.

Sobald sie sich im tiefen Dschungel befanden, musste sie zugeben, wie recht er hatte. Lautlos schlich er durch die ewige Dämmerung. Sie kam sich vor wie eine tollpatschige Kuh.

Hier und da wies er sie mit stillen Gesten auf Tiere hin, die sie alleine niemals bemerkt hätte. Eine braun-schwarz gefleckte Surucucu hatte sich nur einen halben Meter neben ihr auf einem Wurzelballen zusammengerollt. Sie galt als die giftigste Schlange des Amazonasgebiets. Sie entdeckte Affen in hohen Baumwipfeln und ein Faultier, dessen moosbewachsenes Fell eine geradezu perfekte Tarnung bildete.

Als sie etwas später über die ausladenden Wurzeln eines Urwaldriesen kletterten, stieß Karapiru sie grob zur Seite.

Sie verlor das Gleichgewicht und stürzte unsanft auf einen Wurzelknollen. „He, was soll das?"

Er blickte sie streng an. „Hör auf zu träumen!", schimpfte er.

Als sie aufblickte, sah sie genau an der Stelle, an der sie die Wurzel erklommen hatte, eine Kammspinne entlangkrabbeln. Die Tiere galten als hochaggressiv.

„Du darfst deine Augen nicht nur in die Höhe richten. Alles, was lebt, kann auch den Tod bedeuten. Großes und Kleines."

Sie nickte beschämt.

Er reichte ihr die Hand und zog sie auf die Füße. „Komm, es ist nicht mehr weit."

„Wohin gehen wir?"

„Zu einer Wasserstelle." Karapiru führte sie über eine mit niedrigem Buschwerk bewachsene Lichtung. Plötzlich hielt er mitten in der Bewegung inne.

„Was ist –?"

Mit einer Handbewegung brachte er sie zum Schweigen. Er kniete nieder. Sie hockte sich neben ihn. Ein bräunlicher Klumpen lag auf dem Boden. Er drückte den Finger in die weiche Masse und roch daran. Sie beugte sich vor. Ein unangenehmer Geruch stieg ihr in die Nase.

„Was ist das?"

„Jaguarrá!", flüsterte er.

Eine heiße Welle der Furcht durchfuhr ihren Körper und ließ ihre Kopfhaut prickeln. Sie schluckte trocken. „Meinst du, er ist noch in der Nähe?"

Karapiru sah sie an. Kleine Schweißtropfen standen auf seiner Stirn. „Er jagt!"

Sie spürte, wie sich ihr Magen zusammenzog.

„Wir müssen umkehren."

„Ist er in der Nähe?"

„Psst!"

Sie verstummte.

„Hörst du das?"

Sie lauschte und hörte ... nichts. Nur einige Insekten flirrten umher. Ansonsten herrschte Totenstille. Der ganze Dschungel schien zu schweigen.

Karapiru nahm behutsam einen Pfeil aus seiner Gürteltasche und ließ ihn in sein Blasrohr gleiten. Seine Augen huschten von Baum zu Baum.

„Komm!" Er zog sie am Arm.

Überall glaubte sie, lauernde Schatten wahrzunehmen, geduckt hinter hohen Wurzeln, verborgen von umgestürzten Baumstämmen und in dichtem Buschwerk kauernd. Langsam gingen sie rückwärts. Plötzlich drang das Knacken eines Zweiges an ihr Ohr. Sie zuckte zusammen und stieß einen erstickten Schrei aus. Wir müssen fort hier! Fliehen!

Karapirus Griff verstärkte sich. Wie Eisenzangen bohrten sich seine Finger in ihr Fleisch.

„Bleib!", zischte er. „Dem Fliehenden kann er nicht widerstehen!"

Sein Gesicht war dicht neben ihrem. In dicken Tropfen rann der Schweiß über seine Wangen.

Sie folgte seinem Blick. Dort, halb verborgen von einem abgebrochenen Ast, bewegte sich ein schwarzer Schemen geschmeidig und lauernd. Sie spürte den Blick seiner Augen. Plötzlich bewegte er sich rasend schnell. Sie kreischte auf, wollte fliehen. Etwas schlug gegen ihr Bein. Sie fiel in dem Moment, in dem Karapiru das Blasrohr emporriss.

Schatten schlugen über ihr zusammen. Etwas packte sie. Ein stechender Schmerz in ihrem Arm.

„Nein!" Ein Schlag traf sie. Ihre Wange brannte. Plötzlich war da ein Licht. Die Stimme des jungen Waiwai wurde tiefer.

Etwas drückte auf sie, und sie versuchte, die Last wegzustoßen. Doch ihr Arm wurde gegen ihre Brust gepresst. „… auf!", sagte Karapiru mit verzerrter Stimme. Erneut traf sie ein Schlag ins Gesicht. Grelles Licht schob sich zwischen ihre Augenlider. „Wach endlich auf!" Die Stimme ihres Jugendfreundes hatte sich vollkommen verändert. „Mach die Augen auf! Sieh mich an! Sieh mich an!"

Sie blinzelte. Karapiru war fort. Sie starrte in das blasse Gesicht eines jungen Mannes. Seine kurzen Haare umgab ein Kranz aus grellem Neonlicht.

„Gott sei Dank!", sagte er auf Englisch. „Ich dachte schon, ich kriege dich gar nicht mehr wach."

„Wer … wo …?", kam es stammelnd über ihre Lippen.

„Mirja, ich bin's, Pit. Erkennst du mich?"

Mirja …? Pit? Ja, sie kannte dieses Gesicht! Die Wirklichkeit des Dschungels, der sie eben noch umgeben hatte, zerstob, und die Erinnerung traf sie wie ein Schwall kalten Wassers. Sie war Mirja, Medizinstudentin im Praktikum. Sie lag im Krankenhaus, weil sie brutal vergewaltigt worden war. Und zwar, nach allem, was sie wusste, vom Freund des Mannes, der nun vor ihr stand. Er hielt ihren Arm umklammert.

„Lass los!", zischte sie. Sie versuchte, ihn abzuschütteln.

Pit starrte sie an. Dann nickte er und trat einen Schritt zurück.

„Erkennst du mich?", fragte er. Sein Blick huschte zur Tür und wieder zurück zu ihr.

„Was willst du hier?", stieß Mirja hervor.

Er schnaufte. „Was haben sie dir erzählt?"

„Wer?"

„Die anderen." Er wedelte ungeduldig mit der Hand. „Die Ärzte oder diese eiskalte Braut, die sich Sicherheitschefin nennt." Er wischte sich den Schweiß von der Stirn. „Was haben sie dir erzählt?"

„Ich …" Mirja senkte den Blick und starrte auf die Bettdecke. Sie war kühl und weich. Im Hintergrund rauschte die Klimaanlage. Alles fühlte sich real an. Aber diese Jagd im Dschungel – hatte sie sich nicht ebenso real angefühlt?

„Mirja! Sieh mich an!" Seine Stimme überschlug sich.

Sie blickte auf.

„Was haben sie dir erzählt?"

„Ich … ich bin …" Mirja schluckte. „Sie sagen, dass Manuel mich vergewaltigt hat. Manuel und noch jemand." Sie blickte ihm in die Augen.

Pit hielt ihrem Blick stand. Sie sah, wie sein Kehlkopf sich bewegte, als er schluckte.

„Shit!" Er fuhr sich mit der Hand über das Gesicht und sah sie dann erneut eindringlich an. „Kannst du dich daran erinnern?"

Mirja schwieg. Traum und Wirklichkeit schienen sich zu verschieben. Sie erinnerte sich an Ellys Füße, die fröhlich über hart gestampften Lehmboden hüpften und Karapiru hinaus in den Dschungel folgten, und sie sah sich selbst, einem nervösen Manuel aus dem Studentenwohnheim hinaus in den verbotenen Teil des Klinikgeländes folgend.

„Kannst du dich daran erinnern, dass Manuel dich vergewaltigt hat?", verjagte die nervöse Stimme von Pit die Bilder in ihrem Kopf.

„Ich … ich glaube nicht", murmelte Mirja. „Da war etwas. Wir waren auf dem Quarantänegelände. Manuel war sehr aufgeregt …" Sie verstummte.

„Mirja. Welchen Tag haben wir heute?"

Sie zuckte mit den Achseln. „Keine Ahnung."

„Egal. Weißt du noch, welchen Monat wir haben?"

„Ja, Mai. Mai 2023."

Pit zeigte ihr seine Uhr. „Heute ist der 8. August 2023, Mirja."

„Was? Aber das kann nicht sein. Ich habe doch nicht so lange geschlafen."

„Mirja …" Pits Blick huschte zur Tür, und er rieb sich nervös über das Gesicht. „Ich weiß nicht, wie ich es dir erklären soll. Aber … sie machen etwas mit dir."

„Was meinst du damit?"

Er kramte in seiner Tasche. „Hier!" Er reichte ihr sein Handy. Die Spiegelfunktion war eingeschaltet. „Sieh selbst."

„Was soll –?", setzte Mirja an. Dann erblickte sie ihr Gesicht und verstummte. Sie erinnerte sich an den Schock, den ihr Spiegelbild ihr versetzt hatte. Sie hatte vollkommen zerschlagen ausgesehen. Alles war voller Hämatome, überall waren getrocknetes Blut und Schwellungen gewesen. Das Gesicht, das ihr nun von dem Display des Smartphones entgegenblickte, war vollkommen unversehrt. Sie betastete ihre sommersprossige Wange, die vollen Lippen und die zartgliedrige Nase. Ihre Nase! Sie sah irgendwie anders aus.

Mirja schluckte. „Ich … ich war vollkommen zerschunden. Ich vermute, dass sie eine plastische Operation durchführen mussten."

Pit zuckte die Achseln. „Vielleicht. Hattest du dieses Muttermal schon immer?"

„Welches Muttermal?"

„Das da."

Mirja senkte das Smartphone ein wenig. An ihrem Hals, dicht über ihrem Schlüsselbein, befand sich ein markant geformter brauner Fleck.

„Ich … ich weiß nicht", stammelte sie.

Pit kniff die Augen zusammen. „Mirja, ich schwöre dir, Manuel hat dich nicht vergewaltigt. Ich weiß, er hat immer so getan, als sei er ein echter Macho, aber so etwas hätte er nie getan …"

Mirja starrte ihn an. Dann ging ihr auf, dass er in der Vergangenheitsform von seinem Freund gesprochen hatte. „Hätte?" Sie gab ihm das Handy zurück. „Was ist mit Manuel?"

Pit schwieg.

„Mir wurde gesagt, er sei geflohen."

Pit bleckte die Zähne. „Hoffen wir, dass du recht hast." Er holte tief Luft und fuhr fort: „Was ich dir jetzt sage, muss unter uns bleiben. Manuel war undercover hier."

Mirja hob die Brauen.

„Er war Journalist und arbeitete für eine Hilfsorganisation. Die Freundin, die ihm per Skype angeblich immer ihre neueste Unterwäsche vorführte, war eine Kollegin." Er schniefte. „Ich habe erst vor ein paar Monaten davon erfahren. Mehr oder weniger zufällig, als ich mir mal seinen Rechner ausgeborgt hatte." Er grinste schief. „Manuel hat mir zuerst Prügel angedroht, dann hat er mich eingeweiht. Er brauchte mich, um verschlüsselte Nachrichten nach draußen zu schicken."

Mirja schaute ihn verwirrt an. Nicht einmal die Hälfte von dem, was Pit da sagte, ergab für sie Sinn. „Und … was genau hat er dir erzählt?", fragte sie.

„Nicht genug", erwiderte Pit ausweichend. Sein Blick glitt zur Tür. „Ich bin schon zu lange hier."

„Pit, was soll dieser Scheiß? Du kannst nicht hier hereinschneien, lauter mysteriöse Andeutungen machen und mich dann im Regen stehen lassen. Was geschieht hier?!"

„Man wird dir bestimmte Dinge erzählen. Zunächst wirst du daran zweifeln, dass sie tatsächlich geschehen sind –"

„Du meinst die Vergewaltigung?"

„Das ist nur der erste Schritt", fuhr Pit fort, ohne auf ihre Frage einzugehen. „Hast du seltsame Träume?"

Mirja schluckte.

Er nickte langsam. „Die zweite Phase."

„Was für eine Phase? Was willst du damit andeuten?"

Er zuckte die Achseln. „Manuel hat das so genannt. Ich weiß nicht, was dahintersteckt. Aber wenn er recht hat, wirst du in der dritten Phase deine eigenen Erinnerungen verlieren …"

„Pit, du machst mir Angst."

„Ich habe auch Angst, eine Scheißangst, um genau zu sein." Er blickte auf die Uhr. „Wir haben noch fünf Minuten ..."

„Fünf Minuten? Wofür?!" Mirja schrie nun beinahe.

„Nicht so laut!" Seine Hände zitterten leicht, als er einen Tablet-PC aus der Tasche zog und auf ihren Schoß legte. „Ich erreiche die Organisation nicht mehr. Meine Familie kann mir auch nicht helfen. Die deutsche Botschaft hält mich für einen Spinner – dort habe ich es nämlich schon versucht. Und der Polizei können wir nicht trauen."

Seine Stimme zitterte leicht. Mirja konnte sich nicht vorstellen, dass seine Verzweiflung nur gespielt war. Sie ließ den Blick auf den Computer sinken. „Was soll ich damit?"

„Hast du irgendwelche einflussreichen Bekannten?"

Mirja schüttelte den Kopf.

„Familie?"

„Nicht wirklich ..."

„Verdammt. Ich fürchte, das hat System."

Sie sah zu ihm auf. Sein Gesicht war so bleich wie die weiß getünchte Wand hinter ihm.

„Gibt es irgendjemanden, dem du vertrauen kannst?", fragte er.

Mirja zögerte. „Vielleicht ..."

„Gut." Er lächelte fahrig. „Das ist doch mal ein Anfang. Wir brauchen Hilfe, und zwar schnell!"

„Aber was soll ich tun?"

„Schreib eine E-Mail, schick eine Videobotschaft. Was immer du für sinnvoll hältst."

„Und was zur Hölle soll ich sagen?"

„Keine Ahnung! Aber wenn nicht rasch Hilfe kommt, gibt es uns beide bald nicht mehr."

Mirja starrte ihn an.

„Du hast noch drei Minuten."

Kapitel 20

Berlin, Mai 2024

Die Datei war passwortgeschützt. Raven verschränkte die Arme und stierte frustriert auf den Bildschirm. All das Adrenalin, die Angst und die abenteuerliche Flucht vor diesen Schlägertypen, nur um dann ein paar blinkende Punkte auf einem Bildschirm anzustarren.

Sein Blick wanderte zur Uhr. Seit über drei Stunden saß er schon hier. Als er zu Hause angekommen war, hatte er zuerst das WLAN ausgeschaltet und anschließend die DVD in den Laptop eingelegt. Seitdem hatte er vergeblich versucht, das Passwort zu knacken. Er hatte verschiedene Geburtsdaten eingegeben, Namen von Freunden und Verwandten, besondere Ereignisse, die Julian etwas bedeutet hatten – vergeblich. Er war nun mal kein Hacker. Raven seufzte. Sein Blick fiel auf die verschmierten Zahlen auf seiner Hand. Vielleicht gab es doch jemanden, der in der Lage war, ihm weiterzuhelfen.

Aber konnte er Leela wirklich trauen? Sie war erstaunlich offen und hilfsbereit gewesen für jemanden, den er noch nie zuvor gesehen hatte.

Vielleicht findet sie dich ja attraktiv, meinte eine leise Stimme in ihm. Raven verzog das Gesicht. Seine innere Stimme hatte offenbar einen ausgesprochenen Sinn für Humor. Aber vielleicht hatte sie ihm auch einfach die Wahrheit gesagt. Wenn ihr wirklich etwas an Captain Kraut lag, dann war es durchaus nachvollziehbar, dass sie jemandem half, der mehr über das Verschwinden ihres Freundes zu wissen schien.

Raven griff zum Telefon und wählte. Was hatte er schon zu verlieren? Es tutete zweimal.

„Ja?", meldete sich eine weibliche Stimme.

„Hallo, Leela? Hier ist äh ... Raven."

„Aha."

„Wir haben heute zusammen den Spind von Captain Kraut durchsucht ...", fügte er hinzu.

„Okay, weiß Bescheid." Sie kicherte leise. „Der Verrückte, der sich mit Jarl angelegt hat. Du bist ihnen also entkommen."

„Knapp", erwiderte Raven.

„Und, was hast du herausgefunden?"

„Tja, vor allem, dass ich kein Hacker bin."

„Du willst meine Hilfe?"

„Ja."

„Verstehe." Sie schwieg. „Was weißt du über Michel?", fragte sie schließlich. Der scherzhafte Unterton war aus ihrer Stimme verschwunden.

„Ich ... bin mir nicht sicher ..."

„Hör zu", unterbrach sie ihn, „das läuft folgendermaßen: Du sagst mir alles, was du über Michel weißt, und ich helfe dir, die Datei zu knacken."

„Woher weiß ich, dass ich dir trauen kann?", fragte Raven.

„Woher weiß ich, dass ich *dir* trauen kann?", gab sie zurück.

Raven starrte auf die blinkenden Pünktchen auf seinem Bildschirm. Was für eine Wahl hatte er?

„Okay, die Wahrheit ..." *Oder zumindest einen Teil davon.* „Michel hat die Website meines Bruders betreut. Wie du weißt, starb mein Bruder ... bei einem Unfall. Vor Kurzem fand ich heraus, dass einige Tage vor Julians Tod irgendetwas Merkwürdiges geschehen sein muss."

„Das klingt alles ein wenig nebulös", unterbrach Leela ihn.

„Es fehlen Daten", fuhr Raven fort. „Die Festplatte mit Julians Filmen wurde gelöscht, und ich glaube, das gilt auch für E-Mails aus seinem Account."

„Und was hat Michel damit zu tun?"

„Das wollte ich ja herausfinden. Ich dachte, dass er die gelöschten Daten vielleicht wiederherstellen könnte oder irgendwo eine Kopie davon hat. Also bin ich zu ihm nach Hause gegangen. Angeblich war er aber schon vor Monaten ausgezogen. Ich bin trotzdem in die Wohnung –"

„– eingebrochen?" Leela klang überrascht.

„Das war nicht so schwer. Jedenfalls fand ich dort, nun, seine Leiche."

„Was?!", schrie Leela. Raven schwieg. „Er ist tot", keuchte die junge Frau.

Raven räusperte sich. „Es tut mir sehr leid …"

„Was ist passiert? War es ein Unfall?"

„Vermutlich nicht … Michel hat eine Nachricht hinterlassen, die mich zu eurem Computerklub geführt hat."

„Also Mord? Oder Selbstmord?"

„Keine Ahnung", gestand Raven.

„Hast du das nicht der Polizei gemeldet?"

„Doch … aber sie konnten die Leiche nicht mehr finden."

„Wie bitte?!"

Raven seufzte im Stillen. Jetzt, wo er die Dinge laut aussprach, klangen sie immer absurder. „Ich war … nicht sofort bei der Polizei. Offenbar wurde die Leiche inzwischen … entfernt."

Einige Sekunden lang blieb es still am anderen Ende der Leitung, und Raven fürchtete schon, dass Leela einfach auflegen würde.

„Dir ist schon klar, dass deine Geschichte ziemlich abgedreht klingt?", fragte sie schließlich.

„Du zweifelst an meinem Geisteszustand", mutmaßte Raven.

„Na ja, um ehrlich zu sein –"

„Da bist du nicht die Einzige", unterbrach er sie grimmig. „Ich bin mir selbst nicht sicher, was genau in dieser Nacht passiert ist … aber eines steht außer Zweifel. Michel hat mich zum Computerklub geschickt, und wir haben dann diese DVD in seinem Spind gefunden. Und ich glaube nicht, dass das ein Zufall ist."

„Möglicherweise." Leela schwieg einen Augenblick, dann sagte sie: „Also gut. Wo wollen wir uns treffen?"

„Du hilfst mir?"

„Deshalb hast du doch angerufen, oder?"

„Ja, natürlich, ein Café wäre möglicherweise etwas ungünstig. Würde es dir etwas ausmachen hierherzukommen?"

„Nein. Wo wohnst du?"

Raven nannte ihr die Adresse.

„Ciao, bis gleich." Und schon hatte sie aufgelegt.

Als er sich in seinem Zimmer umsah, fiel ihm auf, dass es sich in einem Zustand befand, den man auch mit viel Optimismus nicht als besucherfreundlich bezeichnen konnte. Er sprang auf und klaubte die Schmutzwäsche von seinem zweiten Stuhl. Hastig blickte er sich um. Der Schrank war zu klein, einen Wäschekorb hatte er nicht. Kurzentschlossen stieß er die Tür zu seinem winzigen Bad auf und stopfte die Klamotten in die Duschkabine. Anschließend schüttelte er die zerwühlte Bettdecke aus und legte sie einigermaßen ordentlich auf die Matratze. Schmutziges Geschirr verschwand im Schrank. Was konnte er ihr anbieten? In einem Regal fand er eine halb leere Packung angestaubter Spekulatiuskekse. Als er sich gerade ein paar Euro in die Hosentasche stopfte, um noch etwas im Kiosk um die Ecke zu besorgen, klopfte es an der Tür.

„Cappuccino oder Latte macchiato?" Leela hielt zwei riesige Pappbecher in den Händen. Sie trug ein enges Top und kurze Shorts. Sehr kurze Shorts. Ihre langen Haare fielen ihr offen über die Schultern. Sie sah großartig aus.

„Oh." Raven starrte sie an. „Das ging aber schnell."

„Ich war ganz in der Nähe", erwiderte sie. „Wenn du dich nicht entscheiden kannst, nehme ich den Latte macchiato."

„Äh, na klar." Raven wedelte unbeholfen mit der Hand. „Komm rein."

„Ich würde ja gern sagen, dass du es hier gemütlich hast ...", meinte

Leela. Sie streifte ihre Flipflops ab, setzte sich auf den Schreibtischstuhl und schlug ihre schlanken braunen Beine übereinander.

Raven wandte den Blick ab und schloss die Tür.

„Aber wenn man sich die Einrichtung wegdenken, mit etwas Fantasie frische Farben an die Wände zaubern und dieses furchtbare Laminat austauschen würde, dann würde sich leider auch nichts dran ändern."

„Danke!", sagte Raven. „Darf ich dir Spekulatius anbieten?"

Leela verzog das Gesicht. „Sind die noch von Weihnachten übrig?"

„Natürlich. Aber ich weiß nicht genau, ob vom letzten Jahr oder vom vorletzten."

Leela kicherte.

Raven griff nach dem Cappuccino und setzte sich neben sie. Dann klappte er den Laptop auf. Leela stellte ihren Kaffeebecher auf den Tisch und beugte sich vor. Ihre Haare kitzelten an seinem Arm.

Raven schluckte. „Weiter komme ich nicht!", sagte er und deutete auf die Passwortabfrage.

„Okay, dann wollen wir mal." Leela ließ die Knöchel knacken und gab mit flinken Fingern irgendetwas ein.

Raven lehnte sich zurück und betrachtete ihre langen schwarzen Haare. Er fühlte sich ... seltsam. Leela übte eine starke Anziehungskraft auf ihn aus, aber gleichzeitig war da auch etwas, das ihn irritierte.

Auf dem Bildschirm hatte sich mittlerweile ein schwarzes Fenster geöffnet. Leelas Finger tanzten über die Tastatur, und Zeilen mit kryptisch anmutenden Zahlen- und Buchstabenreihen füllten das Fenster.

„Was machst du da?"

„Ich prüfe, ob wir das Passwort umgehen können." Sie drückte die Entertaste. Die Festplatte schnurrte. Leela starrte auf den Bildschirm. „Mist!", fauchte sie dann leise. Sie zog die Beine hoch und hockte sich im Schneidersitz auf den Stuhl. Ihr warmer Oberschenkel berührte Ravens Bein.

Raven rückte ein winziges Stück ab und zwang sich, nur auf den Bildschirm zu blicken.

Leela gab weitere Zeilen ein und knabberte dann an ihren Fingernägeln.

„Und?", fragte Raven.

„Sieht schlecht aus." Ihre Finger flogen erneut über die Tastatur. „Wir müssen es auf die herkömmlich Art und Weise versuchen. Captain Kraut hat mir mal ein paar Tipps gegeben, wie man sichere Passwörter konzipiert. Ich hoffe, er hat sich an seine eigenen Vorschläge gehalten."

„Okay."

Etwa zwanzig Minuten lang gab Leela eine Zahlen- und Buchstabenkombination nach der anderen ein. Jedes Mal wurde der Zugriff verweigert. Ohne ein Wort zu verlieren, machte sie weiter.

Raven war beeindruckt von ihrer Hartnäckigkeit.

„Ha!" Leela ballte die Faust.

Ein geöffneter Ordner erschien auf dem Bildschirm. Er enthielt eine Videodatei und ein PDF-Dokument. Raven schluckte.

„Et voilà." Leela grinste stolz. „Hab ich's drauf oder habe ich's drauf?" Ihr Finger berührte das Touchpad, um die Videodatei zu öffnen.

Raven ergriff ihr Handgelenk und hielt sie zurück. „Warte!"

Überrascht blickte sie auf.

Raven lächelte verlegen. „Ich ... ich bin dir wirklich sehr dankbar für deine Hilfe, aber ... Nun ja, diese Datei ist möglicherweise so etwas wie das Vermächtnis meines Bruders, und ..."

Sie sah ihn an, und unter ihrem Blick kam Raven sich richtig schäbig vor. „Du traust mir nicht."

Er lächelte verlegen. „Es hat wirklich nichts mit dir zu tun."

Leelas Gesicht rötete sich. Abrupt stand sie auf. „Kann ich mal dein Klo benutzen?"

„Natürlich."

Die junge Frau wandte sich um und verschwand im Bad.

„Scheiße", murmelte Raven. Er fühlte sich furchtbar. Andererseits hatte er zugleich das Gefühl, die richtige Entscheidung getroffen zu haben.

Leela verbrachte eine Weile auf dem Klo. Als sie wieder herauskam, schien ihr Zorn verraucht zu sein. Ein Grinsen huschte über ihre Züge. „Du wäschst dein Zeug in der Dusche? Gibt es hier denn keine Waschmaschine?"

„Ich hab's nur vorübergehend dort gelagert."

Er begleitete sie zur Tür.

Bevor sie seine Wohnung verließ, wandte sie sich noch einmal um, stellte sich auf die Zehenspitzen und gab ihm einen Kuss auf die Wange. „Mach dir keinen Kopf. Ich finde es cool, dass du so ehrlich bist. Versprich mir nur, dass du mich anrufst, wenn du irgendetwas über Michel herausfindest."

Verblüfft sah Raven auf sie hinab. Ihr Kuss brannte auf seiner Wange. „Ich versprech's", murmelte er.

Er wartete, bis ihre schlanke Silhouette im Treppenhaus verschwunden war. Dann schloss er die Tür und setzte sich an den Schreibtisch. Die Videodatei trug den seltsamen Namen „Mm1.mkv". Speicherdatum war der 19.09.2023. Eine Woche vor Julians Tod. Ravens Finger zitterte leicht, als er die Datei anklickte.

Ein Fenster öffnete sich. Zuerst sah er eine schlichte mit weißen Akustik-Dämmplatten abgehängte Zimmerdecke. Es raschelte, als ob jemand das Mikrofon über Stoff rieb. Die Kamera wackelte, ein blasses Frauengesicht, umrahmt von strähnigen blonden Haaren, wurde sichtbar. Im Hintergrund blinkten medizinische Geräte.

„Mirja", flüsterte er.

Eine Männerstimme sagte etwas Unverständliches. Den Sprecher selbst konnte man nicht sehen.

„Julian ... Raven." Mirja lächelte hastig. „Ich hoffe, ihr erkennt mich noch. Meine Abreise aus Berlin war vielleicht etwas überstürzt ..." Ihr Blick wurde nachdenklich, als versuche sie, sich an irgendetwas zu erinnern.

Raven biss sich auf die Lippen. Sie hatte die Botschaft an Julian und an ihn geschickt. Warum hatte sein Bruder ihm das verschwiegen?

Die männliche Stimme sagte erneut etwas – auf Englisch. Aber dieses Mal war sie deutlich zu verstehen: „Mach schnell!"

Mirja zuckte zusammen. „Eben habe ich erfahren, dass wir heute den 8. August 2023 haben. Ich befinde mich seit Mai in einer Klinik der ‚Dr. Philip Morgenthau Stiftung' im Bundesstaat Pará –"

„Noch eine Minute", zischte die Männerstimme.

Mirjas Teint schien noch eine Spur blasser zu werden. „Ich … ich brauche Hilfe. Irgendetwas geschieht hier. Ich weiß nicht mehr –" Das Geräusch hastiger Schritte war zu vernehmen. Mirjas Blick huschte kurz zur Seite. Ein Ausdruck von Verzweiflung huschte über ihr Gesicht. „Erinnerungen … Traum und Wirklichkeit …", flüsterte sie. Dann beugte sie sich plötzlich vor und zog den Ausschnitt ihres Nachthemdes ein Stück zur Seite. „Hier!" Sie wies mit dem Finger auf einen Leberfleck. „Hatte ich den schon immer? Ich weiß es nicht! Ich weiß es wirklich nicht." Sie hob die Hand und strich über ihre Nase. Ihre Finger zitterten. „Die machen irgendwas mit mir. Sie … verändern mich irgendwie."

„Scheiße!", zischte plötzlich die Stimme des Mannes. „Da kommt jemand!" Eine Hand tauchte vor der Kamera auf.

Mirja sagte noch etwas, das aber im Rauschen und Rascheln des Mikrofons unterging. Die Hand zuckte zur Seite, und der Bildschirm wurde schwarz.

Kapitel 21

Brasilien, Bundesstaat Pará, August 2023

Pit riss ihr das Tablet aus der Hand, sein Gesicht war aschfahl. „Oh nein. Sie kommen zu früh!", zischte er. Hektisch sah er sich in dem kleinen Krankenzimmer um. „Was mache ich denn jetzt?"

Mirja folgte seinem Blick. Es gab kein Bad, in das er hätte flüchten können. Das Fenster war nur ein schmales Oberlicht, das darüber hinaus auch noch vergittert war. Der einzige Fluchtweg war die Tür, die auf den Flur hinausführte. Und genau von dort näherten sich die Schritte.

Pit presste das Tablet an sich, als könnten ihm ein paar Hundert Gramm Silikon und Plastik irgendwie Schutz bieten. Dann stellte er sich an die Wand hinter der Tür. Dabei blickte er Mirja beschwörend an, als erwarte er, dass sie ihn irgendwie aus dieser Situation rettete.

Mirja sah, wie sich die Türklinke bewegte. Rasch rutschte sie in eine liegende Position. Die Tür öffnete sich lautlos. Sie schloss die Augen. Die Schritte näherten sich langsam. Direkt vor ihrem Bett hielten sie inne. Mirja konnte leises Atmen vernehmen und dann ein gedämpftes Kichern.

„Du bist eine schlechte Schauspielerin ...", sagte eine heisere Stimme in deutscher Sprache. „Mach die Augen auf."

Unwillkürlich öffnete Mirja die Augen einen Spalt breit. Sie starrte auf einen von einem breiten Ledergürtel gehaltenen Hosenbund. Er gehörte einem schlaksigen Mann in altmodischer Cordhose, ausgewaschenem Hemd und grauer Tweedjacke. Langsam hob sie den Blick. Über der altmodischen Kleidung tauchte ein junges, bärtiges Gesicht auf.

Unwillkürlich zuckte Mirja zurück. Sie kannte dieses Gesicht.

„Ich weiß, dass du bei klarem Verstand bist", fuhr die heisere Stimme fort. „Seit zwei Stunden erhältst du nämlich nur noch Kochsalzlösung." Der Mann grinste. „Manchmal erweist es sich tatsächlich als hilfreich, dass er Mediziner ist."

Mirja spürte, wie ihre Muskeln sich verkrampften. *Er? Von wem redete der Kerl?* Unwillkürlich versuchte sie zurückzuweichen. Sie hatte ihn schon einmal gesehen. Er war der Verrückte, den sie durch den Zaun beobachtet hatte, als sie nach dem Brand die Quarantänestation entdeckt hatte. Ihr Blick huschte zu Pit, doch dieser war hinter der geöffneten Tür verborgen.

„Hast du Angst vor mir?" Er streckte die Hand aus.

Mirja zuckte erneut zurück. Der Mann trug Handschuhe. Abwehrend hob sie die Arme, doch die Hand griff an ihr vorbei und öffnete eine Klappe des medizinischen Geräts, an das sie angeschlossen war.

Er nickte zufrieden. „Uns bleibt noch etwas Zeit", murmelte er. „Du brauchst keine Angst zu haben", fuhr er, an Mirja gewandt, fort. „Ich helfe dir und du hilfst mir. Das ist der Deal."

„Was für ein Deal?!", entfuhr es Mirja. Sie spürte Zorn in sich aufsteigen. „Du kannst hier nicht einfach hereinspazieren und mir irgendeinen Deal aufdrängen!"

Der Fremde grinste. „Du hast Kampfgeist – ausgezeichnet!"

Mirja richtete sich auf. „Wer bist du?"

Das Grinsen des Mannes erlosch. Er verzog das Gesicht, seine Hand zuckte zu seiner Schläfe empor, als verspüre er einen starken Schmerz. Kurzfristig wirkte er verängstigt und orientierungslos.

„Was ... was ist los?", fragte Mirja.

Der Mann schüttelte den Kopf und richtete sich wieder auf. Er starrte an ihr vorbei auf die Monitore der medizinischen Geräte. Seine Lippen bewegten sich. Nur hier und da konnte Mirja ein paar Satzfetzen aufschnappen: „... Bewusstseinstrübung, aber ... keine enterale Ernährung erforderlich ... Vitalparameter und ... im optimalen Bereich." Seine Mimik hatte sich verändert und auch seine Stimmfarbe. Ein leichter Akzent war herauszuhören, den Mirja nicht einordnen konnte.

„Was redest du da?", fragte sie. Eine Gänsehaut überlief sie.

„Faszinierend, das perfekte Involucrum …" Er lächelte. Sanft strich er ihr eine Haarlocke aus der Stirn. Doch abrupt wich das Lächeln Verwunderung. „Ich kenne dich!", murmelte er.

„Lass das!" Mirja schlug seine Hand beiseite. „Wovon redest du die ganze Zeit?!"

Der Mann verstummte. Er machte eine seltsame Grimasse, als könnte er sich nicht für eine Miene entscheiden.

Mirja schluckte. Der Kerl machte ihr Angst! Er wirkte vollkommen wahnsinnig. Ihr Blick huschte erneut zur Tür. Pit lugte aus seinem Versteck hervor. Sein Gesicht war totenbleich. Er schüttelte leicht den Kopf. Was auch immer das heißen sollte.

Mirja packte die Hand des Fremden. „Was willst du von mir?!"

Der Mann erstarrte. Einige Sekunden lang blickte er ins Leere. Dann verzerrte sich sein Gesicht vor Wut! „Ihr könnt es mir nicht nehmen! Niemals!!" Er beugte sich vor. „Sie wollen, dass du es willst. Das ist der Schlüssel. Es fühlt sich gut an, glaube mir, es fühlt sich verdammt gut an. Aber", er ballte die Fäuste, „es ist eine teuflische Lüge!"

Mirja presste sich unwillkürlich gegen das Gitter am Kopfende ihres Bettes.

Der Zorn verschwand allmählich aus dem Gesicht des Fremden. „Mach ich dir Angst?", fragte er.

Mirja antwortete nicht.

„Das will ich nicht. Sie machen mir Angst … und Wut ist das Einzige, das ich dem entgegensetzen kann." Er verzog die Lippen, und Mirja hatte das Gefühl, einen grinsenden Totenschädel anzustarren. „Wut und", er deutete auf seinen Kopf, „die letzten paar Synapsen, die mir geblieben sind." Er wich einen Schritt zurück. „Sie benutzen uns, löschen uns aus, Stück für Stück. Aber wir werden das nicht zulassen, du und ich. Wir werden uns wehren!"

Mirja blickte ihm in die Augen und sah darin einen verzweifelten und verängstigten Menschen. Sie atmete tief ein. „Beweise mir, dass du nicht vollkommen verrückt bist! Und dann können wir über Unterstützung reden!"

Der Fremde starrte sie an. War sie zu weit gegangen? Was, wenn der Kerl voller Wut über sie herfiel? Würde Pit ihr helfen können? Ihr Blick huschte zur Tür und wieder zurück. Der junge Mann hatte sich wieder in sein Versteck zurückgezogen.

Sie räusperte sich. „Also, beginnen wir von vorn: Wie heißt –?"

„Nein!", unterbrach der Mann sie. Furcht schwang in seiner Stimme mit. „Frag mich nicht danach! Nicht jetzt! Für so etwas haben wir jetzt keine Zeit!"

„Aber ich wollte doch nur –"

„Nein!", zischte er. „Sie schaffen einen Krater, eine Wunde, die bei jeder Berührung schmerzt." Er fasste sich an den Kopf. „Ich schaffe das jetzt nicht!" Dann griff er in seine Tasche und holte eine krümelige, übel riechende Masse hervor. „Hier!" Er drückte sie ihr in die Hand.

„Was ist das?", fragte Mirja angewidert.

„Ein Pilz", erwiderte der Mann. „Er macht dich zwar etwas müde, aber vor allem ist er gewissermaßen ein Schutzschild! Intravenös wirkt er zwar zuverlässiger, aber ohne 1α habe ich keine Möglichkeit mehr, eine Injektionslösung herzustellen."

„1α?"

„Dafür haben wir jetzt keine Zeit", sagte er rasch. „Du musst eine Prise davon nehmen. Verstecke den Rest, und nimm immer dann eine weitere Dosis, wenn du wieder wach wirst. Wenn Sie nach dem üblichen Schema vorgehen, wird das alle sechs Stunden der Fall sein." Er hob mahnend den Finger. „Aber nur eine Prise, nimm nicht zu viel!"

„Sonst?"

„Schläfst du ein und wachst nicht mehr auf."

„Das ist Gift!", stieß Mirja hervor.

Sie machte Anstalten, die undefinierbare Masse wegzuschmeißen, doch er hielt ihre Hand fest. „Nur in zu hoher Dosis", erwiderte er.

„Warum sollte ich es dann überhaupt nehmen?"

„Weil es die Wirkung eines Medikaments beeinträchtigt, das deine Synapsen für optogenetische Eingriffe vorbereitet."

„Was soll das bedeuten?"

„Wenn du es nimmst, wirst du du selbst bleiben. Doch wenn du es nicht nimmst, wirst du in einem Monat nicht mehr existieren."

„Warum sollte ich dir das glauben?", fragte Mirja.

Er zuckte mit den Achseln. „Vielleicht, weil du dir bewusst bist, dass sie schon angefangen haben? Vielleicht, weil du eine kleine Narbe auf deinem Kopf finden wirst, dort, wo sie dir etwas unter die Schädeldecke implantiert haben?"

Unwillkürlich hob Mirja die Hand und strich suchend über ihren Kopf. Tatsächlich: Zwischen ihren Haaren ertastete sie eine feine Hautwulst. Sie schluckte trocken.

„Ich weiß nicht genau, wie das Teil funktioniert. Es ist eine Art Transmitter, vermutlich, damit sie nicht am offenen Hirn operieren müssen."

Mirja tastete die Kopfhaut um die Narbe herum ab.

„Du kriegst es nicht weg, es sitzt unter der Schädeldecke, direkt im Gehirn. Was du spüren kannst, ist nur die Operationsnarbe."

„Wenn du nicht herankommst, woher willst du dann wissen, was es ist?"

„Weil ich weiß, was es bewirkt, und außerdem habe ich es gesehen, als etwas schiefgelaufen ist."

„Was meinst du damit?"

„Wenn du es genau wissen willst: Ich habe die Leiche einer deiner Vorgängerinnen gesehen, bevor man sie weggebracht und im Dschungel verscharrt hat. Ihre Schädeldecke war offen, und da war dieses Ding drin."

„Meine Vorgängerin?"

„Sie sah genauso aus wie du."

Mirja starrte ihn an. Eine Erinnerung blitzte auf: ein Fenster in einer alten Baracke und ein Gesicht, das aussah wie ihres. „Ich hab sie auch gesehen ...", murmelte sie.

„Das kann nicht sein. Du kamst erst nach ihrem Tod hierher."

„Aber ich weiß, was ich gesehen habe!", beharrte Mirja.

„Ich glaube dir. Das bedeutet, dass du, genau wie ich, eine Betaversion bist."

„Was soll denn das nun schon wieder heißen?", fuhr Mirja ihn an.

„Wir sind die Versicherung, falls beim ersten Mal etwas schiefgeht", erwiderte er. Sein Blick glitt an Mirja vorbei auf das medizinische Gerät, an das sie angeschlossen war. „Du musst dich entscheiden, wem du vertrauen willst." Er grinste freudlos. „Ich muss jetzt los, und dein Freund hinter der Tür sollte sich ebenfalls beeilen. Sie werden in zwei Minuten hier sein." Er wandte sich zum Gehen.

„Halt, warte!"

Unwillig hielt er inne.

„Du hast gesagt, du würdest mich kennen. Meintest du damit mich oder meine ... Vorgängerin?"

„Das war nicht ich, der das gesagt hat, das war er." Mit diesen Worten wandte er sich erneut um und verließ den Raum.

Mirja starrte ihm hinterher. *Was war das hier für ein grausiger Albtraum?*

Pit kam hinter der Tür hervor. Seine Hände, mit denen er immer noch das Tablet umfasst hielt, zitterten. „Das ist er!"

„Wer?"

„Der Typ, zu dem Manuel Kontakt hatte. Der Mann, dem er zur Flucht verhelfen wollte, als wir den Feueralarm ausgelöst haben."

„Ihr habt das mit Absicht getan?"

„Natürlich. Es war ein Ablenkungsmanöver. Leider hat dein rasches Eingreifen verhindert, dass er fliehen konnte."

„Du meinst, ich bin dem Typen etwas schuldig?"

„Ich meine gar nichts. Ich weiß nur, dass Manuel ihm vertraute. Aber da Manuel verschwunden ist, musst du tun, was du für richtig hältst." Er verstummte. Sein Blick ruhte auf ihrem Dekolleté.

Mirja senkte den Blick und stellte fest, dass das Nachthemd verrutscht war. Sie warf ihm einen bösen Blick zu und hüllte sich in ihre Bettdecke.

„Was gibt es da zu glotzen?!", fuhr sie ihn an.

„Entschuldige, aber warst du schon immer so … ähm, üppig gebaut?"

„Was?!"

Pit wurde rot. „Ist ja auch egal. Wenn der Typ sagt, dass keine Zeit mehr bleibt, dann glaube ich ihm. Ich werde versuchen, zu deinen Freunden Kontakt aufzunehmen." Er ging zur Tür.

„He!"

„Ja?"

„Danke, dass du gekommen bist."

Er nickte knapp. „Ich melde mich. Halte durch!"

Kaum war die Tür geschlossen, zerrte Mirja an ihrem Ausschnitt und betrachtete ihre Brüste. Sie wirkten tatsächlich größer als früher. Die hatten irgendetwas mit ihr gemacht. Wut durchströmte sie in heißen Wellen. Sie fühlte sich benutzt. Man schnitzte an ihr herum wie an einer Holzpuppe. Mirja starrte auf die übel riechende Masse in ihrer Hand und traf eine Entscheidung.

Als eine Minute später erneut Schritte auf dem Flur erklangen, hatte sie die Augen geschlossen. Ihr Atem ging tief und gleichmäßig. Ein Mann und eine Frau kamen näher. Sie sprachen miteinander. Mirja horchte auf. Die weibliche Stimme kam ihr bekannt vor.

„Wie kommen wir voran?", fragte die Frau gerade.

„Die kosmetischen Veränderungen sind abgeschlossen. Sie ist einen Zentimeter zu groß, aber das ist marginal. Das OT-Implantat wurde vom Körper angenommen. Erste Verknüpfungen wurden initiiert."

Es ist also wahr, dachte Mirja, *die haben mir tatsächlich etwas ins Gehirn implantiert.*

„Wie lange wird es dauern, bis das Involucrum vorliegt?"

Jetzt wusste Mirja, woher sie die weibliche Stimme kannte. Es war die Sicherheitschefin, diese Miss Stone.

„Nun ja, neurologisch betrachtet gibt es diesen Zustand gar nicht", sagte der Mann. „Er ist vielmehr eine Metapher. Wir müssen die notwendigen Modifikationen sukzessive durchführen, andernfalls riskieren wir Fehlentwicklungen." Er klang abgelenkt. Papier raschelte. „Merkwürdig ...", murmelte er.

„Was ist?", fragte Miss Stone. Ungeduld schwang in ihrer Stimme mit.

„Es gibt hier ungewöhnliche Hirnaktivitäten. Ein spezifisches kortikales Netzwerk war vor Kurzem sehr aktiv, vor allem der dorsolaterale präfrontale Kortex und die frontopolaren Regionen. Das dürfte in dieser Phase eigentlich nicht vorkommen."

„Können Sie auch Nichtmedizinern erklären, was das bedeutet?" Die Stimme der Sicherheitschefin klang barsch.

„Diese Regionen sind für das Ich-Bewusstsein eines Menschen zuständig. Aber in den Tiefschlafphasen sind sie eigentlich nicht aktiv. Das ist äußerst –"

„Verschonen Sie mich mit weiteren Details", unterbrach Miss Stone ihn. „Wir brauchen möglichst innerhalb der nächsten sechs Monate zwei funktionsfähige Involucra."

„Wenn wir zu übereilt vorgehen, ist die Gefahr groß, dass uns Fehler unterlaufen."

„Sie sind hier, weil man mir sagte, dass Sie zu den Besten Ihres Fachs gehören. Es wäre sehr bedauerlich, wenn dies ein Irrtum wäre. Also, sind Sie in der Lage, die Präparation rechtzeitig fertig zu bekommen?"

„Selbstverständlich." Die anfänglich selbstbewusste Stimme des Mannes hatte nun einen etwas devoten Unterton.

„Gut. Halten Sie mich auf dem Laufenden."

Schritte entfernten sich, und der Arzt blieb allein zurück. „Was für ein Miststück." Der Mann öffnete die Klappe des Infusionsgerätes und schloss sie wenig später wieder. Gleich darauf spürte Mirja, wie das Bett sich in Bewegung setzte. Sie wurde geschoben. Mirja kam es so vor, als würde sie in einen hellen, weißen Nebel hineinfahren, und irgendwann verwandelte sich das Rollen der Räder in ein sanftes, rhythmisches Rauschen.

Kapitel 22

Berlin, Mai 2024

Mirjas Gesicht wurde verdeckt, eine Hand erschien, und der Bildschirm wurde schwarz.

Raven hatte sich das Video jetzt schon viermal angeschaut und die Angst in Mirjas Augen gesehen. Warum hatte Julian ihm diese Nachricht vorenthalten? Und warum hatte er nicht sofort die Polizei eingeschaltet? Unruhig trommelte Raven mit den Fingern auf die Tischplatte. Julian war ein Draufgänger gewesen, aber kein Dummkopf. Er hatte keine unüberlegten Entscheidungen getroffen.

Das Video lief noch mal von vorn ... *Mirja zog den Ausschnitt ihres Nachthemdes ein Stück zurück. „Hier! Hatte ich das schon immer? Ich weiß es nicht! Ich weiß es wirklich nicht."*

Raven klickte auf „Pause" und zoomte dichter an das Muttermal heran. Er konnte sich nicht daran erinnern. Aber er hatte das Gefühl, dass sie irgendwie verändert wirkte, und das lag nicht nur an den kürzeren Haaren. Er sprang auf und zog das Foto aus der Hosentasche, das er unter Julians Bett gefunden hatte. Auf diesem Bild sah sie fröhlich aus und nicht blass und verängstigt. Das war der größte Unterschied. Das Muttermal war nicht zu sehen, aber das konnte auch daran liegen, dass ihr T-Shirt einen engen Ausschnitt hatte. Raven verringerte den Zoom wieder und hielt das Foto neben den Bildschirm. Ihr Gesicht war anders, und sie wirkte irgendwie weiblicher. Aber es fiel ihm schwer, die Veränderung an konkreten Punkten festzumachen. Er brauchte noch weitere Vergleichsbilder. Leela hatte ihn davor gewarnt, mit Michels Daten online zu gehen, und da diese Geschichte wirklich abgefahren war, hielt er das für eine gute Idee. Rasch druckte er das Standbild aus und entnahm dann die DVD, anschließend ging er in die Cloud, um seine Bilder zu durchforsten. Er war sich sicher, dass da noch einige Fotos von ihr sein mussten. Sie waren doch einmal zusammen klettern gewesen, an der Kirchbachspitze in Schöneberg. Nach einigem Suchen fand er auch etliche Fotos von diesem Nachmittag. Aber seltsamerweise war Mirja auf keinem von ihnen zu sehen. Er klickte sich weiter durch die Bilder. Beim Baden im Tegeler See hatte er Mirja fotografiert, als sie sich von einem Baum aus mit einem Seil auf das Wasser schwang. Das wusste er mit hundertprozentiger Sicherheit. Aber das Bild war verschwunden. Eine Gänsehaut überlief ihn.

Er meldete sich in Julians Account an. Sein Bruder hatte Tausende von Bildern. Aber Mirja war auf keinem zu sehen. Das konnte doch nicht sein! Er loggte sich bei Facebook ein. Mirjas Account existierte nicht mehr. Als er ihren Namen googelte, fand sich nicht ein einziger Eintrag zu ihrer Person.

Raven erschauerte. Es war, als hätte Mirja Roth niemals existiert. Irgendjemand hatte ihre Spuren gelöscht. Er presste die Lippen zusammen und dachte nach. Man konnte einen Menschen vielleicht aus Datenclouds und sozialen Netzwerken löschen, aber im realen Leben musste es doch irgendwo Spuren von ihr geben! Er rief im Immatrikulationsbüro der Humboldt-Universität an.

Eine Frau mittleren Alters meldete sich, ihre Stimme klang freundlich.

„Guten Tag, mein Name ist Tim Roth. Meine Cousine Mirja Roth war bei Ihnen immatrikuliert. Sie hat Medizin studiert und wechselte dann im Sommersemester 2023 nach Ohio. Wir hatten immer einen sehr guten Kontakt, aber seit sie in Amerika ist, hören wir gar nichts mehr von ihr. Wir machen uns Sorgen."

„Ich kann Sie beruhigen, so ungewöhnlich ist das nicht", erwiderte die Frau freundlich. „Viele junge Studenten, die ins Ausland gehen, sind erst einmal damit beschäftigt, sich zu akklimatisieren und neue

Kontakte zu knüpfen. Abgesehen davon kann ich Ihnen diesbezüglich nicht weiterhelfen. Sie müssen einfach direkt mit ihr Kontakt aufnehmen."

„Das ist ja das Problem, sie reagiert nicht", erwiderte Raven. „Wir befürchten, dass sie sich mit den falschen Leuten eingelassen hat, wenn Sie verstehen, was ich meine. Wir wissen nicht einmal, ob sie ihr Studium in den USA überhaupt angetreten hat. Könnten Sie uns möglicherweise einen Ansprechpartner nennen, bei dem wir weitere Informationen einholen können?"

Die Frau seufzte. „Sie wissen schon, dass ich solche Auskünfte eigentlich nicht weitergeben darf?"

„Es tut mir leid. Aber wir machen uns wirklich große Sorgen."

„Wie war doch gleich der Name?"

„Mirja Roth." Er vernahm das Klappern einer Tastatur. Die Frau murmelte etwas, das Raven nicht verstehen konnte. Dann fragte sie: „Ihre Cousine war bis zum Frühjahr 2023 bei uns immatrikuliert, sagen Sie?"

„Ja."

Wieder klapperte die Tastatur. „Es tut mir leid", sagte die Frau nach kurzem Zögern, „eine Studentin namens Mirja Roth gibt es in unserer Datenbank nicht."

Raven schloss die Augen und stieß hörbar Luft aus. Das konnte doch nicht wahr sein!

„Hallo?", fragte die Dame auf der anderen Seite der Leitung. „Sind Sie noch dran?"

Raven legte auf. Das Blut rauschte in seinen Ohren. Irgendjemand hatte alle Hinweise auf Mirjas Existenz systematisch gelöscht. Julian hatte versucht, ihr zu helfen, und er war gestorben. Michel hatte davon gewusst, und auch er war tot. Jemand sehr Mächtiges hatte hier seine Hände im Spiel.

Raven konnte sich nicht mehr daran erinnern, an welche Universität in Ohio Mirja gewechselt war, aber er war sich sicher, dass der Name des

Bundesstaates auch im Namen der Universität vorgekommen war. Nach kurzer Recherche stellte er fest, dass dies auf zwei staatliche und drei private Hochschulen zutraf. Er rief sie alle an. Niemand kannte Mirja.

Raven begann, im Zimmer auf und ab zu gehen. Wenn er doch wenigstens wüsste, wo er weiter nachforschen könnte. Er erinnerte sich noch daran, wie ihre Haut gerochen und wie ihr Haar an seiner Wange gekitzelt hatte, als sie dicht neben ihm gesessen hatte. Er wusste, dass sie sich beim Klettern sehr geschickt angestellt hatte. Sie hatte sich zwei Jahre Klavierunterricht selbst finanziert, konnte Hip-Hop und künstliche Fingernägel nicht leiden und mochte die Gedichte von Erich Kästner. Er wusste, dass sie nicht besonders gern kochte und in Thailand schon einmal eine geröstete Heuschrecke verspeist hatte. Er wusste, dass eine Ordensschwester ihr viel bedeutet hatte und dass sie an Gott glaubte. Und damit war nicht gemeint, dass sie die Existenz irgendeines höheren Wesens für wahrscheinlich hielt. Nein, ihr Glaube hatte sehr persönliche Züge, so als würde Gott sich tatsächlich für sie interessieren. Sie hatte ihm sogar erzählt, dass sie oft stundenlang durch den Wald lief und dabei mit Gott sprach, als würden sie gemeinsam spazieren gehen.

Raven wusste, dass Mirja Bach-Kantaten und Punkrock mochte. Aber er wusste nichts von ihrer Familie, außer, dass Mirja keinen Kontakt mehr zu ihr hatte. Er hatte keine Ahnung, wo sie zur Schule gegangen war oder seit wann sie in Berlin gelebt hatte, wo sie in den USA gewohnt und ob sie dort Freunde gehabt hatte oder wo sie ihr Praktikum hatte absolvieren wollen. Er wusste nichts, das ihm in dieser Situation weiterhelfen konnte.

Sein Blick fiel auf den Schreibtisch und die Hülle der DVD. Da fiel ihm ein, dass neben der Videobotschaft, die ihn so aufgewühlt hatte, noch eine zweite Datei abgespeichert gewesen war.

Er setzte sich wieder an den Computer und klickte die PDF-Datei an. Der Bildschirm wurde schwarz, und in weißer Schrift erschien der Satz: Diese Daten sind geschützt.

Darunter befand sich ein leeres Feld, in dem der Cursor blinkte. Unterhalb des Feldes war wiederum ein weiterer Satz zu lesen:

Gedenke dessen, was zwischen uns ist.
Dessen, was sein muss zwischen Bruder und Bruder!
Nach Reinhard Goering

Raven stöhnte auf. Was sollte das denn nun schon wieder?
Gedenke dessen, was zwischen uns ist? Raven nagte an der Unterlippe. Das war kein Hinweis für einen Fremden. Das war der letzte Gruß seines älteren Bruders.

Was war zwischen ihnen gewesen? Wenig, obwohl sie sich immer sehr gut verstanden hatten. Doch eines hatten sie gemeinsam gehabt: Mirja. Obwohl keiner von ihnen je darüber gesprochen hatte, musste auch Julian gespürt haben, dass sie beide sich in das gleiche Mädchen verliebt hatten.

Er tippte „Mirja" ein.
Falsches Passwort.
„Mist!" Es wäre ja auch zu schön gewesen.

Raven stützte die Ellenbogen auf den Tisch und massierte sich mit den Händen die Schläfen. Im zweiten Absatz hieß es: „… was sein muss zwischen Bruder und Bruder".

„… was sein muss", grübelte er. Bruderliebe? Konkurrenz? Eifersucht?

Raven gab alles ein, was ihm in den Sinn kam, aber stets erschien eine Fehlermeldung. Es war zum Wahnsinnigwerden. Er überlegte, ob er zur Polizei gehen sollte. Aber was sollte er sagen? Er hatte nichts vorzuweisen außer einem Video und einem Rätsel. Und wenn sie Raven nach seinen Personalien fragten, würde ihr Polizeicomputer ausspucken: *Achtung, das ist der Irre, der alkoholisiert in eine Polizeistation getorkelt kam und behauptete, er hätte in einer Wohnung, die er ohne Befugnis betreten hatte, eine männliche Leiche entdeckt. Wie sich später herausstellte, han-*

delte es sich dabei um eine Katzenleiche. Bitte begleiten Sie diesen Mann möglichst unauffällig in die nächste Psychiatrie.

Raven seufzte. Ihm fiel nur eine Person ein, die ihm möglicherweise weiterhelfen konnte.

„Hallo, Leela."

„Ja."

„Ich bin's schon wieder, Raven … Diese zweite Datei, die wir auf der DVD gefunden haben …"

„Was ist damit?"

„Sie ist ebenfalls passwortgeschützt."

„Aha."

Eine längere Pause entstand. Dann fragte Leela kühl: „Hast du etwas über Michel herausgefunden?"

„Nicht direkt", erwiderte Raven.

„Warum rufst du dann an?"

„Mein Bruder hatte eine Art Hilferuf erhalten. Das Video … Es zeigt eine Freundin, die gegen ihren Willen festgehalten wird."

„Bist du sicher?"

„Ja."

„Warst du schon bei der Polizei?"

„Es ist ein bisschen kompliziert. Diese Freundin lebt seit ungefähr einem Jahr nicht mehr in Deutschland. Und … nun ja, bis auf ein einziges Foto gibt es auch keinerlei Beweise, dass sie jemals in Deutschland war."

„Was meinst du damit?"

„Die Fotos, die mein Bruder und ich besaßen, wurden gelöscht. In der Datenbank der Berliner Uni, an der sie studiert hat, befindet sich keine ehemalige Studentin ihres Namens. Ich bin mir sicher, dass sie in die USA ging, um in Ohio weiterzustudieren. Aber keine der infrage kommenden Unis hat je von ihr gehört. Stell dir vor, ich würde mit diesen Infos zur Polizei gehen – weißt du, wie sich das anhört?"

„Allerdings …" Sie räusperte sich. „Bist du in psychiatrischer Behandlung?"

Es war offensichtlich, dass sie halb im Scherz gefragt hatte, aber eben nur halb im Scherz. Er schluckte. „Nun ja, ich bin wegen einer Art Phobie in therapeutischer Behandlung …"

„Im Ernst?"

„Ja, aber –"

„Krass", hörte er sie murmeln.

Raven fuhr sich mit der Hand durch die Haare. „He, das heißt nicht, dass ich Wahnvorstellungen habe oder irgendwie gewalttätig bin. Ich habe Höhenangst – das ist alles." *Mehr oder weniger*, fügte er in Gedanken hinzu.

„Das ist ja mal wieder typisch. Warum muss immer ich an solche Typen geraten!", fauchte Leela.

„Redest du gerade von mir?", fragte Raven.

„Von wem denn sonst?!", erwiderte Leela.

„Und, hilfst du mir?", fragte Raven vorsichtig.

Wieder war nur Schweigen zu hören.

„Ich … äh, besorg uns auch 'ne Pizza", fügte er rasch hinzu.

„Du glaubst wohl jedes Vorurteil, was?", brummte Leela.

„Äh, na ja …"

„Als ob jeder Hacker Pizza lieben müsste … Ich nehme eine chinesische Nudelpfanne, aber ohne Hühnchen. Ich bin nämlich Vegetarierin."

„Okay …"

„Und dazu Cola Light, am besten gleich zwei bis drei Liter. Es könnte lange dauern. Ich bin in einer Stunde da."

„Danke …", stammelte Raven. „Ich weiß nicht, wie ich dir danken soll –" Doch sie hatte bereits aufgelegt. „Nun ja", er kratzte sich am Kopf, „das war dann wohl ein Erfolg."

Als Leela eineinhalb Stunden später an der Tür klingelte, warteten eine Maxiportion Nudelpfanne und ein Sechs-Liter-Pack braune Brause auf sie.

„Okay", resümierte sie wenig später, nachdem sie es sich, Nudeln kauend, auf Ravens Schreibtischstuhl bequem gemacht hatte. „Wir haben eine Videobotschaft, die eine Art Hilferuf darstellt, und eine passwortgeschützte PDF-Datei."

Raven nickte.

„Und dieser Hilferuf kommt von einer Freundin, die offenbar komplett aus der digitalen Welt gelöscht wurde."

„Ja."

„Wer war diese Freundin? Warst du mit ihr zusammen oder dein Bruder?"

Raven verzog das Gesicht. „Na ja, im Grunde genommen, so richtig zusammen ... eigentlich keiner von uns beiden."

Leela hob die Brauen.

„Wir waren beide in sie verliebt. Aber wir kannten sie nur ein paar Monate, und dann verließ sie Berlin Richtung Ohio."

„Brach der Kontakt dann sofort ab?"

„Nein. Hin und wieder kam eine Mail oder sie postete etwas auf Facebook. Aber die Nachrichten wurden immer spärlicher. Irgendwann kam dann die Information, dass sie einen Freund habe, und der Kontakt brach vollständig ab."

Leela nickte. „Das kommt mir alles ziemlich ... normal vor."

„Ja, eigentlich schon. Aber die letzten Nachrichten klangen merkwürdig, irgendwie nicht nach ihr, und dann ... sieh selbst."

Er spielte das Video ab. Während der kurze Film ein weiteres Mal über den Bildschirm flimmerte, betrachtete Raven Leela. Die junge Frau war unter der Bräune ihrer Haut bleich geworden. Ihre Augen schimmerten feucht.

„Oh, Shit!" Sie biss sich auf die Lippen.

„Verstehst du jetzt?", fragte Raven. „Vielleicht sind wir die Einzigen, die Mirja dabei helfen können, da wieder rauszukommen!"

Leela wandte das Gesicht ab, und es sah fast so aus, als würde sie in Tränen ausbrechen. Dann seufzte sie tief, und als sie sich umwandte, hatte sie ihre Züge wieder unter Kontrolle.

„Zeig mir diese Datei!" Sie las den Text. Dann fragte sie: „Was hast du bisher versucht?"

Raven erklärte es ihr.

„Ja, der Name eurer Freundin bietet sich an, aber das wäre zu einfach gewesen." Sie knabberte nachdenklich an ihren Fingernägeln. „Kennst du das Gedicht?"

Raven schüttelte den Kopf. „Nie gehört."

„Hm …" Sie las den Text noch einmal. Dann kniff sie nachdenklich die Augen zusammen. „Wieso steht da ‚nach'?"

„Hä?"

„Da steht ‚nach' Reinhard Goering, das bedeutet, es ist kein exaktes Zitat." Mit flinken Fingern gab sie etwas in die Suchmaschine ein. „Ha!", stieß sie wenig später hervor. „Der Typ war ein deutscher Schriftsteller und hat expressionistische Dramen geschrieben. Ich vermute aber, das spielt keine Rolle. Der eigentliche Vers lautet nämlich: ‚Gedenke dessen, was zwischen uns all war. Dessen, was sein kann zwischen Mensch und Mensch!'"

„Ich verstehe", sagte Raven. „Der Vers wurde umgeschrieben."

„Genau. Es ist die Rede davon, dass etwas zwischen zwei Brüdern ist. Er verwendet Präsens und nicht Präteritum. Und er spricht von etwas, das *sein muss,* und nicht wie im Original von etwas, das *sein kann.* Das ist der entscheidende Hinweis!"

Raven sprang auf und begann, wieder hin und her zu laufen. „Was muss denn zwischen Bruder und Bruder sein?"

„Andere Gene?", warf Leela ein.

„Nicht unbedingt! Zwillingsbrüder hätten die gleichen Gene", erwiderte Raven. „Okay, dann vielleicht der Verstand, der Wille, die eigene Identität?" Noch während sie sprach, gab Leela die Worte ein.

Raven schüttelte den Kopf. „Das unterscheidet sie zwar voneinander, aber es ist nicht zwangsläufig zwischen ihnen." Er fuhr sich durch die Haare. Das konnte doch nicht so schwer sein! Beiläufig registrierte er, dass alle von Leelas Eingaben mit einer Fehlermeldung quittiert wurden.

„Wir können noch tagelang hier rumsitzen und knobeln", murmelte sie.

„So viel Zeit haben wir nicht", sagte Raven. „Wer weiß –" Er hielt inne. „Zeit!" Er schlug sich auf die Stirn. „Das ist es!"

„Hä?"

„Es ist die Zeit, die Brüder voneinander trennt", sagte Raven. „Denn selbst bei Zwillingsbrüdern würde es immer einen Erst- und einen Zweitgeborenen geben."

Leelas Finger gab das Passwort ein. Mit einem Ping öffnete sich das PDF-Dokument. „Hey, gut gemacht!"

Raven setzte sich neben sie und begann zu lesen, und je mehr er las, desto verwirrter wurde er.

Man spricht dann von künstlicher Intelligenz, wenn es gelingt, menschliche Intelligenz nachzubilden.

Das Wissen um „Du und Ich", also das Erkennen der eigenen Identität, die herausliest, was im Kontext aller miteinander verwobenen Handlungen ich bin und was nicht ich bin, ist dabei die Basis. Wenn tot sein wie Erstarrung ist, ist Leben Bewegung. Die Suche nach Wahrheit, diese widerspenstige Achterbahnfahrt spezifisch menschlicher Kreativität, ist oftmals dort von erschreckend starken Rückschlägen und herben Niederlagen gezeichnet, wo man auf logische Formen setzt. Menschliche Emotionen oder, anders ausgedrückt, unsere oftmals so irrationalen Gefühle sind daher die stetigen Streitobjekte. In der Aufklärung waren diese Gedanken bereits Gegenstand hitziger Diskussionen.

„Was ist denn das für ein Mist?", entfuhr es Raven.

Leela starrte auf den Text und trommelte mit den Fingern nachdenklich auf die Schreibtischplatte.

Raven schnaubte frustriert. „Das klingt wie die schlecht zusammenkopierte Hausaufgabe eines Oberschülers."

„Halt die Klappe", brummte Leela. „Ich muss mich konzentrieren."

„Und worauf, wenn ich fragen darf?", schimpfte Raven. „Glaubst du, dass eine künstliche Intelligenz hinter all dem steckt?"

„Quatsch, das ist ein Steganogramm."

„Ein was?"

Leela verdrehte die Augen. „Die Abhandlung als Ganzes ergibt nicht viel Sinn. Die eigentliche Nachricht ist irgendwo in diesem Text versteckt."

„Okay, und wie kommen wir an die eigentliche Nachricht?"

„Wir brauchen den Schlüssel."

„Na großartig, und das heißt?"

Leela zuckte mit den Achseln. „Es gibt unzählige Möglichkeiten: Vielleicht ergeben nur unauffällig markierte Worte Sinn. Oder der erste Buchstabe jedes Satzes. Manchmal muss man auch bestimmte Worte rückwärts lesen. Im Prinzip sind die Möglichkeiten unbegrenzt."

Raven betrachtete sie von der Seite. Er spürte, wie Misstrauen in ihm wach wurde. Es war wie ein unangenehmer Geruch, der sich langsam immer stärker ausbreitete.

„Woher weißt du so etwas?"

„Das spielt doch überhaupt keine Rolle!", erwiderte sie. „Lass uns lieber versuchen – "

„Natürlich spielt es eine Rolle. Es ist wenig überraschend, dass du weißt, wie man Passwörter knackt. Aber das hier ist etwas ganz anderes. Anfangs habe ich dir das noch abgenommen, dieses nette hilfsbereite Mädchen, das sich Sorgen um einen alten Freund macht ... aber jetzt?"

„Raven, das – "

„Aber jetzt frage ich mich, ob du mich nicht die ganze Zeit verarscht hast!", fiel er ihr ins Wort. „Ohne dich hätte ich diese DVD nie gefunden – ein seltsamer Zufall, nicht wahr? Und wie passend, dass du genau die außergewöhnlichen Fähigkeiten besitzt, die ich jetzt brauche. Als ich dich das erste Mal anrief, warst du schon ein paar Minuten später hier. Und dann – ",

„Raven, was genau wirfst du mir eigentlich vor?"

„Wer bist du?", fuhr er sie an. „Was willst du wirklich von mir?"
„Was *ich* von dir will? *Du* hast mich angerufen – schon vergessen?"
„Woher weißt du all diese Dinge?"

Leela hielt seinem Blick stand. „Als Kind habe ich Detektivgeschichten geliebt. Die drei ???, Sherlock Holmes und Miss Marple waren meine Helden. Seit drei Jahren studiere ich Mathematik, Kommunikationswissenschaft und Informatik. Im Rahmen eines Studienprojekts habe ich mehr als zwei Semester an einer Software mitgearbeitet, die kurze Botschaften in einen harmlos wirkenden Text codiert. Eine intellektuelle Spielerei, mehr nicht! Ich bin ledig, Single und kinderlos. Zu Hause wartet ein Goldhamster namens Heiner Lauterbach auf mich. Möchtest du auch noch meinen Personalausweis sehen?"

Raven schüttelte den Kopf. „Dein Hamster heißt Heiner Lauterbach?", fragte er.

„Na und?", erwiderte sie trotzig. „Macht mich das irgendwie verdächtig?"

„Na ja …" Raven seufzte. „Leela, es tut mir leid. Ich weiß nicht mehr, wem ich trauen kann. Wir kennen uns doch gar nicht, und dann passte alles zu gut …" Er senkte den Blick. „Da lag doch die Frage nah, ob du mir wirklich nur deshalb hilfst, weil du mehr über das Verschwinden eines Hackerkollegen herausfinden möchtest."

Leela schlug die Beine übereinander und verschränkte die Arme. Sie sah Raven nicht an, als sie antwortete: „Hast du jemals in Betracht gezogen, dass ich dich einfach sympathisch finden könnte?"

Raven spürte, wie Röte in seine Wangen stieg. Leela wich seinem Blick weiterhin aus. Täuschte er sich, oder konnte er in ihren Augen so etwas wie Traurigkeit lesen? Verlegen kratzte er sich an der Wange. Ohne Zweifel war Leela äußerst attraktiv – aber irgendetwas fehlte. Er versuchte, diese Empfindung zu greifen. Aber mehr als ein etwas diffuses Gefühl der Leere konnte er nicht in sich orten.

Allmählich wurde die Stille unangenehm. Raven räusperte sich. „Möchtest du noch eine Cola?"

„Ja, gern." Sie richtete ihren Blick wieder auf den Bildschirm. „Es kann eine lange Nacht werden."

Leela begann, verschiedene ihr bekannte Codes auszuprobieren. Es war ein mühsames Unterfangen, das sich mehrere Stunden hinzog. Die kuriosesten Wortkombinationen entstanden. Nichts davon ergab irgendeinen Sinn. Schließlich schob sie frustriert den Laptop beiseite.

„So geht das nicht. Dieses zufällige Herumstochern bringt uns nicht weiter!"

Raven streckte sich. Sein Rücken war völlig verspannt. „Es würde auch nicht zu Julian passen", sagte er. „Mein Bruder überließ nichts dem Zufall."

„Du bist dir ganz sicher, dass er niemals auch nur die kleinste Andeutung gemacht hat, dass mit Mirja irgendetwas nicht in Ordnung sein könnte?"

Raven schüttelte den Kopf. „Wie gesagt, wir haben nicht über sie gesprochen."

„Männer." Leela verdrehte die Augen. „Denk nach! Wo könnte er den Schlüssel versteckt haben? Hat er dir vielleicht eine etwas kryptische Nachricht zukommen lassen?"

Raven schüttelte langsam den Kopf. Nachdenklich betrachtete er die Maserung des Schreibtisches. Eine Erinnerung kam in ihm hoch. Er selbst war noch sehr klein gewesen, vielleicht vier oder fünf Jahre alt. In dieser Zeit hatten sein Bruder und er es geliebt, kleine Überraschungen für den jeweils anderen zu verstecken. Raven hatte in erster Linie selbst gemalte, eher abstrakt gehaltene Gemälde beigesteuert. Julian hingegen hatte hin und wieder tatsächlich etwas von seinem Taschengeld spendiert und seinem kleinen Bruder eine Überraschung gekauft. So auch an diesem Morgen. Der Frühstückstisch war bereits gedeckt gewesen. Julian hatte Brötchen gekauft. „Die Überraschung befindet sich hier in diesem Raum", hatte er erklärt. Mit Feuereifer hatte Raven sich auf die Jagd gemacht. Er war über den Boden gerobbt, hatte unter jeden Schrank geschaut, jedes Stuhlkissen umgedreht und sogar mit einer kleinen Taschenlampe hinter die Heizung geleuchtet. Julian hatte sich dabei prächtig amüsiert.

Schließlich war Raven wütend geworden. „Du hast gar kein Geschenk!"

„Doch, habe ich."

„Aber das ist voll fies versteckt!!"

Breit grinsend hatte Julian den Kopf geschüttelt. „Ich hab es gar nicht versteckt."

Raven hatte die Augen aufgerissen. Dann war er dem Blick seines Bruders gefolgt, und schließlich entdeckte er das Überraschungsei, das auf dem Frühstückstisch in einem Eierbecher an Ravens Platz stand.

Noch heute hatte Raven Julians schallendes Gelächter im Ohr. Sein großer Bruder war mit seinem Taschengeld sehr großzügig gewesen, allerdings auch mit seinem Spott.

„Er hat ihn nicht versteckt", murmelte Raven leise.

„Wie bitte?", fragte Leela.

„Der Schlüssel ist nicht verborgen. Er hat ihn mitgeliefert."

Leela schlug sich mit der Hand an die Stirn. „Das Keyword."

Raven nickte. „Die Zeit ist der Schlüssel!"

„Okay…" Leelas Augen blitzten. „Wie viele Tage liegen eure Geburtstage auseinander?"

Raven rechnete kurz nach. „794."

„7 … 9 … 4", Leela wiederholte jede Ziffer einzeln. Dann markierte sie im Text das siebente Wort. „Wenn", sie zählte neun Wörter, „du", und vier Wörter: „das".

Raven schluckte, es schien Sinn zu ergeben.

„Jetzt wieder 7 Worte", sagte Leela. Sie markierte das Wort „liest".

Mit klopfendem Herzen beobachtete Raven, wie sich die Botschaft seines Bruders aus dem Text herausschälte:

Wenn du das liest bin ich tot suche widerspenstige dort wo Formen unsere Streitobjekte waren

„Oh, Scheiße!" Raven spürte, wie die Wörter vor seinen Augen verschwammen. Es stimmte also. Julians Tod war kein Unfall gewesen! Er hatte gewusst, dass er sich in Gefahr befand. Raven sah das Gesicht seines Bruders vor sich – das für ihn so typische Grinsen und das Blitzen in seinen Augen. Hatte er wirklich damit gerechnet zu sterben, oder war das Ganze für ihn immer noch eine Art Spiel gewesen?

„Hey", flüsterte Leela. Sie legte ihren Arm um seine Schulter.

Raven richtete sich auf und fuhr sich rasch mit der Hand über die Augen.

„Geht's wieder?", fragte sie.

„Schon okay", sagte Raven. Er schniefte.

Leela kramte ein Taschentuch aus ihrer Handtasche und reichte es ihm, und Raven putzte sich die Nase.

„Verstehst du diese Botschaft?", fragte sie behutsam.

„Vielleicht."

„Für mich klingt sie etwas seltsam. Was bedeutet ‚Widerspenstige'?", fragte Leela

„Ich habe da so einen Verdacht", erwiderte Raven. Er gab den Namen „Mirja" in die Suchmaschine ein und fand wenig später, was er gesucht hatte. „Mirja" war die finnische Kurzform des hebräischen Namens „Mirjam", dessen lateinisch-griechische Variante wiederum „Maria" war. Der Name bedeutete so viel wie „die Widerspenstige".

„Irgendwie passt das", murmelte er leise.

Leela hatte sich wieder dem Text zugewandt. „Was ist mit den Formen gemeint, die eure Streitobjekte waren?"

„Oh, das ist einfach", sagte Raven.

„Nun spann mich nicht so auf die Folter!"

„Es sind Buddelformen, was sonst?"

Leela blickte ihn auffordernd an. Aber Raven schwieg.

Schließlich seufzte sie und erhob sich. „Zwei Liter Cola fordern ihren Tribut." Sie stand auf und ging ins Badezimmer.

Raven fragte sich, warum er nichts gesagt hatte. Vielleicht war der

Grund gar nicht unbedingt der, dass er ihr misstraute. Vielleicht war es mehr das Bedürfnis, bei dieser unerwarteten Begegnung mit seinem toten Bruder allein sein zu müssen.

Die Klospülung rauschte. Raven starrte auf den Text. *Warum hast du mir nichts gesagt, Julian?*

Leela brauchte recht lange im Bad. Als sie herauskam, sah sie müde und irgendwie traurig aus. „Weißt du, wie spät es ist?"

Raven zuckte die Achseln und blickte auf die Zeitanzeige seines Laptops. Es war bereits nach drei Uhr morgens.

„Oh, shit", entfuhr es ihm. „Ich muss morgen früh arbeiten."

„Ich bin auch völlig fertig", sagte Leela. „Kann ich heute bei dir pennen, oder schmeißt du mich wieder raus?"

Raven grinste verlegen. „Sei mir nicht böse. Es ist momentan alles nicht so einfach. Natürlich kannst du bei mir übernachten. Du kannst das Bett haben, ich schlaf auf der Isomatte."

„Danke. Du hast nicht zufällig ein Nachthemd und eine Zahnbürste?"

„Mit einer Zahnbürste sieht es schlecht aus. Es sei denn, du willst meine benutzen. Aber natürlich kannst du ein Hemd von mir haben."

Raven reichte ihr sein längstes Hemd, und sie verschwand damit im Bad.

Raven kramte seine Isomatte hervor und breitete sie neben dem Schreibtisch aus. In seinem Kopf schwirrte es, während er das Bett für Leela neu bezog. Zu viele unterschiedliche Gefühle stürmten auf ihn ein.

Leela brauchte recht lange im Bad, aber damit hatte er schon gerechnet. Als sie in dem viel zu großen Hemd herauskam, sah sie verletzlich aus und wunderschön.

Raven schluckte. „Mach ruhig schon das Licht aus, und leg dich schlafen, es wird eine kurze Nacht."

Er schlüpfte an ihr vorbei ins Bad. Sie hatte ihre wenigen Sachen über die Heizung gehängt. Raven erledigte seinen Toilettengang, putzte sich die Zähne, wusch sich das Gesicht. Alles in allem benötigte er dafür drei Minuten. *Was machen Frauen eigentlich so lange im Bad?*

Als er herauskam, war das Licht bereits gelöscht. Leela lag im Bett.

„Gute Nacht", flüsterte Raven und kroch auf seine Isomatte.

„Gute Nacht."

Raven stellte seinen Handywecker auf sechs Uhr und schloss die Augen. Nicht einmal mehr drei Stunden. Er sollte unbedingt schlafen, aber er konnte es einfach nicht. Tausend Gedanken schwirrten ihm durch den Kopf. Irgendwann vernahm er ein Rascheln und das Tappen nackter Füße.

„Bist du wach?", flüsterte Leela.

„Ja."

„Ich kann auch nicht schlafen." Ein bleicher Schatten kam näher. „Ehrlich gesagt, das Ganze macht mir ein bisschen Angst."

„Mir auch", erwiderte Raven.

Leela war nun ganz dicht bei ihm. „Darf ich zu dir kommen? Nur ein bisschen." Sie wartete die Antwort nicht ab, sondern schlüpfte gleich unter seine Decke. Er konnte ihren warmen, weichen Körper an seinem Rücken spüren und ihren Atem in seinem Nacken. Seine Muskeln verspannten sich. Plötzlich fühlte er ihre Hand. Sie war weich und klein und sehr zart. Sie strich über seine Arme, seine Brust. Er ließ es geschehen. Sie lüpfte sein T-Shirt. Ihre Hand streichelte seinen Bauch und wanderte dann ganz langsam tiefer. Plötzlich sah Raven ein Gesicht vor sich, ein bleiches, schweißnasses Gesicht mit angstgeweiteten Augen – Mirja. Behutsam umfasste er Leelas Hand und zog sie zurück. Er drehte sich um.

Ihr Gesicht war nur ein bleicher Schemen im Dunkel des Zimmers. „Du liebst sie, nicht wahr?", flüsterte sie.

„Ich weiß nicht", erwiderte Raven. „Vielleicht."

Leela entzog ihm ihre Hand und strich sacht über seine Wange. „Du bist ein guter Mensch, Raven."

„Ich glaube nicht", erwiderte er. Die Stimme der jungen Frau klang seltsam, irgendwie erleichtert und ängstlich zugleich. Angesichts der Situation eine verwirrende Kombination.

Leela erhob sich wieder.

Sein Körper bedauerte es, als ihre weiche Wärme verschwand, aber tief in sich spürte er Erleichterung. „Versuch ein wenig zu schlafen", flüsterte er.

Leela schwieg. Die Decke raschelte leise, als sie sich wieder ins Bett legte.

Der Weckruf seines Handys, ein täuschend echter, von Glockengeläut untermalter Hahnenschrei, riss ihn unbarmherzig aus seinen wirren Träumen. Er tastete suchend nach seinem Smartphone. Als er es endlich ausgeschaltet hatte, war er halbwegs wach. Die Morgensonne fiel durch die dünnen Vorhänge ins Zimmer. Er blinzelte hinüber zum Bett.

„Leela?"

Keine Antwort. Das Bett war leer.

Gähnend richtete er sich auf und massierte sich die verspannte Schulter. Er war es nicht mehr gewohnt, auf der dünnen Isomatte zu schlafen. Raven schlurfte ins Bad und stellte fest, dass Leelas Sachen fehlten. Sie musste sich leise aus der Wohnung geschlichen haben. Vermutlich hatte sie nach der Abfuhr dieser Nacht eine peinliche Begegnung vermeiden wollen.

Raven rieb sich müde die Augen und ließ sich auf die Kloschüssel sinken. Seine Gedanken kreisten dumpf um das, was sie in den vergangenen Stunden herausgefunden hatten. Als er nach dem Toilettenpapier griff, hielt er inne.

Eine weibliche Handschrift hatte mit hellrotem Lippenstift eine Botschaft auf dem Toilettenpapier hinterlassen. Es waren nur zwei Worte:

Traue niemandem!

Kapitel 23

Brasilien, Bundesstaat Pará, August 2023

Sie war wieder an dem Ort, den sie um jeden Preis aus ihrer Erinnerung löschen wollte! Sie war wieder in der düsteren, engen Wohnung mit den alten Möbeln und der stickigen, von Zigarettenrauch geschwängerten Luft.

Eine vertraute Beklemmung legte sich um ihre Brust und ließ ihr Herz schneller schlagen. Das billige und durch Wasserschäden aufgequollene Laminat knarrte und knackte unter ihren Füßen. Die rosafarbenen Mädchensocken waren fadenscheinig, sie spürte die glatte Kühle des Bodens unter ihren Sohlen.

Das kann nicht sein, sagte eine Stimme tief in ihr. *Du trägst keine Prinzessin-Lillifee-Socken und keine lilafarbenen Cordhosen mit Flicken auf den Knien. Du bist kein Kind mehr, du wohnst nicht mehr in diesem Haus!*

Doch die Stimme war fern und leise. Sie wurde vom klopfenden Schlag ihres Herzens und dem kalten Griff der Angst verschlungen. Es war Samstag, und es war schon spät. Sie hatte zu lange geschlafen!

„Mama?"

Keine Antwort.

Geh schon schlafen, Schnecke. Ich räume noch die Küche auf, hatte Mama gesagt. Das Mädchen, das sie vergessen wollte, wusste, dass Mama das, was sie sagte, selbst glaubte. Sie log nie mit Absicht oder nur selten. Aber wenn die Traurigkeit über sie hereinbrach, spielte alles, was sie zuvor gesagt hatte, keine Rolle mehr. Die Kleine lief durch den dunklen Flur. Die Küchentür war nur angelehnt, Morgenlicht schimmerte hindurch.

„Mama?"

Als sie die Tür aufstieß, schlug ihr der Geruch nach altem Fett, kaltem Zigarettenrauch und faulenden Essensresten entgegen. Vielleicht hatte Mama tatsächlich angefangen, die Küche aufzuräumen, doch nun schlief sie, halb auf dem Küchenstuhl sitzend, halb auf dem schmutzigen Küchentisch liegend. Sie trug noch immer die helle Bluse, die sie für den Job angezogen hatte, den sie gestern eigentlich bekommen sollte.

„Hat nicht geklappt", hatte sie ihrer Tochter gesagt, als diese von der Schule nach Hause gekommen war. Nun lag sie dort. Ihre Stirn hatte sie auf ihren Unterarm gebettet.

Die Kleine konnte ihren leise röchelnden Atem vernehmen. Mama hatte schöne rotblonde Haare. Doch nun hingen sie strähnig und stumpf auf den Tisch wie ein in die Ecke geworfener Wischmopp. Die Flasche, die das Mädchen ganz hinten im Schrank in einem alten Tontopf versteckt hatte, stand auf dem Tisch – leer. Auch das Glas, in das eine Strähne von Mamas Haar fiel, war leer.

Der Blick der Kleinen fiel auf die Uhr, und ihre Kehle schnürte sich zu. Ihr Blick schweifte über die Berge schmutzigen Geschirrs, die Essensreste auf den Tellern, Bierflaschen und Katzenfutterdosen. Sie rüttelte Mama an der Schulter.

„Wach auf!"

Das Röcheln wurde lauter.

„Mama, Jason kommt gleich!" Eigentlich verlangte Mama von ihr, dass sie „Papa" zu ihm sagte. Aber Jason war nicht ihr Papa. Er war der Mann, der hier wohnte – manchmal, wenn er gerade nicht mit seinem Lastwagen durch die Gegend fuhr. Er war der Mann, der sehr wütend werden konnte und der komische Dinge mit Mama machte. Heute war Samstag. Gleich würde er da sein, müde und gereizt von einer langen Tour durch die Nacht.

„Mama, wach auf!" Das Mädchen rüttelte stärker der Schulter der Schlafenden.

Mamas Kopf bewegte sich hin und her, dann rutschte er von ihrem

Unterarm und schlug mit einem dumpfen Laut auf die Tischplatte. Ein Stöhnen war zu vernehmen.

„Lassmainruhe."

Unkoordiniert schlug Mama mit dem Arm. Es klirrte, als das Schnapsglas zu Boden fiel und zersplitterte. Dann traf ihr Handrücken die Kleine im Gesicht. Sie schrie auf. Das hatte wehgetan.

Das kann nicht sein, meldete sich die leise, ferne Stimme in ihr. *Im Traum spürt man keine Schmerzen.*

Aber wenn das stimmte, warum kam es ihr dann doch so vor? Sie rieb sich die schmerzende Wange. Mama hatte sie nicht schlagen wollen, nicht mit Absicht, redete sie sich selbst ein.

Kurz entschlossen wandte das Mädchen sich um und füllte ein halbwegs sauberes Glas mit Wasser. Dann trat es von hinten an seine Mutter heran, stellte sich auf die Zehenspitzen und goss ihr das Wasser übers Gesicht.

Erst geschah nichts, dann gab es ein seltsam gurgelndes Geräusch. Im nächsten Moment zuckte Mama zusammen und richtete sich abrupt auf. Die Kleine sprang hastig einen Schritt zurück und spürte einen stechenden Schmerz in der linken Fußsohle. Sie sog zischend die Luft ein und senkte den Blick. Eine Glasscherbe hatte sich in ihren Fuß gebohrt. Blut schoss hervor und durchtränkte die rosa Kindersocke. Vorsichtig machte sie humpelnd einen weiteren Schritt nach hinten. Ein blutiger Fußabdruck blieb auf dem Boden zurück. Tränen traten in ihre Augen. Es tat so weh! Sie hüpfte bis zur Spüle und ließ sich auf den Boden sinken. Vorsichtig zog sie die Socke aus. Ein steter Strom Blut ergoss sich aus einem tiefen Riss in ihrer Fußsohle. Die Kleine bekam Angst, es war so viel. Eine richtige Lache hatte sich schon gebildet. Würde sie verbluten? Ein Schluchzer entrang sich ihrer Kehle.

„Mama! Mama, ich blute."

Keine Antwort ertönte. Das Mädchen hob den Blick und sah, dass Mama nun die Ellenbogen auf die Knie gestützt hatte. Ihr Gesicht war so weiß wie Kreide, und sie starrte abwesend an die Wand. Als wären ihre Augen aus Glas.

Die Kleine biss sich auf die Lippen und zwang sich, die Wunde genauer unter die Lupe zu nehmen. Da steckte noch etwas Gezacktes im Fuß. Das Blut rann darüber hinweg und perlte von dort auf den Boden, wo es dunkelrote Muster auf die Fließen malte. *Bitte, lieber Gott, hilf mir!*

Irgendwie musste sie das Ding da rausholen! Mit zitternder Hand griff sie nach der glitschigen Scherbe und zog ein wenig daran. Es tat weh. Ein Funken Zorn glomm in ihr auf.

„Geh raus, du blödes Ding!"

Sie packte die Scherbe fester und zog sie mit einem Ruck heraus. Einen Moment lang war ihr etwas schummrig vor Augen. Dann ließ der Schmerz nach. Die Kleine betrachtete die Wunde erneut. Das Blut floss nun schneller. Sie musste etwas dagegen unternehmen, sonst würde ihr Körper bestimmt ganz leer laufen.

Mama gab jetzt würgende Geräusche von sich. In immer neuen Schwüngen spie sie eine schaumige Flüssigkeit auf den Boden, die nach Alkohol und Galle stank.

Auf den Knien kroch das Mädchen am Rande des Küchenschranks entlang, sorgsam den Glassplittern und der Lache aus Erbrochenem ausweichend. In der Schublade mit den Pflastern lag noch ein alter Verband, den es früher einmal wegen eines verstauchten Knöchels getragen hatte.

Das Blut lief der Kleinen zwischen den Zehen entlang. *Es soll aufhören, es soll endlich aufhören!* Sie nahm den Verband und wickelte ihn einmal um den Fuß. Sofort erschienen rote Flecken auf dem weißen Stoff.

Mama murmelte etwas. Es klang wie „Durst!".

Das Mädchen wickelte den Verband so oft um die Wunde, bis kein Blut mehr hindurchdrang. Das lose Ende verklebte sie mit einem Pflaster.

„Bring ma Wasser …", murmelte Mama. Sie hockte noch immer auf dem Stuhl und glotzte über das Erbrochene hinweg die Wand an.

„Gleich, Mama." Die Kleine richtete sich auf. Das dicke Verbandknäuel drückte schmerzhaft auf die Wunde, als sie aufzutreten versuchte.

„He, wowillsehin?", nuschelte Mama.

„Bin gleich wieder da!"

So schnell es ging, eilte die Kleine in den Flur. Sie wollte nicht noch einmal in eine Scherbe treten. Ihre Gummistiefel waren die einzigen Schuhe, die so groß waren, dass sie mit dem bandagierten Fuß hineinschlüpfen konnte. Dann holte sie aus der Kammer den Handfeger und humpelte zurück in die Küche.

Mama versuchte gerade, mit zitternden Fingern eine Tablettenpackung zu öffnen.

„Wasser!", murrte sie.

„Ja, gleich!" Der brennende Zorn des Mädchens wurde schlagartig von eisiger Furcht erstickt. Ein Geräusch drang aus dem Treppenhaus in die Küche: das Zuschlagen der schweren hölzernen Eingangstür.

„Mama", die Kleine füllte hastig Wasser in ein Glas, „wir müssen aufräumen! Jason ist gleich da."

Doch Mama sagte nichts, sie musste sich mit aller Kraft darauf konzentrieren, die Tablette in den Mund zu stecken und mit ihren zitternden Händen das Glas an die Lippen zu setzen. Sie trank in großen, glucksenden Schlucken.

Das Mädchen eilte zum Spülbecken und ließ heißes Wasser ein. Gleichzeitig nahm es einen feuchten Lappen und machte sich daran, das Blut vom Boden aufzuwischen.

„Mama! Wir müssen aufräumen!"

Mama verzog das Gesicht. „Lassma Schnegge … machdas." Doch sie rührte sich nicht von der Stelle.

Von der Haustür erklangen schwere Schritte, die immer näher kamen. Die Kleine sprang auf, den blutigen Lappen in den Händen. Alles in ihr presste sich zusammen.

Wasser plätscherte. Das vollgestopfte Waschbecken lief über. Hastig drehte sie den Hahn zu. Sie konnte unmöglich den Lappen darin ausspülen. Kurzerhand stopfte sie ihn in eine leere Katzenfutterdose. Mit zitternden Händen quetschte sie den letzten Rest Spülmittel in das Spülwasser.

„Ichmachdasschon", nuschelte Mama.

Das Mädchen begann, hektisch an einem der Töpfe zu schrubben. Es konnte die harten, angetrockneten Essensreste durch den Schwamm hindurchspüren.

Ein Schlüssel wurde ins Türschloss gesteckt und herumgedreht. Plötzlich spürte die Kleine, dass sie ganz dringend auf die Toilette musste. Aber sie konnte sich nicht rühren.

Die Tür wurde geöffnet. „Helen?"

Die Kleine zuckte zusammen. Jasons hohe Stimme klang gereizt.

Schritte knarrten auf dem Laminat. Polternd landete der Schlüsselbund auf dem Schränkchen im Flur.

„Was stinkt hier so, verdammte Scheiße?"

Die Kleine spürte, wie ihr gesamter Körper sich verkrampfte. Sie stand über das Waschbecken gebeugt und schrubbte so heftig an dem Topf, dass ihr die Finger wehtaten.

Die Küchentür wurde aufgestoßen. Einen kurzen Moment lang herrschte eisige Stille. Selbst das Ticken der Wanduhr schien verstummt zu sein.

„Was zur Hölle …", flüsterte eine Stimme, die gleich darauf lauter wurde: „Ihr Drecksäue!" Die Stimme des Mannes schrie nun: „Seid ihr denn völlig bescheuert?" Immer lauter wurde die Stimme, bis im Kopf des kleinen Mädchens nichts anderes mehr war als dieses schrille, ohrenbetäubende Kreischen wie von einem tollwütigen Tier.

„Ich reiße mir die ganze Woche über den Arsch auf, um für euch die Kohle ranzuschaffen! Und was macht ihr?!"

Eine harte Hand packte die Schulter der Kleinen und wirbelte sie herum.

„Sieh mich gefälligst an, wenn ich mit dir rede!"

Die Kante der Spüle presste sich schmerzhaft in ihren Rücken. Weil sie noch immer den nassen Schwamm in der Hand hielt, war ein Schwall dreckigen Spülwassers auf Jasons Arbeitskleidung gespritzt. Er war groß und kräftig – die hohe Stimme passte überhaupt nicht zu ihm.

Das Mädchen sah, wie er an sich herabstarrte, erst ungläubig, dann voller unkontrollierter Wut.

Sie wollte sich entschuldigen. Ihre Lippen bewegten sich, aber sie brachte kein Wort heraus.

Jasons Gesicht verfärbte sich rot. Eine Ader an seiner Stirn begann zu pochen.

Sie sah die Wut in seinem Blick, und dann kam der Schlag. Es war, als wäre sie mit voller Wucht gegen eine Betonmauer gelaufen. *Das kann nicht sein*, schoss ihr durch den Kopf. Dann wurde ihr schwarz vor Augen.

Das Nächste, was sie wahrnahm, war ein seltsames, abruptes Heben und Senken ihres Körpers. Aber gleichzeitig schien dieser Körper gar nicht ihr zu gehören. Auf seltsame Weise war sie einerseits von ihren Empfindungen abgeschnitten, und doch wusste sie, dass der Schmerz nur einen Atemhauch entfernt war. Ein blindwütiges, hasserfülltes Kreischen drang an ihre Ohren, aber es schien aus weiter Ferne zu kommen. Es war, als versänke sie in den brausenden Wogen des Meeres, während dicht über ihr an der Wasseroberfläche ein tödlicher Orkan wütete und tobte.

Sie sah eine Stiefelspitze auf sich zukommen, spürte den Aufprall, spürte, wie ihr gesamter Körper hochgehoben wurde und wieder aufschlug, aber das Ganze geschah so schnell, dass der Schmerz nicht hinterherkam.

Er wird mich tottreten!, sagte eine Stimme in ihr.

Nein, widersprach eine andere Stimme, aber sie war so leise, dass sie kaum mehr als das schwache Echo einer Empfindung zu sein schien. *Das ist nur ein Traum, eine alte Erinnerung, mehr nicht.*

Es fühlt sich aber nicht so an. Und als habe ihr Körper nur auf diesen Satz gewartet, kam der Schmerz. Ein Wimmern entrang sich ihrer Kehle.

Jason schnaufte vor Anstrengung und hielt einen Moment inne. Und über die Agonie und das rote Flirren seiner getrübten Wahrnehmung hinweg hörte das Mädchen die nuschelnde Stimme der Mutter: „Hör auf, Schatz. Sie hat genug."

„Halt's Maul."

Die Kleine vernahm ein Klatschen.

„Es tut mir leid, Schatz. Ich mach's wieder gut, ja?"

Das Mädchen blinzelte. Verschwommen sah es Jason und Mama über sich aufragen. Sie waren riesig, wie zwei Hochhäuser, die allmählich in den Wolken verschwanden.

Mama knöpfte ihre Bluse auf. „Ich hab dich vermisst, Schatz."

Jason sagte irgendetwas, doch das Mädchen verstand ihn nicht. Die Wolken sanken immer tiefer und hüllten alles in schwarze, samtige Dunkelheit.

Als die Kleine die Augen irgendwann wieder aufschlug, sah sie eine Fliege, die aufgeregt summend an ihr vorbeiflog und sich dicht neben einem blutigen Glassplitter an einer Pfütze von Erbrochenem niederließ. Sie ließ ihren Blick schweifen. Sie war allein im Zimmer. Allein mit einer Fliege und dem allgegenwärtigen Schmerz.

Er wird wiederkommen. Das war alles, was sie denken konnte. Stöhnend versuchte sie, sich aufzurichten. Zuerst wollten ihre Glieder ihr nicht gehorchen, aber die Angst verlieh ihr Kraft. *Er wird wiederkommen!*

Als sie sich zitternd hochstemmte, war es, als würde sich ein scharfes Messer in ihre Brust bohren. Tränen strömten ihr über das Gesicht. Nach vorne gebeugt, humpelte die Kleine auf den Flur. Aus dem Schlafzimmer drangen ein Keuchen und ein gedämpfter Schrei. Jason machte wieder seltsame Sachen mit Mama.

So leise wie möglich humpelte sie durch den Korridor. Sie wollte um keinen Preis hier sein, wenn es vorbei war. Die Kleine nahm den Schlüssel von der Ablage und drückte leise die Klinke herunter. Als sie in den Hausflur hinausschlüpfte, machte sie eine unachtsame Bewegung und stöhnte auf vor Schmerz. Im Schlafzimmer war es plötzlich still. Hatte Jason sie gehört? Rasch zog sie die Tür hinter sich ins Schloss. Es knackte laut. Mit zitternden Händen steckte das Mädchen den Schlüssel ins Schloss und drehte ihn herum. Der Schlüsselbund klimperte so laut, dass man es bestimmt im ganzen Haus hören konnte.

Nachdem sie den Schlüssel zweimal herumgedreht hatte, legte sie ein Ohr an die Tür und lauschte. Das Laminat knarrte unter schweren Tritten. Das Herz blieb ihr fast stehen.

Gedämpft vernahm sie eine Stimme. „Die kleine Schlampe ist weg", knurrte Jason.

„Bestimmt spielt sie in ihrem Zimmer", sagte Mama.

Es waren diese Worte, die etwas in ihr zerbrechen ließen. Bislang hatte sie sich immer gesagt: *Mama liebt dich. Du bist ihr wichtig. Sie kann es nur nicht so zeigen, weil sie krank ist.* Jetzt spürte sie, dass sie sich selbst belogen hatte. Einen Moment lang verdrängte Zorn jede Angst und jeden Schmerz in ihr. Jasons Schlüssel war verbogen. Er hatte ihn einmal fast abgebrochen, als er betrunken gewesen war. Da kam ihr eine Idee. Das Mädchen drehte den Schlüssel so, dass der gebogene Teil nach unten zeigte und hängte sich mit ihrem gesamten Gewicht an den Schlüsselbund. Der Schlüssel bog sich weiter nach unten. Schließlich riss der Schlüsselring ab, und das Kind sackte zu Boden.

„Hast du das gehört?", erklang Jasons Stimme. „Das Miststück will abhauen."

Die Kleine richtete sich auf. Frau Schulze, die alte Nachbarin, ließ ihre Schuhe meist vor der Haustür stehen. Und tatsächlich, an ihrem Türrahmen lehnte ein stählerner Schuhlöffel.

Die Türklinke bewegte sich. „Abgeschlossen!", knurrte Jason. Das Mädchen packte den Schuhlöffel, klemmte ihn zwischen Türklinke und Schlüsselkopf und drückte ihn mit aller Kraft nach unten.

„Wo ist der verdammte Schlüssel?", brüllte Jason. Gleich darauf erklang Mamas Stimme: „Schnecke, bist du das? Komm, sei lieb, und schließ wieder auf. Wenn du dich entschuldigst, ist auch alles wieder gut!"

Die Kleine drückte den Schuhlöffel stärker nach unten. Ihr Zorn und ihr Schmerz verliehen ihr ungeahnte Kräfte.

„Das Balg hat den Schlüssel geklaut!", wütete Jason.

In diesem Moment gab der verbogene Schlüssel nach. Er brach ab, und der Schuhlöffel fiel laut polternd zu Boden. Das Mädchen krachte gegen die Tür, und einen Moment lang wurde ihm schwarz vor Augen.

„Schnecke, was machst du denn da?"

Die Kleine richtete sich wieder auf. Sie wollte noch etwas sagen, aber ihr fielen keine Worte ein. Sie wären ohnehin in Jasons Toben untergegangen.

Das Gesicht vor Schmerz verzogen, humpelte sie die Stufen hinab. Als sie unten an der Haustür angelangt war, hörte sie ein lautes Wummern. Jason versuchte, die Tür aufzubrechen. Da diese allerdings nach innen aufging, würde es für ihn nicht einfach werden.

Draußen schien die Sonne von einem strahlend blauen Sommerhimmel. Menschen gingen spazieren, Kinder spielten. Doch dieses Leben und diese Fröhlichkeit standen in einem solch grotesken Widerspruch zu dem, was sie an diesem Morgen erlebt hatte, dass es ihr unwirklich vorkam.

Es ist auch nicht echt, wisperte eine Stimme, *es ist nur eine Erinnerung.*

Die Kleine schlich an der Hauswand entlang. Unbewusst mied sie die Menschen. Sie wollte nicht, dass irgendjemand sie ansprach. Man konnte Erwachsenen nicht vertrauen. Vielleicht würden sie sie sogar zu Mama zurückbringen!

Sie wollte selbst bestimmen, wer ihr half. Schmerzgekrümmt schlug sie sich ins Gebüsch, das die Hochhäuser umgab. Dann wartete sie, bis die Straße leer war. Die Schmerzen wurden immer stärker. Neuerliche Angst ergriff sie. Was, wenn sie hier einfach umkippte? Was, wenn sie hier liegen blieb und niemand sie fand? Oder schlimmer noch: was, wenn es Jason gelang, sich zu befreien?

Beide Hände auf den Bauch gepresst, humpelte die Kleine weiter.

Die Kirchenglocken läuteten. Sie musste sich beeilen. Mit gesenktem Kopf ging sie an spielenden Kindern vorbei. Irgendwann hatte sie die Friedhofsmauer erreicht. Sie stützte sich an der Wand ab und humpelte weiter, bis sie durch einen Riss in der Mauer auf die andere Seite schlüpfte. Es tat so schrecklich weh. Sie lehnte sich an einen der verwitterten Grabsteine und rang nach Atem.

Die Kleine war gern hier auf dem Friedhof. Jasons Schläge und Mamas Schnaps konnten ihr hier nichts anhaben, und auch die großen Jungs, die sie manchmal ärgerten, kamen nie hierher. Eine der Ordensschwestern hatte diesen Ort „Gottesacker" genannt. Das gefiel ihr. Es war ein Land, das Gott gehörte. Menschen hatten hier nichts zu sagen, hier gab es nie Streit, und niemand machte sich über sie lustig.

Nachdem sie wieder etwas zu Atem gekommen war, humpelte sie weiter, gebeugt wie eine alte Frau.

Stimmen drangen an ihr Ohr, lachend, plaudernd. Die Chorprobe war vorüber. Ihr linker Gummistiefel gab seltsam schmatzende Geräusche von sich. Alles war nass von Blut.

Vor ihren Augen stieg ein roter Nebel auf, der zunehmend dichter wurde. Das Mädchen stolperte durch das Friedhofstor. Ein Grüppchen Frauen zerstreute sich gerade dort. Einige von ihnen trugen die gleichen altmodischen schwarz-weißen Gewänder. Pinguine – so nannten ihre Klassenkameraden diese Frauen spöttisch. Und in diesem Augenblick sahen sie auch aus wie Pinguine, die miteinander schnatternd durch den immer dichter werdenden roten Nebel liefen.

Die Kleine wollte laut einen Namen rufen, brachte aber nur ein heiseres Flüstern zustande: „Schwester Hannah!"

Die Frauen bemerkten sie nicht. Sie stolperte weiter. „Schwester Hannah!"

Da! Eine Frau blieb stehen. Sie rief etwas.

Das Mädchen konnte sie nicht verstehen. „Schwester Hanna!"

Plötzlich kam Bewegung in die Gruppe. Eine kleine, gebeugte Gestalt löste sich aus ihr und eilte mit gerafften Röcken näher. Es sah lustig aus. Eine winzige, bucklige Frau, die über den Kirchplatz rannte, sodass ihre dünnen, bestrumpften Beine zu sehen waren und ihr Ordensschleier hinter ihr herwehte.

Die Kleine blieb stehen und lächelte, und dann spürte sie, wie dünne, zittrige Arme sich um sie schlossen.

„Schwester Hannah!" Sie wurde in eine behutsame Umarmung eingehüllt, eine weiche Wolke, die nach Rosenseife und Mottenkugeln duftete und voller Liebe war.

„Mein Kind, mein armes Kind." Faltige Hände strichen ihr behutsam durchs Haar. Und eine vor Sorge und Zorn zitternde Stimme flüsterte: „Es ist genug!" Die Stimme wurde leiser. Das Mädchen tauchte in die Umarmung ein wie in einen weiten, schweren Mantel. Es glaubte, noch ein Flüstern zu vernehmen: „Ich hole dich da raus, mein Schatz ..."

Die liebevolle Stimme veränderte sich, wurde tiefer und jünger und die mageren Arme kräftiger. „Ist ja gut, Elly." Warm und liebevoll klangen die Worte. „Du hast nur geträumt."

Elly?

Mühsam versuchte sie, die Augen zu öffnen. Verschwommen erkannte sie ein bärtiges Gesicht. Erste graue Haare zeigten sich an den Schläfen. Die dunklen blauen Augen betrachteten sie liebevoll und besorgt zugleich.

Sie kannte dieses Gesicht. Es war ihr vertraut und doch ...

Sie blickte an ihm vorbei. Die Decke war niedrig und gerundet, sie konnte miteinander verschweißte Stahlstreben erkennen. Sie spürte eine stete Vibration und hörte Motorenlärm.

„Flugzeug ...", murmelte sie.

„Ja." Der Mann lächelte. „Du hast einen besonders heftigen Malariaschub, Elly." Er strich ihr sanft eine Haarsträhne aus dem Gesicht. „Wir fliegen dich ins Krankenhaus."

Sie betrachtete ihn nachdenklich. *Elly ...*

„Fieberträume können sehr verwirrend sein", sagte der Mann. „Mama hat es auch erwischt, aber ihr geht es schon besser."

„Papa?", flüsterte sie.

Eine Vielzahl von Bildern huschte an ihrem inneren Auge vorbei. Sie sah, wie der große breitschultrige Mann mit einem Beil in der Hand einen Balken zurechthaute. Sie sah dabei zu, als er mühsam die neue lautreiche Sprache erlernte. Sie lauschte seiner Stimme, als er vom ewigen Winter in dem geheimnisvollen Land Narnia erzählte, während von draußen die Geräusche des Dschungels hereindrangen.

„Papa!"

Sein lächelndes Gesicht verschwamm vor ihren Augen. „Es dauert nicht mehr lange."

Sanfte Dunkelheit hüllte sie ein. Sie hatte keine Angst, denn sie wusste, dass sie geliebt wurde. Sie war dem Zustand des vollkommenen Glücks so nahe wie nur irgend möglich.

Wäre da nicht die leise, mahnende Stimme gewesen: *Du träumst noch immer! Wach auf!*

Sie wusste nicht, wie lange dieser Dämmerzustand anhielt. Aber irgendwann lichtete sich das Dunkel, das sie umfangen hielt.

Ihre Augenlider flatterten. Das Erste, was sie wahrnahm, waren eine weiße Bettdecke und ihr Arm, in dem eine Kanüle steckte, die mit einem dünnen Plastikschlauch verbunden war. Ihr Kopf schmerzte, und sie hatte Durst. *Das*, konstatierte die leise Stimme in ihr, *ist die Wirklichkeit.*

Müde drehte sie den Kopf ein wenig. Sie erblickte das weiß lackierte Eisengitter am Fußende ihres Bettes. Leise Musik drang an ihre Ohren. Ein Mann sang mit blecherner Stimme *Love Letters in the Sand*.

Verwirrt blickte sie an sich hinab. Sie war kein kleines Mädchen mehr, sie war eine junge Frau. Ein schreckliches Gefühl der Verlorenheit presste ihr das Herz zusammen. *Wer bin ich?*

Sie sah sich um. Durch die zugezogenen Vorhänge drang gedämpftes grünes Licht. Das ferne Kreischen eines Brüllaffen mischte sich mit der Musik.

„Wer bin ich?", wiederholte sie mit heiserer Stimme. Diese Frage weckte ein Gefühl in ihr, das sich seltsamerweise tröstlich anfühlte. Ein faltiges Gesicht mit einem gütigen Lächeln erschien vor ihrem inneren Auge. *Wenn man so alt ist wie du und so Schlimmes erlebt hat, dann ist man oft unsicher, und man fragt sich: Wer bin ich eigentlich? Auch ich kenne dieses Gefühl. Wir bekommen mit, was andere von uns denken, und können uns kaum dagegen wehren, diese Sichtweise zu übernehmen. Aber Halt finden wir darin nicht. Zu viel Widersprüchliches begegnet uns da. Selbst Menschen mit einer sehr starken Persönlichkeit erleben diese Ungewissheit. Es gab einmal einen Mann, der das Unrecht, das die Nazidiktatur über Deutschland brachte, nicht ertragen konnte und sich dem Widerstand anschloss. Doch er wurde gefangen genommen und kam ins Gefängnis. Seine Mitgefangenen bewunderten ihn wegen der Stärke, die er ausstrahlte. Selbst seine Wächter hatten Respekt. Doch er selbst fühlte sich oft ganz anders. Er war verzweifelt, verging fast vor Sehnsucht nach den Menschen, die er liebte, und hatte Angst vor dem, was auf ihn zukommen würde. Und er fragte sich: Wer bin ich denn nun – bin ich der, der furchtlos und stark seinem Schicksal ins Auge sieht, oder derjenige, der voller Angst und Zweifel ist und sich nach Freiheit sehnt wie ein Vogel im Käfig? Und die Antwort fand er nicht in sich selbst. Er fand sie in dem, der ihn geschaffen hatte, der ihn niemals alleinließ und ihn besser kannte, als er sich selbst.*

„Wer bin ich? Einsames Fragen treibt mit mir Spott.

Wer ich auch bin, Du kennst mich, Dein bin ich, o Gott!"

Daran halte fest, mein Kind. Sie konnte beinahe spüren, wie die faltige Hand der Frau über ihre Haare strich. *Daran halte fest.*

Schritte waren zu vernehmen. Sie blickte auf. Die Tür wurde geöffnet.

Eine Frau in weißer Schwesterntracht trat in ihr Blickfeld. Sie trug ein gestärktes Häubchen auf dem Kopf. Ihre Haare waren zu einem Dutt hochgesteckt.

„Du bist wach", sagte sie. Einen Moment lang schien sie überrascht. Dann lächelte sie freundlich. „Wie schön, dass es dir besser geht."

„Durst", krächzte sie.

„Warte, ich hole dir etwas zu trinken, Elly."

Elly? Der Name hinterließ ein wohliges Kitzeln in ihrem Zwerchfell. Und doch, irgendetwas fühlte sich seltsam an. Vielleicht war es gerade diese euphorische Reaktion, die Zweifel in ihr aufsteigen ließen.

„Hier."

Das Wasser war herrlich kühl. Es hatte nur einen etwas süßlichen Nachgeschmack.

Die Krankenschwester ging zum Fenster und zog die Vorhänge zu.

„Schlaf noch ein wenig", sagte die Schwester. „Du hast einen schweren Malariaschub gehabt. Du brauchst viel Ruhe."

Elly nickte.

„Soll ich das Radio anlassen?"

„Ja."

Die Schwester trat neben das Krankenhausbett und machte sich am Tropf zu schaffen. Elly hatte die Augenlider schon halb geschlossen. Die weiß gekleidete Gestalt verschwamm. Kurz darauf wurde die Tür geschlossen. Im Radio kamen die Nachrichten. Der Mann sprach Englisch mit amerikanischem Akzent: „… politische Entwicklung in Kuba nimmt immer mehr die Züge einer kommunistischen Diktatur an. Nach der entschädigungslosen Enteignung der Zuckerindustrie werden nun auch gemäßigte Mitstreiter des Castro-Regimes nicht länger verschont. Der ehemalige Militärchef von Camagüey, Huber Matos, wurde wegen konterrevolutionären Hochverrats zu zwanzig Jahren Haft verurteilt."

Die Stimme verlor sich in den Nebeln der einsetzenden Träume.

Es war ein penetrantes Kratzen und Pochen, das sie erneut erwachen ließ. Der Schmerz in ihren Schläfen pochte im gleichen Rhythmus. Sie schlug die Augen auf. Die Finsternis lag wie eine Decke auf ihr.

Die Geräusche, die sie geweckt hatten, kamen von links. Sie wandte den Kopf. Der Stoff des Kopfkissens kratzte unangenehm auf ihrer

Kopfhaut, es war, als habe sie einen Sonnenbrand. Als sie nach dem Schmerz tastete, spürte sie dort eine wulstige Hautfalte. Hatte sie diese Narbe schon länger? Eine schwache Erinnerung kam in ihr hoch. Aber der Nebel in ihrem Kopf verhinderte, dass sie danach greifen konnte.

Es knirschte, und plötzlich drang fahles Mondlicht in den Raum.

Fensterläden!, kam ihr in den Sinn. Jemand hatte die Fensterläden von außen geöffnet. Das schwache Licht fiel auf das weiß gestrichene Gitter ihres Bettes.

Krankenhaus! Malaria! Blitzlichtartig schossen diese Gedanken durch den Nebel ihres Geistes. Die Erinnerung kam zurück. Sie lag in einem Krankenhaus. Aber … war das Fenster nicht an einem anderen Ort gewesen? Außerdem schien dieses viel kleiner zu sein, und zudem war es vergittert. Mühsam richtete sie sich auf.

Eine dunkle Gestalt erschien vor dem vergitterten Fenster. Sie spürte keine Furcht. Lediglich eine milde Neugier stieg in ihr auf. Die Gestalt winkte ihr.

Die Neugier wurde stärker. Vorsichtig ließ sie die Beine über die Bettkante gleiten. Als ihre nackten Füße den Boden berührten, spürte sie ein schmerzhaftes Ziehen in ihrer linken Armbeuge – die Infusionsnadel! Sie zog sie heraus. Ein dünner Blutfaden lief ihren Arm entlang. Doch sie schenkte ihm nicht weiter Beachtung. Langsam schlurfte sie auf das Fenster zu. Draußen stand ein Mann. Sein Oberkörper war nackt, und er trug einen hellen Halsring. Er sah aus wie ein Waiwai.

Der Mann wies auf das Fenster. Sein Gesicht war bemalt, was seine Züge noch fremdartiger wirken ließ. Dennoch war sie sich sicher, ihn schon mal gesehen zu haben.

Rasch öffnete sie die Fensterflügel. Der Duft des nächtlichen Dschungels drang herein, und im selben Moment kam ihr ein Name in den Sinn: „Karapiru!"

Der Mann schüttelte den Kopf.

Sie verspürte eine Enttäuschung, die sie selbst nicht recht verstand. Der Mann reichte ihr einen kleinen Lederbeutel durch die Gitterstäbe. Dann sagte er etwas in seiner lautreichen Sprache. Seine Stimme klang eindringlich. Gleichzeitig bedeutete er ihr, den Beutel zu öffnen.

Mirja tat wie befohlen und fand darin eine seltsam riechende Masse. Der Mann bedeutete ihr, ein bisschen was davon in den Mund zu stecken.

Ein Teil von ihr hielt das für Irrsinn, ein anderer wusste, dass sie ihm vertrauen konnte. Sie steckte sich ein paar Krümel in den Mund. Das Zeug schmeckte bitter, und sie schüttelte sich.

Der Mann lächelte. Plötzlich durchschnitt ein seltsames Zwitschern die Nacht. Schlagartig wurde der Mann ernst. Er bedeutete ihr, das Fenster zu schließen, und schob rasch die Fensterläden zu. Erstaunlicherweise wurde es dennoch nicht vollkommen dunkel. Als sie sich umwandte, erkannte sie, dass schwaches Mondlicht in den Raum fiel, und zwar durch ein großes Fenster auf der anderen Seite des Zimmers. Leise plärrte das Radio, und aus dem Flur drang ein regelmäßiges Piepen.

In diesem Augenblick setzte die Angst ein. Sie spürte sie als schmerzhaften Stich in der Magengegend. *Sie dürfen keinen Verdacht schöpfen!*, schoss ihr durch den Kopf. Die Eindringlichkeit dieses Gedankens ließ sie, so rasch es ihr geschwächter Körper zuließ, zum Bett zurückeilen – obwohl sie weder wusste, wer *sie* waren, noch, wessen man sie *verdächtigen* sollte. Hastig schlüpfte sie zurück unter die Bettdecke.

Vom Flur her näherten sich eilige Schritte. Ihr Blick fiel auf die blutige Nadel, die neben ihrer Matratze herunterhing.

Aber ihr blieb keine Zeit. Hastig stopfte sie den Beutel unter die Matratze und warf die Decke über sich.

Die Tür öffnete sich. Gedämpftes Licht erhellte den Raum. „Elly, ist alles in Ordnung?" Schritte kamen näher. „Schläfst du?"

Ich bin nicht Elly – wie ein dünner Strom eiskalten Wassers durchströmte diese Erkenntnis den Nebel ihrer wirren Gedanken.

„Mädchen, was machst du denn?"

Sie atmete tief ein und aus, als würde sie schlafen.

Mit einem feuchten Wattebausch wurde ihre blutende Armbeuge vorsichtig gereinigt. Es gab nur einen kurzen brennenden Schmerz, als die Kanüle erneut in ihre Vene geschoben wurde.

„Schlaf gut, Elly", sagte die Krankenschwester, während sie ihr sanft übers Haar strich.

Das Licht erlosch, und die Tür schloss sich wieder.

Bewegungslos verharrte sie im Bett. Tränen rannen unter ihren geschlossenen Augenlidern ihre Wangen hinab.

„Wer ich auch bin, dein bin ich, o Gott", wisperte sie.

Kapitel 24

Berlin, Mai 2024

„Danke. Mir geht es großartig. Die Luft ist so dick und schwer wie heißer Pudding. Mir rinnt der Schweiß aus allen Poren – es ist wie früher." Die Verbindung über das Satellitentelefon war nicht besonders gut, aber Eleonore hatte das Gefühl, als klänge Romans Stimme viel jünger und fröhlicher. „Sicher rufst du aber nicht an, um mit mir über das Wetter zu plaudern. Was hat Philip gesagt, Schatz?"

Sollte sie ihn wirklich mit ihren Sorgen belasten? Wäre es nicht besser, ihm eine schöne Zeit in Südamerika zu gönnen und erst später über Philips Vorschlag zu sprechen? „Du klingst, als wärst du zwanzig Jahre jünger."

„Lörchen, was hat Philip gesagt?"

Eleonore verzog das Gesicht. „Es gibt gute Nachrichten", erwiderte sie. „Meine Gedächtnisprobleme sind keine Anzeichen einer beginnenden Alzheimererkrankung."

„Sondern?"

Eleonore seufzte. „Lass uns darüber sprechen, wenn du wieder in Berlin bist."

„Gut, ich werde sofort einen Flug für heute Abend buchen."

„Nein!", widersprach Eleonore. „Du bleibst da, du störrischer alter Mann! Ich spüre doch, wie sehr du diese Reise genießt!"

„Wie sollte ich hier auch nur eine Sekunde genießen können, wenn ich mir die ganze Zeit Sorgen um dich mache?"

„Das musst du nicht. Du weißt, dass unsere Sorgen nichts an einer Situation ändern können."

„Lörchen, ich habe schließlich nicht dein Gottvertrauen."

„Dann vertrau doch wenigstens mir, wenn ich dir sage, dass mein Vertrauen nicht vergebens ist."

„Okay, ich versuch's. Aber jetzt sag mir bitte: Was hat Philip noch herausgefunden?"

„Es gibt Wassereinlagerungen, die auf einen Tumor hindeuten könnten."

Einige Sekunden lang herrschte Stille. Sie konnte Roman am anderen Ende der Leitung atmen hören. Dann fragte er mit ruhiger Stimme: „Wie verlässlich ist diese Diagnose?"

Eleonore kannte ihren Mann. In schwierigen Situationen war er in der Lage, seine Emotionen zurückzudrängen, und sein Verstand übernahm das Kommando.

Sie räusperte sich. „Philip meint, dass er erst nach einer Biopsie mehr sagen kann."

„Ich verstehe. Hast du schon einen Termin?"

„Heute Abend, aber ich habe noch nicht zugesagt."

„Dann solltest du das unverzüglich tun."

Eleonore wusste, dass Roman recht hatte, und dennoch gab es da einen inneren Widerstand, der sie selbst überraschte. „Ich weiß nicht. Mir kommt das etwas überstürzt vor."

„Philip weiß, was er tut, Schätzchen, du solltest dich auf seinen Rat verlassen."

„Es kam mir so vor, als hätte er momentan mit vielen Schwierigkeiten zu kämpfen. Offenbar gibt es einen Spion in seiner Forschungsabteilung."

„Davon hat er dir erzählt?" Roman klang überrascht.

„Dann wusstest du auch davon?", fragte Eleonore.

„Nicht mehr, als du gerade gesagt hast", erwiderte Roman.

„Und wie lange wusstest du schon, dass Philip einen Sohn hat?"

„Er hat es mir irgendwann erzählt."

„Warum hast du mir nichts davon gesagt?"

„Du hast nicht gefragt", erwiderte Roman.

Eleonore seufzte.

„Lörchen, das ist doch jetzt unwichtig. Du musst diese Biopsie schnellstmöglich machen lassen. Wer weiß, wie lange Philip noch im Land ist."

„Vielleicht sollte ich lieber warten, bis der Trubel sich gelegt hat?"

„Je eher wir Bescheid wissen, desto eher kann dir geholfen werden. Bitte, tu mir diesen Gefallen, schieb es nicht hinaus!" Nun klang seine Stimme nicht mehr ganz so sachlich.

Warum drängt er so?, fragte sich Eleonore. *Weil er sich Sorgen macht, du dumme Kuh!*, erwiderte eine Stimme in ihr. „Natürlich", hörte sie sich sagen. „Ich rufe ihn gleich an."

„Gut, Schatz." Die Erleichterung war Roman deutlich anzuhören. „Du tust das Richtige!" Im Hintergrund war eine andere Stimme zu vernehmen, sie sprach Portugiesisch. „Ich muss jetzt Schluss machen! Ruf mich an, sobald du kannst!"

„Natürlich", erwiderte Eleonore, „gleich vom OP-Tisch aus."

Roman lachte. „Bis später. Ich liebe dich!"

„Ich dich auch."

Eleonore legte auf. Gleich darauf meldete sie sich in Philips Büro und sagte den Termin zu.

Eleonore war zum Frühstück in ein Café gefahren und hatte ein großes Stück Schwarzwälder Kirschtorte gegessen. Das war unvernünftig, ungesund und genau das Richtige gewesen. Eigentlich sollte sie nun nach Hause fahren und allmählich ihre Sachen für das Krankenhaus zusammenpacken. Stattdessen bestellte sie sich ein Taxi.

Eine knappe halbe Stunde später war sie an ihrem Ziel angelangt. Der Weg war schon einmal in einem besseren Zustand gewesen. *Ich muss einen Gärtner bestellen*, dachte Eleonore. Sie drückte den Klingelknopf.

Eine halbe Minute geschah nichts. Eleonore drückte erneut.

„Ja?", erklang eine mürrische Stimme.

„Ich bin's, Eleonore, lässt du mich rein?"

„Ja", erwiderte die Stimme.

Eleonore legte die Hand auf den Türgriff und wartete auf das Summen. Nichts geschah! Sie klingelte erneut.

„Ja?"

„Hilde, ist dein Summer kaputt?"

„Wer ist denn da?"

„Ich bin's, Eleonore. Mach bitte auf!"

Stille.

Eleonore schmunzelte. Gerade als sie ein weiteres Mal klingeln wollte, knackte es erneut im Lautsprecher.

„Frau von Hovhede, sind Sie das?", meldete sich die Stimme eines jungen Mannes. Im Hintergrund konnte man Hilde über die frechen Gören aus der Nachbarschaft schimpfen hören.

„Ja."

„Warten Sie, ich lass Sie rein."

Der Summer ertönte. Langsam stieg Eleonore die Stufen hinauf. Durch die geöffnete Wohnungstür konnte sie leise Musik vernehmen. Elvis Presley sang *In the Ghetto*. Hilde liebte Elvis, vor allem die ruhigen Songs.

„Kommen Sie rein. Wir sehen uns gerade alte Bilder an." Der junge Raven begrüßte sie an der Tür. Er war erschreckend blass, als hätte er nächtelang nicht geschlafen.

Sie legte ihm eine Hand auf den Arm. „Ist alles in Ordnung mit Ihnen?"

„Ja, mir geht's gut", erwiderte er. „Es ist sehr nett, dass Sie vorbeischauen. Frau Schubert freut sich."

„Das tut sie nicht", erwiderte Eleonore lächelnd. „Sie hätte mich nicht einmal hereingelassen."

„Natürlich freut sie sich!", widersprach Raven. „Sie vergisst es nur manchmal."

„Anton, wo bleibst du denn?", ertönte die ungeduldige Stimme der alten Dame.

„Wer ist Anton?", fragte Eleonore.

„Das wollte ich Sie auch gerade fragen", sagte der junge Mann. „Ich glaube, er ist ein junger Portier, in den sie früher verliebt war. Jedenfalls nennt sie mich immer wieder mal bei diesem Namen."

„Interessant", sagte Eleonore. „Und ich dachte immer, Hilde hätte keine Geheimnisse vor mir."

Sie traten in das Wohnzimmer. Hilde Schubert stand am Fenster und nestelte an der Gardine herum.

„Frau Schubert?" Raven ging zu ihr und legte ihr behutsam die Hand auf die Schulter. „Sie haben Besuch. Ihre gute Freundin Eleonore von Hovhede ist da."

Hilde wandte sich um. Ihr Blick war leer, und sie schien durch Eleonore hindurchzusehen.

„Setzen Sie sich, Frau Schubert", sagte Raven. „Wir wollten doch Fotos anschauen."

Widerspruchslos ließ sich die alte Frau zum Sofa führen. Er legte ein geöffnetes Fotoalbum auf ihren Schoß und setzte sich neben sie.

„Das sieht so aus, als wäre es in der Karibik entstanden", sagte er. „Sind Sie das dort unter den Palmen?"

Eleonore atmete tief durch. Dann setzte sie sich neben die beiden. Es war hart mitzuerleben, wie die alte Hilde mehr und mehr verschwand. Doch gleichzeitig war sie sich bewusst, dass das nur eine Seite der Medaille war. Ja, Hildes Gehirn arbeitete nicht länger richtig. Aber Hilde war mehr als nur ihr Gehirn. Eleonore war fest davon überzeugt, dass es letztlich nicht das Denken ist, das den Kern menschlicher Existenz ausmacht, sondern die Tatsache, dass es da jemanden gibt, der will, dass wir existieren. Die unerschütterliche Liebe des Schöpfers hält uns fest, auch wenn wir selbst uns zu verlieren scheinen.

Es freute sie zu sehen, wie wertschätzend der junge Raven mit Hilde umging. Er schien instinktiv zu spüren, was ihre alte Freundin brauchte. Die Musik, die alten Bilder. Dieser junge Mann holte die Erinnerungen in die Gegenwart und schenkte dadurch einer verlorenen, verängstigten

Seele einen sicheren Raum. Versonnen strichen die Finger ihrer alten Freundin über ein Foto.

„Diese Meeresschildkröte ist ja riesig!", sagte Raven.

„Eduardo wollte die Eier ausgraben und kochen", meinte Hilde. „Aber ich hab's ihm verboten."

„Oh, ist das da Eduardo?"

„Nein, das ist Hermann. Eduardo war unser Reiseführer."

Eleonore sah, dass Raven eine Frage auf der Zunge lag. Er warf ihr einen kurzen Blick zu, und sie schüttelte den Kopf. Es wäre nicht gut, sie zu fragen, wer Hermann war.

Raven schien zu verstehen. „Und wohin hat er Sie geführt?", fragte er stattdessen.

Hildes Blick glitt in die Ferne.

„Nach Fernando de Noronha", erwiderte Eleonore an ihrer Stelle. „Einen der schönsten Strände Brasiliens."

„Brasilien?", entfuhr es Raven.

„Ein wunderbares Land", sagte Hilde. „Dort habe ich eine herrliche Zeit verbracht und meine beste Freundin Lore kennengelernt."

„Lore? Sind Sie das?", wandte Raven sich an Eleonore.

Sie nickte. „Ich habe fast meine gesamte Kindheit in Brasilien verbracht. Meine Eltern waren Missionare. Erst mit Ende zwanzig zogen mein Mann und ich dauerhaft zurück nach Deutschland."

„Interessant …", murmelte Raven.

Hilde blätterte um. „Dort in diesem Restaurant gibt es die besten Muscheln der Welt." Sie kicherte. „Und einen Koch, der die ganze Zeit italienische Opern singt, ohne jemals einen einzigen Ton zu treffen."

Raven schmunzelte. „Hört sich großartig an."

Plötzlich stand Hilde abrupt auf. Energisch schob sie den Tisch beiseite und ging hinüber ins Schlafzimmer. Raven warf Eleonore einen verwunderten Blick zu, doch sie zuckte nur mit den Achseln.

„Nun, es ist ja ihre Wohnung", meinte er schließlich. „Sie kann hingehen, wohin sie will."

Eleonore lächelte. „Und dass dies möglich ist, verdanken wir auch Ihnen."

Raven schwieg. Sein Blick veränderte sich, und er knabberte nervös an seiner Unterlippe.

Sie hob die Brauen. „Ja?"

„Ich hätte da eine Frage …" Er fuhr sich durchs Haar. „Meinen Sie, es wäre möglich, dass ich Urlaub nehmen könnte?"

„Grundsätzlich steht dem nichts im Wege …", erwiderte Eleonore. „Sie sehen ehrlich gesagt auch so aus, als könnten Sie etwas Erholung gebrauchen. An wie viele Tage hatten sie denn gedacht?"

„Drei oder vier Tage?"

Eleonore lächelte. „Natürlich bekommen Sie frei. Ich hoffe nur, ich finde so schnell Ersatz. Ich muss heute Abend nämlich in die Morgenthau-Klinik."

„Oh, ist es etwas Ernstes?"

Eleonore winkte ab. „Ein Routineuntersuchung. Dr. Morgenthau ist ein alter Freund, er wird sich Mühe geben, dass nichts schiefgeht."

Das Lächeln des jungen Mannes wirkte etwas angestrengt. Vielleicht gefiel es ihm nicht, dass sie den Klinikleiter kannte? Wenn privilegierte Leute anderen Privilegierten halfen, stieß das nicht immer auf Begeisterung. Sie konnte das nachvollziehen.

„Ich verstehe", sagte Raven. Sein Lächeln verschwand, und die Röte seiner Wangen schien noch mehr zuzunehmen. „Das Problem ist, dass ich eigentlich ab sofort freinehmen müsste."

„Oh." Raven arbeitete erst seit ein paar Wochen für sie. Nach dieser kurzen Zeit bereits von einem Tag auf den nächsten Urlaub zu verlangen, war nicht besonders rücksichtsvoll. Sollte sie sich in ihm getäuscht haben?

„Das ist ein wenig ungewöhnlich, finden Sie nicht?", fragte Eleonore vorsichtig.

„Ich weiß, dass es ziemlich spontan ist." Raven lächelte verlegen. „Aber es geht um eine dringende familiäre Angelegenheit, die ich nicht verschieben kann. Mein Bruder steckt in Schwierigkeiten."

Eleonore betrachtete ihn prüfend. Er wirkte angespannt und nervös. Nahm er Drogen? Das wäre wohl eine der ersten Vermutungen, die Roman angestellt hätte. Sie bildete sich nicht allzu viel auf ihre Menschenkenntnis ein. Aber irgendwie konnte sie das nicht glauben.

„Man sollte es sich immer zweimal überlegen, bevor man eine Bitte um Hilfe ablehnt", sagte Eleonore. „Keine Sorge, ich werde schon einen Ersatz finden."

„Danke!" Er lächelte erleichtert.

„Wollen Sie mir verraten, um welche Schwierigkeiten es sich handelt? Vielleicht kann ich helfen?"

Raven blickte überrascht auf. „Äh …" Ein lauter Schrei ließ ihn erschrocken zusammenzucken.

„Warten Sie, ich gehe schon!" Eleonore erhob sich und ging hinüber ins Schlafzimmer. Hilde stand vor dem offenen Kleiderschrank. Einige Kleider lagen achtlos auf dem Boden. Hilde öffnete eine Schublade und begann, Unterhosen und BHs auf den Boden zu werfen.

Behutsam legte Eleonore ihr eine Hand auf die Schulter. „Hilde, was machst du da?"

„Er ist weg!", schnaubte ihre alte Freundin voller Empörung.

Eleonore wich einem BH aus, der nur wenige Zentimeter an ihrer Nase vorbeiflog, und zupfte sich eine geblümte Unterhose von der Schulter. „Und was genau suchst du?"

„Den Gelben!", erwiderte Hilde und machte eine schwungvolle Handbewegung.

„Ich glaube, heute bin ich ein bisschen schwer von Begriff", erwiderte Eleonore. „Meinst du einen BH? Der ist gerade zwei Zentimeter an meiner Nase vorbeigeflogen."

Ein winziges Lächeln huschte über Hildes Gesicht. Dann blickte sie ihre Freundin wieder ärgerlich an. „Ich meine den …" Sie gestikulierte hilflos. „Na, zum Schwimmen …"

Eleonore starrte ihre alte Freundin an. „Einen … Badeanzug?", fragte sie verblüfft.

„Den gelben", bestätigte Hilde. „Er muss hier doch irgendwo sein!" Sie durchwühlte ihre Feinstrumpfhosen. Plötzlich fuhr sie erstaunlich behände herum. Ihre Augen verengten sich misstrauisch. „Hast du ihn noch?"

„Ich?", fragte Eleonore verblüfft.

„Du hast ihn dir ausgeliehen, um ... na, du weißt schon, wen zu beeindrucken!"

„Ich habe mir deinen Badeanzug ausgeliehen?"

„Ich will ihn wiederhaben."

„Das kann ich verstehen", erwiderte Eleonore. „Ich bin manchmal etwas vergesslich, entschuldige."

Hilde lächelte. „Du warst schon immer etwas schusselig."

„Da hast du wohl recht", erwiderte Eleonore.

„Und", fragte Hilde verschwörerisch, „hast du ihn beeindruckt?"

„Sprichst du von Roman?"

„Von wem denn sonst?"

„Nun ja, ich denke, schon."

Hilde nickte zufrieden. „Du solltest ihn heiraten."

„Gute Idee", erwiderte Eleonore.

Mit einem selbstzufriedenen Lächeln hakte sich Hilde bei ihr unter. „Komm, ich mach uns einen Kaffee."

Gemeinsam ließen sie das eher an ein Schlachtfeld erinnernde Schlafzimmer hinter sich.

Als sie ins Wohnzimmer zurückkamen, saß Raven noch immer auf dem Sofa. Der junge Mann zuckte zusammen, als er ihre Schritte vernahm. Er schlug das Fotoalbum zu, in dem er geblättert hatte. Sein Gesicht war so weiß wie ein Laken. Raven sah aus, als hätte er ein Gespenst gesehen.

„Stimmt etwas nicht?", fragte Eleonore.

„Ich ... ich habe noch einen Termin bei meinem Arzt. Soll ich zuvor noch etwas erledigen?"

Eleonore warf ihm einen fragenden Blick zu. Er starrte sie mit einer seltsamen Mischung aus Misstrauen und … Furcht an. „Sie könnten noch das Schlafzimmer aufräumen."

„Gern." Der junge Mann verließ beinahe fluchtartig den Raum. Was war hier los? Warum hatte er sie so angestarrt? Verwirrt ließ sie sich von Hilde in die Küche führen. Offenbar hatte ihre alte Freundin den Wunsch nach Kaffee nicht vergessen.

Nur fünf Minuten später steckte Raven den Kopf zur Tür herein. Nachdem er sich mit sichtlicher Zuneigung von Hilde verabschiedet hatte, sagte er zu Eleonore: „Vielen Dank, dass Sie mir diesen spontanen Urlaub ermöglichen."

„Gern."

Sein Gesicht hatte weiterhin einen angespannten Ausdruck. „Ich wünsche Ihnen noch einen guten Tag."

„Auf Wiedersehen, Raven."

Als sie eine halbe Stunde später das Wohnzimmer aufräumte, fiel Eleonore das Fotoalbum in die Hand, das der junge Mann so erschrocken zugeklappt hatte. Nachdenklich blätterte sie es durch. Doch sie konnte nichts Außergewöhnliches entdecken. Es waren Urlaubsbilder – mehr nicht. Auf der letzten Seite fand sich ein Foto von Hermann, Roman und ihr selbst. Sie saßen an einer Cocktailbar und lachten. Darunter stand in Hildes feiner Handschrift: *Gemeinsamer Ausflug mit Eleonore und Roman – sehr nette Leute.*

Nachdenklich stellte Eleonore das Album zurück ins Regal. Hilde sah aus dem Fenster und murmelte etwas.

Eleonore trat neben sie. „Was hast du gesagt?"

„Er ist wieder da", flüsterte Hilde.

„Wer?"

„Der Bärtige."

Eleonore folgte dem Blick ihrer Freundin. Aber sie konnte niemanden sehen.

Kapitel 25

Berlin, Mai 2024

Ravens Herzschlag hämmerte. Wurde er langsam paranoid? Sah er Dinge, die gar nicht da waren, zum Beispiel einen bärtigen Mann, der ihn angeblich verfolgte, die halb verweste Leiche von Michel Hainke … oder Mirjas Gesicht auf einem fast sechzig Jahre alten Foto?

Die ganze Welt schien verrückt zu spielen. Oder war es er selbst, der Stück für Stück dem Wahnsinn verfiel?

Inzwischen hatte er den Bahnhof erreicht. Den Termin bei Dr. Hain hatte er erst in knapp zwei Stunden. Unruhig lief er den Bahnsteig auf und ab.

Es musste eine Täuschung sein, eine verblüffende Ähnlichkeit – mehr nicht!

Sein Zug kam, aber er stieg nicht ein.

Vermutlich war diese frappierende Ähnlichkeit ohnehin nur eine Momentaufnahme. Ein anderes Foto, eine andere Mimik – und das scheinbar identische Aussehen würde sich auf einige Gemeinsamkeiten in der Physiognomie beschränken. So hoffte er jedenfalls.

Nur mit Mühe gelang es Raven, seine wirren Gedanken zu ordnen. Nachdem er etliche Kilometer den Bahnsteig auf und ab gelaufen war, hatte er sich zumindest einen groben Plan zurechtgelegt. Was er vorhatte, konnte er nicht allein schaffen. Er brauchte Verbündete. Aber das bedeutete nicht, dass er jedem blindlings vertrauen würde.

„Ringbahn S 42, einsteigen bitte", hallte es aus den Lautsprechern.

Pünktlich auf die Minute klopfte er an die Praxistür seines Therapeuten. Dr. Hain öffnete. „Kommen Sie rein."

Der Therapeut brachte Raven ein Glas Wasser und ließ seine langen Glieder in den abgewetzten Sessel sinken. Er legte die Fingerspitzen aneinander und warf Raven über seine randlose Brille hinweg einen langen Blick zu.

„Als Sie das letzte Mal hier waren, haben wir versucht herauszufinden, welche Botschaft sich hinter Ihrer zweiten Amnesie und dem toten Captain Kraut, den nur Sie selbst wahrnehmen konnten, verbergen könnte. Nun sehe ich Sie hier in ziemlich aufgelöstem Zustand, und mir stellt sich unwillkürlich die Frage: Hat Ihre heutige Aufregung etwas mit den damaligen Ereignissen zu tun?"

„Vielleicht", erwiderte Raven zögernd und trank einen Schluck Wasser.

Dr. Hain wartete.

Raven beschloss, seinen Therapeuten zumindest teilweise einzuweihen. „Captain Kraut hat eine Nachricht hinterlassen. Ich bin dieser Spur gefolgt und habe Hinweise auf das gefunden, was meinen Bruder vor seinem Tod beschäftigt hatte."

„Möchten Sie darüber reden?", fragte Dr. Hain.

„Ich stieß auf eine DVD mit verschiedenen Informationen. Unter anderem befand sich der Hilferuf einer gemeinsamen Freundin darauf."

Dr. Hain beugte sich vor. „Ehrlich gesagt fange ich allmählich an, mir Sorgen zu machen."

„Weil Sie mich für komplett paranoid halten?"

„Nein, weil ich glaube, dass wir spätestens mit dem Auffinden dieser DVD den Bereich der Traumaverarbeitung verlassen haben."

Raven verspürte Erleichterung. Sein Therapeut hielt ihn zumindest nicht für verrückt.

„Haben Sie sich noch einmal an die Polizei gewandt?", fragte der Arzt.

Raven schüttelte den Kopf. „Noch weiß ich zu wenig."

Der hagere Therapeut nickte nachdenklich. „Sie haben den Hilferuf einer Freundin erwähnt. Was hat es damit auf sich?"

Raven beschloss, Mirjas Namen nicht zu erwähnen. „Mein Bruder und ich haben sie vor gut eineinhalb Jahren kennengelernt. Sie zog dann in die USA, um dort zu studieren. Sie erhielt ein Stipendium der ‚Dr. Philip Morgenthau Stiftung' …" Er beobachtete seinen Therapeuten ganz genau, doch dieser zeigte keine Reaktion, als Raven die Stiftung erwähnte. „In diesem Zusammenhang wollte sie ein Praxissemester in Brasilien absolvieren", fuhr der junge Mann fort, „genauer gesagt in einer Dschungelklinik, die gleichzeitig als Forschungsstation dient. Es scheint fast so, als wäre sie noch immer dort unten, und zwar gegen ihren Willen."

Dr. Hains Augen verengten sich. „Sind Sie sicher?"

„Ziemlich sicher. Und wissen Sie, was mich besonders nervös macht? Niemand scheint sie zu kennen. Weder in den Datenbanken der Humboldt-Universität noch in den amerikanischen Unterlagen ist ihr Name erfasst. Ihr Facebook-Account wurde gelöscht, und es gibt keine Fotos mehr von ihr im Netz."

„Und Sie sind sich sicher, dass –?"

„Ja", unterbrach Raven ihn. „Ich habe nämlich noch ein altes Foto von ihr." Er fischte das zerknitterte Bild aus der Hosentasche und zeigte es ihm.

Der Psychologe betrachtete es. „Das klingt –"

„– ziemlich verrückt, ich weiß", vervollständigte Raven seinen Satz. Er steckte das Bild zurück in die Hosentasche.

„Ich wollte eigentlich sagen, dass mich diese Geschichte an eine ehemalige Klientin erinnert. Sie war Zeugin eines grausamen Verbrechens gewesen und kam ins Zeugenschutzprogramm. Von einem Tag auf den anderen verschwand sie. Es war fast so, als hätte es sie nie gegeben. Meinen Sie, es könnte sich bei Ihrer Freundin um einen ähnlichen Fall handeln?"

Raven schüttelte den Kopf. „Warum sollte sie dann um Hilfe bitten? Und warum starben ausgerechnet die beiden einzigen Menschen, die von diesem Hilferuf wussten?"

Dr. Hain nickte langsam. „Was ist Ihre Theorie?"

Raven schnaubte. „Das Einzige, was ich weiß, ist, dass diese mysteriöse Dschungelklinik, in der meine Freundin verschwand, der ‚Dr. Philip Morgenthau Stiftung' gehört. Und wissen Sie was? Vor Kurzem habe ich erfahren, dass die alte Dame, für die ich arbeite, eine gute Freundin von Dr. Philip Morgenthau ist. Ein seltsamer Zufall, nicht wahr?"

Dr. Hain schwieg.

„Sie haben mir doch diesen Job vermittelt", fuhr Raven fort. „Woher kennen Sie eigentlich Frau von Hovhede?"

Dr. Hain lächelte schmallippig. „Wir haben uns auf einer Geburtstagsparty von Dr. Philip Morgenthau kennengelernt."

Raven starrte ihn an.

„Ich habe fünfzehn Jahre lang in einer Klinik gearbeitet, ehe ich mich als Therapeut selbstständig gemacht habe. Viele Jahre davon war ich Teil von Philips Team. Er ist wirklich ein brillanter Wissenschaftler, und seine Stiftung hat ohne jeden Zweifel schon vielen Menschen geholfen, aber –" Er verstummte.

„Ja?", hakte Raven nach.

Dr. Hain verzog das Gesicht. „Ich möchte betonen, dass es sich hierbei um meine private Meinung handelt." Er räusperte sich. „Philip Morgenthau ist ein Genie, aber ich glaube, dass er auf dem Altar der Wissenschaft zu viel geopfert hat. Und das hat ihn irgendwann verändert."

„Was meinen Sie damit?"

„Seine Frau war schwer krank. Aber Philip trat nicht kürzer. Ganz im Gegenteil. Er schien sich beinahe noch stärker in die Arbeit zu stürzen. Und so kam es, dass er nicht da war, als seine Frau starb. Man versuchte, ihn zu erreichen, aber er nahm die Telefonate einfach nicht entgegen. Und so war seine Frau ganz allein, als sie in ihrem Krankenhausbett starb. Nach nur einer Woche Urlaub fing Philip dann wieder an zu arbeiten. Seine Energie schien ungebrochen, aber von da an wirkte er richtig getrieben. Er hatte etwas verloren, was kein akademischer Titel und kein wissenschaftlicher Ruhm ihm zurückbringen konnten."

Raven nickte. „Ich kann mir vorstellen, was es bedeutet, jemanden so

im Stich zu lassen, und ich möchte nicht, dass mir das Gleiche passiert."
Er senkte den Blick und starrte auf seine Hände.
„Ich verstehe." Dr. Hain nickte. Ernst blickte er Raven an. „Aber seien Sie vorsichtig!"
„Wie meinen Sie das?"
„Die ‚Dr. Philip Morgenthau Stiftung' hat sich im Laufe der Zeit sehr gewandelt. Sie ist inzwischen ein weitverzweigtes und stark vernetztes Gebilde. Die Verflechtungen mit Geld und Politik sind vielfältig. Ich weiß nicht, wer da inzwischen die Fäden zieht, aber … ich habe starke Zweifel, dass Philip wirklich noch die Kontrolle über seine eigene Stiftung hat."

Als er die Praxis seines Therapeuten verließ, versuchte Raven, seine Gefühle zu ordnen. Bei diesem Treffen war es nicht um seine kranke Psyche gegangen, sondern um eine reale äußere Bedrohung. Natürlich bedeutete das noch lange nicht, dass er gesund war. Dr. Hain hatte ihm eingeschärft, weiterhin seine Medikamente zu nehmen und zu den regelmäßigen Therapiesitzungen zu erscheinen. Aber seine eigene Krankheit nahm nicht länger eine so große Rolle in seinem Leben ein. Und das fühlte sich gut an.

Raven kickte einen losen Pflasterstein zur Seite. Diese neue Freiheit hatte allerdings auch einen sehr unangenehmen Beigeschmack. Irgendjemand hielt Mirja gefangen. Und irgendjemandem waren Captain Krauts Tod und Julians Unfall sehr gelegen gekommen.

Raven fuhr mit der U-Bahn Richtung Tegel und stieg am U-Bahnhof Holzhauser Straße aus. Langsam spazierte er auf die Justizvollzugsanstalt Tegel zu, die größte geschlossene Haftanstalt Deutschlands. Das Gefängnis hatte eine lange und wechselvolle Geschichte. Schon der berühmte Hauptmann von Köpenick war hier inhaftiert gewesen. Der Widerstandskämpfer Dietrich Bonhoeffer hatte ebenso hinter diesen Mauern gesessen wie knapp dreißig Jahre später der Terrorist Andreas Baader.

Kaum jemand wusste aber, dass sich direkt vor den Mauern des Gefängnisses eine kleine Laubenkolonie befand. Raven verband einige seiner schönsten Kindheitserinnerungen mit diesem Ort. Viele Jahre hatten seine Großeltern hier ein kleines Grundstück gepachtet.

Er schlenderte den schmalen Laubengang entlang. Die meisten Parzellen hatten inzwischen den Besitzer gewechselt.

Schließlich hielt er inne. Der Buddelkasten existierte tatsächlich noch. Jemand hatte die alten Holzleisten liebevoll abgeschmirgelt und neu lackiert. Ein Sonnensegel schützte das kleine etwa drei Jahre alte Mädchen, das mit seiner Schaufel Fontänen aus goldgelben Sandkörnchen über sich und die angrenzenden Blumenbeete regnen ließ.

In seiner Erinnerung sah Raven dort einen vier- und einen sechsjährigen Jungen im Sandkasten sitzen. Der Ältere hatte zum Geburtstag Buddelformen geschenkt bekommen, mit denen man richtige Burgtürme, -mauern und -zinnen erschaffen konnte. Nachdem er seinem großen Bruder eine Weile zugesehen hatte, war der Jüngere der Ansicht, dass es nun an ihm war, das Projekt zu vervollkommnen. Das sah der Ältere naturgemäß anders, und als alle sachlich vorgetragenen Argumente nicht fruchteten, sah sich der jüngere Bruder gezwungen, seinem Ansinnen mithilfe von Opas Klappspaten Nachdruck zu verleihen.

So endete der sonnige Nachmittag vor nunmehr 18 Jahren in der Notaufnahme des Krankenhauses, wo Julians Platzwunde mit neun Stichen genäht werden musste.

Raven ließ seinen Blick zu der kleinen Laube wandern. Durch das Fenster sah Raven eine aufgeklappte Schlafcouch und ein Kinderreisebett. Es wirkte so, als würden die Besitzer hier auch übernachten. Zu allem Unglück entdeckte er nun auch neben der Terrasse einen ungewöhnlich großen Hundenapf mit der Aufschrift „Max". Das vereinfachte seinen Plan nicht unbedingt.

„Kann ich Ihnen helfen?", sprach ihn eine weibliche Stimme an.

Eine unverkennbar schwangere Frau um die dreißig kam über den

Rasen auf ihn zu. Das ausgewaschene T-Shirt, das sich um ihren stattlichen Bauch spannte, zeigte einen sportlichen Mann Ende dreißig, der mit einem Rottweiler kuschelte. In Raven keimte der Verdacht auf, dass es sich bei Letzterem um Max handeln könnte.

Die Schwangere hielt einen kleinen Sack mit Blumenerde in der Hand. Misstrauisch beäugte sie ihn.

„Nein, alles okay", sagte Raven und trat ein paar Schritte zurück. „In meiner Kindheit habe ich nur hier öfter mal gespielt."

Die Frau nickte und betrachtete ihn weiterhin aufmerksam.

„Einen schönen Tag noch." Raven wandte sich zum Ausgang.

Hinter sich hörte er die Mutter fragen: „Was wollte der Mann von dir? Hat er dich angesprochen?"

„Was für ein Mann?", fragte das kleine Mädchen.

Auf dem Weg zum U-Bahnhof Holzhauser Straße startete Raven per Smartphone eine Internetsuche und musste schon bald feststellen, dass er keine Ahnung hatte, wie er die Mittel besorgen sollte, die er brauchte, und die Fotos, die er suchte, fand er auch nicht.

Raven seufzte und wählte die Nummer, die er in letzter Zeit schon recht häufig gewählt hatte.

„Ja", meldete sich eine weibliche Stimme.

„Hallo, Leela. Ich bin's, Raven."

Schweigen.

Unwillkürlich spürte er wieder ihre Hände, die sanft über seinen Bauch strichen. Raven räusperte sich. „Es könnte sein, dass ich deine Hilfe brauche …"

Wieder erntete er nur Schweigen.

War sie wütend auf ihn? Das war gut möglich. Er beschloss, einfach sein Anliegen vorzutragen. „Bestimmt gibt es im Netz eine Möglichkeit, auch ohne ein ärztliches Rezept an Diazepam zu kommen."

„Diazepam?", fragte Leela. Sie klang irritiert.

„Ein Psychopharmakon."

„Willst du nicht lieber mit deinem Arzt darüber sprechen?"

„Mein Arzt kann mir da nicht helfen, außerdem brauche ich das Zeug schon morgen Nacht!"

„Was ist los? Bist du depressiv?"

„Nein. Ich bin bloß etwas besorgt. Der Hundenapf war ziemlich groß. Ich schätze, das Vieh braucht wenigstens 100 Milligramm."

„Sag mal, wovon redest du eigentlich?"

Raven schwieg einen Moment, dann erzählte er ihr die ganze Geschichte. „Hilfst du mir?"

Er konnte Leelas Atem hören. Sie wirkte angespannt. „Hast du auch gut darüber nachgedacht?", fragte sie schließlich.

Raven schluckte. Er wusste, dass sie nicht nur das Diazepam meinte. „Ja."

„Gut", sagte sie fröhlich. „In einer Stunde in der ‚Ankerklause'. Schaffst du das?"

„Kein Problem", erwiderte Raven, etwas überrumpelt von diesem unvermittelten Stimmungswechsel.

Sie legte auf.

Nachdenklich steckte Raven sein Handy zurück in die Hosentasche. Er wurde nicht schlau aus dieser Frau.

Die Ankerklause war ein kultiges kleines Café direkt am Landwehrkanal. Es gab Frühstück bis 16 Uhr, was den Schlafgewohnheiten des studentischen Publikums entgegenkam. Ansonsten war es vor allem eng – sowohl drinnen als auch draußen an dem belebten Maybachufer.

Leela saß an einem kleinen Tisch ganz am Rand und winkte ihm zu. Er war froh, dass sie keinen Platz auf der Terrasse gefunden hatte, die über den Kanal hinausragte. Es waren etwa drei Meter bis zur Wasseroberfläche, was schon hoch genug war, um bei ihm Panikattacken auszulösen.

„Hi." Sie begrüßte ihn mit einem Wangenkuss, ganz so, als hätte es den Korb der vergangenen Nacht nie gegeben.

„Danke, dass du gekommen bist."

Leela zuckte die Achseln. „Hast du Hunger?"

Raven schüttelte den Kopf und setzte sich.

„Okay ..." Die junge Frau fischte ihr Tablet aus der Handtasche. „Bevor ich dir helfe, brauche ich mehr Informationen: Wozu brauchst du das Zeug?"

„Für Max, einen nach meiner Schätzung circa 50 Kilo schweren Rottweiler."

Leela hob eine Augenbraue. „Das Tier hat Depressionen?"

„Das kann ich nicht ausschließen", erwiderte Raven mit einem schiefen Grinsen. „Aber mir geht es vor allem darum, dass es heute Nacht zu müde ist, um mich zu beißen."

„Du willst ein unschuldiges Tier betäuben?", fragte Leela empört. „Warum?"

„Hey, ich habe keine Ahnung, ob Max unschuldig ist", erwiderte Raven. „Vielleicht hat er ja schon fünf Dackel auf dem Gewissen. Ich will nur nicht, dass er sich auf mich stürzt, wenn ich Julians Nachricht suche."

Leela kniff die Augen zusammen. „Und in was für einem Hochsicherheitstrakt befindet sich diese Nachricht?"

„In einem Sandkasten auf einem Laubengrundstück in Tegel." Raven sah Leelas skeptischen Blick. *„Wenn du das liest, bin ich tot. Suche Widerspenstige dort, wo Formen unsere Streitobjekte waren"*, zitierte er.

Die Skepsis verschwand aus Leelas Blick. „Okay, ich verstehe. Du warst heute dort und hast einen Hund auf dem Grundstück gesehen."

Raven nickte. „Julian muss diesen Ort gemeint haben. Der Buddelformenstreit war in unserer Familie geradezu legendär."

„Also gut", sagte Leela, „ich komme mit und kümmere mich um den Hund."

„Ich will dich da nicht mitreinziehen", widersprach Raven. „Ein paar leckere Hackfleischbällchen mit einer Füllung aus Benzodiazepinen, und Max wird friedlich schlafen."

„Blödsinn. Ich hänge doch längst mit drin", sagte Leela. „Wenn ich mich wegen der illegalen Beschaffung von Medikamenten strafbar machen würde, wäre ich viel eher dran. Vertrau mir, ich kenne mich mit Hunden aus."

Raven ging im Geiste alle Alternativen durch, was allerdings nicht allzu viel Zeit in Anspruch nahm. „Wie schön, dass wir so schnell eine artgerechte Lösung gefunden haben."

Leela warf ihm einen finsteren Blick zu. In diesem Augenblick wurde ihr Gespräch von einer freundlichen Stimme unterbrochen: „Hallo, was darf ich euch bringen?"

Als Raven den Blick hob, sah er in das solariumgebräunte Gesicht einer Mittvierzigerin. „Äh …"

„Möchtest du etwas essen oder trinken?", gab ihm die Kellnerin Starthilfe.

„Einen Espresso, bitte."

„Und du?" Sie blickte zu Leela.

„Einen Latte macchiato, bitte."

„Kommt gleich."

Nachdem die Kellnerin verschwunden war, beugte Raven sich vor und senkte unwillkürlich die Stimme. „Ich … hätte da noch eine ganz andere Bitte …"

Die junge Frau sah ihn schweigend an.

„Ich suche Fotos … ziemlich alte Fotos. Von einer Frau. Ihr Name ist Eleonore von Hovhede. Ich habe mein Glück schon versucht, aber nichts Brauchbares gefunden."

„Und verrätst du mir auch, wozu du die Bilder brauchst?"

„In allererster Linie möchte ich wissen, ob ich anfange, Gespenster zu sehen."

„Du liebst es, dich mit kryptischen Äußerungen wichtig zu machen, was?"

Raven lächelte.

Leela zog die Nase kraus, griff nach ihrem Tablet und begann, mit flinken Fingern etwas einzutippen. „Wie schreibt man den Namen dieser adligen Dame?"

Raven sagte es ihr.

Leela arbeitete konzentriert und schweigend.

Die Kellnerin brachte den bestellten Kaffee. Raven nippte an seinem Espresso und ließ seinen Blick über die vorbeiströmenden Menschen schweifen. Frauen mit Kopftüchern schleppten ihre Einkäufe nach Hause. Ein paar junge Leute schoben ihre Fahrräder durch das Gedränge und unterhielten sich auf Spanisch, während ein Mann in einem arabischen Kaftan eine Decke ausbreitete, um seinen mobilen Gebrauchtwarenstand zu eröffnen. Etwas abseits lehnte ein bärtiger Mann am Brückengeländer und fütterte die Enten. Er hatte sein Basecap tief ins Gesicht gezogen, sodass man sein Gesicht kaum erkennen konnte. Raven kniff die Augen zusammen und betrachtete den Mann genauer.

„Hier!", unterbrach Leela seine Beobachtungen.

„Was?"

„Ist sie das?"

Sie schob ihm das Tablet zu. Auf dem Display war ein Zeitungsartikel der Hamburger Morgenpost von 1986 zu sehen. Unter einem Schwarz-Weiß-Foto stand zu lesen: Der bekannte Reedereibesitzer Roman von Hovhede eröffnet die diesjährigen Hamburg Summer Classics.

Neben einem hochgewachsenen Mann stand eine Frau Anfang vierzig. Der Wind zerzauste ihre blonde Dauerwelle, und sie hatte Mühe, ihr Kleid in Ordnung zu halten. Das Gesicht war teilweise durch die Haare verdeckt. Es gab eine Ähnlichkeit, aber wie weit sie ging, war schwer zu sagen.

„Ja, das ist sie. Hast du noch ein älteres Foto?"

Leela runzelte die Stirn und nahm das Tablet zurück.

Als Raven zur Brücke blickte, war der bärtige Mann mit dem Basecap verschwunden.

„Deine Frau von Hovhede scheint kein besonderes Interesse an öffentlichen Auftritten gehabt zu haben", bemerkte Leela. „Das hier ist das einzige weitere Foto, das ich auf die Schnelle finden konnte."

Sie schob ihm das Tablet wieder zu. Diesmal handelte es sich um die

Vereinszeitung irgendeines Jachtclubs. Schon an der Mode war zu erkennen, dass das Bild irgendwann in den Siebzigerjahren des vergangenen Jahrhunderts geschossen worden war. Eleonore von Hovhede trug ein weit ausgeschnittenes Blümchenkleid. Ihre blonden Haare waren zu einem Dutt aufgetürmt. Raven starrte das Bild an. Die Ähnlichkeit war da – keine Frage. Aber war sie wirklich so verblüffend, wie Raven geglaubt hatte? Es war schwer zu sagen. Die Aufnahme war nicht ganz scharf, die Farben waren zu grell, und das wilde Make-up der Siebzigerjahre machte die Sache auch nicht leichter. Dennoch gab es etwas an diesem Bild, das ihn beunruhigte. Er kam bloß nicht darauf, was es war.

Langsam schüttelte er den Kopf. „Ein älteres Foto hast du nicht gefunden?"

„Nicht auf die Schnelle."

„Kannst du mir den Link schicken?"

„Lieber nicht", erwiderte Leela. „Ich bin nicht ganz legal auf der Seite gelandet. Aber du kannst einen Screenshot haben."

Ein paar Sekunden später hatte Raven das Bild auf seinem Handy.

„Verrätst du mir jetzt, was es mit diesen Fotos auf sich hat?", fragte Leela, während sie ihr Tablet wieder verstaute.

„Es gibt da eine verblüffende Ähnlichkeit", sagte Raven nach kurzem Zögern.

„Und zwar?"

„Eleonore von Hovhede in jungen Jahren … nun ja, sie sieht beinahe so aus wie Mirja."

Leela hob die Brauen. „Ungewöhnlich – aber was bedeutet das?"

Raven seufzte. „Wenn ich das nur wüsste."

Um ein Uhr nachts war der U-Bahnhof Holzhauser Straße menschenleer. Leela war der einzige Fahrgast, der die U-Bahn an dieser Station verließ. Sie trug enge schwarze Cargohosen und ein schwarzes T-Shirt. Auf dem Rücken hatte sie einen alten Armeerucksack. Raven erhob sich von der Bank, auf der er gewartet hatte. Auch er hatte schwarze Jeans und einen dünnen schwarzen Pullover an. *Wie zwei Möchtegernagenten*, ging ihm durch den Kopf. In seinem Rucksack befanden sich eine Stirnlampe, ein Klappspaten und eine kleine Rückversicherung, falls Leelas Fähigkeiten als Hundeflüsterin nicht ganz so ausgeprägt waren, wie sie behauptete.

„Alles okay?", fragte er.

„Von mir aus kann's losgehen."

Ein paar Autos waren immer noch auf der Straße unterwegs, und nicht weit entfernt vom Bahnhof lungerten ein paar junge Männer um einen alten Geländewagen herum und hörten Hip-Hop.

Hinter den Laubenfenstern in der kleinen Kolonie war es dunkel. Alles schien zu schlafen. An der Grundstücksgrenze blieb er stehen.

„Sind wir da?", flüsterte Leela.

Raven nickte. „Ja." Der kleine Garten lag fast völlig im Dunkeln. Nur die beleuchtete Parzellennummer gab ein schwaches bläuliches Licht ab.

„Okay." Leela nahm ihren Rucksack ab und fischte etwas heraus.

„Ein Begrüßungsgeschenk für Max?"

„Hunde sind wie Menschen", erwiderte die junge Frau. „Wenn man weiß, wie, kann man sie leicht bestechen." Sie kletterte behände über den Zaun.

Von Max war zwar nichts zu sehen, dafür aber zu hören. Allerdings kein Bellen, sondern etwas weitaus Beunruhigenderes: das Kratzen krallenbewehrter Pfoten auf den Gehwegplatten, schnaufender Atem und ein tiefes, kehliges Knurren. Raven spürte, wie sich seine Nackenhaare aufstellten.

„He, da bist du ja", säuselte Leela leise. Wobei ihre Stimme so klang, als würde sie gerade ihre einjährige Tochter vom Kindergarten abholen. Sie kniete sich hin. „Na, mein Schöner."

Raven konnte den „Schönen" bislang nur als einen riesigen knurrenden Schatten ausmachen, der erschreckend schnell näher kam.

„Sieh mal, ich hab hier was für dich", flüsterte Leela.

Erneut war ein Knurren zu hören.

„Ganz ruhig, du brauchst keine Angst zu haben", sagte die junge Frau. Raven hatte nicht den Eindruck, dass die Bestie sich fürchtete, aber er schwieg wohlweislich. Schließlich vernahm er ein Schmatzen.

„Hat er dich angeknabbert?", fragte Raven flüsternd.

„Hör auf zu quatschen, und komm rein, du Held." Ein dumpfes Klopfen erklang, als sie dem mächtigen Tier die Schulter tätschelte.

Raven kletterte über den Zaun und setzte seine Stirnleuchte auf. Als er sie anknipste, sah er den Hund nur einen halben Meter entfernt stehen. Seine Augen glühten im Widerschein der Halogenlampe. Langsam hob er die Lefzen und entblößte beeindruckende Reißzähne.

„Du darfst keine Angst zeigen", sagte Leela. „Das macht ihn aggressiv."

„Danke." Raven schluckte. „Das hilft mir jetzt echt weiter."

„Halt ihm deine Hand hin!", befahl Leela.

„Damit er sie abbeißt?"

„Quatsch! Lass ihn daran riechen."

Zögernd streckte Raven dem Tier die Hand entgegen.

Das Knurren wurde lauter.

Hastig zog er die Hand zurück und beschloss, dass es Zeit für Plan B war. Langsam nahm er den Rucksack herunter und holte das Päckchen heraus, das er eingesteckt hatte.

Das Knurren des Hundes klang plötzlich aggressiver.

„Was machst du da?", fragte Leela. Nun verriet auch ihre Stimme einen Hauch von Nervosität. Offenbar hatte sie das Tier nicht ganz so gut im Griff, wie sie behauptet hatte.

„Ich bestehe ihn!" Er riss das Papier auf und warf dem Hund das Päckchen hin.

„Feines Leckerli", flüsterte er. „Nur für dich!"

Der Hund senkte den Kopf und schnüffelte.

„Was ist das?", fragte Leela.

„Feinstes Rinderhack aus der Region mit nur 15 Prozent Fett", erwiderte Raven wahrheitsgemäß. Die geheime Zutat erwähnte er nicht.

Der Hund begann zu fressen.

Raven fischte den Metalldetektor aus dem Rucksack und stellte das Gerät auf die geringste Lautstärke. Dann überprüfte er zunächst das Innere des Buddelkastens. Das Gerät piepte. Rasch markierte Raven die Stelle mit der Schaufel und legte den Detektor zur Seite.

„Was machst du denn da?", fragte Leela nervös, während sie den mächtigen Nacken des Hundes kraulte.

„Wir haben keine Zeit, den halben Garten umzugraben", erwiderte Raven.

Der Hund drückte das zerrissene Papier mit den Pfoten auf den Boden und schleckte es gründlich ab.

Raven nickte zufrieden und fing an zu graben. Nach 20 Minuten hatte er drei Kronkorken, eine alte Schaufel und ein Zehn-Pfennig-Stück geborgen. Er fluchte lautlos und suchte außerhalb des Buddelkastens weiter. Der Metalldetektor schlug an. Raven rammte den Spaten in die Grasnarbe. Er stieß auf Widerstand. Mit den Händen ertastete er eine zerbrochene Fliese. Offenbar hatten die Leute im Laufe der Zeit auch einigen Müll im Boden versenkt. Er ließ sie achtlos fallen, holte Schwung und rammte den Spaten erneut in den Boden. Ein Funken blitzte auf, und er spürte einen elektrischen Schlag. Erschrocken stieß er einen gedämpften Schrei aus und taumelte ein paar Schritte zurück.

Der Hund sprang auf und bellte.

„Was ist passiert?", zischte Leela.

Raven schüttelte seine Hand. In seinen Fingern verspürte er ein unangenehmes Kribbeln. Er blickte zur Laube. Die Beleuchtung der Parzellennummer war erloschen. „Irgendein Idiot hat in nur 20 Zentimetern Tiefe die Stromleitung verlegt", zischte er. Vermutlich hatten die Keramikfliesen als Schutz gedient. Aber das erwähnte er lieber nicht.

Der Hund war inzwischen wieder ganz ruhig. Er lag träge auf dem Rasen und ließ sich kraulen.

Leela sagte irgendetwas, aber Raven hörte nicht zu.

„Psst", zischte er. Er hatte ein Geräusch gehört. Aus dem Haus drang ein gedämpftes Knarren. „Mist, da ist jemand wach geworden", flüsterte er. Hastig schaltete er das Licht seiner Stirnlampe aus und kauerte sich auf den Boden. Falls jemand einen kurzen Blick aus dem Fenster warf, würde er ihn hoffentlich nicht bemerken. Seine Gedanken arbeiteten fieberhaft.

Julian musste doch gewusst haben, wie schwer es sein würde, die Nachricht zu finden. Wo konnte sie sein? Raven schloss die Augen und versuchte, sich in seine Erinnerung zu versenken. Es war ein heißer Sommertag gewesen. Die Nachbarn hatten gegrillt, und der typische Geruch von Holzkohle und Grillanzünder war zu ihnen herübergeweht. Raven hatte Schneckenhäuser gesucht, aber um diese Jahreszeit waren nicht viele zu finden gewesen. Dann hatte Julian stolz verkündet, dass er Camelot bauen wolle, die berühmte Burg von König Arthus.

Das Projekt hatte Raven neugierig gemacht. „Darf ich mitmachen?"

„Ja, du kannst Wasser holen", hatte Julian großzügig gestattet.

Irgendwann war Raven es leid gewesen, den Wasserträger zu spielen, und es war zum Streit gekommen. Aber wo genau? Er konnte sich nur noch an Julians blutbeschmierte Haare erinnern und an das schreckliche Gefühl, etwas sehr Schlimmes getan zu haben.

Ein Geräusch riss ihn aus seinen Gedanken. Durch die dünnen Holzwände der Gartenlaube drang ein Poltern und gleich darauf ein leises Fluchen.

„Ich fürchte, jemand hat den Stromausfall bemerkt", wisperte Leela.

Durch das Fenster blitzte das Licht einer Taschenlampe. „Los, wir verstecken uns dort drüben." Raven deutete zur Hecke.

Der Rottweiler begann, merkwürdige Geräusche von sich zu geben. Es klang nicht aggressiv, eher bemitleidenswert.

„Was hat der denn?", entfuhr es Raven.

Leela schwieg einen Moment. Dann meinte sie betroffen: „Ich glaube, er kotzt."

In diesem Moment blitzte die Taschenlampe erneut auf. Der Strahl fiel durch das Fenster direkt in den Garten.

Kapitel 26

Brasilien, Bundesstaat Pará, August 2023

Karapiru winkte ab. „Karai", schnaubte er verächtlich, was so viel wie „Fremde" oder besser gesagt „Nicht-Indio" bedeutete.

Elly musste lächeln. Sie beobachtete, wie das schmale Boot bedrohlich schwankte, als die beiden jungen Weißen ungeschickt die Plätze tauschten.

„Kommst du?" Karapiru sah sie fragend an. Aus ihrem Kindheitsfreund war ein drahtiger junger Jäger geworden.

Sie schüttelte den Kopf. „Ich bleibe noch ein bisschen."

Der junge Indio zuckte die Achseln und war einen Atemzug später im dichten Buschwerk verschwunden.

Elly kletterte Richtung Ufer und beobachtete durch dichtes Farngestrüpp, wie die beiden ihr Boot mit viel zu flachen Paddelschlägen in die Mangrovenbucht hineinmanövrierten. Es fing an zu regnen, und offenbar wollten sie dort Schutz suchen.

„Ob es hier Piranhas gibt?", fragte einer der beiden. Verblüfft stellte Elly fest, dass der Mann Deutsch gesprochen hatte. Bisher hatte nur ihre Familie diese Sprache gesprochen, sie war fast so etwas wie eine Geheimsprache, die ausschließlich ihre Eltern und ihre Geschwister verstehen konnten. Und nun plauderten diese wildfremden jungen Männer auf Deutsch!

Der Mann, der sich nach den Piranhas erkundigt hatte, war dunkelhaarig und untersetzt. Sein Freund hatte hellere Haare und eine sportliche Figur. Er lachte. „Sei nicht so ein Angsthase. Sieh mal lieber dort drüben. Ist das nicht ein Krokodil?"

Der Dunkelhaarige zuckte zusammen, und der Blonde brach in schallendes Gelächter aus. „Das Tier ist winzig. Es wird dich schon nicht aus dem Boot zerren, Mark."

„Das ist ein Brillenkaiman, du Schlaumeier", murmelte Elly. Doch während sie über die Unwissenheit des Mannes lächelte, spürte sie gleichzeitig, dass ihr sein Lachen gefiel.

Der Dunkelhaarige nahm eine kleine Kamera zur Hand und filmte damit den Kaiman.

Waren das Journalisten? Sie sahen nicht so aus.

Der Regen nahm zu, und der junge Mann versuchte, mit seinem Hut die Kamera zu schützen.

„Und, hast du es im Kasten?", fragte der Blonde.

„Ja. Wir müssen ja niemandem erzählen, dass es bloß einen halben Meter lang war", meinte der andere.

„Komm, wir stellen uns dort drüben unter."

Elly runzelte besorgt die Stirn. Sie hielten jetzt auf den Teil der Bucht zu, den sie lieber meiden sollten.

Die beiden fuchtelten hilflos mit ihren Paddeln herum und bewegten sich schlingernd vorwärts. Zunächst war Elly erleichtert, als sie sah, dass der Dunkelhaarige auf eine Mangrove zuhielt. Aber dann lenkte der Blonde das Boot herum und meinte: „Komm, wir nehmen lieber den da."

Elly stockte der Atem. Wussten sie nicht, was das für ein Baum war? Sie ging näher an die Uferböschung heran. Dabei gab sie sich nicht länger Mühe, leise zu sein. Aber die beiden hörten sie dennoch nicht. Nun hatten sie den Baum fast erreicht. Einige der Einheimischen waren davon überzeugt, dass ein böser Geist in ihm wohnte. Elly glaubte das nicht, aber sie wusste, was geschah, wenn irgendjemand so dumm war, bei einem Wolkenbruch darunter Schutz zu suchen.

Inzwischen prasselte der Regen so dicht herab, dass von den Männern nur noch schwache Umrisse zu erkennen waren. Der Große reckte sich, um nach einem der tiefer hängenden Äste zu greifen.

„Nein!" Elly sprang aus ihrem Versteck und schlitterte die Böschung hinunter. Ein einziger Regentropfen, vermischt mit dem extrem toxischen, milchigen Pflanzensaft reichte aus, um schwerste Hautirritationen oder vielleicht sogar einen tödlichen anaphylaktischen Schock auszulösen. „Nicht anfassen!" Elly schlitterte mit voller Geschwindigkeit ins Wasser und prallte gegen das Boot. Der Dunkelhaarige konnte sich gerade noch in dem schwankenden Kahn halten, doch der Große plumpste ins Wasser. Als er prustend wieder an die Oberfläche kam und instinktiv auf das Ufer zuhalten wollte, packte Elly seinen Arm. „Nicht unter den Baum!"

Der Mann zuckte zusammen und blinzelte sie verblüfft an.

„Der Saft dieses Baumes ist giftig! Wenn er dir in die Augen gelangt, wirst du erblinden!"

Dem jungen Mann klappte die Kinnlade herunter, während der andere sie mit großen Augen anstarrte und überflüssigerweise anmerkte: „Sie spricht Deutsch."

„Hier entlang", befahl Elly.

Sie packte den Kahn und zog ihn hinter sich her. „Ihr solltet niemals in die Nähe dieses Baumes gehen. Er hat schon Menschen umgebracht! Hat euch denn niemand vor der verfluchten Bucht gewarnt?"

„Na ja, wir haben keinen gefragt", erwiderte der Blonde, der unbeholfen blinzelnd hinter dem Kahn herstolperte.

Sie schob den Kahn an sich vorbei. „Halt dich dort an den Wurzeln fest!", befahl sie dem Dunkelhaarigen. Dann watete sie auf den Blonden zu. „Was ist los?"

„Ich hab da was im Auge", meinte dieser.

„Lass mal sehen." Elly beschleunigte ihre Schritte. Sie versuchte, äußerlich ruhig zu bleiben, während sie gleichzeitig betete, dass sie nicht zu spät gekommen und das Gift des Baumes bereits in sein Auge gelangt war. „Beug dich mal ein Stück runter." Der Mann gehorchte. Elly schob seine zuckenden Augenlider ein Stück auseinander. „Halt still!", befahl sie. Erleichtert bemerkte sie einen kleinen schwarzen Punkt auf seiner Pupille. Nur eine Fliege. Mit dem kleinen Finger wischte sie das Tierchen Richtung Nase. Der Mann zuckte nicht zurück, was sie mit stiller Bewunderung wahrnahm. Sie selbst wäre nicht so ruhig geblieben, wenn ein Unbekannter ihr Auge berührt hätte. „So!" Sie zupfte den Übeltäter vom Nasenrücken des Mannes. „Nur eine Fliege", sagte sie.

Der Mann blinzelte. Dann griff er plötzlich Ellys Hand und küsste sie. Sie spürte, dass sie errötete.

„Genau so habe ich mir immer einen Engel vorgestellt. Er rettet mich aus unerkannter Gefahr, heilt mich von Blindheit und ist wunderschön."

Was für ein Unsinn, dachte sie, und gleichzeitig spürte sie, wie eine heiße Welle ihren gesamten Körper durchfuhr. War sie etwa dabei, sich zu verlieben? Erregung durchflutete ihren Körper, aber es schien ihr aus irgendeinem Grund nicht passend zu sein. Sie versuchte zurückzuweichen. Aber es gelang ihr nicht. Nicht etwa, weil der junge Mann sie festhielt, sondern weil sie gar nicht anders konnte, als ihn anzustarren. Sein Bild schien sich auf ihre Netzhaut gebrannt zu haben.

Das ist also Liebe auf den ersten Blick!, flüsterte eine Stimme in ihr.

Ihr Zwerchfell flatterte. Sie stellte sich vor, wie sie diese zu einem Lächeln verzogenen Lippen küsste. Jeder Zentimeter ihrer Haut schien zu kribbeln, und zugleich war da ein Widerstreben in ihr, das sich in einem leisen Flüstern ihrer Lippen kundtat: „Nein!" Das Wort schien wie ein Fels aus dem Tosen ihrer Empfindungen herauszuwachsen. „Nein!", wiederholte sie, diesmal etwas lauter.

Ihre Augenlider flatterten. Das Bild des jungen Mannes erstarrte. Dann flackerte es und verschwand. Sie blinzelte mehrmals. Plötzlich sah sie ein vergittertes Fenster, grünen Dschungel und das weiß gestrichene Gitter ihres Bettgestells vor sich. *Ich bin im Krankenhaus.* Schwerfällig sickerte diese Erkenntnis in ihr Bewusstsein.

Doch noch immer pulsierte die Erregung in ihr. Der große blonde Tollpatsch erschien wieder vor ihrem inneren Auge. Und fast im selben Moment verstärkte sich das Kribbeln auf ihrer Haut. Sie kannte dieses Gefühl. Verschwommene Erinnerungen wurden in ihr wach: ein dunkelhaariger, sportlicher Kerl mit einem süßen Grinsen. Dann entglitt ihr das Bild wie ein glitschiger Fisch.

In diesem Augenblick vernahm sie hinter sich ein Geräusch. Ein regelmäßiges metallisches Ratschen. Als sie nachsehen wollte, stellte sie fest, dass sie zu schwach war, um sich aufzurichten.

Die Erregung, die sie durchflutet hatte, ebbte allmählich ab. Ihr Blick fiel auf die Infusionsnadel, die in ihrem Arm steckte, und die Kanüle, die zu einem Beutel an einem Ständer führte. Warum bin ich hier? Was ist passiert?

Auf dem Nachttisch neben ihr stand ein altes Transistorradio ... Sie stutzte. Unbewusst hatte sie das Radio „alt" genannt, aber es war neu. Kein Kratzer war auf dem dunklen Holz zu sehen, und die silbernen Drehschalter glänzten im Licht der hereinströmenden Sonne.

Malaria!, schoss ihr durch den Kopf. Papa hatte sie in die Klinik geflogen. Sie stutzte. Papa? Das Bild eines freundlichen, groß gewachsenen Mannes kam ihr in den Sinn. Aber dieser Mann konnte nicht ihr Vater sein. Sie hatte keinen Vater, nur einen Erzeuger. Einen Fremden, den sie nie gesehen hatte. Dieser Gedanke war vollkommen klar, sie wusste, dass es stimmte, und dennoch war da gleichzeitig diese ungeheuer lebendige Erinnerung an einen liebevollen Vater. Wie konnte das sein?

Sie hob ihre Hände und presste sie gegen die Schläfen.

„Ich weiß, wie du dich fühlst", erklang eine heisere Stimme hinter ihr. Erschrocken zuckte sie zusammen.

Ein Mann trat in ihr Blickfeld. Er trug ein Baumwollhemd und eine braune Cordhose. Der Blick seiner fiebrig glänzenden Augen huschte hin und her, als hielte er nach versteckten Gefahren Ausschau.

Nun konnte sie sehen, woher das seltsame Geräusch kam. Der Mann hielt einen Löffel in der Hand, über dessen Griff er immer wieder mit einem rauen Stein fuhr.

„Was ... machst du da?", fragte sie mit kratziger Stimme.

Der Mann grinste. „Das gefällt mir an dir, Mirja. Du hältst dich nicht lange mit Förmlichkeiten auf."

Mirja? Dieser Name weckte etwas in ihr. Im Bruchteil einer Sekunde prasselte eine Flut von Bildern auf sie ein. Viele davon waren nicht besonders angenehm. *Sie sah eine Frau, die sie lallend „Schnecke" nannte. Das Bild eines Mannes mit wütend funkelnden Augen blitzte auf, er hatte die Faust zum Schlag erhoben. Es waren Bilder, die sie vergessen wollte ... Aber es waren nicht die einzigen Erinnerungen, die ihr in den Kopf schossen: Ein faltiges Gesicht, umrahmt von einem altmodischen Ordensschleier blickte auf sie herab: „Deine Schrift galoppiert über das Papier wie eine Horde übermütiger Ferkel. Ich kann nur die Hälfte davon entziffern. Aber was ich lesen kann, ist ziemlich klug, Mirja. Du wirst die Prüfung schaffen, ohne jeden Zweifel! Sofern deine Lehrerin bessere Augen hat als ich." Das Lächeln der alten Frau verschwamm ... Ein anderes Gesicht tauchte vor ihr auf. Zerzauste dunkle Haare, Bartstoppeln und ein verschmitztes Grinsen. „Bist du dir sicher, dass du erst seit zwei Monaten kletterst?"*

„Ja", hörte sie sich sagen.

„Dann bist du ein Naturtalent!" Das Grinsen wurde weicher und verletzlicher. „Weißt du, dass du sehr ungewöhnliche Augen hast? Eigentlich sind sie dunkelblau, aber zur Pupille hin hast du kleine braune Sprenkel ..."

„Ist das jetzt ein Kompliment oder eine Beleidigung?", hörte sie ihre eigene Stimme fragen.

Das Gesicht rötete sich. „Ich find sie schön." Dann kehrte das Grinsen zurück. „Wenn du den Überhang ohne die Querleiste schaffst, spendiere ich dir ein Eis."

Ein leises Kribbeln kehrte zurück, wenn auch viel stiller und sanfter als bei dem jungen Blonden im Boot. Wie hieß der Junge? Der Name lag ihr auf der Zunge ...

„... ausgewählt habe", beendete der Fremde seinen Satz. „Hey! Sieh mich an!" Der Fremde schnipste mit den Fingern vor ihrem Gesicht. „Ich riskiere gerade einiges für dich. Da wäre es doch höflich, mir wenigstens zuzuhören."

„Entschuldigung", murmelte sie. „Was haben Sie gesagt?"

„Ich sagte gerade, dein Blick für das Wesentliche sei einer der Gründe, warum ich dich ausgewählt habe. Abgesehen davon, dass alle anderen bereits ihren Verstand verloren haben. Zumindest ihren ursprünglichen Verstand. Wenn du verstehst, was ich meine." Ein irres Grinsen trat auf sein Gesicht.

„Ich verstehe überhaupt nichts. Wer sind Sie? Was wollen Sie von mir?"

„Lass das ‚Sie', Mirja. Wir sind fast gleich alt."

Mirja! Mein Name ist Mirja! Es fühlte sich unangenehm an, diesen Gedanken zu formulieren. Der dumpfe Schmerz in ihren Schläfen schien zuzunehmen.

„Erinnerst du dich nicht an mich?", fragte der Mann. Er hatte aufgehört, den Stein über den Löffelgriff zu ziehen. Eine Gänsehaut überlief Mirja, als sie sah, was der Mann damit bezweckte. Der Griff war scharf und spitz wie der einer Klinge. Er hatte sich eine Waffe geschaffen.

„Erinnerst du dich?" Eindringlich blickte der Fremde sie an.

Wieder huschten Bilder durch ihren Verstand. Nebelhaft sah sie durch die Maschen eines Zauns hindurch einen Mann. Er beugte sich zu einer reglos am Boden liegenden Gestalt hinab … *Ich bin Arzt.* Dann sah sie denselben Mann vor ihrem Bett stehen, in einem anderen Zimmer. Er hatte ihr etwas gegeben, ein Pulver. Im selben Moment kam ihr eine weitere Erinnerung in den Sinn. Sie sah einen Indio, der ihr schweigend einen kleinen Lederbeutel reichte. Mühsam richtete sie sich auf und schwang die Beine über den Rand des Bettes.

Der Fremde hob die Brauen, sagte aber nichts.

Mirja rutschte von der Matratze. Die Holzdielen knarrten leise, als ihre nackten Füße sie berührten. Sie stand auf. Schwindel überkam sie, und sie musste sich am Bett festhalten. Der Fremde machte keinerlei Anstalten, ihr zu helfen. Ihre Arme zitterten, als sie die Matratze anhob. Da war er, eingeklemmt zwischen Lattenrost und Bettgestell. Nur mit

Mühe gelang es ihr, ihn hervorzuziehen. Sie verfluchte ihre Kraftlosigkeit. Erschöpft ließ sie die angehobene Matratze sinken. Ihr wurde schwarz vor Augen. Sofort waren da Arme, die sie stützten. Der Fremde half ihr zurück ins Bett.

Schnaufend rang sie nach Luft.

„Du erinnerst dich! Das ist gut. Aber wenn du so schwach bleibst, wirst du sterben. Auf die eine oder andere Art."

„Was meinst du damit?", schnaufte Mirja, die noch immer nach Atem rang.

„Sieh nach, wie viel noch in dem Beutel ist!"

Mirja gefiel seine barsche Art nicht besonders. Dennoch tat sie, was er verlangte. „Ist noch halb voll."

Der Fremde presste die Lippen zusammen. „Du hast deine Dosis nicht regelmäßig genommen. Ein Wunder, dass du überhaupt wach geworden bist!" Er griff in die Hosentasche und holte mehr von dem seltsamen Pulver hervor. Dann nahm er ihr den Beutel aus der Hand und füllte ihn auf. „Dieses Pulver ist deine Lebensversicherung. Wenn du es nicht nimmst, bist du innerhalb einer Woche gelöscht!"

„Gelöscht?"

„Du wirst dich nicht mehr daran erinnern, dass du Mirja bist. Dein wahres Ich wird von der anderen verschlungen werden, die sie dir ins Gehirn pflanzen wollen."

„Elly?"

„Heißt sie so?", knurrte der Fremde. „Egal! Ihr Name sollte dich nicht interessieren. Genauso wenig wie alles andere, das mit ihr zu tun hat. Du bist nicht sie! Das ist der Anker, an den du dich klammern solltest, oder, besser noch, die Brechstange, mit der du diesen ganzen Betrug zerstörst."

Mirja betrachtete ihn nachdenklich. Sie konnte seinen Zorn spüren. Er trug ihn vor sich her wie einen eisernen Schild.

„Merk dir eines: Du bist nicht sie! So verlockend dir das auch erscheinen mag. Sie ist dein ärgster Feind. Du musst sie hassen, denn sie ist eine Lüge."

„Ich glaube nicht –", setzte Mirja an. Sie wollte sagen, dass Zorn allein ihr zu wenig war.

Doch der junge Mann unterbrach sie. „Du glaubst nicht?", schnaufte er. „Was denkst du denn, welches Jahr wir haben?"

„Welches Jahr?", stammelte Mirja verblüfft. Kuba kam ihr in den Sinn, die Beatles und der kalte Krieg. Sie stutzte. Warum waren das die ersten Gedanken, die ihr durch den Kopf schossen? Ein Schauer lief ihr über den Rücken. All das war doch lange vor ihrer Geburt geschehen.

Der Fremde schien ihr Entsetzen zu bemerken. Er wies mit dem Finger auf sie und sagte: „Sie haben dich konditioniert, verstehst du? Sie schicken dein Gehirn auf eine Zeitreise, und wenn du in der Gegenwart ankommst, wirst du innerlich eine alte Frau sein."

Mirja starrte ihn mit offenem Mund an.

„Hier, sieh dir das an!" Er griff nach dem Radio. „Was glaubst du, was das ist? Ein Transistorradio?" Er lachte spöttisch. „Das ist ein High-Tech-Messgerät mit Infrarotkamera. Es spürt jeder deiner Bewegungen nach, auch wenn es stockfinster ist. Es misst deine Atemfrequenz und deinen Pulsschlag. Und ganz nebenbei spielt es alte Radiosender im MP3-Format ab."

Mirja schluckte. Der Mann klang, als sei er paranoid oder zumindest verrückt, und er sah auch ganz genauso aus. Aber das wirklich Erschreckende war, dass sie anfing, ihm zu glauben.

„Dieser Raum sieht aus wie ein Krankenzimmer vor fünfzig Jahren", fuhr er fort. „In Wahrheit ist es aber ein mit elektronischen Geräten vollgestopfter Kerker. Du glaubst, dass dort draußen der Dschungel ist?" Er deutete auf die Fensterscheibe. „Fällt dir auf, dass sich da gar nichts bewegt? Und dass nicht das leiseste Geräusch zu hören ist?"

Mirja schluckte.

„Das ist ein Standbild!" Er klopfte gegen die Scheibe. „Hinter diesem Glas befindet sich ein hochauflösender Bildschirm, der dir zeigt, was du sehen sollst. Haben deine Augen gebrannt, als du aufgewacht bist?"

Mirja nickte stumm.

„Was glaubst du, wie die Bilder in deinen Kopf kommen? Du hast stundenlang diesen Bildschirm angestarrt und nur ein bis zweimal pro Minute geblinzelt."

Die junge Frau starrte ihn wortlos an.

Er nickte grimmig. „Trau keiner Erinnerung, die sich auf etwas bezieht, das vor dem Jahr 2000 geschehen ist." Mit schnellen Schritten kam er auf sie zu. „Dreh dich mal um!", befahl er. „Siehst du diesen Blechkasten an deinem Bettgestell? Meinst du, er ist nur dazu da, das Gestänge für den Tropf zu halten?" Jetzt begann er, mit dem angespitzten Löffel die kleinen Schrauben zu lösen, mit denen die Bleche zusammengehalten wurden. Schließlich nahm er eines davon ab, und Mirja konnte Elektronik und mehrere mit Schläuchen verbundene Glasampullen erkennen.

Sie spürte, wie ihre Kehle sich zuschnürte. „Was ist das?"

„Das Chemielabor des Teufels", erwiderte der Fremde grimmig. „Es sorgt dafür, dass die Wahrheit dir Schmerzen zufügt und die Lüge sich wie pures Glück anfühlt. Es sorgt dafür, dass du vergessen willst und bereitwillig alles aufnimmst, was in Wirklichkeit gar nicht zu dir gehört –"

Ein Piepen ertönte, und der Fremde zuckte zusammen. Hastig griff er in die Hosentasche und nahm eine seltsam aussehende Smartwatch hervor. „Uns bleibt nicht mehr viel Zeit. Der Reboot wird in fünf Minuten beendet sein."

„Was für ein Reboot?", fragte Mirja. Wut kam in ihr hoch. „Kannst du nicht endlich mal sagen, was hier eigentlich los ist?!"

Der Mann blickte sie an. Der Zorn in seinen Augen glomm nur noch schwach. Er wirkte erschöpft. „Glaube mir, ich bin nicht zum Spaß hier. Ich sage dir alles, was ich weiß und was dir in diesem Moment nützlich ist. Du erinnerst dich an Pit?"

Pit ... Flüchtig blitzte das Bild eines schlanken jungen Mannes vor ihr auf. Er trug einen Tablet-PC unter dem Arm und starrte sie aus angstgeweiteten Augen an. Sie nickte. „Ja."

„Gut. Er hat deinen Freund Julian erreicht ..."

Wieder blitzte ein Bild in Mirja auf. Sie sah den jungen Mann mit dem Dreitagebart und dem verschmitzten Grinsen vor sich. Nein, das war nicht Julian. Es war sein jüngerer Bruder Raven. Julian war der Ältere und Selbstbewusstere von beiden gewesen.

„Hallo, hörst du mir noch zu?", unterbrach der Fremde ihre Gedanken.

„Ja."

„Gut, offenbar nimmt Julian deinen Hilferuf ernst. Und er kennt einen deutschen Hacker, der ziemlich gut ist in dem, was er tut. Jedenfalls ist es ihm gemeinsam mit Pit gelungen, sich hier in das System einzuschleichen. Heute läuft ein routinemäßiges Softwareupdate. Dabei kam es dank dieses Hackers zu einem Teilabsturz des Systems. Wenn wir Glück haben, wird niemandem auffallen, dass die Geräte in deinem Raum eine Zeit lang offline waren. Wenn wir Pech haben, taucht hier gleich der Wachschutz auf."

Mirja nickte. Gedanken rasten durch ihren Kopf.

„Jetzt hör genau zu: Von Zeit zu Zeit erlauben sie es dir, ganz normal zu schlafen – ohne Hintergrundfilm oder Medikamente. Dein Gehirn braucht das, um die Eingriffe zu verarbeiten. Diese modifizierte Smartwatch hier", er zeigte ihr die Uhr, „wird dafür sorgen, dass du in diesem Zeitraum aufwachst. Aber sie ist noch weit mehr als nur ein Wecker. Sie wird dir Nachrichten übermitteln. Und wenn du leben willst: Höre auf diese Botschaften!" Er stopfte das kleine Gerät unter die Matratze. „Ich muss jetzt los."

„Warte!" Mirja griff nach seinem Arm. „Wer bist du? Und warum hilfst du mir?"

Das Grinsen des Mannes verwandelte sich zu einer verzweifelten Grimasse. „Allein kommt hier niemand raus!" Er wandte sich ab und eilte hinaus. Leise schloss sich die Tür hinter ihm.

Drei Atemzüge lang umfing sie Stille. Dann ging das Radio an.

„… ‚The Jackson Five' haben die ‚Beatles' vom Thron gestoßen. Hier ist der neue Nummer-1-Hit: The love you save …"

Mirjas Blick verschwamm. *Wer ich auch bin,* schoss ihr durch den Kopf. *Du kennst mich, Dein bin ich …*

Kapitel 27

Berlin, Mai 2024

Der Lichtstrahl durchschnitt die grauen Schatten, langsam wanderte er durch den Garten. Der Rottweiler hörte auf zu würgen. Vorsichtig beschnüffelte er sein Erbrochenes.

Raven umfasste Leelas Handgelenk fester. „Komm!"

Doch die junge Frau blieb stehen. „Was hast du mit ihm gemacht?!"

„Nichts. Jetzt komm."

„Du hast etwas in das Fleisch gemischt!" Sie entzog sich seinem Griff.

Das ist doch jetzt wurstegal, wollte Raven erwidern. Aber er beherrschte sich. „Nichts, was ich nicht selbst nehmen würde", erwiderte er. „Und jetzt komm. Wenn der Typ uns sieht, ist das Ding gelaufen."

Der Schein der Taschenlampe kam näher. Jetzt hatte er den Rand des Sandkastens erreicht.

Offenbar siegte nun die Vernunft über die Sorge um den Hund. Hastig huschten sie über den Rasen und kauerten sich in den Schutz der Hecke. Derweil schien Max interessiert daran, einem Teil des Erbrochenen eine zweite Chance zu geben.

Der Lichtstrahl der Taschenlampe huschte über die belaubten Äste des Walnussbaums. Ein dunkler Schatten flatterte auf und flog in die Nacht davon. Vielleicht eine Eule oder eine aufgeschreckte Krähe?

Die Lampe erlosch.

Sie warteten.

Leela sagte irgendetwas, doch Raven war in Gedanken woanders.

Vor seinem inneren Auge sah er, wie Julian mit einer der Buddelformen lachend davonlief.

„Gib sie her! Du hast es versprochen!" Sein eigener schriller Schrei hallte in Ravens Ohr wider.

„Hol sie dir doch!" Julian sprang geschickt hoch und klemmte sie in die unterste Astgabel des Walnussbaums, der damals noch etwas niedriger gewesen war.

Raven hüpfte hoch, konnte die Form aber nicht erreichen.

Julians spöttisches Lachen im Ohr, rannte er zurück zum Sandkasten und holte den Kinderspaten. Er versuchte, die Form mit seiner Hilfe herunterzustoßen, aber sie hatte sich verkeilt.

„Spinnst du?!", schimpfte Julian. „Du machst sie noch kaputt!" Er griff nach dem Spaten.

„Geh weg!", schrie Raven, und dann geschah alles ganz schnell: Irgendwie traf die scharfe Kante des Spatens Julians Stirn. Der größere Junge stieß einen Schmerzensschrei aus und fiel auf die Knie. Er hatte die Hände vors Gesicht geschlagen.

„Selber schuld, du Blödmann!", schrie Raven.

Julian nahm die Hände vom Gesicht und starrte fassungslos darauf. Sie waren voller Blut.

Wieder sagte Leela etwas.

„Auf dem Baum!", unterbrach Raven sie.

Sie blickte ihn verwirrt an.

„Er hat es auf dem Baum versteckt! Komm!" Er packte Leela an der Hand und zog sie hinter sich her. Der Walnussbaum kam ihm auch heute noch riesig vor.

Raven schluckte. „Kannst du klettern?", fragte er leise.

„Ich?" Leelas sonst so selbstsichere Stimme klang dünn. „Warum denn ich? Das ist doch dein Spezialgebiet. Ich muss mich um den Hund kümmern."

Als hätte das Tier nur auf seinen Einsatz gewartet, knurrte es leise.

Raven sah in Leelas nur schemenhaft zu erkennendes Gesicht. „Wieso mein Spezialgebiet?", fragte er. *Traue niemandem!,* hallte es leise in ihm wider.

„Ich habe ein bisschen recherchiert", erwiderte Leela.

Der Hund gab ein leicht asthmatisches Keuchen von sich. Sie ging zu dem Tier hinüber. „Was hast du ihm denn ins Futter gepackt?"

„Ein Beruhigungsmittel." Ravens neu erwachtes Misstrauen ebbte wieder ab. Es lag nahe, dass eine Hackerin wie Leela im Netz nach Informationen über ihn suchte. Auch wenn er nicht so berühmt gewesen war wie sein Bruder, gab es dort immer noch genug zu finden. Er wandte sich wieder dem Baum zu. Die Zweige bewegten sich leise raschelnd im lauen Nachtwind. Für Raven hatte das Geräusch etwas Bedrohliches wie das trockene Rasseln einer Klapperschlange. Nun bedauerte er, dass er an diesem Abend sein Medikament nicht genommen hatte. Aber er hatte kaum eine Wahl gehabt. Seine letzten fünf Tabletten hatte Max verspeist. Raven legte beide Hände an die Rinde und atmete tief durch. Früher hätte er über diese Herausforderung gelacht. Er wusste, dass die Fähigkeiten immer noch in ihm steckten. Er zwang sich, langsam und tief zu atmen, und versuchte wieder zu denken, wie ein Freerunner dachte: ausschließlich auf das nächste Ziel fokussiert. Raven öffnete die Augen. Er versuchte, sich nicht von der Größe des Baums beeindrucken zu lassen. Sein Ziel befand sich nicht sehr weit oben, es war ganz dicht, in seiner Reichweite. Er ging in die Knie, federte hoch und sprang. Seine Hände umfassten den untersten Ast. Er zog sich hinauf, spannte die Rumpfmuskulatur an und schlang ein Bein über den Ast. Seinen Fuß verkeilte er am Baumstamm. Sobald er Halt hatte, nutzte er den Hebel und drückte sich hoch. Im nächsten Augenblick saß er schon rittlings auf dem Ast. Doch er hatte zu viel Schwung genommen und drohte nach vorne zu kippen. Sofort waren die Bilder wieder da: schwarzer Asphalt, der rasend schnell näher kam, das dumpfe Geräusch des Aufpralls und das Blut, das sich in bizarren Mustern über die Straße ergoss …

„Nein!", zischte er. Er bohrte seine Finger in die Rinde.

Leela rief leise etwas zu ihm hinauf. Ihre Stimme klang besorgt. Er beschloss, sie zu ignorieren.

Der nächste Schritt! Denk nur an den nächsten Schritt! Er biss sich fest auf die Lippen und konzentrierte sich auf den Schmerz. Seine tastenden Finger fanden einen dünnen Ast. Er umklammerte ihn – viel zu fest, das wusste er. Dann zog er einen Fuß auf den Ast empor und richtete sich vorsichtig auf. Als er auf dem dicken Ast stand, umarmte er den Stamm des Baumes wie eine Geliebte.

Der Hund bellte plötzlich, und Raven zuckte erschrocken zusammen. Sein linker Fuß rutschte ab, er stieß einen erstickten Schrei aus und umklammerte den Stamm so fest, dass es wehtat.

„Kannst du nicht dafür sorgen, dass der blöde Köter ruhig bleibt?", zischte er nach unten.

„Sei bloß still", fauchte Leela zurück, „schließlich hast du das arme Tier vergiftet! Und nun beeile dich lieber. Ich glaube, der Typ ist wieder wach."

Raven unterdrückte einen Fluch und blickte in das dunkle Blätterdach hinauf. Die Stelle, die er erreichen musste, befand sich nur zwei Meter über ihm. Aber sie erschien ihm in diesem Augenblick genauso unerreichbar zu sein wie die Sterne am Himmel.

„Komm, ich zeig dir was!", hatte Julian geflüstert. Die Wunde in seinem Gesicht war schon seit Jahren vernarbt und der Schlag mit dem Spaten längst verziehen. Mit geschmeidigen Bewegungen kletterte er den Baum hinauf.

Raven folgte ihm furchtlos und kaum weniger geschickt.

An einer moosbewachsenen Astgabel hielt Julian inne. „Hier!"

Erst jetzt entdeckte Raven das runde, schwarze Loch im Stamm. Von unten war es nicht zu erkennen. „Ein super Versteck!"

„Ich vermute, es ist das Nest eines Spechtes", erklärte Julian. „Greif mal rein."

Raven steckte seine Hand in das Loch. „Cool!", kam ihm ehrfürchtig über die Lippen.

Raven streckte den Arm aus und griff nach einem etwa handgelenkdicken Ast. Die Botschaft seines Bruders musste dort oben sein! Alles andere ergab keinen Sinn. Er biss die Zähne zusammen.

„Raven!", zischte Leela, „mach schneller."

Das ist nicht hilfreich!, dachte er, aber er sagte nichts. Stattdessen konzentrierte er sich auf den nächsten Kletterzug. Der Stamm war an dieser Stelle mit feuchtem Moos bedeckt und glitschig. Als er sein Gewicht verlagerte, bog sich das Holz bedenklich. Seine Hand fand eine Astgabel. Er zog sich ein Stück höher. Als Kind hatte er auf dem breiten Ast gesessen und in das Loch gegriffen – völlig ohne Angst. Noch vor einem Jahr war er die Fassade des Amtsgerichts Schöneberg hinaufgeklettert. Und nun war er nicht in der Lage, auf einen Baum zu steigen, den er als Sechsjähriger spielend erklommen hatte?

Du bist so ein Feigling, Raven Adam, ein jämmerlicher Feigling! Er griff nach dem Gefühl des Selbsthasses und tauchte tief hinein. Und während er sich in Gedanken wüst beschimpfte, zog er sich ein weiteres Stückchen den Baum hinauf. Alles war besser als diese lähmende Angst. Er legte seinen rechten Arm über die Astgabel und tastete mit der linken Hand den Stamm empor. Da war es! Er steckte zwei Finger hinein und spürte etwas Kühles – die Blechdose!

Vorsichtig ergriff er die schmale Dose mit Zeige- und Mittelfinger. Ein Gefühl des Triumphs durchzuckte ihn. In diesem Moment bellte der Köter erneut, und Raven zuckte zusammen. Seine Fußspitze glitt ab, sein Körper neigte sich nach hinten. Er spürte, wie er den Halt verlor. Obwohl er wusste, dass er etwas tun musste, war er wie blockiert in seinem Denken und seiner Bewegungsfähigkeit – er konnte nur krampfhaft die Blechdose festhalten. Und dann geschah das, was er in seinen Albträumen wieder und wieder durchlebt hatte – er stürzte ab.

Das Blätterwerk rauschte an ihm vorbei, Zweige peitschten gegen seinen Hinterkopf. Ein Ast schlug hart gegen seine Niere. Er drehte sich in der Luft. Der Erdboden flog ihm entgegen – schwarz, bösartig, tödlich. Die Wucht des Aufpralls riss ihm die Beine weg, er schlug hart auf dem

Boden auf. Die Luft wurde ihm aus den Lungen gepresst. Vor seinen Augen wurde es schwarz.

Es war das Würgen des Hundes, das Raven schließlich erkennen ließ, dass er noch am Leben war. Im nächsten Moment spürte er Leelas Hand auf seiner Schulter.

„Alles okay?"

„Na ja …", kam es krächzend über seine Lippen.

Plötzlich war er von grellem Licht umhüllt. „Wer sind Sie? Was machen Sie da?!"

„Wir müssen weg!", zischte Leela aufgeregt.

Die Blechdose! Wo war die verdammte Dose? Halb blind tastete Raven den Boden ab. Der Hund kotzte schon wieder.

„Was haben Sie mit Max gemacht?", rief der Mann. Unsicherheit und Wut schwangen in seiner Stimme mit.

„Entschuldigen Sie. Mein Freund ist betrunken!", sagte Leela hastig. „Wir gehen schon wieder." Sie zerrte an Ravens Arm.

Im grellen Licht der Taschenlampe blitzte etwas auf.

„Was ist los, Matthias?", meldete sich eine verschlafene Frauenstimme.

„Ruf die Polizei, Schatz! Zwei Chaoten haben unseren Garten verwüstet und Max vergiftet." Die Frau stieß einen erschrockenen Schrei aus.

„Komm endlich!", zischte Leela. Sie riss an seinem T-Shirt.

„Sie bleiben schön hier", sagte der Mann nun mit etwas festerer Stimme, „bis die Polizei hier ist!"

Raven kämpfte sich auf die Knie, warf einen Blick über die Schulter und sah den Mann langsam näher kommen. Er hielt einen langen Gegenstand in der Hand.

Leela schien in Panik zu geraten. Sie zerrte mit aller Gewalt an Raven. Er stieß sie zurück. Suchend huschte sein Blick über den Boden. Da war sie! Er stand hastig auf, doch die Welt drehte sich vor seinen Augen, und er taumelte ein paar Schritte zur Seite. Seine Finger schlossen sich um die Dose.

„Halt!", schrie der Mann.

Er rappelte sich auf.

„Sie bleiben stehen!"

Leela begann zu laufen, Raven mit sich zerrend. Sie erreichten das Gartentor.

„Stehen bleiben!", rief der Mann.

Raven hörte ein Zischen und spürte einen harten Schlag auf dem Oberschenkel.

„Matthias! Hör auf!", rief die Frauenstimme hinter ihnen. „Lass sie!"

Ohne sich umzudrehen, hastete Raven mit Leela durchs Gartentor und schlug die Tür hinter sich zu.

Gemeinsam rannten sie den unebenen Laubengang entlang, hinter sich das Winseln des Hundes und das zuckende Licht der Taschenlampe.

Ravens Bein schmerzte, und sein Schädel dröhnte, und doch fühlte er sich gut. Ein Geräusch bahnte sich den Weg seine Kehle empor, doch ehe er recht begriff, was das bedeutete, fuhr Leela ihn auch schon an. „Was gibt es da zu lachen?! Ich bin fast gestorben vor Angst!"

„Ich auch!", schnaufte Raven. „Ich … auch!" Sie hatten das Ende der Kolonie erreicht. Der Mann war ihnen nicht gefolgt. Sie verlangsamten ihre Schritte.

Keuchend und immer noch lachend, rang Raven nach Atem. „Was für eine bescheuerte Geschichte!"

Gemeinsam schlenderten sie zum Bahnhof.

Kapitel 28

Brasilien, Bundesstaat Pará, September 2023

Der Mohrenkaiman trieb langsam im Wasser, nur die hoch liegenden Augen und die Nasenlöcher ragten heraus. Der lange, gepanzerte Schwanz bewegte sich nicht. Nur mit den Füßen paddelnd, trieb er seitlich zur Strömung. Für seine potenzielle Beute war er kaum sichtbar. Ein perfekt angepasster Jäger, der bis zu sechs Meter lang und dreihundert Kilo schwer werden konnte. Dieser hier allerdings war noch jung, unerfahren und nur einen halben Meter lang.

Plötzlich schossen zwei Hände auf das Tier zu. Die rechte Hand umfasste seine Schnauze, die linke packte seinen Schwanz. Erst zappelte das Tier vor Schreck. Doch im Boot wurde es ganz still.

„Unglaublich", flüsterte der blonde junge Mann ehrfürchtig. „Sie haben mit bloßen Händen ein Krokodil gefangen!"

„Einen Kaiman", verbesserte Elly ihn lächelnd. „Es ist gar nicht so schwer, wenn man weiß, worauf man achten muss. Die Muskeln zum Öffnen des Mauls sind relativ schwach, auch bei größeren Exemplaren. Man muss nur wissen, wie man zupackt." Sie wusste, wie die Haut des Kaimans sich anfühlte: glatt und kühl. Man konnte die verknöcherten Platten unter der Hornhaut ertasten.

Etwas stimmt hier nicht! Der Gedanke war störend und unangenehm und ließ sich einfach nicht vertreiben. Es war, als würde jemand Fremdes in ihren Kopf eindringen. Sie schob ihn beiseite.

„Darf ich ihn berühren?"

„Natürlich!"

Der junge Blonde streckte zögernd die Hand aus. Er lächelte, als seine Finger über die Haut des Tieres glitten. Er hatte ein sehr nettes Lächeln.

Ellys Haare fielen ihr ins Gesicht. Da sie keine Hand frei hatte, warf sie den Kopf nach hinten. Das wiederum erschreckte den Kaiman, und er begann zu zappeln.

Etwas stimmt hier nicht! Schmerzhaft bohrte sich dieser Gedanke in ihr Bewusstsein. Und im selben Moment erkannte sie, was es war. Sie sah sich selbst: braun gebrannte Haut, Sommersprossen, helle Locken. Sie sah das Glitzern in ihren Augen, als ihr Blick den des blonden jungen Mannes streifte, und sie sah sich das Tier zurück in den Fluss werfen.

Das ist nicht die Realität! Man kann sich nicht selbst sehen. Nur im Traum ist so etwas möglich.

Der junge Mann lachte. Sie kannte seinen Namen. Er hieß –

Wieder drang etwas Fremdes in ihr Bewusstsein, ein Vibrieren und ein unangenehm schrilles Geräusch.

Wach auf!

Das Geräusch wurde lauter.

Wach auf!

Sie zuckte zusammen. Ihre Augenlider flatterten. Für einen kurzen Moment sah sie erneut sich selbst und den blonden jungen Mann in einem Boot. Dann war da nur noch das dichte Grün des Dschungels hinter dem vergitterten Fenster.

Ein unangenehmes Piepen gellte in ihren Ohren. Ihr Blick fiel auf das alte Radio, das auf ihrem Nachttisch stand. Es knackte und rauschte. Benommen richtete sie sich auf. Rasch hob sie die Matratze an und drückte auf das Display der Smartwatch. Es war 4:35 Uhr morgens.

Guten Morgen, Mirja, stand auf dem kleinen Display. Schmerz und dunkle Erinnerungen kamen in ihr hoch, als sie diesen Namen las. Doch sie hatte gelernt, diese Gefühle beiseitezuschieben. *Du hast zwanzig Minuten. Treffen in zehn Minuten. Heute ist D-Day!*

Mirja schwang die Beine über die Bettkante. Ihr war schwindlig, und es fiel ihr schwer, sich zu orientieren. Das Brennen auf ihrer Kopfhaut verriet ihr, dass sie wieder unter diesem Gerät gelegen hatte. *Was hatten sie diesmal gelöscht? Was hatten sie hinzugefügt?*

„Ich bin Mirja!" Sie presste die Hände gegen die Schläfen. Bewusst konzentrierte sie sich auf den körperlichen Schmerz, den dieser Name in ihr auslöste. „Ich bin Mirja!" Sie ignorierte die flüsternden Stimmen, die ihr diesen anderen Namen zuflüsterten, mal lockend, mal mahnend.

Er hatte ihr geraten, die Andere zu hassen. Aber Mirja konnte das nicht. Die Andere war nicht böse. Außerdem hatte sie festgestellt, dass der Hass sie nur dazu brachte, sich die ganze Zeit mit der Anderen zu beschäftigen. Und das wiederum rief ständig fremde Emotionen, Gedanken und Bilder in ihr wach. Deshalb vermied sie es im wachen Zustand, an den Namen der Anderen zu denken, stattdessen sprach sie ein Gebet und versuchte, ihren Halt außerhalb von sich selbst zu finden, um sich nicht zu verlieren.

Ihr Atem ging langsamer, ihre zitternden Hände beruhigten sich. Sie schlug die Augen auf. Es blieb nicht viel Zeit. Die Uhr erklang nur dann, wenn das System nicht funktionierte. Sie vermutete, dass zeitgleich ein Hackerangriff erfolgte, der alle Geräte im Raum verrücktspielen ließ, sodass ein automatisierter Reboot des Systems erfolgte. Ein blinder Fleck – für zwanzig Minuten.

Mirja zog die Infusionsnadel aus dem Arm. Sie hatte ihren Mitgefangenen gefragt, woher er diese Uhr hatte.

„Eins Alpha hat sie gebaut", hatte der andere mit schiefem Grinsen erwidert. „Er war ein Genie, bevor –" Er hatte stockend innegehalten. Aber Mirja wusste, was er sagen wollte: bevor er sich selbst verloren hatte.

„Hat er auch diesen Pilz gefunden?", hatte sie gefragt.

„Ja. Er hat –", er war verstummt. „Ich war –", hatte er erneut angesetzt, doch dann hatte er lediglich eine Grimasse gezogen. „Ach verdammt, sie haben mir zu viele Löcher ins Gehirn gebohrt."

Mirja klappte die Matratze hoch und nahm eine Prise des Pulvers aus dem Säckchen. Sie hatten einen Plan. Sie musste sich nur noch daran erinnern! Das Problem war, dass ihr Gedächtnis sie mehr und mehr im Stich ließ. Die Wirklichkeit wurde mit jedem Tag unwirklicher. Was sie in den wenigen wachen Minuten erlebte, wurde überlagert von Eindrücken, die ihr um ein vielfaches lebendiger und realer erschienen. Dieses andere Leben war in jeder Hinsicht reich und glücklich, es war nahezu vollkommen. Es gab nur einen Haken: Es war nicht ihr Leben!

Mirja stand auf. Es war gut, den harten Boden unter den Füßen zu spüren. Am Anfang hatte das Gerät sehr einfache Nachrichten übermittelt. *Dein Name ist Mirja! Vergiss das nie! Du bist hier gefangen. Man versucht, eine Gehirnwäsche durchzuführen. Erinnere dich an dein wahres Selbst und halte dich körperlich fit. Mach Kniebeugen und Liegestütze.*

Mirja hatte sich daran gehalten. Sie hatte schon immer gern Sport getrieben. Die körperliche Anstrengung tat ihr gut. Sie hatte festgestellt, dass die Bewegungen ihr halfen, sich zu erinnern – eine Art Konditionierung. Allerdings begannen schon nach wenigen Liegestützen ihre Arme zu zittern.

„Eins, zwei …"

Ein Einzelner kann unmöglich von hier fliehen. Aber wir sind nicht allein, du und ich. Wir haben Hilfe von außen!

„… drei, vier …"

In einer Woche ist D-Day. Wenn wir noch länger warten, bin ich nicht mehr in der Lage mitzukommen.

„… fünf …"

… Du musst Folgendes tun …

„… sechs …" Schweiß rann ihr über die Stirn. Verzweifelt versuchte sie, sich zu erinnern. Was musste sie tun? „… sieben … acht …" Irgendetwas mit einer Zahl. Nein, einer Nummer. Ihre Arme zitterten. „… neun …"

23-10-19-46 … hinter dem Licht … und dann 0.04 …

Mirja sackte auf den Boden. Ihre Wange schmiegte sich an das harte Holz der Dielen. Schweiß rann ihr in die Augen und sie blinzelte. Das Licht – was war mit dem Licht?

... Nimm die Uhr mit ...

Mühsam richtete sie sich auf. Sie griff sich die Smartwatch und band sie sich um das Handgelenk. Irgendetwas war mit der Uhr. Es hatte einen Grund, dass sie so unförmig aussah.

Noch 3 Minuten bis 0.04, ging ihr durch den Kopf. Aber was hatte es mit dieser seltsamen Nummer auf sich?

Sie ging zur Tür. Die Klinke ließ sich herunterdrücken, aber das Schloss war verriegelt.

Dass die Uhr so kryptische Kurzbotschaften übermittelte, hatte System. Falls ein Mitglied des Personals die Uhr fand, sollte nicht zu viel von den Fluchtplänen auffliegen. Aber es hatte auch den entscheidenden Nachteil, dass Mirja erhebliche Schwierigkeiten hatte, diese einzelnen Botschaften zu deuten. Ihr blieben noch zweieinhalb Minuten.

„Hinter dem Licht", murmelte sie. Sie ging hinüber zum Fenster. Die Glasscheibe war stabil und fest ins Mauerwerk eingefügt. Anschließend untersuchte sie die kleine Lampe auf dem Nachttisch – nichts!

Noch zwei Minuten.

Sie blickte zur Decke – ein Lampenschirm aus Peddigrohr und eine altmodische Glühbirne.

Hinter dem Licht- ... -schalter!

Mirja eilte zur Tür. Der Schalter bestand aus einem einfachen Kippschalter, umgeben von einer Plastikschutzkappe. Als sie den Schalter betätigte, rastete er nicht wie erwartet in eine andere Position ein. Vielmehr bewegte er sich nur leicht nach unten und federte wieder hoch. Das Licht ging an. Rasch löschte sie es wieder.

Noch eine Minute.

Erneut ging sie in Gedanken den Wortlaut durch. „Verflixt!" Sie schlug sich an die Stirn. „*Hinter* dem Lichtschalter!" Sie umfasste die Plastikschutzkappe. Diese ließ sich drehen. Dahinter kam ein Tastenfeld zum Vorschein. Rasch gab sie den Code ein. Es klackte leise. Nun ließ die Tür sich öffnen.

Im Flur war es dunkel, es roch nach Bohnerwachs. Flüchtig blitzten, ausgelöst durch den Geruch, zwei Erinnerungen in ihr auf. In der einen lief die junge Elly fröhlich die Stufen einer weiß getünchten Wendeltreppe hinab. In der zweiten tappte die sechsjährige Mirja durch einen dunklen, lang gestreckten Flur, um einen Blick in das Zimmer zu werfen, in dem ihre Großmutter gerade gestorben war.

Mirja drängte die Bilder zurück und sah sich um. Es gab nur eine schwache Notbeleuchtung. Im Dämmerlicht waren mehrere Türen zu erkennen, die rechts und links vom Flur abgingen. Leise schloss sie ihre Zimmertür hinter sich. Dabei fiel ihr Blick auf ein kleines Schild in Augenhöhe:

3β

0.12

Drei Beta, sie stockte. *Damit meinen sie mich!* Sie ballte die Fäuste. Auch wenn es seltsam anmutete, aber die Erkenntnis, dass man sie wie einen Gegenstand katalogisiert und nummeriert hatte, gab ihr zum ersten Mal ein Gefühl von Klarheit.

Die Andere war niemand, den sie hassen konnte. Sie war kein Feind. Im Gegenteil, sie schien ein besserer Mensch zu sein, als Mirja je einer sein würde.

Aber es ging hier nicht darum, welches Leben erstrebenswerter oder welcher Mensch besser war. Es ging darum, dass sie zu einem Ding gemacht wurde – als wäre ihre Erinnerung nicht mehr als eine Festplatte, die man nach Belieben neu beschreiben konnte.

Sie ging zum nächsten Zimmer.

4β

0.10

Okay. Die obere Zeile stand offenbar für die Person, die dort untergebracht war – oder das Versuchsobjekt. Ob hinter der jeweiligen Tür ein Mann oder eine Frau lag, ging nicht daraus hervor. Die untere Zahl war die Zimmernummer.

Sie ging weiter. Ein Blick auf die Uhr verriet ihr, dass sie bereits eine Minute zu spät war. Sie ging rascher, hielt jedoch inne, bevor sie die

Nummer 0.04 erreichte. Sie hörte eine Stimme! Mirja bewegte sich leise auf die gegenüberliegende Seite. Eine Diele knarrte, und sie erstarrte in der Bewegung. Bei Raum 0.06 fehlte der Hinweis auf eine gefangene Person.

Wieder vernahm sie Stimmen. Sie klangen aufgeregt. Behutsam setzte sie einen Fuß vor den anderen.

„Shit …!", fluchte eine Stimme. Sie sprach Englisch mit unverkennbar amerikanischem Akzent. „Das bescheuerte Programm wirft mich immer wieder raus – "

„Sei endlich still!", knurrte eine Stimme, die einen anderen, eher südländischen Akzent hatte. „Ich habe was gehört!"

Der andere erwiderte etwas, das Mirja nicht verstand.

„… als ob jemand auf dem Flur herumschleicht", vernahm sie gleich darauf den Südländer.

Sie verharrte bewegungslos.

„Sieh nach!", knurrte die erste Stimme.

Mirja war unfähig, sich zu rühren. In ihrem Kopf rasten die Gedanken. *Flieh!*, schrie eine Stimme ihr zu. Aber sie wusste nicht, wohin. Mit weit aufgerissenen Augen sah sie, wie die Klinke sich nach unten bewegte.

Doch die Tür öffnete sich nicht. Es klackte. Jemand rüttelte mehrmals an der Klinke.

„Verschlossen!", erklang die Stimme des Südländers.

„Na bitte", erwiderte der andere, „dann scheint zumindest die Notverriegelung zu funktionieren. Jetzt mach dich mal locker. Die automatisierten Infusionen sind so konfiguriert, dass sie bei Störungen und einem Reboot des Systems die Narkosemittel erhöhen. Die Akkus halten problemlos zwölf Stunden durch. Und wie du selbst siehst, funktioniert auch die Notverriegelung einwandfrei. Und jetzt halt die Klappe. Ich muss mich konzentrieren."

Mirja löste sich aus ihrer Erstarrung. Ein Blick auf die Uhr verriet ihr, dass sie nun schon zwei Minuten über der Zeit war. Behutsam schlich sie auf nackten Sohlen dicht an der Wand entlang. Dort bewegten sich die Dielen etwas weniger. Schließlich entdeckte sie die Nummer 0.04 auf der gegenüberliegenden Seite. Die Tür war nur angelehnt. Sofort spürte sie ein Kribbeln auf der Haut. Hier stimmte etwas nicht.

Mit den Fingerspitzen drückte sie die Tür lautlos ein paar Zentimeter auf. Licht erhellte den Boden. „Hallo?", wisperte sie.

Sie vernahm ein gedämpftes Schnaufen. Langsam stieß sie die Tür weiter auf. Als Erstes sah sie den umgestürzten Nachtschrank. Die brennende Lampe lag neben dem Radio auf dem Boden und verbreitete ein unheimliches Licht. Etwas abseits lagen ein paar Flipflops und ein Stofffetzen. Hatte hier ein Kampf stattgefunden? Das Bett stand mit der Rückseite zur Tür. Mirja konnte erkennen, dass der Infusionsschlauch angeschlossen war. Da lag jemand im Bett. Sie ging einen Schritt weiter und hielt inne. Ihre Füße traten in etwas Feuchtes. Sie blickte zu Boden – Blut!

Wieder erklang das Keuchen.

Ein Schauer lief ihr über den Rücken.

Sie trat näher an das Bett heran. Ja, da lag tatsächlich jemand. Es war eine Frau. Sie war nicht zugedeckt und trug altmodische Schwesternkleidung. Ihre Augen waren geschlossen, und sie atmete tief und regelmäßig. In ihrem Arm steckte die Infusionsnadel.

Ein leises Stöhnen ließ sie erschrocken zusammenzucken. Da war noch jemand. Langsam ging sie auf den Vorhang zu, der den Waschbereich vom Rest des Raumes abtrennte. Auch hier befand sich Blut auf dem Boden. Sie ballte die rechte Faust und zog mit der linken Hand ruckartig den Vorhang beiseite.

Er saß auf dem Boden, lediglich mit einem Krankenhaushemd bekleidet. Seine rechte Hand hielt einen blutbeschmierten Löffel umklammert. Sein linker Arm war entblößt und mit tiefen Schnitten übersät, aus denen das Blut in Strömen floss. Sein Gesicht war so blass wie die gekalkte Wand hinter ihm. Er schien Mirja aber gar nicht zu bemerken. Konzentriert presste er den spitz zugefeilten Griff des Löffels auf die blutbeschmierte Haut seines Unterarms und drückte sie tief in die Haut hinein. Dunkles Blut quoll hervor.

„Bist du wahnsinnig?", entfuhr es Mirja. „Was machst du da?"

Sie wollte sein Handgelenk umfassen. Aber er schüttelte sie ab, als sei sie ein lästiges Insekt. Wie in Trance setzte er das Messer schräg in der Mitte des vorherigen Schnitts an und fügte sich eine weitere Wunde zu. Dass er Schmerzen hatte, war nur an dem leisen Keuchen zu vernehmen, das er ausstieß.

Mirja spürte, wie ihr die Tränen in die Augen stiegen. „Hör auf damit, bitte!"

Er setzte das Messer ein drittes Mal an und zog eine weitere blutige Linie in sein Fleisch.

Mirja schluchzte.

Das bleiche, schweißnasse Gesicht des Mannes verzog sich zu einem Lächeln. Er hielt ihr den schrecklich zugerichteten, blutigen Arm entgegen, als präsentiere er ihr ein kostbares Geschenk. „Maik", stieß er aus. „Das ... ist mein Name." Seine Augen glühten. „Ich bin Maik."

Mirja starrte auf die blutende Wunde. Voller Entsetzen bemerkte sie, dass er sich seinen eigenen Namen ins Fleisch geritzt hatte. Sie sah sich suchend um. „Wir müssen das verbinden."

Er presste den Arm an sich und schüttelte den Kopf. „Nein." Mühsam richtete er sich auf.

Sie half ihm auf und sah sich im Raum um. „Wo sind deine Sachen?"

„Keine Zeit!", erwiderte er und machte sich los.

Mirja blickte auf die Uhr. Es waren nur noch eine Minute und zehn Sekunden bis ... Sie presste die Lippen zusammen. *Bis was?* Sie hatten alles genau geplant, aber sie konnte sich nicht mehr erinnern.

„Hier!" Maik drückte ihr die Flipflops der Krankenschwester in die Hand. „Du wirst sie brauchen, dort draußen."

Draußen! Ja! Aber wie sollten sie hier herauskommen? In diesem Moment drang ein rhythmisches Geräusch aus dem Flur zu ihnen herein. Maik presste den Arm fest an sich. Sein Hemd war blutbeschmiert. Er kämpfte sich auf die Beine und torkelte Richtung Tür.

Mirja folgte ihm. Das Knarzen der Dielen ging in einem lauten Wummern unter. Es wurde von aufgeregten Stimmen begleitet und kam aus Raum 0.06. Jemand warf sich mit aller Macht gegen die Tür. Holz knirschte und splitterte. Schließlich entstand ein Loch. Jemand starrte durch den Spalt nach draußen. Mirja sah ein stoppelbärtiges Gesicht.

„Verdammt, zwei sind wach!", schrie der Mann. „Alarm!"

Ein Fluch ertönte.

Mirjas Blick fiel unwillkürlich auf die Uhr. Noch dreißig Sekunden. Der Stoppelbärtige warf sich erneut gegen die Tür. Hastig folgte sie Maik den Gang entlang. Plötzlich drang der Lärm einer Sirene in das Gebäude. Es klang wie der Bombenalarm in alten Filmen.

Mirja packte Maiks Schulter. „Was sollen wir tun?", schrie sie ihn über den Lärm hinweg an.

Sein Gesicht war schweißüberströmt. Blut klebte an seiner Wange. Er sagte irgendetwas, aber Mirja konnte kein Wort verstehen.

Hastig warf sie einen Blick über die Schulter. Ein zersplittertes Brett polterte auf den Flur. Sie begannen zu rennen. Gemeinsam erreichten sie die massive Holztür, die nach draußen führte. Mirja griff nach der Klinke. Die Tür war verschlossen.

„Maik! Wie kommen wir hier raus?"

Der junge Mann starrte sie an. In seinen Augen glänzte der Wahnsinn. Unwillkürlich fiel Mirjas Blick auf den angespitzten Löffel. Maik hielt ihn so fest umklammert, dass seine Knöchel weiß hervortraten.

Sie blickte auf die Uhr. Noch 12 Sekunden ... 11 Sekunden ...

JETZT!

Mirja erschauerte. *JETZT? Wieso stand da auf einmal JETZT?*

Etwas geschah mit der Uhr. Sie wurde heiß. Hastig öffnete sie das Armband und riss die Uhr ab. Dann kam eine Erinnerung. Oder vielmehr eine Art Intuition. Sie drückte die Uhr gegen den Schutzbeschlag des Schlosses. Sie blieb haften. Eine Sechs blinkte auf dem Display, dann eine Fünf.

Sie packte Maiks Arm. „Komm!"

Er starrte sie an.

„Das Ding geht gleich hoch!" Sie hetzte einige Schritte in den Gang zurück und zog Maik hinter sich her. Ein Piepen ertönte. Fast zeitgleich gab die Tür von Raum 0.06 dem Wüten des Wachmanns nach. Das halbe Türblatt krachte splitternd auf den Flur, gefolgt von der kräftigen Gestalt des Wachmanns.

Instinktiv blieb Maik stehen. Es piepte ein zweites Mal.

„Auf den Boden!", schrie Mirja.

Sie riss Maik mit sich. Im gleichen Augenblick ertönte ein lauter Knall. Ein Lichtblitz erhellte den düsteren Gang. Sie spürte, wie etwas Heißes über sie hinwegraste. Der Wachmann wurde zu Boden geschleudert.

Mirja reagierte, ohne nachzudenken. Sie rappelte sich auf und zerrte den benommenen Maik auf die Beine. „Raus hier!" Ihre eigene Stimme drang wie aus weiter Ferne zu ihr. Ein unangenehmes Pfeifen gellte in ihren Ohren. Der Sprengsatz hatte nicht nur das Schloss, sondern gleich die halbe Tür weggefetzt. Qualmend hingen die zersplitterten Reste in den Zargen. Dahinter wartete die Dunkelheit.

Hustend stolperten sie darauf zu.

„Halt! Bleiben Sie stehen!"

Mirja warf einen Blick zurück. Der erste Wachmann hockte benommen auf dem Boden, aber ein zweiter hatte nun die Verfolgung aufgenommen. Er zog etwas aus einem Gürtelholster. Ein schwarz-gelbes Ding, das einer Pistole nicht unähnlich war. Sie hetzte weiter. Die Tür war nun schon ganz nah. Sie konnte die Hitze spüren, die von den schwelenden Holzresten ausging.

Plötzlich traf sie etwas im Rücken. Im nächsten Moment verkrampften ihre Muskeln. Ein ungeheurer Schmerz durchzuckte Mirja, und sie krachte wie ein Brett auf den Boden.

Jemand rief ihr etwas zu, aber die Worte waren kaum mehr als ein fernes Rauschen.

Kurz darauf riss etwas an ihrer Schulter. Sie schrie schmerzerfüllt auf. „Steh auf!", rief ihr jemand ins Ohr. Benommen versuchte sie, sich aufzurichten. Gleichzeitig ließ ein schneidender Schmerz an der Hüfte sie aufstöhnen. Sie drehte sich auf den Rücken. Maik hockte neben ihr und versuchte, sie auf die Beine zu zerren. Gleichzeitig sah sie einen riesigen dunklen Schatten in ihr Blickfeld treten. Es war der Wachmann.

„Bleiben Sie unten. Es hat keinen Zweck." Dieses Mal hatte er die unförmige Waffe auf Maik gerichtet. „Jeder Fluchtversuch wird nur unnötige Schmerzen verursachen."

Maik fauchte wie ein in die Enge getriebenes Raubtier. Der Mann wich einen Schritt zurück. Furcht zeigte sich auf seinem Gesicht. „Legen Sie die Waffe hin! Sofort!"

Mirja versuchte erneut, sich hochzustemmen. Jeder Muskel schmerzte.

„Eher sterbe ich!", hörte sie Maik neben sich zischen.

Der Finger des Wachmanns krümmte sich um den Abzug. Doch er drückte nicht ab, stattdessen ließ er die Waffe sinken und starrte verdutzt an sich hinab. Ein kleiner rot befiederter Pfeil steckte in seiner Brust. Die Waffe entglitt seinen Händen. Er fiel auf die Knie und sackte dann reglos zu Boden.

Eine Hand packte ihren Arm und zog sie auf die Füße. Mirja blickte in ein dunkles, mit ockerfarbenen Strichen bemaltes Gesicht. Ein zweiter Mann half Maik auf die Füße, und ein dritter wartete hinter dem Eingang. Er hielt ein Blasrohr in der Hand und schickte ein zweites Geschoss zu dem anderen Posten hinüber, der sich gerade mühsam wieder aufgerichtet hatte. Lautlos sank der Mann zu Boden. Benommen ließ sich Mirja von den Männern über eine Wiese zu einem Loch im Zaun führen. Nicht weit entfernt lag ein weiterer Wachposten auf dem Boden. Sie erschauerte.

„Keine Angst", schnaufte Maik neben ihr. „Die stehen wieder auf … nehme ich an. Copoi ist ein erfahrener Jäger."

Plötzlich sah sie vor ihrem inneren Auge ein rötliches Gesicht mit kurzen blonden Haaren. Abrupt blieb sie stehen. „Pit!", entfuhr es ihr. „Wo ist Pit?" Sie erinnerte sich daran, dass er bei der Flucht dabei sein sollte.

„Wenn er nicht hier ist, haben sie ihn vermutlich erwischt und getötet." Maik packte sie am Arm. „Und wenn du dich nicht beeilst, wird es uns genauso ergehen!"

Wie in Trance schlüpfte Mirja durch das Loch im Zaun. Der schwere Duft des Dschungels stieg ihr in die Nase. Über den Lärm der Sirene hinweg vernahm sie aufgeregte Rufe.

„Lauf!", rief Maik neben ihr.

Und Mirja begann zu laufen, tiefer hinein in den nachtschwarzen Dschungel.

Kapitel 29

Berlin, Mai 2024

„Hey, haste mal 'ne Zigarette?"

Überrascht blickte Raven auf. Sie hatten gerade den Bahnhof betreten, als der Typ plötzlich vor ihnen auftauchte. Er hatte auffallend breite Schultern und war mindestens einen Kopf größer als Raven. Eine Aura von Gewalt und Aggression umgab ihn. Raven hatte ihn bereits auf dem Hinweg gesehen. Er hatte zu der Gruppe von jungen Männern gehört, die in der Nähe des Bahnhofs um einen Geländewagen herumgelungert und Musik gehört hatten.

„Tut mir leid, bin Nichtraucher", erwiderte er und wollte an dem Mann vorbeigehen.

Doch dieser versperrte ihm den Weg. „Hältst dich wohl für was Besseres, he?"

„Nein." Raven wollte sich an ihm vorbeidrücken.

Doch der Breitschultrige ging einen Schritt zur Seite und stellte sich wieder vor ihn. Er grinste Leela anzüglich an. „Ist er was Besseres?"

Die junge Frau schüttelte den Kopf. Sie versuchte, kühl zu bleiben, aber die Angst war ihr anzusehen.

Mist, der Typ war auf Ärger aus.

„He, sieht ganz so als, als hält deine Freundin dich auch für 'nen Loser." Er versetzte Raven einen Stoß, sodass dieser zurücktaumelte.

„Lass ihn in Ruhe!", schrie Leela.

Raven stöhnte innerlich auf. Nun würde der Kerl erst recht nicht aufgeben. Er spürte, wie Angst in ihm hochkam, aber sie lähmte ihn nicht. Vielleicht hatte sein Körper aufgrund der Erfahrungen der vergangenen Monate sein Furchtpotenzial schon erschöpft, vielleicht hatte er aber auch jegliches Maß verloren. Sein Blick huschte suchend umher. Augenscheinlich war der Typ allein.

„Weißt du, was ich jetzt mit dir mache, du Stück Scheiße?", grunzte der Breitschultrige.

Raven antwortete nicht, sondern wich erneut zur Seite aus. Der Mann machte einen Ausfallschritt, um ihm den Weg zu versperren. Doch darauf hatte Raven spekuliert. Blitzschnell trat er ihm mit aller Wucht zwischen die Beine. Der Typ schnaufte und griff sich in den Schritt.

„Lauf!", schrie er Leela zu. Dann wich er zur Seite aus, duckte sich unter dem hastigen Schwinger seines Angreifers hindurch und rannte die Treppe hinauf. Mit zwei langen Sätzen hatte er Leela eingeholt. Auf keinen Fall würde er sich auf einen Kampf mit diesem Anabolikamonster einlassen. Wahrscheinlich würde der Typ ihn nun umbringen, wenn er ihn in die Finger bekäme. Manchmal war Flucht nicht nur der klügere, sondern der einzige Weg.

Er warf einen Blick über die Schulter. Mit etwas ungelenken Bewegungen hatte der Breitschultrige die Verfolgung aufgenommen.

Immer zwei Stufen auf einmal nehmend, hetzten sie die Treppe hinauf. Als Raven den obersten Absatz erreichte und auf den Bahnsteig stürmte, nahm er aus den Augenwinkeln eine Bewegung wahr. Im nächsten Moment prallte etwas hart gegen sein Schienbein, und er stürzte nach vorn. Die Blechdose entglitt seiner Hand und schlitterte mit lautem Scheppern über den Boden. Selbst wenn die Angst ihn seit Julians Tod nie mehr verlassen hatte, hatte er offenbar nicht alles vergessen, was er als Freerunner gelernt hatte. Statt vornüber auf den harten Beton zu knallen, rollte er sich halbwegs elegant ab. Benommen und mit einem pochenden Schmerz im Schienbein versuchte er, sich aufzurichten. Leela schrie ängstlich auf. Polternde Schritte erklangen. Jemand packte ihn an den Haaren und zerrte ihn brutal auf die Füße. Ein haariger Unterarm drückte gegen seinen Kehlkopf.

„Schön ruhig bleiben", raunte eine heisere Stimme in sein Ohr. Bieratem drang in Ravens Nase.

Sie waren von mindestens fünf jungen Männern umstellt. Zwei befanden sich hinter ihm, einer hielt Leela fest, und zwei kamen auf ihn zu – der Breitschultrige, noch immer humpelnd, und ein kaum weniger kräftiger Typ mit einem Baseballschläger. Mit diesem Knüppel hatte er auch Raven zu Fall gebracht, als dieser an ihm vorbeistürmen wollte. Falls irgendein anderer Fahrgast auf dem Bahnsteig gewesen war, hatte er sich inzwischen unauffällig verzogen.

Raven schluckte. Gegen einen dieser Typen hätte er vielleicht eine Chance gehabt, aber nicht gegen fünf.

Leelas Gesicht war angstverzerrt. Der Baseballschläger kratzte über den Beton, als der Typ, ihn locker in der Hand haltend, näher schlurfte. In den Augen des Breitschultrigen funkelte Mordlust. Seine schweren Stiefel stießen gegen die Blechdose, die klappernd über den Bahnsteig rutschte und kaum einen Meter von Raven entfernt liegen blieb.

„Was wollt ihr von uns?", fragte Leela.

Der Kerl, der sie festhielt, schlug ihr beiläufig ins Gesicht. „Halt die Fresse."

Die junge Frau schrie vor Überraschung und Schmerz auf.

Instinktiv ballte Raven die Fäuste. Der hinter ihm stehende Typ drückte daraufhin fester zu und schnürte ihm die Luft ab. Mit beiden Händen griff Raven nach dem Unterarm des Mannes. Er musste all seine Kraft aufbieten, um den Griff etwas zu lockern. Der Kerl war stark, aber nicht ganz so muskelbepackt wie die anderen.

Der Breitschultrige fletschte die Zähne. Raven vernahm das Brausen einer herannahenden U-Bahn, oder war es sein eigenes Blut, das in seinen Ohren rauschte?

Der Knall kam so plötzlich und war so ohrenbetäubend laut, dass Raven zusammenzuckte und die Angreifer erstarrten.

Ein Mann kam die Treppe herauf. Er hielt eine schwere Pistole in der Hand – eine großkalibrige Waffe. Ein dünner Rauchfaden stieg aus dem

Lauf empor. „Die nächste trifft." Der Mann sagte dies mit einer heiteren Gelassenheit, die Raven einen Schauer über den Rücken laufen ließ. Es war der bärtige Mann, den er in den vergangenen Tagen schon mehrfach gesehen hatte.

„Scheiße", entfuhr es dem Typen mit der Bierfahne. Erst jetzt bemerkte Raven das Loch im Blechmantel des Fahrkartenautomaten dicht neben sich.

Der Breitschultrige drehte sich mit einem Ausdruck der Verblüffung auf dem Gesicht zu dem Bärtigen um.

„Ihr habt da etwas, das mich sehr interessiert", sagte dieser. Seine Stimme war im Heranrauschen des Zuges nur schwer zu verstehen.

Doch Raven achtete ohnehin mehr auf die Augen des Bärtigen. Sie glitten über die Schläger hinweg und richteten sich auf die kleine Blechdose.

Es war keine wohlkalkulierte Entscheidung, eher so, als würde eine innere Stimme ihm zurufen: *Jetzt!* Raven rammte seinen Kopf mit aller Kraft nach hinten. Er spürte das Knacken, als die Nase seines Angreifers brach. Der Mann schrie erstickt auf und lockerte seinen Griff. Raven glitt unter seinem Arm hindurch und rammte seinen Ellenbogen in die Brust des Mannes. Dann sprang er vor, griff sich die Blechdose und wandte sich im nächsten Augenblick Leela zu. Sie versuchte, sich loszuwinden, doch der Mann packte sie an den Haaren. Raven sprang ihn an und riss ihn zu Boden. Leela stürzte mit, wand sich und biss ihren Angreifer in den Finger. Er ließ los.

„Halt!" Ein Schuss krachte. Beton splitterte.

Raven griff Leelas Hand und hetzte auf das linke Bahngleis zu. Der Zug fuhr bereits in den Bahnhof ein. „Spring!", rief Raven. Leela zögerte. Er riss sie mit sich.

Sie sprangen. Raven landete sicher auf den Holzschwellen, aber Leela stolperte. Es gelang Raven jedoch, sie zu packen, bevor sie an die Stromschiene geriet. Ein grelles Kreischen ließ die Luft erzittern; der Zugführer machte eine Vollbremsung. Mit einem kurzen Seitenblick konnte

Raven ein totenblasses Gesicht hinter den Glasscheiben der Bahn ausmachen. Weißer Qualm stieg auf.

„Weiter!", schrie Raven. Sie sprangen über die Stromschiene. Während sie die Böschung des Bahndamms hinabschlitterten, rutschte der Zug an ihnen vorbei.

Zweige peitschten ihnen ins Gesicht. „Über den Zaun!", befahl Raven. Er stopfte die Dose in seinen Hosenbund und bot ihr die gefalteten Hände als Tritt. Während Leela über den Drahtzaun kletterte, warf er einen Blick zurück zum Bahndamm. Von ihren Verfolgern war noch nichts zu sehen. Auf der anderen Seite des Zaunes angelangt, rannten die beiden in südöstlicher Richtung an einem lang gestreckten Gebäudekomplex entlang und erreichten ein weitläufiges Industriegelände.

„Ich ... kann nicht mehr", keuchte Leela.

„Noch ein Stück!" Raven entdeckte eine mit Containern vollgestellte Fläche. Er zog Leela hinter sich her, und sie schlüpften in eine Lücke zwischen einem rostigen Container und einer mit Planen gefüllten Gitterbox.

Leela zitterte. Mit weit aufgerissenen Augen starrte sie Raven an.

Raven fühlte sich merkwürdig. Der Schock saß ihm in den Gliedern, und selbst jetzt schnürte die Angst ihm noch die Kehle zu. Auch von der Verletzung an seinem Schienbein ging weiterhin ein pulsierender Schmerz aus ... und doch fühlte er sich auf eine Art und Weise wach und lebendig, wie er es schon seit einer halben Ewigkeit nicht mehr erlebt hatte. War es das Adrenalin, das durch seine Adern rauschte?

Er lugte an der Gitterbox vorbei, hinaus auf das Gelände.

„Sind die alle irre?", schnaufte Leela.

„Ich weiß nicht. Kommt dir das mit diesen Typen nicht merkwürdig vor? Warum haben die uns aufgelauert?"

„Jeder, der grundlos einen anderen Menschen verprügeln will, kommt mir merkwürdig vor", erwiderte die junge Frau.

Raven wiegte nachdenklich den Kopf hin und her. „Das sah mir nicht nach Zufall aus. Der Anabolikatyp hat irgendwo unten an der Eingangstür gewartet, die anderen hielten sich oben auf dem Bahnsteig versteckt. Handelt so jemand, der einen zufällig vorbeikommenden Passanten plattmachen will?"

„Ich hab keine Ahnung, wie solche Typen ticken."

„Es sah fast so aus, als hätten sie uns erwartet", murmelte Raven.

„Meinst du, sie sind uns gefolgt?", fragte Leela. „Aber warum sollten sie das tun? Sie haben ja nicht mal versucht, uns auszurauben." Sie schüttelte den Kopf. „Die wollten nur jemanden fertigmachen. Einfach so."

Raven nagte nachdenklich an der Unterlippe. Irgendetwas an der Sache stank.

„Und der Typ mit der Knarre?", unterbrach Leela seine Gedankengänge. „Was war das für einer?"

Raven zuckte die Achseln. „Das wüsste ich auch gern. Er scheint immer dann aufzutauchen, wenn ich einem Hinweis meines Bruders auf der Spur bin."

„Du hast ihn schon mal gesehen?", entfuhr es ihr.

„Mehrmals."

„Das ist echt gruselig." Sie erschauerte.

„Da muss ich dir recht geben."

Eine Weile hockten sie schweigend da und beobachteten den Hof. Mehrere Züge brausten auf dem Bahndamm vorbei.

„Ich glaube, wir können jetzt von hier verschwinden." Leela richtete sich auf. „Mir wird allmählich kalt."

Raven griff nach ihrem Arm. „Warte!"

„Was ist denn? Hier ist doch niemand!"

„Psst. Hörst du das?"

Ein leises, vibrierendes Rauschen war zu vernehmen.

Leela hielt inne. „Was ist das denn?", flüsterte sie.

Raven kannte das Geräusch. „Eine Drohne."

„Du spinnst."

„Nein, ich habe selber so ein Ding gesteuert, um … spektakulärere Aufnahmen machen zu können."

„Aufnahmen? Von der hübschen Nachbarin?"

„Von meinem Bruder. Komm mit." Er ergriff Leelas Hand. Geduckt schlichen die beiden über das Gelände. „Da runter!", flüsterte Raven. Er deutete auf eine verrostete Laderampe, unter der das Unkraut wucherte.

„Bist du irre? Wer weiß, was da alles haust?"

Das Rauschen kam näher.

„Egal, was es ist: Es kann nicht gefährlicher sein als diese Typen!" Er schob Leela unter die Rampe.

Die Drohne befand sich nun genau über ihnen – dem Geräusch nach zu urteilen handelte es sich um einen relativ großen Quadrocopter.

Nun hielt auch Leela still.

Langsam flog die Drohne weiter.

Raven wartete, bis das Geräusch vollständig verklungen war, bevor er vorsichtig unter der Rampe hervorkroch.

„Und, alles okay?", fragte er Leela.

„Nein", erwiderte diese barsch und wischte sich mit angeekeltem Gesichtsausdruck den Schmutz von den Klamotten. „Ich werde heute Nacht Albträume haben."

„Ich schlage vor, wir laufen nach Alt-Tegel und nehmen die S-Bahn", sagte Raven.

„Und wie wär's mit einem Taxi?"

„Dafür habe ich kein Geld übrig."

„Aber ich", erwiderte Leela. „Ich betrete heute keinen Bahnhof mehr." Sie schüttelte sich. „Kommst du mit?"

Raven nickte. Sie erreichten die Hauptstraße, und bereits auf der halben Strecke Richtung Tegel kam ihnen ein Taxi entgegen.

„Erich-Weinert-Straße", sagte Leela.

Der Taxifahrer nickte.

Eine Weile saßen sie schweigend im Auto.

„Willst du nicht nachgucken?", fragte Leela. „Es wäre schön zu wissen, ob sich der ganze Aufwand gelohnt hat."

Raven griff in die Jackentasche und holte die Blechdose hervor. Ein Klappern war zu vernehmen. Er warf einen kurzen Seitenblick auf Leela. Ihre Wange war gerötet und leicht geschwollen. Sie starrte auf die Dose, als rechne sie jeden Moment damit, einen geheimnisvollen Dschinn daraus hervorquellen zu sehen.

Raven öffnete die Dose.

„Soll das ein Scherz sein?", fragte Leela.

Mit offenem Mund starrte Raven auf die Playmobilfigur und das ausgeschnittene Foto. Er nahm es zur Hand. Cindy Crawford mit Schönheitsfleck.

„Für diesen Schrott haben wir unser Leben riskiert?", rief Leela aus.

„Sieht ganz so aus."

Leela stöhnte auf.

Eine Weile fuhren sie schweigend durch die nächtliche Stadt. Irgendwann durchbrach Leela die Stille: „Bist du dir sicher, dass du alles aus dem Versteck geholt hast?"

„Ja."

Leela schnaubte und ließ sich in den Sitz zurücksinken. Den Rest der Fahrt verbrachten sie schweigend. Leela bezahlte den Mann, und sie stiegen aus.

„Danke fürs Mitnehmen", sagte Raven, nachdem das Taxi verschwunden war.

„Kein Problem", erwiderte Leela.

Eine kurze Pause entstand.

„Es ist schon spät", bemerkte sie schließlich.

„Ja."

Sie räusperte sich. „Kommst du noch mit rauf?"

„Ich … glaube, ich will jetzt lieber allein sein."

Leela warf ihm einen prüfenden Blick zu. Dann nickte sie langsam. „Ich verstehe."

„Gute Nacht, Leela."

„Gute Nacht."

Sie umarmte ihn. Dann wandte sie sich ab und verschwand im Hauseingang.

Langsam schlenderte Raven zur nächsten Straßenbahnstation. Eine verärgert klingende Stimme meldete sich in ihm zu Wort: *Spinnst du? Leela ist eine Klassefrau, und sie will dich. Wie kannst du ihr Angebot ablehnen? Was ist los mit dir, Raven? Willst du Mönch werden, oder was?*

Raven ignorierte den überwiegend testosterongesteuerten Kommentar seines Selbst. Wieder sah er Mirjas entsetztes Gesicht vor sich, das verzweifelt in die Kamera starrte: *„Ich ... ich brauche Hilfe",* flüsterte sie. *„Irgendetwas geschieht hier. Ich weiß nicht mehr –"*

Sie zog den Ausschnitt ihres Nachthemdes ein Stück zur Seite. „Hier! Hatte ich den schon immer? Ich weiß es nicht! Ich weiß es wirklich nicht."

„Warum Cindy Crawford?" Raven tippte sich nachdenklich an die Lippen. Sein Bruder war kein Fan von ihr gewesen – ganz im Gegenteil. *Sie ist eine grottenschlechte Schauspielerin,* hatte Julian stets behauptet. *Und dieser angebliche Schönheitsfleck – keine Ahnung, was daran schön sein soll.*

„Das Muttermal ...", murmelte Raven.

Inzwischen hatte er die Tramstation erreicht. Eine ältere Frau, die dort bereits wartete, warf ihm einen irritierten Blick zu, als er mit sich selbst sprach. Doch Raven schenkte ihr keine Beachtung, denn plötzlich stand ihm ein weiteres Bild vor Augen, ein Bild, das ihm einen heillosen Schrecken eingejagt hatte. Ein Schwarz-Weiß-Foto – zwei junge Männer, eine lächelnde junge Frau im Badekostüm mit einem Muttermal unter dem rechten Schlüsselbein.

Das war es gewesen! Er erinnerte sich an die Fotografie der etwas jüngeren Eleonore von Hovhede, die im Jachtclub aufgenommen worden war. Sie hatte damals ein tief ausgeschnittenes grellbuntes Blümchenkleid getragen. Auch dort hatte er das Muttermal sehen können. Er hatte es nur noch nicht zuordnen können. Eleonore von Hovhede hatte exakt das gleiche Muttermal, das Mirja ihnen auf der heimlich gedrehten Botschaft gezeigt hatte.

Es fühlte sich an, als würde eine eisige Klaue sein Herz zusammenpressen.

Kapitel 30

Brasilien, Bundesstaat Pará, September 2023

Es war, als würde sie von einem gigantischen urzeitlichen Ungeheuer verschlungen. Düsternis umgab sie. Die Luft war schwer und von einer Süße, die den Hauch der Verwesung in sich trug. Blätter leckten mit klebriger Feuchte über ihre Haut, und Wurzeln griffen nach ihren Füßen.

Sie hörte ihren eigenen keuchenden Atem und ein leises Wispern in einer fremden, lautreichen Sprache.

Dann drangen Rufe durch den Wald. Sie kamen so plötzlich, dass Mirja erschrocken zusammenzuckte. Gleich darauf erklang Hundegebell.

Der Wald verfremdet jeden Laut, schoss ihr durch den Kopf, *man verliert leicht das Gefühl für Entfernungen.* Sie hätte nicht sagen können, woher dieser Gedanke kam. Ob sie es irgendwo gelesen hatte oder ob es das Wissen der Anderen war. Aber es half ihr, nicht vollends in Panik zu geraten.

Sie fragte sich, wie es ihren Führern gelang, in dieser schwarzgrauen Suppe die Orientierung zu behalten. Und sie versuchte, nicht an Skorpione, giftige Spinnen und Schlangen zu denken, während ihre nackten Füße über den wurzeldurchfurchten Boden hasteten.

Plötzlich übertönte ein weiteres Geräusch das Lärmen ihrer Verfolger. Es war das charakteristische Flappen eines startenden Hubschraubers. Das Geräusch schwoll zu einem lauten Dröhnen an.

„Run, run faster!", zischte eine Stimme in kaum verständlichem Dialekt.

Plötzlich spürte sie, dass starke Finger ihr Handgelenk umschlossen. Erschrocken stieß sie einen gedämpften Schrei aus.

„Psst!", hörte sie hinter sich eine schnaufende Stimme. „Du musst ihnen vertrauen!"

Mirja nickte, ohne daran zu denken, dass niemand diese Kopfbewegung sehen konnte. Sie lief weiter, stieß sich wund an harten Wurzeln und schürfte sich die Haut an Ranken und Zweigen auf.

Der Hubschrauber hob ab. Starke Scheinwerfer flirrten über das Blätterdach hoch über ihnen. Die Äste der Urwaldriesen bogen sich unter dem Brausen des Helikopters. Der Pilot hielt die Maschine so dicht wie möglich über den Baumwipfeln.

Immer weiter ging die Jagd durch den Dschungel. Mirja spürte, wie ihre Kräfte schwanden. Sie rang nach Luft, und ihre Beine waren schwer. Monatelang hatte sie sich kaum bewegt. Die wenigen Übungen in den vergangenen Wochen waren kaum genug gewesen, um sie auf einen stundenlangen Lauf durch unwegsames Gelände vorzubereiten. Sie spürte, dass sie sich trotz der Unmengen an Adrenalin in ihrem Körper kaum noch auf den Beinen halten konnte.

Der Mann, der weiterhin ihr Handgelenk umklammert hielt, sagte irgendetwas, das sie aber nicht verstehen konnte. Dann zerrte er sie plötzlich nach links. Stolpernd und rutschend glitt sie eine Böschung hinab. Unten liefen sie durch einen schmalen Graben. Der Boden war weich und morastig. Es roch unangenehm, und brackiges Wasser spritzte ihre Beine empor. Wahrscheinlich spielte ihr Orientierungssinn völlig verrückt, aber sie hatte das Gefühl, als würden sie wieder zur Klinik zurücklaufen.

„Was ist?", keuchte sie. „Warum laufen wir zurück?"

„Psst!", zischte Maik dicht hinter ihr. „Vertrau ihnen."

Auch er war völlig außer Atem und schien nicht weniger erschöpft zu sein als Mirja. Nur ihren indianischen Begleitern schien das lange Laufen nichts auszumachen.

Inzwischen konnte Mirja das Klinikgelände vor sich sehen. Es war hell erleuchtet. Das Licht drang weit in den Dschungel hinein. Instinktiv duckte sie sich tiefer. Etwa vierzig Meter vom Klinikzaun entfernt endete der Graben plötzlich. Einer der Indios bückte sich hastig. Sie vernahm ein metallisches Klappern, und einen Atemzug später war der Mann verschwunden. Verblüfft riss Mirja die Augen auf. Der nächste Indio verschwand. Mirja bückte sich und erkannte nun ein kreisrundes schwarzes Loch, aus dem Wasser in den Graben plätscherte. Daneben lag ein Absperrgitter im Matsch. Erst jetzt erkannte Mirja, dass sie dem Abwasserkanal der Klinik gefolgt waren. Was hatten die Männer vor? Wollten sie wieder zurück auf das Gelände?

„Beeil dich!", zischte Maik.

Auf allen Vieren kroch Mirja in das Abwasserrohr. Sie versuchte, nicht daran zu denken, welchem Umstand die etwa handtiefe Brühe, durch die sie sich bewegte, ihre Konsistenz verdankte. Je weiter sie vorankamen, desto unerträglicher wurde der Gestank. Mirja atmete nur noch durch den Mund, hatte aber schon bald einen fauligen Geschmack auf der Zunge. Es war widerlich. Hin und wieder stieß sie sich den Kopf an dem mit einer schleimigen Schicht bedeckten Betonrohr. Zwischendurch vernahm sie seltsame Geräusche, ein Plätschern, Zirpen und Zischen, das nicht von ihnen stammen konnte. Bilder von Ratten, Schlangen und anderen unangenehmen Geschöpfen huschten an ihrem inneren Auge vorbei. Mehrmals bogen sie ab. Irgendwann floss kein Wasser mehr, und Mirja kroch über morastige Ablagerungen, die das Rohr zunehmend verengten.

Als sie schließlich das Gefühl hatte, die Panikattacke nicht mehr lange zurückdrängen zu können, veränderte sich etwas. Ihr indianischer Begleiter zog sie in eine aufrechte Position. Er nahm ihre Hand und legte sie auf einen Gegenstand, der sich kühl und glitschig anfühlte. Es war, wie Mirja gleich darauf feststellte, eine Eisensprosse.

„Climb up!", zischte ihr jemand in grauenhaftem Dialekt zu.

Sie begann, die Sprossen emporzusteigen. Ein Rumpeln erklang, und ein schwacher Lichtschimmer umgab die vor ihr kletternde Silhouette ihres indianischen Begleiters. Kurz darauf stand sie in einer farnbewachsenen Mulde auf der anderen Seite des Klinikgeländes, kaum zwanzig Meter vom Zaun entfernt. Um sich herum konnte sie die Überreste einer verfallenen Holzhütte erkennen.

„Die alte Kanalisation", kicherte Maik leise. „Genial, was?"

„Warum sind wir nicht gleich hierher geflohen?", fragte Mirja.

„Weil ihre Bluthunde und dieser verdammte Hubschrauber jetzt noch eine ganze Weile in der falschen Richtung nach uns suchen werden. Zumindest, wenn wir Glück haben."

„Take this", knurrte einer der Indios und drückte ihr etwas in die Hand. Zwei Flipflops. Offenbar hatte er die Schuhe der Krankenschwester mitgenommen, die sie am Ausgang hatte fallen lassen.

Nun begann ihre eigentliche Flucht. Wenn Mirja sich nicht täuschte, wandten sie sich jetzt fast direkt nach Norden. Sie schlugen erneut ein flottes Tempo an, rannten aber nicht länger durch den Dschungel.

„Wohin fliehen wir?", fragte sie.

„Zum vereinbarten Treffpunkt", erwiderte Maik. „Erinnerst du dich an die Koordinaten, die du deinem Freund geschickt hast?"

„Um ehrlich zu sein, nein."

„Macht nichts, ist wahrscheinlich sogar besser so."

„Warum?", fragte sie mit plötzlich erwachendem Misstrauen. „Stimmt etwas nicht mit unserem Ziel?"

„Wir könnten getrennt werden. Und wenn sie dich erwischen, wirst du ihnen früher oder später alles verraten, was du weißt."

Mirja kniff die Lippen zusammen und schwieg.

Irgendwann gönnten sie sich eine kurze Rast. Erschöpft ließ sie sich auf den Boden sinken und trank in gierigen Schlucken aus der kleinen Feldflasche, die man ihr in die Hand drückte.

„Nicht so viel!", ermahnte Maik sie.

Aus Trotz trank Mirja noch ein paar Schlucke, dann reichte sie ihm die Flasche. „Wie weit sind wir gekommen?"

„Nicht weit genug."

Sie hatte keine Ahnung, wie viel Zeit seit ihrer Flucht vergangen war. Es war immer noch stockfinstere Nacht. Aber das musste nicht viel heißen, vielleicht würde schon in einer halben Stunde der Tag anbrechen. Hier, so dicht am Äquator, kam der Morgen genauso überfallartig wie die Nacht.

Die Indios sprachen leise miteinander. Auch Maik schien sich an diesem Gespräch zu beteiligen. Welche Geheimnisse barg dieser Typ noch?

„Auf geht's!", sagte er schließlich an Mirja gewandt. „Wir müssen weiter."

„Was ist denn los? Worüber habt ihr gesprochen?", fragte Mirja, nachdem sie ihren Marsch wieder aufgenommen hatten.

Maik antwortete nicht. Sie konnte hören, wie er etwas Unverständliches vor sich hinmurmelte.

„Maik?"

Einer der Indios wandte sich um und legte seine Hand auf ihren Mund. „Quiet!" Aufgrund der Finsternis und seiner Fremdartigkeit konnte sie seine Stimmung schwer einschätzen. Aber er wirkte nervös, und das war nicht dazu angetan, Mirja zu beruhigen.

Als sie ein weiteres Mal rasteten, wurde es im Dschungel bereits etwas heller. Die junge Frau aß hungrig von der weichen, leicht süßlich schmeckenden Paste, die man ihr in ein Bananenblatt eingewickelt reichte. Wegen des dichten Morgennebels und des Blätterdachs über ihnen tauchte die Sonne die Wildnis nur in ein diffuses Zwielicht. Mirja warf einen Blick in die Gesichter ihrer Begleiter, die langsam aus der Dunkelheit auftauchten. Sie waren grau, verschmutzt und müde. Maik hockte auf dem Boden. Er aß mechanisch, und seine Augen starrten ins Leere. Die tiefen Schnitte in seinem Arm hatten angefangen, sich zu schließen. Ein Schwarm von Fliegen umschwirrte die Wunde.

Mirja wandte sich an den Mann, den sie für ihren Anführer hielt. „Why do you help us?", fragte sie.

Einer der Männer nickte. Mirja vermutete, dass er sie nicht verstanden hatte, doch bevor sie ihre Frage wiederholen konnte, sprang der

Mann mit dem Blasrohr plötzlich auf und lauschte in den Dschungel. Auch Mirja horchte aufmerksam auf die exotischen, vielstimmigen Laute der Tiere, die unablässig die Luft erfüllten. Ein tiefes, rasselndes Brüllen ragte besonders aus dem Lärm heraus. Es klang unheimlich. Näherte sich da ein Raubtier?

Die Männer wechselten einen Blick. Jemand beugte sich zu Maik hinunter und sprach rasch auf ihn ein. Der junge Mann blickte mit glasigen Augen auf. Schließlich nickte er und erhob sich ächzend.

Die Indios gingen einfach los. Maik folgte ihnen humpelnd. Mirja stöhnte auf und setzte ihnen nach. Obwohl sie bis auf die Knochen müde war und ihr jeder Muskel wehtat, trieb ihr Überlebenswille sie an. Selbst als die Indios in einen gleichmäßigen trabenden Lauf verfielen, gelang es ihr, nicht den Anschluss zu verlieren. Das seltsame tiefe Rufen wurde zunehmend lauter.

„Ist das ein Jaguar?", wandte sie sich schnaufend an Maik.

Er schüttelte den Kopf. „Brüllaffen." Und gleich darauf fügte er erklärend hinzu. „Sie kommen näher."

Mirja fragte sich, woher er das so genau wissen konnte. Aber ein paar Minuten später vernahm sie das Bellen von Hunden.

Adrenalin schoss durch ihre Adern und verlieh ihr neue Kraft. Die Indios schwenkten plötzlich nach rechts ab. Die hoch stehenden Bäume wichen dichtem Unterholz. Obwohl einer von ihnen eine Machete bei sich trug, gebrauchte er sie nicht. Stattdessen schlängelten sich die Indios geschickt durch das Blätterwerk.

Das Hundebellen klang nun näher. Viel näher.

Maik schnaufte schwer atmend neben Mirja her. Sie warf ihm einen kurzen Blick zu. Sein Gesicht triefte von Schweiß, und seine Augen glänzten fiebrig. Die Wunden an seinem Arm waren teilweise wieder aufgeplatzt, Blut tropfte auf den Boden.

Er bemerkte ihren Blick. Das Grinsen auf seinem Gesicht glich eher dem Zähnefletschen eines Totenschädels.

„Pass auf", schnaufte er. „Wenn ich's nicht schaffe –"

„Du schaffst … das … schon!", versuchte Mirja, ihm Mut zu machen.

„Hör zu …", stieß Maik ärgerlich hervor. Er griff mit der Linken an seinen Hals. „Ich habe etwas bei mir, das –"

In diesem Augenblick bemerkte Mirja aus den Augenwinkeln einen dunklen Schatten. Ein Knurren erklang. Maik stieß einen erstickten Schrei aus und ging zu Boden. Mirja hatte nicht auf den Weg geachtet, stieß an eine Wurzel und stürzte ebenfalls. Irgendetwas bohrte sich schmerzhaft in ihre Seite. Als sie sich aufrappelte, spürte sie, wie etwas sie festhielt. Sie riss sich los. Ein scharfer Schmerz durchzuckte sie, ließ aber gleich darauf nach. Hektisch wandte sie sich um und sah voller Entsetzen, dass Maik am Boden lag und mit einem riesigen schwarzen Hund rang. Das Tier schnappte nach seiner Kehle. Verzweifelt krallten sich Maiks Finger um den mächtigen Hals des Tieres, um es zurückzuhalten.

Plötzlich bäumte der Hund sich auf, stieß ein Winseln aus und sackte kraftlos auf seinem Opfer zusammen. Mühsam kroch Maik unter dem mit den Hinterläufen zuckenden Tier hervor. Ein kleiner bunter Pfeil steckte zwischen den Rippen des mächtigen Tieres. Der Mann mit der Machete trat vor. Ein Hieb, und das Zucken hörte auf. Zu Mirjas Überraschung packte der Mann das tote Tier an dessen Hinterläufen und wuchtete es auf seine Schulter. Ein zweiter Mann half Maik auf.

Während Maik den anderen Indios stolpernd folgte, blieb der Mann mit dem Blasrohr zurück und duckte sich in das dichte Buschwerk. All das hatte kaum länger als zehn Sekunden gedauert. Das wütende Bellen weiterer Hunde kam näher. Offenbar hatten ihre Verfolger die Tiere von der Leine gelassen. Mirja konnte hören, wie etwas durch das Unterholz brach. Sie sah sich nicht um und hetzte weiter. Es ging bergab. Blätter und tief hängende Zweige peitschten ihr ins Gesicht, und plötzlich schien der Wald zu enden, und ein Fluss tauchte vor ihr auf.

„Stop!", zischte einer der Indios. Er streckte die Arme aus und stieß Mirja zu Boden. Ein scharfes Stechen durchfuhr ihre Seite. Mühsam unterdrückte sie einen Schrei. Auch Maik wurde abrupt zum Stehen gebracht. Er hockte neben ihr, stöhnend vor Erschöpfung und Schmerz.

Der Indio blickte mit grimmigem Gesicht auf sie hinab. Was war los? Waren sie in eine Falle getappt?

„Don't go into the water", zischte er. Sein Blick wanderte von ihrem Gesicht zu ihrem Bauch.

Mirja blickte an sich herab und erkannte zu ihrem Schrecken, dass ihr Nachthemd mit Blut getränkt war. Vorsichtig schob sie es hoch und entdeckte eine Verletzung an ihrer Seite. Sie spürte Schwindel, und einen kurzen Moment lang schmeckte sie Galle. Dann wandte sie den Blick rasch wieder ab. Sie musste sich bei ihrem Sturz an einem abgebrochenem Ast verletzt haben.

Ein Plätschern ließ sie aufblicken. Sie sah, wie der Indio den toten Hund in den Fluss fallen ließ und mit zwei schnellen Sprüngen zurück ans Ufer kam. Blut lief seine Machete hinab. Er bückte sich und spülte sie rasch vom Ufer aus ab.

Währenddessen geriet das Wasser um den versunkenen Kadaver des Hundes herum in Bewegung. Erst kräuselte sich die Oberfläche kaum merklich, dann immer deutlicher, und schließlich brodelte das Wasser, als hätte jemand einen riesigen Tauchsieder hineingehängt. Mirja erkannte silbrig-rote Fischleiber, die im Wasser umherstoben, sich umeinander wanden und die Fluten zerwühlten. Blut stieg auf und trübte die Wasseroberfläche.

„Piranhas", kommentierte Maik tonlos.

„Come on!" Die Indios führten sie ungefähr zwanzig Meter flussaufwärts. Dann begannen sie, in das Wasser zu waten.

„Da geh ich nicht rein ...", stammelte Mirja.

„Ich schon", erwiderte Maik. „Um keinen Preis der Welt lass ich mich von denen schnappen." Rasch folgte er den Indios. „Du solltest dich lieber beeilen", sagte er über die Schulter gewandt. „Es wird nicht mehr lange dauern, und von dem Hund sind nur noch ein paar Knochen übrig. Ich an deiner Stelle würde nicht darauf spekulieren, dass die Piranhas dann schon satt sind."

Mirja starrte auf ihr blutbeschmiertes Nachthemd. Sie knüllte einen Teil des Stoffs zusammen und presste ihn auf die Wunde. Dann watete sie in das Wasser. Sie versuchte, durch die trüben Fluten zu schauen und zuckte bei jedem Plätschern zusammen. Jeden Moment rechnete sie damit, den Schmerz rasiermesserscharfer Zähne zu spüren, die ihr das Fleisch von den Knochen rissen.

Das Wasser reichte ihr nun bis zum Hals, und sie kam nur langsam voran. Weil sie noch immer den zusammengeknüllten Stoff auf ihre Wunde presste, konnte sie nicht schwimmen. Hektisch versuchte sie, mit den Zehenspitzen im schlammigen Untergrund Halt zu finden. Die Indios hatten das andere Ufer erreicht und drehten sich zu ihr um.

Etwas berührte ihren Oberschenkel. Sie musste ihre ganze Kraft aufbieten, um nicht laut aufzuschreien.

Jemand zischte ihr etwas zu. Sie hob den Blick. Maik hatte das andere Ufer erreicht. Er kniete auf dem Boden, rang nach Atem und fauchte: „Du musst schwimmen!"

„Aber ... ich blute ...", erwiderte Mirja.

„Du musst raus da!" In seinem Blick spiegelte sich Panik. Und seine Stimme war so eindringlich, dass Mirja alle Vorsicht fahren ließ. Sie ließ das Nachthemd fallen und begann zu kraulen. Schon nach wenigen Zügen spürte sie, wie kraftlos sie war. Sie schluckte Wasser. Dann spürte sie erneut eine Berührung. Etwas glitt über ihr Bein, von der Hüfte bis zu den Zehen. Die Panik ließ Adrenalin durch ihre Adern schießen. Sie schwamm schneller. Ihr Fuß stieß gegen etwas Hartes. Sie keuchte entsetzt auf, bemerkte dann aber, dass es der zum Ufer hin aufsteigende Flussgrund war, den sie berührt hatte. Noch zwei weitere Züge, dann berührten ihre Finger den schlammigen Boden. Sie richtete sich auf. Als es hinter ihr zu plätschern begann, stolperte sie die letzten Meter aus dem Wasser. Nach wenigen Schritten ergriff sie Maiks ausgestreckte Hand, und er zog sie die Böschung hinauf. Aus den Augenwinkeln sah sie, wie einer der Indios sein Blasrohr sinken ließ. Sie wandte sich um. Ein schwacher Wirbel kräuselte den träge dahingleitenden Fluss. Mehr konnte sie nicht erkennen.

„Was war das?", stieß sie keuchend hervor.

„Was immer es war, jetzt ist es dort hinten im Fluss, und du bist hier. Also verschwende deinen Atem nicht und lauf!"

Die Indios trabten bereits tiefer in den Dschungel hinein. Maik setzte ihnen nach, und Mirja folgte ihnen stolpernd.

Hinter sich vernahm sie weiterhin Hundegebell, aber es klang jetzt weiter entfernt.

Nachdem sie das dichte Unterholz am Flussufer hinter sich gelassen hatten, wurden die Bäume mächtiger und höher. Mirja stand vornübergebeugt da und versuchte, zu Atem zu kommen. Als sie wieder aufblickte, sah sie, wie die schlanken Gestalten der Indios einen schmalen Durchgang zwischen mächtigen Brettwurzeln emporklommen. Kurz darauf waren sie hinter einem der Urwaldriesen verschwunden. Maik hatte inzwischen ebenfalls zu ihnen aufgeschlossen. Ohne sich umzublicken, verschwand auch er hinter dem Baumstamm.

Ein Teil von ihr geriet in Panik angesichts der Vorstellung, ganz allein hier zurückgelassen zu werden. Doch ein anderer, fremder Teil spürte eine vage Form von Vertrautheit.

Als sie schließlich ebenfalls den mächtigen Baumstamm umrundet hatte, wartete Maik etwa zwanzig Meter entfernt auf sie. Ungeduldig winkte er ihr. „Wo bleibst du denn?!"

Mirja war zu erschöpft, um ihm eine passende Antwort zu geben.

„Ich glaube, wir haben sie erst einmal abgehängt", schnaufte Maik.

Hügelabwärts konnten sie einen weiteren Fluss erkennen, schmaler und mit stärkerer Strömung. Nun entdeckte Mirja auch die Indios, die sich an einigen Booten zu schaffen machten. Es waren traditionelle Einbäume – ziemlich schmal und wackelig. Mirja stieg in das eine Boot, Maik in das andere. Die Indios handhabten ihre Paddel geschickt, und da sie mit der Strömung flussabwärts fuhren, nahmen sie rasch Fahrt auf.

„Thank you!", murmelte Mirja zu ihren Helfern. Dann ließ sie den Kopf auf die Knie sinken und schloss die Augen.

Als jemand ihre Schulter berührte, schreckte sie auf. War sie wirklich so schnell eingenickt? Blinzelnd richtete sie sich auf.

„Hier. Trink etwas!" Maik reichte ihr ein bauchiges Gefäß. Die beiden Einbäume lagen nebeneinander in der Mitte des Flusses. Offenbar hatten ihre Retter beschlossen, eine kleine Rast einzulegen.

Mirja griff dankbar zu. Sie trank langsam und in kleinen Schlucken.

„Das reicht!" Maik nahm ihr die Flasche ab und reichte ihr wieder einen Blätterpacken mit der breiigen Masse, die sie schon bei der ersten Rast gegessen hatte.

Während Mirja ein paar Bissen aß, sah sie sich um. Dichtes Buschwerk säumte das Ufer und aus dem Urwald drangen nur die üblichen Geräusche der wilden Tiere zu ihnen herüber. Von ihren Verfolgern war nichts zu hören und nichts zu sehen.

„Sieht so aus, als hätten wir sie abgeschüttelt", merkte sie an.

Maik schwieg.

Die Indios beobachteten wachsam das Ufer. Oft hoben sie den Blick hinauf zu den Baumwipfeln, die mit ihren ausladenden Ästen den schmalen Fluss überspannten.

„Sie werden uns verfolgen wie ein Rudel Wölfe, und sie werden nicht eher ruhen, bis sie uns gefunden haben." Maik hatte leise gesprochen und den Blick dabei auf den Boden des Einbaums gesenkt. Nun hob er den Kopf und sah Mirja an. Tiefe Schatten lagen unter seinen Augen. Er sah unendlich müde aus. „Und weißt du auch, warum?"

„Weil wir zu viel wissen?"

Er schnaubte. „Wer glaubt schon zwei paranoiden Spinnern, die für ihre abenteuerlich klingenden Gehirnwäschefantasien keinerlei Beweise vorzubringen haben?!"

„Wir haben diese Dinger in unserem Kopf", sagte Mirja und fuhr sich unbewusst mit der Hand über die Schädeldecke.

„Für die in irgendeiner Schublade der Stiftung garantiert eine wissenschaftlich ausgefeilte und sehr humane Erklärung liegt." Er schüttelte den Kopf.

„Warum verfolgen sie uns dann?"

„Deshalb." Er zog die Kette mit dem einfachen Holzkreuz über den Kopf. Auf der Rückseite befand sich ein Verschluss. Als Maik ihn öffnete, war ein kleiner Hohlraum zu sehen, in dem sich eine in Plastik eingewickelte Micro-SD-Karte befand.

„Was ist das?", fragte Mirja.

„Das ist die Axt, die dem Baum schon an die Wurzel gelegt ist", murmelte Maik.

Mirja blickte überrascht auf. Das war ein Bibelvers. „Was meinst du damit?"

„Ich zitiere 1a. Offensichtlich kannte er sich gut in der Bibel aus." Maik grinste flüchtig und verschloss das Holzkreuz wieder. „Ich weiß selbst nicht genau, was da drauf ist. 1a hat mir die Karte in einem seiner letzten wachen Momente gegeben und mir gesagt, was ich damit tun soll."

„Und das wäre?"

„Ich soll sie an einen ganz bestimmten Ort zu einer ganz bestimmten Person bringen."

„Kannst du nicht etwas konkreter werden?"

„Ich weiß nicht, ob es klug wäre, dir jetzt noch mehr zu verraten. Was ist, wenn sie dich erwischen? Wenn sie wissen, was wir vorhaben, können sie alles verhindern."

„Und wenn sie *dich* erwischen?", gab Mirja zurück.

Maik bleckte die Zähne und verschloss das Geheimfach wieder. „Es sind noch drei Tagesreisen bis zur Capela de São Jorge. Wenn wir erst einmal dort sind, werden wir relativ sicher sein. Dann wirst du alles erfahren."

Die Rast währte nicht lange. Schon bald griffen die Indios wieder nach den Paddeln und nahmen Tempo auf.

„Maik?", fragte Mirja nach einer Weile.

Der junge Mann starrte hinauf zum Blätterdach und spielte mit dem Holzkreuz auf seiner Brust.

„Maik!"

Er zuckte zusammen. „Was ist?", fragte er leise.

„Meinst du nicht, dass es an der Zeit ist, mir mehr über dich zu verraten? Wer bist du, und woher kennst du diese Leute, die für dich ihr Leben riskieren?"

„Warum willst du das wissen?", fragte er barsch.

Mirja spürte, wie Wut in ihr hochkam. Doch sie bezähmte ihren Zorn und schluckte eine bissige Antwort hinunter. Dieser Mann hatte sich viel länger in der Gewalt der Stiftung befunden. Sie konnte kaum ermessen, was er schon durchgemacht hatte.

„Ich will es wissen, weil du ein Freund bist, Maik, ein wahrer Freund. Und Freunde reden miteinander."

Maik schwieg. Er starrte abwechselnd auf die beiden Ufer, die sich immer weiter zu entfernen schienen. Der Mann, der vor ihm saß, sagte etwas, und Maik nickte knapp. Schließlich, als Mirja schon dachte, er würde ihre Frage einfach ignorieren, sagte er: „Mein Name ist Maik Schmidt. Mein Vater war Anthropologe. Ich wurde im Dschungel geboren. Und diese Männer hier", er blickte die Ruderer einen nach dem anderen an, „sind meine Brüder."

Mirja spürte, dass er eigentlich noch mehr sagen wollte, aber er verstummte und starrte auf das sich lichtende Blätterdach über ihnen.

Nun bemerkte auch Mirja die Anspannung, die sich über die Indios gelegt hatte. Ein Geräusch war zu vernehmen, ganz leise nur, ein fremdartiges Geräusch, das nicht hierhergehörte.

Die Männer hörten auf zu rudern.

Langsam trieben sie weiter. Die Sonne brach durch das Blätterdach und spiegelte sich glitzernd auf der Wasseroberfläche.

Zuerst konnte Mirja den Ursprung des seltsamen Geräusches nicht entdecken. Dann folgte sie den Blicken der anderen. Ein bizarres Objekt schwebte schräg über ihnen, dort, wo die Strahlen der Sonne hell auf sie herabfielen. Es glänzte metallisch und brummte wie eine monströse Libelle. Vier Rotoren hielten es gleichmäßig in der Luft, ein seltsamer röhrenförmiger Schnabel ragte am vorderen Ende heraus. Plötzlich bewegte sich dieser ruckartig nach unten. Und dann krachten zwei Schüsse so rasch hintereinander, dass sie fast wie einer klangen. Einer der Indios schrie auf und griff sich an die Schulter. Das Paddel entglitt seinen kraftlosen Fingern.

„Weg hier!", schrie Maik auf Deutsch.

Instinktiv griff Mirja nach dem Paddel. Noch während sie es in die Fluten tauchte, vernahm sie zwei weitere Schüsse und das Platschen von Wasser. Der Einbaum schwankte bedrohlich.

Aus den Augenwinkeln bemerkte sie, wie der Mann hinter Maik sein Blasrohr zückte. Es folgte ein metallisches Klingen, dann ein schrilles Kreischen. Die Drohne neigte sich zur Seite und trudelte auf die Bäume zu, die das Flussufer säumten.

„Spring!", schrie Maik.

Der Indio, der hinter ihr gesessen hatte, schwamm mit kräftigen Zügen an ihr vorbei. Mirja sprang ebenfalls ins Wasser. Als sie wieder auftauchte, hörte sie das Aufheulen eines Motors, gefolgt von dem Knacken von Ästen.

Die Drohne stürzte ab. Mirja erreichte das Ufer, kletterte die Böschung empor und begann zu rennen. Vor ihr schlug sich einer der Indios in wilder Flucht durch die Büsche. Maik rannte neben ihr. Geduckt huschten sie wie verschrecktes Wild durch den Dschungel, über sich das verhängnisvolle Brummen weiterer Drohnen.

Bislang hatten sich die Männer mit großer Kaltblütigkeit allen Gefahren gestellt. Doch dieser tödliche Angriff aus der Luft versetzte sie in Panik. Mirja hatte nicht länger die Kraft, mit ihnen Schritt zu halten, und so entschwanden sie allmählich ihren Blicken. In ihren Ohren brauste es. Adrenalin schoss durch ihren Körper. Jeder Atemzug schmerzte. Plötzlich versetzte ihr etwas einen harten Schlag gegen ihr Schienbein, sie stolperte und stürzte. Zweige kratzten über ihr Gesicht, ehe sie auf dem Boden aufschlug. Einige heisere Atemzüge lang sah sie nichts außer den silbrigen Lichtern, die vor ihren Augen tanzten.

Ein dumpfes Knallen drang an ihre Ohren. Keuchend kämpfte sie sich auf die Knie. Schüsse hallten zu ihr herüber. Durch das dichte Buschwerk hindurch sah sie, wie zwei Gestalten über eine Lichtung rannten. Erneut krachten Schüsse. Einer der beiden stürzte zu Boden. Der noch lebende Flüchtige machte kehrt und hetzte zurück. Es war Maik. Das Krankenhaushemd blähte sich um seinen Körper, und seine bleichen Beine waren schlammbeschmiert. Er hielt genau auf Mirja zu. Sie konnte sehen, dass sein Gesicht vor Anstrengung und Entsetzen zu einem bizarren Grinsen verzogen war. Dann krachten zwei Schüsse. Er fiel so abrupt zu Boden, als habe es ihm die Beine weggerissen.

Mirja schloss die Augen und ließ sich wieder zu Boden sinken. Alle Geräusche des Dschungels waren verstummt. Kein Vogel stieß seinen Ruf aus, kein Affe kreischte, selbst das allgegenwärtige Summen der Moskitos schien verstummt zu sein – nur das mechanische Brummen der Drohnen war noch zu hören. Als die Verzweiflung sie überwältigte, barg Mirja ihr Gesicht auf dem Boden, rang nach Luft und ließ ihren Tränen freien Lauf.

Irgendwann wurde das Brummen der Motoren leiser, bis es vollends verstummte. Ganz langsam, als würden sie dem plötzlichen Frieden nicht trauen, kehrten die Geräusche des Dschungels zurück. Und mit ihnen noch etwas anderes. Ein seltsames unrhythmisches Rascheln, begleitet von heiserem Gurgeln.

Vorsichtig richtete Mirja sich auf und lugte durch die Zweige. Etwas kroch auf sie zu, ein mit blutigem Schlamm bedecktes Wesen.

„Maik?!", entfuhr es Mirja. Sie schlug die Hand vor den Mund.

Ruckartig hob er den Kopf. Sein Gesicht war von Schmutz und Blut verkrustet, was das Weiß seiner Augen umso deutlicher hervortreten ließ.

„Maik!" Sie wollte sich aufrichten.

„Bleib, wo du bist!", zischte er mit gurgelnder Stimme. Seine Beine bewegten sich nicht, als er sich auf sie zubewegte. Aus einer Wunde in seinem Oberschenkel strömte Blut. Während er näher kroch, murmelte er unaufhörlich vor sich hin: „Die beobachten uns … irgendwo dort oben haben die ihre Augen …" Sein Blick flackerte.

Mirja glaubte schon, er würde das Bewusstsein verlieren. Aber er kroch weiter. Sein Gesicht nahm einen verwirrten Ausdruck an. „… warum bin ich hier?", flüsterte er. „Erika … Erika!"

„Maik?", flüsterte Mirja.

Der kriechende Schatten zuckte zusammen. Auf seinem dreckverschmierten Gesicht spielte sich sein innerer Kampf ab. Er kroch weiter. Schwerfällig schob er seinen linken Arm vor, bis seine Hand das Gebüsch erreichte, in dem Mirja sich verborgen hatte. Nur mit Mühe gelang es ihm, die Augen offen zu halten. Er flüsterte etwas.

„Was sagst du?" Mirja beugte sich vor.

„… Finde …", wisperte er.

„Was? Was soll ich finden?"

„Finde … Paul … Ahrns …"

„Paul Ahrns? Aber wer ist das? Und wo soll ich ihn überhaupt suchen?"

Maik stemmte sich hoch. Seine Arme zitterten, und seine weit aufgerissenen Augen starrten sie durch das dichte Blattwerk hindurch an. „Finde …!", krächzte er.

„Ja", versprach Mirja. Sie spürte, dass er nur noch halb bei Bewusstsein war. „Ich werde Paul Ahrns finden."

Seine Lippen zuckten. Es sah aus, als versuche er zu lächeln. Dann brach er zusammen, rollte auf den Rücken und hörte auf zu atmen.

Mirja hockte da wie erstarrt. Das Grauen lag kalt und schwer auf ihr.

Erneut erklang ein mechanisches Summen, das allmählich näher kam. Langsam sank die Drohne herab, bis sie dicht über dem Leichnam schwebte. Ihre Kameraaugen betrachteten ihn, dann wandte sie sich ab und schwebte über die Baumwipfel davon.

Ein Stöhnen entrang sich Mirjas Kehle. Als es ihr endlich gelang, den Blick von dem Toten abzuwenden, erkannte sie, dass Maik etwas zurückgelassen hatte. Ganz am Rande des Gebüschs lag ein unscheinbares Holzkreuz.

Mirja griff danach und legte das lederne Band um ihren Hals. Dann erhob sie sich und stolperte den Weg zurück, den sie gekommen war. Als sie den Fluss erreicht hatte und die Hände tief in den Uferschlamm tauchte, hörte sie aufgeregte Stimmen hinter sich. Hastig bedeckte sie Gesicht, Haar, Dekolleté und Nacken mit Schlamm. Dann ließ sie sich in das Wasser gleiten.

Kapitel 31

Berlin, Mai 2024

Die Tür war aus schwerem Stahlblech. Hier und da blätterte die graue Farbe ab, und rostige Flecken kamen zum Vorschein. Er drückte die Klinke herunter.

Als sich die Tür zum Oberdeck des Parkhauses öffnete, sah man, dass diese Ebene leer war. Wind zerrte an seinen Haaren und ließ ein einzelnes Blatt über den grauen Beton tanzen.

Raven nahm die Kamera aus der Tasche, während Julian einige Dehnübungen machte.

Er war ungewöhnlich still, wie so oft in letzter Zeit. Vielleicht setzte ihn diese Bewerbung für seinen ersten richtigen Stuntjob mehr unter Druck, als er zugeben wollte?

„Hey, du wirst berühmt werden!", rief Raven ihm zu.

Julian grinste in die Kamera und ließ die Arme kreisen. Im Hintergrund spiegelte sich die Sonne auf der Kuppel des Fernsehturms. Das Licht bildete ein Kreuz.

„Bist du bereit?"

„Immer bereit!" Julian hob die Hand zum Pioniergruß.

Raven lächelte. Das sah schon eher nach seinem Bruder aus. Er hob die Kamera. „Ladies and Gentlemen, hier kommt er: der unglaubliche Ulk, Dr. Jekyll und Mr. Hype, der Spiderman von Berlin!" Er konnte den größten Blödsinn reden. Für das Bewerbungsvideo würden sie ohnehin den Originalton durch Musik ersetzen.

Julian verdrehte die Augen.

„An diesem unglaublichen Mittwoch, dem 27. September –"

„Halt endlich die Klappe!", unterbrach Julian ihn. Er blinzelte in das Licht der tief stehenden Sonne. „Außerdem ist heute der 26. September."

Raven lachte. „Nervös?"

Julian schüttelte stumm den Kopf und kletterte auf die Mauer, *die das Parkdeck umgab*. Der Sprung auf das Nachbargebäude war nicht weit, zumindest nicht für jemanden mit Julians Fähigkeiten.

„Okay, Spiderman, noch 'nen Spruch für die Leute an den Bildschirmen?"

Julian setzte zum Sprung an. Im letzten Moment wandte er sich noch einmal der Kamera zu. Es sah aus, als wolle er etwas erwidern.

In diesem Moment nahm Raven ein Geräusch wahr. Es ging fast unter im Rauschen des Windes – das leise Quietschen der Parkhaustür.

Julian blickte ihn an, sein Gesichtsausdruck veränderte sich. Raven wandte sich um. Da war jemand. Da er nun direkt in die Sonne sah, konnte er nur einen großen, dunklen Schatten wahrnehmen. Und plötzlich bewegte sich dieser Schatten, ungeheuer schnell rannte er auf ihn zu. Raven wich erschrocken zurück. Er sah etwas aufblitzen und hinter ihm ertönte ein Schrei –

Raven schrak hoch. Mit schreckgeweiteten Augen sah er sich um. Sein Herz hämmerte gegen seine Rippen. Das T-Shirt klebte schweißnass auf seiner Haut.

„Mann!" Er fuhr sich über das Gesicht. Der Traum war unglaublich intensiv gewesen. Raven hatte wirklich das Gefühl gehabt, wieder auf jenem Dach zu sein. Aber endlich war ein verschüttetes Fragment seiner Erinnerung zurückgekehrt! Der Schatten! Raven war sich sicher, dass es sich dabei nicht um ein Trugbild handelte, um eine Erfindung seines Unterbewusstseins. Nein, es war eine Erinnerung! Jemand war bei ihnen auf diesem Parkdeck gewesen und hatte sie angegriffen.

Der Schatten war groß gewesen. Raven presste die Hände gegen seine Schläfen und versuchte, dem Unbekannten ein Gesicht zu geben, aber er blieb nur ein bleicher Schemen.

Mit Gewalt ließ sich sein Gehirn nicht bezwingen. Es würde die tief in seinem Unterbewusstsein verborgenen Erinnerungen erst dann freigeben, wenn die Zeit reif war. So zumindest hatte Dr. Hain es ihm erklärt.

Raven warf einen Blick auf die Uhr. Es war kurz nach sieben Uhr morgens. Er stöhnte leise, schob die Decke beiseite und rutschte von der Matratze. Als er auf die Toilette ging, spürte er weiter das Pochen seines Herzens. Er hatte so viel Adrenalin im Blut, dass es ihm ohnehin nicht mehr gelingen würde einzuschlafen. Also zog er ein frisches T-Shirt an, goss sich ein Glas Wasser ein und setzte sich an den Tisch.

Nachdenklich nahm er die kleine Blechdose zur Hand. Das ausgeschnittene Foto von Cindy Crawford legte er beiseite. Er war sich ziemlich sicher, dass er dieses Rätsel schon gelöst hatte. Irgendjemand wollte, dass Mirja so aussah wie die junge Eleonore von Hovhede. Aber wer würde so etwas tun? Und vor allem: Warum?

Er nahm das Playmobil-Männchen zur Hand. Es war eine vergilbte Indianerfigur. Raven erinnerte sich noch gut daran. Sie war schon in ihrer Kindheit sehr abgenutzt gewesen. „Das ist Sitting Bull", hatte Julian ihm damals stolz erklärt, „ein Häuptling der Sioux, der wirklich gelebt hat und bei der Schlacht gegen General Custer dabei war."

Julian war wirklich ein leidenschaftlicher Indianerfan gewesen. Mit einem wehmütigen Lächeln setzte Raven die Figur auf seinem Küchentisch ab. Unerwartet gab das Playmobil-Männchen ein knirschendes Geräusch von sich und fiel auf den Rücken. Raven stutzte. Rasch holte er ein Messer aus der Küche. Vorsichtig löste er die Beine der Figur. Da steckte etwas im Hohlraum. Mit spitzen Fingern zog er eine SD-Karte hervor.

„Oh Julian", flüsterte er. „Worauf hattest du dich da eingelassen?"

Rasch kramte Raven seinen Laptop heraus und fuhr ihn hoch. Dann schaltete er die WLAN-Verbindung ab und legte die SD-Karte ein. Ein Fenster öffnete sich. Mehrere Dateien wurden sichtbar. Eine trug den Namen „Öffne mich zuerst!".

Raven klickte sie an.

Das Gesicht seines Bruders erschien auf dem Bildschirm. Das Bild wackelte etwas. Offenbar wurde er von einer Handkamera gefilmt. Raven starrte seinen Bruder an. Er sah blass aus. Seine Augen hatten dunkle Ränder. Wie hatte er das damals übersehen können?

„Kann's losgehen?", fragte Julian

„Kamera läuft", erwiderte eine Stimme, hinter der sich, wie Raven sofort erkannte, Michel Hainke alias Captain Kraut verbarg.

„Okay!" Julian richtete sich auf. „Hi, Bruder", sagte er in die Kamera. Ein nervöses Lächeln huschte über seine Züge. „Oh Mann, das ist echt irre. Ich hoffe wirklich sehr, dass du dieses Video niemals sehen wirst. Oder höchstens gemeinsam mit mir und einem Kasten Bier, denn das würde bedeuten, dass wir die ganze Geschichte heil überstanden haben." Er räusperte sich. „Als Allererstes will ich dir sagen, dass es mir leidtut. Es tut mir leid, dass ich nicht immer der beste Bruder war, dass ich dich damals in die Sache mit dem Schokoladendiebstahl hineingezogen und dich nicht verteidigt habe, als Mama dir zu Unrecht zwei Wochen Stubenarrest aufgebrummt hat. Und es tut mir leid, dass ich tot bin."

Ein gequältes Kichern entrang sich seiner Kehle. „Krass, hört sich das bekloppt an. Aber es ist doch so: Du wirst dieses Video nur dann zu Gesicht bekommen, wenn etwas schiefgelaufen ist, oder um es anders auszudrücken: wenn sie uns umgebracht haben. Bitte verzeih mir, dass ich dich nicht rechtzeitig eingeweiht habe. Ich will einfach nicht, dass dir etwas zustößt. Und zugegebenermaßen habe ich dir auch anfangs nichts davon erzählt, weil ich ein bisschen eifersüchtig war. Ich habe nämlich den Eindruck, dass Mirja dich ein bisschen mehr mag als mich."

„Sorry, dass ich dich unterbreche", meldete sich Michel zu Wort. „Aber du musst zur Sache kommen. Wir haben nicht viel Zeit."

„Okay." Julian schniefte. „Hör zu, kleiner Bruder. Inzwischen weißt du, dass Mirja in eine verdammt gefährliche Geschichte hineingeraten ist. Noch ist uns nicht klar, was genau da drüben in Brasilien abgeht, aber die machen irgendwelche abgedrehten Experimente, manipulieren die Gehirne von Menschen und haben überhaupt kein Problem damit, über Leichen zu gehen. Anfangs waren wir nicht allein in die Sache verstrickt. Wir hatten Kontakt mit einer amerikanischen Journalistin aus North Dakota, die wiederum eng mit ‚Survival International' verbunden ist, einer Menschenrechtsorganisation, die sich dem Schutz indigener Völker verschrieben hat. Vor drei Wochen brach der Kontakt aber ab. Als wäre sie vom Erdboden verschluckt. Michel ist es gestern gelungen, sich in den örtlichen Polizeicomputer zu hacken. Dadurch haben wir herausgefunden, dass ihre Leiche in einem Gebüsch direkt an einer Landstraße gefunden wurde. Laut Obduktionsbericht ein Autounfall. Allerdings wunderte sich der Streifenpolizist, der sie gefunden hatte, über die seltsamen Flecken an ihrem Hals. Wir gehen also davon aus, dass sie ermordet wurde! Und aufgrund unseres Kontakts mit ihr wissen wir, dass sie sich schon seit Wochen beobachtet fühlte." Julian setzte ein schiefes Grinsen auf. „Genauso wie wir." Seine Miene wurde ernst. „Anfangs dachte ich, dass ich mir das alles nur einbilde. Aber seit ein paar Tagen bin ich mir sicher, dass ich beobachtet werde. Und auch Michel wird allmählich nervös – "

Plötzlich stockte das Video, und Julians Gesicht fror ein. Raven runzelte die Stirn. War die SD-Karte beschädigt? An der Rechnerkapazität konnte es kaum liegen. Das Video hatte nur eine ziemlich grobe Auflösung. Bevor er der Sache jedoch auf den Grund gehen konnte, ruckte das Bild, und die Aufzeichnung lief weiter.

„– heute hat er auf seinem Account im KK ziemlich perfide Spyware entdeckt", fuhr Julian fort. „Er ist sich sicher, dass ihn jemand im Klub bespitzelt. In einer halben Stunde wird Michel gemeinsam mit einem Hacker vor Ort das Überwachungssystem der Klinik lahmlegen. Wenn alles gut geht, kommt Mirja frei, und in einer Woche weiß die ganze Welt, was die dort treiben. Ich werde morgen nach São Paulo fliegen und von dort weiter ins Inland. Sollte ich nicht wiederkommen oder gar nicht erst dort landen … nun ja, dann hoffe ich, dass du die Spuren lesen kannst und an meiner Stelle weitermachst. Auch wenn ich gescheitert bin – du wirst das schaffen! Hörst du? Du bist ein besserer Mensch als ich, warst auch immer ein besserer Freerunner – du hattest nur nicht den Ehrgeiz, alles aus dir herauszuholen –"

„Wir müssen Schluss machen", meldete sich Michel hinter der Kamera zu Wort.

„Alles klar –", erwiderte Julian.

Sein Mund blieb offen stehen. Das Video stockte erneut.

Was war da bloß los? Hatte er sich einen Virus eingefangen? Da Raven offline war, konnte es eigentlich nicht daran liegen, dass im Hintergrund irgendein Update lief. Er bewegte die Maus, um seine Festplattenaktivität zu prüfen, doch in diesem Moment flackerte das Bild, und das Video lief weiter.

„Mach's gut, Brüderchen. Und sei vorsichtig. Diese Typen sind mächtig und skrupellos. Die arbeiten mit richtig dreckigen Tricks. Traue niemandem, schon gar nicht –"

Wieder stockte der Film.

Raven stutzte. Er konnte hören, dass die Festplatte ratterte. Das Bild flackerte erneut. Da stimmte etwas nicht. Etwas blitzte kurz auf. Er hob den Blick. Die Leuchtdiode seiner Webcam flackerte kurz auf und erlosch wieder.

„Oh nein …", murmelte Raven. Er versuchte, das Video zu schließen, doch sein Touchpad reagierte nicht. Er drückte den Powerknopf des Laptops – nichts. „Das gibt's doch nicht!" Er wollte die SD-Karte herausziehen, hielt aber im letzten Moment inne. Vielleicht würde er dann alle Daten löschen? Also klappte er stattdessen den Bildschirm herunter. Normalerweise würde das Gerät nun auf Standby gehen, aber die Festplatte ratterte weiter. Das war kein normaler Computerabsturz! Irgendjemand hatte das Gerät manipuliert. Unvermittelt sah er Leelas Gesicht vor sich.

Er drehte den Laptop um und entfernte den Akku. Endlich verstummte der Computer. Raven stieß die Luft aus und nahm die SD-

Karte heraus. Er versuchte, sich daran zu erinnern, ob er Leela jemals mit dem Computer allein gelassen hatte. Aber ihm fiel keine Situation ein. Andererseits wäre das wahrscheinlich auch gar nicht nötig gewesen. Sie hatte in seiner Gegenwart irgendwelche kryptischen Befehle in seinen Computer eingegeben, und er hatte keine Ahnung, welchem Zweck sie wirklich dienten. Aber wenn sie nicht wollte, dass er an die Daten seines Bruders kam – warum hatte sie ihm dann geholfen? Und warum hatte sie ihn gewarnt?

Er schüttelte den Kopf. Es waren einfach zu viele Rätsel. Vermutlich, so überlegte er, war es gar nicht nötig, direkt Zugriff auf seinen Rechner zu haben, um ihn zu manipulieren. Nicht nur die CIA und andere Geheimdienste konnten sich in private Computer hacken und sie gewissermaßen fernsteuern, es gab etliche gewiefte Hacker, die zu so etwas in der Lage waren.

Raven erhob sich, zog seine Jeans an und ließ die SD-Karte in die Hosentasche gleiten. Wenn sein Computer mit Spyware infiziert war, musste er eben eine Alternative finden. Er schlüpfte in seine Sneakers. Als er die Wohnungstür öffnen wollte, klingelte sein Handy. Er nahm ab.

„Ja?"

„Raven, sind Sie am Apparat?" Die Stimme am anderen Ende der Leitung klang nervös.

„Dr. Hain, sind Sie das?"

„Ja. Sind Sie noch zu Hause, Raven?"

„Ja, ich wollte eigentlich gerade losgehen, aber –"

„Gut! Verlassen Sie das Haus vorerst nicht!"

Die Dringlichkeit in der Stimme seines Therapeuten verursachte ein flaues Gefühl in Ravens Magengrube. „Okay … Aber was ist denn –"

„Können Sie die Straße von Ihrem Fenster aus einsehen?", unterbrach Dr. Hain ihn.

„Zum Teil, ja."

„Gut, ich schicke Ihnen jetzt ein Foto."

Ein altmodisches Weckerklingeln kündigte Raven an, dass er eine WhatsApp-Nachricht erhalten hatte. Das Bild eines wuchtigen silbernen Geländewagens mit dunkel getönten Scheiben war angehängt.

„Haben Sie das Bild?"

„Ja. Aber was ist denn los?"

„Es könnte sein, dass Sie in Gefahr sind. Bitte schauen Sie doch einmal nach, ob dieser Wagen vor Ihrem Haus steht!"

Raven spürte, wie sein Herzschlag sich beschleunigte. Er blickte aus dem Fenster. „Hier ist nichts."

„Können Sie die ganze Straße überblicken?"

„Nein. Ich gehe mal ins Treppenhaus."

„Gut. Aber seien Sie vorsichtig. Prüfen Sie vorher, ob jemand vor Ihrer Tür wartet."

Raven linste durch den Spion. Niemand war zu sehen. Das Handy am Ohr, stieg er ein paar Stufen hinab. Durch das Fenster des Treppenhauses hatte er die ganze Straße im Blick. Für einen Moment setzte sein Herzschlag aus.

„Mist!"

„Ist es da?", fragte Dr. Hain.

„Ja, etwa dreißig Meter die Straße runter."

„Das hatte ich befürchtet", erwiderte Dr. Hain. „Hören Sie zu, Raven. Ich muss mit Ihnen sprechen. Aber nicht am Telefon. Meinen Sie, dass Sie es schaffen können, das Haus zu verlassen, ohne dass die Sie sehen?"

„Ich ... glaube schon."

„Gut. Wir treffen uns in einer Stunde in der Torstraße 49. Dort hat ein Freund von mir seine Praxis. Klingeln Sie einfach bei Dr. Erdmann."

„Okay."

„Viel Glück!" Er legte auf.

Raven schob das Handy in die Hosentasche. Seine Gedanken schwirrten durcheinander wie ein Schwarm Mücken. In diesem Moment hörte er plötzlich das leise Knarren einer Tür. Raven fuhr herum. Da war jemand. Er konnte Schritte hören. Leise schlich er die Stufen hinauf.

Eine klein gewachsene, gebeugte Gestalt lugte durch den schmalen Türspalt in seine Wohnung.

„Herr, äh … Dings …?", fragte eine hohe, etwas zittrige Stimme.

Raven stieß einen Seufzer der Erleichterung aus. Dann räusperte er sich. „Frau Möhring?"

„Huch!" Die Gestalt fuhr herum.

„Was machen Sie da?", fragte Raven.

Das faltige Gesicht der alten Dame nahm einen vorwurfsvollen Ausdruck an. „Sie können doch heutzutage Ihre Wohnungstür nicht einfach offen stehen lassen. Wissen Sie denn nicht, was da alles passieren kann?"

„Zum Glück habe ich ja aufmerksame Nachbarn", erwiderte Raven. „Was machen Sie hier überhaupt so früh am Morgen?"

„Ich gieße bei Schneiders die Blumen. Die sind doch für mehrere Monate im Süden. Sie wissen schon, in ihrer kleinen Finca auf den kanadischen Inseln … ach, Unsinn. Ich meine diese Inseln vor Afrika. Wie heißen sie noch gleich … Kanarien … Nee … warten Sie … auf den kanarischen Inseln …"

Raven blendete die Stimme der alten Dame aus. Seine Hirnzellen arbeiteten fieberhaft. Dann ließ ihn etwas aufhorchen

„… wie lange er bleiben wird?"

„Was haben Sie gerade gesagt?", unterbrach er die alte Dame.

„Ich habe gefragt, wie lange Ihr Besuch bleiben wird?"

„Was für ein Besuch?"

„Na, dieser höfliche junge Mann aus Süddeutschland. Seinen Namen habe ich wieder vergessen. Ein ganz reizender Mann, neulich, als ich einen so schweren Einkauf bei mir hatte –"

„Wie kommen Sie darauf, dass ich jemanden zu Besuch hätte?", unterbrach Raven sie.

„Nun ja, er kam aus Ihrer Wohnung, und als ich ihn darauf ansprach, hat er mir erzählt, dass er ein paar Tage bei Ihnen wohnt. Aber keine Bange, ich werde dem Vermieter nichts verraten –"

„Wie sah er aus?"

„Was soll denn diese Frage, Herr Adam? Sie wissen doch selbst –"

„Bitte, Frau Möhring, wie sah der Mann aus?"

„Also, nun ja, groß gewachsen, kräftig, dunkle Haare und markanter Vollbart. Heutzutage ist das ja wieder modern –"

Raven spürte ein Kribbeln auf seiner Kopfhaut. „Vollbart?"

„Ja ... Was gucken Sie denn so komisch?"

„Sie haben den Mann eben gerade in meiner Wohnung gesehen?"

„Ja."

Behutsam schloss Raven die Tür. Dann hakte er sich bei ihr unter. „Kommen Sie, ich begleite Sie nach unten", sagte er leise.

„Der Mann ist gar nicht Ihr Besuch, habe ich recht?", flüsterte Frau Möhring.

„Zumindest niemand, den ich eingeladen hätte."

„Ach, du meine Güte, Sie müssen die Polizei rufen!"

„Aber zuvor möchte ich Sie um einen Gefallen bitten."

Inzwischen hatten sie den zweiten Stock erreicht. „Ich weiß nicht, ob ich Ihnen helfen kann." Frau Möhrings Hände zitterten leicht, als sie ihre Tür aufschloss.

„Darf ich kurz Ihr Bad benutzen?"

„Selbstverständlich, kommen Sie rein."

„Danke!"

Raven eilte durch den Flur. Das Bad wirkte wie ein Museumsstück aus der Mitte des vergangenen Jahrhunderts. Vorsichtig kletterte Raven über das WC auf das Fensterbrett. Er atmete tief durch. Es war nicht weit – ein Kinderspiel. Jeder Zehnjährige konnte das schaffen. Etwa eineinhalb Meter unter ihm und einen Meter vom Haus entfernt befand sich das Dach eines Schuppens. Die mit trockenem Laub und grauen Moosfetzen bedeckte Dachpappe schien zum Greifen nahe. *Du musst springen!*, befahl er sich selbst. Er wollte sich fallen lassen und konnte doch den Fensterrahmen nicht loslassen. Das Fensterbrett knirschte unter seinem Gewicht. Raven gelang es einfach nicht, seinen Blick von dem schmutzigen Boden des Hinterhofs zu lösen.

„Du bist ein besserer Mensch als ich …", flüsterte die Stimme seines Bruders.

„Nein, da irrst du dich", murmelte Raven.

„… warst auch immer ein besserer Freerunner", fuhr die Stimme in seinem Inneren fort, „du hattest nur nicht den Ehrgeiz, alles aus dir herauszuholen."

„Herr Adam?" Die alte Nachbarin klang ängstlich. „Da kommt jemand die Treppe herunter."

Raven lehnte sich zurück, holte Schwung und sprang. Die schmutzige Dachpappe schien ihm entgegenzufliegen. Er fiel schneller, als er erwartet hatte. Mit den Füßen voran kam er auf dem Dach auf. Dann war alles Denken zu langsam, und sein Körper reagierte instinktiv. Er rollte sich ab und kam wieder auf die Füße. Er war schon zehn Meter weitergelaufen und auf die angrenzende Mauer des Nachbargrundstücks geklettert, als er registrierte, dass seine Landung problemlos geglückt war. Ein warmer Schauer reinen Glücks durchfuhr ihn: Ich kann es noch! Dann blickte er von der Mauer nach unten. Es waren gut dreieinhalb Meter bis zum Boden, und die Mauer war nur knapp zwanzig Zentimeter breit. Der warme Schauer verschwand so rasch, wie er gekommen war.

Schnell!, schoss Raven durch den Kopf. *Du musst schnell sein, schneller als die Angst.* Er begann zu rennen, und dann sprang er. Der Deckel der Mülltonne knackte laut, als er darauf landete, er rutschte ab, kam ungeschickt auf und fing den Schwung mit einer Rolle ab. Er gelangte wieder auf die Füße und eilte weiter, durch die Hoftür hinaus auf die Straße. Raven betete, dass der silberne Geländewagen weiterhin den Hauseingang beobachtete. Im Laufschritt eilte er die Straße entlang, bog zweimal ab und erreichte schließlich eine Hauptstraße, auf der im morgendlichen Berufsverkehr schon viele Passanten unterwegs waren. Seine Verfolger konnte er nirgendwo ausmachen.

Als er wenig später in der Bahn saß und Richtung Prenzlauer Berg fuhr, beruhigte sich sein Herzschlag.

Die Torstraße 49 war ein modernes Bürogebäude. Neben der gläsernen Eingangstür hing ein Schild:

Dr. V. Erdmann
Praxis für Psychiatrie und Neurologie

Dr. Hain öffnete ihm persönlich die Tür. Er wirkte blass, als habe er wenig geschlafen. Doch sein Lächeln war wie immer.

„Kommen Sie." Er führte Raven durch den leeren Wartebereich. Das Behandlungszimmer glich eher einem Besprechungsraum – vier bequeme Lederstühle standen um einen ovalen Glastisch herum.

„Setzen Sie sich, Raven. Möchten Sie etwas trinken?"

Raven ließ sich auf einem der Stühle nieder und legte beide Hände auf die Glasplatte. „Was ist hier los, Dr. Hain? Wer verfolgt mich? Woher wissen Sie überhaupt davon? Und was ist so wichtig, dass Sie es mir nicht am Telefon sagen können?"

Der hagere Therapeut nahm Gläser und eine Flasche aus der Anrichte. Zu Ravens Verblüffung handelte es sich dabei nicht um Wasser.

„21 Jahre alter Aberfeldy Single Malt Whisky." Er goss sich großzügig ein. „Nehmen Sie noch regelmäßig Ihre Medikamente?"

„Äh, ja", log Raven.

„Dann kriegen Sie nur ein Schlückchen." Er schob Raven ein zu etwa einem Viertel gefülltes Glas hinüber, bevor er sich auf den Sessel sinken ließ, der auf der anderen Seite des Tisches stand.

Raven ignorierte das Glas und beugte sich weiter vor. „Was ist hier los?!"

Dr. Hain nahm einen kräftigen Schluck des dunklen Gebräus und setzte das Glas behutsam auf dem Tisch ab. „Ich bin sehr froh, dass Sie hier sind – gesund und unversehrt."

„Ich auch", erwiderte Raven. „Wer war das in diesem Auto?"

Dr. Hain schob seine randlose Brille ein Stück höher und faltete die Hände auf dem Tisch.

„Wissen Sie, als Sie neulich zu mir kamen, da war ich nicht ganz ehrlich zu Ihnen."

Raven runzelte die Stirn.

„Ich fürchte, Sie sind da in eine ziemlich üble Sache hineingeraten." Er räusperte sich. „Und ich bin nicht ganz unschuldig daran … leider."

Instinktiv rückte Raven ein Stück vom Tisch ab. „Was genau meinen Sie damit?"

„Ich werde Ihnen gleich alles erzählen, was ich weiß. Aber vorher möchte ich Ihnen jemanden vorstellen." Er hob die Stimme: „Bodahn, würden Sie sich bitte zu uns gesellen?"

Die Tür zum Behandlungszimmer öffnete sich. Es war die einzige Tür, die in diesen Raum führte, wie Raven in diesem Augenblick feststellte.

Ein breitschultriger, dunkelhaariger Mann kam herein. Er hatte einen markanten Vollbart und trug einen Laptop unter dem Arm.

Raven sprang auf.

Kapitel 32

Berlin, Mai 2024

„Sie?!" Entsetzt sprang Raven auf und wich zurück. Er stieß gegen den Stuhl, der polternd zu Boden fiel. Blitzartig musste er an all die Situationen denken, in denen der Bärtige ihn verfolgt hatte. Und nun stand dieser Kerl mit seinem – Ravens – Laptop unterm Arm in der Tür und grinste ihn an.

„Setzen Sie sich wieder, Raven", sagte Dr. Hain. „Ich kann Ihnen alles erklären."

Doch Raven war zu geschockt, um seiner Bitte Folge zu leisten. „Was geht hier vor?"

„Bodahn ist nicht Ihr Feind – ganz im Gegenteil."

Der Bärtige kam näher und nickte ihm zu. Er legte den Laptop auf den Tisch, zog einen Stuhl heran und setzte sich.

„Bodahn?" Ravens Blick wanderte zwischen den beiden Männern hin und her.

Dr. Hain lächelte. „Bodahn Rudenko, Ihr Leibwächter!"

„Mein … was?", stammelte Raven.

„Setzen Sie sich."

Raven war so verblüfft, dass er gehorchte. Er griff nach seinem Whiskeyglas und trank es in einem Zug leer. Dann musste er husten.

Dr. Hain lächelte. „Ich fürchte, ich muss ein wenig weiter ausholen. Ich kenne Dr. Philip Morgenthau nun schon seit vielen Jahren. Uns verbindet eine tiefe Freundschaft, der Sie nicht zuletzt auch Ihre jetzige Tätigkeit verdanken. Frau von Hovhede ist eine alte Freundin von Dr. Morgenthau –"

„Ich weiß", unterbrach Raven ihn. „Und ich weiß ebenfalls, dass in einer Klinik der Stiftung Ihres Freundes sehr seltsame Dinge vor sich gehen."

Dr. Hain nickte. „Darauf werde ich gleich zu sprechen kommen. Zuvor möchte ich aber, dass Sie die Zusammenhänge noch etwas besser verstehen. Sicherlich haben Sie schon vom viel diskutierten ‚Human Brain Project' gehört?"

„Ja, ich habe den Namen schon mal gehört." Raven nickte.

„Es handelt sich dabei um ein Großprojekt der Europäischen Kommission", sagte Dr. Hain. „Mehr als achtzig internationale Forschungseinrichtungen sind daran beteiligt. Das ‚Human Brain Project' hat sich zum Ziel gesetzt, das gesamte Forschungswissen über die Funktionsweise des menschlichen Gehirns zusammenzutragen und mithilfe von computerbasierten Modellen und Simulationen eines nachzubilden."

„Das bedeutet, man will künstliche Intelligenz erschaffen?"

„Im Kern geht es darum, die Abläufe im menschlichen Gehirn zu verstehen. Ursprünglich hatte man für dieses Projekt 1,2 Milliarden Euro Forschungsgelder veranschlagt, aber schon jetzt wissen wir, dass es mindestens das Dreifache dieser Summe und einiges mehr an Zeit kosten wird, um dem gesteckten Ziel auch nur ansatzweise nahe zu kommen."

„Okay, aber warum erzählen Sie mir das?"

„Weil das ‚Human Brain Project' trotz seiner Komplexität im Grunde nur Grundlagenarbeit leistet. Die Forschungen, die Dr. Morgenthau betreibt, gehen weit, sehr weit darüber hinaus. Wenn Sie das ‚Human Brain Project' mit dem ersten Gleitflugapparat von Otto Lilienthal vergleichen, dann gliche Dr. Morgenthaus Forschung einem Jumbo Jet."

„Ehrlich gesagt verstehe ich immer noch nicht –"

„Es geht um Geld", erklärte Dr. Hain, „um sehr, sehr viel Geld, weit mehr als der Fördertopf der EU hergibt. Ich habe mich schon eine ganze Weile gefragt, woher die ‚Dr. Philip Morgenthau Stiftung' ihre Gelder bezieht. Bodahn hat ein paar Nachforschungen angestellt. Es gibt öffentliche Fördergelder, aber der Großteil entstammt anderen Quellen." Er räusperte sich. „Kennen Sie Fjodor Tassarow?"

„Nie gehört."

„Seien Sie froh. Er ist einer der reichsten und gefährlichsten Männer der Welt. Und er ist nur einer von vielen, die ihr Geld in die Stiftung investiert haben. Die Leute, die jetzt das Sagen haben, sind ausnahmslos schwerreich und oftmals ohne jegliche Skrupel."

„Was wissen Sie noch darüber?", fragte Raven.

„Nicht genug, aber ich habe kaum noch Zweifel, dass die Experimente, die in dieser abgelegenen Dschungelklinik und auch an anderen Orten stattfinden, inzwischen jeden ethisch vertretbaren Rahmen gesprengt haben." Er senkte den Blick. „Meines Erachtens hat Philip Morgenthau schon seit längerer Zeit die Kontrolle über seine Stiftung verloren."

„Sind Sie sich sicher?"

„Bis vor Kurzem hatte ich noch Zweifel."

„Aber jetzt nicht mehr?", hakte Raven nach.

„Nein."

Raven hob die Brauen.

Dr. Hain lächelte schmallippig. Dann wurde sein Blick ernst. „Er ist verschwunden."

„Was?"

„Seit zwei Tagen ist Dr. Philip Morgenthau unauffindbar. Niemand weiß, wo er ist. Vor ein paar Stunden hat man die Leiche seiner Sekretärin aus der Spree gezogen. Die Behörden gehen mittlerweile davon aus, dass sie ermordet wurde."

„Woher wissen Sie das?"

„Bodahn hat gute Kontakte zur Polizei."

Raven warf einen Seitenblick auf den Bärtigen.

Der Mann zuckte mit den Achseln.

„Bodahn ist ein ehemaliger Klient von mir", fuhr Dr. Hain fort. „Ich hatte das Glück, ihm vor vielen Jahren einmal helfen zu können –"

„Er hat mir das Leben gerettet", meldete sich der Bärtige zum ersten Mal zu Wort. Seine Stimme klang anders, als Raven erwartet hatte, weich und nahezu akzentfrei.

Dr. Hain runzelte die Stirn. „Bodahn schwor, er habe eine Lebensschuld bei mir, und wann immer ich Hilfe bräuchte, sollte ich mich an ihn wenden."

„Und was für eine Art von Hilfe sollte das sein?", hakte Raven vorsichtig nach.

„Bodahn diente früher in der ukrainischen Armee, arbeitet aber seit vielen Jahren als Privatdetektiv und Bodyguard. Ich ging eigentlich davon aus, dass ich seine Dienste nie brauchen würde. Aber seitdem Sie mein Klient sind, hat sich das geändert. Das, was Sie mir in den Therapiesitzungen berichteten, war ausgesprochen beunruhigend."

„So? Das haben Sie mir aber nie zu verstehen gegeben", warf Raven ein.

„Natürlich nicht. Ich war mir ja auch nicht sicher, ob diese Geschichte, die Sie mir da erzählt haben, nicht doch eine Folge Ihrer posttraumatischen Belastungsstörung waren. Aber nachdem ich Kenntnis bekam über die weiteren Entwicklungen in der Stiftung, wuchsen meine Sorgen. Inzwischen bin ich der Ansicht, dass Ihr Bruder kurz davor stand, die Machenschaften der Stiftung aufzudecken. Und das würde bedeuten –"

„– dass er ermordet wurde", beendete Raven den Satz. Sein Mund fühlte sich trocken an.

„Ja. Ich bat Bodahn, ein Auge auf Sie zu haben. Und wie sich nur allzu bald herausstellen sollte, war dies eine durchaus sinnvolle Maßnahme."

Unwillkürlich musste Raven an den weißen Lieferwagen vor der Wohnung von Frau Schubert denken. An das Gesicht des Bärtigen am Fenster des toten Hackers. Bodahn, der mit seinem Wagen vor der ehemaligen Kindl-Brauerei auftauchte und diesen langhaarigen Security-Leuten den Weg versperrte. Das hatte Raven den notwendigen

Vorsprung verschafft. Auch bei ihrer letzten Begegnung am Bahnhof Holzhauser Straße hatte er letztlich dafür gesorgt, dass Leela und er entkommen konnten. Allerdings …

Raven warf dem Mann einen argwöhnischen Blick zu. „Sie haben auf Leela und mich geschossen!"

„Ich habe meterweit danebengeschossen", erwiderte der Mann lächelnd. „Mit Absicht."

Raven schnaubte. „Warum haben Sie überhaupt geschossen?!"

„Es musste echt aussehen. Diese Männer sollten glauben, dass es mir ausschließlich um irgendwelche Informationen ging, die Sie bei sich trugen."

„Und wer sagt mir, dass es nicht genau so war?"

„Wenn ich irgendwelche Informationen wollte, hätte ich sie schon längst haben können." Der Bärtige klopfte auf den Laptop. „Diese Schläger waren nicht zufällig dort. Sie waren von der Stiftung auf Sie angesetzt worden. Deshalb sollen sie ruhig glauben, dass einer ihrer dubiosen Geldgeber ein eigenes Spiel spielt."

Raven betrachtete den Mann. Was er sagte, klang durchaus schlüssig, und doch war er noch nicht überzeugt. „Sie waren auch da, als ich in Michels Wohnung war. Sie haben mich durchs Fenster beobachtet und Michels Leiche gesehen."

„Ich war dort. Wer der Tote war, weiß ich nicht."

„Sie haben mich verfolgt", fuhr Raven fort. „Und dann haben Sie mir im Treppenhaus aufgelauert."

Der Bärtige blickte Raven offen in die Augen. „Sie waren in Panik. Ich wollte mit Ihnen reden, aber Sie waren erschreckend schnell. Ehe ich wieder unten war, rannten Sie schon durch das Tor und haben mich abgehängt. Ich dachte, Sie wären in Sicherheit. Das war ein Fehler, wie ich zugeben muss. Aber in diesem Moment hielt ich es für die bessere Idee, in der Wohnung Ihre Spuren zu beseitigen."

„Sie haben Michels Leichnam fortgeschafft?"

„Nein, nur dafür gesorgt, dass Sie nicht unter Mordverdacht geraten.

Hätte ich geahnt, dass Sie zur Polizei gehen, hätte ich mir die Mühe natürlich sparen können."

Raven nagte an der Unterlippe. Der Mann zeigte sich vollkommen ungerührt. Log er? „Was ist mit mir passiert? Warum war ich zwei Tage bewusstlos und warum hatte ich Alkohol im Blut?"

„Ich weiß es nicht", erwiderte Bodahn. „Möglicherweise hat man Sie verhört und Ihre Erinnerungen anschließend gelöscht. Vielleicht haben Sie aber auch wirklich getrunken. Fakt ist, Sie waren zwei Tage lang wie vom Erdboden verschluckt. Sie können sich nicht vorstellen, wie erleichtert ich war, als Sie wieder auftauchten. Seitdem habe ich Sie nicht mehr aus den Augen gelassen." Er grinste schief. „Schließlich habe ich eine Berufsehre."

Raven trommelte nachdenklich mit den Fingerspitzen auf den Tisch.

„Sie glauben mir nicht?", fragte der Bärtige.

Raven antwortete nicht.

Bodahn lächelte. Er fuhr den Laptop hoch und gab etwas ein. „Hier!", sagte er nach ein paar Minuten und drehte Raven den Bildschirm zu. „All Ihre geheimen, wohlgehüteten Daten. Erkennen Sie sie wieder?"

Raven klickte sich durch die geöffneten Dateien: Mirjas Hilferufe, die geknackten Rätsel seines Bruders, seine eigenen Recherchen. Alles lag offen vor ihm.

„Wenn ich Ihre Informationen haben wollte, würde ich sie mir nehmen. Aber sie interessieren mich nicht. Mein Job ist es, Sie zu beschützen, egal, wie Sie sich entscheiden. Möchten Sie raus aus dieser ganzen Sache? Ich helfe Ihnen. Oder wollen Sie weitere Nachforschungen betreiben und Ihre Freundin retten, falls sie noch lebt? Sie entscheiden!" Er lächelte. „Nur eines entscheiden Sie nicht, und zwar, ob ich Sie weiterhin beschütze. Sie sind mein Klient, nicht mein Auftraggeber."

Ravens Blick wanderte zu Dr. Hain, der entspannt auf seinem Stuhl saß und ihn ermutigend anlächelte.

Raven nickte. „Also gut. Ich glaube Ihnen."

„Wenn Sie auf meinen Rat hören wollen: Nutzen Sie die Gelegenheit auszusteigen", sagte Dr. Hain.

„Ich lasse Mirja nicht im Stich."

Der Therapeut seufzte. „Das hatte ich befürchtet."

Raven zog den Laptop zu sich heran. „Ist es möglich, einen Computer zu überwachen, selbst wenn er offline ist?"

„Eigentlich nicht", erwiderte Bodahn. „Es sei denn, jemand hat das Gerät manipuliert und eine WLAN-Karte oder einen mobilen Sender eingebaut."

„Können Sie das überprüfen?"

„Ja, aber das dauert einen Moment."

Raven schob ihm den Rechner wieder zu. Dann wandte er sich an Dr. Hain. „Gibt es hier einen anderen Computer, den wir nutzen können?"

„Ja, kommen Sie mit."

Dr. Hain führte Raven in ein Büro. Bodahn blieb zurück und machte sich an Ravens Laptop zu schaffen. Dr. Hain zog das LAN-Kabel aus dem PC, ehe er ihn startete. Dann loggte er sich unter dem Usernamen „Besucher" ein.

„Möchten Sie lieber allein sein?", erkundigte er sich, als der PC hochgefahren war.

„Nein." Raven schob die SD-Karte in den Port und klickte den Abschiedsfilm seines Bruders an. Dieses Mal lief das Video ruckelfrei. Dr. Hain saß schweigend neben ihm.

Schließlich kamen sie an die Stelle, an der Michel Hainke mahnte: *„Wir müssen Schluss machen!"*

„Alles klar ...", erwiderte Julian. Auch diesmal stockte das Video nicht: *„Mach's gut, Brüderchen. Und sei vorsichtig. Diese Typen sind mächtig und skrupellos. Die arbeiten mit richtig dreckigen Tricks. Traue niemandem, schon gar nicht irgendjemandem, der etwas mit der ‚Dr. Philip-Morgenthau Stiftung' zu tun hat."*

Julian zwinkerte in die Kamera, und der Film war zu Ende.

Raven starrte auf den Bildschirm. „Das ist doch alles krank. Er warnt mich vor der Stiftung, genau wie Sie. Aber auch Sie haben etwas mit der Stiftung zu tun. Wem soll ich denn jetzt noch trauen?"

„Das ist das Perfide an solchen Warnungen", Dr. Hain warf ihm ein schiefes Lächeln zu, „dir bleibt eigentlich nur eine Möglichkeit."

„Und die wäre?"

„Traue dir selbst."

„Super", stöhnte Raven, „eine typische Therapeuten-Antwort." Er starrte auf den Bildschirm. Es gab noch eine zweite Videodatei, die den Namen „pb.mkv" trug. Er klickte darauf.

Die Aufnahme stammte offenbar von einer Webcam, der abgebildete Timecode verriet Raven, dass die Aufnahme am 26. September 2023 entstanden war. Es war ein Mann zu sehen, der eine Art Uniform trug. Schweiß lief über seine Stirn. Offenbar war es heiß.

„Shit", murmelte er. „Irgendetwas stimmt hier nicht."

Der Bildschirm war einige Augenblicke lang schwarz, dann waren Bilder verschiedener Zimmer zu sehen, deren Einrichtung sehr merkwürdig war. Einige waren karg eingerichtet, andere luxuriös. Eines war mit dicken Teppichen ausgelegt, ein anderes sah aus wie ein Krankenzimmer, und ein drittes glich dem Inneren einer primitiven Holzhütte. Ihnen allen gemein war jedoch die altertümliche Einrichtung. Die modernsten Möbel entstammten den Siebzigerjahren des 20. Jahrhunderts.

Und noch etwas hatten diese so unterschiedlichen Zimmer gemeinsam: In jedem stand ein Krankenhausbett, in dem wiederum ein Mensch lag, der an Infusionsschläuche angeschlossen war.

Der Bildschirm war geteilt, sodass alle Zimmer gleichzeitig sichtbar waren. Jetzt erschien auch der Mann wieder, der schon eingangs zu sehen gewesen war. Nur eines der kleinen Bilder blieb schwarz.

„Diese Leute werden überwacht", sagte Raven. Sein Blick blieb an einem der Zimmer hängen. Die junge Frau, die dort im Bett lag und schlief ... war Mirja. Zumindest sah sie ihr unglaublich ähnlich.

„Die Flurkamera ist defekt ...", murmelte der Uniformierte.

Kurzzeitig tauchte ein zweiter Mann vor der Webcam auf. „... als ob jemand auf dem Flur herumschleicht." Er sprach Englisch mit südländischem Akzent.

„Sieh nach!", erwiderte der Erste, ohne die Augen vom Bildschirm abzuwenden.

Die Tür des Raumes war wohl verschlossen, was den Mann am Computer zu beruhigen schien. Er sagte irgendetwas von einem Notfallsystem.

Dann hielt er inne, seine Augen weiteten sich. „Sag mal ... sollte bei 2α nicht heute der Übergang zu Stufe II erfolgen?"

„Keine Ahnung. Schau in die Pläne."

Der Mann hackte auf seine Tastatur ein. „Ich komm nicht rein."

„Ich ruf im OP an." Eine Pause entstand. „Die Leitung ist tot!"

Der Mann vor der Webcam erblasste, als er auf einen der Bildschirme deutete. „Diese Flasche dort ... die lag gestern schon auf dem Boden."

Kurz darauf erschien das Gesicht des zweiten Mannes vor der Kamera. Auch er war unter der Sonnenbräune ganz bleich. „Da will uns jemand auf den Arm nehmen!"

„Brich die Tür auf!", rief der erste Mann. „Ich nehme mir die Ratte vor, die sich in unser System gehackt hat."

Der Südländer verschwand aus dem Sichtfeld der Webcam, und der am Rechner sitzende Sicherheitsmann hackte auf seine Tastatur ein.

Dann vernahm man das Splittern von Holz. Der Bildschirm wurde schwarz.

Raven und Dr. Hain blickten sich an. „Was bedeutet das?", fragte der Therapeut.

„Ich glaube, Michel hat sich ins Sicherheitssystem dieser Klinik gehackt und ist aufgeflogen."

Die Aufnahme lief weiter, ohne dass noch etwas zu sehen war.

„Ich glaube, das war's", sagte Dr. Hain.

„Warten Sie!" Raven glaubte nicht, dass Michel den Film ohne Grund hatte weiterlaufen lassen. Es passte nicht zu ihm. Und tatsächlich: Nach etwa ein oder zwei Minuten erschienen plötzlich kryptische Schriftzeichen auf dem schwarzen Bildschirm. Dann flackerte das Bild, und die Überwachungsmonitore erwachten zu neuem Leben. Alles sah so aus wie vorher – fast. Allerdings war Mirjas Bett nun leer. In einem anderen Zimmer war der Boden blutbeschmiert, und statt des Mannes lag nun eine Frau im Bett, die Schwesternkleidung trug. Die Webcam des Uniformierten blieb aus, ebenso die Flurkamera. Schließlich wurde der Bildschirm erneut schwarz, und die Aufnahme stoppte.

„Vielleicht ist es nun endgültig an der Zeit, die Polizei einzuschalten", meinte Dr. Hain nachdenklich.

„Und was versprechen Sie sich davon? Ich habe Michels Leiche gemeldet, und sie war einfach verschwunden. Glauben Sie ernsthaft, dass die deutsche Polizei im brasilianischen Urwald irgendetwas ausrichten könnte?"

Dr. Hain schwieg.

Raven ließ das Video noch einmal ablaufen.

„Ganz schön clever von deinem Hackerfreund", sagte Bodahn.

Überrascht wandte Raven sich um. Er hatte nicht bemerkt, dass der Bärtige den Raum betreten hatte.

„Er hatte sich in das Überwachungssystem gehackt und statt der aktuellen einfach alte Aufnahmen eingespeist", fuhr der Bärtige fort. „Dumm nur, dass diese Flasche auf dem Boden lag."

„Ich frage mich, ob sie es geschafft hat", meinte Raven leise.

Bodahn zuckte die Achseln. „Schwer zu sagen. Ihr Bett war leer. Vermutlich hatte sie einen Verbündeten. Eine dieser Aufnahmen deutet ja an, dass ein weiterer Patient fehlt. Aber natürlich wissen wir nicht, wie weit sie gekommen sind. Da war eine Menge Blut auf dem Boden."

„Letztlich können wir nur spekulieren, was geschah", sagte Dr. Hain.

Nein, dachte Raven. *Irgendetwas übersehen wir.*

„Eine versteckte WLAN-Karte gibt es nicht", wechselte Bodahn das Thema. Er drückte Raven den Laptop in die Hand.

„Aber warum konnte ich dann den Film nicht weiter abspielen?"

Der Mann lächelte. „Wie alt ist das Gerät? Drei Jahre?"

„Vier", brummte Raven.

„Und auf welchem Stand ist Ihre Firewall?"

„Müsste ich mal wieder aktualisieren."

„Sie haben eine Menge unnützen Krempel und auch einiges an Schadsoftware auf der Festplatte. Nichts Schlimmes, aber das müsste mal bereinigt werden, und Ihre letzten Updates müssen Monate her sein."

Raven zuckte die Achseln. „Ich hatte andere Dinge im Kopf."

„Ist kein Vorwurf", erwiderte Bodahn achselzuckend, „aber es erklärt, warum Sie Probleme mit dem Film hatten. Ich habe mir erlaubt, zumindest Ihren Player zu aktualisieren. Jetzt dürfte da nichts mehr ruckeln."

Nachdenklich betrachtete Raven den Bärtigen. Konnte er ihm trauen? Was er sagte, klang durchaus vernünftig. „Danke", murmelte er.

Dann wandte er sich wieder dem Computer zu. Jetzt erinnerte er sich daran, dass es noch eine weitere Datei gegeben hatte – ein Dokument.

Raven öffnete es.

Capela de São Jorge – stand dort geschrieben, darunter folgende Angaben: 29/9/23 -2.253948, -60.508561

Raven starrte auf die Zahlen. „Das erste ist ein Datum", sagte er schließlich. „Der 29. September 2023." *Drei Tage nach Julians Tod,* fügte er in Gedanken hinzu.

„Und das dahinter ein Treffpunkt", meinte Dr. Hain.

„Ja." Bodahn nickte. „Das denke ich auch. Die Zahlen geben vermutlich den Breiten- und Längengrad an."

Raven öffnete Google Earth und gab die Daten ein. Der Pfeil zeigte auf ein Gebiet mitten im Regenwald. Und ausgerechnet an dieser Stelle verdeckte eine Wolke die Sicht. Raven verzog das Gesicht. Es spielte ohnehin keine Rolle. Diese Angaben waren ein Dreivierteljahr alt. Falls

Mirja tatsächlich die Flucht gelungen war, befand sie sich mit Sicherheit nicht mehr an diesem Treffpunkt.

Dr. Hain räusperte sich. „Raven, ich weiß, Sie machen sich große Hoffnungen, dass Mirja noch lebt. Und ich hoffe mit Ihnen." Er sah Raven eindringlich an. „Könnte es sein, dass Mirja versucht hat, irgendwann nach ihrer Flucht Kontakt zu Ihnen aufzunehmen?"

Raven schüttelte den Kopf. Dr. Hain legte ihm kurz die Hand auf die Schulter, sagte aber nichts.

Der junge Mann presste die Lippen zusammen und spielte noch einmal das Video ab, das den Hackerangriff auf die Klinik zeigte.

Dr. Hain sagte etwas, doch Raven war mit den Gedanken woanders. Sein Blick blieb an der Krankenschwester hängen. Etwas an ihr war merkwürdig, und damit meinte er nicht ihre altmodische Kleidung. Nicht das, was sie anhatte, irritierte ihn, sondern das, was sie nicht anhatte.

Dr. Hain berührte ihn an der Schulter. „Sind Sie damit einverstanden?"

„Was?"

Der Therapeut seufzte leise. „Sind Sie damit einverstanden, dass Bodahn zu Ihrer Sicherheit Kameras im Eingangsbereich und im Flur Ihres Hauses installiert und Sie überwacht?"

Raven nickte abwesend. Diese Frau trug ihre komplette Schwesterntracht. Aber ihre Füße waren nackt. Er konnte sich beim besten Willen nicht vorstellen, dass sie üblicherweise barfuß durch die Gegend lief. Warum also fehlten die Schuhe?

„... Kommen Sie." Bodahns Hand ruhte auf seiner Schulter.

Raven blickte ihn irritiert an.

„Ich bringe Sie nach Hause."

Raven nickte, ohne nachzudenken.

Dr. Hain erstellte eine Kopie der Daten und gab Raven die SD-Karte zurück.

Jemand hat diese Schuhe mitgenommen, ging ihm durch den Kopf, als sie die Treppenstufen hinunterstiegen, *jemand, der sie dringend brauchte. Mirja!*

Er wusste selbst, wie lächerlich dünn diese vermeintliche Beweiskette war, und doch: Er konnte nicht anders, er musste sich an diesen Gedanken klammern. *Mirja ist nicht tot! Sie ist irgendwo da draußen, irgendwo in diesem unendlich weiten, grünen Meer. Und sie wartet darauf, dass du ihr hilfst.*

Kapitel 33

Berlin, Mai 2024

Eleonore öffnete blinzelnd die Augen. Sie sah eine helle Decke und das weiße Fußteil eines Bettes, dahinter die Wand, die in einem warmen Orangeton gestrichen war. Sanftes Licht erhellte den Raum. Ein Fenster gab es offenbar nicht.

Wo bin ich? Sie rieb sich mit der rechten Hand über die Augen und versuchte, sich aufzurichten. Ihr war schwindlig, und ihr Kopf schmerzte furchtbar.

Die alte Dame blickte sich verwirrt um und erkannte, dass sie von blinkenden und sehr kompliziert aussehenden medizinischen Geräten umgeben war. Zahllose Kabel führten von diesen zu ihr.

Es dauerte einen Moment, bis die Erkenntnis in ihr Bewusstsein sickerte: *Ich bin im Krankenhaus!*

Sie senkte den Blick und sah an sich herab. Sie trug ein halb offenes Nachthemd. Auf ihrer Brust befanden sich mit Kabeln verbundene Klebepads, und in ihrem linken Handrücken steckte eine Infusionsnadel.

Warum bin ich hier?

Es kam ihr so vor, als müsste ihre Wahrnehmung sich erst durch eine dichte Schicht bauschiger Watte zu ihrem Bewusstsein hindurchkämpfen. Unter all ihren unangenehmen Empfindungen war der Kopfschmerz am stärksten. Sie hob die Hand und ertastete eine kahle Stelle auf ihrem Schädel und Pflaster. Die Berührung verstärkte den Schmerz sofort und ließ sie zusammenzucken – heiß und pochend raste er ihre Nervenbahnen entlang.

Eleonore stöhnte auf und ließ die Hand sinken. Sie hatten ihr eine mehr als handtellergroße Fläche kahl rasiert. *Da hätte ich mir ja letzten Montag die teure Dauerwelle sparen können,* schoss ihr durch den Kopf. Dann erinnerte sie sich wieder daran, dass sie einen Krankenhaustermin vereinbart hatte, weil die Ärzte eine Biopsie durchführen wollen. Aber hatte Philip ihr nicht versichert, dass diese minimalinvasiv erfolgen würde? *Nur ein winziger Schnitt, ein kleines Loch und eine Gewebeentnahme,* hatte Philip gesagt. *So etwas machen wir ambulant.*

Und man hatte sie doch auch am selben Tag wieder entlassen wollen! Warum lag sie dann hier, verkabelt, kahl rasiert und mit Schmerzen?

Sie sah sich um. Gab es hier irgendwo einen Schwesternnotruf? Falls ja, war er gut versteckt. Zu gern hätte sie einen Schluck Wasser getrunken, aber es gab nicht einmal einen Nachttisch, auf dem eine Flasche Wasser hätte stehen können.

Befand sie sich auf der Intensivstation? Nun, sie hatte nicht vor, hier liegen zu bleiben und darauf zu warten, dass irgendjemand zufällig vorbeischaute. Beherzt griff sie nach den aufgeklebten Elektroden und zog sie ab. Es ziepte unangenehm auf der Haut, und gleich darauf erklang ein durchdringendes lang gezogenes Piepen.

Sogleich vernahm sie eilige Schritte auf dem Flur. Die Tür wurde aufgerissen, und eine etwas füllige Krankenschwester stürmte herein. Zuerst sah diese sie nur überrascht an, dann fasste sie sich und schimpfte: „Frau von Hovhede, was machen Sie denn da?!"

„Tja, ich wüsste auch gern, was ich hier mache", erwiderte Eleonore. „Eigentlich müsste ich jetzt zu Hause sein."

„Also, Sie können doch nicht einfach –"

„Könnte ich vielleicht ein Glas Wasser haben, meine Liebe?", unterbrach Eleonore sie freundlich. „Meine Kehle ist wie ausgedörrt."

Die vollen Wangen der Schwester röteten sich.

„Bitte", setzte Eleonore hinzu. „Ich verdurste."

Wortlos verließ die Schwester den Raum und kam wenig später mit einem vollen Glas Wasser zurück.

„Danke!" Eleonore trank langsam. Das Wasser spülte den ekligen

Geschmack aus ihrem Mund, und als sie der Frau das leere Glas zurückgab, fühlte sie sich etwas frischer.

„So", sagte die Krankenschwester, „und jetzt legen Sie sich wieder hin." Sie griff nach den Elektroden.

„Diese Dinger brauche ich nicht", sagte Eleonore. „Mein Herz funktioniert ausgezeichnet."

„Aber –"

„Warum bin ich überhaupt hier?", unterbrach Eleonore sie. „Es sollte doch nur eine ambulante Biopsie vorgenommen werden."

„Bitte, Frau von Hovhede, legen Sie sich wieder hin. Sie müssen sich ausruhen."

„Es mag Sie überraschen, aber im Augenblick ist mein Bedarf an Information stärker als mein Ruhebedürfnis."

„Sie ruhen sich jetzt aus!", sagte die resolute Krankenschwester streng. „Der Arzt wird Ihnen alles erklären, sobald er Zeit für Sie hat."

Eleonore sah, dass die Frau an dem Ventil des Tropfs drehte. In diesem Moment erlebte sie einen der seltenen Augenblicke, in denen der Zorn sie übermannte. „Jetzt hören Sie mir einmal ganz genau zu. Sie verlassen unverzüglich diesen Raum. Dann begeben Sie sich schnurstracks zu Dr. Morgenthau und teilen ihm mit, dass ich ihn sofort sprechen will. Und sollte ich erfahren, dass Sie diese Information nicht sofort oder gar nicht weitergeben, werden Sie das bereuen. Glauben Sie mir!"

Die Frau schwieg verblüfft. Dann richtete sie sich ruckartig auf. „Warten Sie hier." Der Blick der Schwester war eigenartig. Er gefiel Eleonore nicht. Die Unbekannte verließ den Raum angesichts ihrer Leibesfülle mit erstaunlicher Geschwindigkeit.

Sofort streckte Eleonore den Arm aus und verschloss das Ventil des Tropfs. Sie hatte nicht vor, sich betäuben zu lassen. Unter Mühen setzte sie sich auf und schob die Beine über die Bettkannte. Schwindel ergriff sie. Sie hasste es, ihre privilegierte Position auszuspielen, doch die Schwester hatte sie bis zur Weißglut gereizt.

„Ich werde mich später bei ihr entschuldigen", murmelte sie.

Allmählich ließ der Schwindel nach. Sie betrachtete ihre Beine, bleich, faltig und von blauen Adern durchzogen. Ihre nackten, verformten Zehen baumelten über dem Linoleumboden.

Eleonore seufzte leise. Es war gewiss keine Neuigkeit, dass Menschen alterten, aber wenn man selbst betroffen war, kam es doch irgendwie überraschend.

Sie musste plötzlich an ihre Großmutter denken, eine Frau, die in ihrer Erinnerung schon immer uralt gewesen war und stets ein verschmitztes Lächeln auf den Lippen gehabt hatte.

„Oma", hörte Eleonore sich mit kindlicher Stimme fragen, „warum ist dein Gesicht so zerknittert?"

„Das sind Gottes Buchstaben", hatte ihre Oma mit listigem Augenzwinkern erwidert. „Die hat er mir ins Gesicht geschrieben"

„Wirklich?", hatte Eleonore gestaunt. „Und was steht da?"

„Weißt du, wenn man alt wird, dann wird man manchmal vergesslich. Deshalb hat Gott mir lauter kleine Erinnerungen aufgeschrieben. Die sehe ich dann jeden Morgen, wenn ich in den Spiegel schaue."

„Und was steht da?", hatte Eleonore neugierig nachgehakt.

„Da steht, dass das Leben wie eine Vorsuppe ist: Mal ist sie köstlich, mal etwas fad, manchmal süß, manchmal ein bisschen würzig und, wenn es dumm läuft, sogar versalzen. Aber wie auch immer sie schmeckt, sie macht niemals satt."

„Und warum nicht?"

„Weil sie nur ein Teil des Ganzen ist."

„Und was hat das mit dem Leben zu tun?"

„Wie die Suppe kann ich das Leben nur dann angemessen würdigen und genießen, wenn ich mir bewusst mache, dass die Hauptspeise erst noch kommt."

„Das verstehe ich nicht."

„Aber das wirst du noch, mein Schatz."

Ein Lächeln huschte über Eleonores Gesicht. „Ich freue mich darauf, dich wiederzusehen."

Eine kleine Ewigkeit verging, ohne dass sich etwas tat. Schließlich klopfte es.

„Ja."

Überraschenderweise trat Dr. Michael Krüger ein, ein alter Freund von Philip. Er schloss die Tür hinter sich. „Eleonore, wie schön, dass Sie munter sind."

„Guten Tag, Michael." Sie reichte ihm die Hand.

Er hatte einen warmen, festen Griff. Der hagere Psychiater setzte sich auf die Bettkante. „Was haben Sie auf dem Herzen, Eleonore?"

„Eigentlich hatte ich Philip erwartet."

„Es tut mir leid. Er ist zurzeit verhindert. Aber ich werde Ihnen helfen, so gut ich kann."

Eleonore warf ihm einen prüfenden Blick zu, den er offen erwiderte. „Nun, ich wüsste gern, warum ich hier bin", sagte sie schließlich. „Es sollte doch nur eine ambulante Biopsie durchgeführt werden!"

Michael nickte bedächtig. Dann stellte er eine seltsame Frage: „Woran können Sie sich erinnern?"

„Sie meinen, bevor ich hier aufgewacht bin?"

„Ja."

„Roman hatte mich gedrängt, von Philip eine Biopsie vornehmen zu lassen. Ich fuhr ins Krankenhaus, und nun …" Sie deutete vielsagend auf die rasierte und mit einem Pflaster bedeckte Stelle auf ihrem Kopf.

„Ich verstehe", sagte Michael. „Die Biopsie war tatsächlich nur ein kurzer Routineeingriff. Philip sorgte dafür, dass die Probe schnellstmöglich untersucht wurde, und Sie kamen überein, dass unverzüglich eine Operation durchgeführt werden sollte –"

„Moment", unterbrach Eleonore ihn. „Sie wollen damit sagen, dass ich nach der Biopsie wach war und einer Hirn-OP zugestimmt habe?"

„So ist es." Michael Krüger nickte bedächtig. „Eine temporäre Amnesie ist in einem solchen Fall allerdings nicht ungewöhnlich. Manchen Patienten hilft es dann, wenn sie die Unterlagen einsehen können. Wenn

Sie wollen, kann ich die Dokumente mitsamt der von Ihnen unterzeichneten Einverständniserklärung holen lassen."

Eleonore winkte ab. „Was hatte die Biopsie ergeben?"

„Sie haben einen bösartigen, äußerst schnell wachsenden Hirntumor. Es wurde eine weitere CT veranlasst, auf der bereits starke arterielle Durchblutungsstörungen erkennbar waren. Wir mussten sofort reagieren."

Eleonore hatte das Gefühl, als würde sie neben sich stehen. Ihre Gedanken waren so nüchtern und emotionslos, als gehörten sie jemand anderem.

„Konnte der Tumor entfernt werden?", fragte sie.

„Das müssen weitere Untersuchungen zeigen", antwortete Michael ausweichend.

„Also nicht!", stellte Eleonore nüchtern fest.

Michael schwieg einen Moment, dann sagte er sanft: „Ich will Ihnen nichts vormachen. Ein Teil des Tumors war inoperabel. Die Gefahr, dass die Ärzte wichtige Hirnregionen verletzt hätten, war einfach zu groß. Aber hier gibt es andere Möglichkeiten: Chemotherapie, Bestrahlung. Dr. Dechow wird gemeinsam mit Ihnen den Therapieplan besprechen."

„Warum Dr. Dechow?", fragte Eleonore. „Was ist mit Philip?"

„Dr. Dechow ist ein hervorragender Arzt, Sie können ihm vertrauen."

„Ich habe keinerlei Zweifel an seiner Kompetenz", erwiderte Eleonore, „aber Philip ist ein guter Freund."

„Philip konnte Sie nicht operieren", sagte Michael. „Er war zu diesem Zeitpunkt bereits abgereist." Seine Stimme klang seltsam.

„Abgereist wohin?"

„Nach Brasilien."

Brasilien, genau wie Roman. Aber das hatte nichts zu bedeuten. Roman war ja schon viel früher und aus anderen Gründen geflogen. Eleonore erinnerte sich, dass Philip von irgendwelchen Problemen gesprochen hatte, um die er sich kümmern müsse.

„Wie lange ist meine Operation jetzt her?"

„Sieben Tage."

„Eine ganze Woche?!" Irritiert schüttelte Eleonore den Kopf, was gleich darauf mit einem bohrenden Schmerz bestraft wurde.

Dr. Michael Krüger nickte. „Ich verstehe, dass dies alles sehr verwirrend auf Sie wirken muss. Deshalb habe ich Ihnen bereits mehr erzählt, als ich es üblicherweise tun würde. Aber nun müssen Sie sich schonen. Am Nachmittag wird sich Dr. Dechow Zeit für Sie nehmen und alles Weitere –"

„Es tut mir leid. Ich würde lieber warten, bis Philip wieder im Land ist."

Michael Krüger schluckte. Eleonore konnte sehen, dass sein Adamsapfel nervös auf und ab hüpfte. „Das wird leider nicht möglich sein."

„Es macht mir nichts aus, etwas länger zu warten."

„Darum geht es nicht. Philip wird seinen Dienst auch in einem Monat nicht antreten."

„Aber die Schwester ist doch losgegangen, um Dr. Morgenthau zu holen ..."

„Sie wusste nicht, dass Philip gemeint war."

„Was?"

Michael erhob sich. „Ruhen Sie sich aus. Wir sprechen ein andermal darüber."

„Unterstehen Sie sich, mich hier einfach sitzen zu lassen!", entfuhr es Eleonore. „Wen wollte die Schwester holen?"

„Seinen Sohn. Er wird sich ab morgen in die Klinikabläufe einarbeiten." Michael wandte sich ab.

„Stehen bleiben!", befahl Eleonore.

Überraschenderweise gehorchte der Psychiater.

„Was ist mit Philip?"

„Es tut mir sehr leid." Michael räusperte sich. „Philip ist tot."

„Was?!"

„Es war ein Unfall."

Ein Schauer fuhr Eleonore über den Rücken.

„Sein Flugzeug stürzte etwa 85 Kilometer nordwestlich von Manaus ab. Es gab keine Überlebenden." Michael lächelte traurig. „Es tut mir leid. Ich hätte Ihnen das noch nicht sagen dürfen."

Eleonore wollte etwas entgegnen, aber es kam kein Wort über ihre Lippen.

Der Arzt wirkte besorgt. „Sie müssen sich ausruhen. Ich werde Ihnen ein Beruhigungsmittel geben." Er machte sich an ihrem Tropf zu schaffen.

Eleonore senkte den Blick. In ihrem Kopf rasten die Gedanken durcheinander. Sie starrte auf die faltigen Hände in ihrem Schoß. Sie verschwammen, als ihr die Tränen in die Augen schossen. Philip war tot?

Es war ein Unfall – warum jagten ihr diese Worte nur einen Schauer über den Rücken? Sie hatte das Gefühl, dass sie sich an irgendetwas erinnern müsste, aber sie kam einfach nicht darauf, was das war.

„Hier!" Er legte einen einfachen Taster, der mit einem Kabel verbunden war, neben Eleonores rechte Hand auf die Matratze. Sie bemerkte es kaum. Worte und Satzfetzen spukten in ihrem Kopf herum:

… haben einen bösartigen, äußerst schnell wachsenden Hirntumor … inoperabel … es gibt andere Möglichkeiten …

Sieben Tage, in denen sich scheinbar alles verändert hatte. Sieben Tage, an die sie sich nicht erinnern konnte.

„Wenn Sie irgendetwas brauchen, drücken Sie einfach auf den Knopf, Eleonore." Er dimmte das Licht und verließ den Raum. Eleonore blieb im Halbdunkel zurück.

„Ich brauche meinen Mann", flüsterte sie, als die Tür ins Schloss fiel.

Sie wartete, bis die Schritte auf dem Flur verklungen waren. Ihre Augenlider wurden bereits schwer, doch sie biss die Zähne zusammen und richtete sich stöhnend auf. Mit Daumen und Zeigefinger der rechten Hand packte sie den dünnen Gummischlauch und presste ihn zusammen. Sie wollte nicht, dass dieses Zeug weiter in sie hineinfloss. Einige Atemzüge saß sie still da und sammelte Kraft. Dann zog sie mit einem Ruck die Nadel heraus. Blut quoll aus dem kleinen Stich. Vielleicht bildete sie sich das nur ein, aber nach einiger Zeit hatte sie das Gefühl, dass die lähmende Müdigkeit etwas nachließ. Ächzend richtete sie sich auf und ließ die Beine wieder über die Bettkante gleiten.

Seit Monaten machst du dir Sorgen um Hilde und fürchtest, dass sie einfach abhaut und niemand weiß, wo sie sich befindet. Und jetzt hast du das Gleiche vor. Wer weiß, wie oft Michael dieses Gespräch schon mit dir geführt hat?, meldete sich eine boshafte leise Stimme in ihr zu Wort. *Vielleicht bist du in den vergangenen sieben Tagen schon ein Dutzend Mal aufgewacht und konntest dich nicht mehr an das erinnern, was vorher geschehen war?*

„Möglicherweise ist das so", murmelte Eleonore leise, „aber das ändert nichts daran, dass ich weiß, dass ich jetzt nach Hause will."

Sie schob sich weiter vor, bis ihre Füße den Boden berührten. Erneut überkam sie Schwindel, aber es gelang ihr aufzustehen. „Na, das klappt doch schon ganz gut", sprach sie sich selbst Mut zu. Als das Drehgefühl in ihrem Kopf nachließ, schlurfte sie, sich mit einer Hand abstützend, um das Bett herum zu einem kleinen Schrank an der gegenüberliegenden Wand, in dem sie ihre Kleidung vermutete. Und tatsächlich: Auch ihre Handtasche befand sich darin.

Es dauerte eine halbe Stunde, bis sie sich so weit angekleidet hatte, dass sie sich auf die Straße wagen konnte. Sie öffnete vorsichtig die Tür und lugte hinaus.

Ein Krankenpfleger hielt sich gerade mit einem Wagen voller medizinischer Gerätschaften im Flur auf. Gott sei Dank hatte er ihr den Rücken zugewandt. Eleonore zog die Tür bis auf einen winzigen Spalt zu und wartete. Einen Augenblick später ertönte ein Klingeln, und gleich darauf verschwand der Pfleger mit seinem Wagen außer Sicht. Ein Aufzug! Eleonore schlüpfte auf den Flur – zumindest hatte sie das vorgehabt. In Wirklichkeit bewegte sie sich in behäbigem Zeitlupentempo aus dem Raum. Sie stützte sich mit beiden Händen an der Wand ab, während sie in winzigen Schritten den Flur entlangschlurfte. Niemand war zu sehen.

Der Gang wirkte mehr wie ein Keller als wie der Flur eines Krankenhauses.

Endlich erreichte sie den Fahrstuhl. Ihre Erleichterung währte jedoch nur einen Augenblick. Dann erkannte sie, dass der Aufzug nur mit einem Schlüssel zu bedienen war.

Das kam ihr zwar etwas seltsam vor, aber sie war zu sehr mit ihrer Enttäuschung und ihrer Erschöpfung beschäftigt, um weiter darüber nachzudenken.

Sie blickte sich um und entdeckte nicht weit entfernt ein beleuchtetes grünes Schild, das zum Notausgang wies. Der Pfeil deutete in die Richtung, aus der sie gekommen war.

„Na wunderbar. Die ganze Strecke wieder zurück." Sie wischte sich den Schweiß von der Stirn. „Wenigstens kenne ich den Weg schon", murmelte sie.

Das erleichterte ihr das Gehen allerdings auch nicht. Sie schleppte sich an ihrem Zimmer vorbei und stieß zwei Türen weiter auf den Notausgang, der in ein Treppenhaus führte. Sie befand sich augenscheinlich im 1. Untergeschoss. Eleonore stöhnte leise. Sie träumte davon, sich einen Moment ausruhen zu können. Aber sie wusste, wenn sie sich jetzt auf eine Stufe setzte, würde es ihr nicht gelingen, wieder aufzustehen. Also kämpfte sie sich die Treppe hinauf, Stufe um Stufe. Ihr Atem ging stoßweise, und sie musste sich nach jedem Schritt ausruhen. Endlich erreichte sie die nächste Etage. Eine Tür aus dickem Stahlblech trug die Aufschrift *Nur im Notfall benutzen*. Unterhalb der Klinke war ein kleiner grüner Kasten angebracht, und ein Pfeil wies darauf hin, dass man ihn nach rechts schieben musste. Eleonore zuckte die Achseln und schob den Riegel zur Seite. Im selben Augenblick ging irgendwo im Treppenhaus eine orange flackernde Lampe an, und der Alarm schrillte in ihren Ohren. Rasch drückte Eleonore die Klinke herunter und schlurfte hinaus auf das Krankenhausgelände.

Sie war jedoch noch nicht weit gekommen, als eine junge Krankenschwester mit wehendem Kittel angerannt kam. „Halt! Was machen Sie denn da?!"

Die junge Frau hatte ein Piercing in der Nase, dunkel geschminkte Augen und schwarz gefärbte Haare. Und sie sah nett aus.

„Es tut mir leid", sagte Eleonore und lächelte entschuldigend. „Ich verspreche, beim nächsten Mal breche ich weniger spektakulär aus. Aber es war eine echte Notlage, müssen Sie wissen."

Die junge Frau runzelte die Stirn.

„Sie haben nicht zufällig eine Zigarette für mich?" Eleonore zwinkerte ihr zu.

Ein spitzbübisches Lächeln zeigte sich auf dem Gesicht der Krankenschwester. Sie fischte eine Packung aus ihrer Kitteltasche und steckte Eleonore eine Zigarette zu.

„Am besten, Sie schlagen einen Bogen und kommen durch den Nebeneingang wieder rein!", raunte sie ihr zu. „Ich kümmere mich inzwischen um den Alarm."

„Danke! Sie sind ein Schatz", erwiderte Eleonore. „Dann sehe ich mal zu, dass ich Land gewinne." Eleonore schlurfte weiter. Hinter sich hörte sie die junge Frau kichern. Kurz darauf wurde der Alarm ausgeschaltet.

Statt um das Krankenhausgebäude herumzugehen, bewegte sich Eleonore in die entgegengesetzte Richtung. Jeder Muskel brannte, und Sterne tanzten vor ihren Augen, als sie den Taxistand erreicht hatte. Der Fahrer des ersten Wagens sah aus wie ein in die Jahre gekommener Soziologiestudent. Er sprang aus seinem Taxi und half ihr auf die Rückbank.

„Wo soll es denn hingehen?", fragte er in einem Tonfall, der andeutete, dass dieser Job eigentlich unter seiner Würde war.

Eleonore nannte ihm die Adresse. Als der Wagen anfuhr, ließ sie das Fenster ein Stück herunter. Die frische Luft tat ihr gut. Schemenhaft spiegelte sich ihr Gesicht in der Fensterscheibe. Es war kein besonders ermutigender Anblick. Die kahle Stelle mit dem Pflaster war deutlich zu erkennen. Was tat sie hier? Sie hatte eine schwere Operation hinter sich, und nach Aussage des Arztes waren auch noch weitere Behandlungen erforderlich. Ihre Flucht war nicht nur in medizinischer Hinsicht eine bedenkliche Entscheidung, sie konnte auch dazu führen, dass man an ihrer Zurechnungsfähigkeit zweifelte. Dieser Gedanke ließ sie frösteln. Die Vorstellung, nicht mehr über sich selbst bestimmen zu dürfen, war grauenvoll.

Also, warum bist du abgehauen? Die Antwort war nicht schwer. Sie hatte Angst.

„So, da wären wir!" Die Worte des Fahrers rissen sie aus ihren Gedanken.

Sie zuckte erschrocken zusammen und starrte den Mann an.

„Das macht dann 56,40 Euro."

„Ja, natürlich, einen Augenblick …" Eleonore öffnete ihre Handtasche, und gleich darauf durchfuhr sie ein heißer Schreck. Ihr Portemonnaie war nicht mehr da! Und in ihrer Brieftasche fehlten sowohl ihre Kreditkarte als auch ihr Personalausweis. Sie schluckte trocken.

„Alles in Ordnung?", hakte der Mann nach.

„Es tut mir schrecklich leid", stammelte Eleonore, „aber es sieht so aus, als wäre ich bestohlen worden."

„Nee!", schnaubte der Mann. „Das ist jetzt nicht wahr, oder?"

Eleonore wurde flau im Magen. Sie wühlte weiter in ihrer Tasche, obwohl ihr klar war, dass dies ihre Geldbörse nicht wieder herbeizaubern würde. „Ich fürchte, ich muss kurz ins Haus, Geld holen. Sie können mich gern begleiten."

„Und währenddessen schnappen die anderen mir die Kunden weg!", knurrte der Mann. Er stieg aus und knallte die Tür zu. Als er Eleonore aus dem Wagen half, war er nicht mehr ganz so fürsorglich.

Eleonore ging, so rasch sie konnte, aber der Mann verdrehte dennoch genervt die Augen. Schließlich erreichten sie die Haustür. Eleonore öffnete den Reißverschluss der kleinen Seitentasche, griff hinein, es klimperte leise. Sie ertastete dort ihren Ehering und den kleinen Weißgoldring, den Roman ihr zur Silberhochzeit geschenkt hatte, aber ihr Schlüssel … war weg!

„Oh nein", stammelte sie. Erneut durchwühlte sie ihre Tasche – vergeblich.

„Was ist denn jetzt schon wieder?"

„Mein Schlüssel ist fort!"

„Das gibt's doch nicht!" Der Mann ließ ihren Arm los und machte einen Schritt zur Seite. „Und Sie sind sich sicher, dass Sie auch tatsächlich hier wohnen?" Abschätzig kniff er die Augen zusammen.

„Natürlich!", erwiderte sie. „Bitte warten Sie einen Moment."

Sie ging die Stufen der Eingangstreppe wieder hinunter.

Hinter sich hörte sie den Mann leise murmeln: „Die Alte ist doch vollkommen durchgeknallt …"

Eleonore spürte Zorn in sich aufwallen. Dem Fahrer schien es vollkommen gleichgültig zu sein, dass sie ihn hören konnte. Unten angekommen, griff sie in den Blumenkübel und fischte einen Zierstein heraus. Er war aus Kunststoff und hatte auf der Unterseite eine kleine Klappe. Roman war immer dagegen gewesen, dass sie dort einen Zweitschlüssel deponierte. Aber nun war sie sehr dankbar, dass sie nicht auf ihn gehört hatte.

Sie fühlte sich beobachtet, als sie sich die Stufen wieder emporkämpfte. An der Tür angekommen, zögerte sie. Sie blickte zu dem sichtlich genervten Taxifahrer. „Bitte warten Sie im Wagen auf mich. Ich bringe Ihnen Ihr Geld."

„Damit Sie die Tür hinter sich schließen und ich angeschmiert bin? Nee, das können Sie vergessen."

„Ich werde Sie nicht betrügen."

Der Mann schnaubte.

„Hier!", Eleonore gab ihm den Weißgoldring. „Nehmen Sie den als Pfand."

Misstrauisch betrachtete der Mann das kleine Schmuckstück. „Sehe ich etwa aus wie ein Juwelier? Was soll ich damit?"

„Er ist echt. Sehen Sie sich die Gravur an."

Der Mann drehte den Ring zwischen seinen Fingern und beäugte ihn misstrauisch. Dann blitzte jedoch etwas in seinen Augen auf, und er nickte. „Meinetwegen." Er wandte sich ab. „Aber die zwanzig Minuten, die ich hier schon warte, zahlen Sie mir extra."

Eleonore blickte ihm stirnrunzelnd nach, als er zum Taxi ging. Er mochte wie ein Soziologiestudent aussehen, sein Verhalten entsprach aber eher dem eines knallharten Spekulanten.

Eleonore schloss auf und betrat das Haus. Als sie die Tür hinter sich zuzog, fühlte sie sich ein wenig besser. Die Erleichterung währte jedoch nicht lange, denn dort, wo eigentlich die Flurkommode hätte stehen sollen, in der sie immer ein wenig Bargeld aufbewahrte, war – nichts!

Mit weit aufgerissenen Augen sah sie sich um. Der gesamte Flur war leer. Der Spiegel, der Schuhschrank, die Garderobe – alles war fort. Selbst der Leuchter an der Decke war durch eine nackte Glühlampe ersetzt worden. Es roch nach frischer Farbe.

Das konnte doch nicht wahr sein! Hatte sie womöglich vergessen, dass sie das Haus renovieren lassen wollte? Mühsam kämpfte sie sich die Treppen hinauf in den ersten Stock. Alles war still, entsetzlich still und leer.

Langsam ging sie den Flur entlang und öffnete die Tür zu ihrer Lesestube. Der Raum war ebenfalls leer. Die Regale, ihre geliebten Bücher, das gemütliche Sofa – alles war verschwunden. Die Fenster standen ein wenig offen, und auch hier roch es nach frischer Farbe.

Benommen machte Eleonore kehrt, taumelte weiter ins Schlafzimmer, das Kaminzimmer, das Gästezimmer. Nirgendwo befand sich noch ein einziges Möbelstück.

Das konnte doch unmöglich sein! Selbst wenn Sie das Haus renovieren ließ, dann doch nicht alles auf einmal. Sie taumelte zum Fenster und stützte sich auf dem Fensterrahmen ab. Der Lack war noch nicht ganz getrocknet und klebte an ihrer Haut.

Lange stand sie einfach nur da und starrte hinaus. Dann ließ ein Geräusch sie zusammenfahren. *Der Taxifahrer,* schoss ihr durch den Kopf. Sie hatte ihn ganz vergessen! Als sie das Zimmer verließ, hörte sie Schritte im Erdgeschoss. War der Mann ungeduldig geworden und durch eines der Fenster eingestiegen? In ihre Verwirrung mischte sich Furcht.

Roman hatte immer gewollt, dass sie nicht wehrlos war. Er hatte ihr sogar eine kleine Pistole und einen Schießkurs zum Geburtstag geschenkt. Sie hatte entrüstet abgelehnt. Unter keinen Umständen wollte sie eine Waffe in die Hand nehmen. Aber sie hatten sich schließlich auf einen Kompromiss geeinigt, und seitdem trug sie ein Pfefferspray in der Handtasche mit sich. Wahrscheinlich, so kam es ihr spontan in den Sinn, war das auch Romans eigentlicher Plan gewesen. Er kannte sie zu gut und musste gewusst haben, dass sie sich niemals auf eine Waffe einlassen würde. Sie öffnete die Handtasche, und ihre Finger schlossen sich um die Pfeffersprühdose.

Als sie in den Flur trat, drangen die Schritte deutlicher zu ihr herauf. Das war nicht nur eine Person, das waren mehrere!

Die Eindringlinge gaben sich keine Mühe, leise zu sein. Eleonore schlich sich bis zum Treppenabsatz und lugte hinunter. Sie konnte den platinblonden, sorgfältig frisierten Haarschopf einer Frau erkennen und ihr gegenüber einen beleibten Mann mit spärlichem Haarwuchs.

„… insgesamt 937 Quadratmeter Wohnfläche, Dachboden und Keller nicht mitgerechnet", sagte der Mann gerade.

„Und in welchem Zustand ist die Heizungsanlage?", erkundigte sich eine andere männliche Stimme. Den Sprecher konnte Eleonore von hier aus nicht erkennen. Aber eines war klar: Das waren keine Einbrecher! Sie schob das Pfefferspray in ihre Rocktasche.

„Der Brenner wurde vor fünf Jahren ausgetauscht, und die Anlage wurde jedes Jahr vorschriftsmäßig gewartet", erwiderte der Dicke.

„Mit anderen Worten, sie ist uralt", bemerkte die andere Stimme kühl.

„Schatz, jetzt lass uns doch erst einmal das Haus ansehen", mischte sich die blonde Frau ein.

„Das wäre auch meine Empfehlung", sagte der Dicke. „Lassen Sie das Objekt als Ganzes auf sich wirken."

Eleonore hatte das Gefühl, eine eisige Hand würde ihr über den Nacken streichen. Was geschah hier? Versuchte dieser Kerl gerade, ihr Haus zu verschachern?

„Wie ich eingangs schon erwähnte, handelt es sich um eine wunderschöne Jugendstilvilla. Sie wurde zwischen 1893 und 1894 von dem bekannten Architekten Ludwig –"

„Wer sind Sie?!", unterbrach Eleonore mit lauter Stimme die Ausführungen des Mannes. „Was machen Sie in meinem Haus?!"

Die Platinblonde stieß einen erschrockenen Schrei aus. Alle drei starrten mit offenem Mund zu ihr herauf.

„Ist das –?", murmelte die Blonde.

„Ja", meldete sich nun eine vierte Stimme zu Wort. Sie gehörte einer Frau und kam Eleonore bekannt vor. „Das tut mir sehr leid. Ich weiß auch nicht, wie das geschehen konnte." Die junge Frau, die nun in ihr Blickfeld trat und die Treppen nach oben kam, trug ein eng anliegendes Businesskostüm. Ihre dunklen Haare hatte sie zu einem strengen Zopf gebunden. Wahrscheinlich war das der Grund, warum Eleonore sie nicht gleich wiedererkannte.

Auf halber Höhe wandte sich die Frau noch einmal um. „Sie muss aus der Klinik abgehauen sein", sagte sie in gedämpftem Tonfall. „Machen Sie einfach weiter. Ich kümmere mich darum!"

Dann blickte sie hinauf zu Eleonore und verzog die Lippen zu einem Lächeln. „Frau von Hovhede, was machen Sie denn für Sachen?"

Als die Frau ihren Namen aussprach, erkannte Eleonore sie wieder. Es war die junge Haushälterin, deren Namen sie ständig vergaß. *Irgendetwas mit A ... Anne vielleicht? Oder Anna?* Wütend über sich selbst unterbrach Eleonore ihre verwirrten Gedanken.

„Niemand macht hier einfach weiter!", rief sie streng. „Sie verlassen sofort mein Haus. Allesamt! Oder ich rufe die Polizei." Zu ihrer Verwirrung schien niemand sonderlich beeindruckt zu sein.

Die blonde Frau tupfte sich mit einem Taschentuch über die Augen. „Ach, Gott, die arme Frau", murmelte sie, offenbar in der Annahme, dass Eleonore schlecht hörte. Etwas lauter fügte sie dann hinzu: „Mein aufrichtiges Beileid, Frau, äh ... von Hof-" Sie stieß ihren Gatten an, der verwirrt vom einen zum anderen blickte und sich dann dazu entschloss, den Dicken wütend anzustarren. Dieser studierte jedoch angestrengt seine Unterlagen.

Beileid? Warum sprach diese wildfremde Frau Eleonore ihr Beileid aus? Ein Gedanke kam in ihr hoch, so unerträglich, dass sie ihn sofort wieder zurückdrängte.

„Beruhigen Sie sich doch, Frau von Hovhede", sagte die junge Haushälterin, während sie die Treppe weiter nach oben kam.

„Anna" war es nicht ... vielleicht „Hanna"?

„Was geht hier vor?", fragte Eleonore. „Warum ist hier alles leer geräumt?"

„Aber, Frau von Hovhede, das haben wir doch alles schon besprochen."

Eleonore erstarrte. „Wir haben überhaupt nichts besprochen!"

Die Frau lächelte und griff nach Eleonores Arm. „Ich weiß, dass es für Sie gerade sehr schwer ist –"

„Lassen Sie mich los ... Johanna!" Eleonore atmete auf. Es war wie eine Befreiung, dass ihr der Name der Haushälterin wieder eingefallen war.

Im selben Moment hörte sie, wie der Dicke zu dem Pärchen sagte: „Kommen Sie, ich zeige Ihnen das ehemalige Arbeitszimmer. Sie werden begeistert sein!"

Gleichzeitig entgegnete die junge Frau: „Ich heiße Jacqueline, Frau von Hovhede."

Es war wie ein Schlag. Eleonore hatte das Gefühl, jeglichen Halt zu verlieren. Die Wirklichkeit schien unter ihren Händen zu Staub zu zerfallen. *Du bist krank*, flüsterte ihr eine gehässige Stimme zu. *Du verlierst den Verstand.*

Widerstandslos ließ sie sich den Flur entlang zu einem kleinen Raum führen, der als Abstellkammer gedient hatte. An der Tür klebte ein

Zettel mit der Aufschrift „Sperrmüll". Der Schlüssel steckte. Die junge Frau, die sich Jacqueline nannte, öffnete die Tür. Dutzende verschlossener Pappkartons waren dort fast bis zur Zimmerdecke gestapelt, unter dem Fenster stand ein alter lederbezogener Lehnstuhl.

„Setzen Sie sich, Frau von Hovhede", sagte die junge Frau. „Ich hole Ihnen ein Glas Wasser. Sie müssen Ihre Medikamente nehmen. Gleich kommt jemand und holt Sie ab." Eleonore starrte den Stuhl an. Er war alt und verschlissen, an einer Stelle zwängte sich die Polsterung durch einen Riss. Aber er barg eine Menge Erinnerungen. Eleonore hatte ihn als junge Frau aus Brasilien mitgebracht. Sie konnte gar nicht zählen, wie viele Stunden sie auf diesem Stuhl gesessen und am Schreibtisch gearbeitet oder gelesen hatte. *Wir haben doch alles besprochen,* hatte die junge Frau gesagt. Konnte das wirklich wahr sein? Eleonore seufzte. Vielleicht hatte sie tatsächlich zugestimmt, das Haus zu verkaufen. Es war zwar wunderschön, aber auch unnötiger Luxus. Aber niemals hätte sie zugestimmt, dass auch all ihre Erinnerungen einfach so auf den Sperrmüll geworfen wurden. Sie fasste einen Entschluss.

Als die junge Haushälterin wenig später mit einem Glas Wasser in der Hand hereinkam, war von Eleonore nichts zu sehen. Der Stuhl war umgekippt, die Beine ragten hinter einem Stapel Kisten hervor.

„Frau Hovhede?" Die Frau schüttelte sichtlich genervt den Kopf und ging auf den umgekippten Stuhl zu.

In diesem Moment stemmte sich Eleonore mit aller Kraft gegen den Kistenstapel, hinter dem sie sich versteckt hatte. Der Turm geriet ins Wanken und stürzte um. Als die Kisten hinter ihr zu Boden krachten, stieß die Frau einen erschrockenen Schrei aus. Eleonore eilte so schnell es ihr möglich war zur Tür. Über das Chaos aufgeplatzter Kisten hinweg sah sie das blasse Gesicht der Haushälterin, das sich gleich darauf vor Wut verzerrte.

„Bist du wahnsinnig?", schrie die Frau. Sie stieß Kisten zur Seite, um sich Platz zu schaffen.

„Tut mir leid", erwiderte Eleonore. „Aber ich werde nicht hierbleiben. Und außerdem heißen Sie ‚Johanna'." Sie schlüpfte durch die Tür, während die junge Frau erschreckend behände über den Kistenberg kletterte.

„Bleib stehen!"

Eleonore zog hastig die Tür zu und drehte den Schlüssel um. Keinen Moment zu früh. Die Klinke wurde heruntergedrückt.

„Aufmachen! Sofort!"

Eleonore zog den Schlüssel ab. „Lieber nicht", erwiderte sie.

Die Frau hämmerte gegen die Tür. „Du vertrottelte alte Hexe!", schrie sie voller Wut.

Eleonore war über den ungefilterten Hass in der Stimme der jungen Frau schockiert. „Es tut mir leid, aber Sie lassen mir keine andere Wahl."

Sie wandte sich ab und eilte so rasch sie konnte den Korridor entlang. Wenn die anderen Eindringlinge sich tatsächlich in Romans Arbeitszimmer befanden, hatten sie von dem Lärm sicher nichts mitbekommen. Dennoch beschloss Eleonore, den ehemaligen Dienstboteneingang zu benutzen.

Ihr Herz klopfte wild, als sie die Gartentür hinter sich schloss. Das Haus, das mehr als ein halbes Leben lang ihr Zuhause gewesen war, kam ihr mit einem Mal kalt und fremd vor.

Erst jetzt registrierte sie, dass der Taxifahrer fort war – mitsamt ihrem Ring. Seufzend machte sie sich zu Fuß auf den Weg. Bloß fort von hier. Während sie die Straße entlangging, kamen ihr die Worte der blonden Frau in den Sinn. Sie hatte ihr Beileid gewünscht. Warum?

Plötzlich hallte eine andere Stimme in ihrer Erinnerung wider: *Philip ist tot. Es war ein Unfall! Sein Flugzeug stürzte etwa 85 Kilometer nordwestlich von Manaus ab. Es gab keine Überlebenden.* Auch Roman war in Brasilien, weil er sich mit alten Bekannten treffen wollte. War er vielleicht gemeinsam mit Philip unterwegs gewesen?

Ein Geräusch ließ sie zusammenzucken.

Aus ihrer Handtasche kam ein misstönendes Klingeln. Verwirrt wühlte sie darin und fischte schließlich ein dünnes Handy heraus, das nicht ihr gehörte. Die Nummer auf dem Display war unterdrückt.

Nach kurzem Zögern nahm sie ab und hielt das Handy ans Ohr.

Es rauschte. Dann fragte die Stimme eines jungen Mannes: „Hallo? Ist da jemand?"

„Ja", flüsterte Eleonore zögernd.

„Lörchen, bist du das?"

Sie legte erschrocken auf. Zitternd klammerte sie sich an den Gartenzaun. Die Luft schien mit einem Mal zu dick, um zu atmen. Es war, als hätte ein schrecklicher Sturm Zeit und Raum durcheinandergewirbelt und ihr den Boden unter den Füßen weggerissen. Das Hier und Jetzt schien nicht mehr zu existieren.

Es gab nur einen Menschen auf der Welt, der sie „Lörchen" nannte. Doch das am Telefon war nicht der Roman gewesen, mit dem sie seit fünfzig Jahren verheiratet war. Es war die Stimme jenes Romans gewesen, den sie vor über einem halben Jahrhundert am anderen Ende der Welt kennengelernt hatte.

Kapitel 34

Brasilien, Bundesstaat Pará, Winteranfang 2023

Der riesige Kaiman lag vollkommen regungslos da, das Maul leicht geöffnet. Man hätte denken können, er wäre tot, wäre da nicht der Hauch seines Atems, der die höhlenartige Unterspülung mit dem Gestank nach totem Fisch und Verwesung erfüllte.

Mirja unterdrückte ein Frösteln. Ihre Wunde hatte sich entzündet. Seit Tagen litt sie schon unter Fieber. Mal war ihr so heiß, dass sie sich am liebsten den dünnen Fetzen ihres Nachthemdes vom Leib gerissen hätte, mal schien eisiger Frost in ihre Glieder zu kriechen.

Sie presste die Lippen zusammen. *Nicht bewegen, nur nicht bewegen!*

„Gib auf!" Der blecherne Ruf der Lautsprecher drang gedämpft durch das herabhängende Wurzelgeflecht der Mangrove in ihr dunkles Versteck. „Du hast keine Chance!" Ihre Verfolger waren nah.

Das mächtige Reptil schien sich an dem ungewohnten Lärm nicht zu stören. Mirja rührte sich ebenfalls nicht. Seit Tagen schon verfolgten ihre Häscher diese neue Taktik. Aus den Lautsprechern der Drohnen, die nicht unter das dichte Dach des Dschungels fliegen konnten, plärrte es: „Gib auf und stell dich! Wir werden dir nichts tun!"

Völlig entkräftet, fiebernd und frierend war Mirja auf das Ufer zugeschwommen und dort auf diese fast zwei Meter tiefe Unterspülung gestoßen. Eine kleine Höhle direkt am Fluss, der Eingang halb verdeckt von den Wurzeln einer Mangrove. Erst spät hatte sie die Knochen entdeckt, die überall auf dem matschigen und teilweise wasserbedeckten Untergrund lagen.

Erschöpft war sie eingeschlafen. Und dann irgendwann war sie erschrocken hochgefahren und hatte in die gelben Reptilaugen des riesigen Kaimans geblickt. Unmöglich zu sagen, wie lange er sie schon beobachtete.

Mohrenkaimane sind nachtaktiv, ging ihr durch den Kopf, *deshalb die weiten Pupillen. Sie gehören zu den größten Raubtieren Südamerikas und können bis zu sechs Meter lang werden.* Es war nicht ihr eigenes Wissen, das hier zum Vorschein kam. Es war Elly, die in ihr referierte. *Mit Vorliebe jagen sie Capybaras, die großen Wasserschweine des Amazonasgebietes. Menschen greifen sie nur selten an. Selten – das bedeutet aber nicht: nie!* In der Klinik hatte sie einmal eine schreckliche Wunde gesehen: eine junge Frau, deren Bein halb abgerissen und so zerfleischt war, dass es kaum noch als solches zu erkennen war. Man hatte sofort die Amputation eingeleitet, aber die Frau war dennoch gestorben. Der Angriff eines Kaimans war tödlich, selbst wenn man nicht sofort starb.

Du bist in seiner Höhle. Hier versteckt er seine Beute. Er wird einfach warten – warten, bis er wieder Hunger hat, und dann … Sie presste die Lippen zusammen und versuchte, das Plappern ihres fiebernden Gehirns zu unterdrücken.

Der blecherne Lärm des Lautsprechers verstummte.

Der Kaiman beobachtete sie, machte aber keine Anstalten, näher zu kommen.

Mirja hielt die Beine umklammert und stützte ihr Kinn auf die Knie. Minuten vergingen, zogen sich in die Länge und wurden zu Stunden. Sie ertappte sich dabei, wie ihre Wahrnehmung sich änderte: Mit einem Mal wirkte der Kaiman nicht mehr wie ein Tier, sondern wie ein knotiger Wurzelstrang mit zwei mandelförmigen gelben Flecken. Mühsam hielt sie die Augen offen. *Du darfst nicht einschlafen.* Doch sie war so unglaublich müde.

Verschwommen tauchte ein blasses, faltiges Gesicht vor ihr auf. Ein Gesicht, das sie liebte.

„Vergiss es nicht: Du bist etwas Besonderes, Mirja!"

„Quatsch, Schwester Hannah. Das sagst du nur, damit ich mich nicht so doof fühle, wenn ich in dieses neue Heim komme."

„Nein, ich sage das, weil es stimmt. Glaubst du, der liebe Gott macht sich die Mühe, jeden Menschen als wunderbares einzigartiges Geschöpf zu erschaffen, wenn er Interesse an einem faden menschlichen Einheitsbrei hätte?"

„War ja klar, dass du wieder mit dem lieben Gott anfängst", entgegnete Mirja.

Schwester Hannah lächelte. „Natürlich, aber wenn du über Michael Jackson reden willst, musst du mit deinen Freundinnen sprechen."

„Oh, Schwester Hannah! Michael Jackson ist total out!"

„Tatsächlich?" Die Ordensschwester runzelte die Stirn. „Und ich dachte, dieser Elvis sei inzwischen nicht mehr in."

„Schwester Hannah!", rief Mirja entrüstet.

Die alte Frau kicherte. „Ausgetrickst. So senil bin ich nun auch wieder nicht. Aber was ich eigentlich sagen will, ist: Lass dir von niemandem weismachen, dass du nichts Besonderes seist. In Gottes Augen ist kein Mensch wertvoller als du."

„Allerdings ist auch niemand weniger wertvoll als ich, nicht wahr?"

„Exakt."

„Findest du nicht, dass dieses angebliche Wertvoll-Sein dann gar nichts mehr bedeutet? Das ist wie bei Facebook: Ab dem hundertsten Freund bedeutet das Wort eigentlich gar nichts mehr."

„Was ist Facebook?"

„Eine soziale Plattform im Internet."

„Ach so. Nun, ich denke, da gibt es schon einen Unterschied."

„Meinst du?"

„Ich versuche, es mal theologisch auszudrücken: Gott ist keine Plattform."

„Sehr witzig."

„Im Ernst. Wir Menschen haben in zu vielen Dingen die Liebe verloren. Um jemanden großzumachen, machen wir andere klein. Wertvoll wird etwas dadurch, dass anderes unwert wird. Gott hat so etwas nicht nötig."

„Das ist echt schwer zu verstehen."

„Das stimmt. Aber es ist wunderbar, das zu erfahren. Du bist Gott unendlich wichtig, Mirja, vergiss das niemals! Auch dann nicht, wenn das Leben dir das Gegenteil weismachen will."

Ein Geräusch riss Mirja aus ihren Träumen, ein lauter klagender Ruf. Sie schlug die Augen auf. Samtene Schwärze umgab sie und ein stetes, plätscherndes Rauschen, hier und da unterbrochen von dem klagenden Ruf.

Ich bin noch immer in der Höhle, erkannte Mirja, *gemeinsam mit einem riesigen Kaiman.* Die Vorstellung, dass nur wenige Zentimeter von ihr entfernt das weit aufgesperrte Maul eines urzeitlichen Ungetüms auf sie warten könnte, ließ sie frösteln. Sie musste hier raus, und zwar schnell! Ihre Hände tasteten suchend durch den schlammigen Untergrund, bis sie auf einen abgebrochenen Knochen stieß, der spitz zulief. Er war erstaunlich leicht – vermutlich handelte es sich dabei um einen Vogelknochen. Eine lächerliche Waffe, wenn man bedachte, wogegen sie sie einsetzen wollte!

Den Knochen von sich gestreckt, kroch sie behutsam voran, Zentimeter für Zentimeter. All ihre Sinne waren aufs Äußerste gespannt. Aber nichts war zu sehen und zu hören. *Er ist fort!*, sagte sie sich selbst.

Im nächsten Moment berührte etwas Raues ihren Handrücken. Mirja schrie auf, stieß instinktiv mit dem Knochen zu, der gegen etwas Hartes prallte und zerbrach. Panisch krabbelte sie aus dem Loch. Irgendetwas berührte sie im Gesicht und an der Schulter. Sie schlug mit den Armen danach und rutschte tiefer in das Wasser des Flusses. Lautes Platschen war zu hören. Etwas stieß gegen ihre Hüfte. Irgendwie gelang es ihr, sich an den herabhängenden Wurzeln der Mangrove emporzuziehen. In Todesangst hangelte sie sich höher, erklomm das Ufer und stolperte ein paar Schritte kopflos ein Stück den Hang hinauf, bis sie gegen einen Baumstamm prallte. Mit ausgestreckten Händen eilte sie fast blind durch den Wald, bis sie schließlich schwer atmend stehen blieb und lauschte. Nichts. Kein Krachen im Unterholz, das darauf hinwies, dass sie ein 300 Kilo schweres Ungetüm verfolgte.

Mirja ließ sich, den Rücken fest an einen Baumstamm gepresst, zu Boden gleiten. Irgendwann musste sie trotz ihrer entsetzlichen Angst eingeschlafen sein, denn als sie aufschreckte, durchbrachen die Strahlen der aufgehenden Sonne den Morgennebel.

Müde rappelte sie sich auf. Ein brennender Schmerz ließ sie zusammenzucken. Sie betrachtete den von Blut und Eiter durchtränkten Verband, den sie aus einem Stück abgerissenem Stoff gefertigt hatte. Die Verletzung, die sie sich auf ihrer Flucht zugezogen hatte, war mittlerweile ein entzündetes, pochendes Loch, durch das ihre Lebenskraft entfloh.

Sie stolperte tiefer in den Dschungel hinein, über und über mit Schlamm bedeckt. Als die Nacht hereinbrach, suchte sie sich einen Unterschlupf. Am nächsten Morgen lief sie weiter.

Die Tage kamen und gingen. Oft wankte sie in wirren Fieberträumen durch das Unterholz und konnte außer Regenwasser nichts zu sich nehmen. Irgendwann ließ das Fieber dann wieder nach. Es war ein Wunder, dass sie immer wieder auf die Beine kam. Die blechernen Stimmen der Drohnen hatten recht: Sie hatte keine Chance. Ohne Antibiotika und ohne Hilfe erwartete sie der sichere Tod.

Sie wusste nicht, wie lange ihre Flucht andauerte. Es kam ihr so vor, als würde sie schon seit Monaten durch den Dschungel fliehen.

Instinktiv war sie stets dem Fluss gefolgt. Doch inzwischen hatten sicher auch ihre Verfolger herausgefunden, wo sie nach ihr suchen mussten. Der Fluss bedeutete nun stets Gefahr! Nur hier verbarg das dichte Dach des Dschungels sie nicht, und nur hier konnten die Drohnen ihrer Verfolger sich frei bewegen.

Sie wusste, wenn sie jemals auch nur eine Chance haben wollte, ihren Häschern zu entkommen, musste sie das Wasser meiden. Und doch konnte sie es nicht. Sie bemerkte kaum, dass sie sich wieder und wieder zurück zum Fluss schleppte. Er wirkte auf sie seltsam vertraut und schien sie zu sich zu rufen.

Oft rief der Anblick einer bestimmten Pflanze, der Ruf eines Tieres, manchmal sogar ein ganz bestimmter Duft Bilder in ihr wach. Sie hatte häufig das Gefühl, schon einmal an diesem Ort gewesen zu sein, diesen Ruft vernommen oder Duft gerochen zu haben. Dass sie es überhaupt so weit geschafft hatte und dass sie immer noch am Leben war, verdankte sie vor allem jener Person, die sie eigentlich hassen sollte: der Anderen.

Mirja hielt auf einen flachen Seitenarm des Flusses zu, über dem Scharen von Moskitos hin und her wogten.

Sie sah ihre eigene Hand, die in der ihres Vaters lag. Gemeinsam gingen sie durch den Dschungel, folgten sehnigen braunen Körpern, die einen Jungen mit einer bösen Verletzung trugen. Sie sprachen leise miteinander. Eine alte Frau führte sie an. Sie watete in einen Tümpel, bückte sich und fischte etwas heraus …

Mirja trat mit ihren nackten Beinen bis zu den Knien in das warme Nass. Dicht über die Wasseroberfläche gebeugt, beobachtete sie, wie nach und nach fadenförmige Geschöpfe in eleganten wellenartigen Bewegungen auf sie zuschwammen – Blutegel. Als sie so kopfüber dastand, wurde ihr schwindlig. Sie musste all ihre Kraft aufbieten, um sich zu konzentrieren und die Tierchen aus dem Wasser zu fischen. Irgendwann, sie hatte mittlerweile ein Dutzend von ihnen eingesammelt und in ein Blatt gewickelt, beschloss sie, dass es genug war. Sie watete aus dem Wasser, verkroch sich tiefer unter das schützende Dach des Waldes und lehnte sich an einen Baum. Dann nahm sie vorsichtig den Verband ab. Es tat weh, als der verklebte Stoff den Schorf abriss. Ein fauliger Geruch stieg ihr in die Nase. Die Wundränder waren heiß, rot und geschwollen. Blut, klumpiger Schorf und Eiter waren zu sehen. Mirja keuchte. *Du wirst hier sterben,* flüsterte eine Stimme in ihr.

Der Schwindel wurde so stark, dass sie den Kopf gegen den Stamm des Baumes lehnte und die Augen schloss.

„Du wirst sterben", hörte sie ihre eigene Stimme. Aber es war nicht die Stimme einer erwachsenen Frau, sondern die eines vierzehnjährigen Mädchens. Und sie sprach auch nicht zu sich selbst, sondern zu der kleinen, runzligen Gestalt, die bleich und schwer atmend auf einem weißen Krankenhauskissen lag.

„Ja", sagte Schwester Hannah.

„Hast du keine Angst?"

„Nicht viel. Ich weiß, dass ich nicht allein bin, und ich erlebe ja nur den äußerlichen Tod. Er ist nicht schlimm."

„Nicht schlimm?!", hörte sie sich selbst ungläubig hervorstoßen. „Du findest es nicht schlimm, wenn dein Leben endet?!"

Die alte Frau schüttelte den Kopf. „Der äußere Tod kann dem Leben nichts anhaben, er ist lediglich ein Tor, durch das wir alle einmal treten müssen. Nur der innere Tod kann das Leben zerstören."

„Was meinst du damit?"

„Man kann atmen, denken, sprechen und doch tot sein. Wenn der Glaube verdorrt, wenn die Liebe erloschen ist und alle Hoffnung verloren, nur dann hat der Tod gesiegt."

Mirja öffnete die Augen. Das Blatt war ihrer Hand entglitten, und einige der sich windenden Wesen versuchten, ihren Weg zurück zum Wasser zu finden. Mirja sammelte sie behutsam wieder ein und setzte sie an den Rand der entzündeten Wunde auf ihre rote, glühende Haut. Sie spürte das sanfte Brennen kaum, als die Egel zu saugen begannen.

Erschöpft ließ sie sich wieder gegen den Stamm sinken und schloss die Augen.

Karapiru strich besorgt über ihren Unterarm, der mit Mückenstichen übersät war. „Dein Vater sagt, Stiche sind gefährlich."

„Was soll ich machen? Ich vertrage das Mückenmittel nicht."

„Komm!" Er zog sie am Arm.

Sie mussten weit gehen. Aber Zeit bedeutete dem Jungen nicht viel. Schließlich blieb er stehen und deutete nach oben. Ein dunkler Klumpen hing dort in einer Astgabel.

„Was ist das?"

Karapiru lächelte, dann kletterte er geschickt den Baum empor. Er griff in den Klumpen hinein, und auf einmal war seine Hand mit einer sich bewegenden Masse bedeckt.

„Termiten", stieß Elly hervor.

Wenig später war Karapiru wieder unten. Er zerrieb die Insekten zwischen den Händen.

„Was machst du denn da?"

„Ich mache Salbe", erklärte er ihr.

Mit einem Ruck riss Mirja ihre Augen auf. Ihr Kopf zuckte zurück und schlug gegen etwas Hartes. Sonnenstrahlen stahlen sich durch das hohe Blätterdach und zeichneten hellgraue Schlieren in den Dunst, der von der feuchten Erde emporstieg.

Mirja sah an sich herab. Die Blutegel waren verschwunden. Stattdessen waren um den geröteten Wundrand herum kleine, dreieckige Bisswunden zu sehen. Die Schwellung war ein wenig zurückgegangen.

Etwas abseits hockte eine etwa fünfzig Zentimeter lange Echse und tat so, als bemerke sie Mirja nicht. Ob das Reptil es gewesen war, das sie geweckt hatte?

Mühsam stemmte sie sich hoch. Auf dem Boden lag ihr blutverschmierter Verband. Schmeißfliegen umkreisten ihn. Zuerst wollte sie ihn liegen lassen, doch dann hatte sie erneut eines dieser seltsamen Déjà-vus. Sie verscheuchte die Fliegen, wickelte den Stoff zu einem Knäuel zusammen und nahm ihn mit.

Sie kam nur langsam voran. Immer wieder wurde ihr schwindlig, und sie musste eine Rast einlegen. Auf einer kleinen Lichtung machte sie schließlich Halt und wartete. Mühsam grub sie eine kleine Mulde in den Boden und drückte ein großes Blatt hinein. Endlich setzte der Regen wieder ein und sammelte sich in dem kleinen Loch. Mirja nahm vorsichtig das Blatt heraus und trank, bis sie keinen Durst mehr hatte. Dann lief sie weiter.

Irgendwann – sie wusste nicht, wie viel Zeit vergangen war – bemerkte sie, dass sie auch schrecklichen Hunger hatte. Immer häufiger musste sie Pausen einlegen. Schließlich entdeckte sie etwas Wunderbares. An einem Baumstamm, nicht allzu hoch, hing ein klumpiges, wimmelndes Gebilde. Ein Termitennest! Zuerst zerrieb sie einige der Insekten und bedeckte ihre Haut damit. Dann begann sie, mit einem langen Stock das Nest auszurauben. Irgendwoher wusste sie, dass man die Larven fast aller Tiere essen konnte. Es war eine widerliche Angelegenheit, und die Säureangriffe der Tiere, die ihre Jungen verteidigten, schmerzten auf ihrer Haut. Dennoch, zum ersten Mal seit langer Zeit knurrte ihr nicht der Magen, als sie sich einen Schlafplatz suchte. Zwei Tage später entdeckte Mirja, dass das Verbandsknäuel, das sie immer noch mit sich trug, zu leben begann.

Sie wickelte den Stoff auseinander und betrachtete die sich windenden Maden. Ohne die Erinnerungen der Anderen hätte sie es wohl schon lange fortgeworfen, so aber nahm sie vorsichtig eine Made nach der anderen heraus und setzte sie in ihre entzündete Wunde. Maden fraßen nur das tote Fleisch. Sie würden die Wunde säubern. Allerdings war es auch durchaus möglich, dass eine von ihnen einen Krankheitserreger in sich trug. Dann würde Mirja sterben.

Sie ging weiter, so lange ihre Kräfte es zuließen. Dabei folgte sie weiterhin dem Verlauf des Flusses, hielt aber immer so weit Abstand, dass sie sich nicht aus dem Schutz des Waldes herausbegeben musste. Sie zählte nicht länger die Tage, sondern versuchte nur noch, die nächste Stunde zu überleben. Irgendwann hatte sie sich an den Schmerz, den nagenden Hunger und die stetig wiederkehrenden Schwächeanfälle gewöhnt. Sie überwand ihren Ekel und aß alles, von dem sie wusste, dass es nicht giftig war. Als sie eines Abends auf einen Pisang-Baum stieß, an dem Früchte wuchsen, die wie Feigen schmeckten, fiel sie auf die Knie und stieß ein Dankgebet aus.

Die Wunde heilte langsam ab und hinterließ eine hässliche rote Narbe. Doch das Fieber, das in Schüben wiederkehrte, wollte sie nicht verlassen. Sie wusste nicht, ob es Malaria war oder irgendeine andere

Krankheit. Sie wusste nur, dass sie nichts dagegen tun konnte und dass sie mit jedem Fieberschub schwächer wurde.

Irgendwann fand sie sich – am Ende ihrer Kräfte – am Fuß eines mächtigen Baumes wieder. Eine Schweißperle rann kitzelnd über ihre Wange, perlte vom Kinn ab und zerplatzte auf ihrem nackten Knie. Sie lehnte ihren Rücken gegen die hohen Brettwurzeln, als schmiege sie sich in seine Umarmung. Die Unerschütterlichkeit dieses Urwaldriesen spendete ihr Trost, und er gab ihr Orientierung. Die Andere wusste, dass es sich um eine Mahagoni-Art handelte, die gewöhnlich von August bis Oktober blüht und ihren Samen ausstreut. Doch dieser Baum blühte schon lange nicht mehr. Die wenigen Samen, die Mirja gefunden hatte, waren schon alt gewesen, einige waren verfault, andere hatten gekeimt. Das bedeutete, dass die Jahreswende schon ein oder zwei Monate zurückliegen musste. Ihr von Fieber und Müdigkeit geschwächter Verstand benötigte eine Weile, ehe sie begriff, dass sie nun schon mehrere Monate auf der Flucht war.

Der Abend brach herein und mit ihm die Dunkelheit. Die Augen fielen ihr zu, als schrille Laute sie aus ihren fiebrigen Träumen rissen. Affen riefen sich Warnungen zu. Der Dschungel wurde nervös. Mirja hob den Kopf und lauschte. War ein Jaguar in der Nähe? Einmal hatte sie seine Spuren entdeckt – große Pfotenabdrücke im Schlamm eines Tümpels.

Nein, kein Jaguar. Es knackte und raschelte. Der elegante Jäger des Dschungels würde niemals einen solchen Lärm veranstalten.

Dann erklang ein Laut, der Mirja zusammenzucken ließ – Hundegebell!

Sie haben dich gefunden!, flüsterte es in ihr.

„Nein!", krächzte Mirja. Irgendwie gelang es ihr, auf die Knie zu kommen. Sie kroch über eine Wurzel. Das dichte Blätterdach verschwamm vor ihren Augen zu einem wogenden grünen Meer. Auf Händen und Knien versuchte sie zu entkommen.

Etwas brach knurrend durchs Unterholz.

Schwarze Flecken tanzten vor ihren Augen. Ein riesiger Schatten ragte über ihr auf, und sie hörte eine Stimme. Was sie sagte, konnte Mirja nicht mehr verstehen. Der feuchte Urwaldboden zog sie mit unwiderstehlicher Kraft an sich. Alles wurde schwarz.

Kapitel 35

Berlin, Mai 2024

Raven kettete sein Fahrrad an den Zaun. Er hatte Eleonore von Hovhede nicht erreicht, seinen Urlaub daher nicht verlängern können. Und da er die alte Frau Schubert nicht im Stich lassen wollte, hatte er sich entschlossen, wieder arbeiten zu gehen.

Seit zwei Tagen hatte er keine Medikamente mehr genommen, und da es bislang nicht zu neuen Panikattacken gekommen war, sah er auch keinen Grund, daran etwas zu ändern.

Wie immer geschah erst einmal nichts, als er bei Frau Schubert klingelte. Dann meldete sich eine schnarrende Stimme mit osteuropäischem Akzent: „Wer ist da?"

„Raven Adam, der Pflegehelfer."

Einen Moment lang war Stille, dann fragte die Stimme: „Was wollen Sie?"

Raven seufzte. „Ich bin der Pflegehelfer", erwiderte er, darum bemüht, möglichst laut und deutlich zu sprechen. „Bitte machen Sie auf."

„Wir haben keine Pflegehelfer", erwiderte die Stimme barsch.

Raven verdrehte die Augen. Es war nicht das erste Mal, dass die Mitarbeiterinnen der Sozialstation nicht über ihn Bescheid wussten. „Ich arbeite nicht für die Sozialstation. Frau von Hovhede hat mich direkt angestellt."

Nichts geschah. Raven klingelte noch einmal.

„Was wollen Sie?"

„Lassen Sie mich rein!", erwiderte Raven gereizt. „Ich sagte doch bereits, ich wurde von Frau von Hovhede direkt angestellt."

„Ich kenne diese Frau nicht!", unterbrach ihn die Stimme. „Und jetzt verschwinden Sie."

„Sie ist die gesetzliche Betreuerin!", rief Raven in die Gegensprechanlage. „Und wer sind Sie überhaupt?"

Der Lautsprecher blieb stumm.

„Hallo?!"

Nichts.

Einen Moment lang erwog Raven, einfach zu gehen. Doch dann packte ihn der Zorn. Ständig kamen neue Pflegekräfte, und ganz offensichtlich machte sich die Pflegeleitung nicht die Mühe, sie über Raven aufzuklären. Für die alte Dame musste es beängstigend sein, immer wieder fremde Menschen in der Wohnung zu haben. Er zog seinen Schlüssel hervor und schloss auf. Wütend stieg er die Stufen hinauf. Zuerst wollte er einfach die Tür aufschließen. Doch dann entschied er sich, noch einmal zu klopfen. Er konnte schwere Schritte hören. Die Kette wurde vorgelegt. Dann schloss jemand die Tür auf und öffnete sie einen Spaltbreit.

Das gerötete Gesicht einer beleibten Frau um die fünfzig erschien im Türspalt. Sie hielt ein Handy in der Hand und kniff misstrauisch die Augen zusammen.

Raven schluckte seinen Zorn hinunter. „Mein Name ist Raven Adam. Ich arbeite schon seit fast zwei Monaten für Frau Schubert. Ihre gesetzliche Betreuerin, Frau von Hovhede, hat mich eingestellt. Rufen Sie Ihre Chefin an, Sie wird Ihnen das bestätigen."

Die Frau erwiderte nichts. Stattdessen hob sie das Handy ans Ohr und fragte: „Haben Sie gehört?"

Raven seufzte.

„Mach ich", raunte die Beleibte ins Telefon. Sie legte auf und tippte weiter auf ihrem Handy herum.

„Holen Sie doch Frau Schubert her", versuchte Raven es noch einmal. „In den meisten Fällen erkennt Sie mich wieder."

Die Frau hob das Handy. Es blitzte, als sie ein Foto von Raven schoss.

Und noch ehe er reagieren konnte, hatte sie ihm die Tür vor der Nase zugeschlagen. Raven konnte hören, wie der Schlüssel herumgedreht wurde.

„He, was soll denn das?"

„Wir kennen Ihre Tricks", klang es aufgeregt durch die Tür hindurch. „Ich habe mit meinem Chef gesprochen. Er sagt, die gesetzliche Betreuerin heißt Frau Wilk. Wenn Sie nicht sofort gehen, werde ich die Polizei rufen."

Mit offenem Mund starrte Raven auf die verschlossene Tür.

„Und denken Sie daran: Wenn Frau Schubert irgendetwas geschieht – wir haben Ihr Foto!"

„Das ist doch völlig absurd", schnaubte Raven. Wer zum Kuckuck war Frau Wilk? Noch eine ganze Weile stand er reglos da und starrte grimmig die verschlossene Tür an. Dann wandte er sich ab und stapfte verdrießlich die Treppe hinunter.

Auf dem Treppenabsatz zwischen dem zweiten und dem ersten Stock hörte er plötzlich ein Geräusch.

„Psst!", flüsterte jemand.

Er wandte sich überrascht um. Das Haus stammte noch aus einer Zeit, als man die Toiletten außerhalb der Wohnung zwischen den Etagen gebaut hatte. Und diese Tür, auf der in gotischer Schrift „Abort" stand, stand nun halb offen.

Verblüfft starrte Raven die alte Dame mit dem kalkbleichen Gesicht und dem blutigen Pflaster auf der zum Teil kahl rasierten Schädeldecke an. „Frau von Hovhede?"

„Psst." Sie winkte ihn zu sich heran.

„Was machen Sie denn hier?", entfuhr es Raven.

„Mein Schlüssel passt nicht." Sie wirkte mit einem Mal sehr alt und verunsichert. „Unten am Hauseingang schon. Aber oben haben sie das Schloss ausgewechselt, glaube ich. Passt Ihr Schlüssel?"

„Ich habe es nicht ausprobiert", erwiderte Raven.

„Ich wusste nicht, wo ich sonst hingehen sollte", fuhr sie leise fort.

Raven betrachtete sie besorgt. Selbst im Halbdunkel der winzigen Kammer konnte er die Schatten unter ihren Augen erkennen. „Frau von Hovhede, was ist denn passiert? Ich habe ein Dutzend Mal versucht, Sie zu erreichen."

„Alles ist weg. Es ist fast so, als hätte man mein Leben ausgelöscht."

Raven schluckte. So hatte er die alte Dame noch nie reden hören. „Wollen Sie damit sagen, man versucht, Sie umzubringen?"

Eleonore von Hovhede schien seine Frage nicht gehört zu haben. „Als wäre ich aus der Zeit gefallen …"

Behutsam legte Raven seine Hand auf ihre Schulter. „Was ist mit Ihrem Kopf passiert?"

„Ich habe einen Hirntumor", erwiderte sie tonlos. „Aber ein Teil davon ist inoperabel."

„Sollten Sie da nicht im Krankenhaus sein?"

Sie schüttelte den Kopf.

Einen Moment lang stand er einfach nur ratlos da, dann straffte er die Schultern und meinte: „Ehrlich gesagt finde ich es hier ziemlich ungemütlich. Darf ich Sie zu einem Kaffee einladen?"

Sie blickte zu ihm auf. Ein winziges Lächeln huschte über ihre Züge. Sie reichte ihm den Arm. „Gehen wir!"

Eine halbe Stunde später saßen sie in einem Kaffeehaus ganz in der Nähe. Frau von Hovhede rührte Zucker in ihren Milchkaffee, und Raven nippte nachdenklich an seinem Espresso.

Die alte Dame wirkte mitgenommen. „Wussten Sie, dass man mir die Betreuung entzogen hat?", fragte sie.

„Ich habe gerade zum ersten Mal davon gehört."

„Und ich fürchtete schon, ich hätte wieder etwas vergessen", murmelte sie leise.

„Waren Sie denn überhaupt nicht an dieser Entscheidung beteiligt?"

„Nein."

Raven schob seinen Espresso beiseite. „Darf ich Ihnen ein paar Fragen stellen, die mich schon seit längerer Zeit beschäftigen?"

Eleonore nippte an ihrem Kaffee. „Schießen Sie los!"

„Kennen Sie eine Mirja Roth?"

Sie schüttelte den Kopf, verzog aber gleich darauf das Gesicht und legte die Hand an die Schläfe. „Diesen Namen habe ich noch nie gehört."

Raven verkniff es sich, sie erneut darauf hinzuweisen, dass ein Arztbesuch dringend angeraten war. „Wissen Sie, Mirja Roth sieht Ihnen unglaublich ähnlich. Oder anders ausgedrückt, sie sieht haargenau so aus wie Sie vor 50 oder 60 Jahren."

„Oh …" Sie betrachtete ihn mit wachen Augen.

Raven kramte das Foto aus seiner Tasche, das ihm von Mirja geblieben war.

Eleonore von Hovhede betrachtete es eingehend. „Unglaublich", murmelte sie. „Die junge Dame sieht mir tatsächlich sehr ähnlich. Sie ist nur ein wenig schlanker, und ihre Nase ist hübscher."

„Die ‚Dr. Philip Morgenthau Stiftung' betreibt eine Dschungelklinik im Amazonasgebiet, genauer gesagt im Bundesstaat Pará, wussten Sie das?"

Die alte Dame schüttelte langsam den Kopf, aber ihre Augen hatten sich leicht geweitet, und sie blickte ihn sehr aufmerksam an.

„Mirja war für ein Praktikum dort und ist seit dem Spätsommer 2023 verschollen."

Frau von Hovhede runzelte die Stirn.

„Sie wissen etwas über diese Klinik, das sehe ich Ihnen doch an."

Die alte Dame senkte den Blick und betrachtete ihre Kaffeetasse, als würde sich in der aufgeschäumten Milch ein tiefes Geheimnis verbergen. „Die Klinik kenne ich nicht. Aber in diesem Bundesstaat bin ich aufgewachsen … Mein Mann ist gerade nach vielen Jahrzehnten erst wieder dorthin gereist. Und heute habe ich erfahren, dass Dr. Philip Morgenthau ganz in der Nähe bei einem Flugzeugabsturz ums Leben gekommen ist."

„Oh", sagte Raven, „er war ein alter Freund von Ihnen, nicht wahr?"

„Ja."

„Mein Beileid."

Sie nickte stumm.

„Wissen Sie, was er dort unten wollte?"

„Nein. Aber sagt Ihnen das ‚K & M-Institute of Regenerative Medicine' etwas?"

„Nein, was ist das?"

„Ich weiß es nicht, aber vielleicht sollten Sie versuchen, es herauszubekommen. Ich glaube, ein Schreiben dieses Instituts hat meinen Mann dazu bewogen, zurück nach Brasilien zu reisen. Und seitdem …" Sie verstummte.

„Ja?"

„… seitdem scheine ich durch ein Loch in der Zeit zu stürzen …" Die alte Dame blickte ins Leere.

Raven nagte an der Unterlippe. Er hätte sie gern gefragt, was sie mit ihren Worten meinte, aber er spürte, dass dies nicht der passende Moment war. „Ich bin Ihnen immer noch sehr dankbar, dass Sie mir die Möglichkeit gegeben haben, mit Frau Schubert zu arbeiten. Das hätte nicht jeder getan."

Sie blickte auf. Die Spur eines Lächelns zeigte sich auf ihrem Gesicht. „Dr. Krüger hat sich alle Mühe gegeben, Sie anzupreisen. Er meinte sogar, dass Ihre Teilamnesie Ihnen helfen würde, sich in Hildes Schwierigkeiten hineinzuversetzen –"

„Dr. Krüger?", unterbrach Raven sie. „Wer ist das? Ich dachte, Dr. Hain hätte den Kontakt hergestellt."

„Dr. Hain? Der Name sagt mir nichts. Aber mich wundert, dass Sie Dr. Krüger nicht kennen." Eleonore wirkte verblüfft. „Er war Ihr behandelnder Arzt in der Klinik."

„In der Karl-Bonhoeffer-Nervenklinik?" Raven betrachtete die alte Frau irritiert. War sie schon wieder verwirrt?

„Nein, da waren Sie ja erst später. Anfangs waren Sie doch in der Morgenthau-Klinik. Als es Ihnen nach zwei Wochen besser ging, überwies Dr. Krüger Sie in die KBoN."

„Ich war in der Morgenthau-Klinik?" Raven starrte sie entgeistert an.

„Ja. Dr. Krüger hat Sie mir als ehemaligen Patienten vorgestellt. Ich dachte, dies geschähe alles mit Ihrem Einverständnis –"

„Es kann gar nicht sein, dass ich in der Morgenthau-Klinik war", unterbrach er sie. „Ich bin kein Privatpatient."

„Oh, das müssen Sie auch nicht. Die Klinik hat schon immer einen bestimmten Prozentsatz Kassenpatienten behandelt."

Raven versuchte, sich zu erinnern. Doch alles, was die Zeit direkt nach Julians Tod betraf, war in einen dichten Nebel getaucht. Das Erste, woran er sich erinnerte, war ein Krankenhausbett, weiße Laken und das Gesicht einer müde aussehenden Krankenschwester. Aber zu diesem Zeitpunkt war er bereits in der Karl-Bonhoeffer-Klinik gewesen.

„Wissen Sie, in welcher Abteilung ich angeblich war?", fragte er.

Eleonore von Hovhede schüttelte den Kopf. „Nein. Mir ist Michael Krüger vor allem als guter Freund von Philip Morgenthau bekannt und als stellvertretender Geschäftsführer der Stiftung. Aber soweit ich mich erinnere, ist er Spezialist für Trauma-Patienten."

Raven erschauerte. Zwei Wochen sollte er dort gewesen sein? Ausgerechnet in der Morgenthau-Klinik? Er hätte ihr gern noch mehr Fragen gestellt, aber es war offensichtlich, dass sie ihm schon alles gesagt hatte, was sie wusste, und er wollte sie nicht weiter verunsichern.

„Danke", sagte er schließlich. „Ich werde mich erkundigen."

Eine Zeit lang saßen sie schweigend nebeneinander, dann fragte Raven: „Was werden Sie jetzt tun?"

„Ich werde eine gute Freundin fragen, ob ich für ein paar Tage bei ihr unterschlüpfen darf. Wir singen zusammen im Kirchenchor."

„Das klingt gut." Nach kurzem Zögern meinte er: „Es könnte sein, dass ich noch einmal ein paar Fragen habe. Dürfte ich Sie anrufen?"

„Ja, natürlich", erwiderte Eleonore von Hovhede.

„Und wie kann ich Sie erreichen?"

Wortlos zog sie ein Handy aus der Tasche und reichte es ihm.

Raven speicherte ihre Nummer in sein Smartphone ein. Dann gab er es ihr zurück. „Ich muss jetzt gehen."

Sie nickte.

Raven winkte die Kellnerin zu sich und zahlte. „Soll ich ein Taxi für Sie rufen?"

„Das ist ganz reizend von Ihnen, aber ich habe kein Geld dabei."

Raven kramte in seinem Portemonnaie und legte einen Fünfzigeuroschein auf den Tisch.

„Das ist wirklich nicht nötig."

„Ich bestehe darauf!" Er stand auf und verabschiedete sich.

Die alte Dame nickte ihm mit einem verloren wirkenden Lächeln zu.

Als Raven an der Tür war, blickte er noch einmal zurück. Ihr Telefon klingelte, und sie griff so hastig danach, dass es ihr beinahe aus den Händen fiel. Er konnte nicht hören, was sie sagte, aber ihr Gesicht zeigte eine seltsame Mischung aus Erleichterung und Entsetzen. Dann wandte sie sich ab, und Raven trat hinaus auf die Straße.

Als Allererstes versuchte er, Dr. Hain zu erreichen, dessen Telefon aber ausgeschaltet war. Wahrscheinlich befand er sich gerade in einer Therapiesitzung. Während er den Weg zur S-Bahn einschlug, bemerkte er aus den Augenwinkeln einen weißen Van. Wahrscheinlich wäre es vernünftiger, zu seinem Bewacher zu gehen und ihn über seine Pläne in Kenntnis zu setzen. Doch momentan wollte er einfach für sich allein sein. Und dies ging am besten, wenn er in die Anonymität Tausender Reisender eintauchte.

Als er den Eingang zum Bahnhof erreicht hatte, eilte er die Stufen hinunter. Er musste nur eine halbe Minute warten, bis der Zug kam. Raven stieg ein. Dann holte er sein Smartphone hervor und begann zu recherchieren.

Die gläserne Tür öffnete sich automatisch, als er sich ihr näherte. Der Eingangsbereich des Krankenhauses erinnerte eher an die Lobby eines Hotels. Raven steuerte zielstrebig auf die junge Frau zu, die am

Empfangstresen saß. Sie trug ein dunkles Kostüm anstelle der sonst üblichen Schwesternkleidung.

„Guten Tag, wie kann ich Ihnen weiterhelfen?", erkundigte sie sich lächelnd.

„Hallo, mein Name ist Raven Adam." Er hielt ihr seine Krankenkassenkarte unter die Nase. „Ich war vom 27. September 2023 an für einige Zeit in dieser Klinik zur Behandlung."

Sie nahm die Karte und loggte sich in das System ein. „Haben Sie einen Termin?"

„Nein, aber ich hätte gern Einsicht in meine Patientenakte."

Das freundliche Lächeln der jungen Frau verblasste. „Äh ... tut mir leid, Herr Adam. Aber so einfach geht das nicht."

„Doch", erwiderte Raven freundlich, „nach dem gültigen Patientenrechtegesetz darf jeder Patient seine Behandlungsakte einsehen."

„Da muss ich erst mit dem Arzt sprechen. Bei wem waren Sie in Behandlung?"

„Bei Dr. Michael Krüger", erwiderte Raven.

„Einen Moment, bitte. Sie können gern dort drüben Platz nehmen." Sie wies auf einige Wartesessel im Foyer.

„Ich stehe lieber", erwiderte Raven freundlich.

Die junge Frau griff zum Telefon und wählte. Sie wandte sich leicht von ihm ab, als sich ihr Gesprächspartner meldete. „Ja, hier ist Christine von der Anmeldung. Vor mir steht ein Patient, der seine Patientenakte einsehen möchte ... Ja, das habe ich ihm auch schon gesagt ..." Sie lauschte einen Moment, dann fragte sie Raven: „Wie war noch gleich Ihr Name?"

„Raven Adam."

Die junge Frau wiederholte den Namen. Während die Frau ihrem Gesprächspartner lauschte, warf sie ihm einen kurzen Blick zu. Irrte er sich, oder wirkte sie ein wenig nervös?

„Okay, und wann? ... Gut." Die junge Frau legte auf.

„Tut mir leid", wandte sie sich an Raven. Ihr Lächeln wirkte aufgesetzt. „Dr. Krüger ist heute nicht im Haus. Aber Sie können nächsten Freitag in die Sprechstunde kommen –"

„Ich will ja auch nicht mit Dr. Krüger sprechen", sagte Raven. „Ich will meine Akte sehen."

„Aber ich sagte doch bereits, dass das ohne ärztliches Einverständnis nicht geht."

„Ich war doch Patient in diesem Haus, und zwar in der Neurologischen Traumatologie im 3. OG, oder?"

Unwillkürlich warf sie noch einmal einen Blick auf ihren Bildschirm. „Ja, aber –"

„Ich habe schon verstanden: nicht ohne Termin." Raven lächelte, was die Frau zu irritieren schien.

„Äh … gut. Wie wäre es mit Freitag um 11:15 Uhr?"

„Wunderbar. Vielen Dank."

„Gern." Die junge Frau wirkte erleichtert.

Raven nickte ihr freundlich zu. Halb im Gehen wandte er sich noch einmal um. „Ach, gibt es eigentlich Kuchen in der Cafeteria?"

„Äh … ich glaube schon."

„Danke."

Raven wandte sich ab und schlenderte zum Fahrstuhl. In den Glastüren, die zum Treppenhaus führten, konnte er das Spiegelbild der jungen Frau sehen. Sie schaute ihm stirnrunzelnd nach.

Ihn interessierte nicht, was sie von ihm dachte, Hauptsache, sie hatte das Gefühl, das Problem mit diesem hartnäckigen Patienten gelöst zu haben.

Raven trat in den Aufzug. Als die Tür sich schloss, sah er, dass die Frau am Tresen erneut zum Telefon griff. Hatte das etwas mit ihm zu tun? *Beruhige dich*, befahl er sich selbst. *Sie hat bestimmt noch andere Dinge zu erledigen.* Die Cafeteria befand sich in der fünften Etage. Er drückte auf die Drei.

Ein Hinweisschild wies ihm den Weg in die neurologische Abteilung. Er trat ein. Wenn er wirklich zwei Wochen lang hier gewesen war, musste es doch irgendetwas geben, an das er sich erinnerte. Irgendein Bild, vielleicht ein Geruch oder bestimmte Geräusche.

Hier und da hingen Naturfotos an den weiß gestrichenen Wänden. Es gab einen Gemeinschaftsraum, der fast wie ein Wohnzimmer eingerichtet war – nichts davon weckte eine Erinnerung in ihm.

„Entschuldigung, kann ich Ihnen weiterhelfen?", fragte eine männliche Stimme höflich.

Raven wandte sich um. Der Krankenpfleger war zwei Köpfe größer als er und wirkte, als würde er seine Zeit lieber in Fitnessräumen als auf Krankenhausfluren verbringen.

„Ich suche Dr. Krüger."

„Der arbeitet in der Geschlossenen", erwiderte der Mann. „Haben Sie einen Termin?"

So viel zu der Aussage, dass Dr. Krüger nicht im Haus sei, dachte Raven. Dann fiel ihm auf, was der Mann gesagt hatte. *Warum war ich in der Geschlossenen? Und warum gibt es in einem Privatkrankenhaus überhaupt so etwas?*

Er versuchte, ein unbeteiligtes Gesicht zu machen. „Und wo finde ich diese Abteilung?"

„Einfach den Gang runter und dann rechts", erwiderte der Mann. „Aber Sie können dort nicht ohne Anmeldung rein."

„Schade. Trotzdem vielen Dank." Raven wandte sich ab und schlenderte den Gang zurück. Am Gemeinschaftsraum angekommen, warf er einen Blick über die Schulter. Der sportliche Krankenpfleger war damit beschäftigt, einen Getränkewagen neu zu bestücken. Rasch huschte Raven in den Gemeinschaftsraum. Eine Frau mit strähnigen Haaren und trübem Blick schaute kurz auf, dann widmete sie sich wieder ihrer Tätigkeit, die offensichtlich darin bestand, verschiedene Zeitschriften in eine ganz bestimmte Reihenfolge zu sortieren. Raven eilte durch den Raum und zur Balkontür. Diese ließ sich problemlos öffnen. Ein überquellender Aschenbecher auf einem kleinen Plastiktisch verriet die Hauptfunktion dieses Ortes. Der Balkon zog sich, wie er erwartet hatte, über mehrere Räume, und daher konnte man von dort aus in die einzelnen Patientenzimmer hineinblicken. Allerdings endete er auf Höhe des Schwesternzimmers. Nach einer Lücke von ca. eineinhalb Metern begann der nächste Balkon, der ebenfalls am Gebäude entlangführte. Allerdings standen dort weder Stühle noch Tische und auch keine Aschenbecher, was darauf schließen ließ, dass sich hier die Geschlossene befand. Sein Blick glitt zur Brüstung des benachbarten Balkons. Eineinhalb Meter – eine lächerliche Distanz … früher einmal.

Vorsichtig trat er an die Brüstung. *Sieh nicht runter!*, ermahnte er sich. Und dann tat er es doch. Das Grün des Rasens schien sich in Wellen auf ihn zuzubewegen. Er hatte das Gefühl, als würde die Tiefe ihn in eine tödliche Umarmung ziehen wollen.

Raven kannte diese Angst, sie war ihm auf widerliche Weise vertraut, und doch war dieses Mal etwas anders. Sie entfaltete nicht die Macht, die ihr sonst innewohnte. Er hob den Blick und sah wieder auf die Brüstung des benachbarten Balkons. Nur eineinhalb Meter.

Was erhoffst du dir, dort zu finden?, wollte eine Stimme in ihm wissen.

„Meine Erinnerungen", murmelte Raven.

Er kam sich unbeholfen vor, als er den linken Fuß auf die Brüstung setzte. Sein Herz klopfte wild. Aber neben der Angst war da noch etwas anderes, ein längst vergessen geglaubtes Gefühl von Freiheit. Raven zog sich hoch und setzte nun auch den rechten Fuß auf die Brüstung.

Tu es nicht!, mahnte die Stimme.

Im selben Moment sprang er. Alte Reflexe regten sich, als die Balkonbrüstung auf ihn zuflog. Er spürte den Schlag, als er aufprallte. Ungeschickt rollte er sich ab. *Ich bin gesprungen.*

„Hey, Spiderman", meldete sich eine verwaschene Stimme. „Hast du Sehnsucht nach mir?"

Raven rappelte sich auf. Etwa vier Meter entfernt linste ein dünner, glatzköpfiger Mann durch das gekippte Fenster und rauchte.

„Wer sind Sie?", fragte Raven und trat näher.

Der Mann kicherte. Seine Zähne waren gelb, und es hatte nicht den

Anschein, als hielte er Körperpflege für einen relevanten Bestandteil des menschlichen Daseins. „Das fragst du mich jedes Mal."

„Wir sind uns schon einmal begegnet?", erkundigte sich Raven.

„Mehr als einmal", erwiderte der Glatzkopf. „Das letzte Mal ist übrigens erst 'ne Woche her."

„Was?" Raven blickte ihn verwirrt an. Vor einer Woche hatte er doch angeblich nach einer Sauftour diesen Filmriss gehabt!

Der Mann warf einen kurzen Blick über die Schulter. Dann murmelte er: „Wo ist er denn, wo ist er denn? Ich hab keine Angst." Die Worte erklangen in einem seltsamen Singsang. Es wirkte wie ein festes Ritual, das Raven ziemlich irre vorkam.

Er ging am Fenster des Mannes vorbei zur benachbarten Balkontür. Weder innen noch außen gab es eine Klinke.

„Hey!", erklang wieder die Stimme des dürren Glatzkopfs. „Hey, du!"

Raven wandte sich um.

Der Mann schnippte Asche aus dem gekippten Fenster. „Ich soll dir was ausrichten."

„Ach ja? Von wem?"

„Von dir selbst", erwiderte der andere. „Ich soll dir sagen: Trau dem Glatzkopf nicht!" Er kicherte und fuhr sich mit einer Hand über den kahlen Schädel. „Lustig, was?"

Raven verzog das Gesicht. „Sehr witzig." Widerwillig trat er näher. „Kannst du das Fenster aufmachen?"

Der Mann schnaufte. „Was glaubst du denn? Das hier ist die Geschlossene."

Raven seufzte. Dann sah er dem Mann in die Augen. „Wie heiße ich?"

„Woher soll ich das wissen?"

„Wenn du mich kennst, musst du wissen, wie ich heiße."

Der Mann zuckte mit den Achseln. Dann blickte er über die Schulter in den Raum. „Wo ist er denn, wo ist er denn? Ich hab keine Angst."

Raven wollte sich gerade abwenden, als der Mann plötzlich sagte: „Deinen Namen haste mir nicht gesagt. Aber was anderes!" Er trat näher an das Fenster heran und flüsterte: „Er wurde ermordet." Der Mann nickte, als wollte er das Gesagte noch einmal bekräftigen. „Das waren deine ersten Worte!"

Ein Schauer lief Raven über den Rücken.

Der Unbekannte bedeutete ihm, näher zu kommen. Nach kurzem Zögern trat er dichter an das Fenster heran. Er konnte den schlechten Atem des Mannes durch den Spalt riechen.

„Der Strom", flüsterte der dürre Glatzkopf. Er blickte sich hastig um, als hätte er ein Geräusch gehört. „Ihn hat der Strom gleich getötet, aber dich und mich tötet er Stück für Stück. Er zerschneidet uns und frisst uns bei lebendigem Leib." Ein Schluchzen entrang sich seiner Kehle.

„Von wem redest du?", fragte Raven, und gleichzeitig ärgerte er sich, dass er dieses Gespräch überhaupt weiterführte. Es war nicht zu übersehen, dass der Mann vollkommen wahnsinnig war.

Wieder blickte der Mann über die Schulter. „Wo ist er denn, wo ist er denn? Ich hab keine Angst!"

Am liebsten wäre Raven einfach gegangen, aber irgendetwas hielt ihn zurück. „Wer wurde getötet?", hakte er nach. Ein Geräusch drang an seine Ohren, ein Geräusch, das irgendwie wichtig war, aber Raven ignorierte es. Er spürte, dass dieser Mann etwas wusste. „Wen hat der Strom getötet?"

Der Mann starrte ihn an, dann raunte er: „Was wäre, wenn Anne Hathaways Mann über Romy geschrieben hätte?" Er kicherte.

„He, was machen Sie da?!", erklang eine andere Stimme.

Raven fuhr herum. Der breitschultrige Krankenpfleger stand auf dem benachbarten Balkon. Er hielt eine Zigarettenpackung in der Hand.

Raven lächelte. „Schon okay, ich verschwinde wieder …"

Der Mann zog ein Handy aus der Tasche und wählte eine Nummer. „Tim? Bei euch auf dem Balkon ist jemand. Er spricht mit Pacman … Okay … Alles klar." Der Mann legte auf. „Sie bleiben, wo Sie sind!", befahl er Raven dann.

Der Glatzköpfige drückte hastig die Zigarette aus, während er leise vor sich hin murmelte.

Der kräftige Pfleger war an das Geländer getreten. „Wie heißen Sie?"

Raven antwortete nicht. Durch das geöffnete Fenster drang ein Poltern. Die Zimmertür des Glatzkopfs wurde aufgestoßen, und zwei Pfleger stürmten in den Raum. Der Patient kreischte auf und legte schützend die Hände über den Kopf. Einer der Männer hielt etwas in der Hand, das wie eine unförmige Waffe aussah. Das Gerät jagte Raven einen Schauer über den Rücken. Der zweite Pfleger machte sich mit einem Schlüssel an der Balkontür zu schaffen.

Raven wandte sich um und rannte zum anderen Ende des Balkons. Hier gab es keinen weiteren Balkon, zu dem er springen konnte, hier ging es nur nach unten … Raven schätzte, dass es ungefähr neun Meter bis zum Boden waren. Er spürte, wie Panik sich in ihm breitmachte.

„Drehen Sie sich um, und treten Sie von der Brüstung zurück!"

Raven warf einen Blick über die Schulter. Der Pfleger hielt die seltsame Waffe wie eine Pistole mit beiden Händen auf ihn gerichtet.

„Was soll das?", rief Raven. „Legen Sie das Ding weg!"

„Niemand will Ihnen etwas tun. Treten Sie von der Brüstung zurück!"

Falls der Mann geplant hatte, beruhigend auf Raven einzuwirken, erreichte er genau das Gegenteil. Raven wandte sich zur Brüstung und beugte sich vornüber. Neun Meter waren es bis zum Boden, aber nur drei Meter bis zu dem Balkon, der direkt unter ihm lag.

„Halt!", erklang nun die Stimme eines anderen Pflegers. „Halt, oder ich schieße!"

Das gab den Ausschlag. Blitzschnell stieß sich Raven ab. Er flankte über die Brüstung, drehte sich in der Luft, packte nun mit beiden Händen den obersten Holmen und stieß mit den Füßen von der rückwärtigen Seite gegen die Brüstung.

Etwas sirrte durch die Luft und knallte mit einem lauten Plopp gegen die Brüstung. Gleichzeitig schrie der zweite Mann seinen Kollegen an: „Spinnst du?!"

Die Holzumrandung befand sich nun zwischen Raven und dem heranlaufenden Pfleger. Auf der anderen Seite steckten zwei mit Draht verbundene Stahlpfeile im Holz. *Ein Taser!*, schoss ihm durch den Kopf. Panik befiel ihn, und Raven verlor die Kontrolle. Ungeschickt ließ er sich nach unten plumpsen. Er kam mit den Füßen voran auf dem unteren Balkon auf, stieß sich aber den Rücken hart an der Brüstung. Doch durch die entsetzliche Angst spürte er den Schmerz kaum. Er rannte den Balkon entlang. Eine ältere Dame stand rauchend an einem geöffneten Fenster und blickte ihm erstaunt entgegen, als er auf sie zuhastete. Sie war so verdutzt, dass sie lediglich stumm zur Seite wich, als er sich durch das Fenster in ihr Zimmer schwang. Erst als Raven schon auf dem Flur war, konnte er gedämpft ihre empörte Stimme vernehmen: „Was soll denn das?! Können Sie nicht die Türe nehmen wie jeder andere vernünftige Mensch auch?"

Nicht einmal fünfzehn Sekunden später rannte er bereits durch die teure Lobby hinaus auf die Straße. Ein kräftig gebauter Mann in der Uniform eines Wachmanns nahm die Verfolgung auf. Und der Typ war schnell. Raven hetzte um eine Straßenecke, sprang über einen Terrier, der unerwartet seinen Weg kreuzte, und ignorierte die empörten Schreie der Hundebesitzerin. Als er einen Blick über die Schulter riskierte, sah er das vor Anstrengung gerötete Gesicht seines Verfolgers nur wenige Meter hinter sich.

Plötzlich heulte ein Motor auf. Das Quietschen von Reifen war zu hören.

Er hastete weiter über die Zufahrt eines Bürogebäudes. Direkt hinter ihm schlitterte ein weißer Lieferwagen in die Auffahrt hinein. Es knallte dumpf, als sein Verfolger gegen das Auto rannte.

Raven verringerte sein Tempo etwas, und nachdem er zweimal abgebogen war, wechselte er in eine schnelle Schrittgeschwindigkeit. Sein Herz pochte, und jeder der keuchenden Atemzüge versetzte ihm einen Stich. Mehrmals blickte er über die Schulter, konnte aber keinen Verfolger ausmachen. Doch erst als er in der U-Bahn saß, fiel die Anspannung von ihm ab. So wie es aussah, hatte sein rabiater Leibwächter ihm schon wieder das Leben gerettet.

Er zog das Handy aus der Tasche und wählte eine vertraute Nummer. Nach zweimaligem Tuten meldete sich die Stimme seines Therapeuten. „Raven. Wie geht es Ihnen?"

„War ich in der privaten Morgenthau-Klinik in Behandlung, bevor ich in die Karl-Bonhoeffer-Klinik kam?", platzte Raven heraus.

„Sie wirken angespannt. Ist etwas Besonderes vorgefallen?"

„Beantworten Sie einfach meine Frage. Bitte!"

„Ich habe die genauen Daten nicht im Kopf. Aber ich weiß, dass Sie für kurze Zeit dort waren, bevor Sie in die KBoN kamen."

„Warum haben Sie mir das nie gesagt?"

„Für unsere Therapiearbeit war das nicht von Belang."

„Warum war ich überhaupt dort?"

„Die Klinik liegt sehr nah am Unfallort."

„Ein merkwürdiger Zufall, oder?"

Am anderen Ende der Leitung herrschte kurz Schweigen. Dann sagte Dr. Hain: „In Anbetracht der weiteren Entwicklungen ist das in der Tat auffällig."

„Können Sie in der Klinik meine Krankenakte anfordern?"

„Natürlich, es sollte kein Problem sein, eine Kopie zu bekommen."

„Großartig. Mein behandelnder Arzt war ein gewisser Dr. Michael Krüger."

Eine kurze Pause entstand, während der man das Rascheln von Papier hören konnte. „Krüger?", fragte Dr. Hain dann. „Also, bei mir steht ,Fr. Dr. Wagner'."

„Sind Sie sicher?", hakte Raven nach. Warum hatte Frau von Hovhede behauptet, es sei Dr. Krüger gewesen? Und auch die Arzthelferin selbst hatte Raven nicht widersprochen, als er ihr diesen Namen genannt hatte.

„Ich habe einmal mit ihr telefoniert", antwortete Dr. Hain. „Sie deutete in keiner Weise an, dass sie nicht zuständig gewesen sei."

Raven kaute nachdenklich auf der Unterlippe. Irgendjemand log hier. Oder hatte die alte Dame etwas falsch verstanden? Er beschloss, sich zu einem späteren Zeitpunkt um dieses Rätsel zu kümmern. „Besorgen Sie die Akte für mich?"

„Selbstverständlich. Ich melde mich bei Ihnen, sobald sie mir vorliegt." Dr. Hain hielt kurz inne. „Raven, gibt es etwas, das Sie mit mir besprechen wollen?"

„Später vielleicht, Dr. Hain. Vielen Dank für Ihre Hilfe." Er legte auf.

Kapitel 36

Amazonasgebiet, Neujahr 2024

Die Erde bot keinen festen Halt mehr. Der Boden war nachgiebig und schwankte hin und her.

Befand sie sich auf einem Schiff? Bilder huschten durch ihren Geist, Erinnerungsfetzen.

Ein Dampfschiff, das sich ächzend und schnaufend dem mächtigen Amazonas entgegenstemmte …

Ein Delfin, der an dem rostigen Kahn vorüberschnellte …

Fischer, die von ihren kleinen Einbäumen aus dem Dampfschiff hinterherstarrten …

Sie stand an der Reling und winkte …

Die einzelnen Szenen wirkten, als habe jemand sie zerrissen und wieder aneinandergeklebt – sie waren nur eine Collage aus Bildern.

Ihre Lider öffneten sich einen kleinen Spalt, sie erkannte ein Fenster. Trübe Helligkeit drang durch geschlossene Vorhänge. Ihr Blick wanderte die Holzwand entlang, wo sich ein kleines Regal befand. Bücher standen darin und ein uraltes Funkgerät. Sie rieb sich die Augen. Mühsam richtete sie sich in der Hängematte auf und blickte sich um. Bis auf das Regal befand sich nur noch ein Tisch mit einem Stuhl in diesem Raum.

Mirja schauderte. Das war kein Schiff! Sie kannte diesen Raum. Oder besser gesagt, Elly kannte ihn.

Unbeholfen kroch sie aus der Hängematte und zog den Vorhang zur Seite. Misstrauisch betastete sie das Fenster. Das Holz war rissig und alt, das Fensterglas wellig und an einer Ecke gesprungen. Sie sah Spinnweben und dicht vor dem Fenster Buschwerk, auf dem eine Stabheuschrecke entlangkroch. Da draußen befand sich der Dschungel, und dieses Mal kam es Mirja auch nicht so vor, als würde sie lediglich auf einen Bildschirm starren. Aber all das konnte auch eine geschickte Täuschung sein.

Aus den Augenwinkeln sah sie eine Kakerlake davonhuschen. Mirja durchquerte den Raum und versuchte, die Tür zu öffnen – nicht abgeschlossen. Zögernd betrat sie ein großes Zimmer. An den Wänden standen Regale mit Hunderten von Büchern, dazwischen hingen bunt bemalte Holzfiguren und Fotos. Auf dem großen Tisch in der Mitte stand ein uralter, klobiger Computer. Überall lagen Stapel von Papier. Erneut hatte sie ein Déjà-vu: Sie sah Menschen an diesem Tisch sitzen, sah sie reden und lachen, und sie selbst war eine davon. War dies ein weiteres perfides Spiel ihrer Peiniger?

Hundegebell drang an ihr Ohr. Ihr erster Impuls war es, sich irgendwo zu verstecken. Aber wohin sollte sie fliehen? Und welche Chance hätte sie – in ihrem geschwächten Zustand?

Mirja presste die Lippen zusammen. Sie war lange genug auf der Flucht gewesen. Entschlossen durchquerte sie auch diesen Raum und trat hinaus auf die Veranda. Um sie herum war der Urwald. Die vertrauten Laute des Dschungels umgaben sie, und ein schwarz-weiß gefleckter Hund kam schwanzwedelnd auf sie zugelaufen.

Verdutzt starrte Mirja das Tier an. Es war ein Border Collie, der hechelnd die Verandatreppe hochsprang und neugierig an ihrer Hand schnüffelte.

„Guten Morgen!", rief jemand.

Mirja hob abrupt den Kopf. Eine ungewöhnlich groß gewachsene Frau kam auf sie zu. Über ihrer Schulter trug sie einen Stab, an dem eine Staude Pisang befestigt war. In der Hand hielt sie einen grob gewebten Beutel.

Plötzlich wurde Mirja bewusst, in welcher Sprache die Frau sie begrüßt hatte. Misstrauisch kniff sie die Augen zusammen. „Warum sprechen Sie Deutsch?"

Die Frau trat auf die Veranda und betrachtete sie eindringlich. „Du hast in deinen Fieberträumen Deutsch gesprochen", erklärte sie mit deutlich hörbarem britischen Akzent. „Ich dachte, es würde dir guttun, deine Muttersprache zu hören."

„Wer sind Sie?"

Die Frau lächelte, was ihre grobknochigen Züge weicher wirken ließ. „Mein Name ist Prisca Brown." Sie legte den Beutel ab und streckte Mirja die Hand entgegen. „Wollen wir Du zueinander sagen? Das ist leichter für mich."

Unwillkürlich ergriff Mirja die Hand. „Mirja", sagte sie nach kurzem Zögern.

Prisca hob den Beutel wieder auf. „Was hältst du von einer Dusche, während ich das Frühstück zubereite?"

„Das ist eine großartige Idee."

Die Frau brachte ihre Sachen ins Haus und führte Mirja zu einem etwa zwei Meter hohen Gestell, das sich hinter dem Gebäude befand. Darauf stand ein schwarzer Plastikbottich, an dem ein dünner Schlauch befestigt war. Auf einem kleinen Brett, das an das Gestell genagelt war, stand eine Flasche mit Duschgel.

„Wenn du an dieser Schnur ziehst, kommt Wasser. Hier hast du ein Handtuch und etwas Frisches zum Anziehen." Die Frau hängte ein Leinentuch und ein einfach gewebtes Kleid, wie es die meisten Indiofrauen trugen, über einen Ast.

„Danke." Mirja spürte, wie ihre Sicht verschwamm. Diese früher so selbstverständlichen Errungenschaften der Zivilisation trieben ihr nun die Tränen in die Augen.

Prisca Brown nickte ihr zu und verschwand im Haus. Behutsam öffnete Mirja die Kappe des Duschgels und roch an der Öffnung. Der scharfe Duft von Zitrone stieg ihr in die Nase. Rasch schlüpfte sie aus ihrem völlig zerfetzten Nachthemd. Aus der improvisierten Dusche plätscherte lauwarmes Wasser. Ihre Schulter tat noch immer weh, und etliche kleine Blessuren brannten ein wenig. Doch es war herrlich. Ihre

Haare fühlten sich wie verfilzte Wolle an. Sie spülte Schweiß, Schmutz, getrocknetes Blut und Ungeziefer ab. Viel zu schnell war der Eimer leer.

Als sie wenig später sauber und neu eingekleidet am Frühstückstisch saß, platzte es aus ihr heraus: „Wo bin ich? Welchen Tag haben wir heute? Und was machst du hier allein im Dschungel?"

Prisca schien sich an Mirjas misstrauischer Art nicht zu stören. „Du befindest dich hier in einer alten Missionsstation, und wir haben den 1. Januar 2024", erklärte sie. „Eddy fand dich nur etwa zweihundert Meter vom Haus entfernt, als wir auf dem Weg zum Dorf waren. Du hattest hohes Fieber. Ich gab dir Antibiotika und fiebersenkende Medikamente. Schon nach zwei Tagen ging es dir besser. Da bin ich ins Dorf gegangen, um etwas zu essen und Kleidung für dich zu besorgen. Ich fürchte nämlich, meine Sachen sind dir etwas zu groß." Sie blickte lächelnd an sich hinab.

Dann berichtete sie von sich und ihrer Arbeit. Sie war Philologin und erforschte die Sprachen der indigenen Völker. „Wusstest du, dass es hier Völker gibt, in denen sich die Sprachen der Männer und Frauen zu über 40 Prozent unterscheiden? Es scheint also nicht nur in unserer westlichen Welt Sprachbarrieren zwischen den Geschlechtern zu geben."

Mirja erfuhr, dass die Britin aber nicht nur zu wissenschaftlichen Zwecken hier war. Sie war auch Laienmitglied in einem katholischen Frauenorden und arbeitete an einer Bibelübersetzung. Zudem leistete sie einfache medizinische Hilfe. Mit ihrem Hund Eddy lebte sie allein in der Hütte, aber das nächste Dorf war nicht weit entfernt.

Mirja erhob sich und blickte gedankenverloren aus dem Fenster. Den hohen Baum dort drüben hatte sie schon einmal gesehen. Er stand direkt am Ufer. Sie konnte beinahe spüren, wie seine Rinde sich anfühlen musste.

„Ich war nur zweihundert Meter von hier entfernt, als du mich fandest?", hakte sie nach.

„Ja. Eddy fand dich auf dem alten Jägerpfad."

Mirja erschauerte. Ganz allmählich sickerte eine Erkenntnis in ihr

Bewusstsein. „Kann es sein", fragte sie, „dass dieses Dorf früher viel näher lag?"

„Oh ja", erwiderte Prisca. Sie klang verblüfft. „Damals befand es sich nur etwa hundert Meter entfernt. Aber nachdem der Fischbestand immer mehr versiegte, beschloss der damalige Häuptling umzusiedeln. Das ist nun ungefähr fünf Jahre her."

Vor Mirjas innerem Auge vervollständigte sich das Bild. Das Ufer, der alte Baum, das Dorf. Dies war die Hütte, in der Elly aufgewachsen war.

„Du warst schon einmal hier?", fragte Prisca.

Mirja schüttelte den Kopf. Ellys Erinnerungen hatten sie hierhergeführt und ihr das Leben gerettet. Die Andere – ihre scheinbar größte Feindin – war ihre Lebensretterin geworden. Mirjas Blick fiel auf eine Pinnwand, auf der Fotos befestigt waren. Eines von ihnen zeigte einen jungen Indio, der ernst in die Kamera blickte. Eine Gänsehaut überlief sie.

Prisca war neben sie getreten „Das war der Häuptling des kleinen Stammes. Hier ist er auf einem aktuelleren Bild zu sehen." Sie deutete auf ein Foto, auf dem sie selbst neben einem alten Indio zu sehen war. „Er ist vor drei Jahren gestorben."

„Karapiru", flüsterte Mirja.

„Du kennst ihn?", fragte die groß gewachsene Frau verblüfft.

Mirja schüttelte den Kopf. „Nur aus den Erinnerungen einer anderen Frau."

„Die Frau hat hier gelebt?"

„Ich denke, schon." Mirja wich ihrem Blick aus. „Die Geschichte ist kompliziert."

Prisca lächelte. „Ich hab eine Schwäche für komplizierte Geschichten." Ihr Blick wurde wieder ernst. „Aber wenn du nicht reden möchtest, ist das natürlich auch in Ordnung."

„Ich will dich nicht in Gefahr bringen."

Prisca betrachtete sie aufmerksam. Dann nickte sie langsam. „Brauchst du Hilfe?"

Mirjas Blick fiel auf den Schreibtisch und den klobigen Computer. „Wäre es möglich, eine Nachricht zu verschicken?"

Prisca verzog das Gesicht. „Im Prinzip schon, aber ich habe keine Internetverbindung. Manchmal funktioniert das Satellitentelefon, und in ungefähr drei Wochen kommt das Postschiff."

Kapitel 37

Berlin, Mai 2024

Die Stimmen der Cafébesucher verschwammen zu einem unverständlichen, bedrohlich an- und abschwellenden Summen. Ihre Hand krallte sich um die Stuhllehne.

„Lörchen, bist du am Apparat?" Die Stimme an ihrem Ohr klang fröhlich, voller Erwartung und sehr jung.

„Wer sind Sie?", hauchte Eleonore.

„Erkennst du mich nicht?"

Eleonore schloss die Augen und atmete tief ein und aus.

„Es ist noch nicht lange her, da habe ich dir zu unserem diamantenen Hochzeitstag einen Ring geschenkt, mit einem klassisch in Brillantform geschliffenen Diamanten von 2,25 Karat. Deine Reaktion war bemerkenswert: ‚Ach', hast du gesagt, ‚was soll ich mit so einem Riesenklunker?' Ich war ein bisschen enttäuscht, wie ich zugeben muss. Aber einen Kuss hast du mir dennoch gegeben."

Schwarze Flecken tanzten vor Eleonores Augen.

„Kann ich Ihnen helfen?" Die Stimme einer jungen Frau drang an ihr Ohr. Jemand berührte sie an der Schulter.

„Was ist denn, Lörchen?" Die junge Stimme klang eine Spur besorgt. „Wo bist du?"

„In einem Café", flüsterte Eleonore.

„Was? Warum bist du nicht im Krankenhaus?"

Das Gesicht einer jungen Kellnerin schob sich in ihr Blickfeld. Sie wirkte besorgt. „Soll ich einen Notarzt rufen?", fragte sie.

„Danke, es geht schon", erwiderte Eleonore.

„Ich hole Ihnen ein Glas Wasser."

„Lörchen, du musst sofort zurück ins Krankenhaus –", meldete sich die Stimme des jungen Mannes aufgeregt zu Wort.

„Hören Sie damit auf!", stieß Eleonore hervor. „Roman ist zweiundachtzig Jahre alt. Sie sind nicht mein Mann!"

„Lörchen –"

„Ich weiß nicht, was Sie damit bezwecken", unterbrach sie ihn. Ihre Stimme zitterte. „Dieses ganze Gespräch ist absurd." Sie legte auf.

Eine Zeit lang saß sie einfach nur auf dem Stuhl und atmete tief ein und aus. Der Schwindel ließ allmählich nach. Die junge Kellnerin stellte ein Glas Wasser vor ihr auf den Tisch. „Geht es Ihnen besser?"

„Ja, vielen Dank! Wenn es Ihnen nichts ausmacht, würde ich gern noch ein wenig hier sitzen bleiben."

„Ja, natürlich."

Eleonore wartete, bis die junge Kellnerin am Tresen beschäftigt war. Dann griff sie nach dem Wasserglas. Ihre Hand zitterte so stark, dass sie Mühe hatte, es zum Mund zu führen. Sie trank ein paar Schlucke und stellte das Glas vorsichtig wieder ab. *Oh Gott*, betete sie im Stillen, *was geschieht hier? Warum nimmt man mir mein Leben weg? Was sollen diese Anrufe und wo ist Roman?*

Sie erhielt keine Antwort von Gott, zumindest nicht direkt. Aber das war auch noch nie anders gewesen. Sie gehörte nicht zu jenen Menschen, die Gottes Stimme hörbar vernahmen, und sie hatte den Verdacht, dass ein Großteil der Menschen, die dies von sich behaupteten, eher auf ihr überdimensioniertes Ego als auf Gott hörten. Nach ihrer Erfahrung hielt Gott nicht allzu viel davon, die Menschen mit seiner Gegenwart zu überrollen, es schien, als würde er eher die leisen Töne bevorzugen. Manchmal flüsterte er so leise, dass sie es mehr spürte als hörte. Aber es schien ihr, als wollte er sagen: *Bis hierher hast du alles durchgestanden, und ich bin immer noch bei dir.*

Sie holte tief Atem und versuchte, ihre Gedanken zu ordnen. Was sollte sie jetzt tun? Was hatte sie immer getan, wenn es Dinge gab, die sie belasteten? Die Antwort war nicht schwer, und sie wunderte sich, warum sie nicht gleich darauf gekommen war. Sie nahm das Handy zur Hand und wählte Romans Nummer. Es klingelte sechsmal, dann erst wurde das Gespräch angenommen. Sie vernahm ein Atmen.

„Roman?", fragte sie leise. „Bist du das?"

„Lörchen", erklang eine sanfte ... junge Stimme, „bitte leg nicht auf!"

Eleonore hatte das Gefühl, als würde sich eine unsichtbare Hand um ihren Hals legen und zudrücken. Es war die Stimme desselben Mannes. Sie rang nach Atem.

„Wo ist Roman?", keuchte sie. „Wie sind Sie an sein Handy gekommen? Was haben Sie mit ihm gemacht?!"

„Ich weiß, es ist schwer ... aber bitte, höre mir einen Moment zu."

„Warum sollte ich das tun?"

„Du hast mich gefragt, wer ich bin. Diese Frage will ich dir beantworten."

„Also gut."

„Ich wurde in Berlin geboren, aber ursprünglich stammt meine Familie von der Küste. Ich hatte noch einen älteren Bruder, mit dem ich mich aber nie besonders gut verstand. Ich glaube, er hatte eher das Gefühl, dass ich nicht dazugehörte. Als ich fünf Jahre alt war, forderte er mich zu einer Mutprobe mit seinem nagelneuen Fahrtenmesser heraus. Natürlich wollte ich mutig sein. Leider durchtrennte ich dabei beinahe vollständig meinen rechten Zeigefinger. Die Wunde musste genäht werden, und seitdem habe ich Schwierigkeiten, das obere Gelenk vollständig zu beugen –"

Eleonore schluckte. „Ich weiß nicht, was Sie damit bezwecken ...", unterbrach sie ihn.

„Was niemand weiß oder zumindest fast niemand", fuhr der junge Mann in ruhigem Tonfall fort, „ist der Umstand, dass ich für diesen Vorfall Rache genommen habe. Mein Bruder spielte nämlich Fußball in der Schulmannschaft und bildete sich einiges auf sein Können ein. Als ein wichtiges Spiel anstand, präparierte ich seine Fußballschuhe mit Juckpulver. Erst passierte nichts. Aber als die Füße zu schwitzen anfingen …", er kicherte leise, "es war ein herrlicher Anblick, wie er mit hochrotem Kopf über den Platz tänzelte. Er gab sich alle Mühe, aber in der zweiten Halbzeit wechselte ihn der Trainer aus. Seine Füße waren so dick geschwollen, dass er Hilfe brauchte, um seine Schuhe auszuziehen. Bis zu seinem Tod hatte er einen verhassten Nachbarsjungen aus der gegnerischen Mannschaft im Verdacht. Ich habe ihm nie die Wahrheit gesagt. Er hätte mich umgebracht." Er räusperte sich. "Mein Bruder starb, als er achtzehn war. Das Schiff, auf dem er diente, wurde von einem Torpedo getroffen. Ein paar Wochen später fiel mir auf, dass ich ihn vermisste."

"Hören Sie, ich weiß nicht, wie Sie an diese Informationen gelangt sind –"

"Bitte lass mich ausreden", unterbrach der Mann sie sanft. "Durch den Tod meines Bruders stieg ich zum potenziellen Erben des Familienunternehmens auf. Das behagte weder meinem Vater noch mir besonders. Einmal, es war schon spätabends, wachte ich auf und hörte, wie meine Eltern sich stritten. ,Du musst ihm eine Chance geben', hörte ich meine Mutter sagen.

,Eine Chance? Dieser Nichtsnutz wird alles zerstören, wofür ich gearbeitet habe. Ich sage dir eins, Maria, damals ist der falsche Junge gestorben.'

Ich habe niemandem davon erzählt, niemandem außer meiner späteren Frau. Und als ich das tat, wurde mir bewusst, dass diese Worte all die Jahre wie ein Krebsgeschwür in meiner Seele gewütet hatten. Sie hatten mich hin- und hergetrieben zwischen Pflichterfüllung und Rebellion. Ich baute auf und gleich darauf riss ich es wieder nieder. Letztlich versuchte ich immer, mein Bruder und ich selbst zu sein. Was für ein krankes Leben habe ich doch geführt." Er räusperte sich. "Ich brauchte einen Engel, der mich aus diesem Teufelskreis befreite."

Eleonore erschauerte.

"Diesen Engel traf ich dann vor vielen Jahren an den Ufern des

Rio Trombetas im Bundesstaat Pará in Brasilien. Ich war mit meinem Freund Peter unterwegs. Wir waren ahnungslose Touristen, die gar nicht wussten, worauf sie sich eingelassen hatten. Ich war kurz davor, mir durch meine eigene Unerfahrenheit eine Vergiftung zuzuziehen, und dann rutschte ein blonder Engel die Böschung herab und rettete mich. Das warst du. Gleich bei unserer zweiten Begegnung haben wir uns geküsst. Es regnete in Strömen. Dein helles Baumwollkleid war völlig durchnässt, aber es schien dich nicht zu stören. Wir spazierten einen schlammigen Trampelpfad entlang, der meine Schuhe ruinierte. Ich rutschte aus und verknackste mir den Knöchel. Allerdings war es bei Weitem nicht so schlimm, wie ich vorgab. Doch mein Humpeln hatte den unvergleichlichen Vorteil, dass ich meinen Arm um das bezauberndste Geschöpf legen durfte, das je auf Erden wandelte. Und dann, als wir in eine tiefe Pfütze traten und beinahe zusammen hinfielen, geschah es. Unsere Gesichter waren sich ganz nah, und unsere Lippen fanden sich wie von selbst." Seine Stimme wurde leiser und sanfter. „Und dann küssten wir uns. Du hattest die Augen geschlossen, aber ich musste dich die ganze Zeit ansehen."

Eleonore zitterte. Es war nicht nur die Tatsache, dass er alle Einzelheiten der Geschichte kannte. Es waren die Ausdrucksweise und die Art, wie er die Dinge sagte, die sie an ihrem Verstand zweifeln ließen.

„Ich bin es wirklich, Lörchen", sagte die Stimme sanft. „Ich weiß, es ist schwer zu verstehen, aber Philip hat etwas ganz Großartiges geschaffen. Etwas, das jede bisherige menschliche Erfindung in den Schatten stellt."

„Philip ist tot!", unterbrach Eleonore ihn. „Sein Flugzeug stürzte nördlich von Manaus ab!"

Eine kurze Pause entstand. Dann sagte die Stimme: „Es ist nicht ganz so, wie es scheint."

Eine Erinnerung wurde in ihr wach. Sie hatte in der Klinik auf Philip gewartet. Er hatte im Nebenraum telefoniert, und sie hatte zufällig einen Teil des Telefonats mitangehört. *Es muss unbedingt wie ein Unfall aussehen,* hatte er gesagt.

„Soll das bedeuten, dass er seinen eigenen Tod vorgetäuscht hat?"

„Ich kann dir am Telefon nicht mehr sagen. Du musst zurück in die Klinik, so schnell wie möglich!"

„Warum sollte ich?"

„Dort wird dir Philip Morgenthau die Antwort auf all deine Fragen geben."

„Soll das etwa ein Scherz sein?"

„Nein, Lörchen. Ich würde mich niemals auf diese Weise über dich lustig machen."

Ihr Verstand sagte ihr, dass der Mann hinter dieser Stimme am Telefon unmöglich Roman sein konnte, aber etwas in ihr gab die Hoffnung nicht auf.

„Sag es mir", flüsterte sie. „Was geschieht hier?"

Sie konnte die Atemzüge des jungen Mannes hören. „Vielleicht kann ich es so am besten ausdrücken: Wie du weißt, habe ich nie deinen Glauben geteilt. Das ewige Leben, das dein Jesus verspricht, war mir einfach nicht … greifbar genug. Aber jetzt ist das anders." Er lachte leise.

Eleonore schlückte. „Willst du damit etwa sagen, du hast zum Glauben gefunden?"

„Ja", erwiderte die junge Stimme, „zum Glauben an die Unsterblichkeit."

Eleonore schwieg. Sie spürte ein rhythmisches Pulsieren an ihrem Hals.

„Lörchen, bist du noch dran?"

„Ja", erwiderte sie tonlos.

„Bitte, geh zurück in die Klinik!"

„Ich werde darüber nachdenken."

Ein leises Lachen war zu hören. „Du wirst dich wohl nie ändern", sagte die Stimme zärtlich. „Ich liebe dich."

Beinahe hätte sie geantwortet: *Ich dich auch.* Doch stattdessen legte sie auf.

Irgendwann drang eine Stimme in ihr Bewusstsein. Sie blickte auf. Nur undeutlich sah sie das Gesicht der Kellnerin vor sich. Hastig wischte Eleonore sich die Tränen aus den Augen.

„Was haben Sie gesagt?"

„Soll ich Ihnen ein Taxi rufen?"

„Ja." Eleonore versuchte zu lächeln. „Das wäre sehr freundlich von Ihnen."

Kapitel 38

Berlin, Mai 2024

Raven saß am Küchentisch in seiner Wohnung und versuchte, Ordnung in seine verwirrten Gedanken zu bringen. Irgendwie mussten die Dinge doch zusammenhängen. Er nahm Zettel und Stift zur Hand und begann zu schreiben:

26. September 2023
- Mirjas Ausbruch aus der Dschungelklinik der Dr. Morgenthau Stiftung
- Julians Todestag

Raven zögerte einen Moment. Dann schrieb er als dritten Punkt hinzu:
- Meine Unterbringung in der Klinik von Dr. Philip Morgenthau

Alles war zur selben Zeit geschehen. Das war wohl kaum Zufall. Aber etwas anderes war noch viel auffälliger: Dr. Morgenthau gehörten die Dschungelklinik in Brasilien und das Krankenhaus, in dem Raven zuerst behandelt wurde. Und Dr. Morgenthau war ein enger Freund von Eleonore von Hovhede. Philip Morgenthau – auf ihn lief es immer wieder hinaus.

Raven griff nach dem Telefon und gab eine Nummer ein. Es tutete viermal, ehe jemand abnahm.

„Eleonore von Hovhede, guten Tag."

„Guten Tag, Frau von Hovhede, hier ist Raven Adam. Störe ich Sie?"

„Keineswegs", erwiderte die alte Dame. „Warten Sie, ich muss mich kurz setzen." Raven hörte ein Schnaufen und das Knarren eines Stuhls. „Ich bin bei einer guten Freundin untergekommen. Ihr ganz allerliebstes Häuschen hat allerdings den Nachteil, dass es sich auf drei Etagen erstreckt und ich ständig Treppen laufen muss. Das bin ich nicht mehr gewohnt."

„Ich verstehe. Geht es Ihnen etwas besser?"

„Nein, ganz im Gegenteil."

„Oh, das tut mir leid, ich –"

„Darf ich Ihnen etwas vorschlagen, Raven?", unterbrach die alte Dame sein Gestammel freundlich.

„Äh ja?"

„Ich glaube, wir befinden uns beide in einer außergewöhnlichen Situation, in der wir einige Dinge ganz bestimmt nicht gebrauchen können: Floskeln, Lügen und Halbwahrheiten. Wollen wir einander versprechen, ganz ehrlich zueinander zu sein?"

Raven schwieg einen Moment. Mit einem solchen Gesprächseinstieg hatte er nicht gerechnet.

„Das bedeutet nicht, dass Sie mir all Ihre Geheimnisse verraten müssen", fügte die alte Dame hinzu. „Ich brauche nur jemanden, dem ich vertrauen kann."

„Einverstanden. Keine Floskeln, keine Lügen, keine Halbwahrheiten."

„Ausgezeichnet! Also, was haben Sie auf dem Herzen?"

„Sind Sie sich ganz sicher, dass Dr. Krüger selbst Ihnen erzählt hat, dass ich bei ihm in Behandlung war?"

„Vollkommen."

„Seltsam, denn mein Therapeut teilte mir nämlich mit, dass mich laut Akte nicht Dr. Krüger, sondern eine Frau Dr. Wagner behandelt hätte."

„Es kommt meines Wissens des Öfteren vor, dass der Arzt, der die Unterschrift unter die Akte setzt, nicht immer die vollumfängliche Behandlung durchführt."

„Das mag sein. Jedenfalls war ich ein wenig neugierig und habe der

Klinik einen Besuch abgestattet. Offenbar war ich in der geschlossenen Psychiatrie untergebracht. Man wollte mir aber weder den Zutritt gestatten noch meine Akte herausgeben. Ich habe dennoch einen Blick auf die Station geworfen."

„Wie das? Ich dachte, man ließ Sie nicht hinein?"

„Ich habe mir über den Balkon Zutritt verschafft", erklärte Raven. „Jedenfalls war da so ein merkwürdiger Typ, der behauptete, mich zu kennen."

„Ein Arzt?"

„Nein, ein Patient, so ein glatzköpfiger, dürrer Kerl, der ziemlich irre wirkte. Er erzählte sehr seltsame Sachen. Angeblich wäre ich schon zweimal dort gewesen. Und ich hätte ihm gesagt, er solle mir etwas ausrichten, wenn er mich wiedersähe."

„Was denn?"

„‚Trau dem Glatzkopf nicht!' Können Sie damit etwas anfangen?"

„Sich selbst hat er nicht gemeint?"

„Ich glaube nicht."

„Nun, Glatzköpfe gibt es ja eine ganze Menge. Wenn man respektlos wäre, könnte man meinen Roman auch als Glatzkopf bezeichnen." Sie hielt kurz inne. „Dr. Krüger hat auch einen ziemlich kahlen Schädel."

„Tatsächlich?"

„Ja, und Philip Morgenthaus Frisur war ebenfalls eher spärlich."

„Also gut, lassen wir den Glatzkopf erst einmal beiseite. Er behauptete allerdings auch, ich hätte ihm gesagt, dass jemand ermordet worden sei."

„Oh. Und wer?"

„Darauf bekam ich leider keine vernünftige Antwort. Stattdessen sagte er, der Strom hätte ihn getötet. Und dann fügte er hinzu, dass er auch uns Stück für Stück töten würde." Raven dachte einen Moment nach. „Er meinte, er würde uns zerschneiden und bei lebendigem Leib fressen."

„Das klingt ziemlich verrückt", sagte Eleonore nachdenklich.

„Ja, finde ich auch. Ich fragte ihn dann noch einmal, wer ermordet worden sei. Aber er antwortete nur: ‚Was wäre, wenn Anne Hathaways Mann über Romy geschrieben hätte?'"

„Anne Hathaway? Irgendwie kommt mir der Name bekannt vor."

„Das ist eine bekannte Hollywoodschauspielerin."

„Tatsächlich?"

„Ja. Ihr Mann heißt Adam Shulman."

„Den Namen habe ich noch nie gehört."

„Ich auch nicht. Vielleicht war das aber auch einfach nur irres Gerede. Kann ja sein, dass der Typ in irgendeiner Klatschzeitung davon gelesen hat, dass dieser Adam Shulman etwas mit einer Romy hatte."

„Das ist nicht auszuschließen." Die alte Dame klang nachdenklich. „Aber er sagte doch, der Mann hätte *über* Romy geschrieben, nicht an Romy. Hm, irgendetwas sagt mir, dass das nichts mit Hollywood zu tun hat. Nein!", stieß sie plötzlich triumphierend aus, „nicht irgendetwas, sondern irgendjemand: Mr Dawson!"

„Wer ist das denn? Ein Arzt in der Klinik?"

„Nein, das war mein Englischlehrer. Jetzt weiß ich nämlich wieder, warum mir der Name Anne Hathaway so bekannt vorkam. Ich kenne ihn aus dem Englischunterricht. Diese Dame war die Frau von William Shakespeare."

„Oh."

„Und das berühmteste Werk von Shakespeare ist –"

„‚Romeo und Julia'." Raven erschauerte.

„Wenn also Shakespeare über Romy geschrieben hätte statt über Romeo, müsste das Werk ‚Romy und –"

„‚– Julian' heißen", krächzte Raven. „Ich habe es gewusst!" Es fühlte sich an, als würde ihm jemand die Kehle zuschnüren „Ich habe gewusst, dass sie Julian ermordet haben. Der Typ meinte, das wären meine ersten Worte gewesen. Und irgendwie haben sie diese Erinnerung aus mir … herausgeschnitten."

„Wer ist denn Julian?"

„Mein Bruder. Er stürzte im vergangenen Jahr vom Dach eines Parkhauses."

„Das tut mir sehr leid."

Beide schwiegen. Dann erkundigte sich Eleonore von Hovhede vorsichtig: „Wenn Ihr Bruder durch einen Sturz vom Dach ums Leben kam, warum behauptete dieser Mann dann, er wäre durch Strom getötet worden?"

Raven spürte, dass er die Antwort auf diese Frage kennen sollte, sie war irgendwo in seinem Unterbewusstsein vergraben. Aber es wollte ihm einfach nicht gelingen, sie ans Licht zu zerren.

„Ich weiß es nicht", murmelte er schließlich.

„Haben Sie eine Ahnung, was der Mann damit meinte, als er sagte, der Strom würde Sie und ihn Stück für Stück töten?"

„Nur eine vage Vorstellung", erwiderte Raven leise. „Aber ich werde es herausfinden." Dann wechselte er das Thema. „Trauen Sie Dr. Michael Krüger?"

„Ich kenne ihn nicht besonders gut. Obwohl er ein enger Freund von Philip war, habe ich kaum mehr als ein halbes Dutzend Mal mit ihm gesprochen. Michael Krüger war immer der Mann im Hintergrund, Philip schien ihm zu vertrauen."

„Aber nun ist Philip Morgenthau tot."

„Vielleicht …", murmelte die alte Dame.

„Wieso? Ich denke, er ist mit seiner Maschine im Dschungel abgestürzt?"

„Ja, so sagte man mir, und so steht es auch in den Zeitungen." Sie zögerte, und Raven ließ ihr Zeit. Schließlich fuhr sie fort: „Was ich Ihnen jetzt sage, wird sich vermutlich ausgesprochen verrückt anhören –"

„Bestimmt nicht verrückter als das, was ich Ihnen erzählt habe."

„Nun ja, ich habe Ihnen ja schon erzählt, dass ich in der Morgenthau-Klinik war. Eigentlich nur für eine Biopsie, aber dann wurde ich offenbar doch gleich operiert. Ungefähr eine Woche muss ich ohne Bewusstsein gewesen sein. Als ich schließlich erwachte, kam mir einiges von dem, was man mir sagte, etwas seltsam vor. Deshalb hielt ich es nicht für angebracht, dort länger zu verweilen. Als ich dann mein Haus betrat, musste ich feststellen, dass es leer geräumt war. Eine junge Frau, die ich eigentlich für unsere Haushälterin hielt, begleitete einen Makler, der das Haus gerade an ein interessiertes Paar verkaufen wollte. Als ich mich dagegen verwahrte, wollte mich diese sogenannte Haushälterin einsperren. Es gelang mir zu fliehen. Kaum war ich wieder auf der Straße, erhielt ich einen Anruf. Am anderen Ende der Leitung war jemand, der behauptete, mein Mann zu sein."

Frau von Hovhede hatte wirklich nicht zu viel versprochen. Diese Geschichte klang verrückt. Und dennoch: So, wie er sie bisher kennengelernt hatte, glaubte Raven nicht, dass sie sich das Ganze nur einbildete.

„War er es?", fragte er.

„Nein ... ja ... ich weiß es nicht." Sie seufzte. „Die Art und Weise, wie er sprach, die Dinge, die er wusste – all das war Roman. Aber –"

„Ja?"

„– es war der Roman, den ich vor sechzig Jahren kennenlernte."

„Was meinen Sie damit?"

„Seine Stimme war die eines jungen Mannes. Er klang, als wäre er nicht älter als Sie!"

„Vielleicht lag es an der Verbindung", warf Raven ein.

„Ach, reden Sie doch keinen Unsinn", sagte die alte Dame. „Ich kann eine junge Stimme doch von einer alten unterscheiden. Aber es war nicht nur seine Stimme, die nicht passte. Er sagte auch so seltsame Dinge ..." Die alte Dame verstummte. Raven konnte ihren Atem hören.

„Sie müssen wissen", begann sie erneut, „dass ich eine gläubige Frau bin. Roman hingegen war Zeit seines Lebens Agnostiker. Das hat mich so manches Mal betrübt, aber meine Liebe zu ihm nie geschmälert. Ich hatte immer die Hoffnung, dass er eines Tages erkennen würde, wie unbedeutend seine großen Geschäfte letztlich sind, und dann würde er anfangen, die wichtigen Fragen des Lebens zu stellen. Bislang wartete ich vergeblich. Aber dieser junge Roman am Telefon sagte mir, nun, dies habe sich geändert. Er habe jetzt zum Glauben an die Unsterblichkeit gefunden."

„Aber müsste Sie das nicht freuen, wenn er religiös wird?"

„Was er sagte, macht mir Angst." Ein Schaudern schwang in der Stimme der alten Frau mit. „Ich glaube nicht, dass die Sterblichkeit der größte Makel der Menschheit ist. Der größte Makel der Menschheit ist ihre grenzenlose Überheblichkeit. Und ich fürchte, nichts von dem, was er sagte, überwindet diesen Makel. Ganz im Gegenteil. Diese Stimme am Telefon sprach nicht von Gott und nicht von der Ewigkeit, wie ich sie meine. Sie sprach von dem, was einst den Fall der Menschheit verursachte."

„Nämlich?"

„So sein zu wollen wie Gott."

„Glauben Sie das wirklich?"

„Er wusste vom Flugzeugabsturz, bei dem Philip ums Leben kam. Und gleichzeitig deutete er an, dass Philip leben würde."

„Er hat den Absturz überlebt?"

„Nein, er meinte etwas anderes damit!"

„Vielleicht hat er nur von einer Unsterblichkeit im übertragenen Sinne gesprochen? Gewissermaßen von seinem Vermächtnis."

„Mit einem Vermächtnis kann man nicht reden", erwiderte Frau von Hovhede.

„Wie bitte?"

„Als ich ihn fragte, was diese Andeutungen über Philip zu bedeuten hätten, meinte er, ich solle ihn selbst fragen."

„Das klingt ziemlich verrückt."

„Da kann ich Ihnen nicht widersprechen." Nach einer kurzen Pause fragte sie: „Wollen Sie mir erzählen, was Ihrer Freundin widerfahren ist?"

Raven nagte an der Unterlippe. Konnte er ihr trauen? Eleonore von Hovhede war eine enge Freundin von Dr. Morgenthau. Auf der anderen

Seite schien sie selbst nicht mehr als eine Schachfigur in einem finsteren Spiel zu sein. Er verzog die Lippen zu einem grimmigen Lächeln. Wenn die Opfer einander nicht vertrauten, würde man sie weiterhin gegeneinander ausspielen.

„Gut. Ich erzähle Ihnen, was ich weiß."

Eleonore von Hovhede hörte ihm sehr aufmerksam zu. Anfangs stellte sie viele Zwischenfragen. Doch zum Ende seiner Erzählung hin wurde sie immer stiller.

„Wie schrecklich", sagte sie, als er geendet hatte. „Was werden Sie jetzt tun?"

„Um ehrlich zu sein: Ich weiß es nicht." Es war furchtbar, sich so hilflos zu fühlen.

Nachdem sie noch ein paar belanglose Worte gewechselt hatten, verabschiedeten sie sich und vereinbarten, einander auf dem Laufenden zu halten.

Als Raven auf das Display seines Smartphones sah, stellte er fest, dass sein Therapeut insgesamt fünfmal vergeblich versucht hatte, ihn zu erreichen. Daher hatte er eine Nachricht geschickt:

Lieber Herr Adam. Ich weiß, dass Ihnen derzeit viele Dinge im Kopf herumgehen. Bitte vergessen Sie dennoch auf keinen Fall, Ihre Medikamente zu nehmen. Es könnte fatale Folgen haben, wenn der Spiegel zu stark absinkt. Und gönnen Sie sich etwas Ruhe! Herzlichst, Dr. Hain

Raven griff in seine Hosentasche und zog die Medikamente hervor, die Bodahn ihm gegeben hatte. Stirnrunzelnd betrachtete er die Packung. Dr. Hain konnte es nicht wissen, aber sein Spiegel war bereits erheblich gesunken. Da Raven seine gesamten Medikamente darauf verwendet hatte, einen lästigen Rottweiler ins Land der Träume zu schicken, hatte er sie schon seit einigen Tagen nicht mehr genommen. Waren die Folgen fatal gewesen? Raven hatte nicht den Eindruck. Er schob die Pillen zurück in die Tasche. Es schien auch ganz gut ohne Medikamente zu funktionieren.

Doch als er nachts im Bett lag, kamen die Träume:

„He." Eine bleiche Gestalt beugte sich über ihn. Grelles Licht ließ ihre Umrisse flirren, und sie wirkte beinahe durchscheinend. „He, bist du wach?"

Ein Teil von Raven wusste, dass dies nicht die Realität war, nicht die Realität sein konnte. Aber dieser Teil in ihm war kaum mehr als ein leises Wispern.

Die Helligkeit wurde etwas erträglicher, und aus dem Licht schälte sich eine hagere, glatzköpfige Gestalt, die grinsend auf ihn herabsah. Seine wenigen verbliebenen Zähne ragten faulig aus dem stark geschwollenen Zahnfleisch.

„Krass, Mann, sie haben dich ordentlich gegrillt, was?"

„Er ist tot." Wispernd kamen die Worte über seine Lippen.

„Hä?"

„Sie haben ihn ermordet."

„Ermordet?" Der Hagere zog eine Grimasse. Dann beugte er sich vor und raunte: „Ich weiß. Sie behaupten, dass sie uns nur helfen wollen. Sie sagen, es sind nur Stimmen, sie existieren nicht wirklich. Aber", der Hagere kniff die Augen zusammen, „ich weiß, dass sie lügen. Er denkt, er spricht, er warnt mich. Ich weiß, dass er existiert."

„Nein ... keine Stimme", krächzte Raven, „da war Blut ... so viel Blut."

Der Hagere hob die Brauen. „Wie heißt er?"

„Was?"

„Wie heißt der Ermordete?"

„Er heißt ..." Es war, als wäre jede Erinnerung hinter dichten Nebeln verborgen. Worte waberten umher wie sich windende Schatten und entzogen sich seinem Griff. „Er heißt ...", verzweifelt suchte er nach diesem einen Wort, es war da, ganz dicht, direkt hinter den grauen Nebeln.

Eine Tür klapperte, Schritte waren zu hören. Der Hagere zuckte zusammen. „Oh, oh, die Grillmeister kommen."

„Warte!" Raven packte den Arm des Hageren. „Er heißt ... Julian!"

Die Tür öffnete sich. Jemand trat ein. Das Bild flimmerte und verschwand. Und dann:

Raven rannte zur Tür. Als sie sich hinter ihm schloss, blies ihm der Wind ins Gesicht. Kies knirschte unter seinen Füßen. Der Himmel über Berlin strahlte blau, und er fühlte sich gut. Er schaltete die Kamera ein. „Bist du bereit?", fragte er.

„Immer bereit!", alberte Julian. Er hob die Hand zum Pioniergruß.

Raven wusste, was nun kommen würde.

„Ladies and Gentlemen", hörte er sich selbst sagen, „hier kommt er: der unglaubliche Ulk, Dr. Jekyll und Mr Hype, der Spiderman von Berlin!"

Julian verdrehte die Augen. Raven sah die Anspannung in seinem Gesicht. Warum nur konnte er nichts mehr ändern?

„An diesem unglaublichen Mittwoch, dem 27. September –"

„Halt endlich die Klappe! Außerdem ist heute der 26. September."

Er lachte. „Nervös?"

Julian schüttelte stumm den Kopf und kletterte auf die Mauer, die das Parkdeck umgab.

Was für ein furchtbarer Albtraum, dachte Raven. Dann sagte er: „Okay, Spiderman, noch 'nen Spruch für die Leute an den Bildschirmen?"

Julian setzte zum Sprung an. Im letzten Moment wandte er sich noch einmal der Kamera zu. In diesem Moment nahm Raven ein Geräusch wahr. Das leise Quietschen der Parkhaustür.

Raven wandte sich um. Ein schwarzer Schatten zeichnete sich vor den Strahlen der tief stehenden Sonne ab. Er kam näher.

„Scheiße!" Die Angst in der Stimme seines Bruders war unüberhörbar.

Der heranstürmende Mann hielt etwas in der Hand. Eine Pistole?

Raven war unfähig, sich zu rühren. Die Kamera entglitt seiner Hand.

Ein Geschoss sauste durch die Luft.

Raven fuhr herum. Da steckte etwas in Julians Brust. Sein Körper verkrampfte sich, und sein Gesicht war schmerzverzerrt. Er schrie ... und *dann stürzte er von der Mauer, einfach so. Als würde man einer Schaufensterpuppe einen Stoß versetzen.*

"Julian!!!"

Ein Schatten warf sich über ihn. Er spürte, wie etwas seine Brust zusammenpresste, wie ein brennender Schmerz ihn packte. Sein Körper verkrampfte sich. Jeder Muskel war auf das Äußerste gespannt. Ein seltsames helles Klingen drang an seine Ohren …

Nach Atem ringend und schweißnass fand Raven sich in seinem Bett wieder. Galle stieg seine Speiseröhre empor. Die Hand vor den Mund gepresst, befreite er sich von der Decke und taumelte ins Bad.

Mit beiden Händen stützte er sich auf dem Rand der Kloschüssel ab, als er sich übergab. Immer wieder krampfte sein Magen sich zusammen, bis er auch die letzten Reste seines Abendessens herausgewürgt hatte.

Als die Krämpfe endlich aufhörten, blieb er keuchend auf dem nackten Fußboden hocken. *Der Strom hat ihn getötet*, hallte die Stimme des hageren Verrückten in ihm wider.

Das war kein Albtraum gewesen. Es war eine Erinnerung! Er richtete sich auf und drückte die Spülung. Dann stützte er sich auf das Waschbecken und spülte sich den Mund aus.

Seine Erinnerungen kehrten zurück! Ein Mann war auf das oberste Parkdeck gekommen. Er hatte Julian mit einem Taser beschossen. Die Muskeln seines Bruders hatten sich verkrampft, deshalb war er hinabgestürzt.

Raven hielt den Kopf unter den Wasserstrahl. *Ich habe gesehen, wie Julian ermordet wurde. Ich habe es gesehen!*

Aber ein Detail dieser Erinnerung passte nicht ins Bild. In seinem Traum hatte sich der Angreifer gleich nach der Tat auf Raven gestürzt. Wenn das der Wahrheit entsprach, wie kam es dann, dass er stets dieses schreckliche Bild seines reglos daliegenden Bruders vor Augen hatte, um dessen verdrehten Körper sich eine Blutlache bildete? Er hätte nicht gleichzeitig gegen den Angreifer kämpfen und vom Parkdeck hinabsehen können. Oder hatte er sich kurz losreißen und über die Brüstung blicken können? Falls dem so war, warum hatte er dann den Mord und den Kampf verdrängt, aber nicht dieses Bild?

War vielleicht doch alles nur eine Wahnvorstellung? Fing er an, Dinge zu sehen, die es nicht gab?

Er ging in sein Zimmer zurück und zog die Tabletten aus der Tasche. Nachdenklich drehte er sie zwischen den Fingern.

In diesem Augenblick verkündete sein Smartphone das Eintreffen einer neuen Nachricht. Leela hatte ihm geschrieben:

Bitte komm her. Sofort! Es gibt Nachrichten von Mirja!

Kapitel 39

Berlin, Mai 2024

Der Bus fuhr an, und Raven setzte sich auf einen Sitzplatz. Zu dieser Zeit war es in dieser Linie nicht allzu voll.

„Vielleicht sollten Sie mir das nächste Mal Bescheid sagen, was Sie vorhaben!", erklang eine Stimme direkt neben ihm.

Raven zuckte erschrocken zusammen. „Bodahn!", entfuhr es ihm. Wie aus dem Nichts war der bärtige Leibwächter plötzlich neben ihm aufgetaucht.

Raven verzog das Gesicht. „Angesichts Ihrer Größe bewegen Sie sich erstaunlich leise."

Bodahn nahm neben ihm Platz. „Was wollten Sie gestern in der Klinik?"

„Ich wollte herausfinden, ob ich dort in Behandlung war."

Der große Leibwächter runzelte die Stirn.

Raven lächelte. „Danke übrigens, dass Sie mir geholfen haben."

„Das ist mein Job."

Der Bus bog ab. Raven stieg aus.

Der groß gewachsene Ukrainer folgte ihm. „Wohin gehen wir?"

„Hey, ist es nicht Ihr Job, genau das zu wissen?" Raven wusste, dass er genervt klang, aber im Moment konnte er nicht anders.

„Je mehr ich weiß, desto besser kann ich Sie schützen", erwiderte Bodahn.

Raven vergrub die Hände in den Hosentaschen und schwieg.

Leela wohnte in einem ockergelb gestrichenen Altbau. Er hatte erwartet, dass sie ein hipperes Domizil bevorzugte. Er klingelte.

„Ja?"

„Ich bin es, Raven."

„Komm rein!" Der Summer ertönte.

Raven trat ein, und Bodahn folgte ihm. Sie stiegen die knarrenden Holzstufen in den dritten Stock hinauf. An der Wohnungstür prangte ein vergilbter Free-Tibet-Aufkleber. Raven klopfte, und gleich darauf wurde auch schon die Tür geöffnet.

„Raven!" Leela trug ein kurzes Sommerkleid. Ihre weißen Zähne blitzten, als sie lächelte. Dann blickte sie über Ravens Schultern, und ihr Lächeln erlosch. Irrte er sich, oder flackerte da Furcht über ihr Gesicht?

„Wer ist das?!", stieß sie feindselig hervor.

„Das ist Bodahn, mein Leibwächter."

„Dein Leibwächter? Aber –" Sie verstummte kurz. Dann lächelte sie etwas gezwungen. „Hast du Angst vor mir?"

„Natürlich nicht."

„Dann macht es dir sicherlich nichts aus, allein reinzukommen."

„Schon gut." Raven wandte sich um. „Ist es okay für Sie, draußen zu warten?"

„Selbstverständlich", erwiderte Bodahn. Er warf Leela einen kurzen Blick zu, den Raven nicht zu deuten wusste.

Sie zog ihn hinein und schloss die Tür.

„Bist du irre?!", fauchte sie. „Das ist der Typ, der am Bahnhof auf uns geschossen hat!"

„Ja, das heißt nein. Er hat nur so getan."

„Was?"

Raven berichtete ihr von seinem Gespräch mit Dr. Hain. „… Du hast nichts von ihm zu befürchten", schloss er seine Ausführungen.

Leela sah ihn einen Moment lang schweigend an. Dann wandte sie sich um „Komm rein."

Das Zimmer hatte eine hohe Decke und war lichtdurchflutet. Leela hatte es geschmackvoll, aber recht spärlich eingerichtet. Am auffälligsten war der mächtige Schreibtisch, auf dem mehrere Rechner und zwei riesige Bildschirme standen.

„Meine Familie hat Geld wie Heu", erklärte sie.

„Also, was ist mit Mirja?", fragte Raven.

Leela setzte sich an den Computer und gab ein paar Zeilen Code ein.

„Nachdem du mir von deinem Bruder erzählt hattest, habe ich mich in seinen Account gehackt. Bei dieser Gelegenheit habe ich festgestellt, dass jemand seinen Rechner manipuliert hat."

„Manipuliert?", echote Raven.

„Ja. Jemand hat ein Programm geschrieben, das eingehende Mails abfängt und einige löscht, ganz ähnlich wie bei einem Spamfilter. Nur, dass dies hier mehr oder weniger umgekehrt funktioniert: Bestimmte ‚Spams' werden durchgelassen, wahrscheinlich um ein funktionierendes Postfach vorzutäuschen. Andere Mails hingegen werden abgefangen und gelöscht."

„Oh."

„Dachte ich auch. Also habe ich versucht, die gelöschten Mails wiederherzustellen."

„Und?"

„Es ist mir nur bei zweien gelungen. Eine stammt von einem peterpan. Sie wurde am 26. September 2023 verschickt."

Ravens Herz pochte: Julians Todestag.

Leela öffnete die Mail:

was ist da los, verdammt? der captain meldet sich nicht mehr! hier ist schon der alarm losgegangen. keine ahnung, ob sie es geschafft haben. ich geh jetzt offline, melde mich in einer stunde wieder.

„Und hat er sich noch mal wieder gemeldet?", fragte Raven.

Leela schüttelte den Kopf.

Raven wusste, dass Mirja einen Helfer in der Klinik gehabt hatte, einen jungen Computerfreak, der mit Captain Kraut zusammengearbeitet hatte. Dass er sich nicht wieder gemeldet hatte, konnte eigentlich nur eines bedeuten ... Er fuhr sich durch die Haare.

„Und Mirja?"

„Ihre Mail ging am 29. April 2024 ein."

„Vor vier Wochen?", entfuhr es Raven.

„Ja."

„Nun spann mich nicht auf die Folter. Was hat sie geschrieben?"

„Etwas, das ich nicht verstehe." Sie deutete auf den Bildschirm:

Was bleibt, wenn Träume sich erfüllen?
Wem würdest du vertrauen?

„Das ist alles!", sagte Leela. „Was denkst du? Ist das ein Code?"

Raven las die beiden Sätze ein zweites Mal. „Es sind einfach nur Fragen." Er spürte, dass Leelas Blick auf ihm ruhte, reagierte aber nicht darauf. Erinnerungen kamen in ihm hoch.

Sie waren mit ein paar Freunden im Strandbad Wannsee gewesen. Als der Regen einsetzte, hatten die meisten Badegäste fluchtartig den Strand verlassen. Aber sie hatten sich einfach in die Strandkörbe geflüchtet. Er wusste noch, dass er einen Stich der Eifersucht gespürt hatte, weil Mirja sich mit Julian und einem gemeinsamen Kumpel in einen Strandkorb gequetscht hatte. Er hingegen hatte mit Saskia und Jakob in einem Korb gehockt. Das war nicht unanstrengend gewesen. Zum einen, weil die beiden ein Paar waren und ständig geknutscht hatten, zum anderen, weil Saskia, wenn sie nicht knutschte, den Mund nicht halten konnte.

Während er versucht hatte, Saskias Logorrhö zu ignorieren, waren hin und wieder einzelne Sätze aus dem Nachbarkorb an sein Ohr gedrungen.

Mirja hatte irgendeine Frage gestellt, und daraufhin hatte Julian gesagt: „Mein Traum ist es schlicht, der Beste zu sein."

Mirja hatte etwas geantwortet, aber zu leise, um es zu verstehen.

Daraufhin hatte Julians Kumpel gesagt: „Ein weiser Mensch hatte mal gesagt: Mögen alle deine Träume in Erfüllung gehen, bis auf einen. Damit du immer etwas hast, wonach du streben kannst …"

Julians flapsiger Kommentar war in Saskias Kichern untergegangen. Aber Mirja hatte nachdenklich geantwortet: „Ich weiß nicht, ob das weise ist. Für mich klingt das eher wie Selbstbetrug. Wenn die Erfüllung unserer Träume uns nicht erfüllt, stimmt vielleicht etwas mit unseren Träumen nicht."

Abgelenkt von einem geräuschvollen Zungenkuss, den Jakob und Saskia austauschten, hatte Raven erneut Julians Antwort verpasst. Dessen Stimme allerdings hatte nachdenklich geklungen.

Raven griff nach der Maus und klickte auf Antworten.

Dann schrieb er:

Manche sagen: Nichts. Aber vielleicht stimmt dann etwas mit unseren Träumen nicht.
Julian ist tot. Er wurde ermordet.
Es ist furchtbar, aber du musst wissen: Es ist nicht deine Schuld!

Leela fragte ihn etwas, aber er war schon wieder in die Vergangenheit eingetaucht:

Sie waren zu zweit am Kletterfelsen zurückgeblieben, während die anderen sich schon auf den Weg in eine Pizzeria gemacht hatten.

Mirja hatte an der Route gestanden und ihre Hände mit Kalk eingerieben. „Ich hab Schiss. Vielleicht hätte ich mich doch für die Pizza entscheiden sollen."

„Unsinn. Du schaffst das."

„Und was ist, wenn ich am zweiten Haken abschmiere?"

„Dann halte ich dich!"

Sie hatte die Hände an die Wand gelegt, sich dann aber doch wieder abgewandt. Zwei weiße Handabdrücke waren am künstlichen Kletterfelsen zurückgeblieben. „Woher weiß ich, ob ich dir vertrauen kann?"

„Entspann dich. Es gibt zwar hin und wieder Verluste, aber die meisten überleben es, wenn sie mit mir klettern gehen."

Mirja hatte gelacht und ihm mit ihren gepuderten Händen einen Stoß gegen die Brust versetzt. Doch dann war ihr Gesicht ganz ernst geworden. „Vertrauen ist gar nicht so leicht." Sie hatte den Blick abgewandt und leise hinzugefügt: „Ich weiß ja nicht einmal, ob ich mir selbst vertraue."

„Ich vertraue dir", hatte Raven geantwortet. Der Satz war ihm einfach so herausgerutscht. Er hatte gespürt, dass ihm die Röte ins Gesicht stieg.

Mirja hatte ihn angesehen. Nie zuvor und nie danach hatte sie so verletzlich auf ihn gewirkt.

„Ich meine es ernst", hatte er gesagt. „Sollte ich jemals um mein Überleben kämpfen müssen, dann hätte ich dich gern an meiner Seite."

Sie hatten einander angesehen. Dann war Mirja einen Schritt zurückgetreten. Und mit dieser kleinen Geste war auch die Nähe verschwunden, die er in diesem Augenblick gespürt hatte.

Raven öffnete die Augen und schrieb:

Du hast den Vorstieg geschafft – wenn du dich erinnerst.

Dann schickte er die Mail auf Reisen.

Leela betrachtete ihn nachdenklich. „Würdest du mir erklären, was das zu bedeuten hat?"

„Es war ein Test."

„Verstehe, sie hat nach Dingen gefragt, die nur Julian und du wissen konntet."

„Genau", bestätigte Raven. Er sah Leela an. Sie wirkte verschlossener als sonst. „Alles okay?", fragte er.

„Na klar." Sie stand auf. „Ich glaube, ich brauch jetzt ein Bier. Willst du auch eins?"

„Danke. Das wäre nett."

Kurz vor der Tür wandte sie sich noch mal um. „Ach, darfst du überhaupt Alkohol trinken?"

„Warum nicht?"

„Na, wegen deiner Tabletten?"

Raven starrte sie an. „Ich kann mich nicht erinnern, dir jemals etwas von meinen Tabletten erzählt zu haben." Das Misstrauen erwachte jäh in ihm.

Leela stand im Türrahmen. In ihrem dünnen Kleidchen wirkte sie besonders zierlich und schön … und gefährlich.

„Ach, Raven, ich bin doch nicht blöd. Denkst du wirklich, ich konnte mir nicht zusammenreimen, woher du das Betäubungsmittel für den Hund hattest?"

„Wenn ich mich nicht irre, sagtest du damals irgendetwas von illegaler Beschaffung", erwiderte Raven.

„Ich wollte dich nicht vor den Kopf stoßen", erwiderte Leela. „Also: Bier oder Cola?" Sie klang nicht im Mindesten nervös, eher genervt.

Er entspannte sich. „Ein Bier, bitte."

„Kommt sofort." Sie verließ den Raum.

Kaum war sie draußen, begann Ravens Herz wieder schneller zu schlagen. Er handelte, ohne lange nachzudenken. Rasch verkleinerte er das Fenster mit Julians Account und öffnete Leelas E-Mail-Programm. Er überflog die offenen Mails. Keine kam ihm in irgendeiner Form verdächtig vor. In der Küche klirrte es. Er zuckte heftig zusammen. Leises Fluchen drang herein.

„Alles in Ordnung?", rief er.

„Ja, schon okay, bin bloß zu dämlich, ein Glas aus dem Schrank zu holen."

Er wollte gerade aufstehen, um ihr Hilfe anzubieten, als ein leises Zwitschern erklang. Es klang ganz nach dem Signalton eines Smartphones. Er sah sich um. Auf dem Schreibtisch lag es nicht. Aber etwas abseits, auf einem der Ledersessel, lag Leelas Handtasche. Sein schlechtes Gewissen protestierte, als er vorsichtig den Verschluss der Tasche öffnete und die Fächer absuchte. Er fand ein Nageletui, ein zusammenfaltbares Regencape, Pfefferspray, Lippenstift, Tampons und eine kleine Dose Thunfisch. Unglaublich, was Frauen so alles mit sich herumschleppten. Im nächsten Fach griff er zunächst in ein benutztes Taschentuch. *Geschieht dir ganz recht!*, meldete sich die Stimme seines Gewissens. Erst im letzten Fach fand er das Smartphone. Aus der Küche erklang das beruhigende Geräusch eines Staubsaugers. Er klappte die Schutzhülle auf. Das Display war nicht gesperrt. Leela hatte eine WhatsApp-Nachricht erhalten. *Mama* stand als Absender über der Nachricht.

Hallo mein Schatz,
ob du es glaubst oder nicht: Heute war ich zum ersten Mal wieder mit Papa auf dem Gelände spazieren. Ist das nicht wunderbar?
Ich hätte nie gedacht, dass er sich nach der Transplantation so gut erholt. Die vollbringen hier wirklich Wunder. Und all das haben wir nur dir zu verdanken. Du bist wirklich der größte Schatz auf Erden! Anthony war natürlich mit dabei, als wir rausgingen. Er scheint zu spüren, wie gut es deinem Papa inzwischen geht. Jedenfalls ist er umhergetollt wie ein junger Welpe. Irgendwann allerdings kam die Security und schickte uns wieder aufs Zimmer. Die Sicherheitsvorkehrungen sind mitunter etwas lästig. Aber wir sind dennoch unglaublich froh, hier sein zu können.

Ich drück dich.
Mum

Leela hatte bisher nie von ihren Eltern gesprochen. Seit Kurzem wusste er jetzt, dass sie oder zumindest enge Verwandte Geld hatten. Das war aber alles, was ihm bekannt war. Doch diese Nachricht deutete an, dass ihr Vater einen schweren Organschaden gehabt hatte. Offenbar hatte Leela seine medizinische Behandlung möglich gemacht.

Und die Art und Weise, wie ihre Mutter ihr schrieb, deutete auf ein sehr enges Verhältnis der beiden hin. Nichts von alledem war Leela je anzumerken gewesen. Ravens Hände klickten das Profilbild an.

Es zeigte ein älteres Ehepaar mit einem Hund. Palmen und üppiges Grün waren zu sehen. Im Hintergrund befand sich ein schickes weiß getünchtes Gebäude. Auf einem Schild stand irgendetwas von regenerativer Medizin.

Aus der Küche erklang wieder ein Klappern. Raven lauschte. Offenbar war Leela weiterhin dort beschäftigt. Er schloss das Bild und öffnete ihre Chats. Er fühlte sich mies, während er hastig las. Mit ihrer Mutter hatte sie sehr häufig Kontakt. Mit ihrem Vater schrieb sie sich etwas seltener. Manchmal meldete er sich offenbar aus dem Dienst bei ihr, denn zuweilen trugen seine Nachrichten eine offizielle Signatur. Aber im Tonfall waren sie ebenfalls sehr herzlich. Außerdem gab es noch einen losen Nachrichtenwechsel mit fingerfood und blackswan – offenbar zwei Hackerfreunden, wenn Raven die kryptischen Botschaften richtig interpretierte. Der nächste Chat war unter dem Namen purchaser erfasst. Auftraggeber? Was mochte das bedeuten? Raven öffnete die einzige Nachricht. Sie bestand aus nur einem Wort: *Jetzt!*

Irgendetwas an dieser Nachricht jagte ihm einen Schauer über den Rücken. Im nächsten Moment ging ihm auf, dass es in der Wohnung sehr still geworden war. Das Klappern in der Küche war verstummt. Hastig schloss er WhatsApp und stopfte das Smartphone zurück in die Tasche. Im selben Moment hörte er das Knarren einer Diele und fuhr herum.

„Tut mir leid, dass es so lange gedauert hat", sagte Leela, als sie den Raum betrat. „Die Glasscherben waren in der ganzen Küche verteilt."

„Kein Problem", sagte Raven. Er suchte in ihrem Gesicht nach irgendeinem Anzeichen von Misstrauen, fand aber nichts. Rasch nahm er ihr ein Bier ab und setzte sich wieder an den Computer. Dabei stellte er fest, dass er vergessen hatte, das Fenster mit Mirjas E-Mail-Nachricht wieder zu vergrößern.

Leela warf ihm einen fragenden Blick zu.

Raven nahm einen tiefen Zug aus der Flasche.

Schließlich wandte sie den Blick ab und öffnete das Programm.

Gleich darauf entfuhr den beiden ein überraschter Ausruf. Mirja hatte geantwortet:

Es tut mir so leid. Das haben SIE getan.
Aber ich habe etwas, um sie aufzuhalten.
24. 05. 18:30 Ortszeit, -23.54517° -46.74726°
Wenn du willst.

Noch während Raven auf die Zeilen starrte, hatte Leela auf dem zweiten Bildschirm ein Programm geöffnet.

„Oh", stieß sie hervor.

„Was ist?"

„Der Ort, den sie angegeben hat, liegt mitten in São Paulo."

Raven nagte an der Unterlippe. São Paulo war riesig und, wenn er sich recht erinnerte, die bevölkerungsreichste Stadt auf der Südhalbkugel. „Ein guter Ort, um unentdeckt zu bleiben."

„Möglicherweise ...", murmelte Leela, während sie eine weitere Seite aufrief. „Allerdings liegt der Treffpunkt im Distrikt Via Nova Jaguaré, und laut diesem Traveller-Blog ist das eine der gefährlichsten Favelas der Stadt." Sie blickte zu ihm auf. „Du willst dorthin, habe ich recht?"

„Ich muss!", erwiderte Raven. „Irgendwie werde ich das Geld schon auftreiben."

Leela grinste schief. „Vielleicht kann ich dir helfen. Wie bereits erwähnt, habe ich reiche Verwandte. Ich kann mir vorstellen, dass sie sich großzügig erweisen."

Raven blickte sie fragend an. Aber Leela schien nicht die Absicht zu haben, sich zu erklären. „Danke!", sagte er schließlich.

„Keine Ursache", erwiderte sie. „Wenn du dir wirklich sicher bist ..."

Raven spürte ein unangenehmes Ziehen in der Magengegend. Er hatte Angst. „Natürlich bin ich mir sicher!"

Kapitel 40

São Paulo, Mai 2024

Mirja schwitzte unter ihrer Ordenstracht. Aber es war nicht die ungewohnte schwere Tracht, die ihr zu schaffen machte. Es war das lärmende Gewimmel der Menschen, das ihr Herz pochen ließ. Das Gefühl, beobachtet zu werden, war überwältigend. Sie tastete nach dem Holzkreuz, das sie um ihren Hals trug.

Schwester Luciana spürte ihre Anspannung. Sanft führte sie Mirja an einer Gruppe alkoholisierter Männer vorbei in eine enge Gasse. „Bleib ruhig. Niemand wird dir etwas tun. Die Leute wissen, dass wir nichts besitzen, und die meisten wissen unsere Arbeit zu schätzen."

Mirja versuchte zu lächeln. Aber am Blick der jungen Ordensschwester erkannte sie, dass es ihr misslang. Schließlich war sie monatelang auf sich allein gestellt in der Wildnis unterwegs gewesen. Die einzigen menschlichen Wesen, die sie gesehen hatte, waren ihre Verfolger. Es war schwer, wieder Vertrauen zu fassen, und noch schwerer war es, dieses Durcheinander an Geräuschen, Gerüchen und Farben zu ertragen.

Sie mussten die Favela durchqueren, um an ihr Ziel zu gelangen. Eine Gruppe Jugendlicher stand dicht gedrängt an einer unverputzten Mauer. Der Geruch von Marihuana mischte sich mit dem fauligen Gestank der Abwasser, der wie ein böser Fluch über dem ganzen Viertel lag. Einige junge Mädchen bewegten sich lasziv zu den dumpfen Rhythmen einer einheimischen Hip-Hop-Band, die aus einem Ghettoblaster dröhnte. Eine von ihnen, Mirja schätzte sie auf höchstens 14 Jahre, war schwanger. Eine andere, unverkennbar unter Drogeneinfluss stehende junge Frau trug ein Baby auf dem Arm. Schwester

Luciana ging unbefangen auf die Gruppe zu und sprach mit einigen der Mädchen.

Mirja blieb etwas abseits stehen. Ihr Blick wanderte zu den jungen Männern, die sich um den offensichtlichen Anführer geschart hatten. Wie fast überall in den Favelas war das gleichbedeutend mit einer höheren Stellung in einem der örtlichen Drogenkartelle. Er war ein schlaksiger Junge von ungefähr 18 Jahren. Doch seine Augen beobachteten sie so kalt, dass sie Mirja an ein Reptil erinnerten. Sie musste an den Kaiman denken, der sie in seiner dunklen Höhle beobachtet hatte. Der Griff einer Pistole zeichnete sich unter seinem schmutzigen Hemd ab. Er erwartete, dass sie Angst hatte. Mirja atmete tief ein und lächelte. Sie hatte Angst. Aber niemand sollte glauben, dass die Furcht sie wehrlos machte. Der junge Drogenboss hob irritiert eine Braue.

Mirja wandte den Blick ab, um ihn nicht zu provozieren. Sie hatte sich von ihrer Furcht nicht bestimmen lassen. Das genügte ihr.

Schwester Luciana beendete ihr Gespräch und nickte Mirja zu. Gemeinsam gingen sie weiter. Sie führte Mirja zu einer Gasse, die hügelaufwärts Richtung Norden führte. „Jamiro hat seine Werkstatt außerhalb der Favela."

Mirja war gespannt auf diesen Mann, der in einem Heim der Schwestern aufgewachsen war und sich als Blogger gegen die Ungerechtigkeiten in seinem Heimatland einen Namen gemacht hatte.

Der Hip-Hop-Sound wurde von den blechernen Sambaklängen eines Küchenradios verdrängt, die aus einer offenen Wellblechhütte auf die Gasse drangen. Ein zahnloser Alter, der rauchend auf einem Plastikschemel hockte, nickte ihnen freundlich zu. Die Matará-Schwestern hatten einen guten Stand in der Favela. Deshalb konnten sie sich meist unbehelligt in den Straßen bewegen.

Als sie die Hügelkuppe erreicht hatten, konnte Mirja über die rostigen Wellblechdächer hinweg einen Blick auf die gläsernen Türme der Banken- und Geschäftsviertel werfen, die aus dem Dunst der Stadt ragten. Ein großer Hubschrauber flog dröhnend über sie hinweg, und Mirja zuckte unwillkürlich zusammen. Im Dschungel hatte dieses Geräusch Gefahr bedeutet, hier war es Alltag. São Paulo galt als die Stadt mit der größten Hubschrauberdichte weltweit. Reiche Geschäftsleute flogen zur Arbeit, um den ewigen Staus zu entgehen.

Die Umgebung änderte sich langsam. Holz- und Blechhütten wichen Steinhäusern. Alle Fenster in den unteren Stockwerken waren vergittert.

O Mecânico entpuppte sich als kleine Festung. Die Mauern waren zweieinhalb Meter hoch und mit Stacheldraht besetzt. Am Eingang stand die mit Maschinenpistolen bewaffnete Security.

Jamiro war erstaunlich jung für einen Mann, der es von einem Straßenkind zum Selfmademillionär gebracht hatte. Mirja schätzte ihn auf Mitte zwanzig. Er begrüßte Schwester Luciana sehr herzlich und lächelte stolz, als er die beiden Frauen in sein Büro führte. Das Gebäude selbst allerdings war kein Symbol seines Erfolgs. Es bestand aus schlichtem Stahlbeton – ein grauer Klotz mit schmalen Fenstern.

Als die mit Stahl verstärkten Türen sich hinter ihnen schlossen, wurde es gefühlt zwanzig Grad kälter.

„Ihr Brasilianer friert wohl gern", bemerkte Mirja und verschränkte die Arme vor der Brust.

Jamiro lachte. „Bei uns ist Kälte Luxus. Aber das ist nicht der Grund für die Klimaanlage." Er öffnete eine weitere stahlverstärkte Tür. „Meine Babys arbeiten so am besten." Verblüfft starrte Mirja auf eine riesige Halle, in der in langen Reihen graue Stahlschränke standen, vollgestopft mit Elektronik – Blechgehäuse, Kabel und blinkende Elektroden, alles in ein kaltes blaues Licht getaucht.

„18 Grad Celsius und maximal 40 Prozent Luftfeuchtigkeit", erklärte Jamiro. „Dann sind sie glücklich."

„Wie eine Mechanikerwerkstatt sieht das aber nicht aus", bemerkte Mirja, auf den Namen des Unternehmens anspielend.

„Mit einer Werkstatt für alte Küchengeräte, PCs und marode Laptops hat alles angefangen. Aber inzwischen ist das hier das drittgrößte private Rechenzentrum von São Paulo", entgegnete Jamiro. „Wir vermieten an Netzwerk-Provider, die für Verbindungen zur Börse autorisiert sind. Einige der größten Firmen nutzen den von uns angebotenen Cloud-Service, darunter auch große Social-Media-Anbieter."

„Ich bin beeindruckt", sagte Mirja.

„Ziel erreicht." Jamiro grinste und rieb sich die Hände. „Und, was genau führt euch nun zu mir?"

„Unsere Schwester hat Daten, die wir an unserem Computer nicht lesen können."

Der junge Unternehmer seufzte. „Ich habe euch schon so oft angeboten, eure IT aufzurüsten. Aber –"

„– wir wissen beide, dass dies nur die Gangs auf uns aufmerksam machen würde", brachte Schwester Luciana seinen Satz zu Ende. „Wer nichts hat, dem kann auch nichts gestohlen werden."

„Ich würde euch ja auch ein paar meiner Jungs zur Verfügung stellen …", setzte Jamiro an. Der Blick der Ordensschwester brachte ihn zum Schweigen. „Schon gut." Er hob ergeben die Hände. „Folgt mir."

Das Büro war groß und angesichts seiner technischen Ausstattung auch beeindruckend eingerichtet. Allerdings fehlte der typische Luxus, den man üblicherweise bei einem erfolgreichen Jungunternehmer erwartete.

Er bot den beiden Frauen Plätze an, aber Schwester Luciana winkte ab. „Ich warte lieber draußen."

Jamiro hob die Brauen. „Das Problem ist nicht die veraltete Software der Schwestern, habe ich recht?"

Luciana schloss die Tür hinter sich, und Mirja nestelte an ihrem Holzkreuz. Dann nickte sie. „Ja, obwohl das auch nicht gelogen war. Der Computer konnte die Speicherkarte tatsächlich nicht lesen." Sie zögerte. War Jamiro vertrauenswürdig? Konnte man vom Straßenkind zum Millionär werden, ohne moralische Kompromisse eingehen zu müssen? War sein Blog, in dem er gegen die Ungerechtigkeiten in seinem Land kämpfte, nur eine geschickte Marketingstrategie?

Jamiro erwiderte ihren Blick. Sein Lächeln zeigte ihr, dass er ihre Gedanken erraten hatte. Aber er schwieg.

Mirja holte tief Luft und nahm die Kette mit dem Kreuz ab. „Die Daten, um die es geht, sind brisant, um es mal vorsichtig auszudrücken."

„Brisant für wen?", fragte Jamiro.

„Für eine Organisation, die keine Skrupel hat, Menschen zu entführen, zu foltern und zu töten."

Jamiro lächelte bitter. „Ich wurde ungefähr fünfhundert Meter südlich von hier auf einem Stück Pappe geboren, während mein Vater sich das Gehirn wegsoff und meine Mutter ihre Schmerzen mit Marihuana betäubte. Mit drei Jahren wurde ich als Drogenkurier rekrutiert. Ich bin Skrupellosigkeit gewohnt, das kannst du mir glauben."

Mirja reichte ihm das Holzkreuz. „Ich weiß nicht, ob diese Leute es orten können, wenn irgendjemand die Daten aufruft. Vielleicht solltest du deinen Rechner lieber vom Netz nehmen."

Er runzelte die Stirn. „Wenn du vorhattest, mich neugierig zu machen, dann ist dir das gelungen." Er öffnete eine Schublade, nahm einen Laptop heraus und fuhr ihn hoch. Er zog die Speicherkarte aus dem Holzkreuz und steckte sie in den Computer.

Das Gerät begann zu rattern. Der junge Mann kniff die Augen zusammen. „Die Daten sind beschädigt."

Mirja spürte einen dumpfen Druck in der Magengegend. „Wie schlimm ist es?"

Jamiro gab verschiedene Befehle ein. „Wir werden sehen. Ich starte mal eine Reparatursoftware."

Mirja biss sich auf die Lippen und schaute dem jungen IT-Experten bei der Arbeit zu. Sie versuchte, nicht daran zu denken, wie viele Menschenleben es gekostet hatte, diese Daten in Sicherheit zu bringen.

„Hm", brummte Jamiro nach einiger Zeit.

„Was ist?"

„Eine Videodatei."

„Das ist alles?"

„Nein …" Der junge Mann zögerte. Nachdenklich betrachtete er die kryptischen Zeilen auf dem Bildschirm. Dann gab er wieder eine Reihe von Befehlen ein und wartete.

Mirja zügelte ihre Ungeduld. Sie ahnte, dass es wenig Zweck hatte, Jamiro mit Fragen zu bombardieren.

„Interessant", murmelte er nach einer Weile.

Mirja kniff die Lippen zusammen.

Er blickte sie an und lächelte entschuldigend. „So etwas habe ich noch nie gesehen. Die Daten sind miteinander verknüpft."

„Und das bedeutet?"

„Wer auch immer das programmiert hat, wollte, dass die Daten in einer ganz bestimmten Reihenfolge freigegeben werden."

„Und das bedeutet?"

„Wir sollten uns zuerst diesen Film anschauen."

„Und was geschieht dann?"

Er zuckte die Achseln. „Das wird sich dann zeigen."

„Okay", Mirja schluckte. „Legen wir los."

Das Bild war nur schwach ausgeleuchtet und verwackelt, offenbar hatte jemand die Szenen mit einer Handykamera gefilmt. Wenn das Datum auf dem Display stimmte, war der Film am 23. 11. 2022 gedreht worden.

Das schwache graue Licht zeigte, dass nur die Beleuchtung der Handykamera aktiv war. Man konnte das rasche Atmen eines Menschen hören und stark gedämpft das ferne Heulen einer Sirene. Die Kamera wurde auf eine Tür gerichtet, „Quarentena" stand darauf.

„Also gut", flüsterte eine männliche Stimme. „Ich geh jetzt rein." Der Mann sprach Englisch mit amerikanischem Akzent. Ein Schlüsselbund klirrte. Die Kamera wurde gesenkt, und kurz darauf war eine Hand zu sehen, die mit fahrigen Bewegungen die Tür aufschloss.

Mirja kniff die Augen zusammen. Im schwachen Licht war es nur schwer zu erkennen, aber der Ärmel erinnerte sie an die Uniform der Security-Leute auf dem Gelände der Dschungelklinik.

Lautlos öffnete sich die Tür. Im Raum brannte kein Licht.

Die Kamera zeigte graue Schatten, schließlich eine unverputzte Wand.

„An alle, die das sehen", *flüsterte der Mann,* „das hier ist kein Fake! Die Kamera läuft ohne Unterbrechung." *Kurz sah man eine Hand, die sich die Mauer entlangtastete.* „Scheißdunkel hier", *flüsterte der Mann.*

Leise Schritte waren zu vernehmen. Plötzlich huschte etwas Bleiches durch das Bild. Die Kamera zuckte zurück. Ein erstickter Aufschrei. Dann ein wütendes Schnaufen. „Nur einer dieser dämlichen Geckos. Okay, weiter!"

Eine Zeit lang war nichts zu sehen außer der Mauer. Dann erschien eine Tür, „Atenção Radiação – Achtung Strahlung" *stand darauf. Der Mann kicherte nervös, während er offenbar an seinem Schlüsselbund nestelte.*

„Ich denke mal, das dient nur zur Abschreckung. Hab hier noch nie jemanden mit Schutzanzug gesehen."

Das Schloss knackte, und die Tür öffnete sich. Zum Vorschein kam ein Raum, der Ähnlichkeit mit dem Cockpit eines Flugzeugs hatte. Eine mächtige Schalttafel, allerlei blinkende Lichter, mehrere Bildschirme und zwei leere Sessel davor. Es gab sogar ein Fenster, in dem sich nun die Kamera und ein sichtlich nervöser Wachmann spiegelten. Irgendwann schien er es selbst zu bemerken, denn er senkte rasch das Handy und murmelte: „Shit! Ich hoffe, der Preis für das Filmchen ist den ganzen Schlamassel wert."

Schritte erklangen.

„Okay, dann wollen wir mal sehen, ob der Kerl die Wahrheit gesagt hat." *Das Licht der Kamera wanderte über das komplizierte Schaltpult und beleuchtete schließlich einen einfachen Metallspind. Der Mann legte die Kamera beiseite.*

Man hörte metallisches Knacken, einen leisen Fluch und schließlich das Quietschen einer Tür. „Tatsächlich, ein Schlüssel. Mal sehen, ob er passt."

Die Kamera wurde erneut aufgenommen und auf ein Schild mit der Aufschrift „Transumptionsraum" *gerichtet.*

Die Kamera senkte sich ein wenig. Die Hand des Mannes hielt dieses Mal einen einzelnen Schlüssel in der Hand. Es klackte. „Sesam, öffne dich."

Die Tür schwang auf. Ein gewaltiges Gerät wurde sichtbar, das auf bewegliche, stählerne Arme montiert war. Langsam folgte die Kamera dem Verlauf des Geräts, das in der Form einer Rakete nicht unähnlich war. „Was zum Kuckuck ...?!", flüsterte die Stimme. Dann erstarb sie. Das Gerät verjüngte sich zu einer Spitze, aus der ein metallener Stift ragte. Und dieser Stift endete an einem menschlichen Schädel.

Der Mann keuchte erschrocken. Die Kamera wackelte, zeigte erst eine metallene Liege und dann den Fußboden. Schließlich wanderte sie zitternd wieder nach oben und filmte das Gesicht eines Mannes.

Mirja erstarrte. „Maik!", entfuhr es ihr.

„Sie kennen den Typen?", fragte Jamiro verblüfft.

„Ja ... nein." Mirja starrte auf das bleiche Gesicht. „Ich weiß nicht."

„Ist das abgefahren", murmelte die Stimme des Mannes auf dem Bildschirm erneut. „Lebt der noch?" Man sah, wie der Mann die Hand ausstreckte und wieder zurückzog. Die Kamera filmte die bleiche Brust, die mit Saugnäpfen bedeckt war, von denen wiederum Kabel abgingen. Langsam hob und senkte sich der Brustkorb.

„Mann, der lebt noch. Die werden bestimmt gleich zurückkommen." Die Kamera glitt hinab bis zu den nackten Füßen und dann wieder herauf. Im linken Arm steckte eine Infusionsnadel. Das Gesicht war ausdruckslos. Dann plötzlich öffneten sich die Augen. Eine klauenartig gekrümmte Hand zuckte vor und umschloss die Kamera. Man hörte einen lauten Schrei und ein Poltern.

„Shit!", kreischte die Stimme des Mannes. „O Shit!"

„Flieh!", krächzte der Mann auf der Liege. „Flieh, so schnell du kannst!"

Das Poltern von Stiefeln erklang. Dann ein lautes Rumsen, als sei jemand gegen eine Wand gelaufen. Kurz darauf wurde eine Tür aufgerissen und wieder ins Schloss geworfen.

Die Kamera bewegte sich, und ein bleiches Gesicht erschien auf dem Bildschirm. Die Augen blickten stumpf, der Mund war halb geöffnet.

Gedämpfte Rufe waren zu vernehmen. „Ficar parado!", schrie jemand. Dann krachten Schüsse.*

Die Kamera erlosch.

Eine Zeit lang saßen Mirja und Jamiro stumm nebeneinander und starrten auf den Bildschirm.

„Oh Mann", sagte Jamiro schließlich. „Das ist … heftig."

„Ich war dort", flüsterte Mirja leise.

„In diesem Raum?"

Unwillkürlich tastete Mirja nach der Narbe auf ihrer Schädeldecke. „Ich glaube, ja." Sie erschauerte und konzentrierte sich wieder auf den Computer.

Dort liefen nun verschiedene Programmzeilen über den Bildschirm. „Was geschieht da?"

„Das Programm arbeitet", erwiderte Jamiro. „Wir müssen abwarten."

„Haben Sie es?" Die Stimme war nicht laut, sie klang nicht einmal unfreundlich. Doch Elisabeth Stone ließ sich nicht täuschen. Dies war der gefährlichste Mann, der ihr jemals begegnet war.

„Wir haben den Ort und wir haben die Zeit", erwiderte sie. „Morgen liefere ich Ihnen das Involucrum und die Daten."

Einen Moment lang herrschte Schweigen. Sie konnte das Atmen des Mannes hören. „Erledigen Sie Ihren Job, Eliska. Und leisten Sie sich keine Fehler." Er legte auf.

Sie schob ihr Handy zurück in die Tasche. Keiner der Männer blickte sie an. Gut so. Sie hasste Respektlosigkeit.

Der einstmals für Spezialkommandos der US Air Force ausgerüstete MH-53 war vollgestopft mit Technik. Er bildete die mobile Hightechzentrale des *K & M-Instituts of Regenerative Medicine*. Drei Männer in den blau-schwarzen Uniformen der Klinik-Security saßen vor einem

---

* „Stehen bleiben!"

Bildschirm und diskutierten in einem Gemisch aus Englisch und Portugiesisch miteinander.

„Irgendetwas stimmt mit der Software nicht", knurrte ein bärbeißiger US-Amerikaner, ein ehemaliger Marine, der in Afghanistan drei Finger seiner linken Hand verloren hatte.

„Wir haben eine Lücke in den Daten!", erwiderte ein schlaksiger Guyaner indischer Abstammung. „Das ist das Problem."

„Genau, irgendetwas muss den Sender gestört haben", sprang ihm sein brasilianischer Kollege bei.

„Blödsinn!", begehrte der Amerikaner auf.

Elisabeth Stone schloss die Augen. Sie wusste, dass ihr nicht mehr viel Zeit blieb. Das Projekt befand sich in der Umsetzungsphase. Milliarden an legalen, halblegalen und illegalen Investitionen mussten nun Rendite bringen. Sollte sich in dieser sensiblen Phase auch nur der kleinste Fehler einschleichen, sollte zum Beispiel eines der Produkte nicht halten, was es versprach, oder sollten gewisse Gerüchte an die Öffentlichkeit gelangen, würde alles wie ein Kartenhaus zusammenbrechen.

Sie blendete die Diskussionen der Techniker aus. Ihr standen die modernste Überwachungstechnik und eine kleine Privatarmee von Spezialisten zur Verfügung. Sie würde nicht dulden, dass dieses Mädchen sie noch länger zum Narren hielt.

Kapitel 41

Transatlantikflug AA 4231, Mai 2024

Irgendetwas war seltsam, nicht wirklich bedrohlich, aber seltsam, dachte Raven. Vielleicht lag es an der Müdigkeit. Sie waren soeben in Frankfurt am Main gelandet und liefen durch die große Shoppingmall. An die ständige Nähe seines Leibwächters hatte er sich gewöhnt. Der groß gewachsene Ukrainer kannte sich hier offenbar gut aus und lotste ihn durch die riesigen lichtdurchfluteten Hallen.

Raven beobachtete die Leute, die um diese Tageszeit unterwegs waren. Einige sahen braun gebrannt und erholt aus. Manche wirkten völlig übermüdet und stapften mit glasigen Augen an der Leuchtreklame und den Sonderangeboten vorbei. Geschäftsreisende starrten auf die Displays ihrer Smartphones. Jeder war mit seinen eigenen Sorgen beschäftigt.

Raven fragte sich, wie es Mirja gehen mochte. Wer eine Flucht durch den Dschungel überlebt hatte, würde die Welt zwangsläufig mit ganz anderen Augen betrachten. Wie winzig und belanglos mussten ihr die Sorgen der meisten Menschen hier erscheinen. Würde es Mirja gelingen, in der westlichen Welt wieder Fuß zu fassen?

Raven spürte, dass hinter diesen Gedanken noch ganz andere Fragen lauerten – Fragen, die sehr viel mehr mit ihm selbst zu tun hatten. *Lass das!*, befahl er sich selbst. Erst mal mussten sie irgendwie heil aus dieser ganzen Sache herauskommen. Über den Rest konnte er sich später immer noch Gedanken machen.

Raven spürte die Müdigkeit in allen Knochen, als sie die Gangway entlang zum Flugzeug liefen. Wieder beschlich ihn ein merkwürdiges Gefühl. Aber er konnte nicht sagen, was es war.

Nachdem alle Passagiere ihr Gepäck verstaut hatten und auf ihren Sitzen saßen, startete das Flugzeug. Raven schaute aus dem Fenster auf die vorbeirasende Landschaft. Als der Flieger abhob, hatte er einen perfekten Ausblick auf das riesige Conference-Center *The Squaire*. Und dann, als er die immer kleiner werdende Stadt Frankfurt unter sich liegen sah, wurde ihm plötzlich bewusst, was sich die ganze Zeit so seltsam angefühlt hatte. Es war der Verlust eines Gefühls, das seit fast einem Jahr sein ständiger Begleiter gewesen war – Angst! Seit gestern hatte er mehrere Situationen erlebt, die vor Kurzem noch einen ungeheuren Kraftakt von ihm erfordert hätten: Er war ohne Besorgnis in einem gläsernen Aufzug gefahren, hatte sich müßig an Balustraden gelehnt, war eine Gangway entlang in ein Flugzeug gestiegen und hatte ohne nennenswerte Steigerung seines Blutdrucks den Start überstanden. Er wandte den Blick vom Fenster ab. Seine Augen brannten. Vielleicht war es die Müdigkeit? Er starrte auf die Rückenlehne des Vordersitzes.

„Alles okay?", fragte Bodahn neben ihm. Raven nickte.

Ein Gong ertönte und eine Durchsage erfolgte. Sie hatten die Reiseflughöhe erreicht.

„Nun ja", Raven lächelte, „macht es Ihnen etwas aus, mit mir den Platz zu tauschen?"

Der Leibwächter betrachtete ihn fragend.

„Am Gang fühle ich mich etwas wohler", erklärte Raven.

„Natürlich, kein Problem", brummte der Ukrainer.

Raven öffnete den Sicherheitsgurt. Er wusste selbst nicht genau, warum er nicht einfach sagte, dass er die Medikamente seiner Ansicht nach nicht mehr brauchte. Aber er hatte auch keine große Lust, sich darüber Gedanken zu machen. Seufzend lehnte er sich zurück. Sie hatten einen zwölfstündigen Flug vor sich. Die Maschine lag ruhig in der Luft. Das leichte Vibrieren hatte etwas Beruhigendes. Raven schloss die Augen.

Er sah Julian am Rande des Parkhauses stehen. Sein Gesicht war so blass wie das eines Toten. Am Horizont erstrahlte der blaue Himmel über Berlin. Die Kuppel des Fernsehturms glitzerte.

Das leise Quietschen der Parkhaustür erklang.

Raven fuhr herum. Ein schwarzer Schatten zeichnete sich vor den Strahlen der tief stehenden Sonne ab. Er bewegte sich ungeheuer schnell auf sie zu. Plötzlich sauste ein Geschoss durch die Luft.

Julian kippte über die Kante und stürzte nach unten.

„Julian!"

Ein Schatten warf sich über Raven. Es gelang ihm, sich zu befreien. Er rannte zur Mauer. „Julian!"

Sein Bruder lag auf den Pflastersteinen. Eine Blutlache breitete sich unter seinem reglosen Körper aus.

Ein Geräusch ließ ihn wieder herumfahren. Der Angreifer stand direkt vor ihm. In der rechten Hand hielt er den Taser, der direkt auf Ravens Brust zeigte, in der linken ein Handy, das er nun gegen sein Ohr drückte. Nun war er nicht mehr nur ein Schatten. Nun hatte er ein Gesicht, ein kalt lächelndes, bärtiges Gesicht.

„… bitte um Bestätigung!", sprach er in sein Headset.

Raven kannte dieses Gesicht!

„Habe verstanden. Abbruch." Er zwinkerte Raven zu. „Heute ist dein Glückstag, Junge."

Der Taser löste aus, und der Widerhall des Schmerzes ließ Ravens Körper zusammenfahren.

„… etwas zu trinken?", drang die freundliche Stimme einer Frau an sein Ohr. Das leise Klirren von Glas erklang.

Raven schlug die Augen auf. Verschwommen erkannte er den Sitz seines Vordermannes. Er fuhr hoch. Das bärtige Gesicht aus seinem Traum war nicht verschwunden. Es sah noch immer auf ihn herab, mit demselben Lächeln und denselben kalten Augen.

„Na, schlecht geträumt?", fragte Bodahn.

Die Stewardess schob ihren Wagen weiter durch die Reihen und verteilte Getränke. Einige der Fluggäste unterhielten sich leise.

Raven hatte das Gefühl, eine eisige Hand würde sein Herz umklammern und zusammenpressen. Er bekam kein Wort über die Lippen.

Die Augen des Ukrainers verengten sich. „Was ist los?", fragte er.

Raven schluckte trocken. „Alles okay."

„Sicher?", hakte Bodahn nach.

„Ja!", krächzte Raven.

„Sie sollten etwas trinken", sagte Bodahn, seine Lippen noch immer zu einem Lächeln verzogen. „Ich habe Ihnen ein Glas Orangensaft bestellt."

Das Glas in seiner mächtigen, behaarten Hand wirkte winzig. Der Saft schwappte hin und her. Am Rand hatten sich trübe Bläschen gebildet.

„Nein danke." Raven schüttelte den Kopf.

Die Augen des Mannes glitzerten kalt. Wie hatte Raven sich jemals in ihm täuschen können? Wie hatte er jemals etwas anderes in diesem bärtigen Gesicht sehen können als den Mörder seines Bruders?

„Tut mir leid. Ich bestehe darauf!" Bodahn bleckte die Zähne – die Parodie eines Lächelns. „Sie verdursten mir hier noch."

Ravens Gedanken rasten. Panik und Wut rangen in ihm um die Vorherrschaft. Am liebsten hätte er seine Faust in dieses bärtige Grinsen gerammt. Stattdessen verzog er die Lippen zu einem Lächeln und griff nach dem Glas. Seine Finger berührten die schwieligen Pranken des Mannes. Raven unterdrückte einen Würgereiz.

„Sie haben recht." Er wusste, dass sein Lächeln kläglich misslang. „Mir ist nicht gut", schob er rasch nach. „Wahrscheinlich bin ich unterzuckert." Und dann trank er das Glas in einem Zug.

Er wusste, dass der bittere Nachgeschmack auf seiner Zunge nicht von den Orangen kam.

„So ist es gut", sagte der Hüne und tätschelte Ravens Knie.

Kapitel 42

São Paulo, Mai 2024

Die scheinbar endlosen Reihen an Programmzeilen stockten. Unwillkürlich beugte Mirja sich vor. Der Bildschirm flackerte, und drei Worte wurden sichtbar: *cogito, ergo sum?*

„Ich denke, also bin ich", murmelte Mirja. „Die berühmten Worte des Philosophen René Descartes." Angesichts ihrer eigenen Erfahrungen bekam dieser Satz allerdings eine ganz andere Bedeutung.

„Aber das ist nicht einfach nur ein Zitat", bemerkte Jamiro. „Es ist eine Frage."

Mirja nickte.

Die Worte verschwanden, und wieder begann eine Videodatei zu laufen.

Dampf waberte, und feine Wassertropfen rannen über die Kameralinse. Im Hintergrund war ein permanentes Rauschen zu vernehmen.

„Was ist das?", fragte Jamiro. „Der Dschungel?"

„Ich glaube, nicht."

Finger schälten sich aus dem Nebel. Eine Hand griff nach der Kamera, und gleich darauf sah man ein blasses Gesicht.

Mirja zuckte zusammen. Die Züge des Mannes waren die von Maik, ja, sie glichen ihm bis ins kleinste Detail. Und doch spürte sie, dass es nicht Maik war, den sie da vor sich sah.

Für einen kurzen Moment blitzten im Hintergrund helle Fliesen und ein geblümter Duschvorhang auf.

„Ein Bad", entfuhr es Jamiro.

„Er benutzt die Handykamera dieses Typen", sagte Mirja. „Und ganz offensichtlich weiß er, dass er beobachtet wird. Wahrscheinlich fürchtet er, dass irgendwo im Bad eine Kamera angebracht ist. Der Wasserdampf und das Rauschen der Dusche sollen ihn schützen."

Der Mann beugte sich vor. Seine Stimme war nur ein leises Flüstern.

Erst als Jamiro nachfragte, fiel Mirja auf, dass er Deutsch sprach. Leise übersetzte sie.

„Ich kann mich an jedes noch so kleine Detail erinnern." *Das Gesicht rückte näher an die kleine Kamera heran.* „Ich rieche den Geruch des Dschungels, durch den der scharfe Duft von Terpentin dringt. Damit halten die Bediensteten die Terrassenfliesen sauber und glänzend. Der Ventilator im Haus dreht sich quietschend. Es klingt, als würde ein Vogel das immer gleiche Lied zwitschern. Die dicke Malu schimpft in ihrem skurrilen Portuñol vor sich hin, während sie versucht, deutschen Streuselkuchen zu backen.*

Ich lehne mich an die Terrassentür und lasse meinen Blick schweifen. Und dann sehe ich, wie sie den schmalen Pfad heraufkommt, der von der Straße auf das Haus zuführt. Sie trägt ein langes helles Kleid und einen breitkrempigen Sonnenhut aus Stroh. Ihre Augen blicken suchend. Als sie mich entdeckt, breitet sich ein Lächeln auf ihrem Gesicht aus. Sie hebt die Hand und winkt mir zu. Ich weiß, dass ich sie lieben sollte." Ein gequälter Ausdruck huschte über das Gesicht des Mannes. „Es fühlt sich unglaublich echt an. Ich sehe es, spüre es, rieche diese Erinnerung. Und doch weiß ich – es ist unmöglich, vollkommen unmöglich." *Er brach ab. Sein Blick flackerte.* „Denn wäre es real, wäre ich nicht mehr ich. Dann wäre ich ER."

Der junge Mann bewegte sich, ging hinüber zu einer altmodisch gefliesten Wand. Er war nackt. Seine Brust hob und senkte sich schnell. Die von Feuchtigkeit geschwängerte heiße Luft musste unerträglich sein. Langsam ließ er sich mit dem Rücken zur Wand zu Boden gleiten. „Manchmal denke ich, dass es besser so wäre." *Sein Blick glitt über die Kamera hinweg ins Leere.* „Ich habe doch stets das Vergessen gesucht, habe den Ort meiner Geburt weit hinter mir gelassen, habe mich in Alkohol fast ertränkt – alles, um zu vergessen." *Ein bitteres Lächeln huschte über seine Züge.* „Wäre es *nicht viel besser, ER zu sein? Wäre mein Leben dann nicht viel glücklicher?"*

Wieder schloss er die Augen. Er lehnte seinen Kopf an die tropfnassen Fliesen.

Mirja starrte auf den Bildschirm. Es waren ihre eigenen Fragen, die sich dort in den Worten des Mannes widerspiegelten. Und als er den Kopf hob und erneut in die Kamera sah, war ihr, als würde er direkt sie ansprechen.

„*Wahrheit ist etwas rein Subjektives – wir haben diesen Satz so oft gehört, dass wir uns daran gewöhnt haben. Doch wenn Wahrheit nicht mehr objektiv ist, wenn es so etwas wie „meine" und „deine" Wahrheit gibt, dann wird der Begriff „Wahrheit" inhaltsleer, dann sage ich Dinge nicht mehr, weil sie wahr sind, sondern weil sie meinen Interessen entsprechen oder mir hilfreich erscheinen. Der Verlust, der damit einhergeht, ist schrecklicher, als wir uns auszumalen vermögen. Wir glauben alles zu durchschauen und sehen nichts mehr. Denn ein Gemälde ist mehr als nur eine Ansammlung von Farbpigmenten, eine Sinfonie ist mehr als eine bloße Anhäufung von Geräuschen und das Selbst eines Menschen ist mehr als die Verknüpfungen seiner Synapsen. Die schlichte Wahrheit ist: Ich bin nicht ER, und ich werde es auch niemals sein. Und die Wahrheit ist, dass ich mich in all meinem Streben nach Vergessen niemals nach Vernichtung gesehnt habe, sondern nach Erlösung."*

Er stand schwankend auf. „Ich kann meinen wahren Namen nicht mehr denken, ohne dass unerträgliche Schmerzen mich in die Knie zwingen. Ich kann mich nicht mehr an die Stimme meiner Mutter erinnern, und das Gesicht meines besten Freundes ist nur noch ein konturloser Fleck in meiner Erinnerung. Aber ich werde nicht zulassen, dass sie mir alles nehmen, was ich bin."

Er hob die Kamera an sein schweißnasses Gesicht. Nun schien er seine unsichtbaren Zuhörer direkt anzublicken: „Ich weiß nicht, wer du bist. Wenn du zu ihnen gehörst, dann habe ich verloren. Aber wenn du ihnen Widerstand leistest, dann kann dies hier zu einer Waffe in deiner Hand werden. Nutze sie gut! Aber wenn du mit der ganzen Sache nichts zu tun hast, dann muss ich dich warnen: Jeder, den ich um Hilfe bat, verlor sein Leben. Vor wenigen Tagen habe ich zufällig erfahren, dass sie wegen meiner mangelnden Kooperation ein Backup von IHM geschaffen haben. Falls es mit mir nicht funktioniert, wollen sie eine Betaversion in der Hinterhand haben." Er atmete tief ein und wieder aus. „Ich will nicht, dass noch jemand leiden muss. Also, wer immer du auch bist: Vielleicht ist es besser, du nimmst die Beine in die Hand und fliehst. Woher sollst du auch wissen, ob es wahr ist, was ich gesagt habe? Vielleicht ist alles nur das Gerede eines Irren. Ich selbst fürchte manchmal, dass es so ist. Also, wenn du aussteigen willst, dann vergiss alles, was du soeben gesehen und gehört hast."

Die Aufnahme stoppte. Ein Pausensymbol erschien über dem Standbild.

Mirja blickte zu Jamiro. „Hast du es angehalten?"

Der junge Brasilianer war blass geworden. Er schüttelte den Kopf.

„Vielleicht solltest du auf ihn hören", gab Mirja zu bedenken. „Du musst dir das nicht ansehen."

Jamiro seufzte. „Natürlich muss ich das." Er drückte eine Taste, und das Video lief weiter.

„Du hast dich also entschieden, mir zu glauben?" Der Mann lächelte in die Kamera. „Jedes System, und sei es noch so perfide und gut durchdacht, hat einen Schwachpunkt. Und auch hier ist es nicht anders. Wenn du und ich zusammenarbeiten, können wir sie zu Fall bringen." Er beugte sich vor, sprach rascher und eindringlicher: „Sie können nicht alles manipulieren, das wäre viel zu komplex. Ein Involucrum ist nur brauchbar, wenn es funktionsfähig ist. Das Geheimnis liegt im Metencephalon verborgen."

Das Video endete, und der Bildschirm wurde schwarz. Kurz darauf liefen erneut Programmzeilen über ein neu geöffnetes Fenster.

Die Warnung des jungen Mannes berührte sie. Hatte sie sich jemals solche Gedanken gemacht? Julian war tot – weil er ihr geholfen hatte. Welches Recht hatte sie gehabt, ihn in diese Sache mit hineinzuziehen? Und hatte sie ihn in gewisser Weise nicht auch benutzt? Hatte jener Kuss am Flughafen ihm möglicherweise mehr bedeutet als ihr? Diese Fragen bohrten sich in ihr Gewissen und ließen sie nicht mehr los. Um sich selbst zu retten, hatte sie anderen den Tod gebracht. Glaubte sie wirklich, dass sie all diese Opfer wert war? Julian, Manuel, Pit, in gewisser Weise sogar Maik – sie alle hatten ihr geholfen und mit dem Leben dafür bezahlt. Mit welchem Recht zog sie nun auch noch Raven in diese Sache hinein? Ausgerechnet Raven! Warum hatte sie denn damals den Kontakt zu ihm gemieden und Julians Nähe gesucht? Doch nicht deshalb, weil der ältere Bruder ihr mehr bedeutet hätte. Nein, sie hatte damals gespürt, dass Raven ein besonderer Mensch war. Jemand, zu dem sie mit ihrem kaputten Leben niemals passen würde.

Hör auf damit!, befahl sie sich selbst. *Du kannst nicht die Verantwortung für all diese Leben übernehmen. Du hast niemanden gezwungen, dir zu helfen, und erst recht hast du niemanden ermordet!*

Sie klangen wahr, diese Worte, und dennoch waren sie nicht die ganze Wahrheit.

Niemand ist ohne Schuld. Mirja konnte nicht erklären, woher dieser Gedanke plötzlich kam. War er in den Erinnerungen der Anderen verborgen gewesen? Mirja lauschte in sich hinein. Vage sah sie ein lächelndes, runzliges Gesicht vor sich. *Jeder von uns wird schuldig. Und wir werden diese Schuld nicht los, indem wir irgendwelche Ausflüchte machen oder „gute" Gründe dafür vorschieben. Und wir werden auch nicht frei, indem wir unser Herz verhärten, bis wir sie gar nicht mehr spüren. Wir werden sie nur los, indem wir sie abgeben. Ohne Vergebung ist niemand von uns frei.*

„Was bedeutet das?"

Jamiros Stimme riss sie abrupt aus ihren Gedanken. „Was?"

„Ich meine, was bedeuten diese letzten Worte? Was ist ein Involucrum? Und was hat es mit diesem Geheimnis des Metencephalons auf sich?"

„Entschuldige, ich war in Gedanken." Mirja vergegenwärtigte sich die letzten Sätze des Mannes. „Involucrum ist lateinisch und bedeutet

‚Hülle'", erwiderte sie schließlich. „Was auch immer damit gemeint ist. Wenn ich mich recht erinnere, sprach er nicht vom Geheimnis des Metencephalons, sondern er sagte, das Geheimnis läge *im* Metencephalon."

„Mag schon sein. Aber was ist das?"

„Das Kleinhirn", erwiderte Mirja, offenbar konnte sie sich tatsächlich noch an einige Fachbegriffe aus ihrem angefangenen Medizinstudium erinnern.

„Ein Geheimnis im Kleinhirn?"

Sie zuckte die Achseln.

Der Bildschirm flackerte, und ein drittes Video begann zu laufen.

Dieses Mal filmte das Handy von einem Sofa aus. Die grell gemusterten Kissenbezüge, die am Rande des Bildschirms sichtbar waren, kündeten vom Geschmack der 1970er-Jahre. Auch der Rest des Raumes war entsprechend eingerichtet. Der junge Mann in der weiten Schlagcordhose war das Spiegelbild von Maik.

Alpha, ging es Mirja durch den Kopf. So hatte Maik ihn genannt. Dieser Mann dort musste 1α sein. Sie schluckte.

Nichts deutete darauf hin, dass der Mann davon Kenntnis hatte, dass er gefilmt wurde. Er schlenderte durch das Zimmer, warf hin und wieder einen Blick in ein dickes enzyklopädisches Werk auf dem Schreibtisch, machte sich rasch ein paar Notizen, um dann wieder leise murmelnd auf und ab zu laufen. Dabei spielte er nachlässig mit einem Tennisball, den er in unstetem Rhythmus auf den Boden prallen ließ.

„Was macht der da?", fragte Jamiro.

Mirja kniff die Augen zusammen. Auf dem Schreibtisch erkannte sie eine alte Ausgabe des Pschyrembel, der Klassiker unter den klinischen Wörterbüchern. „Er sieht so aus wie ein junger Arzt, der sich auf seine Promotion vorbereitet", meinte sie.

„Aber warum filmt der das?"

„Wir müssen davon ausgehen, dass er das Handy jenes Mannes benutzt, der heimlich in das Forschungslabor eingedrungen ist. Alles andere ist extrem unwahrscheinlich. Das bedeutet aber, dass er die PIN nicht kennt, sodass er das Handy zwischendurch nicht ausschalten kann. Ein Ladegerät hat er natürlich auch nicht. Ihm bleibt also nicht viel Zeit. Ich bin mir sicher, dass er jede Nutzung der Kamera sehr genau geplant hat –"

„Sofern er noch einigermaßen bei Verstand ist", warf Jamiro ein.

Plötzlich beendete der junge Mann auf dem Bildschirm sein müßiges Hin-und-her-Laufen. Den Tennisball ein letztes Mal auf den Boden werfend, schlenderte er zum Sofa. Bevor er sich setzte, hob er die linke Hand mit dem Ball. Scheinbar zufällig näherte sich diese Hand der Kamera. Zwei Finger lösten sich vom Ball, und dann wurde der Bildschirm schwarz.

„Okay", sagte Jamiro gedehnt. „Was will er uns damit sagen?"

„Ich glaube, alle Aufnahmen stehen in einem direkten Zusammenhang miteinander", erwiderte Mirja. „Du hast ja selbst gesagt, dass sie in einer ganz bestimmten Reihenfolge gekoppelt sind. Die Lösung des Rätsels steckt also irgendwo in der zweiten Videoaufnahme." Nachdenklich zwirbelte Mirja an ihren Haarspitzen. „‚Das Geheimnis liegt im Metencephalon verborgen.'" Sie hatte das Gefühl, der Lösung dieses Rätsels ganz nah zu sein.

In diesem Moment klopfte es an der Tür. Schwester Luciana steckte den Kopf herein. „Wir müssen aufbrechen. Er landet in zwei Stunden, und wir haben noch viel zu tun."

Kapitel 43

São Paulo, Mai 2024

Raven reizte mit dem Finger das Gaumenzäpfchen. Sein Magen zog sich krampfartig zusammen, und er erbrach sich in die Toilettenschüssel. Ein saurer Geruch stieg ihm in die Nase. *Bitte lass es nicht zu spät sein!*

Schwer atmend hielt er sich an der Toilettenschüssel fest. Kurz nachdem er den mit Medikamenten versetzten Saft getrunken hatte, hatte er sich ein Glas Milch bestellt. Bodahn hatte keinen Verdacht geschöpft. Eine halbe Stunde hatte er an seinem Platz ausgeharrt. Dann war er zur Toilette gegangen. Bodahn hatte ihm einen prüfenden Blick zugeworfen, aber keine Anstalten gemacht, ihn aufzuhalten.

Noch einmal versuchte Raven, den letzten Rest Mageninhalt aus sich herauszupressen. Aber es kamen nur noch ein paar schaumige Tropfen.

Sein angeblicher Leibwächter war in Wahrheit der Mörder seines Bruders. Ravens Hände zitterten, als er nach dem Toilettenpapier griff, um sich den Mund abzuwischen. Und wer war dann sein angeblicher Therapeut? Raven hatte niemals einen anderen Klienten in der Praxis gesehen. Er zog sein Smartphone aus der Tasche, loggte sich in das freie WLAN des Fliegers ein und googelte Dr. Hain. Die Praxis existierte offiziell. Sie hatte zwar keine eigene Webseite, wurde aber auf verschiedenen Arztportalen aufgeführt. Die letzten Eintragungen waren allerdings über zwei Jahre alt. Einem plötzlichen Impuls folgend, wechselte er auf die Bildersuche. Innerhalb von Sekunden spuckte die Suchmaschine Hunderte von Fotos aus. Das Gesicht des Mannes, den er kannte, tauchte nicht unter den ersten Bildern auf. Er scrollte nach unten. Schließlich fand er ein Bild, auf dem Dr. Hain mit mehreren anderen Männern abgebildet war. Es war schon einige Jahre alt. Raven klickte es an. Ja, es war unzweifelhaft der Mann, den er kannte, auch wenn er auf diesem Foto noch deutlich mehr Haare hatte. Also war er doch kein Phantom. Ravens Blick fiel auf die Bildunterschrift. Jahreskongress Psychotherapie. Experten im Gespräch (von links nach rechts): Dr. Martin Hain (†), Dr. Peter Walter und Dr. Michael Krüger. Ravens Hände begannen zu zittern. Noch einmal las er die Namen in der richtigen Reihenfolge. Der Mann, der hier als Dr. Hain bezeichnet wurde, war ein untersetzter, schmerbäuchiger Kerl mit dichten Locken. Und der hagere Glatzkopf, der ihn über Monate therapiert hatte, war in Wahrheit Dr. Krüger. Der echte Dr. Hain lebte gar nicht mehr. Er stöhnte auf.

Es klopfte an der Tür. „Mister? Ist alles in Ordnung?", drang die Stimme der Stewardess gedämpft an seine Ohren.

Raven stopfte das Smartphone zurück in seine Hosentasche. Seine Knie zitterten. Er ging zum Waschbecken und hielt sein Gesicht unter den kühlen Wasserstrahl.

„Bitte beeilen Sie sich. Wir befinden uns im Landeanflug. Sie müssen zurück auf Ihren Platz!"

Raven richtete sich auf und starrte in das bleiche Gesicht, das ihm aus dem Spiegel entgegenblickte. Seine Pupillen schienen ihm unnatürlich weit. Wie schwarze Löcher, die sich tief in ihn hinein, bis in sein Gehirn fraßen. Er wusste, dass das Medikament zumindest teilweise bereits in seine Blutbahn gelangt war und seine Wirkung tat. Das Vibrieren des Flugzeugs, der anschwellende Lärm der Motoren, das mahnende Klopfen der Stewardess – all dies nahm einen bedrohlichen Charakter an. Ravens Hände umklammerten den Waschbeckenrand. *Alles war Lüge, alles!* Wut, Angst und Verzweiflung brachen sich in einem unartikulierten Schrei Bahn.

„Mister?", erklang die nervöse Stimme der jungen Frau.

Ravens Herz pochte. Das Gesicht, das ihm aus dem Spiegel entgegenblickte, war nicht mehr sein eigenes. Es war Julian, der ihn dort mit toten, glasigen Augen anstarrte. Blut rann aus seinen Mundwinkeln und triefte von seinem Kinn, immer mehr Blut.

„Nein!" *Sie haben das in dich hineingepflanzt! Es sind ihre Bilder!*
„Hau ab!", schrie er das Totengesicht an. „Verschwinde!"

„Beruhigen Sie sich!", drang die ängstliche Stimme der jungen Stewardess durch die Tür.

Raven biss die Zähne zusammen, bis es schmerzte. *Sie benutzen Julian! Erst haben sie ihn ermordet, und jetzt benutzen sie ihn, um mich zu kontrollieren.*

Weitere schreckliche Bilder jagten wie heulende Gespenster durch sein Gehirn.

Raven konzentrierte sich auf seine Wut. *Du bist nur eine Schachfigur. Sie haben ein Werkzeug aus dir gemacht.* Er schrie seinen Zorn hinaus.

„Hören Sie, Mister, wir machen jetzt die Tür auf", meldete sich die zitternde Stimme der Stewardess. Ein metallisches Klappern erklang. Offenbar versuchte jemand, mit einem Werkzeug das Türschloss zu öffnen.

Raven atmete tief durch. Heiße Wut allein würde ihm nicht weiterhelfen. *War irgendetwas von dem, was er in den letzten Monaten erlebt hatte, echt gewesen? Gab es überhaupt noch jemanden, dem er vertrauen konnte?* Leelas Worte fielen ihm ein. *Vertraue niemandem!* Es klang nach einem guten Rat. Aber er durfte nicht vergessen, dass er auch diesem Rat misstrauen sollte.

„Sie brauchen keine Angst zu haben. Wir helfen Ihnen!", sagte die Stewardess. Der Türriegel bewegte sich.

Raven spritzte sich Wasser ins Gesicht. *Denk nach!*, befahl er sich selbst. *Denk nach!*

Es klackte, als der Türriegel zurückschnappte. „Wir öffnen jetzt die Tür!", sagte die Stewardess, und es klang, als würde sie sich selbst Mut zusprechen.

„Okay!", krächzte Raven. Er wunderte sich selbst, wie heiser seine Stimme klang.

Die Tür ging auf, und die junge Frau lugte herein. Hinter ihr stand ein schmächtiger Steward. Seine Finger umklammerten die Zange in seiner Hand wie eine Waffe.

Raven versuchte zu lächeln.

„Sie müssen sich auf Ihren Platz setzen", befahl der schlanke Mann mit einer Stimme, die vor Nervosität zitterte.

Ravens Herz klopfte. Unwillkürlich hatte er die Hände zu Fäusten geballt. Er zwang sich, in die ängstlichen Gesichter der Flugbegleiter zu blicken. Langsam öffnete er die Fäuste und nickte. „Tut mir leid. Ich hatte eine Panikattacke."

Die Stewardess entspannte sich sichtlich. „Flugangst?"

Nach kurzem Zögern nickte er.

Sie lächelte erleichtert. „Ich begleite Sie zu Ihrem Platz."

Bodahn blickte auf, als Raven sich setzte. „Alles in Ordnung mit Ihnen?", fragte er, scheinbar besorgt.

Am liebsten hätte Raven ihm die Faust ins Gesicht geschlagen. Stattdessen nickte er knapp und nestelte an seinem Sicherheitsgurt. Die Stewardess half ihm.

„Ich kümmere mich um ihn", sagte Bodahn. „Setzen Sie sich ruhig."

Die junge Frau drückte Raven die Schulter. „Sie schaffen das. In einer halben Stunde ist alles gut." Die Stewardess begab sich auf ihren Sitz im vorderen Teil des Flugzeugs.

„Die junge Dame hat recht, Raven." Bodahn lächelte. „In einer halben Stunde haben Sie die ganze Aufregung vergessen." Der Riese beugte sich vor und flüsterte: „Entspannen Sie sich. Ich bin bei Ihnen, jederzeit! Das verspreche ich Ihnen. Denken Sie daran – Mirja braucht Sie!"

Raven umklammerte die Armlehnen und starrte schweigend auf die Rückenlehne seines Vordermannes. Er zwang sich, weiter in seine neuen Erinnerungen einzutauchen. Wie ein Mann, der eine versiegelte Tür aufbricht und das schmale Licht seiner Taschenlampe in einen längst vergessenen Saal scheinen lässt, erhaschte er hier und da einen Blick auf etwas, das nur langsam Formen annehmen wollte. Der Mörder seines

Bruders. Der eintreffende Rettungswagen und die Polizisten, die ihn auf dem Parkdeck gefunden hatten. Neugierige Passanten, die mit ihren Smartphones den grausam zugerichteten Körper seines Bruders gefilmt hatten. Dann blitzten auch erste Gesichter aus der Zeit danach auf. Und ein Wort, genauer gesagt ein Name: *Brockmann, Eberhard Brockmann*. Aber woher kannte er diesen Namen? Ein Polizist hatte ihn erwähnt. Ein etwas undeutliches Bild des Beamten tauchte vor seinem inneren Auge auf. Nur die mit reichlich Leibesfülle ausgepolsterte Uniform und ein freundlicher Bass waren Raven in Erinnerung geblieben. „Tut mir leid, mein Junge. Herr Brockmann kann nicht kommen. Er hatte einen Unfall."

In diesem Moment fiel es Raven wieder ein: Brockmann war sein Pflichtverteidiger gewesen! Aber am ersten Verhandlungstag war er einfach nicht aufgetaucht. Eine Kollegin war eingesprungen. Eine hagere blonde Frau, deren Fingerkuppen nikotingelb verfärbt waren und deren Atem nach kalter Asche roch. An ihren Namen erinnerte er sich nicht mehr. Aber er wusste noch, was sie ihm nach dem ersten Verhandlungstag gesagt hatte: „Tut mir leid, wenn ich Ihnen das so deutlich sagen muss, Herr Adam. Aber in Ihrer jetzigen Verfassung werden Sie die Verhandlung nicht durchstehen. Sie müssen in eine Klinik."

Raven erinnerte sich an ihr Lächeln. Ihre überraschend weißen Zähne mussten sie eine Menge Geld gekostet haben. „Mein Schwager ist Arzt. Wenn Sie möchten, kann ich Ihnen einen Platz in der besten Privatklinik Berlins verschaffen …"

Das war von Anfang an ihr Plan gewesen! In der Morgenthau-Klinik hatten sie ihm mithilfe von Drogen und Elektroschocks die Erinnerungen geraubt. Ganz gezielt hatten sie eine Angststörung bei ihm ausgelöst. Erst jetzt fiel ihm auf, dass er seine Medikamente immer von dem angeblichen Dr. Hain persönlich erhalten hatte und nicht über eine Apotheke. Wer konnte schon sagen, was er da monatelang geschluckt hatte?

Warum dieser ganze Aufwand?, schoss ihm durch den Kopf. Warum hatten sie ihn nicht einfach getötet, so wie Julian?

Was hatte Bodahn eben gesagt? *Mirja braucht Sie!* Raven biss sich auf die Lippen. Mit einem Mal war alles klar. Es ging ihnen einzig und allein um Mirja, und er war der Köder! Das Video, das Mirjas Ausbruch gezeigt hatte – es war kurz vor Julians Ermordung aufgenommen worden. Wieder kam die Erinnerung hoch: Bodahns Gesicht dicht vor ihm. Er hatte auf eine Stimme in seinem Ohrknopf gelauscht und dann genickt. „Habe verstanden. Abbruch." Er hatte Raven zugezwinkert. „Heute ist dein Glückstag, Junge."

Das musste der Zeitpunkt gewesen sein, in dem die Häscher Mirja aus den Augen verloren hatten. Raven lebte nur deshalb, weil Mirja entkommen war!

Sie hatten ihn am Leben gelassen, damit er ihnen half, Mirja wieder einzufangen, wenn alle anderen Versuche gescheitert waren. Das Paket aus der Asservatenkammer, die verschwundenen Fotos, die Leiche von Captain Kraut – die anderen hatten die Spuren bewusst gelegt. Er sollte sich auf die Suche machen, sollte die von Julian versteckten Hinweise finden, und vor allem sollte er Mirja finden.

Raven schluckte trocken. Und Leela? War es wirklich Zufall, dass sie da gewesen war, als er in den Computerklub eingedrungen war? Konnte er wirklich glauben, dass sie ihm nur deshalb geholfen hatte, weil sie eine alte Freundin von Captain Kraut war? Er erinnerte sich an ihr seltsam ambivalentes Verhalten. Einerseits hatte sie versucht, ihn zu verführen, andererseits hatte sie erleichtert gewirkt, als er sie abgewiesen hatte. *Traue niemandem!* Warum hatte sie das geschrieben? Vielleicht, weil sie nicht ganz so skrupellos war wie ihre Auftraggeber? Vielleicht, weil das der einzige Moment gewesen war, in dem sie ihm wirklich die Wahrheit gesagt hatte?

Raven spürte erneut Übelkeit in sich aufsteigen. Dr. Hain, Leela, Bodahn – sie alle hatten ein perfides Spiel mit ihm gespielt. Und Eleonore von Hovhede? Auf welcher Seite stand sie? War sie Täter oder Opfer? Oder keines von beidem?

Das Flugzeug sank tiefer. Aus den Augenwinkeln konnte Raven

bereits die Häuserschluchten von São Paulo erkennen. Er brauchte dringend einen Plan.

Nach der Landung applaudierten die Touristen. Die Geschäftsleute blickten genervt, und das Bordpersonal freute sich auf seinen freien Tag in dieser riesigen Stadt. Raven erhob sich, als ein Großteil der Fluggäste bereits ausgestiegen war.

Die Stewardess verabschiedete Raven mit einem Händedruck. „Ich wünsche Ihnen noch einen schönen Aufenthalt."

Raven nickte.

Als sie auf die Gangway traten, spürte er Bodahns schwere Hand auf seiner Schulter, die Hand eines Mörders. Raven musste sich zusammenreißen, um sich seine Abscheu nicht anmerken zu lassen. Mit steifen Schritten hielt er auf den Ausgang zu, den Blick starr geradeaus gerichtet. Dabei hielt er sich so weit wie möglich in der Mitte. Das Medikament zeigte trotz seiner Gegenmaßnahmen Wirkung. Seine Gedanken arbeiteten fieberhaft.

Als sie ihre Koffer erhalten hatten und im Einkaufsbereich des Flughafens ankamen, fand er, was er suchte. Drogaria stand auf dem blauroten Plakat über dem Geschäft. Raven hielt darauf zu.

„Stopp!" Bodahns Pranke umfasste seinen Arm. „Das ist die falsche Richtung."

„Ich habe Magenkrämpfe", sagte Raven.

„Das vergeht schon wieder."

Er wollte Raven weiterschieben, doch dieser blieb stehen. „Ich brauche dringend ‚Maaloxan', sonst kotze ich hier gleich alles voll."

Der stämmige Ukrainer blickte auf ihn hinab. Kurz blitzte Kälte in seinen Augen auf. Offenbar hatte er es satt, den freundlichen Helfer zu spielen. Doch dann zuckte er die Achseln. „Ich verstehe. Gehen wir."

Natürlich begleitete der Riese ihn. Raven hatte auch nichts anderes erwartet. Maaloxan war nicht vorrätig. Raven kaufte ein anderes Mittel und achtete darauf, dass die Tabletten in einer Flasche verkauft wurden und nicht in einem Blister. Draußen steckte Raven gleich eine davon in den Mund und ließ die Flasche in seiner rechten Hosentasche verschwinden.

Vor dem Flughafengebäude winkte Bodahn ein Taxi herbei. Ihr Hotel war nur eine halbe Stunde entfernt, und Raven wusste, dass er nicht mehr viel Zeit hatte, seinem Bewacher zu entkommen. Nachdenklich betrachtete er durch die getönte Fensterscheibe das Gewimmel der fremden Stadt. Was konnte er nur tun, um Mirjas Sicherheit nicht zu gefährden?

Der Hubschrauber stand auf dem Dach eines Hotels.

Konzentriert ließ sie ihren Blick über die Bildschirme gleiten, die der Guyaner im Inneren des MH-53 aufgebaut hatte. Der Treffpunkt, den die entlaufene Versuchsperson ausgewählt hatte, war extrem unübersichtlich. Gerade fand ein Markt statt. Alles war voller Menschen. Elisabeth Stone hatte zwei Kameras installieren lassen – eine im Norden direkt an der Autobahnbrücke, eine zweite an einem Sendemast südlich des Marktes. Wenn man dann noch die angezapften Sicherheitskameras eines heruntergekommenen Casinos und die eines Elektrohändlers hinzurechnete, hatten sie einen akzeptablen Überblick. Ergänzt wurde dies durch hochauflösende Bilder einer Satellitenkamera und die Aufnahmen der Drohne, die weit oben über dem Markt ihre Kreise zog.

Es war unmöglich, alle Menschen auf den Bildschirmen zu kontrollieren, geschweige denn, sie im Blick zu behalten. Aber das war auch nicht nötig. Sie mussten nur auf die Muster achten. Denn in all diesem Gewusel gab es einen Fixpunkt – ihren Köder.

Raven Adam, der Lockvogel, war vor drei Minuten eingetroffen. Er lief nervös an einem Brunnen auf und ab, während sein vermeintlicher Leibwächter entspannt auf dem Brunnenrand hockte und seinen Blick scheinbar müßig über die Umgebung schweifen ließ. Elisabeth Stone kannte Bodahn – er war ein ehemaliger Elitesoldat, der jetzt als

Auftragskiller sein Geld verdiente. Der Mann war gut, fast so gut wie sie selbst.

Wer immer sich dem Jungen nähern wollte, er würde dabei eines von einer Vielzahl möglicher Muster verfolgen. Der Guyaner, ihr Computerexperte, hatte eine Software entwickelt, die solche Muster erkennen konnte. Sie filterte aus allen Bewegungen diejenigen heraus, die sich direkt oder über Umwege dem Lockvogel näherten. Das Involucrum konnte nicht unentdeckt bleiben.

Aber Elisabeth Stone wollte sich nicht nur auf die Technik verlassen. Ihre Intuition war eines ihrer wichtigsten Werkzeuge. Sie beobachtete die Bewegungen auf den Bildschirmen. Nach und nach filterte sich ein Kreis von Verdächtigen heraus.

„Okay", meldete sich der Guyaner zu Wort. „Wir haben vier potenzielle Zielpersonen ausfindig gemacht. Der Hutträger …" Er wies mit der Maus auf eine schlanke Gestalt, deren Gesicht von einem breitkrempigen Strohhut verdeckt wurde. Mit dem Cursor umkreiste er den Mann und markierte den Hutträger so mit einem roten Punkt, der sich nun über den Markt bewegte.

„Das ist ein Mann", brummte der Amerikaner, „der fällt weg."

„Wir müssen davon ausgehen, dass sie sich verkleidet hat."

„Nummer zwei", sagte der Guyaner und umkreiste eine beleibte Frau in einem farbenfrohen Kleid.

„Du glaubst doch nicht ernsthaft, dass sie einen Fatsuit trägt", schnaubte der Amerikaner.

Der Guyaner zuckte die Achseln. „Hier wären Nummer drei", eine blonde Frau mit Sonnenbrille wurde umkreist, „und Nummer vier." Er markierte einen dünnen Teenager mit Basecap. Es war schwer zu erkennen, ob es sich dabei um eine männliche oder weibliche Person handelte.

Das waren auch die Personen, die Elisabeth Stone ausfindig gemacht hatte, aber darüber hinaus gab es noch jemanden. Sie bedachte den Guyaner mit einem schmallippigen Lächeln. „Deine Software hat jemanden übersehen."

Er runzelte die Stirn. Dass sie seine Arbeit kritisierte, gefiel ihm nicht, aber er wusste auch, dass es nicht klug wäre zu widersprechen.

Elisabeth Stone wies mit dem Finger auf den Bildschirm. „Markiere diese Person."

„Die alte Nonne?", entfuhr es dem Amerikaner.

„Aber sie hat sich kaum vom Fleck bewegt", begehrte der Guyaner auf.

„Tu, was ich sage!"

Der Mann gehorchte.

Gebannt beobachteten die Männer das Geschehen. Die fettleibige Frau bewegte sich langsam, aber stetig, auf den Brunnen zu. Bald war sie nur noch zehn Schritte entfernt.

„Sollen wir zugreifen?", fragte der Brasilianer.

Elisabeth Stone schüttelte den Kopf.

Die Frau blieb stehen, wühlte in ihrer Handtasche. Schließlich fischte sie einen kleinen Zettel heraus.

„Jetzt?"

„Nein."

Und schon im nächsten Moment machte die Frau kehrt und ging zu einem der Marktstände, um Fisch zu kaufen.

Der Amerikaner stöhnte. „Warum hat sie die Richtung geändert? Irgendetwas stimmt da nicht."

Elisabeth Stone zog ihr Handy aus der Hosentasche und wählte eine Nummer.

Gleich darauf konnte man auf einem der Bildschirme sehen, wie der riesenhafte Auftragskiller in die Innentasche seiner Jacke griff und sein Handy herauszog.

„Du bist zu dicht dran. Verschwinde."

Der Mann lächelte. „Wie schön, deine liebliche Stimme zu hören, Miss Stone. Dein Wunsch ist mir Befehl."

Der Mann legte auf. Dann sagte er etwas zu dem Lockvogel und entfernte sich vom Brunnen.

„Die Dicke und die blonde Frau haben den Markt verlassen", meldete sich der Guyaner zu Wort. „Bleiben noch der Teenager, der Hutträger und die alte Ordensschwester."

„Keine Sorge, ich bin immer in Ihrer Nähe", raunte Bodahn ihm zu.

Als Raven sich ein paar Sekunden später umwandte, war der hochgewachsene Ukrainer verschwunden. Aber er zweifelte nicht daran, dass der Mann die Wahrheit gesagt hatte.

Unruhig lief er auf und ab. Er spürte die vertraute Angst wie einen lauernden Panther in seinem Inneren, bereit, beim kleinsten Anlass hervorzuspringen und ihn im Genick zu packen. Aber wenigstens hatten seine Gegenmaßnahmen dafür gesorgt, dass der Wirkstoff nur in abgeschwächter Form durch seine Adern floss. Er hatte damals die Packungsbeilage der Medikamente gelesen, die Dr. Hain ihm verschrieben hatte. Da er davon ausging, dass Bodahn ihm genau diese untergeschoben hatte, wusste er, dass die Tabletten nicht mit Milch eingenommen werden durften. Deshalb hoffte er, dass zumindest diese Wechselwirkungen korrekt beschrieben gewesen waren.

Raven zwang sich, ruhig ein- und auszuatmen. In dieser Situation war Angst ohnehin nicht zu vermeiden. Alles, was er tun konnte, war, sie sich zunutze zu machen.

Er ließ seinen Blick über den Platz schweifen – allerdings nicht, um Mirja ausfindig zu machen. Sie würde ihn finden, nicht umgekehrt. Stattdessen versuchte er herauszufinden, wo sich seine Bewacher versteckt hatten. Zwei Männer standen in etwa zehn Metern Entfernung an einem Stand mit gefälschten Nike-Klamotten und wühlten in den Auslagen. Doch keiner der beiden schien wirklich daran interessiert zu sein, etwas zu kaufen. Ein paar Meter vom Brunnen entfernt saß ein Mann mit einem Headset auf einer kleinen Mauer und las in einer Zeitung. Wenn Raven sich nicht täuschte, musste dieser Mann ein ausgesprochen langsamer Leser sein oder anderweitig beschäftigt. In jedem Fall hatte er bislang kein einziges Mal umgeblättert. Eine junge Frau mit auffällig muskulösen Oberarmen lungerte an einem Stand mit Lederwaren herum. Hin und wieder nahm sie eine Tasche in die Hand. Aber entweder hatte sie den Modegeschmack einer Siebzigjährigen, oder ihre Augen waren hinter der großen, dunklen Sonnenbrille auf etwas ganz anderes gerichtet. Ganz offensichtlich wussten seine Beobachter, dass er ein Amateur war und zudem noch unter Medikamenteneinfluss stand. Das machte sie offenbar nachlässig. Er hoffte nur, dass sie ihn auch in anderer Hinsicht unterschätzen würden.

Plötzlich versteifte sich die junge Frau. Raven blickte unauffällig zu dem Zeitungsleser. Er hatte eine Hand an sein Headset gehoben. Die Zeitung hatte er sinken lassen. Irgendetwas hatte seine vermeintlichen Bewacher aufgeschreckt. Er sah sich um und bemerkte, dass sich jemand mit einem breitkrempigen Hut durch die Menschenmenge auf ihn zubewegte. Er kniff die Augen zusammen. Mirja? Das Gesicht lag im Schatten. Die Person kam näher, und ihre Schritte beschleunigten sich.

Raven spürte, wie die Anspannung in ihm wuchs.

Die Männer am Bekleidungsstand wandten sich um. Einer sprach in ein Handy. Die Frau mit dem Hut hielt direkt auf ihn zu. Das musste jedem Beobachter auffallen. Eine blonde Haarsträhne lugte unter der breiten Krempe hervor.

Mirja? Er ging ihr einen Schritt entgegen.

Die muskulöse Frau verließ den Handtaschenstand.

Raven schluckte trocken. Die Frau mit dem Hut begann zu laufen. In diesem Moment gaben seine Bewacher ihre Deckung auf: Die muskulöse Frau sprintete los. Der Mann sprang von der Mauer und ließ seine Zeitung fallen. Auch die beiden Typen am Bekleidungsstand begannen zu laufen.

Raven war wie gelähmt. Die junge Frau wurde nur wenige Meter von ihm entfernt zu Boden gerissen. Der Hut flog ihr vom Kopf. Er stieß erleichtert die Luft aus – es war nicht Mirja!

Plötzlich hörte er hinter sich eine Stimme, gerade laut genug, um sie zu verstehen. „Dreh dich nicht um!" Es war die Stimme einer alten Frau. Sie sprach Deutsch mit starkem Akzent. Er spürte knochige Finger und wie ihm ein kleiner Gegenstand in die Hand gedrückt wurde. „Folge den Anweisungen!"

„Was für Anweisungen?" Nun wandte Raven sich doch um und sah in das faltige Gesicht einer alten Ordensfrau. Sie wies auf den Gegenstand in seiner Hand. Raven senkte den Blick. Es war eine Smartwatch.

Lauf!, stand auf dem Display. *Am Brunnen vorbei nach Westen.*

„Acesso!"*, hörte er einen Mann hinter sich brüllen.

Raven wandte sich um und wollte los rennen. Doch in diesem Moment umschlangen ihn von hinten kräftige Arme. „Ich sagte doch, ich bin immer in Ihrer Nähe!"

Rufe hallten an Ravens Ohr. Aus den Augenwinkeln nahm er Bewegungen war. Die alte Frau stieß einen Schmerzenslaut aus. Der linke Unterarm des Ukrainers presste sich gegen Ravens Kehle. Er bekam keine Luft mehr.

„Gib her!", befahl der Ukrainer. Jede falsche Freundlichkeit war aus seiner Stimme verschwunden. Mit der Rechten versuchte er, die Smartwatch zu packen. Raven wechselte sie hastig in die linke Hand.

„Idiot!", fauchte Bodahn. Der Druck um Ravens Kehle verstärkte sich. Schwarze Flecken tanzten vor seinen Augen, und Todesangst ergriff ihn. Er kämpfte gegen den Wunsch an, wild zappelnd um sich zu schlagen. Stattdessen griff er in die Hosentasche, holte das Fläschchen mit den Tabletten hervor und schlug es gegen den Brunnenrand. Splitternd brach der Boden ab, und die Tabletten fielen zu Boden. Raven umklammerte den Flaschenhals und rammte die scharfkantige Bruchstelle mit aller Kraft in Bodahns Oberschenkel. Der Ukrainer schrie auf. Aber er lockerte seinen Griff nicht.

Panik ergriff Raven. Er drehte das Glas in der Wunde.

---

* „Zugriff!"

Bodahn schrie erneut gellend auf. Es gelang Raven, sich loszureißen. Er stürzte zu Boden und rollte sich gerade noch rechtzeitig zur Seite, um einem Tritt des Mannes auszuweichen. Alte Reflexe wurden wach, er kam auf die Füße und blickte sich um. Der Ukrainer hielt eine Hand auf sein Bein gepresst. Blut quoll zwischen seinen Fingern hervor. Sein Gesicht war eine einzige Maske des Zorns. Raven sah, wie die Faust des Mannes vorschnellte. Hastig drehte er sich zur Seite. Die Knöchel des Mannes streiften seine Wange. Hätte er voll getroffen, wäre Raven zweifellos außer Gefecht gesetzt worden. Adrenalin schoss durch seine Adern, er sprang auf, täuschte eine Bewegung nach rechts an und wandte sich dann nach links.

Bodahn fluchte, als auch sein nächster Angriff ins Leere ging.

Raven begann zu laufen. Um ihn herum brach Chaos aus. Offenbar fand es eine ganze Reihe an Marktbesuchern überhaupt nicht komisch, dass eine Ordensfrau angegriffen und zu Boden gerissen worden war. Eine wütende Menge attackierte die Angreifer. Und als diese dann brüllten, sie wären Polizisten, verbesserte sich ihre Situation in keiner Weise. Ein Marktstand krachte zu Boden, Gemüse rollte über die staubige Straße. Einige junge Männer brachen Holzlatten aus dem morschen Stand und gingen damit auf die Angreifer los.

Im Laufen legte Raven sich die Smartwatch um das Handgelenk und ließ sie zuschnappen. Dann warf er einen Blick über die Schulter. Bodahn versuchte, ihm zu folgen, doch aufgrund seiner Verletzung humpelte er mehr als dass er rannte. Blut lief in Strömen sein rechtes Hosenbein hinunter.

Raven sprang über einen Stapel mit Obstkisten, prallte gegen einen beleibten Mann, entschuldigte sich und hetzte weiter. Als er sich erneut umblickte, sah er, dass Bodahn stehen geblieben war und etwas aus der Jackentasche zog.

Raven kämpfte sich durch die Menge. Die Angst jagte seinen Adrenalinspiegel in die Höhe. Aber neben der Furcht spürte er noch etwas anderes in sich – eine Erinnerung an die Zeit, als er die Welt mit ganz anderen Augen gesehen hatte. Er blickte hastig in alle Richtungen, schlug einen Haken nach rechts und hielt direkt auf ein Moped zu, das an einer hohen Mauer parkte. Er beschleunigte seine Schritte, wich einem Stand mit CDs aus und sprang. Mit dem rechten Fuß landete er auf dem Sattel des Mopeds. Er katapultierte sich höher. Seine Fußsohlen streiften ein-, zweimal das Mauerwerk. Auf dem Scheitelpunkt des Sprungs bekam er gerade noch die Kante der Mauer zu fassen.

„Halt!", brüllte Bodahn wütend. Seine Stimme übertönte den Lärm der Menge.

Raven zog die Beine an und stemmte die Füße gegen die Mauer. Er holte Schwung, zog sich nach oben und hockte schließlich mit beiden Füßen auf der Mauerkrone. Auf der anderen Seite befand sich ein Friedhof.

Erneut rief Bodahn ihm etwas zu.

Ravens Blick fiel nach unten. Er befand sich nun dreieinhalb Meter über dem Boden. Doch bevor seine Höhenangst erwachen konnte, vernahm er in all dem Lärm hinter sich einen Knall. Nur wenige Zentimeter neben ihm wurde ein Stück Mauerwerk weggesprengt. Ein scharfkantiger Stein zerriss seine Hose und hinterließ einen blutigen Striemen auf seinem Oberschenkel.

Raven sprang. Seine Arme ruderten in der Luft. Als seine Füße die vertrocknete Erde berührten, rollte er sich ab. Dann eilte er weiter, an den weißen Grabmälern vorbei Richtung Westen.

Das Dröhnen von Hubschrauberrotoren übertönte den Lärm des Straßenkampfes. Die Maschine sah aus wie ein Militärhubschrauber. „Stopp! Sofort stehen bleiben", hallte es in englischer Sprache aus einem blechernen Lautsprecher.

Raven beschleunigte seine Schritte und hielt auf ein rostiges Tor zu, das den Ausgang versperrte. Es war verschlossen. Das konnte nicht die Polizei sein. Woher hätten sie wissen sollen, dass er kein Wort Portugiesisch verstand? Er packte die rostigen Gitterstäbe und begann, an dem Tor emporzuklettern.

Die Maschine sank tiefer. Roter Staub wurde aufgewirbelt und peitschte Raven ins Gesicht. Die Luftwirbel rissen an seinen Haaren und an seinem T-Shirt.

„Sofort herunterkommen oder wir schießen!"

Raven kletterte über die rostigen Eisenspitzen und sprang auf der anderen Seite hinab. Er stand nun direkt vor einer dicht befahrenen Straße.

Zu seiner Überraschung folgten keine weiteren Schüsse. Entweder wollten sie ihn lebend haben, oder sie wollten nicht riskieren, dass ein Unbeteiligter getroffen wurde. Rasch warf er einen Blick auf die Smartwatch.

Über die Straße und dann nach rechts.

Die Autos fuhren so dicht auf, als wären die Stoßstangen aneinander festgebunden. Ein Blick über die Schulter verriet ihm, dass der Hubschrauber dicht über dem Boden schwebte. Eine schwarz gekleidete Gestalt sprang herab und landete im aufgewirbelten Staub. Der längliche Gegenstand auf ihrem Rücken sah aus wie ein Gewehr.

Raven nahm Anlauf, sprang auf die Motorhaube eines parkenden Cadillacs und katapultierte sich von dort aus über die rechte Fahrspur auf den Mittelstreifen. Reifen quietschten, der Gestank von Abgasen und verbranntem Gummi lag in der Luft. Er begann, gegen den Verkehrsstrom zu laufen. Autos hupten. Er sah wütende und erschrockene Gesichter hinter getönten Frontscheiben. Der Hubschrauber stieg wieder auf und folgte ihm.

Eine winzige Lücke tat sich im Strom der Fahrzeuge auf. Raven hechtete über die Straße, rollte sich auf dem Boden ab und prallte gegen eine Betonmauer. Doch schon im nächsten Augenblick war er wieder auf den Beinen. Das Adrenalin spülte jedes Schmerzempfinden fort. Er warf einen Blick auf die Uhr.

Die nächsten zwei Straßen überqueren.

Der Gestank von heißem Teer schlug ihm entgegen, als er auf die zweite Straße zurannte. Er übersprang den flachen Metallzaun, rannte an verblüfften Bauarbeitern vorbei und hinterließ zwei Fußstapfen im gerade erst planierten Asphalt.

Ein Blick über die Schulter verriet ihm, dass der Mann mit dem Gewehr Schritt hielt.

Ein Vibrieren an seinem Handgelenk ließ ihn den Blick senken. Er las die Botschaft, und ein kalter Schauer lief ihm über den Rücken. Langsam blickte er nach oben.

„Der Typ ist schnell!", entfuhr es dem Amerikaner.

Elisabeth Stone trommelte nachdenklich mit den Fingern auf die metallene Tischplatte. Sie hatte den Burschen unterschätzt. Das Dossier, das sie erhalten hatte, hatte ein gänzlich anderes Bild des jungen Mannes gezeichnet. Sie hatte ein psychisches Wrack erwartet, einen Psychopharmaka-Junkie, der kaum fähig war, eine Treppe hinaufzulaufen, ohne sich vor Angst fast in die Hose zu machen. Aber dieses vermeintliche Psychowrack hatte nicht nur einen professionellen Auftragskiller außer Gefecht gesetzt, ihm war es auch noch gelungen, dem gesamten Einsatzteam zu entkommen.

„Jetzt bleibt er stehen!", rief der Amerikaner.

Tatsächlich. Vor einem etwa zwanzig Meter hohen Parkhaus verharrte Raven. Er blickte nach oben.

„Ich sehe ihn", meldete sich eine Stimme in ihrem Headset. „Hab ihn gleich im Visier." Der Mann klang außer Atem.

„Warum tut der Kerl nichts?", fragte der Guyaner verwundert.

Elisabeth Stone lächelte. Wenn alles gut lief, setzten sich jetzt die Mechanismen durch, die man in der Klinik auf den Jungen übertragen hatte.

„Habe ich Zielfreigabe?", meldete sich die Stimme erneut.

Elisabeth Stone tippte sich nachdenklich mit dem Zeigefinger gegen die Lippen.

Kapitel 44

São Paulo, Mai 2024

Mirja starrte auf die Bildschirme der Überwachungskameras. Ihr Herz pochte. Warum war Raven stehen geblieben?

Jamiro hatte den Fluchtweg minutiös geplant. Die hohe Verbrechensrate in den Favelas hatte zur Folge, dass es in der ganzen Gegend von Überwachungskameras wimmelte. Daher hatte Jamiro schon vor einiger Zeit das System mit einem sehr effektiven Virus infiziert, der ihm die Kontrolle über die Kameras im Umkreis seiner Firma ermöglichte. Die ausgewählte Fluchtstrecke erlaubte daher eine lückenlose Überwachung. Ein halbes Dutzend Kameras sandten gleichzeitig Livebilder auf drei Bildschirme.

„Los!", flüsterte Mirja. „Du musst weg da!"

Doch Raven schien wie gelähmt zu sein.

Jamiro gab einen Befehl ein. Die Überwachungskamera der Parkhauseinfahrt zoomte auf Ravens Gesicht. Schweiß tropfte ihm von der Stirn. Seine Augen waren vor Entsetzen weit aufgerissen.

Mirja schluckte schwer. „Siehst du den Verfolger?"

Jamiro drehte die Parkhauskamera ein Stück zur Seite, und Ravens Gesicht geriet aus ihrem Blickfeld. Das Kameraauge erfasste nun parkende Autos und die mit Graffiti übersäte Betonwand des verlassenen Bürogebäudes gegenüber.

„Niemand zu sehen."

„Warte!", rief Mirja aus. „Fahr die Kamera ein Stück zurück. Siehst du das?"

Jamiro kniff die Augen zusammen. „Oh, nein!"

Mirja spürte, wie ihre Nackenhaare sich aufstellten. Der Schütze selbst war nicht zu sehen. Aber in einem Außenspiegel eines parkenden Autos spiegelte sich sein Gewehr. Der Mann zielte auf Raven.

„Tu was!", schrie Mirja.

Die Tür des Parkhausdaches fiel ins Schloss. Der Himmel war strahlend blau. Die Sonne glitzerte auf der Kuppel des Fernsehturms. Die Reflexionen bildeten die Form eines Kreuzes. Wind blies ihm ins Gesicht.

Ein plötzlicher Schmerz ließ Raven zusammenzucken und riss ihn aus seinen Erinnerungen. Er starrte auf seinen Arm. Die Smartwatch hatte ihm einen Stromschlag verpasst. Es schien ihm, als würde das Display ihn wütend anfunkeln. In großen Lettern stand dort: *AUF DEN BODEN!*

Es dauerte einen Herzschlag lang, bis Raven begriff. Gerade als er sich fallen ließ, vernahm er ein Zischen. Etwas krachte gegen die Wand und Betonsplitter spritzten umher. Jemand schoss auf ihn!

Die Smartwatch klingelte. Raven berührte das Display. Mirjas Gesicht erschien auf dem Bildschirm.

„Raven?" Ihre Augen waren angstgeweitet. „Wurdest du getroffen?"

„Nein!"

„Hör zu. Er ist direkt hinter dir. Du musst auf das Parkhaus."

Raven wandte sich um. Der schwarz gekleidete Schütze hatte sich das Gewehr über die Schulter geworfen und versuchte, die dicht befahrene Straße zu überqueren.

„Du musst mir vertrauen!", erklang Mirjas Stimme aus dem Lautsprecher der Smartwatch.

Raven nickte. „Wohin?"

„Deck D."

Raven presste die Lippen zusammen und nickte. Dann nahm er Anlauf und sprang ab. Einmal ... zweimal ... dreimal berührten seine Füße den rauen Beton. Dann bekam er die Balustrade des ersten Stockwerks zu fassen. Er zog sich hoch und sprang auf das Parkdeck. Sein

Körper bewegte sich wieder wie von selbst. Doch bevor sich ein Gefühl von Euphorie einstellen konnte, bekam er mit, dass der andere ihm folgte. Irgendetwas Hartes, wahrscheinlich der Kolben seines Gewehres, stieß wiederholt gegen die Betonmauer.

Raven begann zu laufen. Er konnte nicht erkennen, wo sich das Treppenhaus befand, und hielt stattdessen auf die Auffahrt zu. Hastig warf er einen Blick über die Schulter: Zwei Hände wurden auf der Balustrade sichtbar. Raven beschleunigte seine Schritte. Er hatte gerade das zweite Deck erreicht, als er die Tritte des anderen vernahm. Er lief weiter, spürte das Brennen in seinen Oberschenkeln, während er die steile Auffahrt hinaufjagte. Als er das dritte Parkdeck erreicht hatte, schienen die Schritte näher gekommen zu sein.

Raven spürte, wie Adrenalin durch seine Adern schoss. In weiten Sprüngen hetzte er die Auffahrt hinauf und erreichte schließlich das oberste Parkdeck.

„Raven!", klang die Stimme Mirjas aus den winzigen Lautsprechern der Smartwatch, „vertraust du mir?"

„Ja!"

„Siehst du den alten dunkelroten VW-Bus ganz am Rand?"

Raven blickte sich suchend um. Schließlich hatte er ihn entdeckt. „Ja!"

„Schnell, lauf dorthin!"

Raven hastete quer über das Parkdeck, vorbei an rostigen Autos und nackten Betonpfeilern. Als er einen kurzen Blick über die Schulter warf, konnte er bereits seinen Verfolger sehen. Dieser riss jetzt das Gewehr von der Schulter.

Er lief schneller. „Wohin jetzt?", rief er. Die Balustrade kam näher.

Im selben Moment spürte er einen Luftzug. Die Kugel prallte irgendwo ab, und der Querschläger heulte auf, ehe er die Windschutzscheibe eines Autos durchschlug.

„Spring!"

Raven spürte, wie die Angst in ihm emporschoss und sich lähmend um ihn legen wollte. Er musste seinen ganzen Willen aufbieten, um den letzten Schritt zu tun: Mit aller Kraft stieß er sich vom Boden ab, segelte mit den Füßen voran über das Geländer ins Leere.

Es war die Überwachungskamera eines Supermarktes, die Ravens Sturz filmte. Mirja sah, wie er einen Augenblick lang in der Luft zu schweben schien, ehe die Schwerkraft ihn unerbittlich nach unten zog. Mit Armen und Beinen rudernd, stürzte er ab und wurde einen Augenblick später von einem Haufen mit Altpapier gefüllter Müllsäcke aufgefangen. Sie lagen auf dem Flachdach eines angrenzenden Hauses.

Mit angehaltenem Atem wartete Mirja ab. Erst als Raven sich aufrappelte, wagte sie auszuatmen. Diesmal hatte ihn die private Überwachungskamera eines vorsichtigen Anwohners im Visier. Dicht neben ihm stob eine Staubwolke auf. Der Kerl schoss schon wieder.

„Lauf zur rechten Seite des Daches!", rief Mirja in das Smartphone, das Jamiro ihr für die Kontaktaufnahme gegeben hatte. „Da ist eine enge Gasse. Du kannst dort hinabklettern, so wie du es mir damals gezeigt hast!"

Im Zickzack hastete Raven weiter und verschwand über den Rand des Flachdaches. Jamiro wechselte die Kameraperspektive. Nervös kaute er an der Unterlippe.

Von der Kamera eines jenseits der Gasse liegenden Schnellimbisses aus sah Mirja einen dunklen Schatten spinnenähnlich zwischen den dicht beieinanderliegenden Hausmauern hinab in die Gasse klettern.

Der Verfolger war inzwischen ebenfalls gesprungen und hatte die Dachkante fast erreicht.

Raven war bereits unten.

„Folge der Gasse und biege bei nächster Gelegenheit links ab", wies Mirja ihn an.

Raven spurtete die enge Gasse entlang.

Der Scharfschütze kniete nieder und legte das Gewehr an.

„Schneller!", rief Mirja.

An der Ecke sprang Raven gegen eine Hauswand der Seitengasse, stieß sich ab und rannte, ohne das Tempo zu verlangsamen, nach links weiter.

Der Schuss ging fehl. Der Verfolger hängte sich das Gewehr um und kletterte nach unten.

„Der Typ hängt an ihm wie eine Klette", murmelte Jamiro.

„Er wird ihn nicht kriegen. Raven ist zu gut!" Mirja wusste, dass sie sich damit vor allem selbst Mut zusprach. Sie wollte einfach daran glauben, dass Raven heil aus dieser Sache herauskommen würde.

„Ja, er ist gut", murmelte Jamiro nachdenklich, „aber –"

„Und jetzt nach rechts", wies Mirja Raven an. „Über den Zaun!"

Raven überwand das Hindernis innerhalb von zwei Atemzügen. Ihr Herz pochte schneller. Er würde es schaffen! „Nun wieder rechts abbiegen."

Jamiro murmelte irgendetwas.

Mirja ignorierte ihn. „Siehst du die angelehnte Tür? Das ist der Notausgang der U-Bahn. Folge dem Gang bis zum Bahnsteig und fahr Richtung Süden. Folge den Anweisungen!"

„Okay."

Raven verschwand außer Sicht. Wenige Sekunden später bog der Scharfschütze um die Ecke. Er blieb stehen und sah sich irritiert um. Dann schüttelte er den Kopf und stützte beide Hände auf die gebeugten Knie.

„Ja!" Mirja ballte die Fäuste. „Wir haben es geschafft! Er gibt auf." Mirja ließ das Smartphone sinken. Vor Erleichterung hätte sie den jungen Computerexperten am liebsten in die Arme geschlossen. Doch dieser starrte angestrengt auf den Bildschirm und zoomte an den völlig erschöpften Scharfschützen heran, der mit zitternden Fingern an seiner schusssicheren Weste herumnestelte.

„Sieh dir das an …", sagte Jamiro.

An der nächsten Kreuzung links abbiegen. Dann rechts abbiegen.

Raven war zweimal umgestiegen und hatte dann die U-Bahn verlassen. Innerlich jubelte er!

Er ging durch eine enge Gasse. Rechts von ihm ragte die Rückseite eines modernen Bürogebäudes auf, zu seiner Linken befand sich eine hohe Betonmauer. Kein Mensch war zu sehen. Dann endete die Straße. Verwundert blieb er am Ende der Sackgasse stehen.

Öffne die Luke!, wies ihn die Smartwatch an.

Raven sah sich um und entdeckte eine Metalltür, die einen Bodenschacht verdeckte. Er öffnete sie. Rohre mit Verschlusskappen ragten ihm entgegen. Daneben führte eine Leiter in eine Art Wartungsschacht.

Das Display zeigte ihm eine letzte Anweisung.

„Hier." Auf einem von Jamiros Bildschirmen war ein Standbild des Scharfschützen zu sehen. Er wies auf das Gewehr des Mannes. „Das ist ein M50A7 – das modernste Scharfschützengewehr der US Marines. So ein Teil trifft aus tausend Metern zielgenau den Fühler eines Schmetterlings, wenn es von einem Profi bedient wird. Und hast du gesehen, wie der sich bewegt hat? Der Mann wurde für den Häuserkampf ausgebildet. Der war bei irgendeiner Spezialeinheit, vielleicht bei der brasilianischen BOPE* oder sogar bei den Navy Seals."

„Und was genau willst du mir damit sagen?"

„Irgendwas stimmt da nicht." Er wandte sich wieder den Bildschirmen zu. „Ich frage mich –"

In diesem Moment öffnete sich die Tür.

Mirja fuhr herum.

„Störe ich?" Es war Raven.

---

* Batalhão de Operações Policiais Especiais

Kapitel 45

São Paulo, Mai 2024

Mirja sprang auf. Ihre Wangen waren gerötet. Einige widerspenstige Haarlocken hatten sich aus ihrem Zopf gelöst.

„Raven!"

In zwei Schritten war sie bei ihm. Er spürte ihre Arme, die sich fest um ihn legten. Ihr dichtes Haar kitzelte ihn am Kinn. Er konnte ihren Duft riechen. Als er seine Arme sanft um sie legte, spürte er Muskeln und Knochen durch den dünnen Stoff hindurch. Wie dünn sie geworden war.

Raven wollte irgendetwas sagen, etwas Kluges oder Witziges. Stattdessen murmelte er: „… Hallo."

„Es tut mir so leid!", flüsterte Mirja. Sie blickte zu ihm auf. Ihre Augen glänzten feucht. „Ich hatte kein Recht, dich in diese Sache hineinzuziehen."

Raven schluckte. Ja, sie sah tatsächlich ein wenig verändert aus. Aber sie war immer noch unverkennbar Mirja. Unzählige Sommersprossen zierten ihre Wangen.

„Mirja …", krächzte er.

„Ja?" Ihre Augen schienen noch ein wenig größer zu werden. Unsicherheit spiegelte sich auf ihrem Gesicht.

Raven lächelte. „Erzähl keinen Unsinn. Was dir passiert ist, ist viel schlimmer als alles, was ich erlebt habe."

„Julian –"

„– wurde nicht von dir getötet", unterbrach er sie.

Ein unsicheres Lächeln huschte über ihr Gesicht. „Ich bin so froh, dass du da bist."

Er war überrascht und erfreut, als sie sich fest an ihn presste. Ein Schluchzen entrang sich ihrer Kehle. Er konnte ihre Tränen spüren. Sanft strich er ihr die Haare aus dem Gesicht. Nach einer Weile löste sie sich von ihm und hob den Kopf. Sie war ungeschminkt. Ein dunkler Schatten lag unter ihren Augen. Ihr Gesicht war gerötet und nass von Tränen. Ihre Lippen waren rissig und aufgesprungen – und doch war sie wunderschön.

„Ich habe dich vermisst", sagte Raven.

Mirja schniefte. „Ich glaube, ich brauche ein Taschentuch."

Raven durchforstete seine Taschen und brachte eine Serviette der American Airlines zum Vorschein.

„Danke."

„Ich unterbreche dieses bewegende Wiedersehen nur ungern", meldete sich der junge Brasilianer zu Wort. „Aber du solltest deine Sachen ausziehen!"

„Wie bitte?"

Der junge Mann grinste schief. „Sicher ist sicher."

„Zur Tarnung", erklärte Mirja. Sie schnäuzte sich. „Entschuldigt. Ich habe euch gar nicht vorgestellt. Raven, das ist Jamiro. Der beste Computerexperte der südlichen Hemisphäre."

Der junge Mann schüttelte grinsend den Kopf. „Bom Dia."

„Jamiro, das ist Raven. Der beste Freund, den man sich vorstellen kann."

„Hallo", sagte Raven.

„Schmeiß die Sachen in den Kasten dort", sagte Jamiro. „Hier sind neue Klamotten." Er reichte Raven eine Tasche.

Während Raven sich umzog, fragte er sich, wie Mirja den letzten Satz gemeint hatte. War er nur der beste Freund oder war da noch mehr?

Jamiro gab Daten in einen seiner Laptops ein, während er den anderen zusammenklappte und in einen Rucksack schob. „Merda!"

„Was ist?" Mirja fuhr herum.

Jamiro deutete wortlos auf einen Bildschirm. Dort war die schmale

Sackgasse zu sehen, durch die Raven gekommen war. Etwas Helles senkte sich auf die Straße herab. Das Sonnenlicht wurde flirrend zurückgeworfen.

„Was ist das?", fragte Raven.

„Oh, nein!", entfuhr es Mirja.

Nun konnte auch Raven sehen, was es war. Ein Quadrocopter senkte sich in die enge Gasse. Er drehte sich einmal um die eigene Achse und kam dann blitzartig auf die Kamera zugeschossen, die ihnen ihre Bilder lieferte. Raven sah, dass ein metallenes Rohr unter der Drohne herausragte. Im nächsten Moment erlosch die Kamera. Verblüfft starrte Raven auf den schwarzen Bildschirm. Das Ding hatte die Kamera abgeschossen.

„Wie haben die uns entdeckt?!", rief Mirja.

„Wir haben sie wohl unterschätzt!" Jamiro deutete aufgeregt auf einen zweiten Bildschirm. Er zeigte einen Treppenaufgang. Man konnte sehen, wie drei Männer in den Uniformen eines Sondereinsatzkommandos die Treppen hinabstürmten. Sie trugen schusssichere Westen und Helme mit kameraähnlichen Aufbauten, die sie herunterklappen konnten. Einer der drei schien sie direkt anzusehen. Er hob das Gewehr und die zweite Kamera erlosch.

„Verdammt!", fluchte Jamiro. „Das war von Anfang an ihr Plan. Deshalb hat der Scharfschütze danebengeschossen!" Er packte hektisch sein Equipment zusammen.

Schlagartig wurde Raven bewusst, was geschehen war. „Ich habe sie zu euch geführt!"

„Aber nur, weil wir dich hierhergelotst haben", sagte Mirja. „Es war unser Fehler."

In diesem Moment erklang eine Explosion, die dumpf in den unterirdischen Gängen widerhallte. Staub rieselte von der Decke.

Mirja sprang vor und verschloss die schwere Eisentür. Dann begann sie, ein Metallregal davorzuschieben. „Hilf mir!"

Raven sprang ihr bei. Scheppernd krachte das Regal zu Boden.

„Lass das Zeug hier!", fuhr Mirja Jamiro an.

Jamiro griff nach einem zweiten Laptop. Sie packte ihn am Arm. „Du hast keine Ahnung, was das für Typen sind. Wir müssen weg!" Sie wandte sich um. „Hier entlang."

Sie eilte durch eine zweite Tür. Raven folgte ihnen und schlug die Tür hinter sich zu. Jamiro verriegelte sie, während er eindringlich auf Portugiesisch vor sich hin fluchte, dann übernahm er die Führung.

Es ging durch einen weiteren Kellerraum, der bis auf ein paar ausgediente Heizkörper vollkommen leer war. Jamiro schloss die Tür hastig hinter ihnen zu und führte sie zu einem zweiten, etwas breiteren Kellergang, durch den mehrere dick isolierte Rohre führten.

Erneut war eine Explosion zu vernehmen. Sie hatten die zweite Tür gesprengt.

„Verflixt, sind die schnell!", fluchte Jamiro.

„Wohin jetzt?" Raven sah sich hektisch um. Er entdeckte eine Tür, auf der sich ein Schild mit einem gelben Blitz befand. Mirja hatte eine zweite Tür aufgerissen. Durch den Spalt konnte Raven eine Treppe erkennen, die nach unten führte.

„Wartet!", hielt Jamiro sie auf. „Ich habe eine Idee."

Elisabeth Stone stieg gerade die Stufen des Versorgungsschachts hinab, als die zweite Detonation die Luft erzittern ließ. Sie nickte zufrieden. Die Männer waren Mitglieder militärischer Spezialeinheiten gewesen. Sie waren skrupellos und schnell. Da sich die Jagd an den Grenzen der Favelas abspielte, würde die Polizei vermutlich von einem Streit rivalisierender Drogenbanden ausgehen. Sie würde sich Zeit lassen, bis sie hier auftauchte. Genug Zeit, um endlich für klare Verhältnisse zu sorgen.

Sie stieg über die qualmenden Reste einer Tür und betrat den Heizungskeller. Es fühlte sich gut an, endlich wieder richtige Schutzbekleidung zu tragen, und noch besser würde es sich anfühlen, wenn sie diesem Raven vor den Augen des Involucrums ganz langsam das Licht ausbliese. Sobald sie alle Informationen hatte, die sie brauchte, würde sie als Letztes diese kleine Kakerlake zerquetschen.

Sie blickte auf das Display an ihrem Handgelenk. Der Peilsender war hier. Ihr Blick fiel auf einen Blechkasten. Mit dem Fuß stieß sie den Deckel auf. Es lagen zusammengeknüllte Kleidungstücke darin. Das war ärgerlich. Der Mikropeilsender, den Bodahn unauffällig an Ravens Gürtel angebracht hatte, hätte die Sache erleichtert, aber die beiden würden auch so nicht entkommen.

Sie blickte sich um. Mehrere Computerbildschirme und andere Hardware standen auf einem Tisch. „Nimm alles mit", wies sie den Guyaner an.

Er nickte, und sie schritt durch den Raum auf die zweite Tür zu. In diesem Moment ging das Licht aus. Elisabeth Stone lächelte. Das würde sie nicht aufhalten. Sie schob das Helmvisier mit dem Nachtsichtgerät herunter. Jedes Mitglied des Einsatzkommandos war damit ausgestattet. Die Zargen der herausgesprengten Tür leuchteten grell, als sie in den nächsten Raum trat. Die Männer brachten bereits eine Sprengladung am nächsten Durchgang an.

„Deckung!", rief der Gruppenführer.

Sie trat zur Seite und hielt sich die Ohren zu.

Die Detonation ließ den Raum erzittern, und Hitze schoss an ihr vorbei. Sie zog ihre Waffe.

„Lasst mich vorgehen!", befahl sie.

Sie huschte durch einen schmalen Kellergang. Als sie durch eine weitere, diesmal unverschlossene Tür trat, erstarrte sie. Der gesamte Raum war von einem grellroten Wabern erfüllt. Feuchte Hitze schlug ihr entgegen. Sie schnaubte. Hier nutzten ihnen die Infrarotbrillen nichts. Sie klappte das Visier hoch und schaltete ihre Stirnleuchte an. Dann gab sie den Männern den Befehl, ihr zu folgen. Die Strahlen der Stirnlampen zuckten mal hierhin, mal dorthin. Wie Suchscheinwerfer tasteten sie sich durch dichten Nebel. Dampf zischte, und Wasser plätscherte.

Kurz darauf fand Elisabeth Stone das geöffnete Ventil, allerdings hatten die Verfolgten den Hebel entfernt, mit dem man es wieder hätte schließen können. Sie wies einen der Männer an, sich darum zu kümmern. Dann ging sie weiter. In der rechten Wand stand eine Tür offen. Sie glitt in den Nachbarraum und ließ gleich darauf die Waffe sinken. Hier befanden sich die gigantischen Schaltschränke der Elektroniksteuerung. Jemand hatte ganze Arbeit geleistet. Alle Hauptsicherungen waren herausgerissen worden. Sie schlüpfte aus dem Raum und ging weiter. Nach einem halben Dutzend Schritte stieß sie linker Hand auf eine weitere Tür. Sie war verschlossen. Elisabeth Stone rief auf ihrem mobilen Einsatzgerät den Bauplan des Gebäudes auf. Diese Tür führte in eine tiefer gelegene Teilunterkellerung. Eine Sackgasse – es sei denn, man wusste, dass dieser Keller früher zu einem öffentlichen Gebäude gehört hatte, das abgebrannt und dann durch einen privaten Neubau ersetzt worden war. Durch diesen alten Keller waren früher Wartungstrupps der Stadtwerke in die Kanalisation eingestiegen. Der perfekte Fluchtweg!

Elisabeth Stone schürzte die Lippen. Wer immer dem Involucrum half, er musste sich hier gut auskennen.

Sie winkte das Sprengkommando herbei. Während die Männer den Plastiksprengstoff anbrachten, rief sie den Plan der Stadtwerke auf. Das alte Kanalisationssystem bot von hier aus nur zwei Fluchtmöglichkeiten. Ihr Instinkt sagte ihr, dass die Fliehenden noch ganz in der Nähe waren. Per Funk gab sie an zwei ihrer vier mobilen Außenteams die entsprechenden Befehle weiter.

Die Sprengladungen detonierten. Elisabeth Stone zog die Waffe und stieg in den Keller hinab.

Wasser rann von der Decke und tropfte auf sie herab. Mirja wagte nicht, sich zu rühren. Ihre Kleidung war vollkommen durchnässt und klebte an ihrer Haut. Dicht an dicht lagen sie nebeneinander. Jamiros knochige Arme stachen ihr in die Seite, und sie spürte Ravens Hüfte an ihrer eigenen. Angestrengt versuchte sie, durch das Plätschern des Wassers die Schritte ihrer Verfolger zu vernehmen. Sehen konnten sie nichts.

„Ich glaube, sie sind fort", wisperte Raven neben ihr. Es war unerträglich heiß und ungeheuer eng hier oben auf den Heizungsrohren. Wenn sie tief Luft holte, wurde ihr Brustkorb zwischen Decke und Heizungsrohr eingequetscht. Das Gesicht hatte sie zur Seite gedreht.

Jemand hatte das Wasser abgestellt. Kurz darauf hatte es erneut eine Detonation gegeben. Mirja vermutete, dass sie die Kellertür gesprengt hatten. Sie hatten die Stiefel der Männer gehört, schnelle Schritte und dann Stille. Bis auf ihr eigenes Atmen und das Tropfen des kondensierten Wassers vernahmen sie nun nichts mehr.

„Sieht so aus, als hätte dein Plan funktioniert", murmelte Mirja anerkennend.

„Dann nichts wie raus hier", murmelte der junge Brasilianer. „Ich geh drauf in dieser Enge."

Raven kletterte als Erster hinab. „Hier, nimm meine Hand." Mirja stützte sich auf ihn und ließ sich herunterhelfen. Es wäre nicht unbedingt nötig gewesen, aber es tat gut, seine Hand zu spüren.

Als Letzter kroch Jamiro aus dem Versteck.

„Wohin jetzt?", wisperte Mirja.

„Nach oben!"

Sie tasteten sich an den Wänden entlang, bis Jamiro sie in ein Treppenhaus geführt hatte. Licht drang jetzt durch schmale, hohe Fenster herein.

„Dort ist der Ausgang!", rief Raven erleichtert.

„Nicht!" Mirja hielt ihn auf. „Diese Leute überlassen nichts dem Zufall. Ich wette, sie überwachen das Haus." Sie sprach Englisch, damit beide sie verstehen konnten.

„Ich fürchte, du hast recht!", bestätigte Jamiro. „Sie wissen, dass dir jemand geholfen hat, Mirja. Wenn wir zu dritt und klitschnass dort rausgehen, haben sie uns."

„Und was machen wir jetzt?", fragte Raven. „Sollen wir uns trennen?"

„Auch damit werden sie wahrscheinlich rechnen", sagte Mirja. Mit Schaudern dachte sie an die eiskalte Ms Stone.

„Ich habe eine bessere Idee!", sagte Jamiro. „Der Typ, der mir die

Schlüssel gegeben hat, schuldet mir eine ganze Menge. Und ich weiß schon, wie er einen weiteren Teil davon abtragen kann."

Etwa zwanzig Minuten später verließ eine Gruppe von Reinigungskräften das Gebäude. Die Frauen trugen Kopftücher, die Männer Schirmmützen mit dem Logo ihrer Firma. Der plötzliche Stromausfall hatte ihnen einen verfrühten Feierabend verschafft, was ihre Laune sichtlich steigerte. Lachend und plaudernd schlenderten sie zur nächsten Bushaltestelle. Sie fuhren gemeinsam zum nächsten Bahnhof, wo sich ihre Wege nach und nach trennten. Einige stiegen in andere Busse ein, und ein Teil nahm die U-Bahn.

Nach einigen Stationen verließ eine Gruppe von drei Personen die U-Bahn, zwei Männer und eine Frau. Sie nahmen ein Taxi.

„Nun, Eliska?"

Elisabeth Stone atmete tief durch. „Sie sind uns entwischt. Wir haben inzwischen alle Kameradaten ausgewertet. Sie haben das Gebäude als Reinigungskräfte verkleidet mit den anderen Mitarbeitern der Firma verlassen."

„Das ist äußerst bedauerlich."

„Ja, aber wir haben bereits eine Spur. Das Equipment, das sie auf ihrer Flucht zurückgelassen haben, gehört ‚O Mecânico'. Der Firmeninhaber ist ein Jamiro di Maria. Er wuchs in einem Heim der Matará-Schwestern auf. Zu denen gehört auch die alte Vettel, die den Kontakt zu unserem Lockvogel hergestellt hat."

„Gut, bringen Sie das Involucrum zurück und die Informationen, die es gestohlen hat. Und dann kommen Sie mit 3α nach Berlin. In Kürze soll dort eine Präsentation stattfinden."

Kapitel 46

Berlin, Mai 2024

Eleonore zog das kleine Büchlein aus dem Regal und setzte sich in den bequemen Lehnsessel. Obwohl sie eine Brille trug, konnte sie die Buchstaben nur verschwommen erkennen. Was daran liegen konnte, dass sie sich Ruths Lesebrille ausleihen musste.

Sie hielt das Buch weiter weg und konzentrierte sich auf die Gedanken eines der größten Genies der letzten Jahrhunderte.

Die Größe des Menschen ist groß in der Erkenntnis seiner Nichtigkeit ...

Eleonore lächelte. Es tat gut, die eigenen Grenzen zu kennen – eine Sichtweise, die irgendwie außer Mode gekommen war. Hin und wieder, wenn Roman einen wichtigen Posten in seiner Reederei zu besetzen gehabt hatte, hatte er Eleonore um Rat gefragt. Sie hatte dann die Bewerbungsunterlagen studiert und war zunehmend erschrocken darüber gewesen, wie hemmungslos die Leute sich mit Selbstlob überschütteten. Selten fand sie eine Bewerbung, die ihr sympathisch war. Wenn sie dann ihre Empfehlung weitergab, schüttelte Roman oftmals nur bedauernd den Kopf. „Tut mir leid, Lörchen, aber wir brauchen da oben kantige Typen, die sich durchsetzen können."

Natürlich war es Pascal damals nicht nur um die Tugend der Bescheidenheit gegangen. Seine Gedanken waren grundsätzlicher Natur. In immer neuen Bildern versuchte er, die Menschen dazu zu bewegen, sich die eigene Zerrissenheit vor Augen zu führen und zu erkennen, dass sie etwas Entscheidendes verloren haben. Es lag Freiheit darin, in der Zeit nicht suchen zu müssen, was dort unauffindbar war. Zumindest, wenn man darauf vertrauen konnte, was Augustinus vor langer Zeit in Worte gefasst hatte: *Unruhig ist unser Herz, bis es Ruhe findet in dir.* Aber das zu hören, war leicht, es wirklich zu begreifen, viel schwerer. Eleonore seufzte. So oft auch zu schwer für sie selbst.

Das Klingeln ihres Handys riss sie aus ihren Gedanken. Es war jenes besondere Handy, das, so schien es ihr, Botschaften aus einer anderen Zeit an sie sandte. Sie nahm ab.

„Lörchen?" Die Stimme klang so unglaublich jung. „Ich bin es, Roman."

Eleonore zitterte. „Sie schon wieder?", sagte sie mit stockender Stimme.

„Tu das nicht, Lörchen, bitte! Bitte nenne mich Roman."

„Das kann ich nicht."

„Sag wenigstens Du zu mir, bitte!"

„Also gut …", flüsterte Eleonore.

„Danke!" Nach einer kurzen Pause fragte er: „Warum bist du nicht in die Klinik gegangen?"

Sie schwieg.

„Lörchen, manchmal gibt es ein bestimmtes Zeitfenster, in dem man eine Entscheidung treffen muss. Du weißt, ich würde dich niemals drängen, aber –"

„Aber?"

„Ich fürchte, dir ist nicht klar, was dir entgehen könnte."

Eleonore sagte nichts.

Eine Zeit lang herrschte Schweigen, dann fragte die Stimme: „Was machst du gerade?"

„Ich lese … Blaise Pascal."

„Es tut mir leid, dass ich deine Vorliebe für anspruchsvolle Literatur bislang nicht teilen konnte, aber wer weiß, vielleicht bekomme ich ja eine zweite Chance." Ein schalkhaftes Lächeln schwang in seiner Stimme mit.

Eleonore wusste genau, wie er dabei aussah. Roman lächelte mehr mit den Augen als mit den Lippen. Das war einer der Gründe, warum nur wenige Menschen erkannten, wenn er einen Scherz machte.

„Du bist bei Ruth, nicht wahr?"

„Woher weißt du das?"

„Du bist schließlich meine Frau. Ich kenne dich. Mir war schon klar, dass du bei der alten Kirchgängerin Zuflucht suchen würdest."

„Ich bin auch eine alte Kirchgängerin, weißt du das nicht?"

„Nun gut, du gehst zur Kirche. Aber Ruth ist eine alte, verbitterte Jungfer und du ganz und gar nicht."

Eleonore spürte, dass sie rot wurde. „Ruth ist nicht verbittert", erwiderte sie streng. „Sie ist dir gegenüber nur sehr zurückhaltend."

„Was mich in keiner Weise stört", erwiderte die junge Stimme rasch. „Sag mal, hast du schon zu Abend gegessen?"

„Nein, aber ich werde mich nachher im Kühlschrank umschauen. Es wird sich sicher etwas finden."

„Ich habe eine bessere Idee. Zieh dir was Schickes an."

Eleonore runzelte die Stirn. Was sollte das bedeuten? „Davon werde ich auch nicht satt. Abgesehen davon habe ich keine eigenen Sachen mehr. Denn irgendjemand behauptet, dass mein Zuhause mit allem, was mir gehört, verkauft werden soll!"

„Ja, das Haus … Es tut mir leid, dass ich es verkaufen musste. Aber wir brauchten das Geld. Doch sei unbesorgt, wir werden noch etwas viel Großartigeres dafür gewinnen."

„Ich würde gern selbst über mein Leben bestimmen."

„Das sollst du auch, und zwar noch sehr, sehr lange." Er lachte leise.

„Hör auf, solche Dinge zu sagen."

Es klingelte an der Tür.

„Einen Augenblick, es hat geläutet."

„Kein Problem. Ich warte."

Eleonore stemmte sich aus ihrem Sessel hoch. Der vertraute Schmerz in ihrer Hüfte ließ sie leise aufstöhnen, als sie zur Tür humpelte. Sie fragte sich, warum sie nicht einfach aufgelegt hatte. Diese absurden

Gespräche würden sie irgendwann noch in den Wahnsinn treiben. Sie öffnete die Tür.

„Ja bitte?"

Zuerst sah sie nur den riesigen Blumenstrauß. Dann senkte der Mann seinen Arm, und Romans Gesicht lachte sie an. Das Gesicht ihres Mannes, genau so, wie sie ihn vor 60 Jahren kennengelernt hatte.

Eleonore taumelte. Alle Kraft wich aus ihren Gliedern, und sie spürte, wie sie fiel.

Kapitel 47

São Paulo, Mai 2024

Die Sonne schien, aber der Regen in der Nacht hatte ein wenig Abkühlung gebracht. Raven trat hinaus auf die Terrasse, die gut geschützt im Innenhof des Gebäudes lag. Ein begabter Gärtner hatte dafür gesorgt, dass hier ein kleines tropisches Paradies entstanden war. Der Frühstückstisch war für drei Personen gedeckt. Er setzte sich und goss sich eine Tasse Kaffee ein.

„Guten Morgen." Mirja trat durch die Terrassentür. Sie trug ein helles Sommerkleid, und ihre offenen Haare waren noch feucht vom Duschen. Lächelnd schlenderte sie näher und setzte sich neben Raven.

„Guten Morgen. Du siehst toll aus."

Sie zog die Beine an und betrachtete ihn. „Danke. Du auch." Die Sonne schien ihr ins Gesicht, und sie blinzelte. Dabei zog sie ihre sommersprossige Nase auf eine Art und Weise kraus, die Raven lächeln ließ.

„Was ist?", fragte sie.

„Du bist wirklich die ungewöhnlichste Frau, die ich kenne. Wie konntest du all diese Schrecken nur überleben, ohne den Verstand zu verlieren?"

Mirja senkte den Blick. „Wer sagt denn, dass ich ihn nicht verloren habe?"

„Also, auf mich wirkst du ziemlich normal."

„Eben noch meintest du, ich wäre die ungewöhnlichste Frau, die du kennst."

Raven grinste. „Also gut, ich präzisiere: Du bist die ungewöhnlichste, geistig gesündeste Frau, die ich kenne", sein Blick fiel auf ihre nackten Füße, „und hast darüber hinaus noch die hübschesten Zehen."

Ein Lächeln kräuselte ihre Lippen. Doch gleich darauf wurde ihr Blick ernst. „Ich bezweifle, dass ich geistig gesund bin", sagte sie leise. „Die Frau, die im Dschungel überlebt hat, war nicht ich – es war die Andere."

„Die Andere?"

„Sie heißt Elly ... und sie weiß all die Dinge, die man wissen muss, um im Dschungel zu überleben. Nur deshalb sitze ich noch hier."

Sie stand auf und kam mit einem Tablet-PC zurück. „Du solltest dir das ansehen", sagte sie.

Mit wachsendem Entsetzen verfolgte Raven die Videoaufzeichnungen, die Mirja aus der Klinik herausgeschmuggelt hatte. Er sah die Veränderungen, die mit dem Mann vor sich gingen, bis hin zu seinem bizarren Verhalten ganz zum Schluss.

Lange Zeit schwieg er. Dann fragte er: „Weißt du, was das bedeutet?"

„Ich habe keine Ahnung, was es mit diesem Tennisball auf sich hat. Aber ich weiß, dass dieser Mann 1α ist. Er ist der Erste von uns, der Erste, aus dem sie einen anderen Menschen gemacht haben."

Raven schluckte.

Mirja blickte ihm in die Augen. „Ich ... bin nicht ‚normal', Raven. Sie haben diese Andere in meinen Schädel gesetzt. Ich teile ihre Erinnerungen, und zwar nicht nur ihr Wissen, sondern auch ihre Erfahrungen. In gewissem Sinne habe ich gesehen, gespürt und gerochen, was sie gesehen, gespürt und gerochen hat. Ich teile ihre Gefühle. Ich bin nicht nur Mirja. Ich bin sie und ich gleichzeitig, verstehst du, was ich meine?"

Raven sah die Angst in ihrem Blick. In diesem Moment wirkte sie ungeheuer verletzlich.

„Elly hat eine Familie, einen Vater, der ein guter Mann war und sie liebte", fuhr sie fort. „Sie wollten, dass ich zu Elly werde, und so manches Mal hätte ich nichts lieber getan als das. Ich glaube, manchmal war es nur mein Trotz, der mich davon abgehalten hat." Sie blickte gedankenverloren an ihm vorbei. „Trotz und ein seltsamer Pilz, den ein Indio hereingeschmuggelt hatte." Ein trauriger Ausdruck huschte über ihr Gesicht. „Manchmal bereue ich das. Wäre ich Elly, dann wäre ich glücklich. Aber durch meine Sturheit bin ich weder sie noch Mirja. Ich bin ein kranker Mensch!"

Raven nickte langsam. „Ich glaube, ich verstehe, was du sagen willst. Aber ich denke nicht, dass du krank bist."

Ein bitterer Zug umspielte ihre Lippen. „Du weißt nicht, wovon du sprichst!"

Ravens Herz zog sich zusammen, als er sie so sah. Er wollte ihr sagen, dass er sehr wohl wusste, wie es sich anfühlte, manipuliert zu werden, dass er wusste, wie es war, wenn man unter Ängsten litt, die nicht die eigenen waren. Aber er schwieg. In diesem Augenblick ging es nicht um ihn. Es würde ihr nicht helfen, wenn er ihr von seinen eigenen Erfahrungen erzählte, jedenfalls nicht jetzt. Er schluckte.

Dann fragte er: „Wie nennt sie dich?"

„Wie bitte?"

„Wenn du Elly bist, wie nennt sie dich, Mirja?"

Mirja sah nachdenklich an ihm vorbei. „Sie hat keinen Namen für mich. Wenn ich Elly bin, existiert Mirja nicht. Elly ist ganz und gar sie selbst."

Raven nickte. „Weil sie die Imitation von Erfahrung ist und mehr nicht."

Mirja suchte seinen Blick. „Was meinst du damit?"

„Diese Elly in dir hat kein eigenes Bewusstsein. Sie wirkt deshalb so rein, weil sie ausschließlich Erfahrung vermittelt, aber nicht deine Erfahrungen, sondern die einer anderen. Sie haben dir Erinnerungen eingepflanzt, schöne Erinnerungen, vielleicht auch dramatische. Du weißt, was sie erlebt hat, vielleicht sogar, wie sie denkt. Aber du bist nicht sie."

Mirja blickte ihn an. Skepsis lag in ihrem Blick.

„Die Elly in dir ist keine Persönlichkeit. Sie kann es gar nicht sein. Denn ich kenne die echte Elly."

„Was?" Mit offenem Mund starrte Mirja ihn an.

Raven überlief eine Gänsehaut. In dem Moment, in dem er die Worte aussprach, wurde ihm selbst erst so richtig klar, was geschehen war. „Die echte Elly ist eine kluge, freundliche alte Dame, für die ich arbeite."

„Willst du mich auf den Arm nehmen?"

„Ihr Name ist Eleonore von Hovhede. Ich vermute, dass man sie als Kind ‚Elly' gerufen hat. Sie ist die Tochter eines Missionars und verbrachte fast ihre gesamte Kindheit im Regenwald des Amazonas, ehe sie Roman von Hovhede heiratete und nach Deutschland zog. Ich habe alte Fotos von ihr gesehen. Als junge Frau sah sie dir zum Verwechseln ähnlich. Es gab nur ein paar winzige Unterschiede, wie zum Beispiel dieses Muttermal, das du vor einem Jahr noch nicht hattest."

Mirja wurde totenbleich.

„Verstehst du, Mirja? Du kennst die Erinnerungen eines anderen Menschen, aber das bedeutet nicht, dass du dieser Mensch bist!"

„Aber …", stammelte Mirja, „Das ist doch der totale Wahnsinn! Warum zwingt sie mir ihre Erinnerungen auf?"

„Ich glaube nicht, dass sie das tut. Im Gegenteil, sie scheint mir ebenfalls das Opfer dieser Verschwörung zu sein."

„Aber wozu …?" Fassungslos starrte sie ihn an. „Warum sollte jemand versuchen, andere Menschen zu kopieren? Das ist doch absoluter Wahnsinn."

Raven nickte langsam. „So scheint es, aber ich glaube, diejenigen, die dahinterstecken, wissen ganz genau, was sie tun."

„Bom Dia!", erklang eine fröhliche Stimme. Es war Jamiro, der jetzt ebenfalls zu ihnen auf die Terrasse trat. „Entschuldigt die Verspätung, ich hatte noch einiges in der Firma zu erledigen." Er wollte sich zu ihnen gesellen, hielt dann aber inne, als er die Gesichter der beiden sah. „Störe ich?"

Raven schüttelte den Kopf. „Nein. Wir versuchen nur zu verstehen, was in dieser Dschungelklinik vor sich geht." Er fasste in wenigen Worten zusammen, was sie besprochen hatten. Wiederholt warf er dabei einen Blick zu Mirja. Sie wirkte noch immer geschockt, hielt sich aber gut.

„Wir müssen diese Leute aufhalten, sonst werden noch mehr Menschen Schreckliches erleiden", sagte sie schließlich leise. „Und wir werden unser Leben lang auf der Flucht sein."

Einige Augenblicke herrschte Schweigen. Dann wandte Mirja sich an den jungen Brasilianer. „Es tut mir leid, dass wir dich in diese Geschichte mit hineingezogen haben. Noch kannst du aussteigen."

„Erzähl keinen Unsinn!", unterbrach Jamiro sie. „Lass uns lieber überlegen, wie wir weiter vorgehen sollen. Es ist ganz offensichtlich, dass diese Filmaufnahmen, die Mirja aus der Klinik geschmuggelt hat, hochbrisant sind. Die Verantwortlichen haben Angst, dass sie bekannt werden. Aber mir ist nicht ganz klar, warum. Natürlich könnten wir die Aufnahmen ins Internet stellen, aber was würde das schon bewirken? Dieser Mann ist nur ein Phantom. Niemand würde wegen ihm Alarm schlagen. Das Ganze könnte auch ein Fake sein. Egal, was wir dazu schreiben oder erzählen würden. Es wäre nur eine weitere Verschwörungsgeschichte unter tausend anderen. Wir stünden auf einer Stufe mit Elvis-Sichtungen, Alienfans und Geheimdienstparanoikern."

Raven kniff die Lippen zusammen. „Du hast recht. Wir müssen sie da treffen, wo es ihnen wehtut."

„Das reicht nicht", sagte Mirja. „Wir müssen sie mitten ins Herz treffen."

„Dazu brauchen wir jemanden aus der Organisation", sagte Jamiro, „einen Insider. Von außen haben wir keine Chance."

Jemanden in der Organisation. Raven nickte bedächtig. *Traue niemandem,* ging ihm durch den Kopf.

Offenbar hatte er die Worte versehentlich laut gesagt, denn Mirja blickte fragend zu ihm auf. „Was?"

Eine Idee begann, in ihm Gestalt anzunehmen. „Wir müssen wissen, was sie denken, aber wir dürfen nicht denken wie sie", murmelte er.

Jamiro blickte zu Mirja. „Verstehst du, was er sagt?"

Mirja schüttelte den Kopf.

Raven richtete sich auf. Er hatte das Gefühl, einen Schritt in die richtige Richtung gegangen zu sein. Ein Bild kam ihm in den Sinn. Ein älteres Ehepaar mit einem Hund. „Ich frage mich, wie sie ihre Mitarbeiter rekrutieren", sinnierte er.

Mirja zuckte mit den Achseln. „Ich nehme an, sie bezahlen sie."

Raven nickte. „Aber ich kann mir nicht vorstellen, dass jeder so leicht zu kaufen ist. Und selbst, wenn es so wäre – Geldgier macht auch bestechlich. Das allein kann es nicht sein." Hinter dem Ehepaar war ein Schild gewesen. Er versuchte, sich zu erinnern.

„Ich nehme an, es läuft wie bei jeder anderen verbrecherischen Organisation dieser Welt auch: Sie arbeiten mit Versprechungen und mit Drohungen."

„K & M-Institut!", rief Raven plötzlich aus. Er kniff die Augen zusammen, als sähe er dieses Schild direkt vor sich. „„K & M-Institut of Regenerative Medicine"", präzisierte er.

„Weißt du, ich frage mich gerade, wer von uns beiden hier die Stimmen hört, du oder ich", bemerkte Mirja.

„Du hörst keine Stimmen!", korrigierte Raven sie, „du teilst Erinnerungen. Und ich habe mich auch gerade an etwas erinnert."

O Mecânico befand sich auf einem großen und erstaunlich gut gesicherten Gelände. Es gab zwar bewaffnetes Wachpersonal, aber Elisabeth Stone bezweifelte, dass diese Männer von der Schusswaffe Gebrauch machen würden, schließlich kam Elisabeth Stone nicht mit ihren eigenen Leuten, sondern mit einem 30 Mann starken Sonderkommando der Polizei von São Paulo. Manchmal erwies es sich als hilfreich, wenn man Beziehungen zu den örtlichen Behörden hatte. Der diensteifrige Beamte, der auf den direkten Befehl des Innensenators hin aktiv wurde, hatte es eilig. Er stürmte auf den verdutzten Wachmann am Eingang zu und hielt ihm ein offizielles Dokument unter die Nase. „Wir haben einen Termin mit Jamiro di Maria. Alle Mitarbeiter haben ihre Tätigkeit sofort einzustellen, und keiner verlässt ohne unsere Erlaubnis das Gebäude. Habe ich mich klar ausgedrückt?!"

„Ich bin nicht schwerhörig", erwiderte der Mann. „Aber worum geht es eigentlich?"

„Das ist ein Durchsuchungsbeschluss."

„Aha." Der Mann beugte sich vor und betrachtete das Dokument. „Aber warum sollen wir durchsucht werden?"

„Das werden wir direkt mit dem Firmeninhaber besprechen."

Der Mann kratzte sich irritiert den Bauch. „Tja, äh … dann rufe ich den Chef mal an."

„Nicht nötig. Wir informieren ihn persönlich!", unterbrach ihn der Mann. „Es wäre doch schade, wenn Senhor di Maria das Gebäude verlässt, bevor wir die Möglichkeit hatten, mit ihm zu plaudern." Er drehte sich um und zwinkerte der attraktiven Frau zu, die ihm als Vertreterin des CIA vorgestellt worden war. Elisabeth Stone quälte sich ein Lächeln ab.

Offensichtlich bestärkt durch die Zustimmung der CIA, fuhr er den Wachmann an: „Worauf warten Sie noch? Öffnen Sie endlich die Tür!"

„Äh … na gut." Der Mann gab einen Code ein, und die Tür öffnete sich. „Sie müssen den Gang rechts herunter und dann mit dem Aufzug in den dritten Stock –"

„Wir finden den Weg!" Der Polizist trat ein. „Rodrigez, Sie bleiben hier und passen auf, dass der Mann keinen Versuch unternimmt, seinen Chef zu warnen."

30 Mann marschierten in die Eingangshalle. Der Einsatzleiter bellte Befehle, und die Beamten begannen, die offensichtlich völlig überrumpelten Mitarbeiter zusammenzutrommeln. Lediglich ein älterer Mann mit dichtem Bart schien nicht überrascht zu sein. Er saß in einem zerknitterten Leinenanzug im Wartebereich der Eingangshalle und las die Financial Times. Als die Polizei vorbeimarschierte, blickte er auf und nickte Elisabeth Stone freundlich zu, was ihr wenig behagte.

Während sie im Aufzug nach oben fuhr, schickte sie über ihr Smartphone eine kurze Nachricht an alle Mitarbeiter, die das gesamte Areal seit dem Vorabend von außen überwachten.

Der Einsatzleiter machte sich gar nicht erst die Mühe anzuklopfen. Er riss die Tür zum Vorzimmer auf, sodass die Chefsekretärin einen erschrockenen Schrei ausstieß und das Kopierpapier fallen ließ, das sie gerade in den Drucker legen wollte.

„Bom Dia!", bellte er. „Ich möchte Senhor Jamiro di Maria sprechen. Sofort!" Er hielt der verdutzten Frau den Durchsuchungsbeschluss unter die Nase.

„Aber Senhor di Maria ist beim Frühstück."

„Er wird schon nicht verhungern, wenn wir ihn dabei kurz unterbrechen."

„Aber –"

„Welchen Teil von SOFORT haben Sie nicht verstanden?"

Die Frau zuckte zusammen. Dann griff sie hastig nach ihrem Telefon.

„Das K & M-Institut", wiederholte Jamiro nachdenklich. „Irgendwie sagt mir das was."

„Tatsächlich?" Raven warf ihm einen überraschten Blick zu.

„Ja, ich glaube –" Er wurde vom Klingeln seines Handys unterbrochen. Es war die Melodie von Spiel mir das Lied vom Tod.

Raven warf Mirja einen fragenden Blick zu. Jamiro grinste. „Erschien mir irgendwie passend." Er nahm ab und schaltete den Lautsprecher seines Smartphones ein. „Ja, Isabela, was gibt es denn?"

„Hier ist ein Kommissar da Silva. Er hat einen Durchsuchungsbeschluss. Was soll ich tun?"

„Biete ihm einen Kaffee an, und bitte unseren Rechtsanwalt Dr. Leonardo Suarez hinzu. Zufällig wartet er unten im Foyer. Er soll den Durchsuchungsbeschluss prüfen. In Absprache mit ihm könnt ihr ihnen Zutritt im Rahmen ihrer Berechtigung gewähren. Und kopiert die Ausweispapiere des ausländischen Agenten."

„Agenten?"

Mirja gestikulierte wild und formte rasch eine weibliche Silhouette in der Luft.

Jamiro nickte. „Wahrscheinlich ist es eine Frau", fuhr er fort. „Sie wird gewiss gleich vorgestellt. Außerdem möchte ich, dass ihr die Aufnahmen unserer Sicherheitskameras auf Laufwerk Y abspeichert. Und sag Ronaldo, er soll genau aufpassen, dass sie nichts in unserem System hinterlassen."

„Mach ich."

Im Hintergrund war eine zornige Männerstimme zu hören.

„Der Kommissar möchte Sie sofort sprechen", sagte die Sekretärin mit ruhiger Stimme.

„Hat er einen Haftbefehl?"

Es gab einen kurzen Wortwechsel, in dessen Verlauf der Kommissar immer zorniger wurde.

Nach ungefähr einer Minute vermeldete die Sekretärin: „Es liegt kein Haftbefehl gegen Sie vor."

„Aber der wird nicht mehr lange auf sich warten lassen", war nun die Stimme des Kommissars deutlich zu vernehmen. „Wir werden diesen ganzen Drecksladen auseinandernehmen, und dann sind Sie dran. Das verspreche ich Ihnen!"

„Der Kommissar ist der Meinung, dass ein Haftbefehl schon bald – "

„Danke, Isabela. Ich habe ihn gehört."

„Tut mir leid, Senhor di Maria. Er scheint sehr aufgebracht zu sein."

„Ist nicht Ihr Fehler. Spendieren Sie eine Extrarunde dieser leckeren dänischen Kekse, und kooperieren Sie in vollem Umfang, so wie es das Gesetz vorsieht. Senhor Suarez wird Ihnen sagen, was das konkret bedeutet. Und morgen nehmen Sie sich einen Tag frei und erholen sich von dem ganzen Stress."

„Danke, Senhor di Maria. Adeus."

Er legte auf. „Kommt, wir sehen uns das Spektakel einmal an." Er bedeutete ihnen, ihm in das geräumige Wohnzimmer zu folgen, dessen Südseite komplett verglast und mit einer speziellen Sonnenschutzfolie versehen war. In etwa eineinhalb Kilometern Entfernung konnte man Jamiros Firmengelände ausmachen. Eine ganze Kolonne von Polizeifahrzeugen mit eingeschaltetem Blaulicht stand vor der Tür. Sogar ein Hubschrauber kreiste über dem Gelände. In den Seitenstraßen parkten auffällig viele schwarze Vans mit verdunkelten Scheiben.

„Wow, was für eine Show", meinte Jamiro.

„Bist du dir sicher, dass sie uns hier nicht finden werden?"

„Dieses Loft gehört einem entfernten Bekannten. Er hat wahrscheinlich schon ganz vergessen, dass er mir mal einen Schlüssel dafür gegeben hat. Glaubt mir, hier sind wir sicher."

„Aber deine Firma befindet sich im Belagerungszustand."

Jamiro zuckte mit den Achseln. „Sie werden nichts finden. Und diese Leute sind nicht die Einzigen, die Freunde bei der Regierung haben. Schon morgen sieht die Sache wieder ganz anders aus."

„Unterschätze sie nicht", sagte Mirja. „Sie kennen keine Skrupel."

Jamiros Gesicht wurde ernst. „Das werde ich nicht."

Raven hatte sich nicht am Gespräch beteiligt. Er wirkte gedankenversunken. „Du sagtest vorhin, du würdest das ‚K & M-Institut of Regenerative Medicine' kennen."

„Sie sind Kunden bei mir."

„Was?"

„Ja. Soweit ich verstanden habe, ist das Ganze eine Art Privatklinik mit angeschlossener Seniorenresidenz für die Superreichen. Wer es sich leisten kann, bekommt dort alles, was er braucht, um jünger auszusehen und länger zu leben: ein faltenfreies Gesicht, eine neue Niere – was immer gerade notwendig ist."

„Und wofür steht K & M?", fragte Mirja.

„Ich schau mal nach." Jamiro nahm seinen Laptop zur Hand. „Das sind die Firmeninhaber", sagte er kurz darauf. „Dr. Michael Krüger und Dr. Philip Morgenthau Junior."

Mirja spürte, wie ihr Herz schneller schlug. „Wie kommst du auf dieses Institut?", wandte sie sich an Raven.

„Ich bin zweimal darüber gestolpert, und zwar an gänzlich verschiedenen Stellen, deshalb konnte ich zuerst keinen Zusammenhang herstellen." Er wandte sich an Jamiro. „Dieses Institut ist dein Kunde? Das heißt, du hast alle ihre Daten?"

Jamiro lächelte. „Nun ja, ich habe mich natürlich zu strengen Datenschutzbestimmungen verpflichtet –"

„Mach keine Witze", unterbrach Raven ihn. „Hier geht es um Leben und Tod."

„Schon gut." Jamiro hob abwehrend die Hände. „Ich kann natürlich ein wenig stöbern, aber versprecht euch nicht zu viel davon. Große Firmen, oder solche, die etwas zu verbergen haben, teilen ihre Daten auf mehrere Anbieter auf. Und die wichtigen Informationen sind so verschlüsselt, dass man mit den einzelnen Datenpaketen auf den Servern gar nichts anfangen kann."

„Das ist nicht so schlimm. Die Daten, die wir brauchen, sind möglicherweise gar nicht so geheim."

„Was suchst du denn?"

„Die Namen von zwei Patienten."

„Hm, das dürfte möglich sein. Aber was soll uns das nützen?"

„Wir hatten ja darüber gesprochen, dass wir Insider brauchen. Und diese Patientennamen könnten der Schlüssel dazu sein."

Mirja sah ihn mit großen Augen an. „Und welche Namen wären das?"

„Roman von Hovhede und Thorsten Hildebrandt."

Kapitel 48

Berlin, Mai 2024

Eleonore von Hovhede trank einen kleinen Schluck ihres gekühlten Weißweins, nahm eine Gabel des Fischfilets und kaute geistesabwesend. Sie hatte vergessen, von welchem Tier das Fleisch stammte, obwohl die Kellnerin es ihr ausführlich erklärt hatte. Irgendetwas aus der Karibik – sehr exotisch und sehr teuer. Eleonore schmeckte jedoch nichts, als sie das zarte Fleisch zerkaute.

Der junge Mann, der sich Roman nannte, lächelte und prostete ihr zu. Als er plötzlich an ihrer Wohnungstür aufgetaucht war, war ihr für einen Augenblick schwummrig geworden. Er hatte die Tür aufgestoßen und sie aufgefangen, bevor sie zu Boden gestürzt war. Und nun saß sie hier in einem teuren Restaurant und aß mit diesem 60 Jahre jüngeren Mann, der behauptete, ihr Gatte zu sein.

„Weißt du noch?", fragte er, während er den geschliffenen Glaskristallkelch ins Licht der Kerze hielt und versonnen die flirrende Spiegelung studierte. „Die gleiche Mahlzeit hatten wir am ersten Tag unserer Hochzeitsreise. Allerdings ohne Weißwein und in einem winzigen Restaurant, das kaum mehr war als eine einfache Holzhütte. Aber uns hat es köstlich geschmeckt."

Eleonore nickte abwesend. Es könnte stimmen. Sie erinnerte sich nicht mehr an jedes Detail. Schließlich war das alles schon mehr als ein halbes Jahrhundert her. Sie räusperte sich.

„Wie funktioniert es?", fragte sie unvermittelt.

Er lehnte sich zurück und lächelte. „Die Verjüngung?"

„Ja."

„Nun", er betrachtete versonnen seine kräftigen, faltenfreien Hände, „das Geheimnis nennt sich Transumption. Ich bin kein Arzt und kann deshalb nur sagen, dass es ein hoch komplizierter Prozess ist." Er blickte auf, und ein Grinsen huschte über seine Züge. „Aber er funktioniert! Und das ist doch das Entscheidende."

„Tut mir leid, aber das reicht mir nicht."

„Bitte!" Er sah sie eindringlich an. „Nenn mich Roman!"

Eleonore erwiderte seinen Blick. Sie versuchte, in diesen hellblauen Augen den Roman zu finden, den sie über all die Jahrzehnte gekannt und geliebt hatte. Aber es wollte ihr nicht gelingen. In ihrem Gehirn gab es irgendeine Barriere. Dabei sah dieser junge Mann tatsächlich so aus wie ihr Mann in früheren Jahren. Er sprach mit der gleichen Akzentuierung, und er schien alles zu wissen, was Roman wusste, und dennoch ... Sie schluckte. „Also gut ... Roman. Woher hast du diesen jungen Körper?"

Er nickte langsam. „Eine gute Frage. Die Involucra zu finden, ist sehr schwer, ein enormer logistischer Aufwand. Aber sobald erst einmal eines zur Verfügung steht –"

„Moment", unterbrach sie ihn. „Was sind Involucra?"

„Ein Involucrum ist eine Hülle. In diesem Fall eine menschliche Hülle. Das K & M-Institut betreibt eine Logistikabteilung, die international tätig ist. Sobald ein passender Körper gefunden wurde –"

„Was heißt das: ein passender Körper?"

Das Lächeln des jungen Mannes blieb unverändert. „Stell es dir einfach vor wie bei einer Organtransplantation. Die Transumption folgt den gleichen ethischen Prinzipien. Der einzige Unterschied ist der, dass die Spezialisten des K & M-Instituts gewissermaßen den gesamten Körper transplantieren."

Ein Schauder überlief Eleonore. Sie erinnerte sich an Ravens Worte: *„Kennen Sie eine Mirja Roth? Wissen Sie, Mirja Roth sieht haargenau so aus wie Sie vor 50 oder 60 Jahren, und seit September 2023 ist sie verschollen."*

„Es tut mir leid", erwiderte sie, „aber es fällt mir schwer, das zu glauben. Wie soll das funktionieren?"

„Am besten wäre es, du würdest mit Philip darüber reden. Er kann es dir besser erklären."

„Du meinst Philips Sohn?"

„Ich meine Philip", erwiderte der junge Roman.

Eleonore sah ihn an, und eine schreckliche Sekunde lang hatte sie das Gefühl, den Verstand zu verlieren. Doch dann fasste sie sich und sagte: „Erkläre du es mir."

Und das tat er. Eleonore wünschte schon bald, sie hätte ihn nicht gefragt. Anfangs erschien ihr das Ganze absurd, aber je länger der junge Roman sprach, desto stiller wurde sie. Was zunächst wie Wahnsinn oder bestenfalls wie abstruse Science-Fiction geklungen hatte, bekam mit einem Male ein nüchternes, wissenschaftliches Gewand. Eleonore spürte das Hämmern ihres Herzschlags. Der junge Roman sprach so überzeugend, dass alles, was sie zu wissen glaubte, ins Wanken geriet.

Als er seine Ausführungen beendet hatte, sah sie ihn lange schweigend an. Er erwiderte ihren Blick mit stillem Lächeln.

Eleonore senkte schließlich den Kopf und starrte auf ihre Hände. „Und was ist mit deinem alten Körper geschehen?"

Er zuckte mit den Achseln. „Der liegt verscharrt in irgendeinem anonymen Armengrab in der Nähe von Manaus. Ich hätte der Bestattung beiwohnen können, aber ehrlich gesagt – wozu? Bei einer Nierentransplantation hätte ich meine alte Niere auch nicht feierlich beerdigt."

Eleonore zuckte angesichts dieser Gleichmütigkeit innerlich zusammen. Aber sie schwieg.

„Anstatt auf diese Beerdigung zu gehen, habe ich Tennis gespielt", fuhr der junge Roman fort.

„Du hast was getan?", fragte sie ungläubig.

Der junge Mann grinste. „Du ahnst gar nicht, was für ein wunderbares Gefühl das ist, sich wieder schmerzfrei bewegen zu können. Wobei ich zugeben muss, dass meine Technik ziemlich eingerostet ist.

Ich werde hart trainieren müssen, um mein altes Niveau wiederzuerlangen."

Eleonore brachte kein Wort über die Lippen.

„Natürlich hat all das seinen Preis", fuhr er fort. „Die Kosten einer Transumption liegen im günstigsten Fall bei 2,8 Milliarden Euro. Wie du dir vielleicht vorstellen kannst, übernimmt das keine Krankenkasse." Er kicherte. „Ich musste das Unternehmen und unser Haus verkaufen, um die Transumptionskosten für uns beide zu decken. Aber es bleibt genug übrig, um ein sorgenfreies Leben führen zu können. Und wer weiß, vielleicht bin ich in meinem zweiten Leben beruflich noch erfolgreicher als in meinem ersten?" Sein Blick hatte etwas Träumerisches, als er sie ansah. „Lörchen ..." Er ergriff ihre Hand. Seine glatte Haut, der kräftige Griff – beides fühlte sich fremdartig an. „Ich bitte dich, stell dir nur einmal die Frage: Wäre es nicht schön, wieder jung zu sein?"

Sie öffnete den Mund, um etwas zu erwidern.

„Lass mich bitte ausreden. Natürlich haben wir in der Vergangenheit Fehler begangen, aber wir müssen sie ja im zweiten Anlauf nicht wiederholen. Und wir würden unsere Erinnerungen ja nicht verlieren. Der Reichtum unserer Erfahrungen würde in einem jungen Körper wohnen. Keine Schmerzen mehr bei jedem Schritt, keine Angst vor jedem Arztbesuch, keine Medikamente. Deine Lesebrille kannst du für die nächsten vierzig Jahre in die Schublade packen. Ja, vielleicht könnten wir sogar Kinder bekommen? Sei ehrlich! Wäre das nicht wunderbar?"

Eleonore stöhnte. „Aber –"

„Psst!" Er legte seinen Finger auf ihre Lippen. „Sag einfach nur Ja oder Nein." In diesem Moment blitzte das Jungenhafte in ihm auf, das sie stets so geliebt hatte. „Wäre es nicht wunderbar, all das wiederzuhaben?"

„Ja", flüsterte Eleonore.

Erneut lächelte er. „Gut. Morgen ist es so weit. Dann hast du deinen Transumptionstermin. Morgen wirst du einen jungen Körper bekommen, und dann werden wir tanzen!"

Wehmut ergriff Eleonore, und sie unterdrückte einen Schauder.

„Es werden einige Bekannte von Philip dabei sein und diesen wunderbaren Moment aus der Ferne miterleben. Ich hoffe, das stört dich nicht? Es ist nämlich unabdingbarer Bestandteil unserer Vereinbarung."

In diesem Moment klingelte ihr Smartphone. Sie kramte in der Handtasche, während der junge Roman ihr einen verdutzten Blick zuwarf. Es war jemand am Apparat, den Eleonore ganz und gar nicht erwartet hatte. Sie hielt inne.

„Einen Augenblick, bitte." Sie wandte sich an Roman. „Ich bin gleich wieder da." Dann eilte sie hinaus. Das Telefonat dauerte fast eine Viertelstunde.

Als sie zurück an den Tisch trat, war ihr schwer ums Herz.

„Nun?", fragte Roman. Misstrauen blitzte in seinen Augen auf. „Wer war das?"

„Ein Freund!", erwiderte Eleonore. Dann seufzte sie leise. „Also gut. Ich werde mit dir in die Klinik gehen!"

Romans jugendliches Gesicht strahlte.

Kapitel 49

Brasilien, Bundesstaat Pará, Ressort Brilho Do Sol, Mai 2024

„Sie hören jetzt Johannes Brahms, die Klaviersonate C-Dur op. 1." Der Klang der verdeckt installierten Lautsprecher war hervorragend. Es entstand der Eindruck, als stünde tatsächlich ein Flügel mitten im Raum.

„Hast du das gehört?" Thorsten Hildebrandt drehte den Beitrag des deutschen Kulturradios ein klein wenig leiser.

„Ja", pflichtete seine Frau ihm bei. „Ich persönlich mag diese starke Dynamik ja nicht so sehr."

Er hielt inne. „Ich glaube, es hat geklopft."

„Tatsächlich?"

„Vielleicht will Pedro heute früher mit dem Hund raus?"

„Das kann ich mir nicht vorstellen." Claudia seufzte. War ihnen das Ressort anfangs noch wie das Paradies vorgekommen, schien es ihr nun eher ein Gefängnis zu sein. Dort war das Leben nicht weniger reglementiert. Pünktlich um 8 Uhr gab es Frühstück, um 12:30 Uhr Mittagessen, um 15:30 Uhr Kaffee und Kuchen und um 18 Uhr Abendbrot. Zwischendurch Aquagymnastik, Qigong im Garten und Lymphdrainage für Thorsten. Zunächst war dieses Programm geradezu perfekt. Thorstens Nierentransplantation war gut verlaufen, und der regelmäßige Tagesablauf hatte ihm geholfen, wieder zu Kräften zu kommen. Doch irgendwann konnten sie das Gefühl nicht abschütteln, dass sie eingesperrt waren. Seit einem Jahr waren sie nun schon hier. Angeblich sei Thorsten noch nicht stabil genug, um zurück nach Deutschland fliegen zu können. Das allein wäre ja nicht so schlimm gewesen, aber darüber hinaus war es ihnen auch nicht gestattet, das Ressort zu verlassen. Immer wieder wurden neue Gründe vorgeschoben, warum das nicht möglich sei. Zu Beginn ging es natürlich um Thorstens Gesundheitszustand, doch auch als es ihm zunehmend besser ging und er wieder ohne Rollator gehen konnte, wollte man ihnen nicht erlauben, die Mauern des Seniorenparadieses zu verlassen. Erst gab es nicht genug Personal, um sie zu begleiten, und dann war es die angebliche Malariagefahr, die durch die ungewöhnlich starken Regenfälle und die nahe gelegenen Sümpfe besonders groß sei. Ein Argument, das Claudia als besonders ärgerlich empfand, da sie sich nicht vorstellen konnte, dass die Moskitos ausgerechnet um das Seniorenressort einen Bogen machen sollten. Schließlich sprach man von Kämpfen zwischen verfeindeten Drogenbanden, die ein Verlassen des Ressorts unmöglich machten.

Für Claudia klang das eher nach Mexiko oder Kolumbien und nicht nach Brasilien.

Erneut klopfte es.

„Bleib sitzen, ich gehe schon", sagte sie.

Als sie öffnete, stand zu ihrem Erstaunen nicht Pedro vor ihr, sondern ein junger Brasilianer, den sie noch nie zuvor gesehen hatte. Er trug die Uniform der Ressortangestellten und ein Basecap mit dem Logo des K & M-Instituts. „Bom Dia, Senhora Hildebrandt", sagte er mit leiser Stimme.

„Bom Dia."

„Ich habe eine Überraschung für Sie." Anders als die anderen Angestellten, die sie bisher kennengelernt hatte, sprach er nicht Deutsch, sondern Englisch mit ihr.

„Lassen Sie mich raten: Das Kaffeetrinken wird heute um eine halbe Stunde verschoben?"

Er lächelte. „Nein. Es ist ein wenig aufregender. Wir machen heute einen kleinen Ausflug. Ich begleite Sie für den Rest des Tages in den Serra do Pardo Nationalpark.

Claudia Hildebrandt starrte ihn mit großen Augen an. „Wirklich?"

„Ihre Tochter hat das für Sie möglich gemacht. Der Bus steht schon bereit."

„Thorsten", sie drehte sich um, „hast du das gehört?!"

Ihr Mann blickte sich um. „Was?"

„Nun schalt doch mal das Ding aus!"

Der junge Mann war in den Raum getreten. „Ich werde es ihm erklären. Packen Sie doch inzwischen die wichtigsten Dinge zusammen. Vergessen Sie Ihre Kreditkarten und die Reisepässe nicht. Die Verwaltung des Nationalparks hat aufgrund der Unruhen die Sicherheitsbestimmungen erheblich verstärkt."

„Ich verstehe."

„Um Proviant brauchen Sie sich nicht zu kümmern. Wir haben für alles gesorgt."

Der junge Mann ging zu Thorsten, um ihm die gute Nachricht zu überbringen. Er war wirklich sehr nett. Nur ein wenig schüchtern wirkte er, wie er so mit gesenktem Blick durch den Raum schritt.

Als Claudia aus dem Schlafzimmer kam, standen die beiden Männer bereits an der Tür und unterhielten sich.

„So, ich denke, nun haben wir alles."

„Nicht ganz", der junge Mann lächelte wieder. „Sie haben Ihren Hund vergessen."

„Anthony kommt mit?", fragte sie verwundert.

„Ist das denn erlaubt?"

„Natürlich, solange er im Auto oder an der Leine bleibt."

Thorsten stieß einen durchdringenden Pfiff aus. Das inzwischen wohlbeleibte Tier erhob sich von seiner Decke und trabte gemächlich auf sie zu.

„Dann wollen wir mal."

„Ach, Moment. Ich hab das Radio vergessen", sagte Thorsten.

„Kein Problem. Darum kümmern sich schon die Reinigungskräfte."

Der junge Brasilianer zog die Tür zu.

Zügig führte er sie durch die Flure des weitläufigen Gebäudes.

Claudia, die sich an ein sehr entspanntes südländisches Tempo gewöhnt hatte, geriet schon bald ins Schwitzen. Auch Thorsten schnaufte.

„Könnten wir ein bisschen langsamer gehen?", fragte sie. „Wir sind schließlich nicht mehr die Frischesten."

„Es tut mir leid, aber wir haben es ein bisschen eilig. Im Radio wurde heute Morgen eine Protestkundgebung der ortsansässigen Palmölbauern angekündigt. Ich würde ungern mehrere Stunden im Stau stehen."

„Verstehe", brummte Thorsten.

Claudia hingegen beschlich ein merkwürdiges Gefühl. Der junge Mann wirkte sehr nett und sympathisch. Aber irgendetwas stimmte nicht mit ihm. Sie ließ die Finger in die Handtasche gleiten und tastete nach ihrem Smartphone. Wenn hier irgendeine merkwürdige Sache vor sich ging, würde sie sofort den Sicherheitschef des Ressorts anrufen. Er sprach hervorragend Deutsch und verfügte über beste Beziehungen zur örtlichen Polizei, wie ihr mehrmals versichert worden war.

Der Kleinbus stand direkt am Hintereingang im Schatten eines üppig wuchernden Farngesträuchs. Eigentlich war hier parken verboten.

„Damit Sie nicht so weit laufen müssen", erklärte der junge Mann.

Für den Hund lag eine Decke auf der zweiten Rückbank. Der junge Mann bot Thorsten seinen Arm als Stütze, aber er hatte wohl noch nicht allzu vielen älteren Menschen ins Auto geholfen, denn er stellte sich dabei nicht besonders geschickt an.

„Wie lange arbeiten Sie schon hier im Ressort?", wollte Claudia wissen. Sie stieg ohne seine Hilfe in den Wagen.

„Seit zwei Wochen", erwiderte der junge Mann und schloss die Tür. „Ich arbeite mich gerade ein."

Durch die getönte Scheibe sah Claudia, dass ein Angestellter des Sicherheitsdienstes zu einem anderen Gebäude ging. Er blieb plötzlich stehen und betrachtete den Bus.

Der junge Mann stieg rasch ein und schlug die Tür zu. „Los geht's. Bitte anschnallen." Er startete den Motor und betätigte irgendein elektrisches Gerät auf dem Beifahrersitz.

Der Wachmann eilte auf den Bus zu. Dabei sprach er in sein Funkgerät. Plötzlich begann er zu laufen.

Der junge Mann gab Gas. In beachtlichem Tempo brausten sie durch die Anlage.

„He, junger Mann, haben wir es wirklich so eilig?", rief Thorsten.

„Tut mir leid. Bitte gut festhalten." Sie brausten auf das geschlossene Tor zu.

„He, was machen Sie denn da?", rief Claudia erschrocken.

„Bitte entspannen Sie sich." Der Mann bediente ein weiteres Mal das Gerät auf dem Beifahrersitz, und das eiserne Schiebetor begann, sich zu öffnen.

Claudia sah den verdutzten Blick des Wachmanns im Pförtnerhaus. Er betätigte irgendwelche Knöpfe an seiner Konsole. Als nichts geschah, griff er zum Funkgerät.

Der junge Mann beschleunigte noch mehr. Mit aufheulendem Motor raste der Bus auf das sich langsam öffnende Tor zu.

Eine Gänsehaut lief ihr über den Rücken. Claudia zog das Handy aus der Tasche. Wie war noch mal die Durchwahl gewesen: 859 oder 895?

„Halten Sie sofort den Wagen an!", schrie Thorsten.

Der Wachmann riss die Tür zum Pförtnerhaus auf. Man konnte sehen, dass er „Stopp!" brüllte. Aber seine Stimme ging im Lärm des aufheulenden Motors unter.

Claudia versuchte es mit der 859. Sie presste das Handy ans Ohr. Oh nein, sie hatte die falsche Nummer gewählt.

Anthony spürte die Angst im Bus und begann zu bellen.

„Keine Panik, wir sind gleich durch!", rief der junge Mann.

Das Tor hatte sich erst zu einem Drittel geöffnet. Das konnte unmöglich gut gehen. Mit zitternden Händen wählte Claudia die Nummer mit der 895 am Ende. Schon wieder keine Verbindung? Das konnte doch nicht sein.

Anthony fing an zu jaulen.

Der Wagen brauste auf den schmalen Spalt des sich noch immer viel zu langsam öffnenden Tores zu. Der junge Mann gab wieder Gas. Es knallte – ein Außenspiegel flog ab. Funken sprühten, als der Kotflügel am stählernen Tor entlangschrammte. Dann waren sie durch. Der Fahrer riss das Lenkrad herum. Die Reifen quietschten ohrenbetäubend, und sie gingen so scharf in die Kurve, dass Claudia gegen Thorsten geschleudert wurde und er hart gegen die Seitenscheibe knallte. Das Handy flog ihr aus der Hand. Anthony winselte.

„Tut mir leid!", rief der Fahrer. „Geht's dem Hund gut?"

„Sind Sie denn komplett wahnsinnig geworden?", rief Thorsten. Er rieb sich die rechte Schulter.

Claudia bückte sich und tastete nach ihrem Handy. Ihre Finger zitterten, als sie es aufhob. Thorsten drehte sich um und redete beruhigend auf Anthony ein. Der Hund bellte, was ein gutes Zeichen war. Claudia wählte erneut die Nummer des Sicherheitschefs.

„Stecken Sie Ihr Handy ruhig wieder ein, Senhora Hildebrandt. Hier im Auto funktioniert es nicht." Der Fahrer warf ihr durch den Rückspiegel einen kurzen Blick zu.

Claudia spürte, wie die Angst ihr die Brust zuschnürte. „Was …", sie schluckte, „… was haben Sie mit uns vor?"

Aus den Augenwinkeln sah sie ein großes Hinweisschild des Serra do Pardo Nationalparks. Es wies in die entgegengesetzte Richtung.

Der junge Mann überholte einen Transporter und scherte mit quietschenden Reifen wieder auf die rechte Fahrspur ein, um einem laut hupenden Pick-up auszuweichen, der ihnen entgegenkam.

„Nun ja, es ist mir ein wenig unangenehm." Er sah in den Rückspiegel. „Senhor Hildebrandt, Senhora Hildebrandt, ich habe Sie angelogen."

Kapitel 50

Berlin, Morgenthau-Klinik, Mai 2024

Nach und nach trafen die geladenen Gäste ein: Mit festen Schritten stolzierte ein bekannter deutscher Unternehmer in den Saal. Man sah ihm nicht an, dass ein tennisballgroßer Tumor in seinen Eingeweiden saß. Ein greiser Emir in weitem, hellem Gewand stützte sich auf die Schultern seiner Söhne. Elisabeth Stone sah, dass die ebenfalls schon recht betagten Söhne ihn mit etwas verkniffenem Lächeln zu seinem Platz führten. Ganz offensichtlich hatten sie sich ihre Zukunft anders vorgestellt. Ein sabbernder Selfmademilliardär brauste in einem elektrischen Rollstuhl in den Saal und verließ sich darauf, dass die Leute hastig zur Seite wichen, um ihm Platz zu machen. Ein uralter Japaner ging mit langsamen, leisen Schritten durch den Raum. Man bemerkte ihn kaum. Im Gegensatz dazu stürmte der russische Waffenhändler Fjodor Tassarow dicht hinter ihm in den Hörsaal. Er zog automatisch alle Blicke auf sich. Und das galt auch für den US-Amerikaner, der wenig später den Raum betrat. Er hatte seine künstlich geweißten Zähne zu einem Lächeln gebleckt, das dem Begriff „Immobilienhai" eine ganz neue Bedeutung gab. Sein Gesicht war so glatt geliftet, dass er wahrscheinlich permanent mit einem Grinsen herumlief. Weitere Menschen kamen in den Saal. Es waren nur zwei Frauen darunter: eine Fürstin mit ihrem Gatten und die krebskranke Tochter eines chinesischen Parteifunktionärs, der über einige äußerst lukrative Nebeneinkünfte verfügte. So unterschiedlich diese Leute auch waren, sie alle hatten etwas gemeinsam: Sie gehörten zu den reichsten Menschen der Welt, und sie waren entweder uralt oder schwer krank.

Die Sicherheitsvorkehrungen waren streng. Jeder Einzelne der geladenen Besucher hatte den Wunsch geäußert, ein komplettes Sicherheitsaufgebot mitbringen zu dürfen, aber es war jeweils nur ein Bodyguard pro Person gestattet worden. Zwölf Gäste waren geladen, und daher war das Auditorium nur zu einem Drittel gefüllt. Dabei sahen sich die jeweiligen Sicherheitskräfte im Gegensatz zu ihren Auftraggebern erstaunlich ähnlich: dunkle Anzüge, kräftige Statur und misstrauische Blicke. Elisabeth Stone war froh, dass es ihr gelungen war, ein absolutes Waffenverbot durchzusetzen. Offiziell hieß es, dass auch sie selbst und ihre Männer davon nicht ausgenommen waren. Aber natürlich galt diese Vorschrift nur zur Beruhigung der Gäste. Sie und ihre Männer trugen die Waffen lediglich verdeckt.

Elisabeth Stone ließ ihren Blick durch den Saal schweifen. Alles lief nach Plan. Am Eingang standen ihre Security-Leute. Einer davon war Bodahn Rudenko. Er hatte die Arme vor der mächtigen Brust verschränkt und schaute finster in die Gegend. Kein Wunder, seine Wunde musste ihn noch immer höllisch schmerzen. Sie zwinkerte ihm zu, bevor sie sich abwandte und die Stufen hinunterstieg, um ein letztes Mal die Sicherheitsvorkehrungen zu überprüfen.

Auf einem riesigen Bildschirm an der Wand waren wunderschöne Naturaufnahmen zu sehen, doch niemand schenkte dem Beachtung. Stattdessen starrten alle wie gebannt auf eine verspiegelte Glasfläche auf der rechten Seite des Rednerpultes. Sie wussten nur zu gut, was sich gleich dahinter abspielen würde: Durch einen Tastendruck ließ sie sich entspiegeln und würde den Blick auf einen hochmodernen OP-Saal freigeben.

Stone schritt an der Glaswand vorbei und trat durch eine Sicherheitstür in den Gang, von dem aus man den OP betrat. Auch dort standen ihre Leute. Medizinisches Personal machte sich gerade in einem angegliederten Waschraum bereit. Ein bärtiger Krankenpfleger schob ein Bett an den Posten vorbei zum Transumptionsraum. In dieses Bett würde man die nach erfolgter Transumption nicht mehr benötigten „Überreste" legen. Es war wichtig, dass man auch in dieser Hinsicht einen möglichst würdevollen Eindruck bei den Zuschauern hinterließ.

Ihre Augen verengten sich, als sie sah, dass ein Mann in weißem Kittel einen Bereich betreten wollte, in dem er nichts zu suchen hatte. Doch einer ihrer Männer verstellte ihm bereits den Weg.

„Tut mir leid. Dort haben nur die IT-Leute Zutritt."

Der Mann im weißen Kittel wirkte erbost. „Was erlauben Sie sich?! Ich bin der Anästhesist."

„Und wenn Sie der Präsident der Vereinigten Staaten wären", erwiderte der Posten, „Sie dürfen dort nicht hinein."

„Das ist wirklich eine Unverschämtheit! Sie haben ja gar keine Ahnung, worum es geht."

„Mag sein. Aber diese Anweisungen stammen von Dr. Morgenthau persönlich. Und dessen Kompetenz wollen Sie sicher nicht infrage stellen."

Elisabeth Stone nickte zufrieden. Der Posten machte seine Sache gut. Das ganze Verfahren war ohnehin zu neunzig Prozent IT-gesteuert. Ein Großteil des Personals war nur für die Show da. Schließlich sollten sich alle Kunden in guten Händen wissen.

Während der Mann im weißen Kittel weiter diskutierte, beugte sich der bärtige Krankenpfleger vor, damit der Computer anhand eines Irisscans die Sicherheitsfreigabe verifizieren konnte. Die Tür wurde entriegelt und öffnete sich automatisch.

„Na, hören Sie mal", empörte sich der Weißkittel. „Ich muss die Dosierungen absprechen!"

„Kein Problem!", erwiderte der Posten und drückte ihm ein Handy in die Hand.

Der Posten hatte alles im Griff. Elisabeth Stone blickte in den OP und konnte noch einen kurzen Blick auf das Involucrum erhaschen, ehe die automatische Tür des Transuptionsraums sich wieder schloss. Sie schnaufte leise. 3α war perfekt präpariert worden, um die Jugendträume der sabbernden alten Säcke zu neuem Leben zu erwecken. Ihr war es gleichgültig. Hauptsache, diese Prozedur erfüllte ihren Zweck. Und sorgte für volle Kassen.

Sie ging an dem telefonierenden Weißkittel vorbei in den Waschraum, in dem das Personal sich auf die OP vorbereitete. Eine Krankenschwester hielt sich etwas abseits von den anderen. Sie wirkte nervös. Das war nicht verwunderlich, schließlich war das heutige Ereignis in gewissem Sinne die Hundert-Milliarden-Euro-Show. Ungewöhnlich war allerdings, dass sie bereits einen Mundschutz trug, während sie eine OP-Haube über ihre blonden Locken zog. Elisabeth Stone ging auf sie zu. Die Augen der jungen Frau weiteten sich.

„Nehmen Sie den Mundschutz herunter", befahl Elisabeth Stone.

„Das geht nicht", erwiderte die Frau mit undeutlicher Stimme. „Es muss alles steril sein."

Elisabeth Stone trat einen Schritt näher und packte den Arm der jungen Frau. „Ich bitte Sie nur noch ein Mal höflich: Nehmen Sie den Mundschutz herunter!"

Die junge Frau gehorchte. Ihre Nase war gerötet. Sie wandte sich hastig zur Seite, sodass die anderen ihre offensichtliche Erkältung nicht bemerkten.

Elisabeth Stone nahm den mobilen Irisscanner zur Hand. „Sehen Sie dort hinein!"

„Bitte, verraten Sie mich nicht", bettelte die junge Frau mit nasaler Stimme. „Ich will unbedingt dabei sein, wenn heute Geschichte geschrieben wird!"

Der Computer identifizierte die junge Frau als Anna Lehmann, eine junge Anästhesieschwester. Elisabeth Stone nickte zufrieden. „Alles in Ordnung!" Das Sicherheitssystem funktionierte.

Die junge Frau atmete auf. „Das heißt, ich darf bleiben?"

Elisabeth Stone lächelte. „Wie blöd sind Sie eigentlich? Sie haben gerade das wichtigste Projekt der Stiftung gefährdet." Sie packte die erblassende Frau am Arm und schob sie hinaus in den Flur. Dort nickte sie einem ihrer Männer zu. „Bring Sie raus! Sie soll warten, bis die Transumption abgeschlossen ist und der Doktor Zeit für sie hat."

Der Sicherheitsmann blickte sie fragend an, und Elisabeth Stone fügte hinzu: „Und achte darauf, dass ihr beide auch durch den Dekontaminierungsprozess an der Sicherheitsschleuse geht."

Der Mann nickte.

Heute war ein ganz schlechter Tag für Anna Lehmann. Wäre sie nicht so ehrgeizig gewesen, hätte sie ihrem Schöpfer morgen schon für ihre Erkältung gedankt. Nun würde der letzte Tag ihres Lebens mit einer Enttäuschung beginnen und mit einem Schrecken enden. Man würde ihre Leiche, kaum noch identifizierbar, neben denen des anderen medizinischen Personals finden. Alles war von langer Hand minutiös geplant. Dr. Krüger war in dieser Hinsicht ein Perfektionist. Wahrscheinlich stand sogar schon die Schlagzeile fest, die morgen früh in der Berliner Zeitung stehen würde: *Verheerender Brand in der Morgenthau-Klinik. Acht Mitarbeiter unter den Todesopfern.*

Nach einem letzten prüfenden Blick in den Waschraum des Personals setzte Elisabeth Stone ihre Inspektionsrunde fort. Heute durfte ihnen nicht der kleinste Fehler unterlaufen.

Der Sicherheitsmann warf Eleonore von Hovhede einen fragenden Blick zu, als er ihre Handtasche untersuchte und dort auf einen Gegenstand stieß, den er offensichtlich nicht erwartet hatte.

Sie lächelte. „Nostalgie", erklärte sie, „eine Erinnerung an die Zeit, als ich noch jung und sportlich war."

Der Mann erwiderte das Lächeln und ließ sie vorbei. Wahrscheinlich war er das exzentrisches Verhalten seiner Klienten gewohnt.

Der erste Teil war geschafft, nun musste sie den Gegenstand nur noch an der richtigen Stelle deponieren.

„Komm, Lörchen …" Der junge Roman reichte ihr seinen Arm, und sie nahm seine Hilfe nach kurzem Zögern in Anspruch.

Als sie in den Saal traten, wurde es plötzlich ganz still. Aller Augen waren auf sie gerichtet. So kam es ihr jedenfalls vor. Mit einem Schaudern senkte sie den Blick und ließ sich zu ihrem Platz ganz vorne in der ersten Reihe führen.

Als Erstes trat Dr. Krüger an das Pult. Er lächelte. Sein kahler Schädel glänzte im Licht der Scheinwerfer. „Meine sehr verehrten Damen und Herren, ich begrüße Sie ganz herzlich zu diesem historischen Ereignis." Er machte eine kurze Pause, um den Übersetzern Gelegenheit zu geben, seine Worte in die jeweilige Muttersprache der Zuhörer zu übersetzen. Eleonore konnte sehen, dass viele der Anwesenden einen kleinen Knopf im Ohr trugen.

„Heute werden wir Geschichte schreiben", fuhr Dr. Krüger fort, „und zwar ohne dass die Welt dort draußen irgendetwas davon mitbekommt!" Er wies mit einer ausladenden Handbewegung zu den Ausgängen, die nun geschlossen waren. „Wir alle wissen ja, dass die wirklich entscheidenden Dinge selten vor den Augen der Öffentlichkeit geschehen."

Einige im Saal lachten.

„Nun möchte ich Sie aber nicht länger auf die Folter spannen. Begrüßen Sie mit mir Dr. Philip Morgenthau, das größte medizinische Genie dieses Jahrhunderts."

Ein höflicher Applaus setzte ein, und der junge Dr. Morgenthau betrat das Podium.

„Vielen Dank! Methusalem, so steht es in den uralten Schriften der Bibel, war 187 Jahre alt, als er seinen Sohn Lamech zeugte. Danach lebte er noch weitere 782 Jahre und ihm wurden Söhne und Töchter geboren." Er blickte auf. „Glaubt irgendjemand von Ihnen daran?"

Das Schweigen im Saal war erdrückend. Das schien den jungen Arzt jedoch nicht zu stören. „Ich hatte auch nichts anderes erwartet. Aber ich will Ihnen etwas verraten: Methusalem ist eine Inspiration! Stellen Sie sich vor, was ein Mensch mit einer solchen Lebensspanne, mit wachem Geist und vitalen Lenden alles bewirken könnte."

Ein rotgesichtiger Mann in der dritten Reihe lachte dröhnend.

Dr. Morgenthau fuhr fort: „Sie wollen Fakten über die wichtigste Investition Ihres Lebens?" Er berührte kurz das iPad auf dem Podium. „Heute sollen Sie erfahren, dass das Leben eines Methusalem Wirklichkeit werden kann." Die Darstellung eines menschlichen Gehirns erschien auf der

Leinwand. „Nur allzu oft wurde in den vergangenen Jahren das menschliche Gehirn mit einem Computer verglichen. Richtig daran ist, dass unser Gehirn die Zentrale ist, die alles steuert. Jede Bewegung, jeder Gedanke ist anhand von Impulsen in unserem Gehirn nachvollziehbar. Aber anders als die winzigen Speichereinheiten einer Festplatte ist es nicht digital, sondern analog aufgebaut. Unsere Nervenzellen sind deutlich langsamer als auch der leistungsschwächste PC. Eine Nervenzelle schafft gerade mal ein paar hundert Impulse pro Sekunde. Die Rechengeschwindigkeit eines einfachen Computers wird in Gigahertz gemessen. Was das Gehirn jedem Computer überlegen macht, ist auch nicht die Anzahl der Neuronen, die im Cortex immerhin zwischen 19 und 23 Milliarden liegt. Es sind die Verbindungen zwischen den Nervenzellen, auf die wir unser Augenmerk richten müssen. Jede Nervenzelle ist durch 1 bis 200 000 Synapsen mit anderen Nervenzellen verbunden, was bedeutet, dass wir über etwa 10^{15} Synapsen verfügen. Diese Synapsen sind ständigen Veränderungen unterworfen, denn sie sind das physische Abbild unserer Lernprozesse. Unsere Wahrnehmung, jeder Bewegungsablauf, ein Gedicht, das wir auswendig lernen, das Gesicht unserer Mutter, die Stimme eines Geliebten, ja, unser Bewusstsein und auch unsere Imaginationskraft werden durch die Billionen zerebralen Verknüpfungen, die zwischen unseren Nervenzellen bestehen, definiert. Diese Verknüpfungen sind enorm komplex und absolut einzigartig. Denn nicht nur die Verbindung allein, auch ihre Stärke ist entscheidend. Die Identität eines jeden Menschen findet sich wieder in den Verknüpfungen seiner Neuronen. Sie wollen die Seele eines Menschen sehen? Nun, hier ist sie." Er deutete mit dem Laserpointer auf das Wirrwarr an Synapsen, die auf der Grafik dargestellt wurden.

Ein Schauer lief Eleonore über den Rücken. Sie hatte das Gefühl, dass der Wissenschaftler in seinen Ausführungen etwas Entscheidendes übersah. Andere hingegen schienen diese Aussagen als weniger brisant zu empfinden. Ein Gähnen durchdrang die Stille des Auditoriums.

Eleonore sah sich um. Es war der rotgesichtige Russe, der deutlich sein Desinteresse zeigte.

„Langweile ich Sie etwa?" Dr. Morgenthau lächelte. „Also gut, werden wir konkreter. Beobachten wir Charly bei der Arbeit."

Ein Film wurde eingeblendet. Man konnte eine schwarz-weiß gefleckte Ratte dabei beobachten, wie sie schnuppernd durch ein System von durchsichtigen Plexiglasröhren kletterte. Die Ratte hatte dabei eine Art Haube auf dem Schädel, aus der dünne Drähte herausragten. Neben dem Film sah man eine Darstellung des Rattenhirns, in dem bestimmte Bereiche dunkelrot aufleuchteten.

„Charly hat Hunger. Er hat ziemlich lange gebraucht, um sich den Weg durch dieses Labyrinth zu erarbeiten. Aber da Ratten recht clever sind, gelang es ihm irgendwann. Der Weg durch das Labyrinth ist in seinem Gehirn abgespeichert. Hier, sehen Sie diese rot markierten Punkte? Das sind sogenannte Ortszellen. Sie führen Charly sicher an allen Einbahnstraßen vorbei zum Ziel."

Man sah nun, wie die Ratte ein kleines Plastiksäckchen aufbiss und dann den körnigen Inhalt fraß.

„Im Alter von einem Jahr und vier Monaten ereilte Charly das Schicksal allen Lebens: Er starb. Und damit ging auch sein mühsam erworbenes Wissen verloren. Das heißt, nicht ganz, denn zuvor hatten wir dieses Wissen archiviert. Übrigens ein Unterfangen, das den Großrechner einer nicht unbekannten deutschen Universität beinahe lahmlegte.

Doch was hat Charly davon? Nichts. Es sei denn, natürlich, es wäre möglich, seine Erinnerung wieder lebendig werden zu lassen." Der nächste Film startete. Man sah eine weiße Ratte durch denselben Versuchsaufbau krabbeln. „Das ist Omega. Diese Ratte hatte nie zuvor das Labyrinth betreten. Und dennoch ... sehen Sie die Ortszellen!" Er deutete auf die rot leuchtenden Punkte in der Hirnstruktur. „Omega kennt den Weg. Er musste ihn nicht mühsam erlernen. Warum? Weil ein Teil von Charly in ihm weiterlebt."

Irgendjemand schnaubte spöttisch. Doch Dr. Morgenthau fuhr ungerührt fort: „Mittels eines neuartigen optogenetischen Verfahrens in Kombination mit der Verabreichung hochspezifischer Wachstumshormone ist es uns gelungen, einen Teil der individuellen Hirnstruktur von Charly auf Omega zu übertragen. Und damit haben wir den Beweis angetreten, dass die einmalige Identität eines Lebewesens unsterblich werden kann."

„Bullshit!", meldete sich eine männliche Stimme auf Englisch.

Eleonore wandte sich um und sah, dass es sich bei dem Zwischenrufer um einen Amerikaner mit stark geliftetem Gesicht und blondierten Haaren handelte.

„Was interessiert mich so eine dressierte Ratte?! Wenn das alles ist, was Sie zu bieten haben, verschwenden Sie hier meine Zeit!"

„Sehr richtig!", stimmte jemand anderer zu.

„Geht es Ihnen immer noch zu langsam voran? Also gut, machen wir einen Zeitsprung, obwohl mich eine gewisse Emotionalität mit diesem Ereignis verbindet. Denn an dem Tag, an dem Omega den Beweis antrat, dass eine vollständige Transumption tatsächlich möglich sein könnte, starb meine geliebte Frau nach langer, schwerer Krankheit. Das ist nun schon über acht Jahre her, und seitdem ist viel passiert."

Eleonore registrierte, dass die Zuhörer im Raum sich befremdete Blicke zuwarfen.

„Was erzählt der da?!", nuschelte ein Greis im Rollstuhl. „Vor acht Jahren hatte das Büblein doch gerade mal Abitur."

„Wir konnten sehr rasch weitere Fortschritte erreichen", fuhr Dr. Morgenthau ungerührt fort. „Schon nach zwei Jahren gelang es uns, nicht nur eine einzige Erinnerung, sondern die komplette Hirnstruktur einer Ratte auf ein anderes Tier zu übertragen. Und weitere zwei Jahre später erreichten wir das gleiche Ergebnis bei einem jungen Rhesusaffen. Die Erfassung von Billionen von Synapsen erforderte die Entwicklung eines speziellen hocheffizienten Computerprogramms. Wir nennen es den Methusalem-Code. All diese mühevolle Forschung mündete schließlich in dem einen finalen Ziel: der Transumption eines Menschen."

Jemand räusperte sich. Es war eine noch recht junge Chinesin, die von einer Chemotherapie schwer gezeichnet war. Sie stellte eine Frage in ihrer Muttersprache. Die Übersetzung war unmittelbar darauf über Lautsprecher zu vernehmen: „Was bedeutet das konkret?"

„Mit Transumption meinen wir die Übertragung des Bewusstseins eines Menschen mit all seinen Erinnerungen, seinen Erfahrungen und seinen Kompetenzen in ein sogenanntes Involucrum."

„Und was zum Teufel soll das schon wieder sein?", bellte der Immobilienhai. Der raue Tonfall konnte nicht überdecken, dass auch etwas anderes in seiner Stimme mitschwang: Hoffnung.

„Ich hoffe, Sie alle erinnern sich an die Verschwiegenheitserklärung, die Sie unterzeichnet haben?" In Morgenthaus sonorer Stimme schwang etwas mit, das Eleonore frösteln ließ.

Niemand im Raum sagte etwas. Ein altes Ehepaar warf sich einen kurzen Blick zu. Der Russe lächelte grimmig. Ein paar Anwesende nickten stumm.

Der Wissenschaftler lächelte. „Gut, Sie werden bald feststellen, dass all dies in Ihrem ureigenen Interesse geschieht. Ich muss mich übrigens bei Ihnen entschuldigen", fuhr er fort, „ich habe mich noch gar nicht richtig vorgestellt. Mein Name ist Dr. Philip Morgenthau. Ich wurde am 17. April 1943 als Sohn zweier Exildeutscher in Manaus geboren."

Eleonore vernahm ein leises Raunen. Aber niemand sagte etwas.

„Ich studierte zunächst in São Paulo, dann in Heidelberg und Berlin, bevor ich in Harvard promovierte. Meine liebe Frau lernte ich während meiner Lehrtätigkeit in den USA kennen. Leider blieb unsere Ehe kinderlos. Vor Kurzem haben Sie aus den Medien von meinem Tod erfahren. Aber diese Information ist nicht ganz korrekt."

Eleonore hörte, wie jemand nach Luft schnappte.

„Es ist zu einem nicht unwesentlichen Teil einem guten Bekannten, nennen wir ihn Fjodor, zu verdanken, dass ich nun in verjüngter Form vor Ihnen stehe."

Eleonore folgte dem Blick des Doktors. Der rotgesichtige Russe grinste.

„Was ist ein Involucrum? Diese Frage war der Ausgangspunkt meiner Ausführungen. Am besten, Sie sehen es sich selbst an."

Ein Film wurde abgespielt. Es war eine nachgestellte Szene, so wie man sie aus diversen Dokumentationen kannte. Eine Stimme aus dem Off kommentierte das, was auf der Leinwand zu sehen war: „Es war am Abend des 12. September 2017, als sich ein junger deutscher Austauschstudent auf sein Motorrad setzte, um durch die Innenstadt von São Paulo in sein Studentenheim zu fahren."

Eleonore schluckte. Der lachende Student mit den zerrissenen Jeans und dem ausgewaschenen T-Shirt sah Dr. Morgenthau ausgesprochen ähnlich.

Die Stimme aus dem Off kommentierte: „Er hatte zuvor mit Freunden den erfolgreichen Abschluss seiner Zwischenprüfung gefeiert. Wie dort allgemein üblich fuhr er ohne Helm. Ein LKW erwischte das Hinterrad des Motorrads. Der junge Student wurde zwölf Meter durch die Luft geschleudert, ehe er mit dem Kopf gegen den Betonpfeiler der Autobahnbrücke knallte. Schräg gegenüber befand sich das Hospital Samaritano. Der junge Student lag bereits neun Minuten nach seinem Unfall auf der Intensivstation."

Man sah eine bleiche Gestalt, angeschlossen an unzählige Kabel und Schläuche, in einem Krankenhausbett liegen. Langsam hob sich die Brust im Rhythmus der Beatmungsmaschine. Die Herztöne schlugen gleichmäßig.

„Doch die Schädelverletzungen waren zu schwer."

Die schwachen Wellen des EEG verebbten. Ein lang gezogener Piepton erklang.

Dr. Morgenthau stoppte den Film. „Das, meine Damen und Herren, ist ein Involucrum: ein funktionsfähiger Körper ohne ein funktionsfähiges Gehirn, das ihn steuert. Eine leere Hülle, ohne Bewusstsein, ohne Identität. Und nun", er lächelte, „beginnt das Wunder."

Kapitel 51

Dunkelheit lag über ihr wie ein schweres Tuch. Mirja hörte ihren eigenen Atem und gedämpft die Geräusche, die von draußen in den Raum drangen. Es war Wahnsinn, was sie hier vorhatten. Aber welche Wahl hatte sie schon? Sie konnte unmöglich zulassen, dass noch mehr Menschen so grausam leiden mussten und ihrer Identität beraubt wurden. Erst recht nicht, nachdem die alte Frau bereit gewesen war, sich zu opfern, um die Wahrheit ans Licht zu bringen.

Mirja zuckte zusammen, als sie ein Geräusch vernahm. Aber es war nur der Lautsprecher gewesen, der zugeschaltet worden war.

„Die Vorgehensweise ist immer die gleiche", sagte eine Stimme, die vermutlich Dr. Morgenthau junior gehörte. „Die Identität des Unfallopfers ist auf immer verloren, sie lässt sich nicht mehr rekonstruieren. Dieser Mensch ist tot, auch wenn sein Herz noch schlägt. Allerdings werden einige Hirnareale weiterhin durchblutet und bleiben somit für einen gewissen Zeitraum auch potenziell funktionsfähig. Und das ist, wenn Sie so wollen, das noch ungeborene Involucrum. Sie denken vielleicht: Was soll man mit diesem verstümmelten Gehirn noch anfangen? Das ist doch völlig defekt. Aber da täuschen Sie sich.

Vorhin sagte ich, der Cortex eines Menschen verfüge über 19 bis 23 Milliarden Hirnzellen. Korrekterweise hätte ich sagen müssen: bei Frauen sind es durchschnittlich 19 Milliarden Zellen und bei Männern 23 Milliarden Zellen. Bedeutet das nun, dass Männer den Frauen intellektuell oder in irgendeiner anderen Hinsicht bezüglich der Hirnleistung überlegen wären? Es mag ein paar Männer im Raum geben, die dies behaupten würden." Er lächelte. „Aber wissenschaftlich betrachtet gibt es keinen Unterschied. Ich will Ihnen noch etwas zeigen ..." Die

Aufnahme einer Computertomografie wurde eingeblendet. „Das ist die Abbildung eines menschlichen Schädels. Es ist deutlich zu erkennen, dass die Hälfte des Gehirns fehlt."

Er räusperte sich. „Dieses Bild wurde bereits vor zehn Jahren publiziert. Es zeigt einen kleinen Jungen, der an einer schweren Infektion der rechten Gehirnhälfte litt. Um sein Leben zu retten, wurde ihm im Alter von drei Jahren eine Gehirnhälfte entfernt. Wenn Sie jetzt glauben, dass dieses Kind halbseitig gelähmt ist und schwerste Behinderungen davongetragen hat, dann haben Sie sich getäuscht. Er ist altersgemäß völlig normal entwickelt. Lediglich ein paar Reflexe funktionieren nicht lehrbuchmäßig. Ansonsten bewegt er sich motorisch unauffällig und ist sogar bilingual, und das, obwohl der Ort, an dem gewöhnlich das Sprachzentrum sitzt, komplett fehlt. Das Gehirn ist in jungen Jahren enorm flexibel, und es kann ungeheure Verluste kompensieren. Diesen Umstand haben wir uns zunutze gemacht. Entscheidend ist nämlich weniger die reine Anzahl der Neuronen als vielmehr die Anzahl und Intensität der neuronalen Verknüpfungen. Dreijährige verfügen über etwa doppelt so viele Synapsen wie der durchschnittliche Erwachsene. Darin liegt das Geheimnis ihrer ungeheuren Lernfähigkeit. Das Gehirn bildet physisch die Lernprozesse des Kleinkindes ab, indem es bestehende Verknüpfungen intensiviert, während es ungenutzte Synapsen verkümmern lässt.

Und diese Fähigkeit machen wir uns zunutze. Nachdem wir das Involucrum durch kosmetische Chirurgie an die äußeren Merkmale des Überträgers angepasst haben, kommen wir zum eigentlichen Transumptionsprozess. Wir führen im Gehirn eine künstliche Regression herbei. Ein spezielles Wachstumshormon lässt die neuronalen Verbindungen exponentiell wachsen. Anschließend verabreichen wir ein Medikament, das die Synapsen für optogenetische Eingriffe empfänglich macht. Über ein sogenanntes Organic-Transmitter-Implantat können wir direkt im Cortex die optischen Signale eines Spezallasers in Wachstumsimpulse umwandeln beziehungsweise die Vernichtung bestimmter Synapsen initiieren. Oder anders ausgedrückt: Wir übertragen die Identität eines Menschen in das Involucrum."

Mirja ballte die Fäuste. Es war schier unerträglich, diesem Vortrag zuzuhören. Lüge und Wahrheit wurden so geschickt vermischt, dass er für Außenstehende ungemein überzeugend klang. Sie versuchte, sich nicht ablenken zu lassen. Die alte Dame sollte nicht sterben. Ihr durfte nicht der kleinste Fehler unterlaufen. Sie konnte hören, dass die Tür zum OP geöffnet wurde. Grelles Licht flutete über sie hinweg.

Sie kommen!

Eleonore von Hovhede hielt ihre Handtasche mit beiden Händen umklammert, während sie dem Vortrag lauschte, den der junge Dr. Morgenthau mit einer erstaunlichen Überzeugungskraft vortrug. Sie fragte sich, wie diese Kleinigkeit, die sie bei sich trug, in der Lage sein sollte, die scheinbar felsenfest verankerte Persönlichkeit des Wissenschaftlers zu durchbrechen.

Einer der Besucher hob die Hand. „Wenn ich das wirklich glauben soll", er räusperte sich, „bedeutet das nicht, dass es Sie zweimal zur selben Zeit gab, also einmal als alte und einmal als junge Version, wenn ich mich so ausdrücken darf?"

„Fragen sind immer erlaubt", erwiderte Dr. Morgenthau, „und die Antwort lautet: nein. Eine parallele Existenz gibt es zu keinem Zeitpunkt. Das hat folgenden Grund: Nach erfolgter Regression befindet sich das Gehirn des Involucrums gewissermaßen im Embryonalzustand. Es hat kein Ich-Bewusstsein mehr. Für die nun folgende Transumption der Persönlichkeit unseres Kunden muss zunächst eine hundertprozentig korrekte Datenauslese jener Hirnareale erfolgen, die das Bewusstsein beinhalten. Dabei wird der ursprüngliche Datenträger vollkommen zerstört."

„Das bedeutet also, dass mein Gehirn zerschreddert wird, bevor ich in irgendeinem Hirntoten wiedergeboren werde?", knurrte der Rotgesichtige.

Dr. Morgenthau lächelte. „Vielleicht etwas salopp formuliert, aber im Grunde genommen korrekt."

„Und was ist, wenn irgendetwas schiefgeht?", meldete sich der Amerikaner zu Wort.

„Dann haben wir über den Methusalem-Code ein Backup und ein β-Involucrum für eine zweite Transumption. Aber es wird nichts schiefgehen. Ich selbst bin der lebende Beweis dafür. Schauen Sie: Dies sind Originalaufnahmen des finalen Transumptionsprozesses."

Es war ein hochmoderner OP-Saal zu sehen. Der alte Dr. Morgenthau lag auf einem OP-Tisch, während ein Roboterarm mit einem laserähnlichen Gerät am offenen Schädel arbeitete, der aber mit einem Tuch verdeckt war. Auf dem Nebentisch sah man den Körper des jungen Dr. Morgenthau, auf dessen Schädeldecke eine Art riesige Laserkanone gerichtet war. Parallel zu diesen Bildern wurden die veränderten Hirnstrukturen an einer Computergrafik dargestellt. Im Inneren des Gerätes flimmerte es grell, ein Gewimmel wie in einem Ameisenhaufen.

Nach einigen Minuten endete der Film.

„Mein alter Körper, der bei dem Flugzeugabsturz verbrannte, war schon tot. Er war nichts weiter als eine alte, nutzlos gewordene Hülle. Ich selbst befand mich zu diesem Zeitpunkt bereits in Deutschland und setzte als mein eigener Sohn die Forschungsarbeiten fort, die ich vor vielen Jahrzehnten begonnen hatte."

Eleonore ließ ihren Blick durch den Raum wandern. Alle schwiegen. Es wirkte alles sehr überzeugend. Und dennoch: Wer würde sein Leben darauf verwetten? Das Ehepaar tuschelte leise miteinander. Der Immobilienhai kratzte sich nachdenklich an der Stirn, und der Russe hatte die Arme über der Brust verschränkt.

Dr. Morgenthau hob die Hände. „Ich verstehe Ihre Bedenken. Das alles könnte auch eine perfide Täuschung sein." Sein Blick wanderte über die Reihen der Zuhörer und blieb an Eleonore haften. „Meine Liebe", sagte er, „wärst du so freundlich, nach vorne zu kommen?"

Kapitel 52

Elisabeth Stone beobachtete, wie die alte Frau von 2α auf die Bühne geführt wurde. Bis jetzt lief alles nach Plan. Die Leute verhielten sich genau so, wie Dr. Krüger und Dr. Hain es vorhergesagt hatten.

„Ich möchte Ihnen Eleonore und Roman vorstellen, zwei liebe alte Freunde von mir. Sie sind jetzt seit nunmehr sechzig Jahren ein Paar." Er umarmte die beiden.

Die alte Schachtel sah ziemlich blass aus und nestelte die ganze Zeit an ihrem Handtäschchen herum. Stone hoffte, dass sie wenigstens noch ein paar Minuten durchhalten würde. Es würde die Sache enorm komplizieren, wenn sie hier auf der Bühne einen Herzinfarkt erlitte.

Im Saal wurde leise geflüstert. Elisabeth Stone konnte sehen, wie das alte Ehepaar in den Rängen sich hoffnungsvoll anblickte.

„Wie unschwer zu erkennen ist, hat Roman seine Transumption bereits hinter sich", setzte Dr. Morgenthau seine Ausführungen fort. „Ich bin sehr dankbar, dass wir nun gemeinsam die Möglichkeit haben, der Transumption seiner Ehefrau hier vor Ort beiwohnen zu können." Er legte seinen Arm behutsam um die schmalen Schultern der alten Frau. „Bist du bereit, Eleonore?"

Er erwartete offenbar nur ein knappes Nicken, daher hob er überrascht die Brauen, als sie an das Podium trat und ins Mikrofon sprach: „Ich habe sehr lange darüber nachgedacht, ob ich mich dem, was heute geschehen wird, wirklich stellen soll." Ihre Stimme zitterte etwas, wurde aber mit jedem Wort fester. „Und ich kann sagen: Ja, ich bin bereit."

„Wunderbar", sagte Dr. Morgenthau rasch. „Roman wird dich begleiten."

2α führte die alte Frau aus dem Saal hinaus. Im selben Moment wurde die Verspiegelung der Glaswand elektronisch aufgehoben, und die Zuschauer konnten den Transumptionsraum sehen. Das Involucrum lag auf einem Operationstisch vor dem Speziallaser. Es war bis auf die Unterwäsche unbekleidet.

Die Reaktionen waren wie vorhergesehen. Der amerikanische Immobilienhai spitzte die Lippen, und der Russe stieß sogar einen leisen Pfiff aus. Die anderen Besucher waren etwas diskreter. Aber in fast allen Gesichtern lag unverkennbar eine Art Hunger. Sie konnten einen Blick in den Jungbrunnen werfen, und keiner von ihnen war gegen seine Wirkung gefeit. Der Eindruck verstärkte sich, als die alte Frau in den Transumptionssaal trat. Ein OP-Helfer trat vor und half der alten Dame auf ihren OP-Tisch. Sie behielt ihr Kleid natürlich an, eine alte Person unbekleidet zur Schau zu stellen, hätte die Kunden nur abgeschreckt. Lediglich die Schuhe wurden ihr abgestreift. Die Zurschaustellung war damit subtiler, aber nicht weniger wirkungsvoll: Ihre unsicheren Bewegungen, das blasse, faltige Gesicht, die blauen Adern, die sichtbar an ihren Waden hervortraten, und die verformten Füße, all das stand in so krassem Gegensatz zu der jungen, schönen Frau an ihrer Seite, dass es zwangsläufig die Sehnsucht danach weckte, selbst wieder jung zu sein.

„Eleonore wird nun auf die Transumption vorbereitet. Der gesamte Prozess wird etwa dreieinhalb Stunden in Anspruch nehmen. Sie können sich dabei gern ein paar Erfrischungen reichen lassen oder sich draußen ein wenig die Beine vertreten."

Während einer der OP-Helfer einen Zugang für den Tropf legte, rasierte ein anderer ihren Schädel komplett kahl. Nun, in wenigen Minuten würde ihre bisherige Existenz Geschichte sein. Das im Rahmen einer vorgetäuschten Tumorentfernung eingesetzte Implantat würde, durch den Laser initiiert, eine Reihe ultrakurzer Mikrowellenimpulse freisetzen, die das Gehirn der Frau innerhalb von Sekundenbruchteilen zerstören würden.

Dieser Prozess barg eine köstliche Ironie. Die alte Frau hatte eine marode Hüfte, litt unter Bluthochdruck, Arthrose und einer ganzen Reihe weiterer chronisch degenerativer Erkrankungen. Es gab vieles, um das sie sich mit Fug und Recht Sorgen machen konnte. Ausgerechnet ihr Gehirn funktionierte jedoch ausgezeichnet. Nur dank perfider Manipulationen und einiger Medikamente hatte man ihr die Angst vor dem Vergessen einimpfen können. Nun war sie freiwillig hier, um ihr Gehirn braten zu lassen. Stone bewunderte das geradezu diabolische Genie, das sich dahinter verbarg.

Sie warf einen Blick auf die Uhr. Eigentlich hätten sich nun die Türen öffnen und einige ihrer Leute mit Erfrischungen den Raum betreten sollen. Doch nichts dergleichen geschah. Einer der Posten rüttelte an der Tür, sah zu ihr herüber und zuckte die Achseln.

Stone kontaktierte den Verantwortlichen für die Sicherung der äußeren Bereiche. „Andreas, was ist da los?"

„Die elektronische Verriegelung ist angesprungen, und es gibt Probleme mit den Schlüsseln." Seine Stimme klang ruhig, aber im Hintergrund waren rasche Schritte und Rufe zu vernehmen.

„Kontaktiere sofort die IT!"

„Ist schon in Arbeit. Irgendein Trottel muss den Einbruchsalarm ausgelöst haben."

„Du hast die Verantwortung dort draußen. Wenn heute irgendetwas schiefgeht, werden hier Köpfe rollen – allen voran deiner! Und das ist keine verdammte Metapher, haben wir uns verstanden?!"

„Natürlich. Wir werden das Problem lösen."

„Halte mich auf dem Laufenden!" Stone bemühte sich, ihren Ärger hinunterzuschlucken. Sie versuchte, Blickkontakt mit Dr. Morgenthau aufzunehmen. Dieser schien allerdings in Gedanken versunken und starrte auf sein Pult. Er hielt irgendetwas in der Hand. Sie schnaubte verärgert und ging auf ihn zu. In diesem Moment blickte Dr. Krüger zu ihr herüber. Sie bedeutete ihm, dass es Verzögerungen gab.

Der Arzt reagierte sofort und trat ans Mikrofon. „Wie ich gerade erfahren habe, verzögern sich die Erfrischungen ein wenig. Aber wer möchte schon ein Glas Orangensaft trinken, wenn er das Wunder des ewigen Lebens erleben kann?"

Niemand schenkte ihm Beachtung. Stattdessen starrten alle mit offenem Mund zum Transumptionsraum.

Elisabeth Stone fuhr herum. „Was zur Hölle –?"

Im Transumptionsraum war irgendein Alarm losgegangen. Ein rotes Licht blinkte. Die Sprinkleranlage ging an. Einer der Pfleger, in dem sie den Bärtigen von vorhin wiederzuerkennen glaubte, drängte das andere Personal aus dem Raum. Als der leitende Anästhesist sich wehren wollte, gab es eine Rangelei.

Elisabeth Stone hatte von hier aus keine Chance einzugreifen. Der Transumptionsraum konnte nur von außen betreten werden. Rasch kontaktierte sie die nächstgelegene Eingreiftruppe. „Andreas, zieh deine Männer sofort nach Sektor A. Wir haben hier einen Eindringling."

„Verstanden. Ich komme da im Moment nicht durch. Die Brandschutztüren sind alle automatisch geschlossen worden. Ich informiere Gruppe A."

Die Rangelei im Transumptionsraum endete abrupt, als der Bärtige dem Arzt ein Skalpell an die Kehle hielt. Die letzten OP-Helfer flohen panisch aus dem Raum, und der Bärtige stieß den Arzt zur Tür hinaus, die er rasch wieder zuzog.

„Verflucht, Andreas. Wo bleiben deine Männer?"

„Sind schon da!"

Elisabeth Stone konnte sehen, dass die Türklinke des Transumptionsraums heruntergedrückt wurde. Aber die Tür öffnete sich nicht.

Inzwischen riefen alle Zuschauer aufgeregt durcheinander.

„Sofort blickdicht machen!", befahl Dr. Krüger. Aber entweder hörte die IT seinen Befehl nicht, oder die betreffenden Mitarbeiter waren nicht in der Lage, ihn zu befolgen.

„Bitte bewahren Sie Ruhe!", übertönte eine Stimme die aufgeregten Rufe, und erstaunlicherweise legte sich der Lärm tatsächlich. Alle schwiegen und starrten hinab in den Transumptionsraum. Das Erstarren der Menge war allerdings nicht verwunderlich, denn es war das Involucrum, das dort gesprochen hatte.

Mirja sah, wie Eleonore sich regte. Die alte Dame blickte sie an. „Ach, Mädchen, was tust du denn da?"

Mirja wandte den Blick ab und blickte durch die Scheibe auf die Ränge der Zuhörer. Alle starrten sie an. Elisabeth Stone sprach in eine Art Funkgerät. Mirja warf Raven, der mit dem Bart befremdlich aussah, einen kurzen Blick zu. Er war gerade dabei, den schweren OP-Tisch vor die Tür zu schieben. Zwar war diese elektronisch verriegelt, aber wer konnte schon sagen, wie lange die Sperrung aufrechterhalten blieb?

Er sah zu ihr herüber. „Du schaffst das!", flüsterte er.

Mirja wandte sich wieder dem Auditorium zu und hob die Stimme. „Alles, was Sie soeben vernommen haben, ist eine einzige Lüge!" Ihre Stimme wurde über die Mikrofonanlage des Transumptionsraums direkt in den Zuschauerraum übertragen. „Und ich behaupte das nicht einfach so, ich kann es beweisen. Denn ich war dort an jenem Ort, an dem Sie angeblich Ihre Unsterblichkeit empfangen sollen."

Mirja machte eine kurze Pause. Die Leute starrten sie noch immer an, als sei sie ein Gespenst. Sie ahnte, dass ihr nicht viel Zeit blieb, denn durch die dicke Tür konnte sie bereits dumpf das Trappeln schwerer Stiefel vernehmen.

„Vermutlich fragen Sie sich, wer ich bin und mit welchem Recht ich das Wort an Sie richte: Mein Name ist Mirja Roth. Ich wurde am 24. Mai 1998 in Berlin geboren. Ich bin keine seelenlose Hülle ohne Identität und sollte dennoch eine jüngere Version dieser armen Frau werden." Sie wies auf Eleonore. „Die wiederum, wie Sie alle, Opfer eines grausamen Betruges werden sollte!"

Die ersten Zuhörer erwachten endlich aus ihrer Starre. Ein breitschultriger Blonder war aufgesprungen und rief etwas. Mirja konnte ihn nicht verstehen, denn seine Worte wurden nicht übertragen.

Ein kahlköpfiger hagerer Mann – es musste sich dabei laut Ravens

Beschreibung um Dr. Krüger handeln – drängte sich an Dr. Morgenthau junior vorbei ans Mikrofon. „Meine Damen und Herren, bewahren Sie Ruhe. Dieser bedauerliche Zwischenfall ist ärgerlich, stellt aber nichts von dem ernsthaft infrage, was Dr. Morgenthau Ihnen soeben berichtet hat. Ich werde Ihnen das gleich erklären –"

„Dieser bedauerliche Zwischenfall ist die Realität!", unterbrach Mirja ihn mit ruhiger Stimme. „Aber machen Sie sich doch selbst ein Bild. Werfen Sie einen Blick in den Vorhof der Hölle!" Sie drückte den Funksender, den Raven ihr gegeben hatte.

„Meine Damen und Herren", rief der Glatzkopf mit dröhnender Stimme. „Ich bedaure sehr, dass diese offensichtlich verwirrten Personen sich hier einschleichen konnten, aber –"

In diesem Augenblick begann die Übertragung des Films. Von ihrem Platz aus konnte Mirja die Übertragung selbst nicht sehen, aber sie hörte den Ton, und sie sah die Reaktionen der Menschen. Niemand achtete mehr auf den Glatzkopf. Alle starrten auf die Leinwand.

„Okay, ich geh jetzt rein", flüsterte die Stimme mit amerikanischem Akzent.

Dies war der erste Film, der auf der Speicherkarte gewesen war. Die Zuschauer konnten verfolgen, wie jemand sich in den Transumptionsraum schlich.

„Der Mann, der diese Aufnahme gemacht hat, wollte die Wahrheit herausfinden", sagte Mirja. „Er hat dafür mit dem Leben bezahlt.

„Das hier ist kein Fake! Die Kamera läuft ohne Unterbrechung", schnaufte der Mann.

Alle Augen waren auf die Leinwand gerichtet. Dr. Krüger versuchte vergeblich, die Aufmerksamkeit auf sich zu lenken, während Elisabeth Stone eindringlich in ihr Headset sprach. Die Aufnahmen würden für sich selbst sprechen. Schon bald konnte niemand mehr ernsthaft daran zweifeln, dass die Transumption eine Lüge war.

Kapitel 53

In der Computerzentrale der Morgenthau-Klinik war das Chaos ausgebrochen. Flüche hallten durch den Raum, kryptische Anweisungen wurden gebrüllt und im nächsten Moment wieder revidiert.

„Check die DFÜ-Verbindungen ... Schon passiert ... Läuft das Anti-Format-String-Programm? Warum hat er syslog aufgerufen? ... Vergesst den Blödsinn. Wahrscheinlich hat der sich über Buffer Overflow eingeschlichen ..."

Alle drei Administratoren arbeiteten fieberhaft. Die beiden Techniker rannten hektisch umher und suchten nach Fehlern in der Hardware, während der Haushandwerker, der zufällig mit im Raum gewesen war, als der Angriff erfolgte, versuchte, die Tür zu knacken, die sich auf einmal ohne erkennbaren Anlass elektronisch verriegelt hatte. Die jüngste der drei Administratoren saß in einer Ecke des rautenförmigen Raums hinter einem Stapel neu bestellter Festplatten zur Erweiterung der Serverkapazität und arbeitete an Laptop und PC gleichzeitig. Den kleinen Tablet-PC balancierte sie dabei zusätzlich auf den Knien. Ein dumpfer Schmerz saß in ihren Schläfen, und ihr Gesicht glänzte vor Schweiß. Während ihre Kollegen nach einem erholsamen Schlaf an ihr Tagewerk gegangen waren, hatte sie die ganze Nacht zu Hause gearbeitet. Seit 36 Stunden hatte sie kein Auge zugetan. Sie musste ihre gesamte Konzentration aufbieten, denn sie war gleichzeitig mit der Sabotage und den erwartbaren Verteidigungsmaßnahmen beschäftigt.

„Leela, was ist mit dem Reboot?", rief der Chefadministrator ihr zu.

„Läuft, aber irgendetwas hakt. Ich bin dran."

„Der ganze Laden fliegt uns hier noch um die Ohren. Ich hab doch immer gesagt, dass mit der Firewall etwas nicht stimmt …"

Doch Leela hörte ihm schon nicht mehr zu. Über Skype kam ein Anruf herein. Sie drückte ihr Headset fest ans Ohr. „Mama?", flüsterte sie. „Papa?"

Auf dem Tablet sah sie erst ein Gesicht und dann zwei.

Ein Mann und eine Frau, beide um die sechzig Jahre alt. Ihre Gesichter waren braun gebrannt. Sie wirkten etwas erschöpft, aber glücklich. „Hallo, Schatz!"

„Geht es euch gut?", flüsterte sie. „Ist alles in Ordnung?"

„Uns geht es gut", erwiderte Frau Hildebrandt.

„Wir hatten eine etwas wilde Fahrt, doch nun ist alles bestens", fügte ihr Mann hinzu. „Aber du siehst furchtbar aus."

Leela verzog ihr Gesicht zu einem schmallippigen Lächeln. „Ich habe gerade viel Arbeit …" Sie empfing das Signal des Funksenders und startete den ersten Film.

„Bist du etwa immer noch bei diesen Verbrechern?" Frau Hildebrandt wirkte geschockt.

Ein Balkendiagramm auf dem unteren Rand des linken Bildschirms zeigte drei orangefarbene Balken. Jemand war ihr auf der Spur. „Macht euch keine Gedanken", erwiderte Leela. Hastig startete sie ein Ablenkungsmanöver. Mit einem Tastendruck schickte sie ein kleines Programm auf die Reise, das ihre Kollegen hoffentlich für weitere zehn Minuten auf Trab hielt.

„Wo seid ihr?", flüsterte sie in ihr Headset.

Herr Hildebrandt hob sein Tablet und gab ihr einen Rundumblick. „Flughafen Manaus, Abfertigungshalle", sagte er. „Jamiro hat Wort gehalten."

Leela sah die Anzeigetafel, die vielen Fluggäste an den Schaltern und den Schriftzug Aeroporto Internacional de Manaus.

Gott sei Dank! Sie schloss für einen Augenblick die Augen und seufzte erleichtert.

„Anthony geht es übrigens auch gut. Er schläft bereits friedlich in seiner Transportbox. Aber er wird ausflippen vor Freude, wenn er dich wiedersieht."

„Was soll das heißen?!", entfuhr es Leela. „Ihr kommt nicht nach Berlin, ist das klar?!"

Ein vierter Balken blinkte auf. Das Orange nahm eine rötliche Färbung an. Ihre Kollegen hatten sich nicht foppen lassen. Hektisch versuchte sie, ihre Spuren zu verwischen. „Ihr begebt euch direkt in Tante Lisas Ferienwohnung ins märkische Sauerland." Quälend langsam wurden die verräterischen Daten gelöscht.

„Beruhige dich, Schatz", sagte Mama. „Natürlich –" In diesem Moment ging das Licht aus. „Huch, was ist denn bei dir los?"

Leela stöhnte auf.

„Verflucht, was ist das schon wieder?", brüllte der Chefadministrator.

„Das Arschloch wollte uns den Strom kappen!", erwiderte ihr Kollege.

Doch Leela wusste es besser. Dieser Stromausfall war nicht auf einen Hackerangriff zurückzuführen. Er war manuell ausgelöst worden. Ihr war sofort klar, was das bedeutete: Die drei waren ohne Schutz, und ihre wichtigste Waffe war ihnen gerade aus der Hand geschlagen worden. Der Server verfügte über ein eigenes Notstromaggregat, das sich automatisch einschaltete. Allerdings versorgte es weder den Veranstaltungssaal noch den eigens eingerichteten Transumptionsraum. Das Hauptnotstromaggregat musste manuell eingeschaltet werden.

„Leela, was ist los?!" Der Dringlichkeit in der Stimme ihrer Mutter war anzumerken, dass sie bereits öfter nachgefragt hatte.

„Alles okay!", log Leela. „Ihr fahrt ins Sauerland, versprochen?"

„Versprochen."

Ein Lächeln huschte über ihr Gesicht. Was auch immer mit ihr geschehen würde: Die Menschen, die ihr mehr bedeuteten als alles andere auf der Welt, würden in Sicherheit sein.

„Na, wenigstens ist die Tür jetzt auf!", hörte sie den Haustechniker brummen.

Sie musste etwas unternehmen. Aber das ging nicht von hier aus. Endlich waren die verräterischsten Daten gelöscht. „Ist dieser Jamiro noch in der Nähe?", fragte sie, während sie sich gleichzeitig daranmachte, eine winzige Lücke in die Firewall zu schneiden.

„Ja."

„Bitte gebt ihn mir."

„Kein Problem", sagte Herr Hildebrandt. „Scheint ein feiner Kerl zu sein. Auch wenn sein Fahrstil eine Katastrophe ist."

Das Tablet übertrug kurz verschwommene Bilder, und dann erschien das attraktive Gesicht eines jungen Brasilianers. „Bom Dia, Senhorita", sagte er. „Raven hat nicht übertrieben." Er lächelte. „Du bist wirklich sehr hübsch."

„Ich brauche Hilfe!", unterbrach sie sein Geplauder, während sie parallel dazu die Temperaturüberwachungssoftware des Serverraums manipulierte.

Sein Gesicht wurde ernst. „Was ist?"

„Wie schnell kommst du ins Netz, und zwar mit vernünftiger Bandbreite?"

„Das kann einen Augenblick dauern. Wann brauchst du mich?"

„Sofort."

„Oh …" Das Bild wackelte, als er seinen Rucksack von der Schulter nahm. „Ich hacke mich in den Flughafenserver. Gib mir zwei Minuten!" Er klappte einen Laptop auf. „Was soll ich tun?"

„Greif mich an! Mit allem, was du hast!"

Sie unterbrach die Verbindung, steckte das Tablet in ihren Hosenbund und klappte den Laptop zu. Leise schlüpfte sie hinter ihrem Schreibtisch hervor und schlich sich durch den nur vom Licht der Monitore erhellten Raum. Wie erwartet, kniete der Haushandwerker auf dem Boden und packte sein Werkzeug ein.

Leela stieß gegen ihn. „Hoppala. Entschuldigung", sagte sie gedämpft. Sie hatte, was sie brauchte.

„Kein Problem", brummte der Mann gutmütig.

Vom Flur her hallten schwere Schritte heran.

„Heute ist wirklich die Hölle los!", fügte er hinzu.

Leela drückte sich an ihm vorbei durch die offene Tür. Dann rief sie: „Die Temperatur im Serverraum ist viel zu hoch! Ich check das." Sie schlüpfte in den Gang hinaus, ehe jemand reagieren konnte.

Mit der Finsternis kam für einen Augenblick auch die Stille. *Oh nein!*, war alles, was Raven denken konnte. *Oh nein!*

Die Leute hatten wie gebannt die erste Aufnahme verfolgt, in der sich der Securitymitarbeiter in den Transumptionsraum geschlichen und 1α entdeckt hatte. Doch gerade, als Raven versucht hatte, die Reaktion des jungen Dr. Morgenthau einzuschätzen, war der Strom ausgefallen.

Mit einem Schaudern vernahm Raven das leise Klacken, mit dem die Verriegelung zurückfuhr. Hastig beugte er sich vor und tastete nach dem Türgriff. Unbewegt lag er auf dem Blechnapf auf, der normalerweise für die Desinfektion chirurgischer Geräte verwendet wurde. Raven hatte ihn zwischen OP-Tisch und Klinke geklemmt, für den Fall der Fälle, der nun eingetreten war.

Raven hörte, wie die Klinke heruntergedrückt wurde. Der Blechnapf knirschte, aber er hielt.

Die Geräusche aus dem Zuschauerraum drangen nur gedämpft herein. Zwischen den dumpfen Rufen und dem Getrappel schwerer Schritte, meldete sich überraschend Frau von Hovhede zu Wort.

„Ach, Kinder", seufzte sie. „Vielleicht war es doch nicht so klug, von unserem ursprünglichen Plan abzuweichen? Hätten sie diese sogenannte Transumption durchgeführt, und Mirja wäre immer noch Mirja gewesen, wäre auch der hartnäckigste Anhänger dieses ganzen Bühnenzaubers ins Zweifeln geraten." Sie seufzte.

„Tut mir leid, Eleonore", sagte Raven, „aber wir haben es nicht übers Herz gebracht."

„Wir sind nicht wie die!", pflichtete Mirja ihm bei. „Wir gehen nicht über Leichen!"

„Abgesehen davon wissen wir nicht, ob es uns gelungen wäre, die Täuschung über dreieinhalb Stunden aufrechtzuerhalten. Eine Bewegung von Mirja oder ein prüfender Blick auf die angeblichen Narkosemittel, und alles wäre aufgeflogen", fügte Raven hinzu.

Ein lautes Krachen ertönte. Raven zuckte zusammen. Es hörte sich an, als hätte ein mächtiger Büffel die Tür gerammt. „Sie versuchen, die Tür aufzubrechen!", kommentierte er unnötigerweise. Er strich mit der Hand über die Tür und konnte eine kleine Erhebung fühlen. Erneut krachte es. Die Tür und das gesamte Mauerwerk erzitterten. Aber das Ergebnis war nur eine weitere, vielleicht fingerdicke Ausbuchtung. „Ganz so rasch wird das nicht funktionieren. Das ist eine Brandschutztür aus dickem Stahl."

„Wie lange?", fragte Mirja.

„Vielleicht fünf Minuten."

Raven tastete sich zu ihr hinüber und berührte sie sanft am Arm. Er spürte ihre Gänsehaut. Sie zitterte. „Warte!" Er zog seinen Kittel aus und legte ihn ihr über die Schultern.

Mirja berührte seine Hand. „Was können wir jetzt noch tun?" Verzweiflung schwang in Mirjas Stimme mit.

Raven schwieg. Er würde sie niemals belügen.

„Wir können vertrauen", sagte Eleonore. „Das war doch unser Plan, nicht wahr? Einer Macht, die alles daransetzt, jeden Menschen und jedes noch so kleine Detail zu kontrollieren, müssen wir Gottvertrauen entgegensetzen."

Erneut krachte es. Der ganze Raum schien zu erzittern.

„Na ja", sagte Raven. „Im Moment kommt mir dieser Plan etwas … dünn vor."

Eleonore kicherte. Zu Ravens Überraschung konnte er echte Fröhlichkeit darin mitschwingen hören. „Ich vertraue auf Gott, schon mein Leben lang. Ich sehe nicht ein, warum ich jetzt damit aufhören sollte. Ich vertraue darauf, dass es auch hier an diesem Ort Menschen geben wird, die auf ihr Gewissen hören. Ich vertraue auf dein Gefühl, dass in dieser jungen Frau, die dich ausspionieren sollte, in Wahrheit ein rechtschaffener Mensch steckt, und ich vertraue auf den unbedingten Willen eines ganz bestimmten Menschen, sich selbst nicht zu verlieren. Und was haben unsere Gegner stattdessen zu bieten?"

Als Antwort krachte es ein weiteres Mal. Putz rieselte von der Decke.

„Sie haben Waffen und Männer, die bereit sind zu töten", entgegnete Mirja leise.

„Ja", sagte Eleonore, „und das ist alles, was sie tun können."

Raven spürte, wie Mirjas Schultern bebten. Zuerst dachte er, die Verzweiflung habe sie übermannt, aber dann wurde ihm bewusst, dass sie leise lachte. „Du bist einfach unglaublich! Ich glaube fast, dass du das schaffst, was sie nicht geschafft haben: Ich wollte, ich wäre du."

„Rede keinen Unsinn, Mädchen."

Wieder krachte es. Und diesmal konnte Raven das Knirschen von Metall vernehmen.

Leela drückte ihren Laptop wie ein schutzbedürftiges Kind an sich, während sie, so rasch sie es wagte, den Gang entlanglief und in das Treppenhaus schlüpfte. Nicht weit entfernt hörte sie Stiefelgetrappel. Lichtstrahlen huschten durch das Dunkel der Gänge. Sicherheitskräfte waren im Treppenhaus unterwegs. Leela drückte sich an die Wand und lauschte.

„Die Kantine ist sauber!", brüllte jemand.

„Okay, nehmt euch den zweiten Stock vor. Jeder, der hier im Forschungsgebäude herumschleicht, gilt als Eindringling."

„Verstanden!"

Leela stockte der Atem. Der Drang war stark, einfach umzukehren, sich zurück in die IT-Zentrale zu schleichen und so zu tun, als ginge das Ganze sie nichts an. Ihre Eltern waren frei. Und sie hatte ihren Teil der Abmachung erfüllt. Sie hatte den Austausch der Involucra in die Wege geleitet und gedeckt. Die arme Frau, die sie nur unter der Codenummer 3a kannte, lag jetzt in einer Klinik in Herzberge. Anschließend hatte

Leela Raven eine falsche Identität verschafft und ihn in das OP-Team eingeschleust. Sie hatte den Hauptrechner manipuliert, die elektronische Einbruchssicherung aktiviert, den Film eingespeist und die Mikrofonanlage manipuliert. Die drei hatten ihre Chance gehabt. Niemand konnte von ihr erwarten, dass sie ihr Leben riskierte. Sie biss sich auf die Lippen. Die Schritte kamen näher.

Jetzt!, schrie eine Stimme in ihr, *kehr um!*

Doch Leela ignorierte das Schreien. Sie bückte sich, schlüpfte aus ihren Sandalen und huschte barfuß die Treppe hinunter.

Die Männer waren höchstens eine Treppenbiegung hinter ihr. Die Lichtstrahlen ihrer Taschenlampen huschten über die Wände. Wie stumme Jagdhunde eilten sie ihren Herren voraus, um die Beute aufzuspüren. Leela tappte tiefer die Treppe hinab. Ein dröhnendes Scheppern drang zu ihr herauf. Sie zuckte erschrocken zusammen und hastete weiter. Dort unten befand sich das Auditorium. Es würde von Sicherheitskräften nur so wimmeln.

Leela eilte tiefer, sprang vorbei an der Glastür, die in den Flur zum Auditorium führte. Ein Gesicht blitzte kurz auf. Hatte jemand sie gesehen? Sie wagte nicht, innezuhalten oder sich umzudrehen. Eine Tür quietschte, Schritte polterten die Stufen herab.

Leela eilte zwei Stockwerke tiefer und erreichte die unterste Ebene. Ihre Hände zitterten, als sie den Schlüsselbund des Haustechnikers aus der Hosentasche zog.

Die Schritte kamen näher. „Halt! Stehen bleiben!", rief jemand.

Leelas tastende Finger suchten das Schlüsselloch.

Das Licht einer Taschenlampe huschte durch das Treppenhaus. Nur noch ein paar Stufen, dann hätte der Lichtkegel sie erreicht.

Endlich glitt der Schlüssel ins Schloss. Sie stemmte sich gegen die Eisentür und drehte ihn herum. Es knackte. Die Tür war offen. Sie riss den Schlüssel heraus.

„Halt!", dröhnte die Stimme.

Leela schlüpfte durch den Spalt in den dunklen Kellergang. Irgendetwas fiel polternd zu Boden. Sie achtete nicht darauf, sondern zog hastig die schwere Tür hinter sich ins Schloss.

Gedämpft hörte sie die polternden Schritte. Mit fliegenden Fingern ertastete sie das Schloss, steckte den Schlüssel hinein. Jemand griff nach der Klinke. Sie drehte den Schlüssel herum. Ein wütender Schrei erklang.

Leela tastete sich weiter den Gang entlang. In der Ferne sah sie eine grüne Leuchte, die auf den Notausgang hinwies. Sie hielt darauf zu.

Der Mann hinter der Tür sprach in sein Funkgerät. Seine Stimme wurde dumpfer und leiser, während sie vorwärtseilte. Und sie verstummte ganz, als sie die nächste Zwischentür öffnete und hinter sich zuschloss. Jetzt tastete sie sich an der linken Wand entlang. Nachdem sie an drei Türen vorbeigekommen war, hatte sie ihr Ziel erreicht und schloss auf. Dumpfe Kellerluft schlug ihr entgegen. An der Wand stieß sie auf die Halterung mit der Taschenlampe. Glücklicherweise waren die Akkus geladen.

Das gelbe Licht der Lampe fiel auf einen riesigen grauen Metallkasten. „Notstromgenerator" stand darauf.

Kapitel 54

Es herrschte zwar noch immer Unruhe im Auditorium, aber allmählich gewann Stone die Kontrolle zurück. Nachdem ihre Leute den Strom abgeschaltet hatten, war zunächst Panik ausgebrochen, aber dann hatte Dr. Krüger die Situation an sich gerissen. Stone hatte ihre Leute angewiesen, nur zwei Taschenlampen einzuschalten und die Lichtstrahlen ausschließlich auf den Psychiater zu richten. So bot er den einzigen Orientierungspunkt in dieser unübersichtlichen Lage. Es funktionierte. Trotz einiger lautstarker Beschwerden war jetzt alles wieder einigermaßen unter Kontrolle. Inzwischen konnten ihre Leute sich um die drei Aufrührer kümmern. Stone hatte ihre Männer angewiesen, nach SEK-Methode vorzugehen. Es wäre zwar einfacher gewesen, die Tür zu sprengen und die drei über den Haufen zu schießen, aber eine solch martialische Vorgehensweise würde die Kunden verschrecken, und das war unter allen Umständen zu vermeiden. Das Dröhnen der Ramme drang nur gedämpft in das Auditorium. Sobald die drei Störenfriede entsorgt waren, würden sie den Strom wieder einschalten. Dann konnte man einen Neustart wagen. Natürlich war nicht auszuschließen, dass der eine oder andere moralische Skrupel entwickelte. Um diese Leute würde sie sich kümmern. Aber die meisten würden bleiben. Verzweifelte Menschen neigten nun einmal dazu, nach jedem Strohhalm zu greifen.

„… lassen Sie sich von diesem amateurhaft gedrehten Film nicht aus der Bahn werfen", erklärte Dr. Krüger gerade. „Fanatiker versuchen mit allen Mitteln, ihre Ziele zu erreichen. Sie wissen das. Jede Stufe wissenschaftlicher und kultureller Evolution lässt die Paranoiker aus ihren Löchern kriechen. Das war zu erwarten gewesen. Bedauerlich ist nur, dass es diesen Leuten gelungen ist, unsere Sicherheitsvorkehrungen zu umgehen. Dafür möchte ich mich ausdrücklich entschuldigen. Aber es ist zu spät, uns aufzuhalten, unsere Vision ist längst Wirklichkeit geworden! Die Unsterblichkeit des Menschen ist kein Traum mehr –"

„Das klingt ja alles ganz wunderbar, Dr. Krüger", meldete sich eine heisere Stimme zu Wort. „Aber während Sie große Reden schwingen, sitzen wir immer noch im Dunkeln."

Es war der greise Rollstuhlfahrer, der da gesprochen hatte.

Elisabeth Stone runzelte die Stirn. Sehr ärgerlich, dieses sabbernde Wrack, denn nun wurde die Unruhe wieder größer. Sie ging ein paar Schritte zur Seite und kontaktierte den Verantwortlichen von Sektor A. „Andreas, wie weit seid ihr?"

„Noch eine Minute."

„Gut. Schafft sie möglichst lautlos raus. Ich kümmere mich persönlich um sie."

„Verstanden."

„Ich verstehe Ihren Ärger und Ihre Besorgnis!", übertönte Dr. Krüger die Rufe der Anwesenden. „Aber seien Sie gewiss, unsere Leute haben die Situation im Griff. Keiner von Ihnen ist in Gefahr. Das Auditorium ist vollkommen sicher. Diese Fanatiker werden lediglich versuchen, im Schutz der Dunkelheit zu entkommen, und –"

In diesem Moment ging das Licht wieder an. Mit einem lauten Knacken sprang auch die Lautsprecheranlage wieder an, und das ohrenbetäubende Scheppern der Ramme übertönte Dr. Krügers Worte.

Die Leute blinzelten angesichts der plötzlichen Helligkeit.

Stone fuhr herum. Die drei Störenfriede hockten noch immer im Transumptionsraum. Man konnte sehen, wie etwas mit brutaler Gewalt gegen die Tür stieß, sodass sie sich weiterverbog.

Elisabeth Stone kontaktierte Sektor D. „Welcher Vollidiot hat den Strom wieder eingeschaltet?", zischte sie.

„Niemand", ertönte die Antwort.

„Verdammt!" Das änderte die Lage. „Die haben nicht nur Unterstützung von außen. Offenbar gibt es hier einen Verräter, der mit ihnen zusammenarbeitet."

Rasch rief sie sich den Lageplan des Gebäudes ins Gedächtnis. Beim Bau hatte man sehr auf die Sicherheit geachtet und neben den besonderen Brandschutzmaßnahmen auch spezielle Schutzmaßnahmen gegen Diebstahl und Sabotage integriert. Irgendjemand, der sich hier sehr gut auskennen musste, verwendete diesen Umstand nun gegen sie.

„Der Notstromgenerator für das Hauptgebäude befindet sich im dritten Untergeschoss. Er speist den Strom über ein getrenntes Sicherungssystem ein."

„Sind schon unterwegs."

„Wartet! Der Zugang ist nicht elektronisch gesichert. Schnappt euch den Haustechniker."

„Verstanden."

Elisabeth Stone wandte sich wieder dem Auditorium zu.

„Wie Sie sehen, hat Dr. Krüger schon wieder gelogen!", drang die Stimme der jungen Frau durch die Lautsprecheranlage. Sie trug jetzt einen weißen Kittel. „Wir sind nicht für den Stromausfall verantwortlich. Stattdessen versucht man mit aller Gewalt, uns zum Schweigen zu bringen." Das Dröhnen der Ramme, unter deren Aufschlag die bereits vollkommen verbogene Tür erzitterte, untermalte ihre Worte. „Wir sind nicht bewaffnet, wir drohen niemandem. Was macht uns dann so gefährlich? Denken Sie bitte einen Augenblick darüber nach!"

Stone knirschte mit den Zähnen. Wie war es diesem Miststück nur gelungen, an allen Überwachungsposten vorbei nach Deutschland zu gelangen und sich Zutritt zur Einrichtung zu verschaffen? Sie musste sehr einflussreiche Verbündete haben. Apropos Verbündete – warum zum Henker war sie noch immer zu hören? Stone kontaktierte ihre Männer in der ersten Etage. „Gebt mir den Administrator!"

„Ja, Müller hier", meldete sich eine nervöse Stimme.

„Was ist da los?", fauchte sie.

„Wir haben einen Hackerangriff!" Der Mann klang nervös. „Der

Kerl beschießt uns aus allen Rohren. Aber allmählich bekommen wir die Sache in den Griff."

„Allmählich? Soll das ein Witz sein? Stellt sofort die Übertragung aus dem Transumptionsraum ein!"

„Wir tun, was wir können."

Elisabeth Stone beendete das Gespräch. Indessen fuhr die Verräterin mit ihren Anschuldigungen fort: „… Sie selbst haben dieses sogenannte Involucrum gesehen." Das laute Krachen der Ramme verschluckte einen Teil ihrer Worte. „… Gehirnwäsche unterzogen …"

Endlich gab die Tür nach. Ein einziger der durch die Stromzufuhr eingerasteten Riegel hielt noch, aber die Tür war so weit verbogen, dass einer der Security-Männer durch den Spalt hindurch seinen Taser auf die Kleine richten konnte.

„Sofort runter auf den Boden!"

„Sehen Sie, welche Angst die haben?"

„Runter auf den Boden!", brüllte der Mann.

Doch die junge Frau dachte nicht daran.

Gerade als der Mann seinen Taser abfeuerte, sprang der bärtige Krankenpfleger vor und schlug die Waffe beiseite. Die beiden mit Widerhaken versehenen Projektile prallten wirkungslos gegen die Panzerglasscheibe. Sofort trat der Security-Mann zur Seite, und die Ramme krachte erneut gegen die Tür. Dieses Mal flog sie auf, traf den Bärtigen und ließ ihn zu Boden gehen. Endlich wandte die Studentin ihre Aufmerksamkeit von den potenziellen Kunden ab. Sie schrie auf und kniete neben dem Pfleger nieder. Auch die Alte machte Anstalten, sich vom Bett zu erheben. Aber in diesem Augenblick strömten schon ihre Leute herein und überwältigten die drei.

Plötzlich erklang ein erstickter Schrei im Auditorium. Es war 2α, der mit bleichem Gesicht auf die Szenerie starrte. Das fehlte ja, dass dieser Idiot die Sache noch komplizierter machte.

„Johansen!", funkte sie den Mann an, der am nächsten bei 2α stand. „Sorg dafür, dass er die Klappe hält."

Der Securitymann schlängelte sich sofort durch die Reihen, keinen Augenblick zu früh.

„Was –", setzte 2α gerade an. Johansen packte ihn an der Schulter und redete eindringlich auf ihn ein.

„Schafft diese Terroristen hier raus!", befahl Dr. Krüger und übertönte damit das Getuschel.

„Einen Moment!", meldete sich eine Stimme zu Wort, die bislang noch gar nicht zu hören gewesen war. Es war eine der Kundinnen, die alte Dame, die mit ihrem Mann zusammen erschienen war. Sie war aufgestanden, was ihr offenbar nicht ganz leichtfiel. Mit beiden Händen stützte sie sich an der Rückenlehne der Reihe vor ihr ab. „Wenn Sie diese Personen hinausführen, gehen wir mit."

Dr. Krüger hob beschwichtigend die Hände. „Aber Frau von –"

„Kein Wort", unterbrach die Alte ihn. „Ich habe genug von Ihren Lügen, Dr. Krüger. Sie haben uns versprochen, dass diese Transumption denselben ethischen Regeln folge wie eine Organtransplantation." Angewidert schüttelte sie den Kopf. „Das ist doch ein Hohn!" Sie begann, die Sitzreihe entlang zum Gang zu gehen. Ihr Mann folgte ihr.

„Warten Sie –", setzte Dr. Krüger erneut an.

Doch die Alte unterbrach ihn. „Oh, ich zweifle nicht daran, dass Sie eine wohlformulierte Begründung für Ihr Tun finden werden, Dr. Krüger. Aber ich habe genug gehört." Sie wandte sich dem Auditorium zu. „Ich will nicht auf Kosten eines anderen leben. Wollen Sie das?"

Zu einem anderen Zeitpunkt hätte Elisabeth Stone den Schneid der alten Dame vielleicht bewundert, aber in diesem Moment hätte sie ihr am liebsten den Hals umgedreht. Nicht nur, dass mit ihr und ihrem Gatten gerade mehrere Milliarden Euro empört den Raum verließen. Nun stachelte sie auch noch die anderen auf.

„Natürlich", ergriff Dr. Krüger das Wort, „werden wir niemanden zwingen zu bleiben. Wer will, kann selbstverständlich gehen. Die bereits geleisteten Vorauszahlungen werden erstattet. Ich rate Ihnen allerdings eindringlich, zu bleiben und zu erfahren, was es wirklich mit unserer angeblich verbrecherischen Vorgehensweise auf sich hat."

Elisabeth Stone ließ ihren Blick durch die Reihen wandern.

Ein Einziger folgte den beiden. Überraschenderweise war es der Greis im Rollstuhl, der sich auf den Weg nach draußen machte. Alle anderen blieben.

Dr. Krüger blickte Elisabeth Stone nicht an. Das war auch gar nicht nötig. Sie wusste, was zu tun war. Der Befehl, den sie weitergab, war denkbar knapp: „Alle dekontaminieren."

Als die Saaltüren sich schlossen, klatschte jemand laut in die Hände. „Schön", knurrte Fjodor Tassarow, „nachdem die Gutmenschen jetzt den Saal verlassen haben, können wir übers Geschäftliche reden." Er lachte dröhnend. „Mir persönlich ist es völlig gleichgültig, woher der Körper stammt, mit dem ich dieses schöne Leben noch etwas länger genießen kann. Mich interessiert nur eins", sein Blick wurde kalt, „funktioniert es, oder versuchst du, uns übers Ohr zu hauen, Michael?"

Der Psychiater lächelte. „Es funktioniert, Fjodor. Du hast den lebenden Beweis vor dir." Er deutete auf Dr. Morgenthau, der noch immer schweigend am Rednerpult stand.

„Lebender Beweis …", brummte der Russe. „Ich glaube, ich würde gern noch einmal die Gegenseite dazu hören."

„Gegenseite? Ich verstehe nicht ganz."

„Du verstehst sehr genau, Michael."

Dr. Krügers Lächeln gefror.

„Was ist hier eigentlich los?", stieß jetzt der Amerikaner zornig hervor. „Ich verstehe kein Wort. Wo bleibt die verfluchte Übersetzung?"

Elisabeth Stone blickte den Psychiater an. „Reset?", fragte sie tonlos.

Er schüttelte den Kopf. Erst in diesem Moment bemerkte sie Bodahn, der sich hinter dem Psychiater aufrichtete und sie breit angrinste.

Raven wandte sich im Griff der beiden Männer. Er wehrte sich mit aller Kraft. Vergebens. Jemand rammte sein Gesicht auf den Boden, und er konnte hören, wie sein Nasenbein brach, bevor der Schmerz seine Sinne vernebelte. Sein rechter Arm wurde ihm brutal auf den Rücken gedreht. Es fühlte sich an, als würden alle Bänder reißen und der Arm aus dem Gelenk springen. Auch Mirja wurde den Gang entlanggezerrt. Ein Wachmann hatte ihre Haare gepackt und ihr den Arm auf den Rücken gedreht. Brutal schleifte er sie über den Boden. Jetzt hörte er auch Eleonore hinter sich aufstöhnen.

Es war vorbei! Er gab sich keinen Illusionen hin. Sie würden sie töten.

Die Männer zerrten sie über den Flur und stießen eine Tür auf. Ravens Beine schleiften über weichen Teppich, dann stieß man ihn zu Boden. Einige Herzschläge lang blieb er verwirrt liegen. Als er sich langsam aufrichtete, stellte er fest, dass er sich auf der Bühne des Auditoriums befand. Neben sich erblickte er Mirja, die Eleonore stützte. Er ließ den Blick durch den Raum gleiten. Die Gäste starrten auf die Bühne, manche grimmig, andere besorgt. Security-Leute hatten sich auf den Treppen am Rand des Auditoriums verteilt. Neben ihm auf der Bühne standen ein abwesend wirkender Dr. Morgenthau und Dr. Krüger. Wut keimte in Raven auf, als er den Mann sah, der sich als Dr. Hain sein Vertrauen erschlichen und ihn benutzt hatte. Jetzt erst bemerkte er, dass dieser ihn verkniffen anlächelte. Jemand hielt ihm eine seltsam aussehende Waffe an den Kopf. Und dieser Jemand war – Bodahn.

„Was ist hier los?", entfuhr es ihm.

„Ich bin derjenige, der hier die Fragen stellt", meldete sich eine Stimme mit russischem Akzent. Sie gehörte einem rotgesichtigen Mann, der in der ersten Reihe saß und sich mit einer Pistole, die genauso aussah wie die von Bodahn, am Kopf kratzte. „Aber ich will mal nicht so sein: Es geht um die Wahrheit, nicht mehr und nicht weniger. Ich werde mir alle Seiten genau anhören und dann eine Entscheidung treffen. Und ich rate allen Beteiligten, die reine Wahrheit zu sagen und nichts als die Wahrheit." Er lachte schnaufend. „Diesen Satz wollte ich schon immer mal sagen."

Er hob die Waffe und richtete sie erst auf Dr. Krüger und dann auf

Mirja. „Denn wer lügt, wird feststellen müssen, dass diese hässlichen Teile aus dem 3D-Drucker nicht nur jeden Metalldetektor austricksen, sondern auch erstaunlich treffsicher sind.

Und ihr dort drüben", er wandte sich an die Security-Leute, „ihr verhaltet euch schön ruhig! Denkt immer daran: Es gibt niemanden, den man nicht kaufen kann. Ihr steht nicht alle auf derselben Seite. Denn wer zwei Herren dient, verdient doppelt, nicht wahr, Bodahn?"

Der Bärtige grinste.

Die Security-Leute warfen sich misstrauische Blicke zu.

Der rotgesichtige Russe wandte sich an Dr. Krüger. „Also, mein lieber Michael, wie erklärst du uns dieses ... hübsche Phänomen da?" Er deutete auf Mirja.

Dr. Krüger hatte sich gefasst. Er schien wieder die Ruhe selbst zu sein. „Wie so oft in der Wissenschaft muss man Umwege gehen, um ans Ziel zu gelangen. Zunächst war unsere Forschung tatsächlich darauf ausgerichtet, aus schwer geschädigten Schädel-Hirn-Trauma-Patienten brauchbare Involucra zu formen. Aber leider waren die Ergebnisse enttäuschend. Die Probanden waren zu inaktiv. Wir erkannten, dass der Hirnträger gewissermaßen mithelfen muss, damit die synaptischen Verbindungen stabil bleiben."

„Und was genau soll ich mir darunter vorstellen?"

„Er meint damit, dass sie ihre Opfer durch Gehirnwäsche, Drogen und Schmerzen dazu bringen, jemand anderes sein zu wollen!", mischte sich Mirja ein.

Dr. Krüger lächelte. „In Wirklichkeit bieten wir ihnen die Erlösung an." Er wandte sich an Mirja. „Oder ist es etwa keine Erlösung, nicht mehr Nacht für Nacht die grausamsten Albträume durchleben zu müssen, in denen du IHM ausgeliefert bist?"

Raven konnte sehen, dass Mirja zusammenzuckte.

Der Blick des Psychiaters schien sich an ihr festzukrallen. „Ist es etwa keine Erlösung, wenn du nicht mehr Tag für Tag vor Augen haben musst, dass deine eigene Mutter dich im Stich gelassen hat?"

Ihre Lippen zitterten.

„Mirja!" Raven legte eine Hand auf ihre Schulter. Sie schien ihn nicht zu bemerken.

Dr. Krüger trat einen Schritt näher. „Sieh mir in die Augen, und sage mir, dass du dir nicht verzweifelt gewünscht hast, Elly zu sein!"

Tränen rannen über Mirjas Gesicht.

Dr. Krüger wandte sich ab und schien jeden der Zuhörer in seinen Bann zu ziehen. „Jedes Einzelne dieser Involucra ist krank. Und wir befreien sie von dieser Krankheit. Wir löschen ihr Leiden aus."

„Indem Sie ihre Identität auslöschen?!", rief Raven voller Wut.

„So ist es", bestätigte Dr. Krüger. „Manchmal ist das der einzige Weg, um schreckliches Leid zu beenden." Er wandte sich an die Zuhörer im Auditorium. „Vergessen Sie niemals: Die Identität eines Menschen spiegelt sich in seinen synaptischen Verbindungen wider. Was des einen Leid beendet, schafft für einen anderen neues Leben. Ich zeige Ihnen jetzt zwei Aufnahmen." Er bediente das iPad von Dr. Morgenthau, und kurz darauf waren auf der Wand zwei Teilaufnahmen eines Gehirns zu sehen. „Philip, wärst du so nett und erklärst, was die Herrschaften dort vor sich sehen?"

Dr. Morgenthau schien durch ihn hindurchzustarren.

„Philip?", wiederholte Dr. Krüger sanft.

Der junge Mann zuckte zusammen. „Ja?"

„Die Aufnahmen!"

„Ja, natürlich." Dr. Morgenthau straffte sich. „Was Sie hier sehen, ist eine extrem vergrößerte Aufnahme eines Ausschnitts des ‚Gyrus cinguli'. Dort befindet sich eines der Areale, die für das Ich-Bewusstsein des Menschen zuständig sind. Wie Sie sehen, sind die Aufnahmen fast zu hundert Prozent identisch. Und das ist auch nicht weiter erstaunlich, denn es sind die Aufnahmen meines Gehirns. Allerdings zeigt diese rechte Abbildung mein altes Gehirn. Sehen Sie diese diffusen grauen Ablagerungen? Vielleicht hätte ich noch fünf Jahre leben können, ohne die ersten Anzeichen von Altersdemenz zu bemerken, möglicherweise sogar sieben oder acht Jahre, aber spätestens dann wäre es mit meiner wissenschaftlichen Arbeit zu Ende gegangen. Diese linke Abbildung zeigt exakt die gleichen Verbindungen. Aber sie sind frei von Ablagerungen. Das ist mein junges Gehirn." Er lächelte. „Das offensichtliche Zeichen meiner Wiedergeburt."

Raven schluckte, als er die Gesichter der Zuhörer sah. Der blonde Amerikaner reckte das Kinn nach vorn. Der alte Japaner nickte langsam, und in den Augen der offensichtlich todkranken Chinesin glomm Hoffnung auf. Diesen Menschen war es offensichtlich gleichgültig, ob jemand für sie sterben musste oder nicht.

„Darf ich dir eine Frage stellen, Philip?" Jetzt meldete sich Eleonore zu Wort. Ihre Stimme klang sanft, als spräche sie zu einem alten Freund.

„Natürlich."

„Wo ist Erika?"

„Was?"

„Erika, deine Frau."

„Sie ist tot."

„Warum stehst du hier, jung und lebendig?" Sie blickte zu dem hochgewachsenen Mann, mit dem sie gekommen war. „Und warum ist Roman hier, aber nicht deine Frau, die du so sehr geliebt hast?"

„Erika …" Der Mann senkte nachdenklich den Blick, seine Hände bewegten sich unaufhörlich. Sie spielten mit etwas, das hinter dem Podium verborgen war. „Ich habe sie geliebt." Seine Worte klangen eher nachdenklich als wehmütig.

„Das tut doch gar nichts zur Sache!", unterbrach Dr. Krüger die beiden. Er machte Anstalten, zu dem selbstvergessen dastehenden Philip Morgenthau zu gehen.

Tassarow warf Bodahn einen Blick zu. Dieser legte dem Psychiater eine Hand auf die Schulter und drückte ihm seine Waffe in den Nacken.

„Was relevant ist und was nicht, entscheide ich!", sagte der Russe. Er blickte zu Morgenthau. „Antworte ihr."

„Die zweite Phase …", murmelte dieser. Er hob den Blick und wiederholte seine Worte, als würde er sich nun klarer erinnern. „Das ist erst die zweite Phase. Wir sind noch nicht so weit …" Er lächelte. „Die Übertragung der Erinnerungen einer lebenden Person ist um ein Vielfaches leichter."

„Aber ging es dir bei all deinen Forschungen nicht immer nur darum, Erika wieder an deiner Seite zu haben?", bohrte Eleonore nach.

„Ja." Der Forscher blinzelte. Seine Hände bewegten sich unaufhörlich. „Ich liebe sie."

„Wann hast du das letzte Mal an sie gedacht?"

„Ich denke, wir haben diese Posse nun lange genug gespielt", sagte Dr. Krüger. Tassarow räusperte sich und schüttelte tadelnd den Kopf. Sofort verstärkte Bodahn den Druck der Waffe.

Nachdenklich betrachtete Raven die beiden Männer. Beide hatten mit ihm Katz und Maus gespielt. Über lange Zeit war er eine Marionette gewesen, an deren Fäden sie nach Belieben gezogen hatten. Aber nun wurde der Abgrund immer tiefer. Jeder schien hier jeden zu hintergehen. Es war ein perverses Spiel, bestehend aus Intrigen und Verrat. Und in diesem Moment erkannte er, dass er lieber ein Opfer sein wollte als einer dieser gewissenlosen, kaputten Menschen.

„Philip, was hast du?", fragte Eleonore sanft. „Du siehst beunruhigt aus."

„Es ist alles gut." Wieder verzog er seine Lippen zu einem Lächeln. „Alles gut …"

„Lörchen, was soll das?", mischte sich nun Eleonores Begleiter ein. Er sah wirklich genauso aus wie der junge Roman auf dem alten Foto, das Raven gesehen hatte. „Nun quäl ihn doch nicht. Ist dir nicht klar, wie sehr er Erika vermisst?"

„Er vermisst sie nicht – seht ihr das denn nicht?!" Sie ließ ihren Blick über die Anwesenden schweifen. „Er hat kaum mehr als ein vages Bild von ihr. Und zwar deshalb, weil er nicht Philip ist. Liebe kann nicht erzwungen werden, und Liebe spielte auch gar keine Rolle in den Plänen des Mannes, der seinen Freund umbringen ließ und diesen armen

Kerl an seine Stelle setzte, weil die Gier nach Macht und Geld ihn verdorben hat!" Ihre Blicke bohrten sich in die von Dr. Krüger.

Er bleckte die Zähne zu einem freudlosen Lächeln. „Das, woran Sie leiden, nennt sich paranoide Wahrnehmungsverzerrung –"

„Klappe halten!", brummte Bodahn.

„Lörchen, was erzählst du da?", begehrte der junge Mann auf. „Das sind doch alles Lügen!"

Eleonore sah ihn traurig an. „Es tut mir leid. Sie sind nicht Roman. Mein Roman ist tot. Er starb, weil er betrogen wurde. Und Sie leben als Betrogener."

„Lörchen, hör auf damit!" Der Mann klang verängstigt. „Ich bin es wirklich."

„Nein, es tut mir sehr leid. Aber ich hoffe sehr, dass irgendwo tief in Ihnen noch eine Spur Ihres wahren Selbst erhalten geblieben ist. Und ich hoffe, Sie erhalten die Chance, sich auf die Suche zu begeben. Ich habe auch einen Hinweis für Sie: Sie müssen ein begabter Tennisspieler gewesen sein. Mein Roman hatte diesbezüglich zwei linke Hände."

Der Mann wurde totenbleich.

„Höchst interessant", bemerkte Tassarow. „Aber meine Zeit wird allmählich knapp. Also: Wenn dieser junge Kerl hier nicht Dr. Philip Morgenthau ist. Wer ist er dann?"

„Sein Name ist Paul Arns", meldete sich Mirja zu Wort.

Kapitel 55

Die Explosion war nur dumpf zu vernehmen. Trotzdem ließ sie den Boden unter Leelas Füßen vibrieren. Waren sie in den Transumptionsraum eingedrungen? Sie eilte den Gang zurück und schloss die Tür auf. Dann lauschte sie. Nichts! Wenn sie nicht in den nächsten Minuten den Film startete, war es vermutlich zu spät, noch irgendetwas zu bewirken.

Nach kurzem Zögern griff sie in die Tasche und zog ihr Handy hervor. Sie wählte die Nummer der IT-Abteilung. Es tutete fünfmal, ehe jemand abnahm.

„Ja?", fragte eine gehetzt wirkende Stimme. Es war ihr Kollege.

„Moritz, hier ist Leela."

Er sagte nichts. Stattdessen vernahm sie ein leichtes Kratzen, als er mit der Hand die Hörmuschel bedeckte.

Ihr Herz sank.

Schließlich fragte er: „Leela, wo bist du?" Seine Stimme klang angespannt. Moritz war kein guter Schauspieler.

Um ganz sicherzugehen, fragte Leela: „Kannst du mir mal rasch den Haustechniker runterschicken? Ich habe immer noch Probleme mit der Kühlung."

„Den Haustechniker ...", wiederholte Moritz. Er sprach lauter als notwendig. Wieder entstand eine kurze Pause.

Leela spürte, wie ihr Magen sich zusammenzog.

Dann sagte er: „Ja, ich schick ihn runter. Er wird sich drum kümmern. Komm du rauf. Wir brauchen dich hier!"

Leela schluckte. Niemand von der IT würde dem Haustechniker den Serverraum überlassen. „Alles klar, bin gleich da!" Sie legte auf und schob das Handy zurück in die Hosentasche. Ihr Herzschlag beschleunigte sich. Sie wussten Bescheid! Leela konnte auf keinen Fall zurück in die IT-Zentrale, um den zweiten Film zu starten.

Erneut erschütterte eine Detonation das Kellergewölbe. Sie klang lauter als die erste. Das konnte nur eines bedeuten: Sie hatten herausgefunden, dass der Zweitschlüssel ebenfalls fehlte, und nun bahnten sie sich auf brachiale Art und Weise den Weg hierher. Leela wusste, was geschehen würde, wenn sie ihnen in die Hände fiel. Aber noch war nicht alles verloren. Wenn sie schnell genug war, konnte sie den zweiten Treppenaufgang erreichen, ehe ihre Verfolger sich bis hierher durchgesprengt hatten. Mit etwas Glück könnte es ihr gelingen, das Gebäude durch die Tiefgarage zu verlassen. Raven und die anderen müssten dann selbst sehen, wie sie sich durchschlugen. Es war schließlich ihre Entscheidung gewesen, sich in die Höhle des Löwen zu begeben. Niemand konnte Leela dafür verantwortlich machen!

Sie verharrte einen Augenblick und schloss die Augen. Dann schlüpfte sie aus dem Raum. Mit dem kleinen Schraubenzieher, den sie stets bei sich trug, machte sie sich daran, die Schrauben des Türschilds zu lösen. Das Werkzeug war für die zierlichen Schrauben eines PC-Gehäuses gedacht, was die Sache nicht leichter machte, aber schließlich gelang es ihr doch, das Schild des Generatorraums mit dem des Heizungskellers zu vertauschen.

Als sie in das zweite Treppenhaus eilte, vernahm sie die dritte Detonation. Sie lief die Stufen hinauf. Als sie die Etage erreichte, in der sich auch das Auditorium befand, sah sie durch die verglaste Tür eine ganze Reihe von Security-Männern mit gezogenen Waffen. Mehrere Leichen lagen auf dem Boden. Etwas abseits hing ein Mann leblos und blutüberströmt in den Gurten seines E-Rollstuhls.

Sie töten alle, schoss ihr durch den Kopf. Sie eilte weiter die Stufen hinauf und erreichte unbehelligt den Zugang zur Tiefgarage. Durch die kleine Scheibe in der Tür konnte sie teure Limousinen sehen und ihren

Motorroller. Ihr Fluchtweg war frei. Ein Stöhnen entrang sich ihrer Kehle, dann wandte sie sich ab und ging auf eine Tür mit der Aufschrift Haustechnik zu.

Stone beobachtete ihre Männer sehr genau. Einem nach dem anderen sah sie ins Gesicht. *Es gibt niemanden, den man nicht kaufen kann*, hatte Tassarow gesagt. Bodahn hatte sich schon als Verräter entpuppt.

Stone lächelte grimmig. Vielleicht war kein einziger ihrer Leute von Tassarow gekauft worden. Aber durch seinen kleinen Trick war es ihm gelungen, den Samen des Misstrauens zu säen. Eine koordinierte Vorgehensweise war so kaum noch möglich.

Sie hatte sich so sehr auf ihre Männer konzentriert, dass sie beinahe das kleine Schauspiel auf der Bühne verpasst hätte. Was hatte die Kleine gesagt? Paul Arns? Rasch blickte sie in das Gesicht von 1α. Er zeigte keine Reaktion. Aber die Bewegungen seiner Hände wurden schneller. Nun konnte man sehen, dass er mit einem Tennisball spielte. Hatte die alte Vettel diesen etwa in den Saal geschmuggelt? Er bewegte sich dabei sehr geschickt, offenbar, ohne dass ihm dies bewusst war.

Dr. Krüger wurde unruhig. „Leg den Ball weg, Philip!", zischte er.

„Halt's Maul, Michael", knurrte Tassarow. Es war ihm anzusehen, dass er allmählich die Geduld verlor. Er starrte die Kleine an. „Und wer zum Henker ist Paul Arns?"

Plötzlich drang ein Rauschen aus den Lautsprechern, und dann sah man auf der Leinwand so etwas wie dichten Nebel. Ein blasses Gesicht trat langsam aus dem Wasserdampf hervor. *Auch das noch!*, dachte Stone. Das musste eine der Aufnahmen sein, die aus der Klinik geschmuggelt worden waren. Wieso wurde die jetzt abgespielt? Die IT-Abteilung war doch wieder unter Kontrolle. Oder hatte diese Leela Hildebrandt dort noch einen Komplizen? Sie blickte hinauf zum Beamer, der in etwa fünf Metern Höhe an der Decke des Saales hing.

„*Ich kann mich an jedes noch so kleine Detail erinnern*", sagte im Film gerade der junge Mann, der das Gesicht Dr. Morgenthaus hatte. „*Ich* rieche den Geruch des Dschungels, durch den der scharfe Duft von Terpentin dringt ..."

Elisabeth Stone blickte zu 1α. Erkannte er sich hinter diesem Gesicht? War noch irgendetwas von seiner ursprünglichen Identität übrig geblieben?

„... Und dann sehe ich, wie sie den schmalen Pfad heraufkommt, der von der Straße auf das Haus zuführt ... Ich weiß, dass ich sie lieben sollte ..."

Der Gesichtsausdruck des jungen Mannes war leer, nicht die leiseste Emotion war ihm zu entnehmen. Aber seine Hände bewegten sich in einem immer komplexer werdenden Rhythmus.

„Es fühlt sich unglaublich echt an ... Und doch weiß ich – es ist unmöglich, vollkommen unmöglich ... Denn wäre es real, wäre ich nicht mehr ich. Dann wäre ich ER."

Inzwischen verfolgten alle Anwesenden wie gebannt die Filmaufnahme. Auch etliche ihrer eigenen Männer starrten auf die Leinwand ... bis auf Bodahn natürlich ... und Jean, einer ihrer Besten. Er stand links von ihr, nur drei Meter entfernt, und ließ sie keinen Moment aus den Augen. Stone seufzte innerlich. Er war stiernackig und muskelbepackt, ein Meister im Nahkampf. Sie hatte ihn selbst ausgewählt. Als ehemaliger Hauptmann der französischen Fremdenlegion hatte er bei diversen Kampfeinsätzen die notwendige Skrupellosigkeit angeeignet. Er konnte nichts außer kämpfen und töten und hatte sich deshalb nach der Entlassung seinen Lebensunterhalt eine Zeit lang mit illegalen Kämpfen bestritten. Es war nicht schwer gewesen, ihn für die Stiftung zu gewinnen. Ärgerlich, dass ausgerechnet er ein Verräter war.

Sie rückte einen Schritt näher an Jean heran. Er wusste um seine Stärken und würde sie nutzen wollen. Das war ihre Chance.

Nachdem Mirja ihn beim Namen genannt hatte, hatte sie den Blick nicht mehr von Paul Arns' Gesicht abgewandt. Irgendwann musste doch so etwas wie ein Erkennen in seinen Augen aufblitzen. Aber sie erblickte nur eine erschreckende Leere. Seine Hände schienen das einzig Lebendige an ihm zu sein.

„… Genauso wie ein Gemälde mehr ist als nur eine Ansammlung von Farbpigmenten, eine Sinfonie mehr als eine bloße Anhäufung von Geräuschen und das Selbst eines Menschen mehr als die Verknüpfungen seiner Synapsen. Die schlichte Wahrheit ist: Ich bin nicht ER, und ich werde es auch niemals sein …!"

Mirja schenkte den Zwischenrufen und der Unruhe im Raum keine Beachtung. Denn nun setzte die dritte Aufnahme ein, in der Paul Arns scheinbar völlig zusammenhanglos mit einem Tennisball spielte. Dabei ließ sie ihn keinen Moment lang aus den Augen. Mittlerweile hatte der junge Mann den Rhythmus des Ballspiels auf dem Video aufgegriffen. Es war beinahe unheimlich. Die beiden Bälle kamen vollkommen gleichzeitig auf dem Boden auf und tanzten in einem seltsam holprigen Rhythmus. Dabei wirkte er fast wie in Trance.

Als Mirja einen kurzen Blick auf Dr. Krüger warf, konnte sie sehen, wie eine Schweißperle seine Stirn hinabrann. Auch Tassarow war die Nervosität des Psychiaters aufgefallen.

„Was bedeutet das, he?", knurrte er.

„Das Geheimnis liegt im Metencephalon verborgen", sagte Mirja rasch, ehe der Psychiater reagieren konnte. „Das hat Paul Arns uns vermittelt. Dieser Teil des Gehirns steuert die Bewegungsabläufe, die fast alle unbewusst ablaufen, nachdem sie erst einmal erlernt wurden. Dieser Teil des Gehirns wurde bei allen Hirnscans und jeder Veränderung im Rahmen der sogenannten Transumption vollkommen außer Acht gelassen. Das Risiko, den bestehenden Bewegungsapparat zu beschädigen, war viel zu groß. Paul Arns wusste das, denn um Dr. Morgenthau einigermaßen authentisch darzustellen, brauchte man ein hochintelligentes Opfer."

„Darstellen? Was soll das heißen?", meldete sich der Amerikaner zu Wort.

Mirja ignorierte ihn. „Und deshalb hat Paul Arns sein Wissen und einen Teil seiner selbst im Metencephalon verborgen."

„Das ist der größte Unsinn, den ich je gehört habe –", rief Dr. Krüger.

„Maul halten!", brummte Bodahn und schlug ihm auf den Hinterkopf.

„Und wie soll das funktionieren?", rief Tassarow. „Indem er mit einem Ball spielt?"

„Es ist ein Code", meldete sich Eleonore zu Wort, „ein uralter Code, kaum jemand kennt ihn noch. Es sei denn, er hat wie Paul Arns einen Großteil seines Lebens auf einer Forschungsstation im Urwald verbracht und einen Großvater, der Funker bei der britischen Marine war."

„Paul Arns spricht durch das Morsealphabet zu uns!", sagte Mirja. „Und es war gar nicht einfach, so schnell ein Computerprogramm zu finden, das dies simultan übersetzen kann." Sie betete inständig, dass Leela ihre Worte hören konnte und in der Lage war, das Programm zu starten. Zwei Atemzüge lang geschah gar nichts. Dann setzte eine Computerstimme ein. Sie begann mitten im Satz:

„... versucht, aus dem Menschen eine Maschine zu machen, und haben das Gehirn mit seinen Gedanken gleichgesetzt. Sie hätten alles durchschaut, dachten sie. Doch wer alles durchschaut, sieht nichts mehr. Die Transumption ist eine Lüge. Man kann die Persönlichkeit eines Menschen nicht überschreiben, man kann es nur vortäuschen. Das Selbst wehrt sich und schafft neue Verbindungen. Krüger, dieses Monster, erkannte dies sehr schnell. Morgenthau wollte es niemals wahrhaben.

Also griff Krüger auf altbewährte Methoden zurück: Gehirnwäsche und Folter. Allerdings ersetzte er die primitiven alten Methoden durch eine deutlich effektivere Variante. Mittels optogenetischer Eingriffe ist es möglich, bestimmte neuronale Knoten direkt mit dem Schmerzzentrum zu verbinden. Ich kann meinen Namen nicht denken, geschweige denn aussprechen. Denn wenn ich dies tue, fühlt es sich an, als würde man mir mit glühenden Zangen die Haut abziehen. Umgekehrt lässt der Gedanke, Dr. Morgenthau zu sein, Glücksgefühle in mir aufsteigen. Irgendwann kapituliert der Geist vor dem Schmerz. Es ist leichter, die Lügen zu glau-

ben. *Aber all das ändert nichts. Ich bin nicht Philip Morgenthau, auch wenn ich viele seiner Erinnerungen in mir trage."*

Die Videoaufnahme endete. Für einen kurzen Moment hielt auch der junge Mann inne. Sein Gesicht war aschfahl und schweißüberströmt. Mirja fragte sich, ob er gerade diese furchtbaren Schmerzen litt, oder war es die Erkenntnis seines Verlusts, die ihn so leiden ließ?

Totenstille herrschte im Saal.

Dann fing der junge Mann erneut an, den Ball in einem unsteten Rhythmus auf den Boden prallen zu lassen. Sofort übersetzte das Programm:

„Mein Name ist Paul Arns. Meine Mutter las mir Karl May vor, als ich klein war, und mein Vater spielte Schach mit mir. Mein Großvater brachte mir das Morsealphabet bei und wie man Seemannsknoten bindet. Mit 15 Jahren war ich in Natalie Abrahams verliebt.

Mein Name ist Paul Arns, und das hier ist alles, was von mir geblieben ist. Zwei Männer haben mir meine Existenz gestohlen. Ihre Namen sind Philip Morgenthau und Michael Krüger, sie haben versucht, aus dem Menschen eine Maschine zu machen ..."

Ab hier wiederholte sich der Text. Es war schrecklich, Paul Arns in die Augen zu sehen. Er sagte kein Wort. Er konnte es nicht. Aber Mirja hatte keine Zweifel, dass sie gerade die Erinnerungen des echten Paul Arns hörten, des Teiles, der in der Kopie eines anderen eingesperrt war. Das Auftippen des Balls war seine einzige Möglichkeit, sich auszudrücken. Als sie zum ersten Mal erkannte hatte, auf welch schreckliche Weise sein wahres Ich eingesperrt wurde, hatte sich Mirja der Magen umgedreht.

Während Paul Arns weiter den Ball auftippte, ging er auf Dr. Krüger zu, ihm stets in die Augen sehend. Mechanisch bewegte er sich, bis er direkt vor ihm stand. Der Psychiater bleckte die Zähne.

Dann geschah alles blitzschnell. Paul Arns Hand zuckte vor. Doch statt den Psychiater anzugreifen, griff er nach Bodahns Waffe. Der Söldner reagierte instinktiv. Ein Schuss löste sich. Die Kugel traf Paul in die Stirn, und er sackte leblos zu Boden.

Kapitel 56

Ein Aufschrei ging durch die Menge, als 1α blutüberströmt zu Boden sackte. Blankes Entsetzen zeigte sich auf Dr. Krügers Gesicht. Im Bruchteil einer Sekunde waren all seine Pläne und mit ihnen Milliarden von Euro vernichtet worden.

Stone beobachtete das alles mit kühler Distanz. Sie hatte auf den richtigen Moment gewartet. Jetzt war er da. Sie sprang auf den Verräter Jean zu und setzte mit dem linken Arm zu einem Handkantenschlag gegen seine Halsschlagader an. Er reagierte blitzschnell. Mit beiden Händen wehrte er den Schlag ab und holte zu einem Roundhouse-Kick gegen ihr Gesicht aus. Mitten im Schwung traf ihn die Kugel aus der kleinen Sechs-Millimeter-Waffe, die Elisabeth Stone an ihrem rechten Handgelenk verborgen hatte. Der Schuss traf ihn in den rechten Oberschenkel. Sie wehrte seinen Tritt ohne Schwierigkeiten ab, und Jean sackte mit einem verblüfften Gesichtsausdruck zu Boden, als sein Standbein plötzlich unter ihm nachgab. Mit großen Augen starrte er an sich herab. Der Menge an Blut nach zu urteilen, hatte sie die Schlagader getroffen.

Blitzschnell fuhr sie herum. Tassarow hatte auf den toten 1α gestarrt und wandte sich nun erst dem Geräusch des Schusses zu. Doch Bodahn war schneller. Er hatte bereits seine Waffe erhoben. Stone drückte erneut ab und ließ sich zwischen zwei Sitzreihen fallen. Sie hörte, wie die Kugel des Ukrainers irgendwo hinter ihr gegen die Wand prallte, während gleichzeitig ein erstickter Aufschrei an ihr Ohr drang. Sie kroch zwei Meter vor und wagte einen kurzen Blick über die Sitze. Dr. Krüger war zusammengebrochen und hielt sich das Gesicht. Blut tropfte zwischen seinen Händen hervor. Sie hatte den Auftragsmörder verfehlt. Ungünstigerweise hatte ihre winzige Waffe nur zwei Schuss.

Bodahn drückte zweimal ab. Die zweite Kugel pfiff so dicht an ihr vorbei, dass sie einen Luftzug an den Haaren spürte. Sie duckte sich tiefer. Weitere Schüsse krachten. Überall um sie herum suchten die Menschen Deckung.

Es war an der Zeit, endgültig aufzuräumen. Offene Rechnungen waren in ihrem Geschäft tödlich. Vor allem Tassarow durfte nicht überleben.

Sie aktivierte ihr Headset. „Stürmt den Saal! Dr. Krüger wurde angeschossen. Alles dekontaminieren! Ich wiederhole: alles dekontaminieren!"

Mehrere Explosionen erklangen. Die Türen flogen auf. Ihre Leute stürmten herein. Sie zog das Keramikmesser aus dem Stiefelschaft und hoffte, dass Bodahn durch die Explosionen abgelenkt war. Vorsichtig robbte sie die Sitzreihe entlang und eilte dann gebückt den Gang auf der anderen Seite hinab hinter die Bühne.

Plötzlich übertönte Bodahns Stimme den Lärm. „Feuer einstellen – sofort!"

Tatsächlich hielten ihre Männer inne. Offenbar gab es irgendetwas, das seinen Worten Nachdruck verlieh.

Ohne aufzublicken, kroch sie weiter und verbarg sich hinter dem Podium. Nun sah sie, was die Leute im Saal so beeindruckt hatte. In ihrem Headset knackte es, und eine Stimme bat um weitere Anweisungen.

„Noch nicht!", wisperte sie in das Mikrofon. „Wenn ich euch den Befehl gebe, wartet ihr dreißig Sekunden. Dann schaltet ihr ihn aus."

Es war alles so schnell gegangen, dass Raven zunächst in eine Art Schockstarre gefallen war. Erst als Dr. Krüger schreiend zu Boden ging, registrierte er, dass Mirja die totenbleiche Eleonore am Arm gepackt hatte und zum Notausgang auf der linken Seite deutete. Er rannte zu ihr.

Sie waren gerade beim Rednerpult angelangt, als mehrere Explosionen den Raum erschütterten. Die Tür, auf die sie zugelaufen waren, flog auf. Bewaffnete stürmten herein und begannen sofort zu schießen.

Es war Eleonore, die am schnellsten reagierte. Mit erstaunlicher Kraft zog sie Mirja hinter sich. Da Raven rechts von ihr stand, schützte sie beide mit ihrem Körper. Raven hielt noch immer ihren Arm, als die Kugeln sie trafen. Er spürte die Erschütterung, die ihren Körper zurücktaumeln ließ. Sie stolperte nach hinten, und gemeinsam gingen sie zu Boden.

„Nein!", hörte er Mirja aufschreien.

Raven beugte sich über Eleonore. Die Kugeln hatten sie in die Brust getroffen. Ihr Gesicht war ganz blass. Ein schreckliches gurgelndes Geräusch war zu vernehmen, als sie nach Luft rang.

Sanft legte er seine Hand an ihre Wange. „Eleonore!"

Mirja kniete auf der anderen Seite. „Halte durch!", flüsterte sie. „Wir bringen dich hier raus."

Aus irgendeinem Grund hatte das Schießen plötzlich aufgehört.

Eleonore sagte etwas. Blut perlte von ihren Lippen. Raven musste sich weiter hinunterbeugen, um ihre Worte zu verstehen.

„… ist … gut", flüsterte sie. „Ich weiß … wohin ich gehe …" Ihre blutverschmierten Finger berührten Mirjas Wange. Es sah aus, als wolle sie lächeln, dann erschlaffte ihr Arm. Das Röcheln verstummte, und ihr Blick wurde starr.

Mirja schloss die Augen der alten Frau. Doch für Trauer blieb keine Zeit. Der rotgesichtige Russe hatte irgendetwas gerufen. Er hielt eine Kunststoffdose in der linken Hand, die Ähnlichkeit mit einer Handgranate hatte.

„Das ist eine Phosphorgranate. Wenn ihr mich tötet, lasse ich den Sicherungsstift los, und nach drei Sekunden geht hier alles in Flammen auf. Niemand wird den Raum lebend verlassen!" Er ließ seinen Blick über die Bewaffneten schweifen. „Aber wer weiß, ob ich auch die Wahrheit sage. Gibt es hier jemanden, der das ausprobieren möchte?"

Schweigen.

„Niemand." Er lachte. „Gut. Dann werde ich jetzt diesen gastfreundlichen Ort verlassen. Und Dr. Krüger wird mich begleiten."

Bodahn zerrte den blutenden Psychiater auf die Füße. Der Mann schrie auf und gab ein gurgelndes Geräusch von sich. Elisabeth Stones Kugel hatte offenbar sein Kinn zertrümmert.

„Dem würde ich mich gern anschließen!", meldete sich der blonde Amerikaner zu Wort. Er kam hinter einer der Sitzreihen hervor. Sein blondiertes Haar hing ihm wirr ins Gesicht, und er war unter seiner künstlichen Bräune merklich blasser geworden. Aber seine Stimme zitterte kaum, als er hinzufügte: „Schließlich schuldet dieser Mann auch mir eine Menge Geld."

„Ein Hoch auf den Kapitalismus", lachte Tassarow mit dröhnender Stimme. „Wenn es ums Geld geht, wird dem Tod ins Gesicht gespuckt. Meine Hochachtung für diesen Mut. Man könnte meinen, wir wären Brüder."

Der Amerikaner bleckte die Zähne zu einem breiten Grinsen. Und er schien auch dann noch zu grinsen, als Tassarows Kugel ihn mitten in die Stirn traf.

„Andererseits", sagte der Russe kalt, „sehen wir uns überhaupt nicht ähnlich. Und für mich ist es einträglicher, deinen Anteil gleich mitzukassieren." Er nickte Bodahn zu. „Gehen wir."

Die Kaltblütigkeit des Mannes ließ Raven erschauern.

Während Bodahn und der Russe den Psychiater Richtung Ausgang zerrten, drangen von draußen gedämpfte Schreie und der Lärm von Schüssen herein. Dort wurde gekämpft! Raven warf einen Blick in das Gesicht des Russen und verstand – das waren Tassarows Leute.

Die Wachen warfen sich unruhige Blicke zu. Offenbar warteten sie auf Befehle.

„Wir müssen hier weg!", wisperte Mirja ihm zu. „Sie deutete mit dem Kopf auf einen der Notausgänge. Dort hatte nur ein einziger Posten Stellung bezogen.

Raven nickte.

Doch im selben Moment sprang eine schlanke, dunkelhaarige Gestalt wie aus dem Nichts auf die drei Männer zu. Sie bewegte sich mit einer unglaublichen Schnelligkeit. Im selben Augenblick fasste sich Bodahn an die Kehle. Blut rann zwischen seinen Fingern hervor. Seine Waffe fiel polternd zu Boden. Einen Wimpernschlag später war die Gestalt schon bei dem Russen angelangt. Es geschah alles so schnell, dass Raven den Ereignissen kaum folgen konnte. Tassarow schrie auf. Die Hand, die eben noch die Granate gehalten hatte, zitterte. Blut spritzte aus den abgetrennten Fingergelenken. Dr. Krüger stürzte sich auf den Russen, und beide Männer gingen, miteinander ringend, zu Boden.

„Stone", zischte Mirja und deutete auf die dunkelhaarige Gestalt.

„Verrammelt die Türen!", rief die Sicherheitschefin, während sie gleichzeitig auf den Ausgang zustürmte, durch den Raven und Mirja ebenfalls entkommen wollten.

Raven konnte nicht erklären, warum er in diesem Moment die Verfolgung aufnahm. Es schien ihm, als würden seine Gedanken nur langsam und mit großer Verzögerung in sein Bewusstsein tröpfeln, während sein Körper schon längst reagierte. Drei Schritte, und er sprang. Sein rechter Fuß berührte kaum die Rückenlehne eines Sitzes in der ersten Reihe, da hatte er sich schon weiterkatapultiert. Er sprang von Rückenlehne zu Rückenlehne, während seine Augen die Granate nicht aus den Augen ließen, die Miss Stone umklammert hielt. Sie presste den abgetrennten Daumen des Russen auf den Sicherungsstift. *Sie will uns alle töten.* Seine Füße bewegten sich mit traumwandlerischer Sicherheit. Alle Angst war für einen Moment verschwunden.

In wenigen Schritten würde sie die Tür erreichen. Raven sah, wie ihr Griff sich lockerte. Der abgetrennte Daumen des Russen fiel zu Boden.

Eins, zählte eine kühle Stimme in ihm die Sekunden.

Elisabeth Stone zischte dem einzigen Wachmann, der sich vor dem Ausgang befand, etwas zu. Er riss die schwere Tür auf und eilte, Deckung suchend, in den Gang hinein.

Zwei.

Elisabeth Stone hatte den Ausgang jetzt ebenfalls erreicht. Mit einer lockeren Handbewegung warf sie die Granate hinter sich, während sie an der sich langsam wieder schließenden Tür vorbei Richtung Ausgang rannte.

Raven sprang mit aller Kraft, die noch in ihm war. Im Flug trat er weiter Luft, um sich, so weit es ging, voranzukatapultieren. Seine Hand streckte sich nach der Granate aus. Und seine Finger umschlossen sie, kurz bevor er hart auf den Boden prallte. Im selben Moment schleuderte er die Granate durch den schmalen Spalt der sich schließenden Tür.

Drei, dachte er, während die Tür mit einem Klick einrastete.

Er rollte sich ab und presste sich mit dem Rücken an die Wand. Eine ohrenbetäubende Detonation erfolgte. Die schwere eiserne Tür wurde von der Wucht der Explosion wieder aufgesprengt. Eine Stichflamme schoss an ihm vorbei in den Raum. Raven konnte die ungeheure Hitze spüren. Mehrere Sitze gingen sofort in Flammen auf.

Benommen kam er auf die Füße und stolperte an den Sitzreihen entlang in Richtung Bühne. In seinen Ohren dröhnte ein lautes Rauschen. Jemand berührte ihn am Arm. Dann wurde es dunkel um ihn.

Kapitel 57

Mirja stöhnte auf. Das Licht war erloschen. Wieder war sie von Finsternis umgeben. Aber das Bild des taumelnden Raven, der blutend und mit versengter Kleidung auf sie zukam, war ihr noch immer vor Augen, als habe es sich auf ihre Netzhaut gebrannt.

Das düstere orangerote Licht der rußigen Flammen, die mehr und mehr um sich griffen, verwirrte eher, als dass es Orientierung bot. Gestalten huschten wie Gespenster durch den Rauch. Sie zog Raven an sich heran, rief ihm zu, er solle ihr folgen.

Mirja spürte, wie der giftige Qualm des sich ausbreitenden Brandes ihr die Luft zum Atmen raubte. Aus der Ferne konnte sie erneut Schüsse vernehmen. Tassarows Leute lieferten sich eine Schlacht mit den Sicherheitskräften des Instituts.

Sie mussten raus hier, so schnell wie möglich. „Runter!", rief sie Raven zu.

Ein unverständliches Nuscheln war die einzige Antwort. Er wirkte noch immer benommen. Sie zog ihn in den Schutz der Sitzreihen. „Wir müssen kriechen!", rief sie ihm ins Ohr.

Seine Wange rieb an ihrer, als er nickte.

Rasch wandte sie sich um und kroch auf Händen und Knien die Sitzreihe entlang. Raven folgte ihr dichtauf. Die Hitze nahm zu, und das Atmen fiel ihr schwer. Viel Zeit blieb ihnen nicht mehr.

Endlich konnte sie die Stahlfüße der Sitze nicht mehr ertasten. Sie hatten den Gang erreicht. Mirja musste sich fast vollständig auf ihr Tastgefühl verlassen, als sie ihn entlangkroch. Das orangerote Züngeln der Flammen wurde zunehmend von dichtem Qualm verschluckt.

„Wir müssen weiter!", stöhnte Raven. Er deutete auf das schwache grüne Flimmern der Notbeleuchtung. „Dort entlang!"

Obwohl sie sich flach auf den Boden presste, drang immer mehr Rauch in ihre Lungen. Mirja hustete. Mündungsfeuer blitzte auf. Kugeln prallten gegen die Betonwände und pfiffen als Querschläger durch den Raum. Sie spürte einen Schlag an der Schulter, nahm aber alles nur noch wie durch dichten Nebel wahr.

Sie musste erneut husten, holte verzweifelt Luft und atmete nur noch mehr Qualm ein. *Ich werde sterben!*, schoss ihr durch den Kopf. Sie wünschte, sie könnte dem Tod so ruhig ins Auge blicken wie Eleonore, aber das gelang ihr nicht. Panik schwappte über sie hinweg. Dicker Qualm hüllte sie ein und drang mit seinen körperlosen Fingern in sie hinein. Alles wurde schwarz, bis auf einige wenige helle Punkte, die durch das Dunkel flirrten.

„Was ist das?" Das war Ellys Stimme.

„Großmutter sagt, das sind die Seelen der Toten, die sich hierher verirrt haben", erwiderte Karapiru. Er kicherte. „Aber ich habe nachgeschaut: Im Licht des Mondes tragen diese verirrten Seelen sechs Beine und ein Flügelpaar."

Nun erkannte sie, dass sie sich in einem riesigen ausgehöhlten Baumstamm befand. Ganz schwach drang Mondlicht durch den schmalen Eingang.

Er schwieg einen Moment, dann sagte er ungewohnt leise: „Manchmal habe ich Angst vor der Dunkelheit, die irgendwann kommen wird. Ich habe Angst, mich auf der anderen Seite zu verirren." Er schwieg, und eine Weile konnte man nur die Atemzüge der beiden hören. Dann fragte er: „Und du? Fürchtest du dich nicht vor der Dunkelheit des Todes?"

„Ich weiß nicht", erwiderte Elly. „Eigentlich bin ich nicht besonders mutig. Aber der Tod ist für mich nicht dunkel. Er ist nur eine Art Tür, die so lange verschlossen bleibt, bis es an der Zeit ist hindurchzugehen. Aber niemand hält sich lange mit einer offenen Tür auf. Man geht hindurch, und mit einem einzigen Schritt hat man sie hinter sich gelassen. Die Tür ist nicht wichtig. Entscheidend ist, wer mich auf der anderen Seite erwartet."

Ellys Stimme klang sanft. Es war die Stimme eines jungen Mädchens, das lächelte.

„Mirja!" Diese Stimme klang nicht sanft, sondern rau und ängstlich. „Mirja, wach auf!" Sie vernahm ein Klatschen und spürte ein Brennen auf der Wange.

Mit Mühe öffnete sie ihre verklebten Augenlider. Verschwommen erkannte sie Ravens Gesicht, das sich über sie beugte.

„Wo –?", krächzte Mirja. Dann musste sie so stark husten, dass sie glaubte, sich übergeben zu müssen. Sie spuckte schwarzen Schleim auf den Linoleumfußboden. Offenbar befanden sie sich in irgendeinem Gang.

Sie spürte Ravens Hände auf ihren Schultern. „Geht es wieder?"

„Wir müssen weiter! Hier sind wir nicht sicher!", erklang nun eine weitere Stimme.

Mirja blickte auf und sah, dass hinter Raven eine junge Frau stand. Das grüne Licht des Fluchtwegschildes beleuchtete ihr dunkles ebenmäßiges Gesicht.

Das musste Leela sein. Zum ersten Mal erblickte Mirja ihre neue Verbündete. *Sie ist schön!*, dachte sie. Es versetzte ihr einen Stich, als sie sah, wie sich die schlanken Finger der jungen Frau auf Ravens Schulter legten. Und während sie von einem weiteren Hustenanfall geschüttelt wurde, dachte sie: *Du blöde Kuh, du wirst doch wohl in dieser Situation nicht eifersüchtig werden?*

„Okay", schnaufte sie, als sie wieder einigermaßen zu Atem gekommen war, „gehen wir."

Leela sah sie an, und Mirja nickte ihr zu.

„Hier entlang!" Erst jetzt sah Mirja, dass die junge Frau eine schwere Eisenstange bei sich trug.

Im akkubetriebenen Licht der Brandschutzschilder folgten sie dem Gang. Dann öffnete Leela eine Tür, und sie standen in einem Flur.

Zwei reglose Gestalten lagen dort auf dem Boden. Noch immer wurde geschossen.

„Wer kämpft da?", fragte Raven.

„Jeder gegen jeden", erwiderte Leela. „Tassarows Männer sind auf dem Weg in die Untergeschosse. Ich vermute, sie wollen in die Forschungsabteilung vordringen. Die Security des Instituts verteidigt sich. Und weil ich die Polizei gerufen habe, ist das SEK gerade dabei, das Gebäude zu stürmen." Zu Mirjas Überraschung führte Leela sie nicht weiter in das Treppenhaus, sondern rammte die Eisenstange zwischen die Türen des Aufzugs und hebelte sie auf. Dahinter gähnte ein schwarzer Schacht. „Durch den Brand sind die Aufzüge gesperrt." Leela zog eine winzige Taschenlampe hervor, deren LED-Leuchte gerade hell genug schien, um das Innere einer Damenhandtasche auszuleuchten.

Mirja erkannte ein Stahlseil und die Führungsschienen des Aufzugs. Ein Hustenanfall ließ ihren ganzen Körper zusammenzucken. Raven warf ihr besorgte Blicke zu.

„Allerdings", fuhr Leela fort, als Mirja sich beruhigt hatte, „müsst ihr dort emporklettern." Sie deutete auf eine dünne gebogene Eisenstange, die in eine Betonwand des Schachtes eingelassen worden war. Die zweite lag etwa einen halben Meter höher und war kaum noch zu erkennen.

„Schafft ihr das?" Leelas Blick ruhte auf Mirja.

„Kein Problem!", krächzte diese.

„Okay, wir müssen in den zweiten Stock. Dort gibt es einen Übergang in den Seitenflügel. Allerdings ist das noch ein weiter Weg."

Mirja rang nach Atem, was sie daran hinderte, ihr eine wütende Antwort entgegenzuschleudern.

„Wir haben keine Wahl!", entschied Raven. „Das Treppenhaus ist zu gefährlich. Ich schlage vor, du gehst voran. Als Nächste kommt Mirja, und ich bilde die Nachhut!"

„Okay", erwiderte Leela. Sie schob die Eisenstange in ihren Gürtel,

541

klammerte sich mit der linken Hand an der Tür fest und beugte sich in den Schacht. Raven eilte vor und umklammerte ihr Handgelenk, um ihr Halt zu geben. Die beiden wirkten sehr vertraut miteinander.

Mirja spie einen weiteren schwarzen Brocken auf den Boden.

Leelas schlanke Gestalt verschwand im Dunkel des Schachts.

„Jetzt du", wandte Raven sich an Mirja.

Mit seiner Hilfe kletterte sie in den Schacht. Kaum hatte sie sich an den Stiegen festgeklammert, musste sie schon wieder husten. Nur mit Mühe konnte sie sich halten. Raven war dicht hinter ihr.

Leela stieg über ihr die Sprossen der eisernen Leiter hinauf. Mirja versuchte, ihr so gut es ging zu folgen. Aber sie spürte, wie jede Bewegung an ihren Kräften sog. Sie hatte das Gefühl, immer tiefer einatmen zu müssen, um genug Sauerstoff in ihre Lungen zu pumpen. Doch je mehr sie nach Luft rang, desto stärker wurde der Husten. Ihr Fuß glitt von der Sprosse. Doch schon hatte Raven ihren Fußknöchel gepackt und half ihr auf die nächste Stufe. Sie stieg weiter, aber nur zwei Stufen später rutschte sie wieder ab. Raven packte ihren Fuß.

„Pause!", flüsterte sie heiser. Vor ihren Augen flimmerte es. Unter ihr wurde Raven ebenfalls von einem Hustenanfall gepackt.

„So geht das nicht!", meldete sich Leelas Stimme von oben. „Ihr habt eine akute Rauchvergiftung. Ich will nicht erleben müssen, dass ihr beide hier abstürzt." Sie kletterte wieder hinab, bis sie hinter Mirja auf derselben Stufe stand. „Pass auf, ich stütze dich …" Abrupt hielt sie inne. „Oh Gott, du blutest ja!"

„Nicht so schlimm", murmelte Mirja. „Es tut nicht weh."

„Okaaay …", erwiderte Leela. Ihre Stimme klang verändert. „Wir schaffen das! Lehn dich an mich, wenn die Kraft nachlässt. Wir klettern gemeinsam. Bereit?"

„Bereit!", flüsterte Mirja. Und hätte sie nicht mit jedem Atemzug ums Überleben kämpfen müssen, hätte sie die Scham über ihre Eifersucht noch deutlicher verspürt.

Stufe um Stufe kletterten sie höher. Mirja kam es vor, als würden sie eine Ewigkeit den dunklen Schacht emporklettern. Inzwischen schnaufte auch Leela.

„Wir sind da!" Sie versuchte, die Eisenstange zwischen die beiden Schiebetüren zu klemmen. „Ich glaub, ich schaff's nicht."

Mirja biss sich auf die Lippen. Sie spürte den Sog der Erschöpfung. Aber gleichzeitig hörte sie auch eine störrische Stimme in sich: *Du wirst jetzt nicht aufgeben!* Sie klemmte ihren linken Arm in die Sprosse und löste die rechte Hand von der Leiter. Wortlos packte sie die Eisenstange. Gemeinsam gelang es ihnen, sie zwischen die Flügel zu quetschen.

„Nach links!", schnaufte Leela.

Mirja nahm alle Kraft zusammen. Die Tür öffnete sich eine Handbreit.

„Weiter!", zischte Leela.

Wieder nahm Mirja alle Kraft zusammen. Vor ihren Augen flimmerte es. Aber immerhin ließen sich die Flügel jetzt ein Stück auseinanderschieben.

Leela schien zu spüren, dass Mirja kurz davor stand, das Bewusstsein zu verlieren. „Rauf!", befahl sie. „Schnell."

Kraftlos griff Mirja nach oben und umklammerte den Rand der Tür. Sie spürte, wie Leela sie von unten anschob, während sie mit zitternden Beinen eine Stufe höher stieg. Noch eine Stufe. Mirja quetschte ihren Oberkörper durch den Spalt. Versuchte, ihn zu vergrößern. Das Flimmern vor ihren Augen verstärkte sich. Sie wand sich durch den Spalt und robbte aus dem Schacht heraus. Als sie den Kopf hob, um sich aufzustützen, begegnete sie dem Blick eines Bewaffneten.

Er saß auf dem Boden und starrte sie an. Den linken Arm hatte er auf seinen Bauch gepresst. Die rechte Hand mit der Waffe hob sich langsam. Mirja konnte sehen, wie sich sein Finger um den Abzug krümmte.

Sie hatte keine Kraft mehr übrig, keine Kraft zu kämpfen, keine Kraft zu fliehen. Sie konnte nicht einmal schreien. Das Einzige, was sie konnte, war, in das bleiche Gesicht des Mannes zu starren und langsam den Kopf zu schütteln.

Der Bewaffnete starrte sie mit großen, weit aufgerissenen Augen an. Sein Gesicht war aschfahl, und seine Brust hob und senkte sich krampfartig. Erst jetzt sah Mirja die dunkle Lache, die sich um ihn herum auf dem Boden ausgebreitet hatte.

Einige Atemzüge lang geschah nichts. Dann ließ der Mann die Waffe langsam sinken. Hinter sich hörte sie Leela, die erschrocken nach Luft schnappte. Kurz darauf rumpelte es leicht, und sie vernahm Ravens Keuchen.

Mirja ließ den Bewaffneten nicht aus den Augen. Das Heben und Senken seiner Brust wurde unregelmäßig, und schließlich setzte es ganz aus.

Mirja spürte, wie Raven und Leela sie unter den Achseln packten und hochzogen. Sie ließ es geschehen, ließ zu, dass sie sie den Gang entlangschleiften, während der Blick des Mannes glasig wurde.

„Es ist nicht mehr weit", keuchte Leela.

Verschwommen erkannte Mirja eine Tür, die geöffnet wurde. Dann befanden sie sich in einem Gang. Als sie durch die Fenster nach draußen blickte, bemerkte sie, dass es schon Nacht war – eine Nacht, die erfüllt war von blauen, flimmernden Lichtern.

Wenig später fanden sie sich vor einer weiteren Tür wieder, dann hielten sie abrupt inne. Eine Front aus Schilden und dunklen Gestalten versperrte ihnen den Weg. Gleißende Lichter wurden auf sie gerichtet.

„Halt! Polizei!"

„Wir brauchen einen Arzt!", krächzte Raven.

„Runter auf den Boden."

„Sie ist verletzt!", hörte sie Leelas Stimme, aber seltsamerweise klang es, als würde sie aus weiter Ferne kommen.

Kapitel 58

Berlin, April 2025

Raven balancierte das Tablett mit dem dampfenden Kaffee und den Keksen vorsichtig durch den engen Flur. Als er die Tür zum Wohnzimmer aufstieß, schreckte die alte Dame vom Sofa hoch. Misstrauisch kniff sie die Augen zusammen.

„Wie sind Sie hier hereingekommen?"

„Durch die Tür, Frau Schubert." Raven lächelte. Das hatte sie ihn heute schon dreimal gefragt. Aber abgesehen davon lief es erstaunlich gut. Schließlich war er aufgrund seiner Verletzungen für lange Zeit ausgefallen. „Ich habe doch einen Schlüssel", fügte er hinzu. Vorsichtig stellte er das Tablett auf dem Tisch ab und schob ihr eine Tasse mit frisch gebrühtem Kaffee zu – türkisch, so wie sie ihn am liebsten mochte.

Sie starrte Raven an. Dann hob sie die Brauen. „Wo ist Ihre Uniform?"

„Heute bin ich in zivil unterwegs." Er schob ihr ihre Tasse und das Schüsselchen mit dem Gebäck hin.

Sie nahm sich einen Keks, tunkte ihn in Ravens Tasse und steckte ihn sich in den Mund. „Nun setzen Sie sich schon, junger Mann", murmelte sie kauend. „Ich kriege noch einen steifen Hals, wenn ich immer zu Ihnen aufblicken muss."

Raven lachte. „Wollen wir uns Bilder ansehen?" Er nahm die Alben von der Kommode und setzte sich neben Frau Schubert aufs Sofa.

Ihr Blick fiel auf seine Narbe. „Diese Brandbomben sind eine üble Sache", sagte sie mitfühlend.

Raven bewegte den Arm. Die transplantierte Haut zog etwas, aber darüber hinaus war er mit dem Ergebnis sehr zufrieden. „Mir geht es gut." Das war nicht gelogen. Ganz im Gegenteil. Dr. Krüger hatte einen großen Fehler gemacht, als er Raven den Job bei Frau Schubert vermittelt hatte, um ihn besser im Auge behalten zu können. Durch Frau Schubert hatte er Eleonore näher kennengelernt, und das hatte den Stein ins Rollen gebracht, der Krügers perfiden Plan zu Fall gebracht hatte.

Er schlug eines der Alben auf. *Unsere Südamerikareise II* stand darauf.

Frau Schubert beugte sich vor. „Auf dieser Reise habe ich meine beste Freundin kennengelernt. Wussten Sie das?" Ihr knochiger Finger tippte auf das Bild eines jungen Mädchens im Badeanzug. „Das ist sie!"

Raven betrachtete das vergilbte Foto. Das Mädchen lächelte. Eine Locke hatte sich aus ihrem Zopf gelöst und fiel ihr ins Gesicht. Behutsam hielt sie irgendein kleines Reptil in der Hand. Vermutlich einen Gecko. Er spürte Traurigkeit, aber auch so etwas wie Freude.

„Eleonore", sagte er leise.

„Ein ganz feiner Mensch!", pflichtete Frau Schubert ihm bei. Ihr Finger strich sanft über das Papier. „Ein ganz feiner Mensch."

Es roch nach frisch gemähtem Gras. Die Hecken waren so akkurat gestutzt, dass sie aussahen wie bemalte Steinmauern, und die weiß getünchten Fassaden der Villen glänzten im Sonnenschein. Mirja hatte sich noch nicht wieder an diese perfekte Welt gewöhnt, und ein Teil von ihr würde das wohl auch niemals tun.

Sie trug den Dschungel in sich, ob sie wollte oder nicht.

Die Menschen, die sich in ihr Gehirn geschlichen hatten, hatten sie für immer verändert. Und dabei war es ihnen nicht einmal um die Vision der Unsterblichkeit gegangen, sondern letztlich nur um Geld. Das hatten die nachträglichen Untersuchungen der Polizei zutage gebracht. Dr. Krüger war der eigentliche Kopf des Ganzen gewesen. Er hatte von Anfang an gewusst, welche ungeheuren Möglichkeiten im lukrativen Geschäft mit der vermeintlichen Unsterblichkeit steckten. Anders als Morgenthau, der wohl bis zuletzt an seine Vision von der Wiedergeburt eines Menschen geglaubt hatte, war Krüger durch und durch Pragmatiker gewesen. Als die Ergebnisse der optogenetischen Veränderungen hinter den Erwartungen zurückblieben, hatte er sich auf die herkömmlichen Methoden systematischer Gehirnwäsche besonnen und sie sehr erfolgreich angewandt. In finanzieller Hinsicht spielte es schließlich überhaupt keine Rolle, ob die Transumption funktionierte und die Persönlichkeit eines Menschen tatsächlich auf einen anderen Menschen übertragen werden konnte. Wichtig war nur, dass die Opfer es selbst glaubten und vor allem auch anderen glaubhaft machen konnten. Daher hatte er darauf geachtet, dass Dr. Morgenthau stets den Eindruck hatte, er stünde kurz davor, seine verstorbene Frau mittels Transumption zu neuem Leben zu erwecken. Sonst hätte dieser die weitere Forschung womöglich eingestellt. Schließlich hatte Dr. Krüger seinen perfiden Plan auf die Spitze getrieben, als er Dr. Morgenthau selbst zur Transumption überredete. Er hatte genau gewusst, an welchen Fäden er ziehen musste, damit Morgenthau nach seiner Musik tanzte. Und so hatte er den alten Wissenschaftler dazu gebracht, seinen eigenen Tod akribisch zu planen und in die Tat umzusetzen. Dr. Morgenthau war wirklich gestorben. Ob beim Flugzeugabsturz oder schon vorher, ließ sich nicht mehr rekonstruieren. An seiner Stelle war dann ein junger Dr. Morgenthau aufgetaucht, Krügers perfektes Marketinginstrument. Was war überzeugender als ein Wissenschaftler, der die von ihm entdeckte Unsterblichkeit am eigenen Leib demonstrierte? Alles wäre nach Plan gelaufen, wenn Paul Arns ihm nicht einen Strich durch die Rechnung gemacht hätte.

Dr. Krüger hatte den Abend, der sein größter Triumph werden sollte, nicht überlebt. Er war tot, genau wie dieser Killer Bodahn, der Julian, Captain Kraut und wahrscheinlich hundert andere auf dem Gewissen hatte. Auch der russische Waffenhändler Tassarow hatte wohl, trotz des Angriffs seiner Leute, die Ereignisse mit dem Tod bezahlt. Offenbar hatte er sich genau in dem Bereich befunden, in dem die Flammen am heftigsten gewütet hatten. Er war zu Asche verbrannt; man hatte ihn lediglich anhand seines Gebisses identifizieren können.

Elisabeth Stone hatte vor zwei Wochen das Krankenhaus verlassen. Nun wartete sie in Untersuchungshaft auf ihren Prozess.

Was aus 3α werden würde, jener Frau, die eigentlich als Beweis für eine gelungene Transumption präsentiert werden sollte, blieb ungewiss. Seit einigen Monaten besuchte Mirja sie in regelmäßigen Abständen. Ihr wahrer Name war Carla da Silva. Sie hatte zuvor in der gleichen WG gelebt, in der man später Mirja einquartiert hatte. Angeblich hatte sie gemeinsam mit ihrer Zimmergenossin Linda das sogenannte Hebammenprojekt durchgeführt. In Wahrheit war sie die ganze Zeit auf dem Quarantänegelände einer Gehirnwäsche unterzogen worden. Ähnlich wie Mirjas Zimmergenossin Jennifer war Linda ein Teil des Systems gewesen, mit dem man die Probanden kontrolliert und manipuliert hatte. Als sie Mirja das erste Mal sah, musste es Linda so vorgekommen sein, als wäre ihr Opfer zurückgekehrt, um ihr ihre Untaten vor Augen zu führen. Deshalb hatte Mirjas Anblick sie anfänglich so erschüttert.

Inzwischen hatten die Behörden ebenfalls herausgefunden, dass Carla die Tochter eines deutschen Piloten und einer brasilianischen Fremdsprachenkorrespondentin war. Ihre Eltern waren tot, weitere Verwandte unbekannt. Das Mädchen hatte offenbar längere Zeit auf der Straße gelebt, viel mehr wusste man nicht. Ob sie jemals wieder ihre eigene Identität entdecken würde, war ungewiss. Doch wenn Mirja irgendetwas dazu beitragen konnte, würde sie es tun.

Es war sehr seltsam gewesen, einen Menschen zu treffen, mit dem man die gleichen Erinnerungen teilte. Aber ein wenig Trost hatte auch darin gelegen. Vor allem dann, wenn es ihnen gelang, diese als gemeinsame Erinnerungen an einen guten Menschen zu verstehen.

Mirja verlangsamte ihre Schritte. Es war eine sehr zwiespältige Erkenntnis, dass Elly – oder die Andere, wie Mirja sie stets genannt hatte – sie ihr Leben lang begleiten würde. Die Erinnerungen würden immer wiederkehren, möglicherweise würden einige von ihnen verblassen, aber ein bestimmter Geruch, ein bestimmtes Geräusch oder auch ein Anblick würden ausreichen, um sie aus der Dunkelheit ihres Unterbewusstseins wieder ans Licht zu zerren. Aber Mirjas Blick auf dieses Schicksal hatte sich verändert. Das Institut hatte vorgehabt, Mirjas Identität für Eleonore zu opfern, und nun hatte die alte Frau sich für Mirja geopfert. Schrecken und Gutes waren aufs Engste miteinander verwoben.

Mirja blieb vor der alten Villa stehen. Was geschehen war, war geschehen, das konnte sie nicht ändern. Aber sie konnte neue Erinnerungen schaffen.

Als sie durch die Fenster in das Treppenhaus des Gebäudes blickte, sah sie etwas vorbeihuschen. Wenig später ging die Tür auf, und eine Gestalt lief durch den Vorgarten und sprang leichtfüßig über den Gartenzaun. Beinahe hätte Raven sie übersehen, aber dann blieb er abrupt stehen.

„Mirja?" Ein Lächeln breitete sich auf seinem Gesicht aus. „Ich denke, du bist in der Uni?"

„Die Vorlesung fällt aus", sagte Mirja. Ein Lächeln huschte über ihr Gesicht. „Zumindest für mich."

„Du schwänzt?", fragte Raven mit gespielter Entrüstung.

Mirja trat ganz dicht an ihn heran. „Ich habe etwas Besseres vor." Sie schlang die Arme um seinen Nacken, ihre Lippen berührten seine, ganz zart und weich. „Und was hast *du* so geplant?", fragte sie leise.

„Hab ich vergessen", murmelte Raven. Er küsste ihre Stirn, ihre Nasenspitze und dann ihre Lippen.

Mirja schmiegte sich an ihn, als sie den Kuss erwiderte.

Und die Andere schwieg.

Epilog

Mai, Kapstadt 2025

Der Mann auf dem rechten Bildschirm war ein hochrangiger Mitarbeiter von Acedemi, ehemals Blackwater Worldwide, dem größten Anbieter militärischer Dienstleistungen in den USA. Gemeinsam mit seinen russischen, britischen und südafrikanischen Kollegen, die auf den anderen Bildschirmen zu sehen waren, wartete er auf die Ausführungen des rotgesichtigen Mannes mit der Brandnarbe und der verstümmelten Hand.

„Meine Herren, Sie kennen mich. Schon seit vielen Jahren arbeiten wir sehr konstruktiv zusammen, und so wissen Sie, dass ich keine leeren Worte mache. Deshalb glauben Sie mir, wenn ich Ihnen sage: Dieses Produkt wird den Weltmarkt revolutionieren." Sein Lächeln war kein schöner Anblick. „Sie alle verfügen über gut ausgebildete Männer, die keinerlei Skrupel haben, ihren Job zu erledigen. Es fehlt ihnen lediglich an der letzten Konsequenz und Opferbereitschaft." Er seufzte. „Und dieses Dilemma lässt sich schwerlich auflösen, denn schließlich sind Ihre Männer Söldner. Sie kämpfen für Geld, nicht für irgendeine höhere Sache." Erneut breitete sich ein Lächeln auf seinem missgestalteten Gesicht aus. „Bis heute." Er blickte in die Webcam, als würde er seinen Kunden direkt in die Augen sehen. „Bislang habe ich Ihnen die besten Waffen geliefert. Ab heute liefere ich Ihnen auch noch die perfekten Soldaten dazu."

Berlin, zwei Monate später

Anthonys Blick war fest auf die flache Aluschale gerichtet, die über ihm auf dem Tisch stand. Ab und zu zitterte seine Nase, und zwei dünne Speichelfäden rannen von seinen Lefzen zu Boden. Der Blick seiner braunen Augen hätte selbst einen Stahlbetonpfeiler zum Erweichen gebracht – nicht jedoch Herrn Hildebrandt. Er ignorierte das Leid des Terriers und legte die marinierten Schweinenackensteaks auf den Grill.

„Und du willst wirklich nur das da essen?" Er warf seiner Adoptivtochter einen skeptischen Blick zu und deutete mit der Grillzange auf die drei Gemüsespieße neben der Aluschale.

„Ja, Papa", erwiderte Leela. Sie kraulte Anthony hinter dem Ohr, was dieser aber nicht zu bemerken schien.

„Von Gemüse allein kann man nicht leben!", erklärte Herr Hildebrandt. „Du bist doch kein Kaninchen."

„Bislang bin ich dem Tod gerade noch so von der Schippe gesprungen", erwiderte Leela in jenem gleichmütigen Tonfall, der sich oftmals einstellt, wenn man die gleiche Diskussion zum hundertsten Mal führt.

„Hört auf, ihr Streithähne", unterbrach sie Frau Hildebrandt, die eine riesige Schüssel mit Kartoffelsalat durch den Garten trug.

Herr Hildebrandt ignorierte den Appell. Er hob die Grillzange wie einen mahnenden Zeigefinger. „Du brauchst Proteine, Mädchen. So dünn, wie du bist, musst du aufpassen, dass dich niemand mit einem Fahnenmast verwechselt." Anthony folgte jeder seiner Bewegungen mit den Augen. „Nimm dir ein Beispiel an deinem Hund. Der weiß, was gut für ihn ist."

„Ich hab's versucht, aber ich kann einfach nicht pinkeln, wenn ich nur auf einem Bein stehe."

Herr Hildebrandt runzelte die Stirn, dann brach er in schallendes Gelächter aus. „Jetzt hast du mir ja ein tolles Bild in den Kopf gesetzt, Leela!"

„Gern geschehen."

Anthony winselte theatralisch.

Frau Hildebrandt stellte den Salat auf den Gartentisch.

Leela fischte eine Kartoffelscheibe heraus und steckte sie rasch in den Mund.

„Finger weg!", tadelte ihre Mutter. „Hol lieber noch Teller und Besteck aus der Küche."

„Mach ich." Leela schnappte sich noch ein Stückchen Kartoffel und schlenderte dann ins Haus. Es würde für einige Zeit das letzte Mal sein, dass sie bei ihrer Familie war, und sie genoss es in vollen Zügen.

In den Monaten nach der blutigen Nacht in der Klinik war sie zu beschäftigt gewesen, um sich einen Job zu suchen. Sie war eine der wichtigsten Zeuginnen im Prozess um die Machenschaften des K & M-Instituts. Da allerdings mit Dr. Morgenthau und Dr. Krüger die Besitzer des Unternehmens und damit die Haupttatverdächtigen tot und etliche brisante Unterlagen nicht mehr aufzufinden waren, war das Ergebnis der Untersuchungen mager. Zumindest konnte in Zusammenarbeit mit den brasilianischen Behörden erreicht werden, dass die Dschungelklinik geschlossen wurde.

Seit etwa einem Monat hatte Leela sich ernsthaft darum bemüht, einen neuen Job zu finden. Auf ihre drei Bewerbungen bekam sie drei Einladungen zu einem Vorstellungsgespräch und schließlich drei Zusagen. Sie entschied sich für das lukrativste Angebot. In zwei Tagen würde sie in Silicon Valley ihren neuen Job antreten.

Obwohl sie sehr an ihren Eltern hing, zog es sie weg aus Deutschland. Die Möglichkeit, an Projekten mitzuarbeiten, die dem unbedarften Laien wie Science-Fiction vorkamen, war dabei nur eine Motivation. Über die anderen Beweggründe wollte sie lieber nicht allzu genau nachdenken. Es war eine Chance für einen Neuanfang. Das musste reichen.

Als sie den Schrank öffnete, um die Teller herauszuholen, klingelte ihr Handy. Der Anruf kam über Skype. Sie nahm ihn entgegen.

„Bom Dia, Senhorita."

„Jamiro!" Leela lächelte.

„Du siehst wunderschön aus, wie immer. Dein Make-up ist unglaublich, vor allem auf der Nase." Er schmunzelte. „Ist das etwa Mayonnaise?"

Leela wischte sich hastig die Spuren des Kartoffelsalats aus dem Gesicht. „Danke für das Kompliment. Dein Teint ist übrigens ganz schön käsig für einen Brasilianer. Was willst du?"

Sein Blick wurde ernst. „Hast du zurzeit einen Job?"

Erst jetzt wurde Leela bewusst, wie bleich er wirklich aussah. Unter seinen Augen lagen dunkle Ringe.

„Was ist los?", fragte sie.

„Ich arbeite seit einiger Zeit mit einer Hilfsorganisation zusammen. Sie ist ein Ableger von ‚Survival International'." Er nagte an seiner Unterlippe. „Da ist eine Sache am Laufen. Etwas, das dunkle Erinnerungen in mir weckt."

„Jetzt machst du es aber spannend."

„Menschen verschwinden."

„Das ist leider bittere Realität."

„Ja, aber hier geschieht es ganz systematisch."

„Du meinst, es ist die gleiche Vorgehensweise wie beim K & M-Institut?"

Er nickte. „Es gibt Parallelen, die man nicht ignorieren kann."

„In Brasilien?"

„Ja, aber auch in Mexiko, Südafrika, Tadschikistan, Papua-Neuguinea, Grönland."

Leela spürte, wie ihr eine Gänsehaut über den Rücken lief.

„Da ist etwas Großes am Laufen, etwas wirklich Finsteres. Und je tiefer ich bohre, desto stärker habe ich das Gefühl, einem übermächtigen Feind gegenüberzustehen." Er lächelte müde. „Ich brauche Hilfe!"

Leela schluckte.

„Und das bringt mich auf meine Frage zurück: Hast du derzeit einen Job?"

„Einen Job?" Leela senkte nachdenklich den Blick. Ein flüchtiges Lächeln umspielte ihre Lippen. „Nein, eigentlich nicht."

Danksagung

Diese Geschichte hat einige Umwege genommen. Sie musste sich durch den Dschungel des Literaturbetriebs kämpfen, den Sumpf der Absagen überwinden und sich durch das dichte Gestrüpp der Genreerwartungen schlagen, bevor sie endlich zu Hause ankam. Und du warst die ganze Zeit dabei, hast immer an die Geschichte geglaubt und mich bedingungslos unterstützt – Anne, du bist die Beste!

Matthes, wenn du so weitermachst, können die Ehrlich Brothers einpacken. Deine Tricks sind der Hammer, und ich bewundere deine Hartnäckigkeit und deinen Fleiß (wenn du einen Bruchteil davon auf Chemie verwenden würdest, wäre es perfekt). Malte, deine Begeisterungsfähigkeit und Neugier sind eine wunderbare Gabe. Mit dir kann man echte Abenteuer erleben. Sollte ich jemals einen Begleiter für eine Weltreise suchen – du wärst meine erste Wahl. Matthes und Malte, ihr seid eine Quelle der Inspiration für mich und die besten Söhne der Welt.

Tina, auch dieses Abenteuer hast du von Anfang an begleitet. Du hast mich ermutigt, korrigiert und inspiriert. Es ist toll, eine so großartige Kollegin und Freundin wie dich zu haben.

Bei 143 968 Wörtern können sich eine Menge Fehler einschleichen, du hast sie alle gelesen. Liebe Ma, vielen Dank, dass du dich auch dieses Mal meiner durch Flexibilität und Einfallsreichtum gekennzeichneten Orthografie angenommen hast.

Lieber Reiner, vielen Dank für deine Wertschätzung und Unterstützung. Ich freue mich schon auf unseren nächsten gemeinsamen musikalischen Lesungsabend.

Lieber Johannes, liebe Nicole, es ist großartig, dass ihr euch auf dieses gemeinsame Abenteuer eingelassen habt. Vielen Dank für euer

Vertrauen. Ich weiß den Freiraum, den ihr mir schenkt, sehr zu schätzen. Bei euch darf ich wirklich über fast alles schreiben – nur möglichst nicht über 500 Seiten.

Wie immer gilt ein ganz besonderer Dank allen meinen Leserinnen und Lesern. Es ist ein großartiges Privileg, meine Ideen und Gedanken mit euch und mit Ihnen teilen zu dürfen.

Ein vielschichtiger Roman über die Kraft der Vergebung

„Thomas Franke versteht es, die einzelnen Charaktere so lebendig zu beschreiben, dass man beim Lesen ganz großes Kopfkino sieht, XXL-Leinwand gewissermaßen ..."

Leserstimme

Der junge Berliner Raven Adam kann einfach nicht glauben, dass der plötzliche Tod seines Bruders ein Unfall war und beginnt, Nachforschungen anzustellen. Da stößt er auf den verzweifelten Hilferuf von Mirja Roth, in die beide Brüder verliebt waren. Diese absolviert ein Praktikum in einer Dschungelklinik am Amazonas, als dort seltsame Dinge geschehen: Menschen verlieren ihre Erinnerung oder verschwinden spurlos. Schon bald erkennt Mirja, dass sie nicht zufällig in dieser Klinik gelandet ist. Ihr Leben ist in großer Gefahr.

Thomas Franke • Das Licht scheint in die Finsternis
Gebunden • 352 Seiten • ISBN: 978-3-95734-463-2

Der Verlag weist ausdrücklich darauf hin, dass im Text enthaltene externe Links nur bis zum Zeitpunkt der Buchveröffentlichung eingesehen werden konnten. Auf spätere Veränderungen hat der Verlag keinerlei Einfluss. Eine Haftung des Verlags für externe Links ist stets ausgeschlossen.

© 2019 by Gerth Medien GmbH, Dillerberg 1, 35614 Asslar

1. Auflage 2019
Bestell-Nr. 817538
ISBN 978-3-95734-538-7

Umschlaggestaltung: Immanuel Grapentin
unter Verwendung von Shutterstock
Satzlayout und Herstellung: Immanuel Grapentin
Satz: Vornehm Mediengestaltung, München
Druck und Verarbeitung: GGP Media GmbH, Pößneck

Printed in Germany